1

WORLD END ECONOMiCA

支倉凍砂
ISUNA HASEKURA

插畫◆上月一式
Hitoshiki Uwatsuki

Kadokawa Fantastic Novels

WORLD END ECONOMiCA 1

序　章

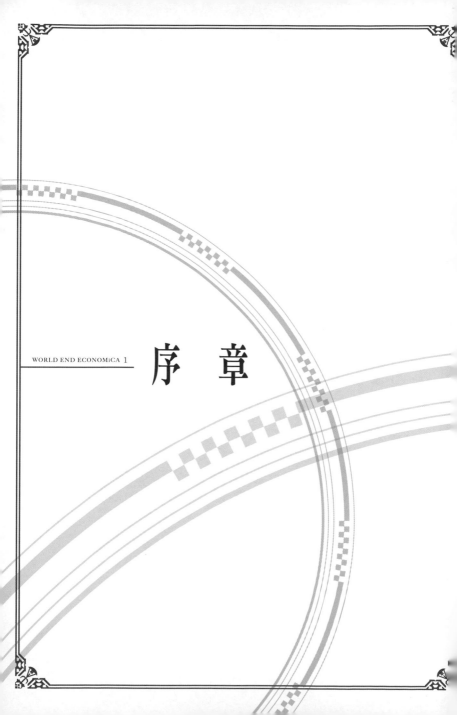

從前人們傳說，在月球背面有著通往異世界的入口。
正因為從地球上無法直接看到月球的背面，所以人們才有辦法作這樣的夢。
又好比道路的盡頭、海洋之底、大地之涯。
在這世界上有很多地方是誰也沒有見過的，也讓人們產生許多想像。
然而就算那無人目睹的景色，也終有一天會為某人所見。
那麼會希望自己能成為這種人，也是理所當然的吧。
我想要看到的不是已知的風景，而是無人見過的景色。
要是說我生在這世上有什麼意義，我想正是為了這個夢想吧。
從此之後，所有映入我眼中的一切事物都成為了手段，成為我要實現自己在前人未至的土地上，留下自己腳印這個夢想的手段。
我已經沒時間再磨蹭下去了。
因為若再這樣蹉跎，又會有誰先我一步在未開之地拓下腳印。
所以我必須快點、快點、再快點。
人類的數量不斷增加，時間也殘酷地不停流逝。
能夠立足在這潮流前方的，真的僅有一小撮的人。
我沒有一天不思索著：要是真的站上了前頭，那時會看到什麼？
那應該會是一片——我看慣的地點、我所厭煩的常識、我覺得無趣的過往皆不存在的嶄新大地。

在那最前線，我的一舉手一投足都將成為歷史。

在月球的「寧靜海」，現在仍完好保留著第一位站上月球的人類的腳印。

那些腳印訴說著許許多多的故事。

雖然留在砂地上的痕跡，大小就連一公尺都不到。

卻是足以讓人感動顫抖的帥氣腳印。

WORLD END ECONOMiCA 1

第一章

隨著像是昆蟲拍動翅膀的「嗡嗡——」聲，多功能行動裝置（註：原文為「携帯端末」，近似平板電腦的可攜型電腦）的電源打開了。

在行動裝置的螢幕因為通電而發出獨特的聲響時，我已經完全清醒過來。

但由於我抱著裝了全部家當的背包，在椅子上縮著身體睡了整晚的關係，身體一時還無法順利開始動作。我覺得全身十分僵硬，好像隨便一動骨頭就會很乾脆地折斷。

但即使如此，我還是極為喜歡在醒來時，將身體從窘迫的姿勢漸漸伸展開來的感覺。因為這能讓我認知到自己還活著，今天也清楚感覺睜開眼睛醒了過來。我能藉此確認在這一刻，自己的手腳都是順著自己的意志在動作。

我因為確信自己並非順著他人的意向而生，而是基於自己的意志，在此地做著自己想做的事而感到自豪。這份驕傲是在我離家出走前從未感受過的。

我啜著在髒汙的杯子裡頭剩下的合成咖啡，藉著差勁的味道和咖啡因敲醒腦袋。接著順手抓起了吃剩的巧克力棒，粗魯地將它塞進口中，進食就此結束。這樣就能確保思考必須的葡萄糖。

當我將那甜到讓人不快的巧克力棒吞下肚時，行動裝置也開機完成。

腦筋這時也轉為清晰，便開始著手確認起小型記憶卡和身上的一些現金是不是還在，沒有在我昨晚睡覺的時候被人偷走。

看來昨晚也平安無事地度過了。

雖然從我離家出走至今，已經過了三個月又十二天，但我也只有在這瞬間能安心地喘一口氣。

然而我今天也必須繼續活下去，賺到錢不可。

裝置上出現了寫有「歡迎使用」這句徒具形式招呼語的登入畫面。在後面等著我的，則是吞沒了許多人的夢想，更讓許多人的希望遭到粉碎的世界。

那就是股票市場。

從數百年前開始，這個地方就是人類的貪婪滾滾翻騰著的火山口。

為了要飛身投入其中，我毫不猶豫地伸手按下了登入按鈕。

在這瞬間，我的身體就像跳上了時速三百公里的電車一樣受到拉扯，視野中的景物瞬間加速。大量資訊遽然湧出，埋沒我的視野和認知功能。

歐洲市場行情走低、美國市場因為就業報告將要出爐的關係，飄散著觀望的氣氛。林格科技的第一季財報數字下修；以南美洲貨幣為基礎的大型債券看來順利發行；綠寶石工業參與的投標案有內定招標嫌疑可能遭受調查；ＦＲＢ（**註：聯邦準備理事會**，Federal Reserve Board）理事在談話中提到了通膨。修拜崔爾投資出現了史上最年輕的女性常務董事；ＷＴＩ（**註：西德州中級原油**，West Texas Intermediate）和北海布倫特原油的數字之間出現了難解的價差、ＶＩＸ指數（**註：芝加哥選擇權交易所波動率指數**，Chicago Board Options Exchange Volatility Index）反映出的行情走高是否屬實……

雖然大多數資料都是無意義的雜訊，但在這片狂亂的風暴之中，存在著閃閃發光的金鑰匙。

我找到的是一家總公司位在英國某處的企業。

雖然我沒去過英國，卻知道這家公司發生了什麼事情。那是一家在被譽為經營天才的創始人退休那一年，就因為競爭對手推出新產品而被奪走市占率，因而焦急地打出有點誇大的廣告而被公平交易委員會關注，又為了幫關係企業撐腰而大規模投資大型工廠，結果卻因為違反新的環保規定而遭到舉報，著實上演了屋漏偏逢連夜雨般遭遇的不幸公司。

在網路上還有留言說，要是這時再報出一篇新任總裁與羊共枕的醜聞，就太完美了。

雖然就算是喜歡跟羊親熱的人也可能是個優秀的經營者，但形象很重要。

尤其在這個凡事不確定的世界上，可能更是如此。

這家前途一片黯淡的公司，似乎將在當地時間的下午兩點公開財報。

雖然我不管怎麼想都不覺得那會是個愉快的場合，但英國紳士也就只有在黑色幽默完成時才會笑，所以報導上也說記者會可能會沉浸在笑聲之中吧。

現在當地的時間是下午一點三十分，我這裡則是早上八點五十五分。

而我現在正凝視著的並非歐洲市場，而是「我這邊」的市場。

有時一家公司會在全世界的股票市場之中，橫跨數個市場發行股票。雖然其中有各式各樣的理由，企業只是單純希望儘可能有更多人購買股票吧。

從這方面來看，現在我注視著的這個市場才算是世界最大的金融市場，而話題中心的那間企業比起關注自己家門口的市場動向，應該會更在意這邊的市場反應才是。

從遠古之前，地球人就一直注視著這個地方，並對她那魔幻的魅力懷抱著敬畏與憧憬。

從人類開始往來這個居高臨下睥睨著地球的黃金月面，已經十六年過去了。在這個完全新造的月面都市中，既沒有只會扯人後腿的歷史與傳統，連重力都很低，成了追逐成功的人們的理想國。

這裡就是人類文明的最先端。

月面都市之所以在頃刻間就成了世界最大的金融市場，某方面也算是必然吧。

畢竟再怎麼說，唯有投資才是在這世界上能最快賺到錢的方法。

因為月面都市的股票市場是上午九點開盤，大筆金錢紛飛的狂亂騷動再過幾分鐘就要開始。出現在我投資工具上的新聞類資訊以怒濤般的氣勢增加。因為新聞的數量本身就可能會左右市場動向，所以我也使用了能算出每秒有幾篇新聞的工具。新聞數量從本來的每秒十二篇增加到十三篇，接著是十六篇。

盯著過濾後只留下主流媒體的新聞，同時用閃爍般的頻率交互切換登錄在投資工具上共三百七十二家公司的股價畫面。雖然股市還沒開盤，但確認每支個股累積了多少訂單量是非常重要的。因為有時候會有某些愣頭公司的交易員用肥胖的手指輸錯單數，導致股票用超便宜的價格被賣出。

月面證券交易市場裡面總共登錄了四千多家企業的股票，實在沒辦法在交易時間裡全部確認。雖然我因為這樣而非得限定交易範圍，但可能讓機會溜走的強迫性思考卻朝我襲來，讓我只好拚死地切換股價顯示畫面。

雖然需要看的資訊實在太多，讓人好像快發瘋了，但其實根本沒必要想得太複雜。

因為我們在這個地方進行的事情，說到底也就是猜測數字會往上或往下走的遊戲罷了。

不管猜的是數年後、數個月後、數天後——不，就算是幾分鐘後也沒關係。

只要能料中股價漲跌的話，就能在轉瞬之間賺到一筆鉅款。

但這件事卻很困難。

真的很困難。

「……開始了嗎？」

畫面上我至今一直盯著的數字，突然慌亂地開始動了起來。因為時間到了上午九點，月面證券交易所這個世界第一大的市場開盤了。

訂單與賣單交錯著，只要過個一兩分鐘後，應該就會出現失去了所有財產，或者是賺進一輩子花不完的鉅款的人了吧。

我連續按著虛擬鍵盤上的快速鍵，片刻不休地巡視著整個市場。看完了十則新聞標題後，又回到剛剛說的那家前途一片黯淡的企業上，接著又打開確認另外八間公司的股價沒有異常波動之後，又再一次回過頭去。重複著這樣的動作。

那家公司這次的財報公開，恐怕會是公司創立以來最慘的一次吧。他們的股價在這幾個月間跌個不停，幾天前和一陣子之前更是遽然暴跌。

所謂的股票，被定義為對一家公司要求將來收益的請求權，所以要是一家公司前途灰暗的話，沒有人會想要這樣的票券。而沒人要的商品價格就會下跌。

順道一提，這家公司的股價顯示的是２３２這個數字。或許這個數字之中是有著什麼重大意義，但在市場中沒有人會記得這種事情。

這個數字除了作為一個醒目記號之外，不具任何意義。

和自己所預測的數字相比，眼前這個數字是大或小呢？

到頭來我們所在意的也就只有這一件事罷了。

「229……？或者是228嗎……」

我用眩目到可能會讓某些人癲癇發作的頻率持續切換畫面，一瞥稍微瞄到的數字後如此低語。

就像朝向這場史上最慘財報發表的倒數計時一樣，這家公司的股價也不斷下滑。

照之前的市場預測，這家公司今年度的銷量會比去年減少三成，虧損額更能匹敵他們五年份的收益。完全找不到有任何讓股價上漲的理由。

但我卻敲打鍵盤，在交易畫面的輸入欄中寫下了數字。當寫在這個地方的數字和命運女神手上拿著的價格表一致的時候，人就能夠得到莫大的財富。當我一這麼想，便覺得人類那塞在這區區幾十像素框框裡的命運，實在是何其虛無飄渺。

只要在這個地方寫下自己的祈禱再按下發送鍵，市場網路的神就會進行摸彩，告訴你是否中獎。想想這還真是愚蠢。

但畢竟這世界有大半都是瘋狂的，而這裡可是月面啊。

地球上的人們相信月亮會使人瘋狂。

「226。」

在畫面不斷交互切換的過程中，我的手突然停了下來，在交易畫面的價格框中輸入了這個數字。我並非要賣出，而是要對這支價格不斷下跌的股票進行買進。

現在時間是上午九點二十分，距離財報公開只剩幾分鐘了。

我依然持續切換著畫面，一邊毫不停歇地收集資訊，一邊做了個深呼吸。我在心中告訴自己不要緊張。

統計結果顯示，人光是在進行投資時情緒浮動，可能就會因此虧損。甚至有實驗結果指出處於極度憂鬱狀態的患者們因為不會對交易結果患得患失，所以戰略不會偏倚，整體交易實績反而會比較好。

我停下了用時速五百公里切換畫面的動作，注視一個視窗。

離財報公開還有兩分鐘，股價牢牢黏在227不動。

股票交易和在果菜市場做買賣並沒有什麼不同。就像擺出來賣的蘋果上頭會標價格，想買蘋果的人也都要等那價格掛出來。如果買方和賣方提的價格能確實一致，那就成交了。

但現在要是我在227這邊買進的話，利潤就會比買在226還要少0.5%。

而且既然股價還有可能繼續下跌，那儘可能買在更低一些的價格，也可以把虧損控制在最低限度。

賣方怒號「你們快買啦」，買方咬牙切齒「你們快賣啦」。

距離財報公開剩不到一分鐘了。

我心想大概已是無可奈何，於是在訂單上重填了新的買價，227。

但事情就發生在這瞬間。當我以為畫面一時發生延遲的時候，訂單和賣單的數字沉沉動了起來。不知道是誰掛上了大張的訂單，把架上的蘋果全部掃光。

228、229，股價開始往上爬升。大概是在記者會現場的某個人在消息透過網路公開前就知道了結果，而投入了交易吧。我聽說在做股票交易的公司之中，有的會從新聞發布公司那邊接收由雷射光直接照射傳遞的資訊。雖然這種方式只比光纖通訊快0.2秒，但這0.2秒就會讓命運有所不同。

不過對我這種雖然瘋狂程度不落人後，卻沒辦法投注資金到那種設備上面的人而言，除了等待新聞快報欄出現企業財報的短訊之外別無他法。但現在走勢已經很明顯了。我將買價提高為２３１，但股價變化的速度卻快得讓人應接不暇，跳到了２３２。

於是我再次修改價格，在２３３送出了訂單，但在出現了寫有證券公司免責聲明的確認畫面的這短短處理時間內，股價已經到達２３４了。

這時在新聞快報欄也出現了公司名以及財報數字。

那家公司今年的營收跟去年相比少了0.2％，而且又遭到各種特別虧損迎頭猛打，巨大的虧損額讓他們之前四年的利潤全數化為烏有。

但這虧損卻比市場預測的還要低了一年份。

變化就在這瞬間發生。

「啊！」

畫面上的數字像嘲笑著我的這聲低喃，一飛衝天。

全世界觀望著這筆生意的交易員們全像鯊魚般群聚了過來。

這時數字早已跳上２４２，霎時間也就到達２４５，而且價格還在上漲。

這家公司的股價在這個營收大幅減少、虧損額打破紀錄的消息公開後暴漲，把這幾天跌掉的部分全補了回來。想要賣出這支股票的初學者們現在應該都目瞪口呆而深感不解吧。在股票世界中偶會出現這樣的狀況，就是當壞消息累積得實在太多時，大家便都覺得狀況不會更壞，而讓行情谷底反彈。現在這情形正是一個典型案例。

雖然我事先料到這種典型狀況會發生，卻誤判了其速度和產生反轉的時間點。現在股價正用我的後悔完全不能及的速度飛漲，更早已超過了我覺得可以買的價格。而時間也不會掉頭。

２５１。

要是我不那麼小氣巴拉而買在２２７的話，現在應該已經賺到10％了。

但就因為慢了些許時間、就因為在0.5％間猶豫，讓我錯過了獲利10％的良機。10％！

我所有的財產用在月面流通的貨幣單位來算，有七萬慕魯。拿誰都有辦法勝任的零售業打工來說，店員的時薪不過才七到八慕魯。要是得手這10％的利益，我就是在短短幾分鐘之內、不流一滴汗、也不用向討厭的客人低頭、不用規律地打卡上班，就能賺進支持社會基層的打工族得花上一千小時才總算能賺到的金額。

但我卻因為毫釐之差而錯失了這筆利潤。

明明事情發展如我所料，卻因為時間點而……

「……媽的！」

我抬頭望向天花板，擦掉額頭上因緊張而冒出的汗水，整個人軟趴趴地癱在椅背上。

我的訂單很空虛的掛在２３５的地方，但股價現在已經到了２５２，所以當然不可能買得到。

「……這算什麼啦。」

我唾罵似的如此低語，但早就過了會因為這樣而自暴自棄硬要繼續進行交易的初學者時期了。早已清楚領教到賠錢時要是再胡亂出手，只會讓自己賠得更慘。
於是我做了一個深呼吸闔上行動裝置，為了讓頭腦冷靜冷靜而從椅子上站起來。

我現在投宿的地方是一家位在破舊大樓林立街區，看似廉價的網咖。
這家網咖的名字取叫「Big Bull Cafe」，雖然名字取得很豪氣，卻是使用中繼器，擅自把不知道是哪家店的無線通訊範圍偷偷延伸到室內來用。既然店家本身就很不像樣，那上門的客群基本上也不會多有水準。店裡不管哪個包廂都成了長期滯留者的窩，隔間板上面還掛著毛巾，甚至放置了拖鞋，簡直當自己家。

「嘿，小鬼頭，今早天氣滿清爽的嘛。」
正當我在一片與平時無異的店內景象中，為了洗臉而往盥洗室走去的途中，一個穿著邋遢的店員跟我打了招呼。他是個身材高瘦的男性，頂著一頭實在非常醒目的綠色爆炸頭。
雖然店員手上正玩著掌上型遊樂器，但他會向我打招呼應該不是出於親切，而是想強調他有在監視我吧。因為這家店的一般出入口就只有櫃台旁邊的門，一旁的牆壁上也寫著「請勿賒欠費用」的大字。就算這家店裡擠得像沙丁魚罐頭一樣，但還是會確確實實的向人收取費用。
不過對我來說，基本上光有地方能過夜而且有水能用，就已經謝天謝地了。況且只要我有好好付錢，這家店不會對年紀這一類的事多加刁難，所以算是個難得的好地方。
要說離家出走最令人困擾的地方，就在於要找到地方過夜。儘管我多少有些錢，但外表卻怎麼都沒辦法改變。

「『今早天氣清爽』是想諷刺什麼嗎，地球佬？」

聽我這麼回答後，店員露出一個扭曲的笑容。

「哈哈？你連真正的早晨都沒見過也真是不幸呀，這個地方連天氣都是程式安排的呢。」

店員愉快地說完後，又將視線轉回遊戲畫面上。

這傢伙好像是從地球來的。我想他大概是單純來月球這裡出賣勞力，結果三兩下就被開除，最後流落到這個地方來的失敗者吧。這間網咖所在的區域，聚集的都是像被離心力拋出來的垃圾般堆積在這裡的傢伙。

「不然你就滾回地球啊。」

店員聽我這麼說，朝我瞥了一眼，露出自嘲般的笑容。

「跟下面相比，這邊還算是過得去了啊。」

接著他對我補上這三個字。

「月球佬。」

我並沒有回應他，逕自往盥洗室走去。

我的名字叫作川浦良晴。

是個在月面都市土生土長，貨真價實的月球佬。

洗過臉並感到清爽許多後，我走回自己的包廂，再次黏在裝置前面。

在我眼前的是月面證券交易所的交易畫面。

不管重複了多少次失敗，我能夠賺錢的地方就只有這裡了。

在這個像月表一樣荒涼，只有數字狂舞著，既乾燥又無味的世界。

「我要不流一滴汗就變成有錢人。」

因為我根本就沒有時間一步一步地慢慢賺錢。

我已經立志要賺進更多更多的錢，然後住到月面都市的市中心。在那個地方聚集著頭腦好得要命的人，號稱占有世界上七成的財富。雖然在那邊隨心所欲過著高檔生活是不錯，但那邊卻只能說是我目標的起點而已。得從堆積了人類財富，遠離地球的這座都市最前端開始起步。

為了激勵自己，我腦中邊想著自己成功的姿態邊重新開始進行交易。我盯著那些像刺激腦部的信號般閃爍的數字，同時夢想也在我腦中迸放，讓我的思緒一下就飛到了木星。腎上腺素讓我的視野變得狹窄、血管收縮、呼吸短促。這股有些痛苦的爽快感讓人嘴角上揚，我知道自己此刻笑得連犬齒都露了出來。我甚至忘記了剛剛的失敗，像是著魔一樣不斷重複進行交易。也就是因為這樣，我才會沒注意到眼前的這個存在，直到頭捱了對方一拳才終於回過神來。

「喂，小鬼頭。」

我轉過頭去，看到小包廂的門開著，剛才那個店員就站在那邊。

「幹嘛啦，我很忙耶！」

我瞪向那個店員，心中罵著「光盯著你這張蠢臉瞧的時間，我搞不好就會錯過賺到你工作一百小時薪水的機會了啦」，但那個瘦巴巴而雙眼無神的店員，無可奈何地對我嘆了口氣。

「哦，你怎麼這種態度啊？我是想跟你說有警察要過來巡邏了喔——」

我等不及店員把整句話講完，就把裝置塞進包包。

「啊。喂！」

我推開店員打算衝出包廂時，他抓住了我的肩膀。對方雖然瘦，但手臂的肌肉卻也結實，力道完全是成年人的水準。不過也正是為了應付這種狀況，我在上衣胸前的口袋裡總是放有一定數量的錢。雖然那是月面幾乎已經沒人使用，滿落伍的現鈔，但在緊要關頭卻能幫上忙。

在我最喜歡的幫派電影裡面，把這種用途的鈔票稱為「遞給天使的名片」。

於是我一把抓住鈔票塞給那個店員。

「零錢不用找了！」

接著我戴上帽子、背起包包，就這樣跑過了狹窄的走道。那些被警察問到在包廂裡做啥都得支吾其詞的不正經傢伙們，還以為有什麼警察來抓人的狀況要發生了，而紛紛將頭探出隔間觀望，然後趕忙開始各自收拾起東西。

我衝過髒汙的櫃台旁邊，跑到了環境更是髒亂的店外。牆上斑駁不堪的油漆和生鏽的鐵欄杆，讓這棟本就建得不甚寬敞的大樓顯得更加狹窄。我在走廊上筆直地往屋外跑去。雖然這條路前方盡頭處是樓梯的中間平台，但我卻直到最後都沒有減速。我現在的速度快得讓人不管怎麼掙扎都不可能成功轉彎，然而我在踏入中間平台之後馬上一個蹬地。

我高高躍起，跨越了水泥製的柵欄，身體飛到大樓外面。因為網咖位在建築物的五樓，

從這高度往下望，景色還算滿有看頭的。我就這樣跳向對面的大樓牆壁，然後又再次蹬牆往原本那棟大樓的牆壁跳了回去。我的腳底踏在蜿蜒於大樓外壁的水管上，接著又果斷地朝著高處又是一個飛躍。

因為人類的基因經過幾百萬年的演化早已適應了地球環境，在低重力的月球上只要勤做重量訓練，無論是誰都能辦到這種程度的特技。

真正難的地方其實在於要每天持續不間斷的訓練體能。

我在兩棟大樓的牆壁間彈跳著，一口氣便跳上了隔壁大樓的十四樓屋頂。

雖然施展這種特技還是讓我發喘，不過當我一眼往樓下瞄去，也真的看見兩個一起行動、身穿藍色制服的警察，一臉嫌麻煩似的邊用警棍搥著肩膀邊走上樓梯。

我常常會多付錢給那個店員，要他給我一些方便。現在他應該已經結完了我的帳，正一邊哼著歌一邊拿我多付的錢開店裡的啤酒喝吧。

我姑且打開包包，看了看裝置畫面。因為我是在交易的半途逃了出來，所以持有的投資部位也就保持在剛才的狀況。我現在所在的這個地方照理說還勉強收得到無線通訊，我非得確認一下狀況才行。要是運氣好碰到股價上漲的話那當然沒問題，但這種時候，通常——

「煩死人啦！」

我一瞬間垂了下頭，把賠錢的部位全都結清。

今天我連在早上第一票的大生意中都沒賺到錢，實在很慘。

「……今天又賺不了錢了嗎？」

我把關掉電源的裝置收進包包裡，在水塔旁邊躺倒。

從我離家出走至今已經三個月又十二天了。

我的交易進帳在這時首次停滯了。

在世上有幾種方法能讓人成為有錢人。

看是要生在有錢人家、或者創立公司並發大財，要不然就是猜中未來將大獲成功的公司。

我出生的家庭不管說得再好聽都不能算是富裕，要靠創業變成在世界上名列前茅的有錢人也不知道需要多少年，而且基本上我連該從事什麼行業才好都不知道。就只有最後一個方法，也就是一般稱為投資的這種行為不一樣，規則可說簡單得可怕。

在這個投資的世界中，有一位傳奇投資者，被世人認為其功績僅次於全知全能的神。而這位投資者將投資世界的規則總括為二。

一、不要虧損。

二、絕對不要忘記第一條規則。

而且參與交易既沒有年齡限制，更不需要什麼資格，也和人種、性別、學歷等等毫無瓜葛。就只需要一點點的資本和網路，再加上膽識就可以了。一個人只需要這些東西，就能和這一行最大的公司做幾乎同樣的生意。除了這裡之外再也沒有別的行業能如此了。

而最重要的一點則是，在這一行中最成功的人物，至少能躋身人類中最富有者的前三名。

在現今世界富豪排行榜中霸占前三名寶座的，分別是：開發出支應人類各種日常活動的軟體的企業創辦人、一手支配數個新興國家的經濟，不管怎麼看都是個黑幫老大的人、最後就是剛剛說的傳奇投資者。位居榜首的人所擁有的財產金額目前有八百億慕魯，更被預測會在五年後突破一千億慕魯。

而在月面工作的普通人生涯所得不過兩三百萬慕魯，這也就代表那些富豪光靠個人資產，就足以讓兩萬多人工作一輩子。

要說這數字在人類史上代表什麼意義，此等財力足以匹敵建造金字塔的埃及法老。法老讓數萬名工人花了幾十年蓋起金字塔，而在人類豐功偉業的地圖上開拓出新的版圖。在那時，法老毫無疑問是立身於人類文明的最前線並創造歷史。

只需要網路和些許資本，就可以取得超越法老財富的賺錢方法！

會覺得還小家子氣地去上學就像是以光速在往白痴之路前進，那也是理所當然的吧。

月面就是充滿了追逐這般夢想的人們。

月面都市這個地方，本來就是在被歷史與重力束縛、實在太過受限的地球上尋求自由的人們，所凝望的遠大夢想結晶。因此就某方面來說，懷抱夢想對這裡的人而言幾近是義務。

畢竟若非憑藉著人們追逐夢想的那股熱情，世上再也沒有方法能在絕對零度的太空之中，讓一座城市維持如此舒適的環境了。要不是因為這股築夢的熱情，要人類建起一座得靠軌道電梯不斷運來各種資源，當發生大災難的時候居民更是無處可逃的月面都市，實在太過愚昧。

而人也就只有在作夢的那瞬間才會最傻吧。

我從家裡跑出來後，就置身於這股奔流之中而感到樂不可支。我既酷愛月面都市的這種調調，也打算乘著這個浪頭遠颺而去。

但最近這陣子我炒股票的收入卻無法往上突破，這讓我這個從開始炒股票以來就未曾嘗敗果的人，深受一種模糊不清、像是怠眠感般的焦躁所折磨。「明明做的事情相同，但結果卻不一樣」的狀況讓我十分不快也無可奈何。

就在原地踏步的這段時間，有錢的人也繼續變得更富有，人們往前方邁進。

我在屋頂上坐下，眺望著月面的景色，然後腹肌使足了力舉起雙腿，就這樣倒立了起來。既然身體是如此不受拘束，自己的命運亦然。有時間煩惱的話還不如多動動腦才是。再說我也還沒違背傳奇投資者所訂的規則。只是沒賺到錢而已，並沒有虧損。

現在我該磨利齒牙、集中精神。別休息、別畏怯、別停下腳步。

我這樣告訴自己後，就維持著倒立的姿勢做起了伏地挺身，讓活血注入心臟。這樣讓血管的壓力增大，加速了血液循環，使我的體溫上升。因為運動時的興奮感和炒股時很接近，讓我有種自己正在動著的感覺。

雖然在月面絕對看不到，但我想，藉著石油發動的機器應該也會給人這種印象吧。

我曾在影片裡面看過那種機器冒出黑煙、不屈服於地球重力而往前奔馳的樣子。

姑且不管這樣會破壞環境，那副姿態正是現在的我該效法的。

「……警察大人們也該出來了吧。」

我從屋頂上往下看，在上下顛倒的視野中捕捉到了兩人一組的警察。因為在這狹小的月面也沒什麼地方能去，那些見不得光的人們能窩藏的地方很有限，所以才會被盯上。

而且在月面有著在滿十八歲前都得接受教育的制度，原則上平日的白天不會有十幾歲的小孩在街上晃。萬一我被抓到，二話不說被送回老家之外，成年之前還會受到種種制約。對我這個非得早一刻往前邁進的人來說，這就和被宣判死刑是一樣的。

在警察們下樓到了巷子裡，混進街上的喧囂人潮中不見蹤影之後，我又等待了整整十分鐘。直到確信他們徹底走遠，我才背起了包包，然後就這樣從屋頂一躍而下。

我在半空中把身體縮起來維持姿勢，一蹬牆壁往對面的大樓跳了過去，然後再踢一次牆跳回原來那棟大樓，並在第三次的蹬跳時朝著對面大樓五樓的樓梯中間平台飛躍而去。

我也不降低速度，連絲毫的浪費都沒有便朝著目的地前進。

就當我像顆導彈般在大樓的縫隙間飛竄，貨真價實地飛衝進目的地的五樓走廊時。

「嗚哇！」

一團巨大的綠色物體出現在我眼前。不，雖然我察覺了那是顆爆炸頭，但身體卻還是隨著慣性往前衝，而且從中間平台通向走廊的門還被關了起來。

「哇啊啊啊啊！」

我立刻伸出雙手，並在手掌完全接收衝擊之前就彎曲了手肘，接著隨即縮起身體用背部撞上門，然後馬上伸展手臂增大接觸面。這是柔道裡面護身倒地法的精要。

在我老家那邊有很多低收入階級者，因為他們多是從地球上紛亂地區來的移民，所以我也從他們那邊學得了一整套的護身技巧，身體會自動反應。

發出「砰！」一聲巨響，我整個人貼在門上。然後垂頭順著門板滑落中間平台。

在倒轉的視野中，我看到了拿著掌上遊戲機的那個爆炸頭店員，正瞪大眼睛看著我。

「……你這傢伙在幹嘛啊？」

「……」

我一時沒有回話，因為總算沒事而感到一陣安心，然後從地上爬了起來。

「……這是我要問的吧。你幹嘛把門關起來啊……」

「嗯。」

爆炸頭的店員一邊玩著電動，聳了聳肩說道。

「哎呀……我實在是忘得一乾二淨了啊。」

「忘了什麼？」

我拍掉身上的灰塵後想把門打開，但發現門鎖了起來。

「咦？喂，你別鎖門啦。」

「所以說，今天已經關店了。」

「啥啊？」

「應該說我們接下來要公休三天。」

我轉頭看向店員，再回頭看了看門，然後重新轉向店員。

「你說什麼？」

「沒有啦～就我全忘了呀。這棟大樓從今天開始要進行除蟲。因為老闆大人的旨意，說不想讓這邊變得像貧民窟嘛，所以這棟大樓都這麼破爛了還是要做這種處理。畢竟要是太髒亂的話警察他們也會很囉唆呀。總之就是這樣，像本大爺這種被資本家玩弄於股掌間的無產階級，就這樣被趕出來啦。其他的客人也都被趕走了，慘得很呢。」

我注意到在賣力打著電動的這個店員身旁有著毛毯和床墊。

我從很早以前就懷疑這傢伙是不是住在這家店裡頭，看來真被我猜中了。

「所以……所以說，這三天都沒辦法進去喔？」

「是啊。」

對著乾脆回答的店員，我嘴巴一張一闔了半晌才好不容易吐出一句抱怨：

「那你叫我這段期間要怎麼辦啊！」

我這個年紀也沒辦法住進什麼像樣的旅館裡，而露宿街頭也有露宿街頭的風險。比起擔心遭到攻擊被奪走財物，反而是因為這城市的人口密度太高，讓我不管到哪去都會被人注意。

另外也因為住著愈多貧窮移民的地方，就愈是忠實遵行著「不要讓這裡變成第二個地球」的標語，使得人們即使貧窮但行為卻不失高潔。月面都市的郊區地帶就因為這樣，狀況並不像外觀看起來那麼亂，治安也算相當良好。

至於平均所得更高的城市就更不用說了。

也因此，在網路上偶然得知有這家不會多管閒事的店存在，對我來說真的是很值得慶幸的一件事。

然而現在他們卻要公休三天。

而且這也讓我今天的交易遭到干擾，實在是太悽慘了。

「畢竟警察最近對這一帶也取締得很嚴嘛。」

店員一副事不關己似的說著，然後瞄了我一眼並賊賊一笑。

「又有警察來問我了咧，問說有沒有看過什麼形跡可疑的小鬼啊。」

最近在這附近一帶，好像有人吃了好幾次霸王餐的樣子。我想對方大概是哪個不經思考就離家出走，然後把錢花光了的白痴吧。不過最麻煩的一點，是那個人的外貌特徵跟我如出一轍。

「我才不是那種犯蠢的蹺家小鬼。」

「我知道啦。雖然不知道你平常在幹嘛，但你整天都在包廂裡面沒出來嘛，不在場證明非常完美。」

畢竟我都有確實付帳，所以在這方面應該算是受到信賴。

但就算這樣，我現在的處境也依然沒有改善。

在苦惱了一陣後，我對爆炸頭問道。

「喂，地球佬。你知不知道什麼類似的店家啊？」

月面都市是從正中央的摩天樓群為起點，以同心圓狀向外發展出城市構造。

而這附近一帶即使在周邊地帶也算是格外雜亂，堆積著許多被離心力拋到外圍的人事物。

照理說應該起碼有其他一兩家跟這裡差不多的店吧。

「跟人問問題該用這種態度嗎？」

「我有打算付你相對的報酬。」

雖然在月面沒有給小費這種不合理的習慣，但我在地球拍的電影裡面看過，這種東西在破敗的暗巷中總是能夠發揮出很大效果。

這個頂著爆炸頭的傢伙在搔了搔頭之後，聳肩說道。

「真受不了，月球佬淨是這種狂妄的死小孩啊。」

「不用你管。」

我吐出這句話，不過爆炸頭看起來倒有點開心似的。

或許像他在這家坐落在這種地段、性質接近違法的店家工作的人，才會顯得這樣游刃有餘吧。

又或許這就是來自重力是月球六倍的地球人，性格中特有的穩重。

「但話說回來，你確實算是我們這邊的老主顧嘛，我是不想虧待你啦……但如果你跑到其他店去，然後就在那邊落腳了也不太妙啊。」

「你說啥？」

是想要錢嗎？我皺起了眉頭，但這時也只能付錢給他了。當問題能用錢解決時，反倒就該這樣做才是最妥當的。

我從喉頭發出低鳴，正打算從褲子口袋拿出跟我的性命同等重要的錢來時，那顆亂叢叢的巨大爆炸頭也動了。

在那個店員手上有著一張便條紙。

「你到這個地方去吧。」

「……啊？」

都這種年代了還有人會用便條紙，以地球的比喻來說簡直像是海產店把腔棘魚拿出來賣一樣啊。

我邊接過那張紙，困惑地說：

「住址？這是你家嗎？」

「不是。我家現在可正盛大的受到煙燻啊。」

看來這個店員果然住在店裡頭。在月面這裡，如果像他這樣也算是相當落魄了。

「不然這哪啊？區公所的社福課嗎？」

「哎，嗯，算是類似的地方吧？」

「什麼？」

我本來以為這個店員打算勸我不要繼續蹺家快點回去，但他又回頭打起他的電動，說道：

「這裡是我從前受過照顧的地方啊。住在那裡的人嗜好就是收留你這種人喔。」

「……」

我懷疑起自己的耳朵，雖有「追逐夢想的地方」這種美稱，但基本上卻是因為拜金主義才會閃耀金色光芒的月面上，竟然會有這種怪人。

但這個店員看起來卻也不像是別有居心。

「對方應該會願意讓你住到這家店被煙燻完為止吧。我這邊也會幫你打聲招呼。」

我就算聽他這麼說，還是把便條紙拿在手上一動也不動。爆炸頭看我這樣，一臉惡作劇似的笑了。

「哎，很可疑對吧？我懂啦。畢竟我當初也是難以置信嘛。」
「這個地方到底有啥啦？」
「誰說得準呢。」
爆炸頭就算被我追問，也只是含糊其詞。
「不過你只要去了就明白了。」
「喂，你給我正經點——」
「我們可就是抱這樣的心情前來月面的啊。」
由爆炸頭下方投射過來的視線比我所想的更加銳利，讓我無法繼續說下去。
但爆炸頭很快就收斂起目光，微微笑著說。
「像你這樣粗暴的小鬼頭啊，需要的就是能夠接受別人善意的寬容啦。這是像我這種在這一帶工作的人，少數能夠給你的建言。」
「……」
爆炸頭這麼說完後，又回頭打他的電動了。
遊戲機發出「嗶嗶」的復古電子音，聲音大得不可思議。
「喔，還有啊，等我們店開張後你要馬上回來喔。因為我要是沒收入的話可是會餓死咧。」
他臉上那悠然的笑容有種特別的寬厚感。這是在長居在這種地方的地球人身上常常能看到的特徵。這些人很多都是在歷經千辛萬苦後，才從重力很沉重、也不會有什麼好事的地球來到了月面。即使他們在月面受挫落魄，卻依然能讓人感覺到他們的沉穩。

我對他的這部分抱持著些許敬意，將便條紙收進口袋。

「要是你惡整我的話，我就把你從這扔下去啊。」

「嘿！我有這顆爆炸頭，就算從大氣層外被丟下去也不會受傷的啦。」

「還真敢說。」

我抛下這句話後，就一腳踏上了鐵製的欄杆。

「走樓梯啦。」

爆炸頭看也沒看我就這麼說道。

「誰有空像個娘們一樣慢慢走啊，我可是很忙的。」

「真好啊。那就隨你想飛多高就飛多高吧，你這月球佬。」

雖然他很顯然是在調侃我，但我卻覺得他這樣說好像是發自內心在鼓勵我。

於是我轉過頭看他，停了腳步。

而那顆亂叢叢爆炸頭也動了動，對我看了過來。

「怎啦？」

「沒事。」

我裝作若無其事這麼說，一鼓作氣整個人站上欄杆，朝對面的大樓跳了過去。

當我飛到對面的牆壁上，再次蹬牆時，發現站在中間平台抬頭看我的店員臉上似乎帶著笑容。

「想飛多高就飛多高是吧？」

我心裡有一個夢想。我的夢想就是站上前人未至之地。

那裡是世界的盡頭。人們在那裡就只能向前看，得藉由人們不斷前進，才會有那個地方存在。

而我也認真覺得，要是無法實現這個夢想的話，我活著就沒有意義了。

我擔心的是能增加多少錢、多快到達我的目標，現在不是選擇手段或回頭看的時候。就像那個爆炸頭說的，我必須能飛多高就飛多高才行。得比所有人都快，飛得比所有人都高。

我在風中用鼻子哼了一聲，朝寫在紙上的地址前進。

在包覆著月面都市的半透明薄膜另一側，能看到半個地球那顯得淡而模糊的小小輪廓。這層膜是蓋在月面都市頭上的圓頂，在圓頂的外面就是太空。月面都市是仰賴著這層圓頂，才得以讓空氣留在內部，而且這層圓頂上也會映出白天和黑夜的景象，也就成了月面的天空。

另外圓頂映出的晝夜也是符合地球標準。畢竟月球和地球不同，是兩個星期白天、兩個星期晚上這樣不斷輪替，但已經在地球上住了幾萬年的人類，體內的生理時鐘卻無法適應這樣的週期。因為來自地球的移民占了月面人口的大部分，所以這邊的天候也就被調節成和地球上的環境一樣。而且因為圓頂上裝了許多灑水裝置，這個地方也會下雨。

但像是豪雨或者雷雨之類的天氣，我就只有在影片中看過而已。

在這個地方下的總是毛毛雨，也不會颳起強風。這裡只有因離心力和科氏力造成，和緩環繞著的氣流，還有以機械方式使空氣在圓頂內部循環而吹起的微風。

我穿過月面都市的周圍地帶，在一棟棟大樓間跳躍飛馳，來到了一處有著草皮的山崖底下。因為月面都市是在月球上的巨大隕石坑上方蓋起圓頂而建成的，所以在邊界的這一帶，常看到像這樣的山崖。基本上區域劃分也是以這種山崖作分界，而便條上寫的地址就位在山崖另一邊。

因為要繞路爬上山崖畢竟要多花功夫，我也常為了透氣而到山崖上面去，這個地方我並不陌生。我彎曲膝蓋，躍上崖面，然後順著崖壁跑上山崖。這是只有在低重力的月面才辦得到的事情。

最後蹬了一下崖壁上的樹枝讓身體翻了一圈，踏到懸崖頂的道路上，在我正前方有個隧道。這個隧道好像是當初都市建設時遺留下來的東西，時至今日已經讓人搞不清楚為什麼山崖上會有隧道了。雖然這條道路現在倒也還是通的，但因為這邊和下面的高度落差不小，所以很少有人走這條路。

我從路上再次跳起，在隧道的上頭著地。

這個地方是能鳥瞰大半個月面都市的特等座位。

我從包包裡面拿出牛肉乾叼在嘴上。雖然從地球來的人們好像說這東西和真正的牛肉乾半像不像的，但我所知的牛肉乾也就是這個了。

實際上在月面上有好幾座都市，我現在眺望的這個則是其中最早建起的一座，同時也是我出生的城鎮。

這個地方的人口大約有七十萬，再加上觀光客等等，讓這座都市中幾乎隨時有大約一百萬人。

到了市中心便突然拔高，有高層大廈林立的地方叫作牛頓市。雖然要進入那邊是不受限制，但因為在那裡的都是大企業的建築大樓，就算是購物商場或公園這樣的公共場所也有數量非同小可的警察，區內的秩序規範嚴格，所以讓人覺得那是只有被選上的人才能前往的特別區域。月面的財富幾乎都是在牛頓市中誕生的，裡面到處住著總資產超過百億慕魯的世界級富豪。

聽說要是有像他們那樣多的財產，就有可能在這月面建造起私人城鎮了。畢竟這世上大部分的願望都能靠金錢實現。

世界上最重要的就是錢。

就像一張在液體滴落到水面的瞬間拍攝的照片，在超高層大廈群林立的牛頓市周圍，建築物的樓層數突然就減低了。那一帶是在牛頓市上班的中產階級生活的區域，名叫「白環區」。在那邊住著的人，都是一些明明像是由自尊心和力爭上游的野心凝聚而成的團塊，嘴上卻硬要說什麼自己仍沒失了生活格調，懂得重視均衡的傢伙。

要是到那邊走走，你會看到庭院被整齊打理過的石灰岩建築整齊排列著，讓人覺得簡直像是進到了無菌室裡而感到想吐，在路邊更看不到一點垃圾。

接著在這白環區的外側，建築物的樓層數又變高了起來，但市容卻凌亂而不整齊。到處都垂著傳輸效率很差的電線，或閃耀著低俗的霓虹燈，氣氛顯得有些猥雜。

這一帶被稱作「外區」，雖然有用數字從一到八分區，但沒什麼太大意義。

這一片外區以牛頓市為中心擴展開來，外區的北側有很多工廠一類設施，像二氧化矽的分解工廠、肥料合成工廠或栽培業的自動化農園。我的老家也在這區塊的東邊。

因為住著一群不管怎麼想都和月面不搭、思想非常頑固的傢伙而惡名昭彰的地區。

那個地方群居著許多被稱為「工匠」的遠古存在，有著無數小型作坊。在追求各方面效率至極限的月面都市中，這裡有很多仍堅持手工作業的傢伙。他們甚至連木材或食物都靠人力生產。

這樣除了讓成本高得可笑外，更讓產品的品質不均。但好像還是有些客群。

但我完全不懂這種東西到底有什麼好。

要是喜歡沒效率的事情，那還到月球這裡來幹嘛？腦海浮現這般疑問。

這裡可不是做這種事的地方啊。

在月面，人就應該要像林立在牛頓市中的那些冰冷而平板的大樓一樣，以天頂為目標才是啊。

不過話又說回來，或許也不是凡事都有辦法照著計畫走吧。當我的目光從市中心滑向西邊，看見了從這般競爭中落敗的人們棲息著的區塊。

因為這個地方的建築就算生鏽，也沒有人會重新刷上油漆，因此得到了「紅谷區」這樣一個別稱。

雖然我非常討厭家具要用手工製造的思維，卻喜歡這個環境猥雜的紅谷區。

住在這邊的人們雖說是競爭下的失敗者，但因為態度隨興的關係，和他們相處起來也輕鬆。

在這裡面聽說也有很多人本來是在牛頓市中勤奮打拚，卻因為被這裡漫不經心的氣氛感染，最後住了進來。就像蟻群裡面好像必然有兩成的螞蟻不好好工作一樣，我想即使是在月面，這種地方的存在或許也是必要之惡吧。

當然我是一點也不打算變成那兩成的人就是了。

現在我所在的地方，雖不如紅谷區那樣破敗頹廢，也不像東邊那麼具有生產性的第六外區。光從還沒出現通稱這點，就讓這地區顯露出半吊子的感覺。

不管哪棟建築都又髒又破，但街頭巷尾也有著以牛頓市為目標的小公司，還有些算是過得去的住宅，讓人覺得待在這邊倒也沒那麼差。

便條上所指的地點，好像是在下了山崖後還要再走一小段路的地方。

於是我站了起來，輕快地從隧道頂上往山崖下躍去。

不論是從好的方面或壞的方面來看，第六外區這個地方都十分和平，路旁可以看到有人在屋簷下擺了板凳，邊喝著啤酒或茶，邊玩著媲美化石的桌遊，也能看到有人擺攤努力做生意。

因為不管月面哪邊的城鎮構造都是層層疊疊、視野很差，要是身在不熟悉的地方馬上就會失去方向感。每次遇到這種狀況，我就會像將頭探出水面呼吸的烏龜，跳上建築物的屋頂看路，然後再潛進底下的巷弄裡。

順道一提，為了要維護環境，月面各處都鋪設著水道，水生動物的種類還滿豐富的。在那些地球佬之中，也有些人以為土生土長的月球人懂的都只有一些在試管裡頭發生的事情，所以光是知道我們還認得魚就足以讓他們大吃一驚。

雖然我很討厭被當作傻瓜，但對於自己活著卻對地球上理所當然的事一無所知這點也有所自覺。

這樣的心態發展成了一種情結，學校裡來自地球的移民和月面出生的人好像會彼此扭打發生爭執，但我想這也是無可厚非吧。

畢竟所謂地球上的常識，對月面出生的人來說真的是意料之外的東西。

就因為這樣，當我照著店員給我的便條來到上面寫的住址時，整個人確確實實愣在當場。

「……是這裡嗎？」

接著我不禁低聲這麼說道。

在我面前的這棟建築，和由人類匯集科學精要建造起軌道電梯，以不屈的鬥志和無所不能的全能意念支持，實際上移民過來的這個全宇宙最容易獲得成功的黃金都市——如此形象並持續繁榮的月面都市，實在太不搭調了。

不，或許就因為這樣，這棟建築才適合出現在這裡？

我眼前的這棟建築就是如此了不得的地球產物，幾乎要讓我腦袋混亂得冒出這種念頭來。

那是一間教會。

「……可是就是這個地方沒錯吧？」

教會入口的門半開著，門上貼了一張真的紙張作為告示。這點很符合這種低收入者群居的地區。

紙上寫著「請自由進出」。

我的手按上了那扇陳舊的木門。從月面都市建成至今不過十六年，在這裡根本沒有什麼歷史可言。金碧輝煌，輕浮薄弱，重力只有地球六分之一，也有人用開玩笑的口吻說這邊的時間流速是地球的六倍。

但在這扇門的重量中，我卻感受到不同於質量的，時間的沉重。

我推開這扇讓我覺得像在看著陳舊地球電影的大門，門發出了「嘰——」的刺耳響聲。

在門後有著一個我依然只在電影中看過，不知道做了什麼才會受這種刑罰被釘在十字架上的男人，以及——

「……」

一個全身漆黑的天使。

不對。我隨後就發現了那是一位黑髮的少女，但她纖瘦的身體就像雕像一樣，讓我覺得脫離了現實。

在教會裡面，一排排長椅對著十字架雕像整然排列著，雕像下方比其他地方高出一級，並擺著了一個講台。教會的人大概就是站在那個地方，寄予信徒們值得感激的話語吧。黑髮少女就站在那講台前方，直直盯著裝置畫面瞧。她的表情就像陷入沉思的教授，一臉正經地不知道在深深思索著什麼。

從頭到腳的一身全黑穿著感覺相當偏執，神情也嚴肅得讓看著她的我幾乎屏息。我便這樣忘了呼吸，看她那認真的側臉看得出神。

也正因為這樣，當身後關著的大門突然被用力敲響的瞬間，我當真名符其實地彈了起來，跳離地面幾十公分。

「抱歉打擾一下！」

來人接著繼續這麼說道。

「我們是警察！請問有人在家嗎！」

我的呼吸停止了。沒想到警察竟然會到這種地方來找人，難道是有誰去通風報信了嗎？無論如何，我若繼續待在這個地方很不妙。

我的思考像撞球一般接連往下遞移，看了看周遭之後奔向窗邊。

但我卻一時難以打開那扇關得很牢的窗子，而且外面的警察好像也隨時都會從入口處繞到這邊來窺探房子裡面的狀況。

我慌張地環顧周邊，最後目光被一個地方吸引了過去。

這時在講台前方沉思著的少女也剛好抬起頭來，跟我對上目光。

她那雙黑眼睛實在太過美麗，令人聯想到孤傲的貓。

「我們是警察！有沒有人在！」

我和少女的邂逅，就被這麼一句話給吹跑。

雖然少女臉上還是一副好像不太高興的表情，但明顯看得出她的著急。既然會在這個時間出現在這種地方，也就代表她沒好好去上學，某方面來說和我是同類吧。

我來回看了看警察們敲著的那扇大門，以及那位少女，之後目光朝向第三個地方。

那就是十字架之下的講台。

我抬腳踏上比地面高出一級的舞台，些許猶豫之後抓住了還不知所措的少女的上臂。她的手臂很纖細，彷彿一使勁去扳就會折斷。

少女雖然因為驚訝而瞪大眼睛，卻沒有像個弱女子般尖叫出聲。

「你……做什麼？」

相對的，聲音中的責問語氣，讓人得以一窺她的堅強。但我沒等她多說什麼，就硬是把這名少女拉進講台底下。在講台下的狹窄空間中，腦袋似乎還跟不上眼前事態發展的少女和我四目相交，好像這時才把握了大致狀況。隨後她便兩手一伸把我推開。

我的臉被她手上拿的裝置一角打到，還滿痛的。

「呃……喂，這樣我們會被警察發現……」

我壓低聲音這麼說道，少女停下了動作，但她還是用完全表露無遺的憎惡眼光狠狠瞪著我。

「喂，這邊有門鈴喔。你這急性子的作風也改一改啦！」

「這是因為我想早點昇遷啊！」

門外傳來這樣的交談聲後，「叮咚」的門鈴聲沒過多久也在遠處響起。

看來在這個聖堂旁邊好像是有人居住的主屋部分。

過了一會，位在聖堂中間位置、想來是連接主屋的門被打開的聲音傳了過來。我悄悄探頭出去，看到了一個身材修長的女人。

「來～嘍，不好意思讓您們久等啦～」

聽到那個快步朝著大門跑去的女人這麼說之後，我眼前的少女又再次想要移動身體，我便拚死抱住了她。

隨即有股很女孩子氣，柔軟而甘甜的香味撲鼻而來，讓我的手差點就鬆開了。

「不好意思在百忙中打擾。我們是地方分局的人。」

「是因為工作危險的關係，想來祈求神明保佑嗎？」

看來這女人好像意外地會開玩笑。

「哈哈，幸好這地方治安很好。不對，也就是因為現在有人想擾亂這邊的治安，所以我們才過來打聽消息。」

在我看過的地球電影中，這種底層地帶的警察姿態都擺得很高，而居民也會用滿是敵意的態度應對，但實際上雙方的互動卻很和諧。

只是他們對話的內容卻讓我聽得心驚。

「其實最近就在旁邊的第七外區，有人多次犯下了竊盜和吃霸王餐等案件呀。想說那個人會不會逃到這附近來了。」

「哎呀呀……」

「那個人是個十來歲、東方人種、黑頭髮黑眼睛的少年。大概是因為離家出走之後錢花光了才會幹這種事吧。但要是有觀光客被搶可會鬧出大問題，所以上頭一直很囉唆，要我們早點把他逮捕到案。」

果然這番話不管聽幾遍，都會覺得其中所指的對象根本就是我。

被我手腳並用制住的少女停下動作，用一種既非驚訝、也不是嫌惡或憤怒的茫然目光朝我看來。

在講台下面的我只好拚命搖頭。

「而且剛才我們也接獲報案，說有個這種長相的少年在這附近遊蕩。」

拜託饒了我吧。在講台底下的我差點就要哀叫出聲來了。

「所以我們就想說那名少年會不會逃進這裡。」
「這個地方白天是可以自由進出的對吧？」
這兩個警察顯然覺得這裡很可疑。
我感覺到應對著警察的那個女人轉頭看回了聖堂裡面。
「咦……你們這麼說，該不會是……」
「方便請妳讓我們看看裡面的狀況嗎？」
「因為要是那個人躲藏在這，妳也會有危險啊。」
而善良的市民在這情況下的回答也只會有一種。
「那就麻煩你們進來看看，這樣我也比較安心。」
於是警察們就進到聖堂裡來了。
然而他們的腳步卻很慎重。因為我聽見了東西敲在椅背上發出的清脆響聲，猜測他們手上還拿著警棍。
這個聖堂內部並不寬敞。
警察們漸漸逼近了我們這裡，要是他們朝著講台底下一看，那我馬上就出局了。
又或許我現在該突然衝出去，全力往外跑嗎?這樣我一定甩得掉他們的。我一定有辦法甩掉他們才對。
要是我在這種地方被抓，被送回老家去的話，我那個深信股票投資是惡魔作為的勞工老爸，一定會從我手上把這張能通往夢想的車票沒收。
接下來我又會被送回無聊的學校裡，畢業後被逼得去從事一些和別人沒什麼差別、賺不了多少錢的工作。

我老爸常把「腳踏實地」這句話掛在嘴上，但藉著這樣的方式又能走到哪去，這一點我是心知肚明。

過這種人生簡直就跟死了沒兩樣啊！

我深深吸進一口氣，決心豁出去一拚。視情況我甚至會利用這個少女當幌子，然後衝上去把警察打暈……

嘰，嘰，腳步聲逐漸接近，我窺伺著時機準備衝出去。等他們再走兩步我就衝了。

但就在這個時候——

「啊，真對不起，這邊再過去就是神聖的祭壇了……」

「哎呀。」

在女人說出這句話後，腳步聲應聲而止。

「抱歉，我們對這種規矩不太了解。」

「沒關係。因為最近就連地球上都不太盛行了嘛。」

女人這句玩笑似的自嘲讓兩位警察笑了出來。

「哎，看起來好像沒什麼問題……」

警察從鼻子哼了一聲。

「你們這間教會裡，是有……養什麼寵物嗎？」

「咦？哦……可能是因為早上的禮拜有信徒帶著家裡的狗過來，所以才會這樣吧。」

「喔喔，原來是這樣啊。哎，我想說這味道還真是熟悉。我在地球上的時候也養了一隻大狗，但實在是沒辦法把牠帶來呀。能養狗還真教人羨慕。」

「對呀。我每次也都很期待能看到他們呢。」

腳步聲隨著和樂的對話一起遠去，警察們致完謝後便離開了。

在講台下面的我心想「得救了……」而鬆了口氣。接下來只要等那女人走回主屋裡面再偷偷溜出來就好了。

但緊接在這之後——

那名少女突然就從講台底下溜了出去。

當我在心裡暗罵她是個渾蛋，那女孩馬上就開口道：

「理沙。」

看來這個少女好像是這裡的人。

「哎呀，妳躲在那種地方呀？我跟妳講過不要在那個地方沉思了吧？被人撞見會很危險呀。」

「……知道了。」

光是從這句聽來有些心不甘情不願的回應，就能窺見這個穿得一身黑漆漆的女孩性格。

但同時這句話也傳了過來。

「那另外一個人呢？」

啊？

我嚇得一時無法動彈。為什麼我會被發現？

難道是那個女孩在裝置上寫了筆記，然後默默告知了那個女人嗎？雖然那女孩看起來頭腦很好的樣子，感覺卻不像是會用這種小花招的人。

我做了一個深呼吸，讓體內充滿氧氣。

只要用包包打破窗戶玻璃的話，我馬上就能逃到外面去。接著只要一股腦地向前跑，一陣子之後再把修理玻璃的錢放在這裡就可以了。

很好，那就這麼辦。

就在我調整了腳的位置，讓身體擺出前傾姿勢的下一秒。

「你放心，我不會報警抓你的。還是說你真的做了讓自己不能露臉的壞事呀？要是這樣的話，那我也就只能找警察了……」

她的說話方式讓我腦中浮現了久遠以前，我在托兒所被老師罵時的記憶。

而我到這時才總算想起自己是為了找地方落腳而到這個地方來的。不管怎麼說都應該要先澄清誤會才對。我深深吸了一口氣再慢慢吐掉，接著說道：

「我……我知道了。」

但我在這樣愣愣地爬出講台之前，先告知了一件事。

「但妳看到我也不要大叫喔。我不是警察講的那個嫌犯。」

「哦？」

我站了起來之後，看到站在聖堂中央的是一個二十歲左右的短髮女人。

那個黑髮女孩就站在她旁邊，兩人的身高至少差了一個頭。

穿得一身黑的女孩看到我之後，露出嫌惡的表情往後退了一步。

「這情況也讓我感到很困擾啊。請妳相信我吧。」
在我簡短地這麼講完後，女人露出滿面笑容說。
「既然你這麼說的話，我就當作是這樣嘍。」
「我說的是真的！」
雖然我的聲音不禁激動了起來，但女人臉上還是帶著和緩的笑容。
「逗你的啦。教會所該做的就是相信他人啊。」
「……」
接著我總算想起了一件事，說起來那個爆炸頭店員應該跟這裡聯絡過了才對，所以我根本沒必要緊張。這讓我因為自己的脫線而嘆了口氣。
不過這女的竟然還故意做這種事情嚇唬我，真是個討人厭的女人——正當我心裡這麼想的時候，從主屋那邊傳來了電子音效聲。
「哎呀，有電話。你稍等我一下。」
女人從聖堂往主屋的方向走去，又突然停下腳步。這時，跟女人一起走去的黑衣女孩，迎面撞上了她。
「不可以到外面去哦。警察搞不好還在外頭到處繞呢。」
女人不等我回話，就拉著一身黑衣的少女走向主屋，過了一會兒又走了回來。
然後她這麼說了：
「我說呀，你就是賽侯介紹過來的孩子嗎？」
「……呃？」

「剛剛他打了電話來，說有個外觀和嫌犯一模一樣的人會過來這裡，這幾天要麻煩我照顧。」

看來「賽侯」好像就是那個爆炸頭店員的名字，但我只是茫然看著那個一臉開心這麼說著的女人。她是剛剛接到電話才知道我要過來的這件事嗎？這樣的話，狀況就變成她明明看到了長得和警察所說的嫌犯特徵相同的我，卻沒半點懷疑。

而且一回想她和警察的往來，事情就很明白了。要是她當時沒注意到全身黑的少女躲在這邊的話，會說講台附近是神聖的地方而讓警察止步，毫無疑問是為了要保護我。

她會是個好到讓人難以置信的爛好人嗎？

從那個叫作賽侯的爆炸頭所說的話中，確實能嗅到一點這樣的感覺。

縱使她救了我，我還是無法不開口這樣問道。

「這是……為什麼？……為什麼……妳要幫我？」

「嗯？」

女人微微歪過頭去，笑著說。

「這裡可是教會喲。每一個人都能得救。」

雖然月面本來就是個瘋狂的世界，但這裡好像有個更誇張的人在。

「既然是你賽侯介紹過來的，也就是說你吃住都在那個地方吧。原來如此。」

女人逕自呢喃，輕笑了幾聲後說：

「住在那種地方也沒辦法好好休息對吧。總之你至少先去沖個澡。」

「呃，咦……？」

因為她的態度實在太無所顧忌，反而讓我感到有點介意。

尤其是她真的願意藏匿我這一點，讓我至今還難以置信。

天下間真的可能有這麼好的事嗎？

「哎呀，你的表情像是很少接受到別人的好意對待呢。」

女人瞇細眼露出惡作劇似的笑容，這樣的表情也跟她很搭。

我心想，這女人還真是成熟。

「你放心吧。別看賽侯那樣，他看人是很有眼光的，以前在他窮困潦倒時幫了他忙的人也是我。」

我好像有聽他提過這件事。

「所以你想要待上幾天都沒關係。不過呢——」

女人說到這裡停了下來，微笑道。

「要好好相處哦。」

「啊？跟妳嗎？」

我沒想太多就這樣回話，雖然看那女人的臉上還是帶著笑容，但我知道她有點生氣。

「我呀，名字叫作理沙。我覺得你用這麼粗魯的口氣跟別人講話不太好喲。」

如果是在月面，我就算和體格相當壯碩的大漢打架也有不會輸的自信，卻被這女人的奇妙魄力壓倒了。

「啊，呃，那個……沒有啦……」

「你和她已經認識了吧？雖然我還真沒想到你們兩個人會躲在講台下面……我是你希望

能跟她好好相處啦。」

女人接著回頭看向通往主屋的門。

方才那個全身黑的少女就站在那裡，全身散發出強烈的警戒感朝我這邊瞪來。

雖然剛剛狀況特殊，但或許把她拉進講台底下這個做法是有點不太妙。

畢竟當時她都擺出那種臉想把我推開。

「怎麼樣？」

但我卻也不能怎樣。因為我沒其他地方可以去，只要能讓我待在這裡，不管發生什麼事情我都能忍耐。

而且沖澡這兩個字也強烈吸引著我。

我先前落腳的那間網咖並沒有這麼像樣的設備，所以我頂多只有用濕毛巾擦擦身體而已。

「我可以。我會跟她好好相處的，當然沒問題。」

「呵呵。那很高興認識你嘍。」

這時女人轉頭看向主屋的方向說道：

「羽賀那，妳也來跟他打個招呼呀。」

一直瞪著這邊的少女看向理沙。少女有著黑頭髮、黑眼睛，穿著是有如校規森嚴的學校制服般的全身黑，除了黑褲襪外連鞋子也是黑的。

她頑固地閉著嘴唇，瞪眼的樣子像是她三天沒睡了。她的五官端正、臉蛋就像人偶，但眉頭卻緊皺著，讓我很明顯察覺到她抗拒的意思。

而且羽賀那還一副很排斥似的用手摀住鼻子，儼然是位惹人不快的公主殿下。

「那個真的是人，不是流浪狗嗎？」

「啥，妳……」

她這句猶如公主本尊般的放肆發言，讓我一時無語。

「羽賀那，不可以把別人叫成狗。」

顯得有些驚訝的理沙唸了羽賀那一句，但羽賀那卻沒有馬上回應。她像是很藐視我，瞪了我好一會兒，然後才看向理沙。

「理沙，他果然很可疑。」

「羽賀那。」

雖然傻理沙傻眼地再次出聲規勸她，但羽賀那抬起頭來看著理沙，又說了一句話：

「因為他這麼臭。」

「呃！」

理沙看看因為這句話而愣住的我，嘆了一口氣。

「真是的——羽賀那，妳是女孩子吧，該知道說話要委婉呀。」

「可是——」

羽賀那說到這裡時，對我看來。

「事實上他就是太臭了。」

我連忙對著自己身上各處聞了聞，但分辨不太出來自己到底臭不臭。

不過此時我也終於明白為何理沙會察覺我躲在講台下，而警察為什麼會提到寵物的事了。

狗。

羽賀那會在講台下把我推開的原因，我也可以理解了。

原來就是這麼一回事嗎……

「雖然他真的是有一點味道啦……但警察在追的是別的孩子哦。」

「妳為什麼能這樣肯定呢？」

羽賀那用帶有責備之意的眼神看向理沙。

「十來歲，東方人，黑頭髮黑眼睛的少年。」

羽賀那重複了警察所說的外貌特徵。

「不就是他嗎。」

「才不是啦！」

在我忍不住回嘴後，稍微低下頭去的羽賀那威嚇似的對我瞪來。

如果說我是狗，這傢伙就是隻很難相處的貓了。

「羽賀那，不是啦。我有個熟人呀，說在嫌犯吃霸王餐的時間有看到這孩子在他眼前。也就是說，他有不在場證明。」

「……」

我一直閉關在那間網咖裡面進行股票交易。出入口只有一處，而且是由那個爆炸頭在看守。看來繭居不出偶爾也能派得上用場啊。

「對……對啊。而且基本上，我才不會幹吃霸王餐那種事情。」

那個正四處逃竄的傢伙是一個沒做什麼規劃就逃家，給別人添了麻煩的渾球。我和那種人是不一樣的。我有夢想，也有計畫，只是在弄清目標和手段後，要是不離開家就沒辦法達到目標，所以才這麼做罷了。

「哼。」

但羽賀那用鼻子哼了一聲後，還是保持著那副傲慢的態度，別開了目光。

雖然一陣讓我咬牙切齒的怒意掃過心頭，但要是這時和她吵起來就會沒得沖澡也沒地方睡覺，所以我只好努力克制這個念頭。

「哎，總之就是這樣，之後大家要一起住在這裡嘍。」

「咦！」

羽賀那驚訝地抬起頭看理沙。

「怎～麼啦？他跟羽賀那妳一樣處境很為難嘛，所以我要借個地方給他睡。這有什麼問題嗎？」

雖然理沙臉上還是帶著笑容，但她說這句話的神情不知為何能讓人感受到一股魄力。性格恐怕很差勁的羽賀只好縮起脖子退下。

「可……可是……」

「可是什麼呢？」

理沙再次開口問道。羽賀那在對我瞥了一眼後，看著理沙說：

「真的……好臭。」

就算像羽賀那這樣的傢伙，女生畢竟是女生。被女生直接說臭讓我深受打擊。

在我把這份深刻得連自己都驚訝的創傷硬吞到心裡後，理沙深深嘆了口氣。

「哎～這不成理由呀。好啦，你也不要每聽她說一句話就被打擊呀。」

「我……我才沒受到打擊咧！」

雖然我這樣回嘴了，但我也覺得自己惱怒的時候，幾乎都被看穿了吧。

「只要沖過澡，你就又會變回一個好男人嘍。衣服也會幫你洗好。」

理沙用一副不拘小節的口吻，很乾脆地這麼說。

但一旁依然摀著鼻子的羽賀那還是瞪著我。

然後她更懷疑地這麼說道。

「你真的不是狗嗎？」

「羽賀那！」

挨了理沙罵的羽賀那皺起眉頭，接著就掉頭跑進主屋裡面去了。

我看著她離開的背影，在心中告訴自己，只要忍耐三天就好。

離開老家之後第一次能好好泡個澡，讓我差點就要哭出來了。

因為父母都是日本來的移民，所以家裡基本上有每天泡澡的習慣。我父母會做的事情中能算得上是比較奢侈的，也就只有這個了。

雖然在月面都市各處都能看到水在循環，但絕對沒有水費因為這樣就會很便宜的道理。因為在月面這裡，所有物質都要藉由人工進行循環，所以就連氧氣都是要錢的。

這個地方是座完全人工的都市，是以「位在沙漠中卻有噴水池的都市」而聞名的拉斯維加斯或杜拜遠遠比不上的。雖然我沒有親身去過那兩座城市，但曾經從影片中看過它們的樣子。

雖然當時我馬上就覺得地球人還真是些蠢蛋，但也是在那時第一次理解到月面都市這樣的存在究竟瘋狂到了何種程度。

「清爽多了嗎？」

我從更衣室走出來後，坐在沙發上的理沙把水倒進桌上的杯子拿給我。

更衣室和寬廣的客廳直接相連著。客廳裡面鋪著邊緣補了好幾次的地毯；地毯上面擺了看起來絕對是從哪邊撿來的老舊沙發組跟矮桌；桌子上也有個插了鮮花的花瓶，讓這環境看起來不會顯得太寒酸。雖然客廳裡沒有電視，但有電腦。矮桌上也有理沙大概到剛剛都還在使用的多功能裝置。

不過讓我驚訝的，卻是那台裝置旁邊的厚重書籍。

在空間和資源都有限的月面，能看到實體書是非常難得的。

我直到近期為止，都還以為所謂的「書」是應用程式裡面的一種介面規格，也實在沒想到在畫面中長那樣的東西會實際存在於現實之中。

雖然地球來的移民也就是因為這樣，才會覺得在月球生長的人很蠢，但從我們的角度看來，才覺得地球人還像白痴一樣使用這種沒效率可言的書本，是腦袋有問題。

「覺得實體書很稀奇嗎？」

被這樣一問讓我回過了神來。

而理沙再次拿起多功能裝置。我想她應該是想要看「書」吧。

「……算是啦……」

不知道的事就該坦白說不知道，但被看作不知世事會讓我很不爽。

因為這原因讓我張嘴結舌回答得很含糊，不過理沙沒有瞧不起我。

「這東西很占空間呢。而且又很容易弄髒所以在保存上也要花心思，另外也沒辦法搜尋內容，電子版相較起來可要好上百倍呢。不過，你該不會是在月面出生的吧？」

我馬上就明白了理沙是在顧慮我的感受。她就像個資深的托兒所老師一樣，很清楚地球移民和在月球生長的孩子之間會因為什麼事情而吵架。

「我就是在月面出生的啊……是說，這是什麼書來著？」

我指著桌上那本破舊的厚書問道。

雖然書背上好像有用金色文字書寫的英文字母，但我看不懂。

B……I……b？……L……

「對我來說這是世上最珍貴的一本書。是我從地球帶過來的哦。雖然連從出生就在一起的茱莉，都必須跟牠分開……茱莉是我家養的狗。就只有這本書我怎樣都沒辦法放下。」

理沙將行動裝置在身旁放下，輕柔的撫摸著那本破書的封面。

我看著她的動作，想起在我還很小很天真的時候，摸著父母因為工作而粗糙的雙手。

「……妳從地球過來的時候幾歲？」

「我是在十一歲時從本來居住的土地被趕了出來。然後父母就下了很大決心申請月球移民。雖然我們因為沒有錢，所以只能申請機率非常低的一般名額，哎，但由於我父母職業特殊的關係，所以我們被算進了當時依舊實行的諾亞制度優待名額裡面哦。」

「諾亞……制度？」

「哦，那是『文化多樣性保護制度』的通稱……啊，說得也是，不熟的人不會知道這個呢。有個故事叫作諾亞方舟。傳說在敗壞的世界將要被大洪水滅亡的時候，善良的人們和雌雄各一頭的動物們都搭上了船，等洪水消退之後在嶄新的天地重新築起善良的世界，不知道該說這算傳說、口耳相傳的故事或者寓言。哎，總之就是如此。因為我父母都是神學家，政府大概認為月面也需要像這樣奇怪的人種吧。」

「神學家」這個詞我還是第一次聽到。

理沙用她手上的裝置查了字典給我看。

看來神學家指的是研究神的教誨相關學問的人。

老實說，知道月面上有人奉獻人生鑽研這種沒用處的知識，讓我感到很驚訝。

「所以對於在這樣的家庭長大的我來說，這本書就是我的靈魂。雖然成書時間依照各篇章而有所不同，但這本書大致是寫於兩千年前，是地球上賣得最多的一本書哦。」

「哦……？內容這麼有趣嗎？」

畢竟投資這檔子事也就和把票投給最受歡迎的地方差不多，所以我帶著些許興趣看向這本書。理沙卻笑了出來。

「哈哈。啊，不，真是抱歉。雖然你問它有不有趣的話，我是覺得也還算有趣啦，但並不是那樣的書哦。」

「嗯，嗄？」

「這本書叫作聖經。你剛剛也在聖堂那邊看到了吧？是由被在釘十字架上那個人的門徒們所整理出來的書籍。」

聖經這個詞我是知道。原來如此，這本書就是聖經啊。

「說起來這本書算是記述宗教教義的書吧。推測賣了十億本以上的樣子呢。」

「……十億本？」

我一時無法想像這個數字。

「因為在地球上到處都能看到這本書嘛。而且它還被翻譯成了世界各國的語言。」

「也就是說地球上的人全都看過這本書嗎？」

這本擺桌上的破舊書籍，在我眼中瞬間就變為奇幻電影中出現的傳奇寶典。

「真能這樣就好了呢。」

理沙的這句話讓我腦中浮現了問號。

「地球的人口約有九十億人。就算到了當中的七十萬人住到月球上來的這個時代，也還是有接近三分之一的人口不識字，而且全體人口中有三分之二的人生活在沒辦法好好看書的環境裡。而最後那三分之一受眷顧的人，也有許多好玩的事情可以做呀。這年頭就連在基督徒之中會讀聖經的人也不多了。在我以前去的教會裡面，就連知道福音書（註：指新約聖經首四卷，包括《馬太福音》、《馬可福音》、《路加福音》和《約翰福音》）有四部的人都很少，有辦法說出四位作者是誰的人就更少了。你一定不明白……這是一件多麼可嘆的事情吧。」

「……說來抱歉，但我完全不懂。」

「哎，沒關係啦。畢竟我也是光守著這間凋敝的教會就竭盡全力了呢。不過只要道路交會，智慧就會被傳承下去。代表智慧之意的trivia這個字的語源是trivial，指的是人們的道路交會的三岔路口。雖然我覺得『是不是只有迷途的人們，道路才會相交』這點值得思考……但或許這也是個啟示，要我有身為牧羊人的自覺吧。」

牧羊人？我在調查投資對象公司的過程當中，是有看過被警鈴和電流柵欄圍住的羊啦，理沙和那個工廠的管理者有什麼關係嗎？

看我一臉呆滯的表情，理沙面露疲態地笑了笑，說道：

「真對不起。這是個比喻。我也沒有看過真正的牧羊人長怎樣呀。」

看來並非因為我是月球孩子所以才不懂。

知道這件事讓我總算鬆了口氣。

「我大致上就是這樣的人。雖然你可能會覺得，都到月球來了還做這種事情很奇怪吧。」

「嗯，我是這樣覺得。」

當我來到這棟房子時，還想說自己是不是看到了幻覺。

在我如此直白的說完後，理沙輕輕笑了。

「那接下來換我問問你的事情好嗎？」

理沙畢竟幫助我免於被警察抓走，還出借浴室讓我洗了個澡。既然受了她這麼多恩惠，那我多少退讓一點也才符合禮貌吧。而且我已經不認為理沙會因為什麼奇怪的正義感作祟，而將我的事情通報給警察。

「我是從東邊的外區……算第三外區吧，我是從那一帶被稱作開拓村的地方來的。」

「哦？那是個綠意盎然的好地方呢。」

「……每個從下面來的人都這麼說耶。那邊不是單純就很原始而已嗎？」

「哈哈，每個能來月球的人在地球時都是住在都市呢。看到綠樹就讓人覺得懷念呀。」

我點了點頭，卻覺得好像不很明白她的意思。

「地球的都市裡面有很多樹嗎？」

「嗯……可能是我表達得不太好吧。就算在地球上，都市裡面還是沒有種什麼樹，但不知道為什麼人類就是會被所謂『原始的大自然』這類東西給吸引。應該算是本能了，不是嗎？」

被她這麼問，我本來想出口否定，但最後還是作罷。

「總之，我就是從那一帶離家出走的。」

「喔。」

理沙暫時閉上眼睛像在咀嚼我的回答，然後又睜開眼。

「方便請教你的名字嗎？」

在她那雙美麗的杏眼中，沒有一絲晦暗。卻也沒有像太空中那樣清冷空虛的感覺，她的目光就像清澈的水一般柔和。

在月面這裡，所有人類和幾乎全數物資都有ＩＤ編號。只要知道本名，就能在公家機關的資料庫中查到，隨時都能辨識出對方身分。

對於離家出走中的人來說，本名是最高機密。因為我完全沒有半點要回老家去的念頭。

「你不用提防我也沒關係哦。而且就算你說的不是本名也無妨，我只是因為要叫你會不方便所以才問的。剛剛我叫那女孩的『羽賀那』這名字一定也不是她的本名。」

我也覺得那名字的確很怪。

「雖然她也不是完全不對我敞開心胸……但那孩子有時就像野生動物一樣警戒心很重，哎，不過我是覺得就這點來說，你也跟她很有得比。」

聽到「野生動物」這個詞讓我覺得她話中有話，心想自己剛剛真的那麼臭嗎？想到這邊又覺得有點消沉。

「不過也真難得呢。沒想到在月面出生的人，竟然也會有這種野心勃勃的眼神。」

理沙的視線讓我感受到一股難以言表的自卑感。

要說純正的月球孩子，我想到現在可能還不超過一萬人。也有人說這是很多在牛頓市工作的人基本上都不生小孩所導致的結果。

在這個都市裡，從地球來的移民還是占了壓倒性的多數，而大部分的人都至少是到了十歲左右才搭上軌道電梯到月面來的。這是因為在地球上的人們普遍相信低重力環境對成長發育有害，在月球出生的人也總是因為這樣而被人調侃說腦袋空空。

「這又怎樣了嗎？」

我面露慍色尖刻地這麼問，讓理沙稍微吃了一驚。之後她有點窘地笑著說。

「啊……真對不起，我這樣說不是想要損你。只是因為……在月面這邊至今還沒發生過戰爭或者飢荒呀……」

「……」

在地球上大部分的地方，人就連要取得活命所需的充足水源都沒辦法，在有些國家中高達半數的嬰兒會死亡。在月面也有很多來自這種地方，真的把希望寄託於能在這重獲新生的移民。

對地球人來說，月面是一個理想國，而月球佬也就是在理想國中出生的溫室花朵。

我們也因此抱有很深的自卑感。

「不過月球上會有各式各樣的人也是當然的呢。還真的就像是個三岔路口。人們的道路相交，然後彼此交換智慧。」

理沙笑著對我這麼說道。我想除了那個叫作羽賀那的黑衣少女是個怪人之外，幫助了我甚至還收留我的理沙看來也是個相當奇特的人。

畢竟她都在這樣的時代中到月球來了，卻還沉迷於宗教，更把什麼實體書當作寶貝似的抱著。坦白說，我覺得以一般標準來說她該不會屬於被淘汰者的那個族群吧。

但不知道為什麼，我對於理沙這種生活在這個競爭的月面都市之中，卻連參加競爭的意思都沒有的人，抱持著一種好感。

她確實不算是在前進，卻也沒散發出頹廢的感覺。在我看來，理沙是個即使在這樣低重力的環境中，依然能腳踏實地挺立著的人。

而縱使她站在原地沒有前進，看起來卻好像對這個狀況感到很滿足。

竟然有這樣的人存在，我心裡有些佩服。

在這之前，我一直以為月球上只存在著三種人：第一種是我老家村子那邊，那些做事粗魯，即使如此，卻把話說得很高尚的人；其次是住在外區那邊，頹廢到不行的傢伙們；最後則是想靠著這低重力的環境，衝破天際展翅高飛的牛頓市居民。

我看著獨自笑得開懷的理沙，心中想著。
我覺得她這個人是可以信任的。
這麼想著，不經意地脫口而出：
「川浦……良晴。」
「嗯，咦？」
儘管理沙很驚訝，我也吃了一驚。
為什麼這麼突然，我應該不想讓理沙知道我的名字才對。
而且現在才想要搪塞的話也很奇怪。
「川浦良晴。」
「啊，是你的名字？」
「是我的本名。如果妳拿這個去報警，馬上就會有人聯絡我老家了。」
我故意裝作滿不在乎地這樣說道，而理沙則是對著我看了一會，接著在她臉上便沁出了笑意。
「好，那我知道了。這樣我就叫你阿晴可以吧？」
「……？」
「就算我只喊你名字，也還是很容易被認出來吧？畢竟一聽就大概知道是日本移民的孩子了。如果是只叫你『阿晴』，就應該不至於被認出來。」
雖然說我是信任理沙這個人，但她這般實在太讓人信得過的表現，也讓我有種奇妙的感覺。

雖然對我來說這算是件值得感激的事，但我畢竟在三個多月的流浪生活中養成了懷疑人的習慣。

理沙好像察覺到我臉上疑惑的神情，便這樣說道。

「呵呵。要是在地球上的話，就只要微笑著說出『願主的旨意成就』這句話，對方大概就都能理解了呢。」

「……我聽不懂妳在說什麼。」

「也是呢，這個地方畢竟是月球嘛。不過我偶爾還是會想穿上修女服看看呀……」

理沙看起來很高興地這麼說。不知道她說的修女服是什麼東西？我心生這樣的疑問後，將之後要上網查查看的念頭記在心裡。

「但可惜的是那種穿著好像比較適合羽賀那呢。我的髮色太明亮了些。」

理沙自言自語似的這麼說道，用手指梳了梳她的棕髮。

她的頭髮雖然不如羽賀那的漂亮，但我想也算是筆直而不毛躁的一頭秀髮。雖然以前在村裡的時候，每個人都覺得金髮美女是最棒的，但我個人還是覺得髮色深一點比較好看。因為深色頭髮有種讓人一眼就能注意到的存在感。

就這方面來說，那個叫羽賀那的女生一頭漂亮的黑髮其實正投我所好，但她那個性實在太糟糕了。

當我在心裡這麼想的時候，理沙說道：

「話說回來，那孩子現在不知道在做什麼？她會表現出這種態度，應該是因為怕生吧……」

「她會這樣根本就沒什麼好意外的吧。」

「咦？是嗎？」

我對理沙投以懷疑的眼光，想說她該不會不懂得怎麼看人吧。

「但是沒有人天生就是壞人哦。」

果然沒錯，理沙這個人光是判斷事情的標準就滿奇怪的。

但話說回來，我在這幾天內有床能睡也都是拜這點所賜，所以得心懷感激才行。

「哦，對了對了。我這就帶你去空出來的房間吧。」

因為理沙站了起來，我也就拿著行李跟在她的後頭。

我們從客廳往房子裡面走去。左手邊是廚房，另外還有一條走道。

走道左側有兩間房間並排著，右側因為靠著山崖的關係所以是牆壁。

「這間是羽賀那的房間。」

理沙指著我們前方的一間房間說道。不用和羽賀那同房讓我在各方面都鬆了口氣。

「這邊就是阿晴你的房間嘍。」

理沙打開了裡面那間房間的門，房間裡只擺了床和書桌，裝潢非常樸素。

不過房間卻被打掃得很整齊，感覺非常乾淨。再怎麼說，光是間有模有樣的房間，就讓我不禁要掉下眼淚。我也是到這個時候才發現自己有多麼疲憊。

「既然你都是在賽侯那裡過夜，那應該很久沒有伸展手腳睡個覺了吧？」

「嗯啊……」

我含含糊糊的回話後，像被吸了過去似的一頭栽進床鋪。

儘管不知道過中午了沒，但我腦中卻湧出了油一般黏稠的沉沉睡意。

「哎呀呀……」

理沙輕輕笑了笑，拿起我背在肩膀上的包包。

但在這瞬間，因為身體已牢牢住在外過夜的習慣，而反射性地想從她手上把包包搶回來。

雖然我在幾秒後才察覺理沙並不是要偷我東西，卻十足充滿了尷尬的氣氛。

理沙緩緩把手收了回去，沉靜的說道。

「真對不起，我做了很冒犯的事呢。」

我沒想到竟然會由理沙那邊先開口道歉，而她也接著幫我拉上了簾子。

「這房間門是有裝門鎖的，你想安心睡一下的話就把門鎖上吧。」

她很溫柔地這麼說完後，就走出房間。

我只是無語地目送她離開。

到了最後，我仍然硬撐起沉重的身軀，喀嚓一聲鎖上了門。

我絕對不能掉以輕心。這並不代表我不信任理沙，我的生活方式就是如此。

「不過……不行了……我到極限了……」

一度湧出的睡意像重力加速度般將我往床的方向拖拉過去。

在那軟綿綿的枕頭上面，散發著我已經好久沒聞到的肥皂香味。

第二章

早上醒來後，我會做的第一件事就是檢查自己的所有物。伸手摸索坐在椅子上睡覺時必定會抱在胸前的包包，當發現包包不在的時候我背脊都涼了。

隨後便馬上彈了起來，卻因為發現自己人睡在床舖上面而陷入了混亂，而眼前的一片漆黑又讓我陷入了第二波的混亂。

不過沒過多久，記憶緩緩浮上了我的腦海。這個地方並不是那間可疑網咖的包廂，而是一個有點怪、名叫理沙的女人所管理的教會所附設的住屋。而我也已經許久沒有這樣伸展四肢好好睡一覺了。

我想大概從那之後，就完全睡死到了晚上吧。

「……該死……」

我因為一股不明所以的罪惡感和挫敗感而發出哀號，往床上沉沉一倒後再次將臉埋進枕頭裡。雖然一股誘惑讓我想這樣永遠睡下去，但窗外的天色已經暗了，並不是該睡午覺的時候。再睡下去就超過半天了。

這麼長時間遠離市場的狀況，實在是糟到無以復加。有許多必須要看的新聞、數據和必須考慮的價格動向如怒濤般橫掃過我的腦海，一股焦躁感朝我襲來，讓我心頭騷動。

但即使如此，不需要對他人的氣息去做警戒、能舒展手腳躺在乾淨的床上睡覺，實在相當舒服，最後又讓我花了二十分鐘才從床上起來。

「早安。你這麼早起真讓我意外呢。」

因為沒衣服換的關係，我只好套著去泡澡時跟理沙借來穿的舊衣服走到客廳，而後便被這樣調侃。因為理沙對警察也是同樣的態度，她就是這般性格吧。

理沙她現在戴上了眼鏡，坐在客廳一角的電腦前面。從打開的是文件型的ＯＬＥＤ螢幕看來，她似乎並不是在玩遊戲。

「你睡得好嗎？」

我搔了搔頭，環視客廳一圈之後回答：

「……妳看了也知道吧。」

因為老實這樣回答感覺很不好意思，所以我將頭撇向旁邊。

「這個地方可以無線上網嗎？」

就算已經在這裡睡了一覺，我還是把包包揹在肩上。這麼做是為了讓我隨時都能從這裡離去，也隨時都能夠進行交易。

「用我這台不行嗎？這台有接網路喔。」

但我並不想用別人的裝置來進行股票交易。

話說回來，我還是別跟她提到關於股票的事情才是上策吧。要是我身上帶著一筆錢的事情曝光的話，說不定會引來麻煩。

「……我想用自己的啦。」

「呃……電腦這方面我不是很懂……你可以自己試試看嗎？」

我聳了聳肩，在看起來比較容易接收到電波的窗戶邊坐下，從包包中拿出裝置。

打開電源，輸入密碼這種小事就算是閉著眼睛來也沒問題。

看到我這樣的操作後，本來一臉好奇看著我的理沙微微皺起了眉頭。

「你是網路成癮的人嗎？」

她問這問題的口吻，實在很像對數位裝置不熟的人會有的態度，讓我稍微笑了出來。

「差不多啦。」

我邊含糊應付她邊打開了投資工具，突然有種睽違一年才又回到這裡的感覺。當然此刻在我心頭的並不是懷念，而是被拋在後頭的焦躁。

因為現在時間已經過了晚上九點，所以算算我睡了大約十個小時。

正當我一篇一篇開始爬起未讀的新聞時，理沙這樣對我問道。

「你要吃晚飯嗎？」

「不用。」

雖然我瞬間就回答了，但突然發現自己從中午到現在什麼都沒吃，便邊看著螢幕邊將一隻手探進包包裡面，拿出巧克力棒來。

「這就是你的晚餐？」

對於理沙語帶責備的這句話，我當然是不作回應。

但理沙接著從椅子上站了起來，椅子發出嘎吱聲響。她一步步地走近我這裡，在我面前站定。

「雖然小事情我是不會太在意，但既然你都到這間教會來了，那我就要你遵守最低限度的生活規矩。」

這番話讓我想起了小學的老師，便非常不耐地抬頭看她，可是理沙一臉絕不退讓的表情，這麼說道。

「我要你早睡早起，好好吃飯。至少早晚各一餐。另外就是每天都要沖澡。」

但聽她這麼說完後，呆住的人卻是我。

「啊？這樣就可以了嗎？」

我本來還以為她會提出些更囉嗦的要求。

「我早上都很早起。要是可以沖澡的話我也會很想沖。我是因為網咖那邊沒浴室的關係才沒洗澡的。」

「咦？哦，是這樣子呀……」

理沙本來可能以為我會反抗，所以一時表現得有點不知所措。

「至於吃飯嘛……嗯，有飯的話我就會吃。不管有什麼都好。」

我接著正準備一口咬下巧克力棒，但理沙卻把它給抽走。

「妳幹嘛啦！」

「不可以吃這種東西。我會幫你作飯。」

「這種事情隨便都好吧……」

「隨便才不好。健全的生活就是要從健全的飲食開始。」

雖然我心想她都藏匿著離家出走的人了，哪還有什麼健全可言，但要是隨便忤逆她的話，到時被趕出去也只會讓我感到困擾。

「要收錢嗎？」

理沙聽我就只問這件事，嘆了一口氣。

「只會多少收點材料費吧。會比你在外面吃便宜哦。」

「那就拜託了。」

接著我馬上就把視線轉回螢幕上。除了數量龐大的新聞外，我也想一併確認下午交易的行情變化。畢竟當我做這些事的時候地球依然在轉動，新的消息會接二連三出現，要追趕是非常費神的。

雖然感覺到理沙在我頭頂方向用誇張的大動作聳了聳肩，但我當然還是對她視若無睹。

「哦，還有啊，雖然現在這樣也就算了，但等到明天你可要穿好衣服再出來這裡。衣衫不整地在房子裡亂晃，我可是不允許的。」

這簡直就像我在老家時被父母嘮叨一樣。

雖然我很敷衍的隨口應聲「是，是」想快點打發她走，但視線突然被一旁的東西吸引了過去。

「你有在聽嗎？」

理沙忽地把臉湊了過來，接著她好像也注意到我的表情僵住了。

「怎麼了？」

理沙說完後便轉頭往後看，然後也大為震驚。

「羽賀那！妳……妳等一下！」

羽賀那對著慌張跑向自己的理沙，只是瞇細了眼睛，露出不解的表情。她手上拿著仔細折好的睡衣和像是替換內衣褲的東西，但問題還是在於她身上的穿著。

她就只穿了一件讓她那細而修長的腿直露到大腿根部的短褲，上半身是一件彷彿隨時都

能從旁邊看見胸部的單薄無袖衫。
「妳是要我說多少次，不可以穿成這樣到處亂晃呀——」
「……？我又不是沒穿衣服。」
羽賀那大惑不解地對很不高興的理沙這麼說，然後非常乾脆地走進了更衣室去。
理沙一副好像不知道該說什麼的樣子，在更衣室的門前垂下了頭。
至於我呢，就只是難為情地別開了目光，心裡想著一件事情。
她穿的內褲是白色的啊……
她明明穿得一身黑，好像很囂張的樣子，這個部分卻稚氣得出奇。
我暗想她那副樣子要說不壞倒也真的算不壞，然後對好像很頭痛的理沙這麼說：
「禁止衣衫不整地到處亂晃是吧？」
「平……平常我們可是更有規矩的哦！」
本來就只有她們兩個女生住這的關係，所以應該很隨便吧。
「真拿她沒轍～……我好不容易才終於讓她不會光溜溜亂跑……」
理沙喃喃這麼說道，讓我不禁想像了一下羽賀那的那副樣子。感覺她確實散發出會若無其事地做出這種事的氣息。
「不過……她這樣可會讓我感到困擾耶……」
「我也覺得很頭疼呀！唉……是神賜予我試煉。」
「妳在說啥？」
「……瞧我在說什麼呢。」

對於我的提問，理沙給了這個乏力的回應。

在晚餐的飯桌上出現了豆子湯、法式奶油煎魚和麵包。

聽說豆子是鄰居種的，魚是從釣客那裡分來的、某種棲息在鎮上循環水道中的鱒魚，而麵包也是便宜跟麵包店買下的滯銷商品。

雖然我心想，這些東西不全部都是靠別人施捨得來的嗎？但因為料理真的十分美味，所以我也就識趣地閉上嘴。

而且仔細想想，這的確是不用花錢就能解決一餐的聰明方法。雖然不知道學不學得來，但為了日後的求生需要還是記下。

「這裡基本上算是間教會，所以要感謝神賜給我們這餐。」

坐在椅子上的理沙將雙手的手肘靠在桌上，雙手交握並將額頭靠在上面。感覺她用沒聽過的語言低聲說了些什麼，最後說了聲「阿門」。

雖然以知識的角度來說，我隱約明白她這般舉動，卻沒真的親眼看過人這樣做，所以總覺得有些不自在。不過理沙並沒有強迫我和她做一樣的事，所以我也沒什麼好抱怨的。

「來，久等啦。請開動吧。」

理沙隨後抬起了頭。而我在她幫我舀湯的時候對她問道：

「所以這頓要算多少錢？」

我想如果要問這個問題，就得在動手開始吃之前問。我猜理沙應該會對此不太高興，而實際上她也如我所料用有些嚴肅的目光看我。但因為我這樣問也是想要一探理沙的性格，所以就算被她用這種眼光盯著也不會畏縮。

「十慕魯。」

「……也太貴了吧？」

就算到鎮上的飯館吃飯都不用花這麼多錢吧。我心想「虧她敢說比在外面吃便宜」，露出不滿的神色朝她看去。理沙只是若無其事地這麼說：

「包括住宿費。」

「……妳早說嘛。」

「不過看你的金錢觀念還算滿正常的嘛。」

看來她是在試探我的樣子。對這女人還真不能掉以輕心。

「這還用說啊。我可不是出來玩的。」

既然她都開口說這頓飯加住宿費十慕魯了，那我也就不客氣地伸手吃起飯來。許久沒有吃到這樣像樣的飯菜，讓我一下子胃口大開。

「哦～？」

只見理沙對著我瞧，好像在沉思著什麼似的。這讓正把麵包塞進嘴巴裡，邊喝著湯，更用叉子叉在魚肉上的我多少起了些戒心。

「是怎樣……啦……」

「你吃飯也斯文點嘛。」

「……妳……妳很囉嗦耶。」

因為我像小孩子一樣被她唸了，不禁用孩子般的口氣回嘴。

「雖然這點我也想要唸你啦，對了。關於錢的事情。」

「什麼？」

看我吝嗇地對著湯碗底部的碎豆子窮追不捨，理沙什麼都沒說就伸手拿過了我的碗，又幫我添了碗湯。她將添好的湯碗交到我手上時，也一併拋出這意外的一句話。我在聽到了「錢」這個字後手就停了下來。

「雖然我不知道你在賽侯那邊住了多久……但賽侯會把你介紹給我，也就表示你在他那邊有好好付錢對吧。」

「算是吧。」

我在帶著戒心回答她後，才終於啜了一口湯。

「不過接下來，你打算怎麼辦呢？」

喔喔，原來她是擔心這點啊。這讓我心中豁然開朗。

「雖然我收留你在這裡，但你看看這周遭也應該清楚，我們這邊的財政其實也很吃緊。要是你手頭上的錢用光了，我們可是無法支應你的生活開銷哦。」

世上沒有光是祈禱，錢就會從天上掉下來的道理。

所以我點了點頭，然後說：

「這一點妳不用擔心。因為我三天後就會走了。」

我又喝了口她幫我添的湯，用麵包抹了碗底的湯汁吃下去，總算是有點滿足。

其實是非常豐盛的一頓飯。

「……但你有地方去嗎？」

「就那個爆炸頭的店啊。他是叫賽侯是吧？」

我也沒其他地方能去了。

「這樣你不用多久就會被捕了喔。」

理沙這句話讓我一時無法反駁。畢竟警察不時就會來巡邏，而且我也有過差點和他們撞個正著而嚇出一身雞皮疙瘩的經驗。要是那個吃霸王餐的傢伙還沒被抓到，搞不好就連晚上都有可能遭到突擊檢查。

就這方面來說，換作是這間教會應該就不會突然有警察闖進來吧。

「而且你之前不是都沒辦法好好休息嗎？我好久沒看到有人像昏過去一樣的熟睡了呢。」

看到了床的那時，我真的差點就哭了出來，也無法抵抗而被床吸過去。雖然我是覺得自己狀況還可以，但看起來身體好像比我以為的還疲憊。

不過就算如此，我還是覺得唯有不吃不睡地盯著裝置，為了股票交易付出各種犧牲才有辦法抵達某種境界。

「我剛剛已經充分休息過了，而且之後三天也會好好休養生息。應該還有辦法撐下去吧。」

我這句話是認真的。

理沙嘆了口氣之後，用手心輕輕拍了拍桌面。

「人生很漫長，而你也還很年輕。雖然我是不想嫌賽侯那邊破，但我覺得你需要過更像樣點的生活哦。」
「……所以妳是想叫我待在這嗎？」
「雖然也不一定得在這，但你好像也沒其他選擇呢。你有打算回家嗎？」
我雙手交叉托著後腦勺，往後一仰。
「妳是想說教喔？」
我心想事情果然會如此發展，但理沙隨後給了我一個意外的回答。
「不是哦。」
「嗯？」
「我有個提案。」
我皺起臉來，猜想她葫蘆裡賣什麼藥，但理沙絲毫不在意似的淡淡說道：
「雖然我不同意犯法的行為，但人卻也不是為了遵循法律而生的。所以我會想為了『因為各種原因而一時迷途』的人們出一份力。」
這個心靈十分澄淨的人，毫不害臊地說出這種話。
雖然這讓我不自在地在椅子上扭動，但理沙果然很超脫常理。
「總之就是這樣，所以我會幫來到這裡的人介紹幾份工作。這樣的話你也就有辦法在這裡待下來了吧？你想要做些什麼？」
我整整好幾秒的時間望著理沙，再問了一次。
「……嗄？」
「因為在這一帶有很多人生活過得很辛苦，所以他們也能體諒阿晴你這樣的遭遇。而且不管哪邊都缺人手呀。主要是廚房、送貨、建築、清潔……之類的為主吧。如果選廚房，那會是跟我一起在中國餐館打工就是了。你覺得哪個好？」

理沙隔著桌子對我吟吟笑著。但她剛列舉的卻都是些低薪的純勞動工作。而這些工作之所以缺人，是因為在月面沒有人會想幹這種活。

不過我在腦中想像了在中國餐館打工的理沙，倒也對她工作時的樣子有點好奇。

隨後我就對自己心中竟冒出這種念頭感到傻眼，接著再次伸出手要拿麵包，但理沙卻輕拍了我的手。

「不工作的人可沒飯吃喔。」

我明白就算這時跟她理論說我都已經付了十慕魯所以理當有權吃飯，她也不會被說服。

「……妳剛剛說的四份工作薪水如何？」

「呃……薪水最多的是快遞吧。對方說時薪能給到九慕魯哦。」

雖然我不知道此時自己臉上是什麼表情，不過從理沙的反應看來，我現在的臉色應該不太好看。

「你覺得不滿意嗎？時薪有九慕魯耶。雖然確實是需要去某些高低落差大的地方送貨，但你的體能似乎意外的好呀？」

像白環區或牛頓市那樣經過整頓規劃的地方就算了，光想像要在外區那種雜亂無章的地方送快遞，就讓我不禁捏把冷汗。

而且時薪只有九慕魯的話，不管工作得多拚，一天下來頂多也只能賺個一百慕魯啊。雖然我近期的投資成績不太理想，但最多也曾一天賺到一萬慕魯以上。一下就抵過一百天的工作了。眼前這些打工根本不值得考慮。

「而且啊，妳說的這些工作都得在大白天出外拋頭露面吧？」

「那是當然的啊！」

理沙怒氣騰騰的反應害我差點一口被麵包噎住。

「出去工作可不像是小孩子在家裡的店幫忙喔！還是你以為只需要做那點事就行了？」

我現在的感覺就像被一個愛管閒事的大姊訓了，但不知怎的卻不會覺得不高興，很奇妙。

或許那間可以讓我伸展手腳睡覺的房間和好吃的飯菜，已經讓我完全被她攏絡了也說不定。

我竟然已經沒骨氣到無法對她嗆聲說出「妳再講這種囉嗦的話我就走人」，我自己都覺得傻眼。

「我不是這意思啦。」

「不然你是想說什麼？」

我深深嘆了口氣，說道：

「我只是想說，我去做這些工作根本划不來。」

聽我說完這句話後，理沙好像想說什麼而打算開口，但我只是將手伸進口袋，將一些紙鈔掏了出來。這是我為了有什麼萬一而準備的，要給天使的名片。既然這東西會在教會派上用場，那這名字還取得真對。

我從那疊紙鈔中拿出一張面額最大的放在桌上。

雖然我並不討厭那個爆炸頭的店，但至少要先等到那個吃霸王餐的混蛋被抓到才行，不然我回網咖住會遭到逮捕的風險實在太高。

但即使如此，我依然不想把寶貴的時間花在這種低收入勞動上，所以便借助了月面最為強大的金錢之力。總的來說，這也是在做投資。

「總之我先給妳一百慕魯。妳就收下它讓我在這裡住一陣子吧。」

「咦……」

理沙的表情非常驚訝。因為我原本總覺得自己好像沒辦法與他抗衡，所以像這樣給了她一點顏色瞧讓我有點驕傲。

雖然給了她點顏色看是不錯，但理沙的樣子卻跟我預料的不太一樣，好像有點怯縮。該不會她在懷疑這是不是假鈔什麼的吧？

「這樣……還是不行嗎？」

我看著理沙的臉色這麼問道，這才讓她突然回過神似的朝我看來。

「咦？呃……嗯……不是啦。我當然沒打算把你趕出去，不過……」

理沙突然間顯得有些動搖，實在讓我感到在意。

「……這些可不是什麼骯髒錢喔。」

理沙聽到我這樣說後，有些慌忙地搖搖頭。

「對不起，我不是這個意思。」

不然妳是什麼意思？雖然我有種衝動想這樣反問她，但話題畢竟已經從她要我去做那些爛得跟屎一樣的打工上頭轉移開了，我便想快點結束這段對話。

「要是沒問題的話，我希望妳能收下這些錢。」
另外希望看在收了錢的份上，妳就什麼都不要囉嗦讓我在這住個十天。
理沙依然沉思了一下子，用一種很掙扎的表情盯著那張鈔票。
不過她最後還是緩緩點了點頭。
「我明白了。我就收下這些錢。」
理沙動作輕巧的把鈔票收了起來，然後又恢復她平時的樣子。
「你就暫時住在這兒吧。畢竟你都像個剛從戰場回來的士兵一樣昏倒在床上了，再這樣下去的話身體很快就會搞壞了哦。」
因為要說我每天都在戰場上拚命也沒錯，所以理沙的這個評語讓我不禁感到有些自豪。
「不過你也要好好考慮將來要怎麼辦哦。」
聽到理沙這句嘮叨，我只是聳聳肩沒有回話。
如果說到將來，我考慮得可是比其他人多得多。
我要賺到令人難以想像的鉅款，然後實踐自己立於前人未至之地的夢想。
「唉，雖然我也沒有立場能講你什麼呢。」
不過理沙的這句低語，卻讓我感到意外。
「你吃飽了嗎？」
她突然又接著開口這麼問，讓我錯過了提問的時機。
「啊？嗯嗯。妳做的菜很好吃。多謝招待。」
「不客氣。」

看著理沙收拾餐具的身影，像她這樣的成年人竟會不考慮將來的事，就這樣虛度日子，實在是讓人難以理解。

但話又說回來，別人家的事情畢竟不干我的事，而我也沒有時間去管。於是我馬上打開裝置，努力收集資訊。

我有目的、有該前進的道路、也有要實現的夢……雖然在心中如此吶喊著，但新聞的文字卻扭曲了起來，數字也進入不了我的腦海。

明明都躺這麼久了，現在卻還是被一陣猛烈的睡意侵襲。

好好吃過飯後，聽著理沙洗碗時碗盤碰撞的和平聲響，沉浸在客廳的安穩空氣之中。

雖然我奮力又支撐了一下子，但目前為止拚命遏止的漆黑疲勞感，就像我在影片中看過的油田一樣噴發了出來。

「不過看來也沒辦法呢。雖然說要早睡早起，但你白天都睡了那麼久，到了晚上就會……」

理沙邊擦著手邊走回來這麼說，但說到一半就笑了出來。

「看來我不用操這個心了呢。」

「唔……」

「我把買來的牙刷放在浴室了，你至少刷個牙再睡吧。」

老實說覺得很麻煩，但要違抗理沙卻又更加麻煩，像死人般頷首，搖搖晃晃地走向浴室。

我接著好像聽到理沙在睡意的另一頭說了些什麼，但我實在想早一秒去睡，便打開浴室室。

的門。出現在我眼前的卻是正用浴巾擦身體的羽賀那。

「……」

羽賀那對著腦袋一片空白的我，一派冷靜地皺起眉頭這麼說道：

「幹嘛？」

我立刻關上門，但也沒法從門前離開，就只能像個傻瓜一樣呆站在原地。雖然浴巾幾乎遮住了她的身體，但她那濡濕的黑髮和露出的香肩還是極為美艷。

愣在門前的我就這樣被理沙伸手一拉，被帶到了一旁。接著理沙輕輕開門鑽進浴室，手上拿著牙刷走了出來。

我沉默地接過牙刷去廚房刷了牙，然後搖搖晃晃地走回房間，躲進被窩裡。

這是我第一次這麼近看到女生的裸體。

不過最讓我受打擊的，可能還是羽賀那絲毫沒有動搖的反應吧。

我帶著一股奇妙的挫敗感，像是沉入了原油之中，落入漆黑的夢鄉裡。

我在起床後很乾脆地睜開眼睛。這次我至少不會再慌忙地翻找包包了。

而我在醒來的瞬間就確信了一件事，就是今天感覺我會狀況極佳。

在讓人能盡情翻身、不用擔心東西被人摸走的床上睡覺，實在是美妙得難以言喻。

我走到走廊上，發現自己的衣服已經疊好放在外面。於是我便換上了那身我穿習慣的行頭。

但因為之前連連被羽賀那說很臭的關係，我在穿之前稍微對著衣服聞了一下。應該是沒問題了。

之後我往客廳走去，看到理沙和羽賀那在桌前吃著麵包。雖然她們兩人都注意到了我，但羽賀那冷淡地板著一張臉馬上就不再理睬我。

「早安。你真的很早起耶。」

「……我就說吧。」

「我覺得離家出走的人還這麼有規矩算很難得呢。」

「妳管我。」

雖然我對理沙說了這種話，但她還是一臉高興地嘻嘻笑著，而我也不是認真要凶她，而是不知為何覺得有些害羞。

「你早餐要吃什麼？從你的名字看來父母應該是日本人對吧……啊，這你好像提過了哦。不知道有沒有米耶。」

「我不一定要吃那種早餐啦。」

「哦，是喔？那就跟我們吃一樣的嘍？」

最後理沙還是幫我烤麵包並煎了培根蛋。

很久以前住在地球上的人好像從未想到，人類就算到了地球以外的地方生活，吃的東西也還是跟在地球時一樣。也就是說，那些地球人以為我們會吃著一些不知道是什麼鬼的管狀合成食物，還有泛著未曾見過的詭譎色彩的營養補充劑。雖然也真的有人特地製造了這類東西出來，卻很難脫離垃圾食物的範疇。聽說移民首先會感到吃驚的，就是月面都市的環境和地球幾乎一模一樣這一點。

當然我也沒辦法理解那種感動就是了。

「感謝招待。我跟妳借個網路線喔。」

雖然在房間試著連了一下網路，但收訊卻很差。因為連0.1秒的時間差都會影響交易是否成立，所以我可能會因此錯失賺大錢的機會。正當我像昨天晚上一樣在窗邊的地板上坐下時，理沙說道。

「好啦好啦，這是沒關係……你在做的應該不會是什麼壞事吧？」

股票交易就是把鉅款押在數字的起伏上，雖然看情況也可能瞬間賺進人類工作一輩子才會有的金額，但這到底算不算壞事就連我也不明白。

我能說的也就只有一句話。

「完全是合法的。我做的事沒有觸犯半條法律，這一點我可以保證。」

「……那我也就不多問嘍。」

我本來以為理沙會再多追問幾句，所以用意外的眼光看她，但她只是帶著淺笑一聳肩說。

「畢竟男孩子這種生物，要是沒有祕密就會死嘛。」

雖然我心裡應該絕無這種想法，但不知道為什麼卻有種輕飄飄的感覺。

我因此選擇保持沉默到底，然後登入了我的證券交易帳戶。

從那一刻起，周遭的狀況就全都從我的思緒中被排除。

之後我所著眼的，就只有如何從數字的消長中賺到錢而已。

今天的市場狀況有些混亂。

最初是一部分的地球市場出現震盪，全世界互通的金融市場跟著受到影響。這次市場動盪的原因，是俄羅斯為了天然氣田對以前的附庸國出兵還什麼的，總之算是已經司空見慣的狀況。

在月球上有句玩笑話，就是世界史的課本只要把內容剪剪貼貼然後改一下年份就行了。這是在諷刺地球那邊不管到了何時，都不斷重複上演著一些蠢事。

從月面這邊遠眺過去，便能明白紛爭和悲劇為何不會從地球上消失。因為在那邊有著數千年的歷史，住了幾十億人，過去的糾葛和為了應付一時而構築起來的系統，每天二十五小時都發出噪音軋軋運轉著。這就是地球。

我們村子裡，有個來自地球上特別動盪地區的移民曾這麼說過。

——從軌道電梯的窗戶眺望地球時，會覺得所有令人絕望的問題，都和我出生的故鄉一樣漸漸變得渺小。

聽說現今地球上，還是有著「天上掉下的飛彈比雨水還密集、地雷炸出的火花比春天綻放的花草還多」的地方存在。

之所以會有人即使只能單純幹體力活也想到月面來，就是因為實在有太多人不想住在這顆孕育人類的母星地球上了。而更可怕的事情是，住在地球上先進國家裡面的那些人，聽說好像對地球的這種情況一無所知。

首先光是會因為看新聞播的世界局勢而感到心痛的人，就很難說能有多少了。會認真收看這種新聞的人，肯定在意的是原油的生產會不會受到地方紛爭的影響、先進國家的經濟會不會因而受波及，滿腦子想的就只有錢而已。

聚集在月面都市的，更是這樣的一群人。

就像月球之所以會以同一面朝著地球，是為了要冷眼對地球進行監視。

我連眼皮都不眨，只是一直看著數字和播出的新聞，這麼做也是為了要從中多少擰出一些錢來。

「呼……」

在交易時間結束的瞬間，我舒了一口氣。藉由按下登出網路世界的按鈕，我讓被裝置畫面吸進去的靈魂，再次回到名為身體的容器中。

那種感覺像是我的意識在加速的交易世界中急踩煞車，然後撞上了存在著重力與時間的這個世界的感覺。

我始終認為這種感覺很不錯。

但這份喜悅也只能持續到我回顧今天的交易成績之前。

我從早上到現在一直巴著螢幕不放，不吃不喝的持續進行交易，最後的成績也只有總額七慕魯的獲利。雖然算是賺到這邊一天的住宿費，但我的心胸卻沒有寬廣到能把這個算是有賺。雖說時而順遂，時而會有像今天這樣的困境，但我到了今天依然在原地踏步。

這甚至讓我害怕去計算從上個星期開始增加了多少獲利。

一陣強烈的倦意這時壓上了我的背部，讓我我維持著盤坐的姿勢，就這樣一翻身在地板上躺倒。

「……」

就只有在這個瞬間，我的腦中才能真正不浮現任何雜念。因為有時我連在夢中都進行著交易，所以這種什麼都不想的瞬間對我來說一定比睡覺更放鬆吧。聽說過去掌握地球霸權的優秀領導者，一天的睡眠都幾乎只有幾分鐘，最長也不過就一小時。我對這件事可說有痛切的體會。如果想要征服世界，實在有太多的事不得不去考慮，因而無暇睡眠。

再怎麼說，位在全球各地構築起這世界的人們，是無時無刻都在活動，對世界造成的影響也是片刻不會止息。因此人只要一睡，便會被從世界尖端被拋往後頭去。

光是想稱霸股票市場，就幾乎已經占掉我所有的腦容量。然而，離掌握市場還差得非常遠。

不過，我總有一天會稱霸這市場，並從中獲取無限的金錢，站在那筆錢堆成的山上將手伸往前方。為了抵達通往前人未至之地的那扇門，為了躋身繼月球之後，人類前往下個開拓目標的第一級階梯。

於是我停止讓腦袋放空，感受到新鮮溫熱的血流湧進了缺血的腦袋之中。我想要是腳步在這邊變得鈍重的話，接下來我也只會愈來愈落後而已。於是我做了個深呼吸，打算一口氣站起身來而張開眼睛。

「……」

但眼前這幅純屬意外的景象，讓我不僅停下了動作，連思考都陷入靜止狀態。

當我睜開眼睛後，在我眼前是一片的黑。

不對。

正確來說，那是一整片黑色的布料才對。那塊布的一部分帶著獨特的流線輪廓，一部分則露出鋸齒狀摺疊的摺邊形狀。

而在最深處，黑色布料間能看到些許白色布料。

上述這些東西迅速掠過了我頭上。而我的目光隨後捕捉到的，是彷彿察覺了什麼而轉身看我的羽賀那的臉。

「怎樣？」

羽賀那既沒臉紅也不害羞，更沒有發怒，就只是用彷彿看著路旁石子的眼神看我。昨天在浴室時也是同樣狀況，總之我感覺她似乎並不把我當成人看。

冷傲的羽賀那小姐好像是因為要去廚房旁的櫥櫃拿東西，想走最短的路徑所以才跨過我身上。

雖然我的確是躺在一個古怪的位置上，但既然羽賀那穿著裙子這種不設防的衣著，那她自己不是該多留意點才對嗎？

說起來為什麼是我要覺得受傷啊。當我因為這不可理喻的事而滿心憤慨，打算爬起來時，羽賀那竟然開口搭話：

「理沙呢？」

羽賀那打開冰箱，好像是喝了號稱因為化學合成所以營養價值更豐富的牛奶，嘴巴周圍弄出一圈白白的鬍子。

「不知道啦。」

這女人明明性格惡劣地把人當作笨蛋看，結果還露出一副嘴邊冒著白鬍子的傻樣，讓我莫名覺得有些不快。在我很乾脆地丟出這句回答後，羽賀那毫不遮掩地蹙起雙眉，臉繃得好像都快發出音效來了。

「你不是一直都在這嗎？為什麼不知道？」

你是白痴嗎？

感覺似乎可以聽到她這樣說。

雖然我一直待在這個地方是事實，但在我聚精會神進行交易的時候，大概直到被人敲頭為止都不會發現背後有站人吧。雖然我本來想對她說明這件事，但實在覺得很麻煩，所以決定將她的問題忽視到底。

雖然羽賀那仍然一臉不快的瞪著我，但我只是在心中暗罵一句「妳要生氣就隨妳」，便又操作起裝置。

這時走廊那邊通往聖堂的門被推開，是理沙回來了。她手上還拿著一只不知道塞滿了什麼的麻袋。月面都市的政策是任何能回收的東西就要盡量回收再利用，而那只麻袋好像也是配合這個原則，上面到處都看得出縫補過的痕跡。

「我回來嘍～……嗯？」

走進客廳的理沙很敏銳地察覺到了現場的氣氛。

但因為羽賀那這傢伙一直悶不吭聲地狠狠瞪著我，所以就算是白痴也看得出現在是什麼狀況吧。

但我甩都不甩羽賀那，只是繼續操作裝置。

「羽賀那。」

在理沙喊了她名字之後，羽賀那就像隻看向飼主的小狗一樣移動了視線。

「生氣的話腦細胞會死掉喔。」

妳胡扯什麼啊。

我不禁抬起頭來，沒想到竟看見羽賀那點了點頭。

這種像是騙小孩的話她也聽得進去喔？

羽賀那完全無視於愣在一旁的我，彷彿眼中已經完全沒了我的存在，只顧用手指揉著太陽穴。

接著她依然閉著眼，很靈巧的將牛奶倒進杯子裡，打算再喝第二杯。

在喝下牛奶之前，她還默唸著這樣的咒語。

「鈣質可以平息怒氣。」

「就是這樣。」

雖然她的樣子看起來不像在開玩笑，但我也搞不清楚她究竟是在演給我看還是認真的。

羽賀那喝完牛奶後，對著正將買來的東西放進冰箱的理沙說：

「理沙，講堂的鑰匙。」

「咦？呃，我沒拿給妳嗎？」

「我沒拿到，而且所有想得到的地方都找過了。剩下的可能性只有理沙帶在身上，要不就是這傢伙偷——」

「啊——！好，妳等我一下……呃……」

在羽賀那的手直直朝著我指來之前，理沙先制住了她，並在口袋和麻布袋中到處翻找。看來她似乎把鑰匙收在錢包裡面的樣子。

「我這個將小東西塞進錢包的壞習慣真的得改改了呢。妳還來得及嗎？」

「就算遲到我也會好好跟他們說明原因的。這不是我的錯，是理沙的錯。」

羽賀那清楚而乾脆地講出這種話。

雖然理沙微微苦笑，但似乎因為已經對這種事司空見慣了，所以神情完全沒有因此動搖。

「……也是呢。嗯，妳就好好跟他們說這都是我的不對吧。」

「好。這是很單純的道理。」

羽賀那這樣說完後，便接過鑰匙轉身就走。

她的裙襬稍稍向外翻揚，美麗的長髮則劃出了比裙襬更漂亮的弧線。

她幾乎沒發出任何腳步聲就離開了客廳，我能聽見的只有她走進自己房間關上門的聲響。被留在當場的理沙無奈地嘆了口氣，對著我露出淡淡苦笑。

之後過沒多久，房子裡就再度響起了門開關的聲響。羽賀那走回客廳，手上還拎了個黑色小包包。

「那我出門了。」

「好，路上小心喔。」

羽賀那只有向理沙打招呼，對我則卻什麼都沒說，接著就橫越客廳朝通往聖堂的走廊走了過去。

不，正確來說她其實有用表達「什麼？你怎麼還在啊？」的冷淡眼光朝我瞥了一眼。看來我好像完全遭到羽賀那敵視了。

「這孩子果然有一點棘手吶……」

理沙的這句喃喃自語，聽起來倒像在支持我，表示並不完全是我的錯。

「只有一點嗎？」

我看準時機丟出了這句話。

「就只有一點點而已喔。其實她真的是個好女孩呢。」

「這種話是在替很差勁的人辯護時會講的經典台詞吧？」

雙手托著臉頰微微低著頭的理沙，用有點冰冷的眼神望向我。

「我想你應該不會不知道我的心胸有多麼寬大吧？」

「……我知道了啦，妳別生氣呀……」

「嗯，那就好。」

理沙露出燦爛的笑容，將空了的麻布袋仔細摺好。

「那接下來做什麼好呢？你要早點吃晚餐嗎？」

「啊？」

理沙這問題出乎我的意料，讓我有點不知所措地出聲反問。

「你沒吃午飯不是嗎？是說連我跟你搭話你也完全沒反應耶。你到底是在做什麼呀？」

理沙一副呀然的表情，看起來倒不像在質問我。

我搔了搔頭，支支吾吾的想蒙混過去。

「哎，也沒關係啦。總之如果你想早點吃，我就現在煮飯，你覺得怎樣？」

「啊？呃……那個……我想說妳如果先幫我煮，之後才弄自己的，不是會很麻煩嗎？」

「當然是沒錯啦……不過我還真意外耶，你竟然這麼替我著想。」

「我雖然離家出走，但可不是什麼不良少年咧。」

理沙聽見我這麼主張後輕輕嘆了口氣。

「但你的用字遣詞活像個小混混。」

「……妳很煩耶……」

「而且我之所以問你要不要早點吃，是因為如果等到羽賀那回來才開飯的話會很晚的關係。」

「喔……」

我想像自己跟羽賀那一起吃晚餐的樣子，嘴巴裡面就滲出一陣苦味。

「而且啊……從剛剛的樣子看來，要逼你跟她一起吃飯也不成呀。」

我這邊就姑且不論，羽賀那對我的敵意可說是非比尋常。

我實在想不透她到底為什麼看我這麼不順眼，因為在我看了她裸體、瞄到她裙下風光之前她就是那種態度。

「當然我最終的目標還是讓大家一起好好吃頓飯啦。」

「嗚呃。」

我想都沒想就發出這樣的哀號。

理沙這種少根筋、和平主義式的意見，我可一點都不想聽啊。

「哎，就算球在剛落地的瞬間會猛烈地彈起，但最後還是會靜止不動吧。很多這樣的衝突，都只要等你們習慣彼此之後就能化解嘍。」

雖然理沙完全擺出一副長輩的態度對我說話，我卻因此稍稍感到放心。

「我還以為妳會說要我們握手言和呢。」

「嗯？要這樣也很好啦……不過，我意外地還挺務實的呢。」

「這樣可幫了我一個大忙。」

我在說完後稍微做了個深呼吸，再回到剛剛的話題上。

「不過我想啦，要是能早點吃到飯的話也就再好不過。」

「那也是，我現在就去做嘍。」

「真是幫了大忙。」

聽到我刻意這麼客氣地講話，理沙像是被眼前這囂張的小鬼頭逗樂，哼笑出聲。

「我說啊。」

「嗯？怎麼啦？」

「那傢伙拿著一個包包出門是去做啥？」

雖說已經傍晚，一般學校也都放學了，所以未成年人在外面走動是不會有問題的。但離家出走的人畢竟也不太適合出門到外面閒晃。

「不要說那個傢伙，她叫羽賀那。」

「……她不是也用差不多的方式叫我嗎……」

「你們都試著朝對方各踏出一步不是很好嗎？而且她會這樣一定只是因為比較怕生啦，

她在我眼中真的是個好孩子。」
「但看昨天那個樣子，妳說的話她好像也沒在聽耶？」
「嗚……總之她的名字是羽賀那啦，要叫她羽賀那。」
「我知道了啦，囉嗦。」
「真是的……嗯，你要問羽賀那的話，她是出門去工作喔。那孩子在外面當老師。」
這讓我大概停止呼吸了整整好幾秒。
「這……真的假的？」
「真的真的。」
見理沙模仿了我的講話口氣，讓我扁起了嘴。
「你不要刻意裝模作樣，正經點說話啦。」
「妳好吵喔……」
只能這樣回嘴的我，簡直就被她當成小孩子對待。
雖然很不甘心，但整體來看我似乎完全不是理沙的對手。
「不過……她有辦法當老師？」
「有辦法呀。因為她的頭腦非常好嘛。」
「……那傢伙確實是很瞧不起別人啊……」
「你這麼說我倒也沒法反駁啦……不過有部分原因是她的眼神天生就是那樣呀。她自己也很在意這一點的，所以我想請你在這方面別太和她過不去。」
「……哼！」

我輕輕地用鼻子一哼，別過頭去。

但我這一哼並非完全是出於不屑，而是想到羽賀那竟然會在意自己眼神凶惡，讓我的心弦稍微被觸動。

感覺她好像……有那麼點可愛。

「她把附近的孩子集合起來教大家功課。教得非常用心喔。其實我以前也做過同樣的事，但實在是教不來。雖然文科方面我有信心，卻好像完全沒人有這方面的需求呢。」

「嗄？是這樣喔？」

「羽賀那她完完全全屬於理工科系。像這種全世界通用的知識實在很好呢。我好歹是在月面念過大學。但我專攻中世紀歐洲的天主教與鄉土信仰的關係，所以在這裡可說是毫無用處呢。」

「……那是啥東東？」

「你會有這種反應也是當然呢……都來到月球了，哪還會有人要學什麼地球歷史，更何況是宗教史呢……當初大學的老師來這想找我去擔任通識課的講師，聽到我提出想請他們開設研究室的請求時，反應已經不只是驚訝，根本就嚇傻了呢。」

「嗯……畢竟要花錢求學的話，不是選數學就是選物理吧。」

在這個時代，粗重工作幾乎都由機械代勞，而機械都是由物理支配的，物理學又是數學為基礎。只要學得這兩門學問中的其中一種，就相當於擁有了能操控世界的力量。

但即使撇開這方面不談，數學這門學問自古就和賺錢非常契合。在很久以前，就有個賭骰子成癮的貴族曾向布萊茲·帕斯卡這位數學家求助。另外首度找出玩二十一點的必勝方法而讓賭場關門大吉的男人，利用的也是數學知識。

這個狀況直到現今的投資世界依然沒有改變。數學天才們都是搶手的人才。

世界上有一些投資，號稱是只有一手掌握了帕斯卡的研究至今數百年的學術成果，並有著博士學位的魔法師們才能做的。因為那些人的腦袋好得足以凌駕能計算天體的超級電腦，所以預測未來並透過股票來賺錢對他們來說也就不算難事。畢竟能打造出超級電腦的，也正是位於他們這種位置的人。

雖然我也大致查過投資方面的知識，相信自己已經把看起來能派上用場的方法全試過了，但就只有這部分讓我得舉雙手投降。不過光是靠著能聚集附近的小孩開班授課的聰明程度，當然也沒辦法達到那種境界就是了。

「除此之外也就是化學或生物那一類吧……至於醫學則因為學費太高，所以投資報酬率會比較難說。不過對住在月面的人而言，這些應該都算常識吧？」

「事情就像你說的這樣。只差沒有把『賺不了錢的學問就根本不算學問』這句話明講出口。真是可悲啊。」

雖然我不懂這狀況可不可悲，但我覺得理沙在月面所選擇的人生毫無疑問是錯得離譜。如果想在月面上獲得成功，那根本就沒有閒工夫學什麼文學或歷史，通常要不是選以數學為首的理科，在文科科系裡面也是讀經濟或管理學。

但話又說回來，我卻完全感受不到理沙對她自己的選擇有一絲一毫的後悔。

我之所以能信賴理沙這個人，真要說個原因也就是她給人一種無論何時都腳踏實地、充實過活的感覺。

「不過那個傢伙竟然能當什麼老師……」
我一面喃喃自語，一面在心中試著想像那個穿得一身黑的羽賀那站在講台上，用藐視人的眼神和語氣說「你們連這種問題都不會嗎？」的樣子。
雖說這種情境感覺滿合某些人的胃口，但我可是敬謝不敏。再說那個感覺很缺乏耐心的羽賀那能否好好應付和動物沒兩樣的小鬼們，也是令人極度懷疑。畢竟她感覺一開口就會訓人，第二次之後，就會什麼都不說就直接拿棍子揍人。
這個想像實在吻合到讓人害怕。
「我大概猜到你在想什麼嘍。」
「沒辦法啊……畢竟那種老師都很惹人厭吧……」
「但她很受孩子們喜愛喔。」
理沙像是在傳什麼小祕密似的低聲說著。
看來羽賀那很受孩子們歡迎的這件事，好像連理沙都覺得意外。
「嗳，她現在可成了我們教會經營上重要的經濟支柱了呢。那孩子她呀，把賺來的錢全部都塞給我呢。雖然神說要戒貪欲，但也不主張追求過分的清貧呢。」
「……雖然我聽不太懂妳在說啥……但只能說人實在不可貌相。」
「是啊。要是大家都以外表來判斷事情的話，那我也不會出手幫你了嘛。」
「唔！」
我哀了一聲之後，便又回頭去尋找能讓我大賺的搖錢樹。

因為月球上的重力比較低，要做重量訓練的話一般都得借助彈簧的力量。

諸如彈力繩或彈力棒等健身器材在購物平台上都有在賣，而且有著很旺的買氣。

但若問究竟有多少人買了器材後實際拿來用，答案倒是非常讓人懷疑。再怎麼說，藉由販賣彈力棒和彈力繩的套裝器材而賺進一大筆錢的健身用品公司，儘管陸續推出很多類似的產品系列，銷量總計達到了三百萬套左右；但不管再怎麼想，都會覺得這類器材應該都是買了一套就夠用的東西。

而且月球上的人口也不過才七十萬上下，加算觀光客的話大概才勉強有一百萬吧。由此得知有多少人買了器材後沒好好使用，但在新產品推出時又會趕流行跑去買了。其實健身器材在使用上最困難的一點，就在於持之以恆使用同一項器材。然而在任何器材的使用說明書上都不會把這一點寫出來。

腦中迴響著我那死板又跟不上時代的老爸所說的這番話，做完了例行的體能訓練。我訓練的內容包含了手臂、肩膀、腿部、腰、腹肌等部位的負重練習、培養平衡感的倒立以及簡單空翻，最長不超過二十分鐘。畢竟我訓練的目標並不是想成為什麼運動選手，所以沒必要花更多時間在這上面。

要問我為什麼會養成這種健身習慣，則是因為我老家村子那群平時絕不會扯謊或裝腔作勢的人們，每個都異口同聲地建議我說：「把身體練好吧，以後絕對會派上用場的」。

在這個網路無遠弗屆、重力很低、更有幾近無限的穩定電力供給的月面，粗工這類職業可說是被歸在下等中的最下等。從來沒有人能成功靠著做粗工變為有錢人。就連這類人中的翹楚，也不過是利用自己的怪力來作娛樂表演。但到頭來把表演的大部分收益放進口袋的，也不會是那些力大無窮的男性，而是雇用該名男性的業主。

但當我離開家，過著脫離正常社會規範的生活後，才真的感受到村裡那些人所說的話，的確蘊含了這世界的很多真實面相。我想自己現在得以不被警察逮捕遣送回家，也都是多虧了他們當初的建言。這些前輩真不愧是在地球上從游擊隊、祕密警察和軍閥等現代社會的洪水猛獸手中逃出生天的人啊。

我用毛巾擦拭身上的汗水後，穿上了之前被理沙和羽賀那嫌說很臭的衣服。雖然這身衣服在洗過兩次之後味道好像都消失了，但我不知為何總有種感覺，就連這三個月來好不容易滲進衣服裡，某種像是重要決心的東西也都一併被沖進下水道。洗衣精的香味會讓人的心神變得弛緩，是我在離家出走後才發現的其中一個事實。

「清潔」這個詞確實會給人一種軟弱的印象。

但怎麼說呢，能保持清潔其實也還不錯啦。

走到客廳吃完早餐後，我跟理沙說我要出門，便回房揹起了包包。

因為今天是星期日，各種投資市場都休市而且學校也放假，是我就算在外面晃也不會有事的貴重日子。而且之前的竊盜犯好像也終於落網了，讓我不用再擔心自己可能會被誤認為是嫌犯，遭到警察逮捕而被遣送回家。

另外關於那個嫌犯，就理沙從附近鄰居的聯絡網聽來的說法，好像也是一個離家出走中的少年。那個人連能糊口的本事都沒有就離家出走，也只能去犯罪惹麻煩，實在是個很典型的蠢材。我想他大概不是地球移民的小孩，而是月面出身的笨蛋吧。就因為我自己也是生長在月球，所以明白月球佬跟從地球來的人相較之下，可能真的因為重力低的關係，很多人都是腦袋空空。

雖然為了維持都市機能而工作在月面被視為比一切都還重要，但實際上因為住在牛頓市裡面的天才和菁英們會賺進莫大的財富，只要不顧尊嚴的話，其實光靠這些人帶來的恩澤苟且度日，生活仍過得下去。實際上在外區晃蕩的人們就很像這樣的寄生蟲。

但月球佬之所以會被看扁的真正原因，應該不是這種經濟方面的問題吧。

從地球前來月面的人們，包含觀光客在內，每個人都抱持某種明確的目標而來。他們都是想在月面成就某些事情才來的。

這些人的目標，或許是追求在地球上不可得的安穩日常生活；又或許是嚮往在地球上同樣不可得的，每天都充滿刺激的體驗。

無論如何，他們都很清楚朝著目標前進是怎麼一回事。

畢竟循正當管道搭乘軌道電梯得要花上不小的一筆錢。要是想申請費用減免的話，除了努力通過那非常嚴峻的門檻，就只能仰賴過人的運氣了，能來到月面成了很特別的一件事。

也就因為這樣，地球佬們很多都知道自己從何而來、現在處於什麼地方、該做什麼事情才好。他們當真是群腳踏實地的人。

相對的，月球佬們並非自願出生在月球，沒有想在月球完成的事，對月面沒有憧憬。無法理解從地球來的人們對月面抱持的狂熱。

結果，月球佬常被說是腦子空空不知道在想什麼，性格很不踏實。

當然我認為自己對目標有著紮實的認知，並不會輸給地球佬，但依然對自己出生於月球抱持著一種自卑。

我之所以討厭地球佬的原因也就在這裡。

綁完鞋帶來到走廊上，房子裡面一片寧靜。理沙吃完早餐後，說大學還哪邊找她有事，就出門去了。雖然我知道羽賀那那個傢伙還在，但她除了上廁所之外都關在自己房間裡，完全沒發出過半點聲響。雖然我不知道她在房間裡做什麼，但對此總覺得不太舒服。就算她抓了野貓來做解剖，我也不會感到驚訝。

總之我一如往常把全部的家當全部都塞進背包。畢竟誰知道羽賀那會不會趁我出門時，拿個榔頭來把我的裝置砸爛。

另外我也沒有就這樣從走廊往客廳方向走去。

取而代之的，我爬上往二樓的樓梯。因為這間教會二三樓的部分像依附著山崖往上延伸。我爬上又窄又陡的樓梯後抵達二樓，有個削去山壁而騰出一點點空間的小庭院，另外有兩間貼著山壁而蓋的房間。兩個房間都因為蓋在陡峭的山壁上所以面積很小，其中一個好像就是理沙的房間。室外的小庭院裡則擺有漆成白色的桌子跟椅子。

再通往樓上的樓梯，已經不能稱為樓梯而該說是梯子。理沙總是靈活地爬上這梯子，到三樓的庭院裡去晾衣服。

教會的三樓部分與其說是房間，稱為倉庫或許還更妥當。穿過那裡後就是一個與屋頂鄰接的小空間。木造的門上好不神氣的裝了個自動鎖，上面還有著理沙手寫的告示「出外時別忘了帶鑰匙」。我想她一定曾好幾次把自己反鎖在外頭吧。不過我打算之後回來時當然是從正門進入，所以直接往屋外走去。

現在月面上正值為期兩周的「白天」，陽光穿透覆蓋月面都市的圓頂灑落下來的這個時段，讓人覺得非常舒適。今天我們也能在天空的同一個位置看見地球。在這個以這一帶的標準來說，算是寬廣得有些奢侈的庭院裡頭，有棵大樹倚著後方的山崖生長著。或許是因為理沙和羽賀那會在樹蔭下乘涼的關係，有張折疊椅就擺在那邊，花圃中有也百合花隨風搖曳。也有些衣服現在就晾在庭院裡，但因為哪件是誰的實在一目瞭然的關係，讓我默默別開了目光。

總之因為這裡的崖壁實在太陡峭，是個讓人沒辦法從外面看到這個院子裡頭，從這裡卻能鳥瞰周遭一切景物的好地點。

我眺望腳下第六外區那片亂糟糟的街景，看到有人在頂樓上悠閒地用裝置看書，也有人正在修理屋頂。不知道是麵包店還是洗衣店，殺風景的煙囪正冒著水蒸氣，另外也有正在建設的民宅。

不過我走到這裡來的目的，並不是為了要探勘這一帶的環境。

雖然要我沿著後方的山崖跑上去抵達台地上面也是可以，但這樣做的話大概會闖入別人家的土地內，而遭人報警吧。

於是我稍微將身體伸展一番後，從院子裡面往外看，找到了一條位於民宅和民宅的窄縫間，勉強能夠通到台地上的路。於是我在助跑之後，就從院子裡朝著那條路一躍而下。

目的地在比從這庭院往外能看見的範圍還要更遠、更遠之處。

今天要造訪的地方，就在牛頓市中那些像反抗著地球般尖銳高聳的摩天大廈群中。

離開第六外區的鬧街後，我搭上了電車。電車的名字就叫「月面開發列車」，完全依其實際的功能性來命名，沒什麼情調。這條列車路線一如其名，是月面剛開始開發時鋪設的。在路線的起點和終點站中，還展示了穿著太空衣的人像在月面的沙漠中進行墾荒作業的立體模型。這段歷史的媒體紀錄明明在網路上到處都看得到，但觀光客們依然會滿心感激的圍在那些立體模型旁拍照，這副景象讓我每次看了都覺得很妙。

從前曾有個腦筋很不錯的傢伙靈機一動，在立體模型旁擺了個挖有小洞的箱子，讓觀光客們誤以為那是捐款箱，而投入了多得像座小山的零錢。但可惜的是，那個腦筋不錯的傢伙卻沒料到，觀光客們竟然蠢到在短短幾小時內讓那個箱子被投滿零錢，更因為箱子滿了讓他們沒辦法樂捐而去找站務員投訴，就這樣讓惡作劇穿幫了。

這個由腦筋靈光的傻瓜所做的失敗之舉，後來卻反被站務員們發揚光大，設置了一個大型的募捐箱，並靠著這個根本沒什麼正當名目的箱子來大肆徵收觀光客的零錢。這個故事是個很好的範本，告訴後人就算只是稍微大意，都可能讓大好的賺錢機會在一瞬間就吹了。

又因為月面上被開發成適合人居的土地其實非常少，所以這輛月面開發列車如今也只能委屈地縮起身體在城鎮裡面運行。

電車駛過雜亂而密集的建築當中，透過車窗可以清楚瞥見該處居民的生活內容。而觀光客們只要一從風景中發現自己國家的建築風格或生活記憶，就會興奮地吵嚷起來。

不過會讓我看了感到歡欣雀躍的文化成分，當然不可能存在於任何地方。

月面是移民者的大熔爐，而且聚集到此地來的多半是一些極渴望擺脫地球重力的人們，也就讓文化特色更淡薄了。因此在鐵道兩旁的這些物事可以說只是刻意作秀罷了。打算徹底沿襲自己出身地的文化與生活方式的傢伙，在月面只會大受旁人白眼。畢竟再怎麼說這裡可是月面，而不是地球啊。

電車又過了幾站，車窗外的街景也終於開始有了變化。

街道從雜亂轉為井然有序，也漸漸變得無國界化。輪廓由不存在於自然界中的直線及優雅曲線勾勒而成的建築物數量漸增，修剪得很工整的樹木也變多了。這代表列車現在已經進入白環區。

列車裡的電子廣告這時也換成以企業職員為對象的內容，鼓吹購屋或為家人投保之類的廣告增加了。

另外在進入這一區後，外頭的地面也開始漸漸降低，使列車漸漸和地面拉開了距離。最後列車是行駛在相當於大廈十樓的高度上，方才還在窗邊的美麗街景也移動到了我們的腳下。

這裡的建築都蓋得很漂亮，在市區各處點綴有公園的綠意，不時也能看見一些寬闊的水道。

要是把這景色拍照起來裱框的話，作品標題應該會是「協調」吧。

因為在遙遠的另一頭也能看到紅谷區那斑駁的街道，兩邊形成的對比實在很強烈。

當我這樣想著的同時，列車的高度也開始急遽爬升。於是眼前能俯瞰到的景色，也從住宅變成有著醒目商業建築群的一整片冷硬水泥叢林。

縱使我們現在已經爬到了二十樓左右的高度，但在被拋往列車後頭的兩側大樓之中，看得見頂樓的卻變少了。這表示我們已經靠近牛頓市。隔著玻璃窗能看到在大樓中忙碌工作著的人群身影，各處也開始出現了電子廣告看板。

最後電車終於像進入了鬱鬱蒼蒼的密林中一般被陰影覆蓋，乘客們的視野也瞬間變得狹窄。

電車在林立的大廈之間，像是鑽洞般以大弧度迂迴前進。隨後乘客們的視野又突然間拓展開來。

電車抵達了牛頓市中央車站前的大廣場。

這個被人力開鑿出的巨大挑高空間，不只讓從地球來的人們屏息，就連月面出生的人也會受眼前景象所震撼。這裡位在標高一百六十二公尺處。由奈米鋼纜吊掛的巨大時鐘和立體投影畫面，就懸在這個廣闊空間的正中央。

列車沿著大廣場周圍前進，終於被吸進終點站。

不僅在月面都市中首屈一指，就算以整個人類世界來說都要算是集聚了最多財富與榮譽的地方。

我在這裡下了車，然後數起眼前能看到的廣告數目。在我面前總共有三家奈米科技相關公司、四家規模很大的軟體公司、三家生物科技公司、兩家保險公司以及六間商業銀行的廣告。而有打出廣告的投資銀行則有五家。無論是其中的哪家企業，都以本益比和銷售額享譽國際，是一批無比盡責地將地球上的財富汲取到月面都市來的吸錢機器。把全世界的企業依資產總值來排序的前一百名中，有三十七家位在月面上。這裡的百大企業數量要比倫敦或紐約都來得多。

甚至也有很多企業放棄了地球上的據點，將總公司遷到了月面。不過在月面本地發跡的企業數量則又更多。

在月面這個新天地中聚集了頭腦頂尖的人們；而在現今這個時代，光靠優秀的頭腦和網路連線，便可以在世界上盡情嶄露頭角。

地球因為歷史源遠流長，導致人眼光能及的地方幾乎全被開發殆盡，更有一些老屁股總是靠著一張臉皮就霸占了權力構造的頂端。然而在月面，則從未有過能讓特定國家主張獨占權利的狀況，就算各國打算實踐久遠以前世界大戰期間的發想，組成同盟支配月面，地球人卻又對於領土沒那麼大的渴望。

正是因為這樣的背景，才讓月球成了一塊發展不受侷限的新生地。就算不是第一個踏上月球的人，而是第二批、第三批來到月球的開拓者，都有辦法成為都市中的重要人物。

雖然這些人的故事沒有留在「寧靜海」紀念館所展示的足跡上，毫無疑問的，他們是曾站在人類文明最前端的人。

比方說——就看看中央車站的中央出口前那座青銅半身像吧。

那座總是用一副嚴肅的表情俯望著行人的銅像，雕的是一位名為Ｅ・Ｊ・洛克柏格的人物。據說如果這位洛克柏格當初選擇繼續留在地球上，他的人生可能就會以一位優秀銀行員的身分告終了吧。

然而洛克柏格今天卻成了月球上排名前三的投資銀行的執行長。這一切都是因為當年僅二十九歲的他參與了月面開發列車的出資。他是其中一個在當時被認為單純是波炒作熱潮的月面開發案中，投注了人生志業和所有財產的人。

在月面上多得是這樣的故事。

因為「從零開始建立一個城市」這種事情在地球上已經許久未有了，所以大家其實都不明白這種行動真正的意義所在。許多現居要職的人們都是這樣說的。至於我們，也只是碰巧順利跟上這股潮流罷了。

雖然我贊同這句話，但也明白並不是所有人都過著一帆風順的日子。

再怎麼說，我的父母畢竟也和E．J．洛克柏格在同個時期抵達月面，但收入卻有著天壤之別。要說我父母所做的工作，也就是清除岩石、開闢耕地、種樹然後加工。

這到底是幾兆年前的勞動模式啊？真要說的話，這種東西在地球上做就行了吧。

所以，我才會偶爾大費周章地搭乘電車到牛頓市，藉此讓自己別忘了重要的事。尤其我最近的交易並不順利，所以來這裡走走也是為了要振奮精神。

從大廣場的反方向走出車站之後，再從右側穿過聳立眼前的月面政府大樓，就是我今天的目的地。牛頓市之中，許多大樓都裝了整面的玻璃窗，但那個區域的大樓卻多用從暗色巨岩上削切下來的石材所打造，因此一眼看去會覺得非常樸素。

但這份樸素之中，卻蘊含著一種無與倫比，有如重力般強烈的壓迫感。因為這裡正是商業銀行和投資銀行鱗次櫛比接壤著的金融街。

在這條街的入口處，立著一個樸實無華的路標，比照月面習慣，這裡是以成就科學史上重要貢獻者們的名字命名為「薛丁格街」。

在路標的旁邊有一尊小小的貓銅像。銅像上的那隻貓一臉狡獪地瞇細了眼，趴在一塊金色板子上睡覺。那塊金色板子上則寫著這樣一句話：

「在打開蓋子之前你永遠不會知道答案」。

我想除了這句話以外，大概沒有哪句話能和這條金融街更搭調了吧。雖然我並沒有沉淪到身在月面還相信對神祈禱會有用，但依然無法違逆「摸這隻貓的頭會讓運氣變好」的迷信。

於是我摸了摸貓的頭，然後用手指撫過那塊金色板子表面。

在打開蓋子之前你永遠不會知道答案。

我就是為了告訴自己這句話才來到這個地方。畢竟在這條街上，有許多人最初也是從跑腿小弟開始幹起，但最終卻坐擁了這些甲第連雲的大廈。

而我也正是為了培養鬥志才到這裡來的。

會在假日來到薛丁格街的，幾乎全和我一樣是來遊覽的人。

雖說穿著西裝在街上忙碌奔走的人也不是沒有，但就連守著近五公尺高的大樓正門的警衛，都一副清閒地在打呵欠。

在薛丁格街上有一個熱狗攤。在這一帶工作，每個月輕輕鬆鬆賺超過百萬慕魯的大銀行家和優秀交易員，會在這個攤子前和時薪只有六慕魯、才剛入行的菜鳥送信小弟一起吃熱狗。這個熱狗攤也正是因此而聞名。

點餐後過十秒就拿得到東西，而且單手抓了就可以吃。在薛丁格街這裡，到有屋頂的店面去吃東西算是二流的人會做的事，至於買了便當還要找地方坐下來吃的人更會淪為笑柄。

因為我也自認像個剛在這條街上出道的年輕小伙子，所以每次都會在這裡買熱狗。

「假日還來上班啊？」

老闆這樣對我問道，幫我夾了根特粗的熱狗夾到麵包裡。

要是在外區被人這麼問的話，我心裡一定會想著：別瞧不起人，我的收入可不少啊。但此時我卻因為感覺被認同是街上的一員，而鼻孔朝天。

賺錢對我來說，畢竟只是為了達成目標的手段，而非目標本身。但任我想破了頭，也只想出唯有這條路才能最快的賺到錢。對於那些走在我決心踏上的這條道路前方奔馳的前輩們，我心中很自然地抱有一種既崇拜又尊敬的情感。畢竟不管怎麼說，這些人都成就了許多人都冀望但無法實踐的事，也因而顯得特別偉大。

於是我和攤販老闆說了聲謝，然後像個在這條街上工作的人一樣，用比平時還從容的步伐邁出腳步。

在牛頓市這裡，為了讓土地被有效利用，大部分的空間都被分成三層。分別是地下層、地上層以及空中層。

我目前所在的這個地方就是有著最多人潮的空中層，不管是哪棟大樓的大門幾乎都設在這邊。

除了支撐著月面經濟的Ｅ．Ｊ．洛克柏格銀行總公司外，像哈羅德兄弟和白金史密斯等巨型投資銀行的大樓，也都難分高下地鎮坐在這條街上。

空中層之下是地上層，是大企業相關公司和出租用大樓所在之處。在這條街的下層區域，則有著無所不用其極地想從金融市場中撈錢的公司比肩接踵地擠在一起。

我邊啃著熱狗邊在薛丁格街上漫步，有時會看到占地比較狹窄但稱得上小巧雅致的大樓；其中有些建築物門上掛著金碧輝煌的招牌，有些則用水晶吊燈或繪畫來裝飾大廳。

這些大樓並不是操弄金錢的場所，而是操弄鉅額金錢的人們取得法律權力背書的地方，也就是知名的律師事務所、會計師事務所，以及地球各國政府的派遣單位。

再繼續往前走到十字路口前，一座有如羅馬神殿般造型奇特的建築就映入了我的視野中。想要從街上進到這棟建築的入口處，要先踏上數十級的階梯；而光是階梯部分就形成了一個廣場。這棟建築物之所以能在這座城市裡如此奢侈地占用空間，是因為它相當特別。

這棟建築物坐落在軟體公司和媒體產業林立的高斯街與薛丁格街的交叉口。它就是月面綜合證券交易所。這個地方可說是整座城市的財富泉源。在這裡上市的不僅是月球的企業，更包含了世界上的各大公司，因而讓這裡有著堪稱世界最高的成交量。這個每天都有數兆慕魯的鉅額資金循環流轉的地方，可說是資本主義與人類發展的極致。

在這個地方也有很多觀光客。我邊瞧著那些按照慣例在樓梯上方的建築入口處銅像前拍照的人們，邊在交易所前的這排巨大樓梯的中段坐下，慢慢把剩下的熱狗吃完。

在這條薛丁格街上的所有東西，看起來都如此巨大厚重。

像我這種毛頭小子，在這邊可說是連一張面紙的價值都沒有，充其量只能買個名產熱狗來吃吃了。

不過我光靠著背包中的一台裝置就可以賺錢。未來總有一天，我一定要成為這條街上的主要操盤手中的一員。我必須和這裡的人比肩而立，進而壓倒他們、從桌子上把錢全掃進自己口袋才行。

雖說賺大錢這件事只能算是我為了實現夢想的準備工作，但實際來到這個地方後，我卻感受到這個夢想其實壯大到會令我雙腳發抖。

畢竟要成為我對手的人，都是些以第一名的成績從超有名的大學畢業，在金融界奮戰了三十年的人、或是十歲時就寫出世界上最先進的數學論文的天才，不然就是出身於握有鉅額資金的富翁家族等等。

但在這個妖魔鬼怪橫行的世界中，過去也出過好幾位既沒學歷也沒後台，卻能戰勝到最後並得手大筆金錢的偉人。

既然如此，那也我也沒道理不可能辦到同樣的事。

因為在打開蓋子之前你永遠不會知道答案啊。

錢。除了錢以外，還是錢。

我最為渴求的這樣東西，就流轉在這條街上。

這讓我突然感到有點坐立難安，於是將熱狗的包裝紙捏成一團後站了起來。現在對我來說，最近這陣子交易的不順，不過像太空中的一粒塵埃般無足輕重。

現在就回家去，去尋找下一棵能讓我獲利的搖錢樹吧。

將來總有一天，我要在這條街上成為眾人矚目的存在。

這一切，都是為了要掌握那個還位於更前方的夢想。

於是我在街上奔跑，呼吸也急促了起來。

我在回程的電車內，邊眺望著牛頓市內那些逐漸遠離我眼前的摩天樓群，邊抱緊懷中的背包。果然只要到牛頓市去，就能讓我在一星期的交易中磨耗的精神力完全恢復。

而同時，從電車中往外看去的景色很快就變成了讓人覺得自己不是身在月面上的醜怪街景，好像馬上就會倒塌的房子接連冒了出來。

我在終點站下車。外頭能看到在水溝旁垂釣的人、為了節省餐費而種著什麼作物的人。賣著剛蒸好包子的小販、幫人磨刀的師傅或修理舊鞋的鞋匠等等都映入眼簾。這個地方雖然滿溢著生活感，卻是個和賺大錢絕對無緣的場所。對此我逕自咂嘴，彈跳飛越過幾棟建築物，抄了捷徑回家。

當在屋頂上睡午覺的老伯對我發出怒吼的同時，我在四樓的屋頂上一蹬，往更高處跳去，看到了位在遠方和第七外區間交界的山崖。如果再跳向更高處，也就能看到「Big Bull Cafe」所在的大樓林立的骯髒街區了吧。

但滯空畢竟無法維持太久，我便受到僅有地球六分之一的重力所牽引而慢慢落下。我彎曲膝蓋作為落地的緩衝，然後再次用力彈起做出最後一次跳躍，飛躍一大段距離。

這種移動方式只有在人潮稀少的街道才能使用，而且某些狀況下還可能被視為危險行為而遭到警察追捕。

即使如此，我實在難以抗拒這種速度感。

這種感覺實在太適合剛從牛頓市回來，興致正高昂的我。

我沒一會兒就抵達了教會。

好啦，接下來我也該來挑選能為我賺大錢的個股了吧。正當我這樣想著，推開門要進到屋子裡去的那瞬間——

「喂！」

男性的怒吼聲響遍了室內。

我腦海瞬間閃過一個念頭，以為自己走錯教會了，但看來是我多心。

因為我隨後就聽到了一個耳熟的聲音。

「你不要碰！」

從通往主屋的走廊那邊傳來了喝止人的叫喊。我的腦袋先空轉了幾秒，然後才赫然一凜。

因為理沙到大學去了，所以在教會裡的人應該是羽賀那。之後裡面又傳來沙發還是什麼東西被掀倒，有人在起爭執的聲音。

心臟猛烈地輸送出血流的同時，我的頭腦則冷靜分析著狀況。

是警察嗎？

如果是警察，那我現在該馬上掉頭就跑才好。那個跩得要命的羽賀那會怎樣，才不關我的事情。

但如果狀況不是這麼一回事呢？

「這裡才沒有什麼錢！」

羽賀那奮力的叫喊，讓我的身體幾乎是下意識地動了起來。

我馬上扔下包包，一腳跳上長椅的椅背，一跳飛越一排排椅子，踢開通往主屋的門。

在那之後映入我眼中的，是一個矮小男性的背影。

男人抓著羽賀那纖細的兩隻手腕，整個人身體壓在跌坐在地的羽賀那身上。看到被翻倒的沙發、掀開的地毯，還有隔著那個男人身體看到羽賀那的雙腿，都讓我預想到某種糟透了的狀況。

羽賀那雖然總是讓人不爽得要命，但畢竟還是個女孩子。

我頭上的毛孔像是要直接噴發出腎上腺素一般，湧出怒意。

在下個瞬間，我全力衝了出去，奮力踏下右腳。在低重力的月面，打擊的效果並不好，但我的身體無論如何都渴望著將怒火寄託在拳頭上。

我重重踏步的聲響——或許實際上是因為我剛剛踹門的動作——讓男子注意到我而轉過頭。

但無論如何，我一拳紮紮實實的打在這個這個因為突發狀況轉過頭來的人臉上。

可惜我的憤怒卻無法凌駕物理法則，幾乎感受不到反作用力。

不過光是這樣的打擊好像就已經足夠了，在我因為身體受到揮拳的慣性所牽引，而使用非重心腳的另一腳踏穩地面，將身體扭回來的那時候，對方已經像搞笑似的旋轉著身體，接著當場倒下。

雖然這個人並沒有昏倒，但可能有點腦震盪。他的雙眼沒有對焦，直直伸出的雙手像是想抓向什麼東西似的不住抽搐。

因為賞了他一拳而恢復幾分冷靜的我，擺好隨時都能將倒地的這個人踹飛的姿勢，對羽賀那開口：

「妳還好吧？」

隨後我便注意到羽賀那的樣子不對。

她現在依然跌坐在地上，保持著那個奇怪的姿勢嚇得僵住了。她的臉上沒有血色，一片慘白，就只有眼中閃爍著異樣的光彩。她的眼神很危險，像是準備不擇手段要將對方殺死似的。

這個人或許對她做了什麼吧。

這件事讓我的怒意再次騰起，抓住那個扶著翻倒的沙發勉強想要爬起的男子手臂，猛力就是一扭。

這個侵入者很乾脆地便再次翻倒在地，劇烈的疼痛好像將他意識中的朦朧一掃而空。

「喔啊啊啊啊！」

雖然他高聲慘叫，但我也發出音量了不輸給他的怒吼。

「給我閉嘴！」

我把男子的手臂扳到背後，保持隨時都能擒著他的姿勢。對方已經不可能反擊了。

我做了個深呼吸，夾帶殺意對著這個手臂被我扭著的大叔說道。

「喂，你這臭強盜，不要命了啊！」

「噫噫噫！」

這次他發出了很響亮的哀嚎聲。

「等……等等……等一下啊，拜託不要殺我！」

「閉嘴。」

「咕啊啊啊！」

我更加用力地反折他的手臂，男子就像隻鴨子似的叫了起來。
我察覺羽賀那因此嚇到了，把身體縮了一下。
我朝她看了一眼，看她的表情好像已回復了神智，那危險的色彩也從她的眼中消失了。
「誤……誤會……這是誤會啊。我不是什麼強盜……不是……不是啦。」
「不然是怎樣？你想說你是過來泡茶的附近鄰居，然後因為茶很難喝就推倒沙發、踢翻桌子，還把地毯都掀了是嗎？」
房間裡的狀況正如我所說，就像是拆解前的大樓一樣。
而且我也親耳聽見了羽賀那的慘叫。聽見她喊出什麼「這裡沒錢」之類不尋常的話。
「不……不是啦……那是因為我絆倒了所以順勢……」
「啊？」
「這是真的！你誤會了！說起來你好好看看狀況！被害者是可是我啊！」
「啊？」
雖然我覺得這是他承受不了痛苦而隨便扯的爛謊，但這個大叔還是拚命繼續說道。
「是……是在我要坐到沙發上的時候……她就抓著花瓶對我砸了過來……這是真的！」
我本來想說乾脆就這樣把這人的手臂折斷算了，卻注意到他的頭是溼的。而且地板上散落著百合花和花瓶。
「噫？」
從大叔身後往他的頭頂一瞧，我發現他的額頭上面真的腫了一個大包。
「不過如果遇到強盜，抓個花瓶敲下去也是合理吧？」

「我……我就說這是誤會了啊！」

大叔有如哀嚎一般大叫道。

「我是放貸人啊，是來這邊收錢的啊！」

「……放貸人？」

「對……對啊！我只是來這收錢而已！這是我的工作啊！」

雖然這聽來不像是說謊，但我還是將目光轉向羽賀那。

羽賀那的眼神雖然已經沒有剛才那麼銳利，但依然是瞪著大叔。

「……是這樣嗎？」

被我這麼一問後，她別開了目光。

在猶疑了好一陣子之後，她才點了點頭。

「嘖……」

我一嘖舌後放開了這名男子。

男子像是想逃走似的在地板上爬行，和我拉開了距離之後才轉過頭來。

「真……真的……很過分！」

如果說他不是強盜，那我也不明白事情的前因後果究竟是如何。

於是我搔了搔頭，問道：

「這是怎麼回事？」

「是……是我說想見理沙小姐一面，然後那邊那個丫頭就讓我進到裡面來了。」

大叔伸手指著羽賀那，而羽賀那則默默回瞪他。

「基本上我也不想做這麼粗魯的事。因為這樣連一毛也賺不到啊……」

大叔一副打從心底覺得很疲憊似的這麼說。

「我剛剛也說了……我是個放貸人。我只是要來跟理沙小姐收之前借給她那筆錢的利息而已啊。」

「理沙她到大學去了。她有說如果有什麼事情就聯絡她。」

「啊？」

大叔用拉高了枯啞的嗓音，對著羽賀那看去。

「這……這種事情早講的話我就改天再來了啊。我……我都說了我並沒有硬要討錢了不是嗎？」

「雖然這種事隨你一張嘴怎麼說都可以就是了。」

我在一旁插進這句話，讓大叔擺出一副求饒的表情垂下眉頭。

「你去跟理沙小姐問問吧。上次我來的時候也跟這丫頭起了爭執，鬧得很難看啊。但理沙小姐向我道了歉，我也對她解釋過我並不是什麼惡質業者所以想說也就算了……」

這個奮力解釋著情況的大叔，好像漸漸因為遭遇了這種沒天理的事而心生憤慨。

我聳聳肩，嘆了口氣說。

「所以說你是上門來收錢，結果這傢伙撒了謊把你引進來，然後突然抓起花瓶打你。是這樣嗎？」

雖然這劇本實在很愚蠢，但當我轉頭看向羽賀那時，看她瞪視大叔的眼神卻有些動搖，接著便低下頭。從她沒老實點頭看來，這是她到了最後還不打算認罪而做的抵抗。

就狀況來看，我也開始覺得是這個大叔所說比較正確。

「如果你突然被人拿花瓶打，也會想把對方壓制住對吧？這在地球上可是殺人未遂了啊……小哥你看到的狀況就是從這邊開始的。」

「那這些沙發什麼的，是你因為突然遭到襲擊所以撞翻的嗎？」

事情的來龍去脈連起來了。

而且羽賀那始終保持沉默的態度勝過了一切雄辯。

從她的表情看來，她並非因為太害怕所以說不出話，而是根本不想開口。

對我這個見義勇為的人來說，這實在非常尷尬。

「這樣子的話……我該怎麼做？」

「呃？嗯……我想就旁人來說，會誤解也是沒辦法的事吧。而且小哥你也沒殺了我。」

明明遇到那樣的遭遇，放貸的大叔還是苦笑著這麼說道。

而我現在之所以嘴唇撇向一邊，則是因為我感受到這個外表很不起眼的大叔有著相當的度量。

「唔——……總而言之，我希望能和理沙小姐聯絡。我本來以為她今天會在家。」

「我就說她被叫到大學去了吧？她吃完早餐就出門啦。之後我也不清楚了。」

因為羽賀那一副不打算開口的樣子，所以就由我代為回答。這讓大叔深深嘆了口氣。

「呼……那她大概是去大學那邊，說要預支授課費了吧。」

「啊？」

我像是吞下一口苦水似的皺起了臉，問道。

「該不會她錢還不出來吧？」

「她從第二次要還錢的時候開始，不時就會這樣了。」

這聽起來真教人傻眼。

「因為我想說會沒完沒了，所以沒有和她算複利。但要是她不還錢我也會很頭痛啊。畢竟我做這行也不是很賺錢呢。」

「……你的樣子看起來的確不太像月面的放貸人。」

我的意思是，他看起來沒什麼錢。

「常有人對我這樣說。」

這個大叔也沒生氣，就只是聳了聳肩。

就大叔的說法來看，我真的是太過魯莽就出手了，但他卻一句話都沒責備我。他看起來不像是懼怕我的臂力，而是覺得沒有這樣做的必要。

對方感覺很成熟，而我則表現得很幼稚。

再這樣下去，就變成我在剛剛的事情上欠他一個人情。

於是我一臉不甘願地開口問道：

「多少錢啊？」

「呃？」

大叔對我回問。

「理沙的欠款和利息多少。」

大叔看著我，愣愣地搔了搔頭說。

「借款三萬慕魯……年息是12%。」

「利率好低啊！」

我不禁大叫出聲，讓大叔也嚇了一跳。

「小哥你也懂利率呀？」

「就連絕對有保障的國債，挑對國家的話都能有6%了。若是有風險的放貸，利息10%以上的也多得是……還是說……因為你是哪邊的銀行員，所以才開這麼低的利率啊？」

「哈哈，這還真讓我吃驚。嗯……我過去是當過銀行員。現在只是不值一提的小鎮金融業者罷了。」

大叔一臉疲憊的笑了笑，說道。

「我叫作戶山。小哥你看起來可不是簡單人物。」

雖然我一撇嘴唇，想說被這樣誇也不覺得高興，但戶山看我這副樣子還是笑了。

「到我這把年紀，比起賺錢，更會因為能幫上別人的忙而高興。因為幾乎是我一個人在做生意，這樣也算勉強過得下去。但生意畢竟是生意，這方面不分清楚可不行呀。」

「……」

我低哼了一聲，雖然覺得他真傻，但還是從胸口掏出鈔票。

三張一百慕魯紙鈔，是一個月的利息。

「你……這是？」

戶山手上拿著我塞給他的鈔票，整個人傻住了。

「因為我剛剛衝動行事，感覺對你過意不去。」

而且從他口中聽到理沙到大學去是為了要預支薪水來還錢，也算是一個原因。

當我拿出一百慕魯充當在這的住宿費時，理沙之所以異常猶豫，也就是因為這件事吧。基本上要是她這麼為錢發愁的話，用十慕魯這種超乎常理的行情供人住宿，差不多只能說是白痴行為了。不管怎麼想都不合理。

但我也託此之福，得到了睽違許久的熟睡。生活也因為不用愁被警察追捕而變好了，另外她還幫我準備了像樣的飯菜。

幫理沙代付利息既是我對戶山的賠禮，也有一層意義是代表對理沙的一點感謝。

「當然，錢我還是會跟理沙那邊要。總之我就幫你省下跑來收一次款的功夫啦。」

雖然我還是用有點不快的口氣說話，但看來我想表達的意思仍是傳達給他了。

戶山抖著肩膀笑了出來，點點頭後輕輕拿起鈔票，把他丟在地上的包包撿回來後收到了裡面去。

「錢我確實收下了。」

「唔！」

看戶山接著打算把家具恢復原狀，讓我對他這麼說：

「沒關係啦。這我來弄就好。」

「是嗎？那真不好意思。」

戶山溫和地這麼說道。

「那我今天的工作也就到此為止了。替我向理沙小姐問聲好吧。」

戶山隨後很乾脆地離開了。我目送他那落寞的背影走出聖堂後，深深嘆了一口氣。

接著我的視線朝向的不是別人，就是羽賀那。

「妳在搞啥啦。」

我想我說出這句話也是合情合理。

雖說如果被放貸人逼著要錢，會想叫對方閉嘴別吵、想揍人的心情我不是無法想像，但真的拿花瓶砸人顯然是太瘋狂了。就算對方非常惡劣，法律這時也還是會站在放貸人那邊，所以這樣做只是給別人乘虛而入的機會而已。再說羽賀那又是女生，這樣做也只會招致更糟的結果吧。

再加上羽賀那當時的眼神，讓我只覺得她打從心底想殺了那個大叔。該說她是有了同歸於盡的覺悟嗎？我實在不認為她有權衡過輕重。

羽賀那也朝我瞪了過來。

「囉嗦。」

「什麼？」

「跟你無關。」

她儼然一副要吵架的口氣，讓我都傻眼了。

羽賀那閉上嘴，冷漠地開始把家具恢復原狀。雖說這裡的重力只有六分之一，但若是習慣了，也就會順應環境而無法使出更大的力氣。我瞧著羽賀那用那纖細的手臂要扶起沙發這種大型家具好像很辛苦而正打算出手幫忙，尖銳的叫喊卻迎面而來。

「你不要碰！」

「啥……」

羽賀那的視線筆直對著一時無話可說的我刺來。

「連利息都付了……你是想怎麼樣？」

我不懂她的意思只能呆站在當場，但羽賀那卻好像無法忍受我的遲鈍，一甩頭說。

「不要妨礙我。」

妨礙？

我很想反問她在說什麼，但從現在的氣氛中我能感覺得出來，就算我開口這樣問她也不會看我一眼。但我之所以連生氣都沒生氣，是因為完全聽不懂她話中的意思。雖說因為那個戶山大叔並不是什麼壞人，所以我也就不算是從危機中拯救了她……但這時候她至少應該跟我道聲謝不是嗎。

這樣的想法在我腦中縈繞，感覺繼續和她糾纏下去也很蠢，便打算作罷。隨便她吧。我不該再把時間浪費在這種地方，而該把一切都獻給股票投資才對。我命令自己回想牛頓市的景象。我可要成為那邊的居民啊。

隨著輕輕一嘆，轉換了思路，回聖堂裡拿了放在那邊的包包，然後走向房間。因為我並沒有要進行交易的關係，就算用房間裡速度很慢的網路也足夠了。再說我也不想待在有羽賀那在的客廳裡。

我走過努力要把家具回復原狀的羽賀那身邊，不再開口問她需不需要幫忙了，而她也沒有看我一眼。

但進房之後感到一陣尿意，為了上廁所只好無奈地走出房間。

這時羽賀那好像已經把家具都擺回了原位，正把花插回花瓶裡。

正當我想著光看她這模樣也還算得上可愛，走過她身旁時。

「該怎麼……辦……」

我聽到了這個相當壓抑，幾乎要消失在空氣中的聲音。我本來還為自己幻聽，卻看到羽賀那在花瓶前面垂著頭。或許也能說是她整個人手足無措的站在那裡。

而且她手上還拿著莖折彎了，好像被踩過而變得爛兮兮的百合花。

羽賀那本來戰戰兢兢地想把那朵花插進花瓶裡，但最後還是放棄了。她那副樣子看起來有著在戰爭片中，士兵撿起自己被炸飛的手臂，努力想要接回去的那種哀戚。

但我還是打算對此視若無睹，走向廁所。我想要是再出聲叫她的話，也只會被她投以不合理的敵意吧。

所以當我握住廁所門把的瞬間，還以為從自己身後傳來的這句話是幻聽。

「花……不夠了。」

我轉過頭去，當場愣住。

羽賀那望著我，手上緊緊抓著那朵爛掉的花，一臉已經走投無路的表情。

「呃，喂……」

我都忘了剛剛受到的無理對待，因為這種不熟悉的發展而感到困惑，拚命挑選措詞。

「呃，妳……別哭啦。」

「我沒在哭。」

雖然羽賀那斷然的這麼回答，但不管怎麼看她現在都快要哭出來了。

但這是為什麼？她手上的那朵百合花有這麼重要嗎？

「這……是怎樣啦？花怎麼了啦？」
被我這麼一問，羽賀那緊緊抿起了唇說。
「花……不夠了。這是理沙插的花……」
羽賀那把頭垂得更低，好像很痛苦地縮著身體。
看來是有幾朵百合花在剛剛的那場騷動中被弄爛了吧，又因為這些百合花是理沙插的，所以要是沒把數量補齊，羽賀那好像會感到很困擾。她的樣子完全就像個沒想好前因後果便行動，結果打破了窗玻璃而臉色發青的孩子。
再說她到剛才都還那麼無理取鬧的對我顯露敵意，現在卻又拜託我這種事情，這種精神結構也實在是難以理解。
但羽賀那也有可能只是因為一時經歷很多事，所以才會情緒不穩也說不定。
我只能嘆了口氣後無奈地問道：
「是少了幾朵啊？」
「……兩朵……」
我在她說完後朝著花瓶看去，發現矮桌上放了一朵可能是在被踩到時斷頭的花朵。
「那打算怎麼做？」
雖然看這狀況，我也很清楚知道她需要的是什麼東西，但若由我來幫她解決問題也有點不是滋味。
我把小拇指插進耳朵，在羽賀那面前把目光轉向一旁，而羽賀那依然低著頭，對我瞄了一眼之後又再次垂下目光。看她的嘴型好像是想說些什麼，卻又無法開口。

看她這怯弱的樣子，讓我實在無法想像這跟剛剛的她是同一個人。

畢竟不過就只是朵百合花，我想她只要去向理沙為這件事道歉的話，理沙一定很輕易就會原諒她吧。

我並不覺得有必要為這件事如此消沉。至少值得她去在意的事情應該還有更多才對吧。

我看著因此非常受挫的羽賀那，心想她果然是個很奇怪的人。

我心中的惡意已經散去，對剛才的事情也不在意了。

「如果要百合花，上面就有。」

最後，我還是告訴了她。

「……嗚……咦？」

羽賀那抬起頭來，就這樣看向天花板，歪過頭去。

「花哪會長在天花板，是在三樓院子裡啦。」

這讓羽賀那恍然大悟，視線轉下來瞪著我。

但這卻也沒有持續很久。

她的目光緩緩垂下，一直垂到了好像在看著我的腳的高度後，才小聲的說。

「我忘了。」

於是羽賀那就小跑步衝出了客廳。

雖然這次她也還是沒跟我說一聲謝，但因為看她拚了命的樣子，所以我也沒生氣。

我只是再次覺得她是個奇怪的傢伙。

我聳聳肩後便回到房間裡去，在打開裝置的時候才忽然想到一件事。

剛剛她對我說的那句話，會不會就是用她的方式在表達感謝啊？

「應該沒這種事吧。」

我愣愣地低聲說道，繼續著手為了股票交易收集資訊。

因為今天是星期天，所以新發布的資訊並不多，但也有些講這一星期發展的新聞發表出來，為了查出這些這些資訊最後會導致何種價格變化，有多少時間都不夠用。

而且在這一切的資訊中，我充其量也只能得到「或許是這樣」、「這或許是原因」這種等級的證據，而連這種水準都無法期待的資訊更是占了大多數。我也曾在幾乎把頭埋進裝置裡去搜刮情報時，突然懷疑起自己做的事情是否毫無意義而感到不安。

但我認為這樣的投資方法畢竟是最妥當的，實際上過去也有偉人將股票交易比喻成選美投票。既然如此，那我該做的事就只有就找出人們會認為它就是美的某支個股，並不斷地對這些人會過目哪些新聞、有怎樣的投資偏好去做調查。

目前為止我靠著這個方法很順利地賺了錢。

所以往後這條路也應該也會走得很順才對。

我用快到讓裝置幾乎處理不來的速度切換畫面，專注地在資料的海洋中泗泳。這時我突然注意到有封郵件寄到了信箱，手也停了下來。

因為我只要一看到投資類的郵件列表或是新聞服務就會隨手訂閱，所以信箱總是塞滿郵件。我也知道那些大多都是垃圾、淨是些廣告之類的東西，所以平常也不會打開來看，但卻意外被那封信吸引了。

「投資……競賽？」

在股票的世界中，由企業主辦的投資競賽這種東西並不稀奇。雖然這類比賽幾乎都有獎金，但基本上也不過是業者想把人聚集到自己公司的網站，並慫恿人開戶的另類廣告形式。不過其中也還是有接近單純比試的賽事存在。這一類的比賽獎金也都很高，而且幾乎都是採邀請制。

我打開的這封信，內容和那些為了聚集人潮或宣傳的郵件間劃出了一條分水嶺。

『拉青格研究所主辦的投資競賽導覽。本競賽要求參賽者在虛擬市場中進行交易，並競爭投資成績。交易紀錄全數會提供給贊助企業與研究機構，供其運用於新的服務項目或研究上。本競賽因為以上目標的緣故，採完全邀請制。是以在現實市場的交易金額、交易頻率等為參考而獲選的對象才能參加。參賽資格無法轉讓。本競賽第一名的獎金的金額為二十萬慕魯，第二名為五萬慕魯、第三名為兩萬慕魯……』

「另外作為附帶獎勵，名列前茅者……？」

我喃喃自語著。

在我視線對著的地方，有著一行難以想像的文字。

『能得到贊助企業的招聘。曾有得獎者實際受大型投資銀行、信託基金公司及財團的投資部門所採用。敬邀對在薛丁格街就職有興趣的貴賓參加本競賽。』

「……這……是真的……嗎？」

要把這看成是一個單純想引誘參加者認真進行交易的誘餌也不是不行。

雖說比賽獎金確實很高，但後面這句話對我來說的意義卻更重大。從文字上來看，主辦單位更想把這部分的誘因當作賣點。

想進到薛丁格街上班，號稱是比地球人想來月面還更困難。如果只是在超知名大學以不錯的成績畢業這種程度，在書面審查階段就會被篩掉。這是一道只有企管碩士、或具有能對超複雜的交易市場進行分析的理科博士學位者才能通過的至難關卡。

再怎麼說，那個地方都是世界上能用最快速度賺錢的業界之中的最前端，所以來自全世界、被稱為天才的人們都會大舉擁入。

雖然我為了實現夢想，將來也需要成為這其中的一員，但不管怎麼想，那門檻實在都高得讓我無法靠自己的頭腦從正面挑戰。而且基本上光靠我父母的財力，連能不能讓我去大學念書都有待商榷。

於是我想出了只靠裝置和網路就讓資產快速增加的方法。我打算在這麼做達到一定規模後，拿著成績混進某家投資公司，接著在獲得金融業界中真正的竅門和人脈後轉戰更大的獵物。這就是我的理想方案。

當然如果能光靠這樣就成為法老王等級的有錢人是最好，不過光靠個人之力能及的範圍怎樣都是有極限的。想築起在人類之中能稱上首屈一指的財富，就得要進到系統的內部。

就這方面來說，這個競賽完全符合我的需求。

我滿懷欣喜的按下了登錄參賽的網址，但手卻頓時停了下來。

我留意到的是參加者的注意事項。

「……交易時間是登錄後的六十天？」

看完告知之後，我理解到這場投資競賽好像從幾個月前就開始舉行了。

這個比賽並不是全部人同時參加投資，而是主辦單位一批批寄出邀請函，讓參賽者能在各自偏好的時間開始進行投資。但規則上說一旦開始進行投資，交易時間就會在經過六十天後結束。

或許是為了那些打探虛擬市場的狀況，打算慎重地進場參賽的人著想，或是在研究上有什麼特別的目的，而設立了如此異於平常的規則。

但我在確認了日期後，發現離投資競賽完全結束的時間也剩不到七十天了。

也就是說，要是我不快點決定參加的話，就會沒辦法把六十天的時間完全用上。

話雖如此，還是有個理由讓我猶豫要不要登錄。

那就是邀請函上寫的，交易紀錄會交給贊助企業，還有招聘相關的那些話。

簡單來說，這也就表示他們對靠運氣賺錢的人沒有興趣吧。對方是打算在分析交易結果後，和真正有能力的人接觸。

一想到了這點，我的手就怎樣都動不了。

那是因為我自己近期的交易成績不佳。

這個競賽並不是定期舉行的賽事，也不知道會不會再次舉辦，或許這將會是我第一次，同時也是最後一次的機會了。

我只是定定盯著畫面，無法動彈。

因為在沒有勝算的狀況下就貿然出手太危險了。

我必須做好周全的準備再來挑戰。

「……可是……話又說回來……」

我像是低喃般從喉嚨深處擠出聲音，邊咬緊牙關邊閉上了眼睛。

我並不是抱著什麼半吊子的想法在做投資。我儘可能地做了能做的事，也砸下我所有的一切來面對投資。但即使我做到這種程度，卻還是不明白最近這陣子的交易為什麼會不順遂。一回頭這樣想，就會變成我目前為止的所有表現都只是運氣好。那也就代表我身上根本沒有投資的才能，又或者所謂的投資才能在這世上根本不存在，所以大家才會老實認真地去上學。

我始終努力想從腦海中驅除的這份不安，現在正翻騰著想把蓋子衝開。

我連忙甩了甩頭，對自己說道。

「只要找出方法就好了。就這麼簡單。」

我壓住了蓋子，用釘子將它釘牢。

「首先也只能向前走了。」

接著我整個人盤著腿在蓋子上沉沉坐下，終於藉此讓不安平靜了下來。

要選擇不參加這場比賽是不可能的。我只需要儘可能地籌畫戰略。

我在心裡設定了目標，目光牢牢地盯著那封信瞧。

而在這時，門突然被敲響。

第三章

「在睡覺嗎？」

出現在我房門前的人是理沙。

可能是因為我在房間裡面看裝置看得太久眼睛很乾、忍不住眨眼的關係，讓她以為我才剛睡醒吧。

「……我又不是小孩，才不會整天都在睡大頭覺咧。」

我在床上盤腿坐，對於理沙老樣子把我當成小孩的態度感到不快，因而幼稚的對她回嘴。

「不是也差不多嗎？」

但聽到理沙這樣說要打發我，我便反擊道。

「嗯，看在大嬸的眼中可能是這樣吧。」

「什麼！大嬸——？」

「所以妳有什麼事啦？」

因為看理沙的反應比我想像中的更大，讓我因為報了一箭之仇而笑了。

雖然理沙本來還打算抱怨些什麼，但她輕輕清了清喉嚨，說道：

「方便到樓上來一下嗎？」

「啊？」

理沙先是看向了客廳的方向，之後對我說。

「我有話要對你說。」

由於剛剛的那封投資競賽邀請函，才讓我多了一件必須去做的事情，所以我這時朝裝置瞄了一眼。

不過因為理沙的神色看來有些奇怪，所以我決定就先跟她聊聊。

「……嗯，是可以啦。妳稍微等我一下。」

我先讓裝置進入了有密碼鎖定的睡眠模式，才走到走廊上。

「沒想到你這麼一板一眼呢。」

聽她這樣子說，我也只是聳聳肩默默跟在她背後。理沙接著便爬上很陡的樓梯走上樓去了。

從樓梯旁的窗戶看出去，可以看到二樓的小庭院和一間房間。

看來那就是理沙她自己的房間吧。

「請進。」

在理沙打開門後，走進房間的我愕然無語。這並不是因為房間裡面是一片粉紅色少女風格。實際上如果房間裡真是那種樣子，我反而會在驚訝之前就先大笑出聲吧。

理沙房內的空間比她借我住的房間還要小，是個只擺了床和桌子的樸素房間。

但這裡的空間之所以小也是有原因的，那是因為實體書籍擺滿了房間的一整面牆。

「這些……全部……都是真的書嗎？」

「是呀。如果用買的可是要很多錢呢。」

理沙拉了椅子請我坐下。

接著她打開書桌的抽屜，拿出一個小瓶子。

「啊。」

「阿晴你能喝嗎？」

「酒嗎？」

月面上飲酒需自負其責。

「還是說你沒喝過酒？」

「……妳別把我看扁了。」

「呵呵。」

但說出「別把我看扁」這種話時，我就已經是個真的活該被人看扁的傻瓜了。

理沙真的很擅長這種安撫人的伎倆。

但或許也單純因為我就只是個小鬼吧。

「哎，凡事總得試試看嘍。」

理沙這麼說完後，把酒倒進看起來很廉價的銀色玻璃杯中遞給我。

杯中的液體是琥珀色，我聞了聞味道，發現它濃烈得嗆鼻。

「不可以一口氣喝掉哦。」

雖然我覺得自己好像又被她當小孩在哄，而冒出想一口氣喝光給她看的念頭，但理沙接下來的這句話卻快了一步。

「我希望你好好品嚐它的味道。」

這個女人真的很狡猾。

我老大不高興地淺淺啜了一口酒，卻差點嗆咳了出來。

「咕……是說啊……妳找我什麼事啦？就只是想讓我喝酒嗎？」

「哎……雖然這也是理由之一，但我還有另一件事想問你。」

「另一件事？」

「對。戶山先生他來過了吧？」

「戶山……？呃……喔，是他啊。」

因為我讓自己的腦袋儘可能塞了滿滿的投資資訊，再加上又有投資競賽的那件事，讓我就連要回想起剛才發生的事都費了一番功夫。畢竟投資世界中的一年，就能抵上現實世界的十年。

「他有來啊。對了，利息的錢我也幫妳墊了。」

在我將這件事情告訴理沙後，她很疲憊的笑笑，發出一聲嘆息。

「這下債主就變成你了呢。」

「就當那筆錢是抵這邊的住宿費也行。」

「能這麼做的話，也算是幫了我一個大忙。」

雖然理沙輕輕這麼說道，但從她的表情看來，我至少也明白這樣做並沒有讓她真的覺得受到多少幫助。身為她的債權人，我這麼問道。

「妳沒預支到薪水嗎？」

理沙在月面開設了教會這種玩意兒，有時還會收留離家出走的迷途者；她看來太過純粹而無法說謊。

「……你說對了。」

我聳聳肩，傾斜裝了酒的玻璃杯，凝視杯中的液體。

「所以妳是想要我過陣子再跟妳要利息的錢，才叫我上來的嗎？」

這讓我隱隱覺得自己好像不被她信任。而且我也發現自己因為這樣而感到不開心。

「妳都好心收留我了，我才不會講這種小氣巴拉的話咧。」

「嗯。我也知道阿晴你在這方面應該是可以信賴。」

理沙坦然露出微笑，這麼說道。

雖然我期望聽到她這樣說，但她真的講出這種話後，我的表情卻又多了幾分苦澀。

「不然是什麼事啦？」

理沙看我不快地開口問，回答我說。

「是羽賀那的事。」

我像是冷不防中了一箭似的朝理沙看去。

「果然發生什麼事了，對嗎？」

理沙接下我的視線，好像覺得有點傷腦筋而笑了出來。

但我這邊也有點混亂了。為什麼理沙明明知道戶山來過，也知道我幫她墊了利息錢，卻不知道羽賀那做了什麼事呢？

「妳問發生什麼事……難道大叔有來過的事情妳不是從她那聽來的嗎？」

「不，不是的。羽賀那她不跟我說呀。雖然我有問她，但她只是緊閉著嘴就出門去當家教了。」

「啊？那妳為什麼知道那個人來過啊？」
「因為地板有被弄濕的痕跡、沙發和地毯的位子歪了、還有壓爛的花被丟在垃圾桶裡。我看了這些也想像得出狀況呀。」
「……」
「是發生什麼事了？」
看來就跟戶山所說的一樣，這並不是羽賀那第一次這樣大鬧。
雖然這件事也沒必要隱瞞，但當我還在思考怎麼統整今天發生的事時，理沙便抬起了目光繼續說道：
「我是已經跟戶山先生通過電話聽了個大概……聽說是你保護了羽賀那？」
被這樣問讓我也只能聳肩。
「雖然是因為我太魯莽才會那樣做啦……」
「重要的是你當時有了行動。阿晴你果然是個很棒的男孩子呢。」
配著這抹調侃我的笑容，理沙把酒含入口中。雖然我剛剛喝的時候只覺得好像是嘴裡被塞進一團濃煙，但看理沙喝酒的樣子卻很有架式。
我們之間的差距讓理沙看起來無庸置疑地是個大人，也讓我知道自己完完全全還是個小孩。
但理沙看起來卻也沒有要藉由這種舉動來裝成熟的意思。
我甚至覺得現在她得借助酒的幫忙才有辦法開口說出來。
「所以到底發生什麼事了？雖然戶山先生說是因為誤會的關係稍微起了些摩擦……之類

的，但再怎麼修飾都不可能真的只有這樣吧？」

「……我也是事情發生到一半才回來，所以不確定自己的理解全都是對的。」

「嗯。」

「我聽到了他們對彼此咆哮的聲音，以為是有強盜所以衝進來阻止。然後就把那個大叔打癱在地上、把他架住。但我把事情都問清楚之後……」

因為這樣好像變成我在告羽賀那的狀，所以讓我猶豫要不要說下去，但我還是覺得應該把這件事告訴理沙。

「看來先出手的人是那傢伙啊。聽說是她先拿花瓶砸那個戶山大叔的頭。她這樣暴衝也實在太誇張了吧？」

理沙在聽到砸花瓶那件事後瞪大眼睛，隨後才漸漸鎮定了下來，平靜地說：

「別這樣稱呼她，要叫她羽賀那。然後呢？」

被理沙這樣一糾正讓我嘆了口氣，接著說下去。

「……聽完事情經過後，我覺得有錯的人不是大叔而是羽賀那，所以覺得有點過意不去，就付了利息給他。事情就是這樣子。」

在我說完後，理沙朝著酒杯裡頭凝視了好一陣子，像是要把嘆息也吞下肚似的再喝下一口酒。她之所以用手扶著額頭，可能是因為對這情況感到很頭痛吧。

「……我欠錢的事，你是從戶山先生那邊聽來的嗎？還是羽賀那說的？」

「是大叔跟我講的。另外他也有提到妳不時就會拖欠。」

「唉……」

理沙很不像平時作風地嘆氣，垂下了肩膀。

為了要還錢而又去借錢，是只會讓自己愈陷愈深的典型狀況。

不過我也還不清楚理沙為什麼會去借這筆錢。因為以這一帶的標準來說，三萬慕魯能算是好一筆數字了吧？這筆債務也是她因為要助人的關係而揹上的嗎？

雖然我覺得要是這樣的話她也實在太傻，但還有一件事情令我更加在意。

「我可以問妳一件事嗎？」

「……什麼事？」

「為什麼那個傢伙……為什麼羽賀那她會做出那種事情啊？」

拿花瓶去砸別人頭的行為並不正常。

而且我覺得她也並非順手拿起花瓶這樣做的。照戶山大叔的說法，讓我覺得她是存心要把大叔引進屋裡來，接著做出這樣的事。

「這可不太尋常啊。另外……還有她的眼神。」

「眼神？」

「她的眼神就像在說，如果不殺人就會被殺。雖然她看起來好像相當恐懼的樣子，但同時感覺又像要和對方同歸於盡。要是桌上擺的不是花瓶而是刀子，事情可能就不太妙了吧。」

我本來以為理沙會笑著說我講得太誇張，但她卻緩緩用酒潤了潤唇，然後說：

「因為那孩子覺得會欠債都是她的錯。」

「……咦？」

「本來我們之所以會去借錢，是因為我把從大學借來的書本弄丟了。那是本很貴重的書，雖然因為外觀就跟一疊廢紙差不多，所以也有可能真的是被她不小心扔掉的……但她本人卻堅信事情就是如此，而且對此深深感到內疚。」

「然後……怎麼樣了？」

「因為書的價格並不低，而且我們家又很窮，所以為了賠償也只能去借錢。因為銀行直接請我吃了閉門羹，所以就剩下戶山先生這樣長期在地經營的人願意借我錢了。戶山先生他可是個好人呢，連抵押品都沒收就借錢給我了。」

「……真的假的？免抵押喔？而且利率還很低耶。」

「呃，利率沒有很低吧？」

「妳別說蠢話了，很低啊。就連銀行的存款利率都有5％了喔？光是把錢放在銀行都有5％利息了，竟然只開12％的利率就把錢借給沒錢又沒東西抵押的人，這根本是瘋了啊。我想一般應該會收到20％或30％，甚至可能還更高才是吧。」

「……我現在才知道是這樣。」

「妳是個大人吧！」

我傻眼的說出這句話，但理沙只是苦笑著輕輕聳肩。

「所以呢？這樣我知道那傢伙為什麼覺得欠錢是她的錯了……但事情就只有如此嗎？」

理沙聽完我這句話後，淺淺地笑了。一時之間，我本來以為她是想錯開話題而繼續講下去，卻發現情況不是如此，才剛要張口便又閉上嘴巴。

理沙臉上的笑容看起來非常悲傷。

我還是第一次知道，原來人能夠這樣悲哀的笑著。

「我覺得阿晴你是可以信任的人。」

「啊……？妳突然講這種話幹嘛啦。」

「我不是在捧你哦。因為只要從各個小地方觀察，就能多少明白一個人的內在呢。而且你也對羽賀那伸出援手。雖然老愛使壞，但我覺得你是個很好的孩子哦。」

雖然覺得理沙又在隨便哄我，但因為她臉上的表情很正經，讓我也無法發怒。

「我就是因為這樣才會開口跟你講這個的哦！你明白嗎？」

手上拿著酒的理沙，像依靠著那杯酒似的，用雙手緊緊握住了銀色玻璃杯。

「以前呀，我因為這件事發過很大的脾氣。」

「哪件事？」

「羽賀那她故意要去惹怒戶山先生的事。」

「……故意？她故意要去惹大叔生氣？」

「是呀。那孩子會在我看不到的地方做些什麼事情，想藉此激怒戶山先生哦。而且就像你說的一樣，其實她心裡明明很害怕。」

我回想羽賀那在那個時候的模樣，她整張臉都刷白了，露出的完全是恐懼的神情，但只有眼神中的氣勢像是要殺了對方似的。

但理沙卻說她想激怒戶山大叔？我倒覺得她是想把大叔給殺了，藉此讓欠款一筆勾銷吧？

「你知道她為什麼要這樣做嗎？」

「……不知道。」

「對吧。我一開始也想不透呀。但當我第一次對那孩子發火的時候，她這麼對我說了：『就算錢還不出來，只要讓他把我帶走就解決了吧？』」

「……呃、嗯……啊？」

「她這句話的意思一般人也不會懂吧？但我馬上就想通了。因為我還在地球上的時候，也是到處都有這樣的事情呀。」

理沙雖然對著玻璃杯裡瞧，但目光卻像是望著某個很遙遠的地方，這麼說道。

此時在我心中掠過一個預感，讓我覺得自己正踏到了某件我非常厭惡的事情上。

我踏到的這件事情，遠比狗屎還更為差勁。

「雖然因為羽賀那不對我提她自己的事，所以我也只能猜測，但我在那次事件中就幾乎是確定了。我想羽賀那她是被賣到月面來的小孩。」

「不……」

我本來想說的是「不會吧」這三個字，但話語卻中斷了。

因為住在我那村子的人們，也有很多是從地球上最陰暗的角落來到這裡。

雖然那些人大多性格開朗，但我覺得他們那種開朗的性格，應該是有過某些灰暗的經歷造成的反彈。在地球上有很多地方，是幸福國度的居民不會留意到的；聽說就連在幸福的國家裡也不例外的存在著這樣的角落。而月面都市則是個把錢從地球吸過來的強力裝置，錢也正是能買到一切事物的萬能道具。

既然如此，就算真的有人口買賣這種事也不奇怪。

甚至該說要是這樣的交易完全不存在，反倒才讓人覺得詭異。

「把有優秀才能的人收作養子，其實不是什麼太稀奇的事，對吧？但我想就算收養者沒有這種認知，在被收養的人心中也會萌生自己是被錢買下的感覺。當然實際上也真的有被拿來以金錢交易的不幸孩子就是了。羽賀那也是因為這樣才想激怒戶山先生，等著他講出『那我就把妳帶去賣掉抵債好了』這種話。」

理沙的口吻，並不像是把輕率的推測信口講給我聽的感覺。

因為我從未見過有人像理沙這般腳踏實地，所以她會這樣推論應該經過一定程度的查證。

「羽賀那她的頭腦真的很好，是數學天才哦。」

「嗄？」

「她寫月面都市大學的特殊入學試題可是拿到了滿分耶。這樣的話不管是地球上的哪間大學，她都能跳級進去讀了。除了絕對能拿到獎學金外，我想大學那邊甚至還很樂意打點她食衣住方面的所有開銷喔。要是她沒離家出走的話，現在應該已經頂著神童的頭銜大為活躍了吧……」

真的假的啊——我驚訝到連這句話都問不出口。

我本來以為她的聰明不過就是在街坊鄰居口中，會被稱讚說頭腦很好的程度罷了。

因為想要考進月面大學的人，每個都有著幾乎足以甩脫地球重力的上進心，所以就連我也很清楚要考進那裡是多麼難。畢竟那可是在有三億、五億甚至十億人口的國家中，全國學力測驗排行個位數的人會去就讀的學府。

講白一點的話，她那樣已經能說是怪物等級了吧。

「你知不知道這個如此聰明的孩子，現在最有興趣的事情是什麼？」

「……」

「是要怎麼去賺錢喔。」

我的嘴裡有一種令人不快的味道擴散開來。

雖然我一直覺得自己抱持的是獨善其身、別人怎樣關我屁事的處世態度，但當有這種事例真正出現在我眼前時，我卻是這樣的反應。

「可是妳們……有缺錢到這種程度嗎？缺到……讓她非得……要把自己賣了不可……」

雖然我實在無法對「把自己賣掉」這種事有切身的感受，卻還是感覺自己現在說的話很不得體。但話又說回來，既然羽賀那的才能這麼突出，更重要的是外貌也算不錯，所以把她賣掉還債的方法或許是真的存在吧。

「雖然我很想回說『有啊』……」

理沙發出深深嘆息，再喝了口酒。

而在這她吞下這口酒後，緊接著又再飲下一口，然後粗魯的又把酒倒進杯子裡。

「這筆錢我有辦法還的。其實，現在就可以還。」

「啊？」

我不解地瞪著理沙。

然後我這麼對她問道。

「妳是要把自己賣了喔？」

「噗！」

理沙噴出一口酒來，接著用力咳嗽。

「嗚哇，妳好髒喔。」

「咳呵……咳呵……真討厭，你不要亂說什麼奇怪的話啦！」

「但是照目前對話的方向來看，不就是這樣嗎？」

「……真是的……不過要說的話也沒錯吧。你猜得可能算接近了。」

「嗄？」

「我是有東西能拿去賣錢喔。但那幾乎已經算是我身體的一部分了，所以我才很猶豫到底該不該賣。」

理沙抬起頭來，像是個觀察著星空的孩子似的，眼光飄向遠方。

但她的雙眼所凝望的，卻並不是遠在銀河一方的某團星雲，而是位在更近距離的物事。

書櫃。

當我發現了這件事的瞬間，理沙也嘆了口氣說：

「就跟阿晴說不想工作然後逃避一樣，我也是一直把問題拖延下去而已。」

雖然我說不想工作並非在逃避，而是那樣做效率太差，但此時我不打算開口解釋。

畢竟理沙剛才所說的話，讓我驚訝得沒心思提起這種事情。

「如果把這書櫃上擺著的書賣掉，就夠還清那些欠債了喔。」

理沙欠債的金額是三萬慕魯。

「……妳唬我的吧……這些東西有這麼厲害啊。」

「畢竟在未來，實體書的數量只會愈來愈少，不會再有所增加了，就這層意義來說，書本可是很珍貴的。作為撐起人類智慧的支柱，這些書也真的算是很『厲害』的東西呢。不過……」

「……妳不要模仿我的用詞啦。」

「呵呵。不過就算沒有這些書，生活也不會過不下去，所以從這個角度來看，要說它重要倒也不盡然；但若將它們賣掉，我又會感受到彷彿肉從自己身上被削下來那般痛苦，這樣想就覺得它們確實很貴重。」

「我聽不懂妳想講啥啦……再說就算賣掉，只要妳之後再把它們買回來不就得了嗎？」

「如果真能輕鬆辦到這種事就好了呀……」

「沒辦法嗎？」

「我所擁有的這一類書籍呀，並不是什麼隨處可見的書，也不是那種大家會爭相購買的書。但對這些書有興趣的人也正是因為這點，所以更會強烈地想要得到它們，一旦得手後也很少會再出售。也就是說只要我願意賣，就一定會有人會願意收購這些書，但它們卻有很大的機會再也不會回到我手中。就算能賣到很高的價錢，我還是無法輕易賣掉它們喔。因為這樣，我才會說書就像是我的朋友或同伴。你懂我的意思嗎？」

在理沙輕輕瞄著我的視線中，我感覺到了某種令人一凜的強烈意志。

這樣做就像在出賣同伴，縱然確實能賣得到好價錢，但被出賣過一次的同伴也絕不可能再用錢買回來了吧。

「就是因為這樣，我現在才會舉棋不定呀。」

平常我要是看到哪個大人有該做的事卻磨磨蹭蹭不去動手，應該會想猛力踹對方一腳，甚至會想朝他吐口水吧。但看眼前理沙的樣子，我卻幾乎沒有湧起這樣的情緒。

這是因為理沙她真的很喜歡這些書。她對這些書所抱持的愛情，可說和對待活生生的朋友或同伴的感情沒有差別。而在這排書櫃前方，坐在床鋪上對我娓娓說著這件事的理沙，看起來就像是個走投無路的少女。

但這也不是什麼難為情的事。因為理沙之所以表現出這種走投無路的態度，就是事情真的已經發展到如此無可奈何的局面了吧。

如果問我為什麼這麼想，那毫無疑問是因為我看見了她對這些書籍抱持的愛情。

「這樣的話，妳也只好一點一點慢慢還啦。而且得趕在那傢伙把戶山大叔給宰了之前。」

我知道拿這件事開玩笑並不妥，理沙也是一副想忍著別笑出來的表情。

但這個玩笑卻真的貼近事實到讓人只能笑了。

「是啊。你說得沒錯呢。就是這樣沒錯……」

理沙像是想表示自己回到了現實，露出看起來很成熟的苦笑表情，然後輕鬆把手中的烈酒像喝果汁般一口飲盡。

「不過這點你也一樣呢。沒有找到個正經的賺錢途徑可不行。」

「……再過一陣子吧。」

我依然對股票的事絕口不提，只是一臉不快地這樣回她。

「嗳，就像你所看到的，雖然我也沒什麼立場好說別人，不過……」

「啥？」
「剛剛提到關於羽賀那的事。」
「……嗯？喔喔。」
「我有件事想拜託你。也就是因為這件事才把你找來這裡。」
理沙之所以講得有點迂迴，或許是因為她自己也在猶豫該如何是好吧。
但她最後還是對我說了羽賀那的事，這是因為她相信我的為人吧。雖然我因為這樣而感到高興，但另一方面也有點不好意思，所以便這樣說：
「妳該不會想跟我說她很可憐，所以要我跟她好好相處吧？」
我這麼說除了掩飾自己的難為情，同時也是表示我不想答應這種麻煩事。畢竟這裡可是月面啊。當人要朝著天上高飛的時候，哪還會想帶個拖油瓶呢？
「就是這樣沒錯。」
然而理沙卻沒有生氣。她這句話講得非常懇切。
「但說我想要你們好好相處，好像也不太對呢。畢竟個性真的合不來這種事情是常有的嘛？」
「天底下有人能跟她合得來嗎……？」
這句話是我衷心的感想，理沙好像也稍微能明白似的露出苦笑。
「但你卻還是保護了羽賀那，不是嗎？」
「……話是沒錯。」
「這樣就夠了。我想要你做的事，就是去認同那孩子。」

「認同她？」

「對。人的存在是很朦朧不定的哦。很久很久以前的童話故事裡不是有妖精嗎？那些妖精就是一定要有人類承認他們存在，才有辦法存活下去。要是人們將妖精的存在遺忘，那妖精們也就無法存活了……你沒聽過這故事嗎？」

「……很可惜我的確沒聽過。」

「總之就是有這麼個故事啦。其實這個道理也不只適用在妖精身上喔。不管是誰，只要受到誇獎都會感到高興，要是有人在意自己，就會覺得自己在對方眼中是有意義的存在。人呀，如果獨自一人，就不認為自己是人喔。」

「哪有這種事啊。」

「這是真的喔。在地球上甚至有過案例，說在出生之後都和狗一起長大的人，真的以為自己是條狗呢。認同別人這件事，其實就是要確實去回應對方；即使是討厭，也是回應的一種呢。」

理沙停下來換了口氣，在這段時間中一直凝視著我。

這讓我感到稍微有點喘不過氣。畢竟我就是因為理沙她會尊重我的想法，才會對她有一種奇妙的信賴感。

「你們吵嘴的話我是無所謂，但我並不認為阿晴你和羽賀那在個性上有你想像中那麼不合。」

「哈！妳在胡說什——」

「但是，我最想拜託你的是——」

理沙的話蓋過了我的話。她從床上起身，將她的手疊在我的手上。

「請你不要忽視她，不要疏遠她。因為那孩子現在迷失了自己的價值，會有把自己賣掉作為還債手段的想法根本就不正常呀。雖然我想主張『在神面前人人平等』的道理，但羽賀那缺少的，卻是比這還更基本的認知。雖然我也明白，在月面風行著一種『換不了錢的東西就沒半點價值』的概念……我希望你能讓她不要忘記自己是個完整的人，而不是件商品。」

理沙最後的這句話，紮紮實實地刺進我的胸口。

我當下感到痛苦的神情，一定也被我面前的理沙看得一清二楚。

理沙盯著我瞧，淺淺笑了。

雖然我因為想掩飾這份害羞，本來打算馬上對她吼句什麼，卻沒能開口。

因為在這瞬間，理沙就溫柔地迎面緊抱住我。

「阿晴你有著很確實的自我認知，一定是因為父母有把你教好。」

「唔！妳……妳別說蠢話了，我才沒有受過他們什麼——」

「或許你們的思考方式完全不同，但我想阿晴的父母平常一定是對你千叮萬囑，甚至讓你聽得很煩吧。」

我無法反駁理沙，因為狀況確實就跟她講的一樣。而且再怎麼說，我之所以離開村子，就是因為對臭老爸他們那套強硬的觀念反感到想吐。

「但就算這樣，那也是一種很了不起的愛情表現喔。畢竟你父母如果真的不關心你，他們也不會這樣做的。如果阿晴你沒有那對『囉嗦死了』的父母，當初應該也很難好好把自己的思緒整理好吧？」

理沙又模仿我的用詞，讓我擺出一張苦瓜臉；而察覺我表情的理沙微微笑了。

理沙呼出的氣息稍稍擦過我的右耳，有股讓人想進入夢鄉的微妙搔癢感。

「我之所以會收留那些離家出走、沒地方落腳的人，就是覺得他們一定也需要被他人認同喔。畢竟月面的生活步調這麼匆忙，而且既熱鬧又充滿刺激，所以我們平時也沒有心思去關懷他人對吧？但我畢竟是受神教誨的人，至少在這點事情上還能幫上他們一點忙呢。」

理沙放開了我，然後從我手中把裝著酒的玻璃杯拿回去。

「如何？」

最後，她這樣對我問道。

如果有誰在這種場面下還有辦法拒絕，那我一定很佩服他。

不過讓我火大的是，我多少也能明白理沙話中的意思。

雖然我死也不願去想我那囉嗦的老爸他們底有多愛我，但他們畢竟算是很好的負面教材；多虧看他們那樣，我才會知道在這月面要如何邁向成功。

另外從村裡那些思考方式與我不同的人身上所學到的事理，也確實幫了我很多忙。

關心？身為人的價值？

雖說我對這些東西基本上不屑一顧，但羽賀那看起來實在也不像是人生過得多幸福美滿。所以說呢……嗯……我倒也沒有小氣到不願對她表現出少許體貼啦。

再說理沙的要求只有要我別對羽賀那視若無睹，就算跟她吵架或發生其他什麼事也沒關係。

於是我回望理沙，裝作滿不在乎地拋下一句。

「我知道啦。」
理沙一瞬間便露出溫暖得像剛出爐的麵包一樣的笑靨。
「謝謝你。」
「……哼。」
「啊，對了，雖然我覺得不用特別提醒應該也沒關係啦，但羽賀那的事情你要保密喔。還有喝酒對阿晴來說好像也還太早了呢。你不可以趁我不在的時候偷喝喲？」
我也不再嫌理沙囉嗦或什麼的，只是嘖舌呼了口氣。雖然我也知道這種幼稚的反應只會再次惹得理沙嘻嘻笑，但就是沒法不這麼做。
「好啦，那今天的晚飯該煮什麼好呢？」
最後理沙帶著柔和的笑容，這麼說道。

隔天，月面難得下起了雨。
當然這降雨並非自然現象，而是由程式所調控的。
因為月面上的重力很低，在人們的生活中或建築風化所產生的粉塵都很容易在空氣中飄散。雖然淨化空氣的裝置在月面到處都有，但好像還是藉由降雨將這些粉塵沖走的方式效率較好。
基於這樣的理由，從今天早上開始，雨就透過沿著圓頂接合面鋪設的導水管靜靜地下著。另外為了確實營造出雨天的氣氛，圓頂的透光率也跟著調降，呈現出陰天的天色。

聽說在地球上好像時而會有讓整間房子被沖走，或是淹沒整片視野的傾盆大雨，但月面上的雨則始終是如此雅致。

不過只要一下雨，果然就會多少讓我提不起勁。或許是因為雨天客人減少，城市裡的很多店家都休息，使整個城鎮歸於寧靜的關係，才讓我無精打采吧。

我在起床後稍微做了一下體操，便抱著裝置走出房間。

理沙和羽賀那都待在雖然開著燈，卻依然有些昏暗的客廳裡面，兩個人都正吃著麵包。

「哎呀，早啊。」

「嗯。」

我平淡的回應理沙，然後把裝置放在桌上，打開螢幕。

因為昨晚聽理沙講了羽賀那的事，讓我後來不是很有辦法集中精神在收集資訊上。再加上要不要參加投資競賽的問題也懸而未決，所以我還沒做好今天的交易準備。

現在離股市開盤還有一個小時，我想儘可能把新聞做過確認。

「你真的成癮了耶。麵包要幾片？」

「一片。」

「只要一片？你是男生耶，這樣夠嗎？」

「那就兩片。」

我盯著螢幕回答。理沙低喃道：「什麼叫那就呀……還那就呢。」

不知道為什麼，她看起來一副心情很好的樣子。

我用眼角餘光瞄瞄理沙，而羽賀那也自然地映入我視野中。

因為昨晚理沙所說的事非常震撼，讓我對羽賀那稍微有些在意，不過她本人當然還是一如往常地對我漠不關心。羽賀那的臉上不帶一絲睡意，只是淡淡的啃著麵包。

她那光滑柔順的黑髮以及纖細的手指，都精美得像是人工打造的，另外還附帶一雙讓人感覺很傲慢的眼睛。要是撇開個性不談，單看外表的話，我確實覺得就算有人想用錢買下她也不算太奇怪。再說若她是個數學天才，像軟體公司老闆之類的人應該不管花多少錢都會想要把她買下吧。

而且在月面，手上資金多得誇張的人也真的到處都是。

只要有錢，連人都可以買到。

雖然我隱約覺得人口買賣這回事，也就位於花錢要別人幫忙做事這種行為的延長線上，但到了可能實際處於這種狀況中心的人真的出現在我眼前時，我卻在產生同情之類的情緒前，便先覺得很不可思議。

「什麼？」

在被羽賀那用懷疑的眼神一瞥之後，我才赫然回過神。看來我剛剛在不知不覺中一直盯著羽賀那瞧。

羽賀那就這樣以懷疑的目光盯著我看了一陣，之後看了看自己身體各處，還擦了擦嘴角。在她確認完自己身上完全沒什麼不正常後，就用更尖銳的眼神朝我一瞪。

「妳臉上沒沾到什麼東西啦。」

「不用你說我也確認過了。」

雖然羽賀那的口氣依舊刺人，但我也不會故意對她視若無睹了——即使理沙沒有在羽賀那身後用有點擔心的目光看我也是一樣。

「我說妳啊，為啥老是穿黑色衣服？」

「那又怎樣？」

這干你什麼事嗎？

雖然她似乎想接著這麼說，但我也只是聳了聳肩，說道：

「我只是好奇妳的衣服是不是全都是同個款式而已。」

「你這傢伙還不是一樣。」

被羽賀那這樣一講，我在心中也承認事實的確如她所說。

理沙就在此時將烤好的麵包放到了盤子上，然後突然插入我們的對話中。

「羽賀那，不能說『你這傢伙』，要叫他阿晴。」

「……但他明明都叫我作『妳這傢伙』耶。」

「阿晴。」

理沙邊把奶油塗在麵包上邊叫了我名字，然後下巴輕輕往羽賀那的方向撇了撇。

「羽賀那。」

雖然我心想這樣搞是在訓練狗不成？但賭氣不配合理沙畢竟像是小鬼才會做的事。

於是我在無可奈何之下開口這樣說道：

「我有些好奇，為什麼羽賀那小姐有的都是一些同樣的衣服呢？」

我像是小學生朗讀課文般唸道。

「做得很好。」

理沙也像個老師一樣稱讚我。

「換妳嘍，羽賀那。」

接著理沙看向羽賀那。

這動作讓羽賀那意外露出有些困惑的表情，我發現她的目光好像在我和理沙之間徘徊了兩三回。

一臉不知所措的羽賀那，就像是被人朝著臉上潑水的小動物。

「……唔……阿、阿晴、不、不是也、一……一樣嗎？」

「好，妳做得很好。」

我還是第一次看到羽賀那講話這樣支支吾吾的。她平常那表情貧乏的樣子，若不是個高傲的公主就是沒血沒淚的機器人。光是這樣，就看起來像個普通女孩子。

讓我確確實實體認到，自己果然是個單純的男生。

因為羽賀那的外表看起來果然很可愛啊。

「嗯，關於你們剛才說的話呀，我這邊是有點意見啦。」

理沙邊把麵包遞給我邊這麼說。這句話讓我和羽賀那同時看向理沙。

理沙接著清了清喉嚨，這麼說道：

「你們兩個人都應該稍微多注意一下自己的穿著。」

理沙看準我和羽賀那在同一時間皺起了眉頭，繼續說道：

「雖然多餘的綴飾是一種墮落，但衣衫襤褸地過生活也是一種墮落喔。」

「我身上的衣服還能穿啊，再買很浪費耶。」

「有這種節儉精神是很好啦，但把儀容多少打理得像樣一點也很重要喔。」
「我穿的衣服不是襤褸呀。」
「但羽賀那妳也只有身上那一件衣服吧。」
「欸！」
我驚訝地出聲，讓理沙和羽賀那兩人同時轉頭看向我。
而羽賀那又重複講了一次。
「我穿的衣服才不是襤褸。」
我的眉頭皺了起來。
「而且，也沒有味道。」
聽了羽賀那接著的這句話，讓我與其發火更是覺得不安。
「……是已經有味道了嗎？」
我突然怯縮起來，忍不住聞了聞自己身上的氣味。而理沙苦笑著對我說。
「現在是還行啦。現在，嗯。」
「什麼嘛，那不就沒事了嗎？」
「但那時就很臭呢。」
「妳吵死了咧。」
「我吵死了？」
我把眉頭皺得老緊，因為羽賀那這樣正經的反問讓我覺得有些光火。
正當我們用眼神隔空交火時，理沙用叉子在盤子上敲了幾聲。

「都不要吵架。只是話又說回來，你們兩個竟然都只有一件衣服啊……就連住這一帶的人們都很少有人這樣呢。」

我和羽賀那不約而同開口想說「可是」，但理沙接著說下去阻止我們反駁。

「羽賀那，妳今天沒有要去當家教對吧？」

雖然理沙突然把話題一轉，但羽賀那感覺也沒特別吃驚，馬上回答：

「今天休息。」

「那阿晴呢？傍晚有空嗎？」

被這樣一問，我不小心就老實地回答了。

「五點之後的話有……欸，等等，妳該不會要——」

「就是你想的那樣嘍。等傍晚雨停之後，你們兩個人就去買衣服吧。第二商店街那邊有很多便宜的服飾店喔。」

我和羽賀那無語的看著對方。

「你們的回答呢？」

聽到這句話的羽賀那，就像是條件反射實驗中的狗一樣轉頭看向理沙。

但羽賀那才一轉過頭，那張平時毫無表情的臉上，隨即便露出很有她個人風格，暗叫「糟糕！」的表情。

理沙就這樣正面回看羽賀那，然後春風洋溢的笑著。

對認定是自己不小心扔了理沙重要的書，才讓教會因此背上大筆債務的羽賀那來說，理沙的笑容是無法抵抗的吧。再說羽賀那之所以對理沙言聽計從的原因，除了因為那件事的內疚外，應該也是她本來就跟理沙感情很好。
或許就是因為她和理沙很要好，所以才會因為給理沙添了大麻煩而深深感到苦惱吧。
「我知道了。」
「嗯。那阿晴呢？」
如果我在這邊說不要，那誰比較幼稚也就一目瞭然了。
但理沙明明都講說就算不跟她處得很好，只要不忽視她就行了，結果還是做了這種多餘的動作。我邊這樣想邊朝理沙瞪了一眼。
不過理沙只是接下我的視線，並露出誠懇拜託我的笑容。
看著這個笑容，讓我好像能明白理沙為什麼看起來這麼成熟了。
因為這女人光靠一個笑容，就能表現出各式各樣的情緒。
這一定就是歲月的歷練吧。
我只好嘆了口氣放棄抵抗，這樣回答：
「我知道了啦。」
「好。」
理沙這樣說完後，看起來很開心地笑了。

或許是因為天氣的關係，這一天股票市場中一直沒有讓人眼睛一亮的明顯動靜，操盤非常不容易。因為極端的說，股票也就只有漲或跌兩種變化，所以要是看不出當日的明確動向，那我也就沒戲唱了。

就算我能在十慕魯的價格買下某支股票，但若那支股票是一整天都用十慕魯的行情在交易，最後我也只會賠掉手續費而已。

雖然因為還有投資競賽的那件事，讓我想試點自己構思出來的新投資手法，一直仔細觀望著市場狀況直到上午交易時段結束，卻覺得今天大概一整天都做不了什麼。

有些時候，愈是搶先出手的人就愈賠錢。而今天正是這種日子。

在這樣的日子裡，硬是去做交易毫無疑問會賠錢。而唯有賠錢是我非得避免的事情。但我這樣做並不是為了要遵守傳奇投資者所開示的交易鐵則，而是因為虧損除了會讓我損失資金外，更會磨耗我的心神。虧損會使我體溫降低、流下黏膩著肌膚的冷汗，更會讓我無法冷靜思考，而無法形成對將來的展望。

要脫離恐慌的狀態並不容易，甚至讓我在剛開始做股票交易時還把一張寫著「不要慌張」的紙貼在裝置上頭。

在回想起當時發生的事情後，我便決定今天不要逞強了。

於是我關掉裝置，摸索有什麼新的機會。

雖然我非得加快腳步不可，但市場畢竟就在那邊，不會突然消失不見。

「可是雨也還在下……」

我往窗外望去，見天色一片陰暗，只有細雨靜靜下著。

在我關掉裝置後，資訊的洪流便隨即停止；客廳裡頭非常安靜，只聽得到雨水從屋簷上滴落地面的聲音。

「該做啥好咧……」

才剛決定今天不做交易，我就面臨了這樣的問題。或許我該把時間花在分析市場新聞或個股上面，但要把一度中斷的集中力重新接續起來卻頗不容易，而且查了資料可能又會讓我想進場交易，然而今天的市場卻是那副鬼樣子。

找不到其他事情好做，就這樣陷入了困局之中。

最後我只好再次讓裝置的螢幕亮起，打開網路圖書館的搜尋畫面。雖然本來打算要讀點什麼跟投資有關的書籍，但手卻在此刻停了下來。

因為我之前就已經讀過跟山一樣多的投資相關書籍了，到了現在這時候還有可能找到什麼新東西嗎？

而且如果我打算參加投資競賽，剩下的時間也就剩沒幾天了。

因為一團黑霧般的不祥預感在腦海中湧了出來，讓我覺得惶惶不安、想要到室外盡情地奔跑一陣而看向窗外。

這時，坐在破舊沙發上看書的理沙出聲對我問說：

「哎呀？今天不繼續碰電腦啦？」

她那種對文明利器非常生疏的口氣，讓我感覺一陣脫力。

但同時，某種黑色的東西也從我腦海中消失了。

「……現在沒那個心情。」

「嗯～？哎，有些時候是會這樣呢。」

理沙好像不是特別在意的樣子，又回到剛才的姿勢繼續看書。
她看的並不是電子媒體上的書，而是真正的「書本」。
每當理沙用纖細的手指翻動薄薄的書頁，書本就會發出單薄的「啪沙」聲響。
「妳在看啥啊？」
「嗯？」
理沙往我這邊看來，稍微停頓了一下。
她好像在認真的在思考我問的問題。
「是本非～常古老，不知道在寫啥鬼的歷史書呀。」
寫啥鬼——這種語氣當然是故意在模仿我。
在我擺出一張臭臉後，理沙也把目光轉回書頁上，然後像個孩子般忍俊不禁地抖著肩膀笑了。
「是弗雷澤寫的《金枝》。」
「……那什麼書？」
「這本書是一百多年前一個好奇心旺盛的英國人，收集了世界各地的神話而寫成的書。不知道為什麼一到下雨天就會想把這本書拿起來重讀呢。」
理沙一邊這樣說，一邊又「啪沙」一聲翻動書頁。
「這書有趣嗎？」
「嗯～？算有趣嗎……雖然被稱為世界名著啦，但坦白說裡面也是寫了一大堆誇張的謊話呢……哎，不過從這本書凝聚了人類數千、甚至數萬年份的文化活動來說，也算是有趣吧……」

理沙的話就說到這邊，然後像是要聞聞書的味道似的，把臉往書本靠去。

「無論如何，或許身為基督徒的我在月面下著的細雨中讀這種書，是再合適也不過了吧。」

「……我聽不懂妳在講啥。」

「呵呵。這是要告訴你世理可不是這麼簡單就能看透的呀。」

我發現理沙好像又把我當小孩子看，然後偷偷轉移了話題，也只好搔搔頭說：

「總而言之，妳是在優雅的打發時間就是了吧？」

「就是這樣沒錯。」

理沙這句乾脆的回答，反而讓我覺得更沒趣了。

但要是我就這話題繼續跟她糾纏下去感覺也怪蠢的，所以只好嘆了口氣。

「說起來阿晴今天好像滿閒的？」

「……算是吧。」

雖然我其實並不閒，但姑且就當作是這樣了。

「哎呀……好端端年輕人竟然閒得發慌，這可不是什麼好事呢。」

這句話讓我開口反擊嫌她囉嗦都辦不到。

我只好嘆了口氣說：

「在今天這種日子裡，認份一點不要胡來才是最好的吧。」

「這句話我是同意啦，但果然還是不太好呢。」

「怎樣個不太好？」

「就是不好吧。年輕人這麼沒鬥志整天晃來晃去的，很不健全喔。」

「……事實上就真的沒事幹嘛。不然妳倒說說看我能做啥啊。」

「沒有事情好做嗎？」

「妳該不會想跟我說，沒事做的話就去念書吧？」

理沙聽我這麼說，有些困擾似的笑了笑。

「我看起來像是會講這種話的人嗎？」

「……還真的不太像。」

在我這麼回答後，理沙很開心地呵呵笑了。

「阿晴沒有打電腦之外的嗜好嗎？」

「妳說嗜好？」

我下意識的皺起眉頭對理沙反問道。

嗜好。

她竟然說我這叫作嗜好？

「……該不會真的沒有吧？」

「那又怎樣啦……」

因為理沙看向我的目光十分嚴肅，讓我一時有點心慌。

「應該也沒啥不好吧……」

「嗯～？」

「我沒時間培養什麼嗜好啦。」

雖然這明明我是出自肺腑的真心話，但不知為什麼聽起來卻像是藉口。

為了生存，我必須在股票交易中贏錢；若要實踐夢想，則還得贏得更多。

如果問我活著的理由，除了實踐邁向前人未至之地這個夢想之外，也別無其他答案了。

我可不像理沙一樣閒到可以悠哉地讀派不上什麼用場的歷史書籍來殺時間。雖然現在我的確因為沒事可做而在這閒晃，但那也是因為今天的市場行情沒什麼生機，而不是我本身的問題。

「哎……阿晴你覺得這樣好的話也沒關係啦……」

理沙盯著我看了半晌，最後還是將視線移回書本上。

這時在我的心中湧出了一種難以釋懷的感覺。

我想這大概就是所謂的反感吧，這種心境應該和不想承認事實很接近。

要是把投資從我身上拿走，那我還剩什麼？

我覺得這個令人不快的問題，答案已是隱隱可見了。

就在這時候，理沙的行動裝置響起了「嘟嚕嚕嚕」的鈴聲。

「哎呀，有電話。」

理沙把書放下後拿起裝置，看到來電號碼而顯得有些吃驚。

「是大學打來的……該不會是要請我去講課吧？」

理沙好像不是因為收入有了著落，而是單純因為能去教課而感到開心。她明明都被欠債壓得快喘不過氣了，卻還不拚死拚活地去工作還錢，照理說是該受苛責吧。

但看著理沙卻讓我覺得，或許真的能有這樣的生活方式存在。

那是種不去懷抱夢想的生活方式。

不魯莽地去蠻幹，而是慢慢去做……

當我發現自己受到她的這種態度吸引時，趕忙用拳頭朝自己額邊敲了一記。

我覺得自己自從來到這間教會之後，精神就變得鬆弛了。

我果然是不是該在那個爆炸頭的網咖裡面，就算把自己搞得一身破爛邋遢，也要像頭野獸一樣集中精神去進行交易呢？

就在我這麼想的時候，理沙好像覺得這通電話會講很久似的，拿著裝置走進浴室裡。雖然從門的另一邊傳來的話聲很模糊，但我能從理沙的聲音裡面聽出她好像很開心。或許是因為我對此興起了些許的忌妒，才會這樣聚精會神地聽著她講電話的聲音吧。

也因為這樣，在室內突然響起「叮咚」一聲時，我像是做壞事被抓到似的嚇了一大跳。

「怎……怎樣？」

就在我環顧四周的時候，通往連接浴室的更衣室門打開，理沙邊對著裝置講話邊探出頭來。

「可以請您稍等一下嗎？阿晴！你去開門！」

「啊？」

「有客人。」

「……喔喔。」

這麼說來，剛剛那個聲響聽來就像是電鈴聲。

我站了起來，無可奈何的走向教會入口處。而理沙又走進浴室裡，不知道和對方談起了什麼事。

不過這種地方會有什麼人上門來啊？是那個姓什麼戶山的討債人嗎？

我邊思考著邊走向聖堂，透過門上面的門眼看向外頭。

萬一是警察上門的話，那可不能讓對方看到我。

我一往外看，發現站在門外的人是個裹著防風外套，一個勁盯著手上的電子筆記本操作個不停的矮個子。之所以只說是矮個子，是因為我看不出對方是男是女。這個人的兩側腰際膨膨的鼓出一大包東西，讓我明白他身上好像帶了什麼大型物品，蓋在那件防風外套底下。

雖然身體線條有點纖細，但從攜帶的貨物量來看，他或許是個男的吧。

我邊這樣想邊打開了門。

不過對方也沒抬頭看我，只是用一種感覺平時就常跑這裡的態度說道。

「您好——這邊是庫恩商行——！今天老樣子幫您送了蔬菜來，另外順便要來跟羽賀那老師問——」

對方講到這邊時抬起了頭，接著動作就這樣僵住了。

這個人有雙漂亮的藍眼睛，透過大大的眼鏡框直盯著我瞧。在他小巧的鼻子旁邊長了些雀斑，讓我馬上知道他是來自紫外線比較強的地球。

而比起這些都還要一目瞭然的，則是這傢伙的個性非常少根筋。

「你剛說啥？」

我對著僵住的對方這麼問道，而那傢伙也就這樣直盯著我邊往後退。

「……啊……咦？呃……」

接著對方終於回過神來，將手上的電子筆記本側向一邊，先是看了看四周，又再看回我這裡。

「怎樣啦？」

我的回應讓這傢伙震了一下，緊張的縮起肩膀，然後戰戰兢兢地對我這麼問道：

「這……這裡應該是六號街教會……沒有錯吧？」

「……」

我稍微想了想，回答：

「這地方的確是叫這名字吧。」

「……那……那個……羽賀那……老師她……在家嗎？」

「羽賀那老師？」

我重複了這句話，不禁稍微露出苦笑。

看來羽賀那是真的有在當家教啊。

「她在啊。不過話說回來，你站那邊會淋濕耶。」

被我這樣一講，對方才終於發現自己退到了會淋到雨的位置。我邊覺得這傢伙實在很遲鈍，但也對他明明扛了大件貨物，腳步卻依然站得很穩感到佩服。

感覺他平常就已經扛習慣大件貨物了。

「嗯，還有你剛剛講啥？」

「是……是的？」

「你不是講了啥蔬菜嗎？」

講到這邊，他清了清喉嚨後，深深吸了一口氣。

「啊……啊，是的。那個……」

「我……我是庫恩商行的人，名字叫克莉絲．庫恩。無論是蔬菜生鮮甚至是文具用品，只要是在六號街上，就算只有一件東西也會幫您配送。若有需要，歡迎光顧庫恩商行！」

就這樣，一口氣流利地講完了整段廣告詞。看來這八成是受他父母嚴格訓練出來的吧。

他就算挺直了背立正站好，還是比我要矮得多。雖然羽賀那也比我矮，不過對方又比羽賀那要更矮一些。

我心中感嘆著討生活還真不容易，身體一側讓出路來。

「羽賀那她在裡面喔。」

「啊，那……那就打擾了。」

這個叫作克莉絲的傢伙就這樣低頭走進了教會裡面。果然他就只有在講那段廣告台詞的時候，才會顯得精神飽滿啊。

但到了這時候，我依然無法確定他究竟是男是女。就算他進到教會後把防風外套脫了，我還是對答案不太有自信。

因為對方身上穿的，是尺寸明顯不合而鬆垮的破運動衫、褲腳摺了好多摺的牛仔褲、以及一雙破爛的球鞋。一頭金髮也是又毛躁又亂蓬蓬的，簡直像是打從出生就沒梳過頭一樣。

不過當他把防風外套脫下摺好，塞進左右斜背在肩上的大型背包裡的時候，因為身上穿的運動衫尺寸實在是大了太多的關係，被我從領口的縫隙稍微瞄到了胸部。

雖然這只是我大概的猜測，但她應該是個女生。

「現……現在應該是上學時間吧？」

我抱著少許的罪惡感關上門，這樣問她。

「啊……咦？這個嘛……學……學校現在是午休時間……所以我就出來做中午的……送貨工作……」

「喔喔，這樣啊……這麼說來午休時間的確是很長啊……」

這樣看來，克莉絲應該是個還在上小學，未滿十四歲的孩子。

在月球上的小學大多有兩個小時以上的午休時間。

但我因為本來就沒什麼去上學，所以把這件事給忘了。

「所以你是來這送貨順便問功課？」

「咦？為……為什麼您會知道呢？」

因為看克莉絲畏畏縮縮一副沒有要踏出腳步的意思，我便照著趕小雞的訣竅，讓克莉絲走在我前面，從後方押著她前進。

「你剛剛自己不也說了嗎？說要找羽賀那問什麼問題來著。」

「咦？啊……是這樣嗎……」

克莉絲的個性雖然畏縮，但步伐卻非常穩健。

從身上的行頭來看，克莉絲怎麼想都是出身於外區的低收入階級，大概是來自單純勞工的那類移民家庭吧。看她明明就很不擅長待人處事，卻還是趁著午休扛這麼大的貨物幫忙家裡的生意，甚至還很用功讀書。這讓我趕小雞似的押克莉絲在走廊上前進的途中，不禁對她的積極上進感到有些嫉妒。

當我們走進客廳時，理沙好像已經講完電話，又再次打開了書本。

「咦，這不是克莉絲嗎？」

「您……您好。」

「哦，對喔。今天是送貨的日子呀……我完全忘了。」

理沙邊這麼說邊從克莉絲扛著的那一個大包包中接過了蔬菜和麵粉等東西。

「這次的量稍微多了點呢……您沒訂錯嗎？」

「嗯，不要緊，因為旁邊那個阿晴現在也在我們這住呀。前幾天我還因為食材沒了而臨時跑去別的地方買呢。」

「啊……是……是這樣子呀……我聽說理沙小姐跑去別的商店買東西……還擔心說是……是不是我之前送貨時把數量搞錯了……」

這女孩的個性真是既畏縮又愛瞎操心。

理沙在開口說什麼前，就先伸手摸了摸克莉絲的頭。

與其對她講上百次的「不用擔心」，這一個簡單的動作反而更加有效吧。

「另外妳是要順便來找羽賀那對吧？她在房裡哦。」

「啊，那個……」

「這邊我來弄就好，妳應該把握時間嘛。」

理沙笑容滿面的這麼說。雖然從悠哉讀著地球上那本什麼書的理沙口中聽到這種話讓我有點驚訝，但這句話不知怎的很有說服力。本還慌慌張張的克莉絲也點點頭，為了跟理沙道謝而低頭鞠躬，然後小跑步往屋子後面的房間去了。

「好啦，既然材料也送來了，我們就來弄午餐吧。阿晴你也要吃對吧？」

望著克莉絲的我這才回過神。

「嗯啊？喔，如果午飯不用額外收錢。」

「你還真不可愛耶……哎，我不會收錢的，你就吃吧。而且克莉絲也來了……我該煮什麼好呢？」

「咦？她不是在學校吃過了嗎？」

我不經意地這麼說，但理沙只是有些無奈的笑笑。

「不。因為在月球上沒多少東西是免費的……」

克莉絲的個頭既小，身材也過瘦。雖然她那種體型在那年紀的孩子裡面可能滿常見的，但她或許是因為沒錢吃午餐才會那麼瘦吧。

「她為了要上羽賀那的數學課而省吃儉用哦。」

理沙從才剛塞進滿滿東西的冰箱裡面拿出幾樣材料，這麼說道。

「雖然克莉絲也是個聰明得不可思議的孩子，但考量到現實情況，她要升學的話除了考取獎學金外別無他法了。所以她就想徹底加強她拿手的數學這科，然後靠獎學金去讀大學呢。」

所以她也就是為了這個目的，而做了這項單點突破的投資啊。看來她這個人只有外表看來怯弱，骨子卻是個性格堅強而且天資好的孩子。只是當我看到來自地球，還有著這種性格的人，心底果然隱隱覺得不快。

縱使我明白這種焦慮和嫉妒是無意義的，但還是沒有辦法克制。

「哎，但真正恐怖的還是羽賀那啊。聽說連克莉絲這個數學好到整間學校沒人能教的孩子，都要稱羽賀那為天才了。等她成年，應該能馬上拿獎學金跳級去讀研究所吧。」

「……」

雖然我不是什麼心地善良到聽別人被誇還能由衷為對方高興的人，但聽理沙講得這麼誇張，讓我也覺得羽賀那數學方面的才能或許真的相當不簡單。

「不過她們兩個人都不好相處啊。擅長數學的人都是這個樣嗎？」

聽我這樣講她們的壞話，理沙想了一下子後，輕聲笑道。

「我是不會說她們不好相處啦，不過她們確實有些藝術家性格呢。克莉絲也說她常常會跑去視野很好的地方，長時間思考難題。」

「是哦……嗯，該說想得到才能就要付出相對代價嗎……」

「但我看著她們兩個人，才覺得才能這種東西基本上還是要靠努力來支持的呢。像羽賀那她也是一直關在房裡用功呀。」

「嗚哇，是這樣喔？」

「是呀。而且她知道我可以使用月面都市大學的圖書館後，還很難得的來向我拜託呢。那是哪本書來著呀……」

理沙操作起她放在桌上的裝置，叫出了某個檔案來拿給我看。

「有了有了。她說想要我幫她借這個的電子書。」

「……這啥東西啊？」

「是羅伊德・F・史提爾寫的《數學定理》。羽賀那說這本書網羅了自古以來的數學定理。她好像正從頭把這些定理推導一遍呢。」

我因為聽不懂這句話而歪過頭去，而理沙自己也淺笑著說。

「羽賀那是靠她自己的力量，要把人類到目前為止所累積的偉大數學歷史重新構築一遍哦。」

「……啊？」

「雖然那本書中好像記載了幾千條數學定理，但前陣子聽羽賀那說她已經推導完八百條了哦。無法想像對吧？雖然沒辦法和當時的人做比較，但那孩子她靠著自己的力量，達成了先賢的那些偉大成就哦。實在是厲害到讓人覺得有點可怕呢。」

雖然理沙惡作劇似的聳了聳肩，但我已經連這種反應都做不出來了。我本來以為自己已經把同年齡的其他人遠遠拋在身後了，現在卻好像見識到了世界有多寬廣。

這就是貨真價實的，會讓人想用金錢買下的才能啊。

我臉上的表情因為不甘心，以及對於原地踏步的自己感到不爭氣而扭曲了。

於是我不禁在心中吐出「就算她會算數學，還不是沒辦法變得有錢」這樣出於惡意的譏諷。

但就在下一瞬間，我想到了一件事。

就算她會數學？

這句話讓我覺得有些掛懷，覺得自己好像漏了什麼很重要的關鍵。

到底會是什麼呢？當提到數學跟錢的時候，我首先會想到的會是軟體公司那類企業的徵才。這麼說來，當理沙之前提起大學的時候，我記得自己好像也有想過同樣的事。
那究竟是什麼事呢？
「怎麼了嗎？」
因為我一直盯著理沙的臉瞧，讓她反問了我一聲，這才讓我回過神來。
就是我跟她說學什麼文組科目賺不了錢，要讀就要選數學或物理的那段對話。
為什麼我會覺得那兩個科目重要呢？那是因為它們是掌控世界法則的學問啊！
要是羽賀那的數學才能真的這麼出類拔萃，那或許能運用在交易上面也說不定。
如果是她，或許就能進到那個被認為是天才特權的現代鍊金術世界裡去。
或許對在投資路上碰了壁的我來說，這麼做能開拓一個突破現狀的出口。
「你怎麼了嗎？」
「啊？喔，沒啦……」
剛剛想到的點子在我腦中有如怒濤般奔流著。
雖然理沙一臉狐疑的看了我一陣，但最後還是聳聳肩穿上圍裙。
「好啦，那我們就著手準備午飯吧。」
隨著理沙開口這麼說，我也採取了行動。
「飯我不吃了。」
「咦？啊，等等呀，阿晴！」
就算理沙想叫住我，我還是一把抓起裝置，不理她的叫喚就衝進房間裡去。
接著我打開裝置的電源，心急地打開了搜尋引擎。

因為這類運用數學的投資方法實在讓我無從下手，所以我並沒有仔細探討過它。

但我卻聽過太多數學天才賺了大錢的軼事。要是我能辦到和他們相同的事，那將來的可能性會拓展得多寬，是我根本無法想像的。

我就這樣懷抱著快要撐破胸口的期待，潛進網路世界之中。

「五點了。」

房內突然傳來人聲，讓我赫然一驚而站了起來。

接著我就發現羽賀那站在房門口。

她的目光筆直朝我瞪來，我甚至覺得她好像馬上會抓個花瓶砸我。

「已經五點了，你為什麼不過來？」

經她這麼一說，我才終於想起早上那番對話。

「……呃，啊。」

我因為口渴、喉嚨很乾而沒辦法好好說句話。本來想嘗試讓羽賀那運用數學才能，使我在股票交易上找到一條新路而大肆翻找資料，後來好像不知不覺就做得入迷了。

雖然心情激動也是一個原因，但主要還是因為我本來就完全不懂什麼數學的關係，導致現在感覺非常疲累。光為了讀完一篇文章，我就得查上十次的字典。

雖然羽賀那對我的行為感到不解而皺起眉頭，卻沒有特別開口問什麼。這是因為羽賀那並不在乎我，單純是遵照理沙的命令才會來叫我罷了。

但我這邊畢竟盤算著要她幫忙，所以也不敢觸怒她，很快做好了準備。我照慣例把裝置放進包包，真的是名符其實地背上了我的全部財產離開房間。羽賀那還是跟平常一樣穿著黑衣服、拿著黑色包包，態度陰沉得像是接下來要去參加喪禮一樣。

「衣服就算了，妳連包包都用黑的喔？」

「這套衣服的顏色和橘的也不合。」

「……什麼嘛，妳的審美觀還滿正常的嘛。」

在走廊上走在我前方的羽賀那緊緊皺起眉頭，轉過頭來說。

「很正常呀。跟你這傢伙不一樣。」

在第一次見面的時候她就連連說我臭，今天早上甚至還罵我衣衫襤褸。

雖然我可能要借她的數學能力一用，但這時稍稍做點反擊應該是能被容許的吧。

「啊，妳又喊我『你這傢伙』了。」

「啊？」

「我要去跟理沙講。」

畢竟羽賀那好像對理沙言聽計從嘛。老實說這種威脅方式雖然比小孩子吵架還不如，但看來卻很有效。

因為羽賀那像是犯下什麼大錯似的怔在當場。我從她身旁走了過去，心裡暗笑她活該。

也就在那瞬間，她的小手抓住了我的衣襬。

「別……別跟理沙說。」

她臉上的表情好像馬上要哭出來了。

我無法釐清自己看到的是怎麼一回事。

這個和我差不多年紀的女生，就這樣愁眉苦臉的讓眉毛垂成了八字，咬著不住顫抖的嘴唇。

而且她纖細的小手還像抓著救生索一般，牢牢抓著我的衣服下襬。

就算我做了再多的體能鍛鍊，遇到這種狀況依然無能為力。

我甚至忘了眼前的對象是羽賀那，只是拚命摸索該對她說什麼。

我真的像是在看瀕死前的走馬燈那樣回溯著過去的記憶。不過所謂的走馬燈，好像本來就是人在瀕死之際，為了從過去記憶中尋找自救方法的機制。

我最後想到的答案簡單至極。

「我……我不會說的啦。」

「……真的嗎？」

羽賀那像是全心依賴我似的抬起頭看我。

看來她要比我所想像的還更想在理沙面前粉飾太平。

我因為有點被她的態度壓倒而點點頭。羽賀那還是瞧了我好一陣子才總算放開手。

「那要叫什麼？」

接著羽賀那在漸漸變回平時那張面無表情的臉時，也講了這個不明所以的問題。

「啊？」

「我在問你叫什麼？」

她有些不悅的挑起了眉。

我雖然因為她驟然變臉而愣住，但還是想不透她的意思，只好回說。

「妳……妳在說啥啊？我不懂妳意思。」

我是真的不懂啊。羽賀那問了這種不明所以的問題，看我回答不出來還很不高興。遇到這種毫無半分道理的狀況，我也只能深感困惑了。

然而羽賀那的舉動也有些不尋常。

但我沒過多久就懂了她為什麼會這樣。

因為她雖然老不高興，最後還是別開了目光，好像很苦澀的說：

「你的……名字。」

雖然我滿努力想憋笑，最後還是忍不住稍微笑了出來。

羽賀那好像覺得我非常失禮似的，用輕蔑的眼神瞪我。

不過看她把嘴唇扁成了一字型，連我也知道她在努力壓抑著自己的害羞。

我無可奈何的笑笑，對她說道。

「川浦良晴。」

「……啊？理沙叫你的時候，並沒有喊這麼長。」

你是在耍我嗎？

我很明確的看出羽賀那瞪向我的目光中露骨地包含了這樣的怨言，便回答她說：

「嗯嗯，這是我的本名。『阿晴』是理沙幫我取的小名啦。」

「……」

羽賀那對此感到非常震驚，看著我。

「……本名？你白痴嗎？」

她在反問之餘，又脫口說出這句招牌台詞。

「既然妳也是離家出走的人，應該不會去做什麼報警抓我的蠢事吧。」

羽賀那雖然是個有點怪的女孩，卻也清楚認知到在月面都市中，離家出走的未成年人被人知道本名代表著什麼。雖然她做事總是很亂來，卻並非缺乏常識。

「……但是你沒理由告訴我本名。」

「嗄？理由喔……嗯啊……啊就……就那個啦。」

「什麼？」

羽賀那面無表情，卻好像有點生氣的對我質問。

這次換成我得有點不好意思的回答她說：

「我以前沒被別人喊過小名啦。」

「……啥？」

「以前我身邊的大都是比我年長的粗魯人啊。大家都是指名道姓的叫。而且我也沒什麼去上學，所以說……被人叫小名有點那個啦……我不喜歡。該說是感覺有哪邊不自在，還是該怎說咧……」

每當理沙叫我阿晴的時候，我都會被一種難以言喻的感覺籠罩。

雖然那感覺絕對不壞。

但就現在的狀況來說，我不知為何就是覺得她不太適合這樣叫我。

如果被女孩子以小名稱呼，還喧鬧地談笑，再怎麼說都太沒骨氣了。

「所以說啦，妳要叫我的話就叫……川浦……叫這個好像有點不妥啊。不然直接叫名字吧？嗯……其實只要那個囉嗦的女人不在，妳愛叫『你這傢伙』我也沒差啦。」

在我用一副無所謂的態度這麼說完後，羽賀那好像覺得事有蹊蹺而低下頭去。

不知為何，這讓她看起來就像個一路走來總是被別人瞞騙的孩子。

穿得一身黑衣的多疑少女，羽賀那。

她這身黑衣宛如是參加喪禮的穿著——在我的腦海中再次浮現之前有過的這個印象。

或許這套衣服其實就是當初羽賀那被賣到月面時穿在身上的也說不定。

「那我叫妳羽賀那可以嗎？」

聽我這樣一問，羽賀那點了點頭。

在點頭之後，她一瞬間好像想講什麼似的張開嘴巴。

「……唔。」

「嗯？」

我因為沒聽清楚她說什麼而出聲表示疑問。不過羽賀那好像突然回過神來似的緊閉上嘴。

接著她便換上一張像冰塊般過度缺乏表情的臉，把頭撇向一邊。

在我眼前的這張側臉，是個性難搞的女人所獨有的，冷冰冰的表情足以擋下對方所有話語。

「得去買衣服了。」

羽賀那機械式的講完這句話後，逕自往前走去。

她那驟變得讓人眼花撩亂的表情與態度，簡直讓我傻眼。
羽賀那隨後好像發現我停在原地沒動，在往前走了幾步後突然停下腳步。
她像只精巧的玩偶似的，順暢的往後轉了半圈。
「你還在那幹嘛？」
還不跟上？你白痴嗎？
我只好滿心疲憊地回答「是，是」，跟著踏出腳步。
羽賀那似乎對這樣的回答感到不太高興，揚起了一邊的眉毛。
不過最後她還是什麼都沒說，再度掉頭默默往前走去。
正在打掃教會的理沙看到隔開距離一前一後走著的我和羽賀那，只是帶著苦笑對我們說了句「路上小心」。

外頭的雨已經停了。
市容亂糟糟的狹窄城鎮，在一如往常映在圓頂上的夕陽景色中，因為受雨水潤濕的關係而閃閃發光。要是平常的話，我會在這低重力的環境下蹬著牆壁和屋頂飛躍移動，但同行的羽賀那卻不可能辦得到這種事，所以我只好老實地走在路上。當然我並不是因為看她是女生就說她辦不到。實際上在體育節目裡面，就有肢體柔韌得像貓一樣的女性，以忍者風格翻越複雜地形的競技。不過這種活動和羽賀那從根本上就不搭調。在汗水和歡呼聲沸騰的賽事會場外頭，邊因為噪音而皺眉邊喝紅茶才比較符合她的形象。

我和羽賀那就這樣朝著好像位在二丁目的商店街走去，羽賀那在途中不時會回頭看我一下。但這不是出於她覺得我看起來討喜之類的原因，而是因為我怎麼也沒辦法和一個女生並肩走在街上，所以一路上都跟她拉開一段距離。再加上像這樣漫步在市井中，沿路實在有很多東西值得仔細觀察的關係，我的腳步也變得緩慢，慢到我能明顯感覺出羽賀那的臉上已堆滿不耐。

但再怎麼說，存在世上的萬物都可以被定價，也就表示所有東西都會被拿來做生意，成為經濟活動的推手。對我這種有在進行投資的人來說，市井就是情報的寶庫。

只要東西被拿來賣，也就一定有人靠這些商品獲利，而這種利益不斷累積起來便會使企業繁盛。

我當然沒打算開間公司賣起什麼刮鬍刀，不過我卻會對製造刮鬍刀的公司做投資，藉此從他們的利潤中分一杯羹。股票投資就是這樣的方法。

如果有能讓自己不流汗就賺到錢的方法，那當然該去實踐才對吧？

比起我老爸他們手工製造家具，我更尊敬的是收購那些家具，並用更高價格出售的那些人。而我更想透過直接對這些人投資，甚至連轉賣物品的勞力都省掉就賺到錢。

我悠閒瀏覽著路旁的房子，觀察建築物使用的建材、門板、擺設在窗緣的玩具、稍微往窗裡望能看到的家具和電子產品。我透過這些便能知道現在市面上正流行些什麼。

我也觀察擦身而過的人們身上穿的衣服、手上拿的裝置以及走進去逛的店家。既然在證券交易所裡有高達四千家以上的上市企業，那不管我走到哪裡，眼睛能見的東西裡面就必定會有這些公司製造、販賣的某些產品。搖錢樹的種子就遍布在這些地方，而我所做的不過是收割它們結出的果實罷了。

這種方式也就是能迅速賺入鈔票，進而成為超有錢大富豪的不二法門……本來我是這樣以為。

但因為最近賺錢的狀況頗差，讓我的自信動搖，開始懷疑是否連這個方法也錯了？這讓我最後想到把借助羽賀那的數學能力列為選項之一，然而這個計畫究竟能不能實現呢？

我拚了命去翻字典查資料，最後果然找到了由數學家們所構想，也只有數學家有辦法運用的投資手法。

這類學問有著「金融數理」或「金融工學」這種肅穆的命名，聽說只有專門科系的人進到研究所才學得到。

相對的，要是將這門學問利用自如，就能以科學的方式進行股票交易。

所謂數學的力量是很驚人的。

軌道電梯之所以能運行著而不發生意外，就是因為在地球周邊以時速數十公里的速度紛飛，拳頭般大的太空垃圾軌道都已經被完美預測。

利用這類學問，我就能以這種水準的精確性來進行交易。

要是我能從這個方式中受惠，那毫無疑問地能衝出現在這一片迷霧吧。

但我當然也有事掛心。

第一件事就是羽賀那是否能理解金融工學這種東西。

另一件事則更單純，就是她會不會願意幫我。

「到了。」

羽賀那停下腳步這麼說。

我這才發現我們已經爬上了漫長樓梯的頂端。

我們所在之處的道路兩旁都蓋著六七層高的建築物，一副前傾得快要坍到街上把路給塞住似的，往前延續出一條密度高得讓人快無法呼吸的商店街。二丁目的商店街好像就是指這裡吧。

這條商店街又細又長，道路稍微往右邊彎去。商店街的人潮被兩旁的破舊商業大樓包夾在中間，就像山谷間的一條涓涓細流。商店街的這條路比我們現在所在的地方還要低一些，又得走下樓梯才能過去。我左思右想，還是覺得我們現在立足之處很像是水道的閘門處，接著才赫然發覺這地方好像就是許久之前，月面都市進行擴建工程時留下來的遺跡。我們所處的這個高台區域，便是那覆蓋了天空，根據程式設定映出從早到晚天色的圓頂基部昔日的所在位置。

不過現在圓頂的邊際已經移往更遠的後方，而且隨著建築技術進步，像這邊這樣原始的堤防架構也已經用不著了。但正因這個高台區域的作工很原始，實際站在上面看更感受到它的魄力驚人。雖然我不知道這東西是水泥所造，或是削掘月球本來的地形而建造出來，但也確實有堤防狀的構造從這邊往兩側延伸而去。雖然那道堤防現在已經被雜亂林立的大樓群淹沒，讓我的目光無法追蹤它到多遠處，但仍能從它身上清楚見證月面的一段歷史。

「怎麼？」

羽賀那看著我，擺出一副不解的表情。

我抬起頭來開始向她說明。

「這邊這個東西啊，是我們頭上那個圓頂的邊緣位在這一帶時的遺跡耶。」

「……」

羽賀那抬頭看向天空，凝視著那片為在遙遠之處，稍微能看到接合部位的圓頂。

「怎麼可能。」

「我才沒騙妳咧。那時候我好像八歲吧。在從前的小圓頂上面，又加蓋了一個更大的，也就是我們現在看到的這個圓頂。」

「……真的嗎？」

羽賀那有些懷疑的看著我。

我聳了聳肩回答她說。

「我才不會拿這種一查就知道的事來騙人咧……啊，妳看。那邊有看板。」

商店街的入口處，有一個疏於維護、已經生鏽而變得破破爛爛的小看板，上面寫著「舊圓頂基部遺址」。

看到那個看板後，羽賀那瞪大了眼睛。

「就是因為這樣，我可是到現在都記得很清楚喔。從前月面上可是有兩層天空的咧。」

我邊望向天際邊這麼說，而羽賀那也隨著我抬起頭。

雖說她的各種行為舉止本來就有點像貓，但這個目光被吸引而抬頭的動作簡直完全跟貓一樣。

看到羽賀那的反應，讓我覺得即使她性格古怪，內心深處或許也很單純吧。

「好厲害。」

雖然羽賀那的感想很簡潔，但也因此蘊含了無比的力道。
我像是自己受人誇獎似的，驕傲的揚眉吐氣說。
「我可是在月面出生的啊。雖然對地球上的事不是很懂，但月面的大小事我大致上都知道。」
「你生在月球？」
又變回那張平淡表情的羽賀那，眨了眨眼睛對我問道。
「啊？我沒說嗎？我是在第一批移民團中最先出發的隊伍踏上這塊土地的瞬間被生下來的啊。我跟月面都市基本上是一樣年紀。」
「……」
看羽賀那率直地感到驚訝，讓我更是得意了。
但她臉上的驚訝之色隨後就漸漸淡去，最後又回復到原本的面無表情。
「城鎮在建設過程中就花費了很多時間，所以你們年紀並不一樣。」
「……但人類被構築生命的時候也是不算年齡的吧。」
「……也對。」
雖然我的反駁好像出乎羽賀那意料之外，但她不久之後便像領會了意義深重的真理似的點點頭。
「不過嘛，再重看一次，真的會感嘆竟然能建造出這種東西呢。」
我瞇起雙眼，仰望這片為月面創造了天穹的圓頂說道。
圓頂在月面歷史中，可算是排得進前五名的大規模公共工程，當時好像有超過一千家企業參與。

不過我之所以每次看向圓頂都會發出感嘆，並不是因為支撐起這圓頂的什麼科學技術很偉大，而是因為一個更簡單明瞭的事實。

在當初參加圓頂建設工程的企業中，聽說有四成都是跟支撐起都市基礎建設的綠寶石工業這家公司相關的企業。而綠寶石工業在當時創下的年度最高營利數字：兩百九十億慕魯——至今仍是月球史上的最高紀錄。

因為這樣，我也能理解為什麼大眾之間會流傳著一種說法，說綠寶石工業既然在為了使自由競爭不受阻的反壟斷法施行下都能做出這種業績，如果這條法律不存在，恐怕就連月表的寧靜海都要刻下他們的商標了。

綠寶石工業這家公司，就是靠著金錢與權力，不斷在月面歷史中留下前人未曾創下的新紀錄。

而在這世界上，也確實有著個人資產能和綠寶石工業匹敵的人存在。

「天上有什麼東西嗎？」

聽到羽賀那這麼說，才讓我從忘我的思考中回過了神。

「沒啦……只是稍微想著某個高聳入雲的存在而已。」

當然在月球土生土長的我從沒看過真正的雲長怎樣。但藉由影片和知識理解後，總覺得「高聳入雲」這句話再貼切不過。

八成對綠寶石工業的事蹟完全一無所知的羽賀那，則是一臉疑問的看著天空，然後用狐疑的目光盯著我瞧。

「你相信有神？」

「啊？哈哈，妳說理沙講的那個神喔？」

我們那些居住於天國的神明啊。

聽說地球人認為在天空的另一頭，存在著死後的世界。

月面這個地方對想賺大錢的人來說或許就是個天堂，但如今「天堂」這個詞大概就只會被用來指某些讓人爽翻天的場所，除此之外的含意大概已經沒人會使用了吧。

就像一般人聽到「書本」時，並不會聯想到理沙很珍惜卻破破爛爛不方便使用的實體書籍是同樣道理。

「這世上根本沒有什麼神吧。」

聽我這麼說後，羽賀那也沒露出贊同或反對的態度，只是一直凝視著我。

雖然她一如往常地沒有什麼表情，但我能看出她比平時還要正經。

當我懷疑羽賀那是不是因為我的口氣像在揶揄理沙而不高興，但她隨後卻慢慢閉上眼睛。

然後，她像是隻高傲的野貓撇過頭去，將視線拋向了一邊。

「我也這麼覺得。」

我本來想調侃她說「真沒想到妳也有同意我的一天」，但最後什麼都沒有講出口。

因為此時羽賀那的表情看起來非常落寞。

我看著她的臉龐，想起理沙之前說過的話。理沙曾說，羽賀那可能是被賣到月面上的孩子。而似乎有著這種際遇的少女，竟會一臉悲傷的同意這世上並沒有神，在這之中的含意實在太深了。

這段沉默讓我有些難受，便出聲問羽賀那說。

「……妳那邊又是什麼樣子啊？」

「欸？」

「妳是地球出生的吧？那邊的天空是怎樣的啊？難道地球的天空真的那麼美麗，讓人只要一仰望就會覺得神可能存在嗎？」

但羽賀那畢竟對理沙都隱瞞自己的身世背景，所以可能也不會願意跟我提起跟身世有關的事吧。雖然我心裡明白，但果然還是這樣想對她問問看。

這單純是因為我對地球的認知都來自影片，而且之前也沒真的問過人說地球的天空到底長什麼樣子。

但抬頭望天的羽賀那，竟然意外地給了我回答。

「風景感覺跟這邊一樣。」

「所以妳住的地方跟月球很像嘍？」

「對。附近都是山，岩石很多。生長的樹木都是些一碰好像就會刺到手的品種。冬天很冷，夏天也很短。那裡是個非常多霧、灰濛濛的地方。」

雖說我沒去過地球，但對地球的地理還是能掌握個大致輪廓。

我隱隱想像起歐洲的高緯度地帶，或者東歐那附近。

「不過……」

羽賀那瞇起眼睛，像是凝望著圓頂之外、在位地球上的某一個點，繼續說。

「偶爾放晴的時候，天空會非常蔚藍。鬱鬱蒼蒼的景物，只有這時會顯得格外耀眼。如果說這片風景是神創造的……或許也不算浮誇。」

羽賀那難得在最後加上了她的個人感想。

但從她的口氣聽來，我實在不認為她在故鄉過著每天和樂的日子。如果我去跟老家的那些粗人們打聽，其中應該有人會對羽賀那的故鄉位在何方心裡有底吧。

即使那是一片「說是神創造的也不為過」的蔚藍天空，我卻依然完全無法想像。月面都市的這層圓頂固然能以科學的方法重現所謂的蔚藍天空，但看著月面這片天空的人，卻沒有半個會說這是只有神才創造得出的風景。所以我想，地球上的那片天空果然還是跟這裡的有所不同吧。

雖然聽地球來的傢伙吹噓地球上的事只會讓我覺得煩，但如果是好到連羽賀那都會稱讚的風景，我倒也有點想看看。

我暗自這樣想著，和羽賀那一起抬頭仰望著那面圓頂。

「不說這個了，要早點去買衣服。」

不過羽賀那很快就把視線收了回來，用一副公事公辦的態度這麼說。

這讓不知怎的對羽賀那產生一股奇妙親切感的我，有種突然從大夢中醒來的感覺。

「啊……嗯嗯。」

我在回應她之後，這麼說道。

「那我們就三十分鐘後在這裡會合吧。」

雖然我聽說女生買衣服會拖很久，但這傢伙看起來也不是什麼普通女生。

我看向羽賀那，用眼神對她示意說「妳應該不會挑那麼久吧？」但穿得一身黑的少女只是用古怪的表情看我。

「要各買各的嗎？」

「啥？不然要去同一家買喔？」

在這商店街上，零散的小店數量多到讓人覺得一天好像還逛不完。因為這裡不像市中心一樣，有龐大的資本投注。

但羽賀那卻沒有半分動搖，這麼說道。

「一起在同家店買比較能打折。」

這句話充滿了生活感，和雕像般的羽賀那實在很不搭。

「是……是喔，可是……不然我們就去男女生的衣服感覺都有賣的店吧……」

「我穿男生的也可以。你穿起來能看的衣服，我穿起來沒道理不能看。」

四肢纖細、五官整齊的羽賀那，挺直背脊用認真的表情這麼說。

一想像穿得像男孩子的羽賀那，甚至讓我不禁覺得好像不差，所以實在無法出言反駁。

「這樣的話……我就先搜尋一下好了。畢竟走路去找也很麻煩嘛。」

「好。」

羽賀那看來絲毫沒有打算幫我，或貼心的對我說句謝謝。

但經過剛剛和天空有關的那段互動，我總覺得好像對羽賀那多瞭解了一點，所以也不會覺得光火。

雖然她是有點不好相處，但就像理沙說的一樣，她似乎並不是個性格很惡劣的人。

這樣看來，或許在我對她提起運用數學做交易的那件事後，她會出乎意料地願意幫忙也說不定。

正當我邊這麼想，邊搜尋著店家的時候——

「老師——！」

「老師——！」

我聽到有人這樣喊著。

我抬起頭來朝聲音傳來的方向看去。

接著我就在連接商店街兩側建築的空中走廊上，看到了年齡和克莉絲差不多、像是小學生的幾個小孩揮著手，一臉開心地嬉鬧著。

「這什麼狀況？」

在我這樣自言自語後，剛好和我對上視線的棕髮女孩就像快尖叫出聲似的摀住嘴巴，然後一臉興奮的湊到隔壁孩子耳邊講了些什麼。

「妳認識他們嗎？」

我對身旁的羽賀那問道，她平靜地回話。

「學生。」

「哦？」

「老師——再見——！」

那些看著我，不知道講了些什麼的小女生帶著滿面的笑容這麼喊著，然後動作很大的揮了揮手。

在她們身邊有兩個小男生，不知道為什麼只是愣愣地盯著我們這瞧。

在這之後，小女生們就拽著那些呆住的小男生耳朵，邊朝我們揮手邊強硬地把他們拖走了。

「哈哈，那是在幹嘛。」

我半是傻眼的這麼說，但看向身旁的羽賀那時卻嚇到了。

因為羽賀那露出淺淺的笑容，也對著他們揮手。

「……怎麼？」

但羽賀那發現我在看她後的下一秒，便瞬間斂起了臉上的笑容。說起來這差別待遇也真是夠過分的，但此刻我只是因為羽賀那的笑容帶來的衝擊而整個人呆了，根本沒能想到這種事。

「沒，沒啦……」

我打從心底感到吃驚。沒想到羽賀那只要一笑，表情竟能變得如此溫柔。

我壓抑住加速鼓動的心跳，在心中告誡自己：羽賀那就只是外表長得不錯而已，不要亂想。

情緒稍微平靜一些之後，我對羽賀那說道：

「我很意外，原來妳真的有在當老師。」

這句話並不是謊言，因為我對於這件事也真的感到很驚訝。

雖然我知道克莉絲也很崇拜羽賀那，但看到剛剛那種看起來就很難講道理的小孩都這麼喜愛她，讓我覺得她真是不簡單。至少換作是我就沒辦法吧。

「……因為只是教數學而已，我還可以勝任。」

這句話讓我又吃了一驚。沒想到羽賀那竟然出乎我意料的謙虛。

而且看她那僵硬得有些古怪的表情，讓我猜想她會不會是覺得不好意思。

「但也就是這樣而已。」

「欸？」

羽賀那望著孩子們的身影遠去的方向，幽幽地說道。

「我能做的就只有這個。」

「什麼叫只有這個……這樣不就很好了嗎。」

我想法單純地對羽賀那這樣反問。只見她先閉上了眼，然後緩緩張開雙眼說。

「數學這種東西解決不了現實面的問題。」

這句話讓我不禁凝望羽賀那的側臉。

若是平時，她一定會說聲「怎麼？」然後往我這邊回瞪，但此時她卻只是輕輕朝我一瞥，隨即又將目光轉向遠方。

羽賀那的這句話，其實是要說給她自己聽的吧？

我想事情大概就是這樣不會錯了。

羽賀那是因為才能被賣到了月面來，之後又因為某些緣故離家出走。

而理沙也跟我提過克莉絲的事，說她頭腦很好又愛念書，為了學數學就算不吃午飯也要存錢交學費給羽賀那，但即使如此，也不能保證她就能考取獎學金去上大學。

克莉絲所做的事情，可說是她為了嘗試脫離貧困，所做的人生一大豪賭。

身為老師的羽賀那一定也很清楚克莉絲家裡的難處吧。
她也一定痛徹地感受到，碰到這類現實上的問題時，自己的數學才能是多麼無能為力。
想到這裡，仍凝望著羽賀那側臉的我便覺得自己的心跳愈來愈強烈。
這時在我腦中所想的，就是運用數學來做股票交易的那件事。雖然是顯然是從自己的利益出發才想找羽賀那談這件事，但我也發現這同時也可以解決羽賀那所攬著的許多難題。
雖然我覺得羽賀那不好相處，但她卻和學生們很親近，也會回予他們溫柔的笑容。
既然如此——
那她會答應的可能性不就十分高嗎。而且對羽賀那來說，這應該是件好事才對吧。
我深吸了一口氣，準備對羽賀那開口。
但就在這瞬間，羽賀那也唐突的回頭看向我這邊。
「你找到店在哪了嗎？」
被正面這麼一問，讓我把正要脫口而出的話語硬是吞回了肚子裡。
我也不知道為什麼臉紅了起來，該說的那句話也消散得無影無蹤。
因為羽賀那又擺出一副懷疑的表情，讓我趕忙把視線移回裝置螢幕上。
「啊……喔喔，有啦。找到啦。」
「在哪？」
羽賀那沒等我回答便往我的裝置螢幕上瞄。她很乾脆地靠到我身邊來，讓我的身體都僵硬了。
「……就在附近呢。」

但羽賀那當然對此全不在意，這麼說完後便俐落地往前走去。

「啊……」

我用視線追逐羽賀那的背影，想說些什麼，但聲音卻出不來。

這下我就完全錯失開口的時機了。

就這樣，我只能愣愣地佇立在原地，而羽賀那則在走到要下到商店街那條路上的樓梯前時，輕盈地一轉身看往我這邊。

「你為什麼不過來？」

聽到她這麼說，我只好連忙收起裝置，心中覺得自己這樣簡直像是她的跟班而感到憤憤不平。

羽賀那用鼻子輕哼了一聲後，便再次往前邁開腳步。

雖然我也知道這種敵對意識很沒意義，但總覺得不甘心。

也因為這樣，讓我覺得好像也不用硬要現在就對她提出邀約不可。

等回教會後，我再找個機會順勢跟她提起這件事就好了。

我重新打定主意後，便朝著羽賀那追去。

「為什麼這種做工的衣服一件要二十慕魯呢？」

羽賀那從我手中接過衣服放在櫃台上，拋下這一句話。正在櫃檯中處理綻線衣服的店員，愣了一下之後抬頭看向羽賀那。

「啥？」

「這邊這些衣服擺在兩件二十慕魯的地方。但為什麼無論布料或是剪裁，都是這邊的比較好？」

我挑的衣服是一件二十慕魯的二手連帽外套。

商品都仰賴進口的月面，衣服要比食物昂貴許多。

因為在月面有限的空間內，穀物的栽培比棉花和麻等作物來得優先。畢竟萬一遇到軌道電梯故障停駛，讓貨物輸入延宕的時候，人雖然不會因為沒衣服穿而死，卻非常可能因為沒有食物而餓死。

在這種環境下，一件舊衣賣二十慕魯絕對不算貴。

再說我挑的這衣服狀況也很不錯。

我猜這衣服本來應該是在白環區或牛頓市的量販店中滯銷的商品吧。

即使如此，羽賀那依然更近一步的對店員逼問道。

「是價格標錯了嗎？」

「呃——……不是啦，這件衣服的牌子不錯，一般賣得可不便宜咧。」

「但是跟這一件同樣牌子的衣服，有些也被擺在一件十慕魯的架子上。」

「咦？喔喔，妳看啊，那邊是短袖的衣服吧。這件衣服是長袖，布料用得比較多啊。」

「那為什麼七分袖的衣服價格又跟這件一樣呢？沒有一貫性可言呢。」

店員因為羽賀那的話而呆了半晌，然後對著羽賀那仔細打量了一下，一臉麻煩似的嘆了口氣。

「總之妳是要我打折賣的意思嗎？」
「你真好溝通。」
「這樣可不行呀……我們這家店沒有另外打折的喔。」
「這話還真奇怪。那邊明明有降價出售的架子呀？」
「那是因為我們這邊的考量才做降價……」
「那我懂了。我今天來這裡，可不只要買這件衣服，這邊這些我也會買。」
羽賀那邊說邊從放在腳邊的籃子中，拿出應該是她自己要穿的衣服放到櫃檯上。在那籃子裡放的東西有黑色短上衣、黑色裙子、以及黑褲襪，讓我看了有點傻眼。
「那還真是多謝惠顧呀。」
「我買這麼多的話，你可以算我便宜多少？」
「不是啊，我們這邊不打折的。老實說我們賣這種價格已經沒什麼賺頭了耶。」
「那你們為什麼還能把賣不出去的衣服降價賣呢？」
「這個……就是因為那些衣服賣不出去啊。」
「如果我們不買這些衣服，我想應該也會賣不出去吧，所以我希望你算便宜點。」
羽賀那的說詞真的很胡扯。
既然連我都這麼覺得了，那個店員應該更是這樣想吧。
「我們就是覺得一件二十慕魯賣得掉，才訂這個價格。妳也可以等到我們這邊說要把一件降價到十慕魯的時候再來買。」
「但這樣可能就會被先買走了。所以我打算用比你預計降到的十慕魯還多出三慕魯的價格，來提早買下這件衣服。」
店員往後退了一步，歪著嘴睥睨著羽賀那。
我則是戰戰兢兢地在旁觀望著這發展。
「我剛剛說了這件衣服的牌子不錯吧？二十大概賣得掉。」
「但看起來差不多款式的衣服卻擺在便宜出清的架子上頭？」
「不是啊，我就說那個牌子不一樣啊。」
「但是也有同牌子的衣服在呀。」
「不是吧，其他的就不是連帽外套了吧？」
「那邊也有連帽外套。」
「我就說了那是其他牌子的東西啊。」
羽賀那故意讓對話內容一直繞圈，藉以把店員的耐性磨光的企圖，任誰看來都很明顯了。
老實說這讓我很擔心店員會不會突然朝她破口大罵。而且即使做得這麼絕，我們能省下的不過也就幾慕魯，最多大概十慕魯左右吧。
考慮到以後可能都沒辦法再來這家店買東西的風險，就讓我覺得這十慕魯的小錢根本不算什麼。
「說真的啦，妳意見這麼多的話就去別家店買嘛……」
耐性終於磨光的店員終於說出這句話。
羽賀那則定定的看著身高比自己還高的男店員說：

「我可是會清楚記得，這句話是這邊的哪個店員講的。」

「唔……！」

光是在二丁目商店街這邊，就有跟山一樣多的店家。

因為大家都費盡心思的在搶生意，所以只要有少許惡評傳出，就會要了一家店的命。

羽賀那正是冷酷地看準了這一點下手。

「那好吧，我出十五慕魯。」

羽賀那接著用好像自己願意退一步的口吻這麼說。

店員則像遇到了聽不懂人話的外星人般，一手摀著額頭低下頭去。

但下一秒，店員便忽地抬起頭。

這個動作讓我以為眼前兩個人會打起來，不禁擺出架式，不過店員只是繃著一張臉對羽賀那說：

「好啦好啦，不然十七賣妳怎麼樣？」

「……好哇。」

「真的是……從來沒看過有人殺價這樣殺的啦……」

身為旁觀者的我非常能理解這名店員心中的不平。

老實說，我也真的想不透為什麼羽賀那要為了省個三慕魯的錢而做到這種地步。雖然我覺得自己基本上已經算是個臉皮很厚的人了，但經過剛才這件事，才讓我意外發現自己可能還算滿厚道的。比起跟店員搞得劍拔弩張來省下三慕魯，我倒覺得多給個三慕魯，大家都笑著做生意還比較好。

我看那個店員現在已經完全不打算遮掩遇到奧客的無奈神情，只是從籃子中把商品一件一件拿出來，然後跟我那件衣服一起算錢。

但就在這時，羽賀那不疾不徐又補上了一句話。

「除了這件衣服外，我覺得全部衣服的價錢都有再談的空間。」

這句話讓店員和我不約而同對羽賀那瞪大眼睛。

但羽賀那只是用筆直的目光回看店員，然後這麼說。

「補充一下，我是在外面幫人上課的。我的學生都是些有活力又愛說話的小孩子。」

你懂我的意思了吧？

羽賀那這句盡在不言中的訊息，伴隨著沉默狠狠刺向店員。

要是能把這件事理得好，就會有新的客源；但如果搞砸，負面評價就會傳開。

對這種怎麼看都不太能賺錢的小本生意人而言，這應該算是件大事吧。

這句話讓店員終於擺出一副求饒的表情，看向了我這邊。

正當我心想自己要被拖下水了的下一秒，羽賀那便用凜然的口氣說。

「全部合起來再算我便宜五慕魯。」

做出這點退讓倒也不是不行。

只見店員像是想對羽賀那開口臭罵似的嘴唇抽動了幾下，最後也只是喪氣地垂下頭去，把總價折掉了八慕魯。

走出那家店後，我整個人都快累癱了。
方才那個店員並沒有用謝謝光臨這句招呼語來歡送我們，而是對我們投以憤恨的目光，彷彿想說「你們別再給我踏進這家店來」。
但羽賀那的態度看來完全不把這個當一回事。
在走出那家店後，她馬上就開口跟我要錢。
「三十三慕魯。」
因為剛剛順著情勢由羽賀那先那付了全部的錢，所以她現在跟我要錢也完全合乎道理。不過在親眼目睹剛才那樣的殺價場面後，我甚至覺得我該反過來跟她收點精神賠償了。
「……怎麼？」
「沒事……」
我現在已經沒力氣對羽賀那再說什麼，便打算照她說的拿三十三慕魯給她，卻注意到一件事。
「三十三慕魯？」
「怎麼？」
「這數字怪怪的吧？我買的東西是二十慕魯的連帽外套、兩件加起來十八慕魯的襯衫還有三慕魯的毛巾耶。」
這些全部加起來應該是四十一慕魯才對。
「你給我這個金額減掉八慕魯的錢就好了。」
雖然羽賀那這麼說，但我卻依然有些遲疑。

「不了……我給妳四十一慕魯吧。」
我手上剛好有兩張二十慕魯和一張一慕魯的鈔票，便將這些錢一起拿給羽賀那。
「……三十三慕魯就好。」
但羽賀那卻用堅決的口氣這麼說。
「剛才去殺價的人是妳吧？我可什麼都沒做呀。」
「但還是三十三就好了。」
「……」
這是在搞啥啊？
我覺得有些掃興的看著羽賀那。
她這麼做簡直就像是拿些零錢要施捨給我嘛。
「沒差啦。」
「有差。」
「為啥啊？」
「……」
羽賀那沒有回答我的問題，只是板著一張臉別開了目光。
我嘆了一口氣，把四十一慕魯的鈔票一把塞進羽賀那的包包裡。
「啊……」
「我沒有很在意這點小錢啦。說實在的，妳那種殺價方式也太誇張了吧？」
羽賀那正要伸進包包把鈔票拿出來的手停了下來。

但我卻沒有停下嘴巴。

「妳看那個店員也怪可憐的，而且我們以後也沒辦法再來這家店買東西啦。剛才那家店賣的東西，明明跟網路上說的一樣便宜耶……」

我邊搔著頭，邊回望著那家店的店門口。

在我父母的故鄉日本有一種習俗，店家在遇到討厭的客人時，會在客人離開後在門口撒鹽，而我現在就算看到剛剛的店員拿著鹽罐子走出店外，也不會覺得太奇怪。

「整體看來這樣根本是虧了吧。而且妳是不是該多體諒一下別人——」

就在我話講到這邊的瞬間——

突如其來的一個「喀咚」聲響，讓我在下一秒就抱著小腿跌倒在地。

「啊……唔！好痛啊！搞什麼鬼啦，妳這臭——」

我本來想接著罵出「臭婆娘」，但嘴巴卻僵住了。

「……呃。」

要是平常的我，像這樣突然被人猛踹一腳，應該是會展開反擊騎到對方身上揍個七葷八素的才對。

但現在，我卻連站起身來都辦不到。

因為我發現羽賀那低頭瞪著我，她的眼眶中竟然盈滿了淚光。

「……啊……？」

這個畫面對我造成的混亂更勝剛剛突然被踹的那一腳，讓我不知道這時該說些什麼才好。我只能像個蠢蛋一樣，盯著羽賀那好像馬上要落淚的雙眼。可是這種時候想哭的人，應該是被踹了一腳的我吧？

直到羽賀那粗魯地揉揉眼睛轉身走掉的時候，我才終於從束縛中得到解放。

但我卻來不及阻止她離開的腳步。

我連忙想要起身，卻因為小腿實在是痛得讓我抬不起腳，而踉蹌地又跌了一跤。我即使腳痛到懷疑骨頭是不是被踢斷了，還是用視線追逐羽賀那的背影。我從柵欄的縫隙間，看到羽賀那跑下階梯，小跑步穿過了空中走廊。每個和羽賀那擦身而過的人都轉頭看她，而羽賀那則邊跑邊用衣袖擦眼睛。

我完全不明白現在是什麼狀況。

究竟到底是什麼原因，讓我遭到那個傢伙如此過分的對待，但哭出來的人反而是她啊？

我忍耐著腳痛以及心中的混亂，總算站了起來。而當我要重新背好包包時，才突然發現了眼前的東西。

有幾張慕魯鈔票散落在空中走廊的地板上。

那是我剛剛要塞進羽賀那包包裡面的四十一慕魯。

我把那些被揉得皺巴巴的鈔票撿了回來，放進口袋裡頭，然後嘆了一口氣。

「整個讓人搞不懂啊……」

我的小腿此時依然發疼，而夕陽也逐漸西沉了。

當我回到教會時，天色已完全黑了。在外頭無論是路上或屋簷下都有人擺出桌椅，有穿

著皺巴巴作業服的人們一邊喝酒吃菜一邊談笑。

我因為腳痛而沒辦法像平常那樣輕快地飛簷走壁，好不容易才終於走回教會。

「你回來得真晚呢。」

因為教會大門的門閂已經栓上，所以我是按電鈴請理沙來幫我開門。前來應門的理沙神色間帶著一抹很微妙的感覺，不知道該說是困惑或是吃驚。

在我走進寬廣而空蕩的聖堂後，理沙便把我身後的大門關上。

「說吧，為什麼你要把羽賀那弄哭呢？」

隨後她夾雜著嘆氣這樣問我。

好不容易才爬回這邊，結果進門後一劈頭就被問話，這樣的待遇讓我都感覺想哭了。

「妳問我我也不知道啦。」

「咦，你受傷了？」

「是啊！真是夠了耶，那女人也不知道哪根筋不對就突然就朝我小腿猛踢，害我落得這副慘樣。」

在我把腿伸給理沙看後，她一副不知該說什麼好的表情，摸了摸自己的小腿。

「真的是……我連發火都來不及耶。根本莫名其妙啊。而且她都哭了我還能怎樣啊？結果回來之後反而是我被當成壞人？搞什麼鬼啊。」

「對不起……對不起啦。你別氣嘛。」

聽我罵了一大串後，理沙走近我身邊，把雙手放在我的肩上，好像打從心底感到愧疚似的對我道歉。雖然我一把撥開了理沙的手，但她對此也沒什麼抗拒，只是雙眼直直凝視著我。

她真的很精通這類安撫人的方法啊。

因為我開始覺得自己再繼續生氣下去也滿蠢的，便走到大廳一旁的長椅處坐了下來。

「但看到女孩子哭了的時候，就算是阿晴也是會先在意起對方的感受吧？」

雖然這話讓我聽了不太爽，但也很明白理沙想講的是什麼道理，只好默默點頭。

「而且我也同樣不清楚事情為什麼會變成這樣子呀。我本以為你們兩個人會感情融洽的一起到家呢。」

「啥啊？」

我馬上面露不悅的反問理沙，讓她稍微退縮了一下。

「你先冷靜下來。」

理沙舉起兩隻手掌要安撫我。

「是說羽賀那沒跟你道謝嗎？」

理沙接著問的這個問題，可是讓我詫異到眉頭都快皺成一團了。

「啥？道謝？她哪可能會跟我道謝啊。再說是有什麼事情讓她要謝我來著？」

「咦……我說呀，你們兩個之間底發生了什麼事？」

理沙也深感疑惑的對我問道。

我嘆了一口氣，回答她說。

「我不知道啦。就我們去買衣服，然後羽賀那用超霸道的方法殺完價付了錢。接著當我想拿我那些衣服的錢給她的時候，她就把剛剛殺價省下來的錢全部算在我這邊。但殺價的人明明是她，我又沒做啥，而且她那種殺價方式坦白說也實在霸道得太誇張，所以我跟她說我錢照給，然後拿錢給她。結果小腿就被她用力踹了一腳。」

陳述這段經過時，我又再度想起方才遭受的對待有多不可理喻。另外因為我想到啥就說啥，不確定這樣能讓理沙聽懂多少，但又很不願意更詳細去描述事情經過。

然而理沙聽完我的話後，一時像是頭痛發作似的用手按住太陽穴。隨後她就在我面前的長椅上坐下，上身趴在椅背上這麼說道。

「我真的沒設想到那孩子很不擅長跟他人相處……」

「嗄？」

理沙深深嘆了口氣後，抬起頭。

「是我要她跟你去買東西時幫忙殺價的哦。」

「……什麼？」

「因為她對這種事情非常拿手嘛。不過，原來如此呀……沒想到事情竟然會發展成這樣……」

「等一下啦，我聽不懂妳在說啥耶。」

「啊……對不起，那我從頭講哦。」

理沙這麼說完後，突然像注意到什麼似的轉頭回望，然後從椅子上起身，輕輕打開從聖堂這邊通往主屋的門，朝門後面張望了一下。

她接著把那扇門輕輕帶上，然後走回來開始對我說明事情的原委。

「我說啊……在前幾天戶山先生來這邊的時候，不是發生了一些事嗎？」

「喔？嗯嗯……」

「因為戶山先生他人很好的關係，所以事情沒有鬧大就解決了，但一般來說可沒辦法這樣了事吧？」

我覺得要對理沙這句話表示同意也怪蠢的，所以只聳了聳肩。

「雖然就結果來看是阿晴你太衝動，但你還是為了羽賀那衝進來。另外還有利息的部分，也是你幫了我們的忙。」

「嗯嗯……」

「所以呀，事後我就問羽賀那說：『妳有好好向阿晴道謝了嗎？』」

雖然這真的很像理沙的作風，但我幾乎可以想見羽賀那聽到這句話時的表情了。

「當時羽賀那的反應，應該就和阿晴你現在想像的差不多。」

「也是嘛。」

「不過你幫了她的忙是事實呀，所以我要她好好向你道謝。」

「喔喔，所以她才會想要幫我殺價什麼的？」

「對。她對這個真的非常在行呢。因為我想說阿晴你大概也沒什麼錢，所以就要她幫你殺點價，然後再好好跟你說謝謝。所以說啦……嗯……雖然阿晴你可能無法苟同，但這次羽賀那可能也是用她的方式很努力去做了呢。」

理沙歉然的話語紮紮實實刺進了我心坎裡。

羽賀那剛剛殺價的方式，就算以她原本的個性來說，也確實太過反常。

要是她每次買東西都會這樣殺價，理沙這麼愛管事的人也不可能坐視不管。

「不是啊，可是……她做得真的很超過耶。我以後都不敢去那家店了啦。」

「有這麼誇張？她也真是的……」

聽我這樣一說，連理沙好像也不知怎麼辦才好，用手扶著額頭。

「再說啊，明明是她殺的價，也沒說個理由就把省下來的錢全部算到我這邊，這樣不管是誰都會拒絕吧？」

「嗯，你說得沒錯呢。阿晴你並沒有做錯事情。真要說的話都是我不好。」

「啊，沒吧，妳這傢伙哪有什麼錯啊？」

我慌忙開口這麼說，而隔著理沙扶額頭的那隻手，我看到她露出了一抹有些疲憊的笑容。

「謝謝你這麼說。不過，你剛剛怎麼叫我的？」

「唔……也不是、理沙妳的錯吧……」

「嗯。謝謝你。」

理沙雖然笑著點了點頭，但她的頭痛似乎沒有消除。這下連我也不知道該如何是好了。原來羽賀那是為了要答謝我之前的幫忙才用那種蠻橫的方法殺價，而且她是想感謝我所以才會把省下來的錢全算在我這邊。

但就我的角度來說，與其為了省幾慕魯付出如此慘痛的代價，還寧願多花點錢免除這無妄之災。

總的來說，今天的狀況純粹就是因為沒有好好溝通所引起的不幸意外吧。

我想大概就只能這麼說了。

「要是請阿晴去跟羽賀那道歉的話，也說不過去呢……」
「受害者是我才對吧。」
「唉……我真的常常在這種事情上搞砸呢……」
理沙應該是出於被人幫忙就要答謝這種理所當然的思維，才給了羽賀那這個建議。
雖然這只是我的揣測，但她可能是打算藉此讓我和羽賀那的關係變融洽吧。只是最後的結果完全事與願違。
不過要是因為這件事而讓理沙感到沮喪，我心裡也是不太好受。
「嗳，或許只能讓時間沖淡這件事了吧。阿晴你也不是真的討厭羽賀那吧？」
理沙的雙眼正對著我，這樣問道。真問我討不討厭她，我想我的回答會是「不」吧。但實際上我跟她之間的交情，也不過是稍微聽她提了點故鄉的事，然後看到她對學生們微笑，因而稍微覺得和她親近了點而已。
這次的事情只能說是羽賀那做人處事太笨過拙所導致的意外，所以我也不會因此埋怨她。
「基本上不討厭啦。」
「謝謝你喔。」
「這也不該由妳這傢伙來道謝吧……啊。」
「真是的……你講話真的很粗魯呢。」
理沙苦笑著從椅子上起身。
「總之，嗯，事情就是這樣嘍。」

「嗯。」

「那我們來吃飯吧。我想你肚子應該很餓了？」

理沙展顏而笑，將一隻手伸向我。我握住她伸出的手，跟著站了起來。

胸中卻仍殘留一股非常不愉快的情緒。

另外也因為這件事，讓我在短期間內不大可能跟羽賀那提金融工學的事了，一想到這點就教我消沉。

我在那天晚上便下定決心，打算就靠自己目前為止使用的手法來挑戰投資競賽。

想想也沒什麼嘛，就算我單槍匹馬也還是有機會奪得優勝啊。

在這麼決定後，我便覺得該先對投資對象的狀況進行調查，而點下邀請函中的網址，潛入了資訊的大海中。

第四章

投資競賽是由拉青格經濟研究所主辦的。

比賽在虛擬空間內進行，不過由主辦單位架設在虛擬空間內的證券市場，和現實中的市場也幾乎沒什麼差別。在那市場裡存在各大企業，而且有各自的財報和股利，甚至不時會發生難以預料的意外或企業合併，另外也有可能出現公司倒閉的狀況。跟現實數據連動的就只有匯率、銀行間拆借利率、各種能源的盤價、以及時間而已。

這個競賽總共舉行半年，隨時都有大約兩萬人在市場上活動著，參賽者總數則有十萬人以上。每個參賽者都有一千萬慕魯的虛擬資金可以動用，並能在自選的任意時間點進場，開始為期六十天的操盤。

競賽的參加資格是以邀請的方式授予，只有在經濟研究所、協辦或贊助投資銀行的逐批挑選中獲得青睞的對象才會受邀參賽。因為這個緣故，很多在第一波挑選時便被邀請參賽的選手，現在都已經交易結束，成績也已經確定。

參賽者在這競賽中的投資結果是公開的且會即時更新。目前位居第一的是以「喉片先生」這個暱稱報名的參賽者。他的交易進行到第十九天，總成績已經到達四千五百萬慕魯。

因為在研究所設的介紹頁上，提到幾位有名的專業投資人也受邀客串參加這場競賽，所以在為了競賽設立的ＳＮＳ中，也有流言猜測這位喉片先生可能是知名基金經理人或投資銀行自營交易部門的人。

在早晨的餐桌上，當我一邊心不在焉的吃著理沙做的火腿蛋，一邊收集完這些資料時，不小心把咖啡灑到了自己的大腿上。

「我都懶得唸你了耶。有沒有燙傷？」

「……嗯。」

我用理沙遞來的抹布隨手往腿上擦了擦，連把抹布放回桌上都嫌浪費時間，眼睛只是一直盯著裝置螢幕不放。

「阿晴！」

「唔！」

直到聽見理沙的大喊，才終於讓我回過神。

「你被燙到的地方不要緊嗎？」

只見理沙笑吟吟的盯著我瞧。

這讓我心臟怦怦狂跳，甚至不用把手放在胸口都感覺得到那激烈的鼓動。我這才終於發現自己手上還拿著剛剛那條抹布，便把它遞還給理沙。

「嗯，那被燙到的地方怎樣了？」

「嗄？喔喔……沒事……」

「不管你現在是在做什麼，都先把飯吃完再做。」

雖然我在答完話後又將心思放回裝置螢幕上，但耳邊傳來的「鏘鏘鏘」餐具敲擊聲卻再度把我拉回了現實。因為感覺跟理沙爭辯很浪費時間，我便一股腦地把剩下的早餐全塞進嘴裡，然後從食物的縫隙中擠出話來。

「偶粗飽嚕……」

「……真是的。」

我從眼角餘光稍微瞄到理沙一副拿我沒轍似的表情，然後她收走了我用完的餐具。

因為投資競賽是對應月球時間進行，虛擬市場的營業時間也和月球證券交易所的完全重疊。也就是說，如果我傾全力投入這個競賽，就會無暇進行現實的股票交易。

不過相對於我目前七萬慕魯的總資產，這競賽的優勝獎金可是有二十萬慕魯，投注在這上面感覺比較划算。而且最重要的是優勝和成績名列前茅的選手據說還會接到薛丁格街的招聘。

既然如此，比起繼續進行最近成績慘澹的現實交易讓財產陸續削減，我想現在就全心投入能用虛擬資本做交易，而且報酬非常可觀的投資競賽，顯然才是上策。

另外根據專用ＳＮＳ看來的情報，出現在投資競賽中的那些上市股票雖說都是虛擬的公司，但它們的漲跌變化和動向好像和真的股票幾乎沒有不同。雖然資訊的真假難辨，但也有些閒來無事的熱心人士做了競賽中的虛擬股票和現實世界股票間的對應表，然後上傳到網路上。

我在實際看過描繪虛擬股票價格波動的圖表後，也覺得這和現實的圖表真的十分相似，於是姑且下載了那份對照表存起來。而後，當我的視線完全鎖定在電腦螢幕上，用手在餐桌上摸索咖啡杯的位置時，有人朝我的手背拍了一下。

「你給我差不多一點啦。」

捱了理沙這樣一罵，我只好乖乖用雙手把咖啡杯捧在胸前，縮起頭來啜飲咖啡。

「真是講不聽耶……啊，對了，羽賀那。」

喝完咖啡後，我本來照例要將注意力轉回裝置上，但聽到理沙叫羽賀那又讓我的注意力驟然被拉走。

雖然原本我滿腦子都想著投資競賽的事情，但昨天的那件事這時卻再度浮上我心頭。

「我今天要去大學幫忙授課所以不在家。中飯妳可要乖乖吃哦。」

「……」

因為沒聽到羽賀那的回應，我便朝理沙她們那邊斜斜瞥了一眼，只見羽賀那還是平常那張撲克臉，將頭撇往一邊，溫溫吞吞的啃著麵包。

「妳的回答呢？」

理沙又露出那張招牌笑臉。這讓羽賀那啃麵包的動作倏然停下，看似不悅的轉頭望向理沙。

看來在要不要乖乖吃中飯這件事上，就算對象是理沙，羽賀那仍不太願意乖乖聽話。

但話又說回來，我也因為要忙股票交易的關係，所以根本沒什麼空閒能好好吃午餐。羽賀那看來則是沉迷於她那啥數學定理的證明上，不過我倒也非常能理解她在這過程中不想受到干擾的心情。

但這樣的理由能不能讓理沙接受，又是另外一回事了。

「我會幫妳做飯，妳可要好好把它吃掉喔。好啦，回答呢？」

「……」

羽賀那還是沒吭聲，但最後好像終於折服於理沙的那副笑容，認輸似的回了一句話。

「為什麼……只管我……」

雖然羽賀那說這句話時連看也沒看我一眼，但我多少還是聽得出這句話的弦外之音便是指向我。

理沙自然也馬上聽出了她的意思。

「就算阿晴說他不吃中飯，也不代表妳就能跟著不吃。」

「……」

雖然羽賀那在買衣服時殺價殺得那麼強勢，但在理沙面前依然像個孩子。

這樣的念頭在我腦中迴盪，讓我幾乎是漫不經心的在網路上漫遊。接著我突然發現理沙轉過頭來看著我這邊。

「不過呢，我相信阿晴你當然會乖乖吃飯的對吧？」

到目前為止，理沙明明每天都放任我埋首在股票交易中，從不會干擾我，但今天不知道為什麼講了這樣的話。

當我回望理沙時，她仍是用那張一如往常的笑臉對著我。

那笑容真的是太惡質了。

「……吃飯是要多收錢喔。」

有苦說不出的我只能隨口這樣回問，結果理沙露出很受不了似的表情嘆了口氣。

「我才不會做這種事呢。你還在發育，當然要好好吃飯啊。不然可是會長不高哦。」

「妳好煩喔……」

雖然我跟同年齡的人相比不算非常矮，但真要分類的話，我的確會被歸在個子小的那邊。

理沙沒理會我的這句低聲咕噥，又轉向羽賀那，對她不知道講了什麼悄悄話。

羽賀那則是聽聞了什麼重大的祕密似的，身子突然顫了一下。

隨後，她就低下頭去，抿緊了嘴唇。

「就算這樣妳也不在意嗎？」

理沙這樣對羽賀那問道。羽賀那雖然好像有些糾葛，最後還是屈服似的左右搖了搖頭。

我尋思她們到底是講了什麼，不過因為微微抬起頭的羽賀那視線所指的方向實在是一目瞭然，讓我心中馬上有了答案。羽賀那在苦澀的對著理沙身體的某個部位瞧了半晌之後，又將視線移回了自己的胸前。看來她好像還是會在意自己胸部小啊。

正當我在心中想著「嗯，理沙的胸部確實是很有料呢」而想稍微將目光移過去做確認時，卻發現理沙正在看我。

「嗯？」

「哇啊……怎、怎樣啦。」

「什麼呀？看你慌的……」

理沙稍稍歪了歪頭，說道。

「總之就是這樣嘍，你們兩個人都要乖乖吃中飯。但我可不准你們把食物帶進房間，邊做其他事邊隨便解決喔。要吃飯就要乖乖在外面這裡吃，有聽到嗎？」

理沙的這句話，讓我終於理解為什麼她今天會對吃中飯這件事情格外囉嗦了。雖然她之前說什麼要交給時間來解決，但實際上還是很多管閒事嘛。

我用傻眼和近似精神疲勞的表情望向理沙，結果她竟笑著對我眨了眨眼。

確實啦，羽賀那從今天早上進到客廳之後，應該連一次都沒正眼瞧過我。

再說要是我能很快跟她和好，也就有可能借助她的能力。

既然如此，那我也就該效法那些號稱為了賺錢，甚至能和殺父仇人攜手合作的幹練投資者作風才是。

於是我回望理沙，對她輕輕聳了聳肩。

「那就這樣嘍。」

理沙雙手一拍將話題做了結，然後輕快的開始整理桌面。

我還是一邊看著裝置畫面，一邊用餘光往羽賀那的方向偷瞄了一下。

只見羽賀那依然板著一張臉，一副完全當我不在場似的啃著麵包。

投資競賽在投資方式上並沒有什麼太大限制。感覺就跟普通的股票市場差不多。

除了普通的買進賣出之外，參賽者也能融資借錢來買進股票，或者融券借入股票進行賣出。雖然在競賽中不能進行期貨、指數期貨和選擇權這類複雜的交易，但因為我平常也不做這類交易，所以這點並不成問題。

規則中也沒限制參賽者每天的交易次數，但不論買賣都會被抽交易金額的0.1%作為手續費。

唯一的特殊規則是參賽者一旦開始進行交易，就只能在開始後六十天內進行股票的買賣。然而這並不代表第六十天時就會結清參賽者手上所有的部位來計算成績，只是參賽者不能再次進行交易而已。要是參賽者到第六十天結束時還沒把部位結清，手上的股票價格就還會繼續變動。也就是說在那批從在投資競賽開賽後隨即開始交易，手上還保有股票便結束了六十天交易時間的人裡面，有人會因為之後的行情變動而大賺，也有人會慘賠。

會訂這條規則應該是考慮到那些善於放長線操作的參賽者，而不是像我這種會在一天之內頻繁買賣股票的人。

不過我卻認為這條規則必須留意。因為要是太大意把什麼奇怪的個股握在手上就結束交易的話，之後不管發生什麼事也都無能為力了；反過來說，就算成績在交易第六十天還是追不上第一名，只要手上握有潛力股的話，就能期待之後成績會再提升。

但照我的情況，因為做完六十天的交易後比賽差不多就同時結束了，所以這條規則並不算切身的問題。

我是為了要利用其他人的狀況才會注意這條規則。

另外我在比賽專用的ＳＮＳ打撈公開資訊時，也得知虛擬空間的交易所跟現實市場一樣，每天的行情有好有壞。有時候整體股價都會下跌，也有時會整體上漲。

從競賽開始至今的走向看來，市場的整體氣氛可以算是徐徐走向多頭行情。

就我在ＳＮＳ所見，大多數參賽者的做法似乎都是挑個市場整體狀況不錯的時機開始投資，在六十天的交易時間內全程進行交易後，再把全部財產押注在一隻感覺會漲的股票上面，然後祈禱它真的如願上漲。

對認為只要長時間進行交易，獲利就會相對變大的人來說，這方法是正確的吧。但對於像我這種就只能在六十天內和市場有接觸的人來說，雖然在這方面比較不利，卻有能觀察周遭狀況後再行動的優勢。

尤其因為競賽在虛擬空間內進行，跟現實交易並不相同，讓人很難拿捏剛開始交易時該投入多少資金。

不過比賽進行至今，這部分的各方資料也已經由某些有閒的熱心參賽者蒐羅起來，公開在網路上了。

根據那些人的說法，在比賽初期獲邀參加的大多是偏好放長線的投資者；至於活躍進行交易的投資者，好像是隨著比賽進入後半段才開始受邀參賽。

像我這種人因為走的是極端炒短線的路線，所以才會在比賽快結束這時被找來吧。

另外我實際上也算是不太在乎市場整體氣氛如何的人。

雖然行情完全不動的狀況也會讓我很頭痛，但除此之外不管股價走高還走低，我都不以為意。

當市場整體的氣氛低迷時，我就會找出跌過頭的股票賤價買進，然後在當天或者隔天等投資人都恢復冷靜時賣出。要是整體行情走高，我當然也就順著潮流賺他一筆。

雖然世上的投資手法多不勝數，但我就只用這麼單純的戰略為中心來進行交易。

到目前為止，我就是靠這一招荒唐地賺進了大把鈔票。

既然這樣，那在這次競賽中我也依樣畫葫蘆就是了。

雖然我心裡這樣逞強，但因為現在頭腦很冷靜，所以也就不得不正視現實。

「……事情不可能這麼如我所願吧……」

我對著裝置，兀自低聲這麼說。

一旦我開始交易，六十天的時限就會不由分說地開始計時。雖說已經沒什麼時間能讓我遲疑，但我卻還是猶豫著，沒法按下開始交易的按鈕。

如果這競賽能相當精準地重現真實環境，那只要我做的事情和現實中相同，應該就會有相同的結果等著我吧。

然而這個投資競賽不知道還會不會有下次，即使再次舉辦也不能保證我還會獲邀參加。這樣的話，我之後或許就再也碰不到這種能獲得高額獎金並被招攬進入薛丁格街的機會了。

一想到這點，就讓我沒辦法輕率的開始行動。

所以我就只能咬牙切齒的凝視虛擬空間內的市場和現實市場同時開始動起來的樣子。

「事到如今我還能怎麼辦啊？」

我盤腿坐在每天固定坐的那個位置，這樣抱怨道。

「就算想要找新方法……」

雖然有羽賀那這個方法，但不知道她會不會幫我，而且基本上連她有沒有這份能力都很值得懷疑。

現在該思考的，應該是我到底能不能靠自己的力量來做些什麼？

我邊看著天花板，邊回想目前為止所見聞的各種投資手法，卻依然覺得無法期待現在會突然有什麼新發現。但我為了整理思緒，還是開了文字編輯器寫下筆記。

基本上，股票交易的投資方式可大致分為三種。

第一種方法被稱為「基本面分析法」。畢竟股票就代表一家企業的所有權，所以表現好的企業股價就會上漲，表現差的則會下跌，而基本面分析也就是以這個極端明確的事實作為基礎。使用這套方法的人，會調查詳細記錄了企業業績的財務報表，及該公司所生產的產品表現來進行投資，也就是押注在公司的基礎上。

第二種方法則是完全不管什麼基本面，單純只考量從股價的動向中獲利的方法。尤其因為描繪股價變化的圖表有著「技術線圖」這個特別的稱呼，所以根據技術線圖的走向來進行交易的方法，就恰如其分地被稱為「技術分析法」。這種方法透過分析過去無數支個股的技術線圖，來提出當圖形呈現某種走勢時股價會較容易上漲，哪種走勢則會迎來股價暴跌等等預測。

至於第三種方法，則是觀點一轉，認為股價的漲跌全屬隨機，終究無法靠人為預測的投資手法。這一派人一口咬定無論調查企業業績查到滿頭大汗，或熬夜鑽研技術線圖到眼睛花掉，都是沒有用的。信仰這派學說的學者所主張的統計數據顯示，就算讓猴子射飛鏢到寫有公司名稱的紙上，並買進那些偶然被射中公司的股票，投資成績也和使用其他方法沒什麼太大差異。因為這些人主張股價的變化都是隨機的，因此便被稱為「隨機漫步者」。

至於我自己用的手法，則是取三者的優點融合而成。

我既會去留意企業的情報，也會看股價變化的軌跡來進行預測，要是試了這兩種方法卻仍想不透股價之後會怎麼走的話，最後就會靠直覺來做交易。

在剛開始做投資的時候，我的氣勢順得驚人，甚至讓我曾經懷疑自己搞不好是天才。但我抱著絕對自信買進的股票最後卻依然下跌，又或看風頭不對而趕緊拋出的股票最後卻一飛衝天漲上去的事情，卻也發生了無數次。

雖說整體來看我還是有賺錢，也因此覺得自己的投資方法算是對的，但當總資產的成長速度開始變慢時，這個根本的疑問就會在我腦中漸漸膨脹起來。

究竟我的做法是不是真的正確呢？

像這樣擷取三種投資手法的長處，是否終究毫無意義？如果只將其中一種手法鑽研到極致是不是比較好？

讓我覺得困擾與迷惘的，總括來說就是這一件事。

所以當我聽到羽賀那具有數學才能時，才會覺得在那裡存在著第四種投資方法的可能性。

在物理學領域中，利用數學去預測未來是很普通的。

比方說去瀏覽軌道電梯的運行頁面，就能查到在地球周圍飄著的宇宙塵會在何時碰撞到軌道電梯哪個部分的預報，而對電梯運行時間造成的影響和危險性也都一併列在網頁上。宇宙塵的大小要超過拇指尖以上，太空署才會預報其環繞地球的軌道。如果有體積過大的塵埃撞擊電梯的可能，太空署就會直接用雷射將其擊碎，讓碎片落到地球上去。至今為止，軌道電梯的運行還未發生過任何一起嚴重的意外或疏失。

專家們掌握了以秒速幾十公里的速度在衛星軌道上移動、大小僅拇指一般的數萬顆宇宙塵，並完美的預測了它們的軌跡。

只要能運用這麼高明的計算手法，那就沒有測不出股票價格變動的道理。

抱持這這種信念的人就被稱為計量分析師，也就是「寬客」（註：Quants，一般用來稱呼做計量分析的專業人士）。

要是羽賀那的才能真的這麼出類拔萃，足以仿效本來要到研究所才能學到的那種寬客投資手法的話……

雖然心中這麼盤算，但或許這也只是我在作夢吧。

畢竟不管從羽賀那能否理解這些知識，或她願不願意協助我這兩方面來看，都離現實太遙遠。

我花了一整個上午的時間，為了摸索虛擬空間內的交易有沒有捷徑可以抄，而精讀了考察各種資料的網頁。

之後我想起理沙的交代，站起來一看發現桌上放了些用保鮮膜包好的三明治。

「先去上個廁所好了……」

我把咖啡壺裡剩下的咖啡倒進杯子裡，設定好微波爐後走向廁所。

一天十慕魯還附三餐實在很便宜啊。

我在方便完後洗了手，邊這麼想邊走進客廳，腳步卻在這時忽然停了下來。

因為羽賀那也正好在同一時間要走進客廳。

「……」

「……」

我和羽賀那都因為撞見對方而嚇了一跳，然後兩個人都別開視線裝作沒看到對方。

但羽賀那卻先我一步在餐桌前坐了下來，讓我沉沉發出「唔」一聲慘叫。

雖然我覺得自己並沒有對於昨天的事耿耿於懷，但心裡好像還是萌生了逃避意識之類的東西。

我姑且繞了一大圈避開她走到微波爐前，把熱好的咖啡杯拿出來。

羽賀那就在我旁邊默默吃著三明治，但連一眼都不往我這裡瞧。

雖然聽理沙說羽賀那昨天買衣服時那強硬的殺價手法，也算是想對我表達感謝的方式，但如果說有誰該道歉的話，我覺得也該是她要向我道歉吧。

明明照理說該是這樣，沉默的羽賀那散發出的氣氛卻讓我明確感受到她的怒氣。

我還真想問問她，難道這能說是沒察覺到的我有錯嗎？有問題的果然是一副大小姐脾氣、不能好好跟人溝通的羽賀那吧。

我輕輕一聳肩後啜了口咖啡，打算拿著三明治到窗戶旁邊吃而走近桌邊。

但這時我發現理沙的裝置很不自然地擺在流理台上。不僅裝置的電源開著，視訊電話用的針孔相機鏡頭鏡頭還對準了對著餐桌的方向。

她竟然做到這種地步……

我真的打從心底無話可說了，對於理沙愛管閒事的性格我真的只能低頭。

不過在做了個深呼吸後冷靜一想，既然都住在同個屋簷下，要是我一直和羽賀那持續這種關係的話也是頗悶的。

畢竟屋子裡空間很有限，我們可能常常會在廁所或浴室等地方狹路相逢。如果每次都得用這種令人發窘的沉默態度去應付，那也真的很麻煩。

雖然我覺得自己沒有不對，真要說的話有錯的是羽賀那，但回頭想想，我也覺得自己正該在這種狀況下展現身為男性的胸襟，於是便下定了決心。

我拿著咖啡杯坐到餐桌一角，位置就在羽賀那的對角線上，理論上是同張桌子距離最遠的地方。桌上那盤三明治則是很貼心的全裝在同一個盤子裡，擺在桌子正中央。我伸手拿了個三明治吃了一口，該說果然是理沙親手做的東西嗎，夾在裡面的料非常像大人的口味。三明治裡夾了有鮪魚、蔬菜和豆子，另外只能算是意思意思的夾了一點點瘦肉。

在羽賀那用她那櫻桃小嘴啃完半個三明治之前，我就已經把第一個給解決掉了。舔了舔手指，喝了些咖啡之後，我伸手去拿第二個三明治。

就在這個時間點，我對羽賀那開口說了第一句話。

「妳不配點什麼喝的嗎？」

我本來打算從這無關緊要的地方打開話題，不過羽賀那卻完全不抬頭看我一眼。

「要不要幫妳倒咖啡啊？」

我又問了她一次，但羽賀那仍然沒有半點反應。

她真的非常徹底的對我完全視而不見。

我明明都主動踏出一步了，對方卻好像沒有半點要退讓的意思。

雖然我對自己為何得用這種卑躬屈膝的態度對她感到不滿，但既然都開口了，我便決定順勢講下去。

「我說啊……」

我稍微改變了一下聲調這樣講，而羽賀那則對此敏感地有了反應。

就算她完全不甩我，也不可能把耳朵塞起來。

我見羽賀那用餐的手停了下來，便繼續道：

「昨天的事我聽理沙說了喔。」

「……」

羽賀那還是沒回話，也沒抬頭起來看我。

「妳那樣做是為了謝我是吧？」

我的這個問題依然得不到羽賀那的回應。

不過她卻再度開始啃起三明治，而且吃的速度比剛才還快。

「該怎麼說咧……我當時不知道有這件事啦，所以想到什麼就直接講出來了……妳都幫我殺了價，我也不是不知感激啦……」

雖然我心裡實在不明白為何是自己得講這種很像藉口的話，但為了打破現在的僵局，我也儘可能地注意遣詞用字。

但是——

「吵死了。」

羽賀那丟出這麼一句話。

「……」

我聽得幾乎呆住了，只是愣愣地瞧著羽賀那。

羽賀那卻好像看到了桌上哪邊寫了罵她的話，只是直勾勾的瞪著桌面。

之後過了一會兒，她又開始啃起三明治。

她吃的速度又比剛剛來得更快了。

她很顯然就是在生氣。

「……不是啊……」

我一方面對此感到驚愕，同時心裡也浮現了某種強烈的預感。

我像是天氣預報一樣在心中對自己說：我應該再過幾秒就要會被她氣到腦充血了吧。

因為羽賀那的所作所為，真的就是如此蠻不講理。

「我不懂妳的意思。」

「我說你吵死了。」

在這瞬間，我有種太陽穴附近的頭髮全都颯——的倒豎起來的感覺。

「啥啊？妳說我吵是怎樣啊？之前是我莫名其妙被妳踢了一腳，結果我現在還對妳低聲下氣的，妳這是啥鬼態度啊？」

羽賀那根本不抬頭看我一眼。

但至少她把三明治往嘴裡送的手停了下來。

我為了抑制自己把手上的咖啡杯砸過去的衝動，深深吸了口氣。

但即使如此，我心頭的火氣卻還是難以熄滅。

我朝羽賀那一瞪，說道：

「真要追根究柢的話，妳那亂七八糟的殺價方法根本就不行吧。」

雖然就理沙的說法看來，那是羽賀那努力過了頭造成的結果，但如果因為沒有惡意就能得到原諒，那全世界的人也都不用這麼辛苦了。

然而羽賀那卻一聲不吭的把剩下的三明治吃完，然後從椅子上站了起來。

接著她用著充滿憤怒及輕蔑的眼神看著我，說了這句話：

「沒在賺錢的人還有臉講這種話。」

這句話讓我一時忘了自己在發火，不解的反問道：

「啊？」

「你是離家出走時偷了媽媽的錢嗎？憑這個就自以為是有錢人了？」

我聽得出羽賀那的話語中，充滿了明確得過分的敵意。

但她說出口的話實在跟我原本預期的差了太多，讓我連氣都氣不起來。

「每天也不工作，就只知道上網，也不過……不過是幫忙付了利息的錢，就以為自己很偉大嗎？」

我整個人都呆住了，回望羽賀那。

她以為我沒在工作？

「我們都是很努力地在討生活，跟你這種月面出生的才不一樣。」

這正是我最不想從地球來的移民口中聽到的一句話。

但羽賀那的話卻像是連珠炮似的繼續發射。

「是理沙她人太好了。我根本不懂她為什麼袒護你這種人。」

雖然她接著好像還想再講些什麼，但似乎是情緒早話語一步先發洩光了似的，她只是苦澀的皺起眉頭，把臉一撇，忽地就轉身走離餐桌。

「啊，喂！」

我不禁開口想叫住她，但羽賀那卻完全沒有回頭的意思。

她跟當初買衣服那時一樣，就這麼頭也不回的走出客廳。

沒過多久，遠方傳來了「砰」一聲關上房間門的聲音。而我這次仍是一樣呆愣地被丟在原地。

但現在跟買衣服那次卻有一件事情不同，就是我已經不是丈二金剛摸不著頭腦了。

羽賀那是被賣到月球來的，離家出走來到這裡之後，她又覺得是自己害得理沙得跑去借錢。而且，她更怨嘆自己的數學才能即使能教孩子們念書，卻仍無法解決他們現實方面的問題。

對有這樣想法的羽賀那來說，像我這種一天到晚都在教會裡面巴著裝置不放，也推掉理沙介紹的打工的人，可能就像個離家出走後整天玩樂混日子的人渣吧。我這種人看起來應該就是個月面土生土長，因為低重力而頭腦鬆弛的最佳白痴範本吧。

明白了這一點後，我好像能理解為什麼羽賀那在各方面都對我這麼刻薄了。

而我心頭的怒火也早已熄滅。

但就算這樣，問題依然沒有解決。

既然如此，難道我應該現在去敲敲那傢伙的房門，隔著門板對她說這全都是誤會一場嗎？我該告訴她其實我靠著股票賺進一大筆錢，並不是每天都在上網玩遊戲，請她不要誤解我嗎？

我並不覺得就算自己真的這樣講，羽賀那就會很乾脆地打開房門，說什麼「原來是這麼回事，那真對不起」之類的話跟我道歉。要是今天換我站在羽賀那的立場，我大概也做不到這種事情吧。

不管做什麼事都得選好時機，而既成的事實也絕對無法抹滅。這些是我在股票交易中多次領教到的教訓。

於是我搔搔頭，嘆了口氣。

我整個人頹然癱在椅子上，視線看向流理台上的裝置。

我並不覺得理沙現在正在某個地方透過鏡頭偷看我們，或許她只是把這個裝置電源打開擺在那邊，其實根本沒在錄影也說不定。畢竟想想理沙的個性，把這個當作是帶了點玩笑性質的威脅，感覺還更符合她的作風。

但我即使心裡這麼想，還是朝著鏡頭的方向看去，故意嘛起了嘴。

「究竟是怎麼搞的啊……」

裝置當然沒有傳來任何回答。

於是我只好再嘆一口氣，仰頭看向客廳的天花板。

由於和羽賀那之間的衝突，加上始終想不到好的投資方法，讓我最後也只能漫無目的看著投資競賽的交易狀況。

雖然我沒有真的進場做交易，但還是邊看股價變化，邊去模擬在某個時間點買進可能會有怎樣的結果。不過這樣做的手感卻很怪，讓我不太確定結果到底好不好。

但我也明白，自己會陷入這種狀況果然是因為羽賀那的事。

然而真正對我造成影響的，卻並非是受到羽賀那的討厭或是誤解。

關鍵在於她對我說的那句話，比我料想的更一點一滴深入心中。

『我們都是很努力地在討生活，跟你這種月面出生的才不一樣。』

我老家村子的那些鄰居，每個都是從地球上生活艱困的地區移民過來的。在月面出生的我，就連在月面上討生活的難處都還不清楚；反觀從地球來的那群人，不僅瞭解在地球上過日子的艱辛，也清楚在月面生活的不容易。

再說要是這番投資沒辦法順利，讓我山窮水盡的時候，事情又會如何呢？

那我即使會很丟臉，也必然得回老家去吧。

然而從地球來的那些人們，很多都已經沒故鄉可以回去了。

地球來的人心中有著非比尋常的幹勁、有不同於人的覺悟。但月球出生的人心中卻沒有這些東西。

要是被說中這一點，我也只能無言以對；就算人家說我是個只會作白日夢的小鬼，我也無法反駁什麼。

那些地球移民都是經過一步一腳印、篳路藍縷的奮鬥，才終於到了月面。有些人捨棄了荒蕪的故鄉，才終於來到這個新天地；又有些人是被捲進沒天理的命運齒輪中而被帶到這裡。

在對這世界有多嚴酷的體認方面，我既沒有羽賀那的那種遭遇，也不像理沙那般成熟。雖說我賺到的錢有七萬慕魯，但對其他老實工作的人來說，這也不是筆存不到的錢，而且這筆錢也不是讓我能一輩子衣食無憂的數目。

實際上，如果交易狀況再這樣沒有起色，我反而會淪為既沒學歷又沒錢、甚至連在地球討生活有多辛苦都不知道的典型月面出身失敗者。

被羽賀那當面這樣一講，讓我對自己至今做的事情失去了自信。

基本上，當我因為自己用的方法最近不太順，心中浮現輕率的念頭想倚仗羽賀那可能算優秀的數學才能時，或許就真的已經無可救藥了吧。

如果真能這麼簡單就在這世上混的話，那也不會有人需要辛苦過日子了。

或許我是因為在剛開始做股票交易時剛好十分走運，才會有了要在這世上生存其實不難，只是其他人不懂訣竅的想法吧。

不諳世事的大少爺。

我深深覺得，現在的我根本就是自己最難以忍受的那副樣子。

「……」

我的眼睛早已沒在關注投資競賽中的個股，盤面上發生了什麼事情也完全沒進到我腦子裡。我心中滿是煩惱、疑惑與痛苦，伸展手腳躺倒在地板上。

接著在我腦中浮現的，是之前我被叫到理沙房裡時，被她緊緊擁抱的感覺。

理沙是個既溫柔又有智慧的成熟大人。

不如和理沙商量看看吧，不知道她能不能告訴我正確答案呢？

我幾乎認真的考慮起如此難為情的事來。

我剛離家出走時那股野獸般的衝勁，到底跑到哪裡去了呢？

難道我真的就只是不明世理的泛泛之輩嗎？

難道我並不是一個懷抱著遠大夢想，想前往前人未至之地，在未曾有人立足的地方留下腳印的人才嗎？

我抱著幾乎要哭出來的情緒自問著。

明明知道繼續想下去只會變得愈來愈不安，但我就是無法停下來。

要不是在此時聽到遠處傳來的奇怪聲響，或許我真的就會這樣陷溺於不安的漩渦之中吧。

「……？」

我睜開眼睛看往門口的方向，而剛剛的聲響在隔一小段時間之後再度響起。那「鏗咚」聲有點像是敲木頭的聲響。

我這才發現是外面有客人。

「……」

但就算知道有客人來，我還是癱在地板上不想動。

沒過多少時間，同樣的聲音便第三次響起。那聲響中感覺透著一股焦急。

說到客人的話，前陣子上門來的是克莉絲。她好像是趁著學校午休的時候，連飯也不吃便幫忙家裡送貨過來。如果現在站在門外的人真的是克莉絲，那讓她這樣浪費時間也太可憐了。

感覺就算電鈴繼續響下去，羽賀那大概也不會出去應門，我便從地板上爬起來走出房間。

此時電鈴第四次響起，接著又馬上繼續響了第五聲。

如果來的是克莉絲的話，說不定現在是正急著想借廁所吧。

我心裡這樣想，保險起見還是揉了揉眼睛才打開教會的門。

在開門後的那瞬間，我真的覺得自己是運氣好才沒反射性地揮出拳頭。

「……理沙小姐在嗎？」

在門外的傢伙，眼神陰暗得像是因為按了五次門鈴才終於等到人開門，而想要詛咒對方八輩子。

是那個叫戶山的放貸人。

不過他陰暗的態度看起來毫無半點魄力，可能是他帶著一副倦容的關係吧。

「你有什麼事啊？」

「嗯……理沙小姐她……今天有在家吧？」

戶山大叔不只沒回答我，還反過來問我問題。

雖然我一瞬間有點火大，但心裡也明白這大概只是把火氣遷怒到眼前的人身上。

「不在啦。」

「不在？」

「她好像說要去大學幹嘛的，然後就出門了。」

「……哦哦，是去當助教啦？」

戶山大叔馬上就掌握狀況似的點了點頭。

看來對於理沙的事情，他知道得比我還要清楚。

「原來如此。但如果是去當助教的話，她中午過後就會回來了吧？可以讓我進去等她一下嗎？」

戶山大叔剛說完這句話，馬上就從我旁邊穿過要走進教會裡，而我反射性抓住了他的肩膀。我們之間力氣的差距是一目了然。

我本以為這一定會讓他害怕，結果戶山大叔只是盯著我，然後用一種甚至帶著悲哀似的口氣說了這句話。

「我有很重要的事找她。」

「唔！」

當我回過神來時，發現自己的手已經從戶山大叔的肩膀上移開了。

在他剛剛的態度中有股莫名的魄力，或者說是有著某種孩子身上絕對不會有的氣勢。

「對不起呀。」

而且戶山大叔隨後竟還對我輕輕低頭致歉。

這讓我啞口無言，只是含糊地應了一聲。

「我可以進去吧？」

在這狀況下被問這種話，我也只能放他進來了。

「可以，不過……」

「嗯？」

「羽賀那那傢伙，現在心情可是差得要死喔。」

我一臉嚴肅地告訴他這件事，而戶山大叔只是露出疲憊的笑容。

只見他抖著肩膀無聲的笑了一下，然後交雜著嘆氣清了清喉嚨。

「我會注意的。不過小哥啊，做人處事的道理你也是明白的吧？」

他的意思應該是指，如果羽賀那又衝出來攻擊他的話，要我多少保護他一下吧。

我本來也就對自己處事公正挺有自信。不過這一點受到別人認同，還是讓我感到高興。

就跟理沙說的一樣。

我為了遮掩自己的難為情，故意別過臉去。

「進來吧。」

「那就打擾了。」

我讓戶山大叔進到聖堂裡面，然後關上大門。

對著那個面向門口、被釘在十字架上的鬍子男，戶山大叔脫下帽子，雙手合握的低下了頭。

他今天要來找理沙談的，會是重要到得向神祈禱的大事嗎？

我在幫戶山大叔帶路的同時，心裡這麼想著。

在端出咖啡招待戶山大叔後，我本來打算躲回房間裡去。

但想想覺得這樣做也不行，於是我只好坐在他對角線上的位置，望著那片其實根本沒在看的市場動向。

雖然在現實交易所上市的個股我大致上清楚，但換作投資競賽中的當然就一竅不通了。

不過就算精神不太集中，我還是能多少逛逛虛擬交易市場，看看裡面有些怎樣的個股，也算是能學到點東西。總之我依股票熱門順序開始往下看，也開始覺得就如網路傳言所說，這些個股可能非憑空設立，而真的在現實中存在著藍本。

「小哥，你是在玩什麼遊戲嗎？」

就在這時，戶山大叔越界向我搭話。

「……算差不多的東西吧。」
「哦，這樣啊。」
戶山啜了口咖啡，興趣缺缺的從遠處看著我。
但不久後，他還是維持著那個姿勢，再度向我搭話說。
「很有趣嗎？」
聽到他這耐人尋味的問題，讓我稍微抬起頭來。
「普普通通。」
「這樣啊。」
「你幹嘛問這個？」
「沒呀……沒什麼。我只是想如果你覺得它有趣就再好不過了吧。」
對此我只是聳聳肩，重新把視線移回螢幕上。
「你好像每天都過得很辛苦啊。」
聽到我這麼說，戶山大叔稍微伸了伸脖子。
不過他卻沒生氣，而是沙啞地笑了出聲。
「其實也沒什麼辛苦的，是我這張臉好像本來就長這樣呢。這點常常被人家誤會呀。」
聽到竟然有人這樣說自己，讓我露出很僵硬的笑容。
「像小哥你看起來就很有福相呢。以後應該很吃香吧。」
用這種話來讚美人也太開門見山了吧。
我稍微低下頭看向戶山大叔，而他只是輕輕笑了笑。

「你可能會覺得我在胡說吧，但這種事真的有喔。我指的並不是小哥你是個美男子什麼的……是給別人的第一印象，你懂吧。」

我實在搞不清楚這句話能不能算稱讚而覺得不是滋味，不過戶山大叔卻低聲笑了起來。

「簡單來說，就是我能從表情看出眼前的傢伙能不能做大事吧。這算是我幹放貸這行學到的少數幾件事之一。」

「……這麼說的話，那你自己又怎樣？」

「我呀？我的話嘛，大概會被分在成不了事的那邊吧。」

戶山大叔再次摸摸自己下巴這麼說。

他並不胖，但皮膚卻顯得鬆弛，眼神感覺也疲憊不堪。

而當他一開口笑，就會露出像恐怖電影裡的殭屍那樣不整齊的齒列。

「不過我這人的優點也就是頑強呀。雖然沒走過什麼大運，但無論到了怎樣的地方，都能夠找到一個還過得去的角落待。嗳，就跟老鼠差不多吧。」

「哈哈……」

聽到他這麼刻薄的自我評價，使我不禁發出幾聲乾笑。

「就這方面來說嘛，理沙小姐她雖然還年輕，卻十分成熟可靠吶。那可說是與生俱來的性格，不是能靠後天訓練得來的。」

成熟可靠。

如果想描述理沙這個人的話，的確光這四個字就夠充分了。

「那羽賀那呢？」

我乘著興致，試著對他這樣問道。戶山大叔一聽到羽賀那的名字，好像想起之前在這發生的騷動，而稍微露出苦澀的表情，不過他「嗯……」的沉了一聲後回答我說。

「那女孩啊，唉，這可說不太準啊……我在月面做借貸時，偶爾會遇到這種人呢。這種人嘛，很多其實就是那個啦……因為有才能，所以從地球被用錢賣到這裡來的人。」

「……你在講啥啊？」

「唔。雖然不太好形容，但我在月面做借貸時，偶爾就是會遇到這種人呢。這種人嘛，很多其實就是那個啦……因為有才能，所以被人從地球上用錢買過來的人。」

我的表情一瞬間僵住了，而戶山正好要喝咖啡而將手伸向杯子。我在心中對自己說：剛剛的表情應該沒被他看到才對。

不過要是針對「被賣到這裡來的人」這點繼續深入，可能會讓戶山產生一些不必要的猜想吧。雖然羽賀那搞得我很火，但我至少明白讓隨便讓他人猜到她的狀況並不是件好事。

在我為了掩飾而擺出若無其事的表情時，戶山大叔邊摸下巴邊繼續道。

「做借貸這一行的呀，到頭來處理不是金錢上的往來，而是信用上的。這點你懂嗎？」

被他問說懂不懂，要我回答不懂實在是很不甘心。

但因為我確實不懂，所以即使不甘心也只能搖搖頭。

「哈哈，小哥果然值得期待。即使對像我這樣的人，在不知道的時候也能坦白說不知道，光這一點就是難能可貴的財產了。」

「……」

就算被這傢伙誇我，也不覺得有什麼好高興的。

雖然我很想要這樣說，但被人誇了果然還是會覺得有點開心。

「話說回來，我在地球上從大學畢業後就一直是幹這行的吶。二十年來都在判斷對方有沒有辦法還債。而我從中學到的，就是借貸對象的口袋深度固然很重要，不過最根本的還是要看對方的人品。沒錢但人品好的人肯定會想辦法湊出錢來還；而相反的，性格爛到沒救的傢伙就算有錢也絕對不會還。不過除此之外還有一種人是絕不能借錢給他的，就是像那女孩那樣的人。」

戶山再次啜了口咖啡。他明明只是個看起來一臉不幸，在偏僻的鎮上一角做放貸的人，說起話來卻如此具有分量。正如戶山自己所言，或許正因為他人生從未順遂才領悟到這些道理，讓他的話特別有說服力。

「該怎麼說呢，他們算是生性冷漠吧……」

「……冷漠？」

「對。但也不是說他們對事物完全沒有執著，而是位在根本處的意志感覺並不確實。他們可能會因為一點小契機，就做出相當毀滅性的行動，甚至會做下一些讓人不解為什麼非得如此的過火判斷。我一開始覺得這種性格的人是責任感太強……但後來卻發現並不是這樣。」

戶山在這邊停頓了一下，稍微將視線移向遠方。

「那些人大概認為自己沒什麼價值吧，他們從不會覺得自己是值得珍惜的。錢是不能借給這種人的。不論對方頭腦多麼好都不行。」

「……是這樣的嗎？」

「是啊。覺得自己沒有價值的人，會認為發生在自己身上的幸運全都是假的。就只有發生在身上的壞事，他們才會認為是現實。把錢貸給人的這種行為，是為了要讓對方能夠去解決某些問題。但像剛剛那種人呢，打從心底相信自己所懷抱的問題是不可能解決的。所以這就跟把水澆到沙漠中差不多呀。」

這實在不是一個聊起來會讓人覺得愉快的話題。

就連講出這番話的戶山大叔，剛剛說話時的表情也並不開懷。

「那個女孩就是有點這種味道呢。但再怎麼說她畢竟還年輕，而且又遇到了理沙小姐這樣的好人，實在是運氣不錯啊。要是走運的話就能破殼長成小雞，長成小雞之後也就會啾啾啾的叫了。只要能叫出聲來，就能得到旁人的關注；被旁人關注之後也就能發覺自己的價值。」

「關注」這兩個字讓我心裡一震。

因為這跟理沙之前說過的話完全一樣。

「就這點來說，小哥你看起來天不怕地不怕的，甚至像是會拽著別人的頭讓他們往自己這邊瞧的類型，應該就沒什麼好擔心的呢。」

因為戶山大叔用調侃似的笑容對著我，讓我反射性地覺得有點不高興。

但即使如此，我也已經不覺得他是壞人了。

「另外從那女孩有東西值得守護這點來看，她會慢慢破殼而出吧。雖然我是沒料想到她竟然拿花瓶砸我就是了……當我來這裡收利息的時候，她是真的對我展現出了敵意喔。那女孩應該是離家出走的吧？」

被唐突的這樣一問，讓我一瞬間完全隱藏不了自己的表情變化。

但戶山大叔只是用溫和的眼神看著我，輕輕聳了聳肩。

「即使她在家裡或某處遭到殘忍對待而離家出走，月面的人不會因此溫柔以待。在這種狀況下，她第一個遇到願意袒護她的人，可能就是理沙小姐吶。要是這樣的話，理沙小姐在她眼中大概就像神佛一樣值得她犧牲奉獻吧。小哥啊——」

「……怎……怎樣啦？」

「沒有啦，雖然這句話由當初被那女孩攻擊的我來講有點怪，但像那樣的女孩子，你可得好好保護她才行哦。這一類人其實不是自己本身有問題，幾乎都是因為在不好的環境中長大才會變成那種性格。」

據說她來自某個灰色國度，舉目望去只有岩石特別多，到處都看得到葉子像針般銳利的針葉樹林。

她出身的國家冬長夏短，偶而放晴時的天色則湛藍到讓人不得不贊同是造物主的傑作。

我並不認為羽賀那有過幸福的人生。在走進那家賣衣服的店之前，我也曾覺得羽賀那和我距離很近。而且理沙也說羽賀那當時那種胡來的殺價法，算是她卯足全力的表現。

即使當時我對這件事並不知情，依然糟蹋了羽賀那她那份笨拙的好意。而且事情還不只如此。明明理沙是羽賀那亟欲守護的對象，但她欠債的利息卻是由我代為支付了。

雖然就羽賀那的立場來說或許會感謝我這樣做，但更重要的一點，我這麼做或許讓她就此失去立足之地。

羽賀那清楚自己的無力；而這時突然出現的我卻又幫上了理沙的忙。

既然這樣，那她會因為不知如何自處而對我發火，也是沒辦法的事吧。

「再說那女孩長得很可愛不是嗎？唉，雖然不管毒舌或可愛的程度，都還是跟我家女兒沒得比啦。」

我不知道戶山大叔最後加上的這句話究竟是不是在開玩笑。

不過因為他方才的一席話確實很值得一聽，所以我此時硬是配合他哼笑了一聲。

「唉呀，我好像有點太長舌了吶。畢竟平常可沒什麼人會想聽我這種人說話啊。」

戶山大叔露出有些靦腆的笑容，喝了口咖啡。

我卻覺得那個笑容看起來不知怎的就是很帥氣，想開口對他說才沒這回事。

但因為此時從通往聖堂的走廊那邊傳來了門開關的聲響，讓我沒能把這句話說出口。

「喔，是理沙小姐回來啦。」

戶山大叔放下手邊的咖啡杯，這麼說道。

沒過多久，理沙就走進客廳，發現戶山大叔到家裡來後驚訝得直眨眼。

「怪了，今天已經是該還錢的日子了嗎？」

「不是，我今天來是有其他事要談。方便稍微借用妳一點時間嗎？」

戶山大叔站了起來，因為他駝背的關係，身高跟理沙相比要矮上了一大截。

雖然他看起來就是個不起眼的小人物，但就如戶山大叔自己所說的那樣，他也給人一種無論如何都有辦法死纏著對方不放的感覺。

我想這也算是腳踏實地的一種類型吧。在念頭這麼一轉後，我便覺得眼前的戶山大叔看起來也是個頗為帥氣的大人了。

「嗯，我是沒問題……剛剛阿晴他沒對您做出什麼失禮的事吧？」
理沙好像講到一半才突然想到似的，很突然的把話鋒一轉。
戶山大叔隨著理沙一起往我看來，輕輕笑了笑後轉頭看向理沙說。
「我們剛剛聊得很愉快哦。」
「哎呀？」
看到理沙似乎打從心底感到驚訝的反應，讓我覺得有一點受傷。
妳到底是把我當成怎樣的人啊。
「不過，嗯，好的，我瞭解了。您要談的……是跟債務有關的事情吧？」
「要是我突然跟妳講起百合花的栽種方法，反而會嚇妳一跳吧？」
理沙聽完戶山的玩笑後露出有些悲傷的笑容，點了點頭。
放貸人和欠債的人，兩者就像是命中注定得決一死戰的對象。
「那麼，請進我的房間談吧，地方不大還請別見怪。」
「妳方便的話就太好了。」
於是理沙便領著戶山走出客廳。
當我望著他們的背影時，理沙則突然間停下腳步回頭看我。
「阿晴。」
「……什麼事？」
「要麻煩你幫我看住羽賀那一會兒嘍。」
雖然理沙這麼說有點誇張，但如果讓羽賀那知道戶山大叔來了，還進到理沙房間談債務的事，確實不知道她會有多生氣。

但我和羽賀那兩個人畢竟才剛吵完一架，所以真的沒法保證自己能善盡監視者的任務。

雖然我很想這樣跟理沙說，終究還是沒辦法把這種話講出口，所以只能隨便點點頭應付。

不過理沙之所以補上這麼一句話，或許單純是因為她有稍微顧慮到我的心情吧。

之後沒過多久，理沙和戶山大叔兩人就走上二樓。被留在原地的我就在這靜得出奇的客廳裡面，獨自一個人繼續依序瀏覽個股。就算我的雙眼追著數字跑，腦袋卻裝不進任何東西。因為需要考慮的事情，已經多到讓我這顆容量過小的腦袋瓜想追也追不上了。

後來到了天色變暗、由程式安排好的夜晚來臨時，戶山大叔好像才終於從這裡離開。

之所以說「好像」，是因為走下樓來的只有理沙一個人。

她大概是為了避免戶山大叔和羽賀那狹路相逢，所以讓他走三樓的門離開了吧。

看到理沙回到客廳時臉上的表情後，明白了他們剛剛所談的事情，就是非得這樣提防被羽賀那聽到。

我從來就沒看過理沙臉上如此面無表情。她在把水倒進杯中之後，盯著杯子凝視了半晌。現場的氣氛實在太過凝重，讓我連出聲對她說點什麼都辦不到。

理沙一口氣喝下半杯水，然後發出輕輕的嘆息。

但在理沙有點粗暴地擦了擦嘴，並將低垂的頭再次抬起後，又變回了平時的理沙。

「吃飯吧。」

不過我卻在她這句話中隱隱聽出了緊張與疲憊的情緒。

戶山大叔到是找她談什麼呢？我想絕對不會是什麼好事吧。

即使如此，理沙此刻的表情卻又柔軟得彷彿她今天根本沒和戶山大叔碰過面一樣。這讓我強烈的覺得她果然是個大人啊。於是我也什麼都不問，只是對她點點頭。

至於那台擺在流理台上的裝置，果然就只是理沙的惡作劇兼威脅。我並不知道這算不算我走運，只知道在晚餐的飯桌上和羽賀那碰頭時，她比早上更加對我的存在視若無睹。另外就是我心中的罪惡感也變得更深了。

而投資方面的狀況，也彷彿即將觸礁擱淺。

我眼前的問題堆積如山。

那天夜裡，我在被窩中想著：我到底該從眼前的哪件事開始解決才好？

第五章

隔天是月面都市的假日。

現實的股市休市，投資競賽的虛擬股市也沒有開。雖然這大概是為了要進行伺服器的維修或數據統計之類的工作，但這麼一來我也就沒有事情可做了。

在中午之前，我就把感覺會對現實那邊的交易產生影響的新聞全部從頭到尾讀遍了。

這下讓我再也沒事可做，於是在快中午時跑到了外頭去。

因為平日白天在外面晃來晃去會被抓去輔導，所以我這陣子幾乎都一直關在教會裡面，不過我還住在老家的時候，幾乎整天都是在外頭度過的。

我並不討厭到外頭去活動身體。

再說待在教會裡的話，應該怎麼樣都會和羽賀那碰到面吧。

自從昨天戶山大叔來訪後，就連理沙也變得不時會陷入沉思之中。

我將電腦裝進背包裡背起、將鞋帶牢牢綁緊後從三樓走到了室外。

月面今天的天氣也是一片晴朗，因為幾天前下的雨將空氣洗淨了，讓人得以清楚望見遠方。

三樓庭院裡洗過的衣物隨風飄揚，在角落的花圃中可以看到大概是被羽賀那摘了幾朵而數量變少的百合花綻放著。

儘管映入眼簾的景象如此風和日麗，但住在這屋簷下的我們卻都懷抱著各自的問題或煩憂。

一想到這點，就讓我忽然對圓頂之外存在著持續擴張且浩瀚無垠的宇宙感到莫名畏懼。
那感覺彷彿就像我一個人完全陷入了孤獨之中。
但光是這樣想下去，也根本無法解決問題。
我甩了甩頭，蹬著建築物的牆壁和屋頂飛躍而出。
我還沒有想好自己接下來要去哪裡。
不過我已經確定自己現在該去做的事是什麼了。

「庫恩商行？」
當我這樣向在店家前賣著蒸包子的胖大嬸詢問時，她邊把包子夾給客人邊這樣回應我。
「我是不知道他們有沒有店面啦……」
「喔喔，因為他們是專門送貨到府的嘛。嗯，小弟弟找他們有事嗎？」
「對，妳知道去哪才找得到他們的人嗎？」
大嬸賣的包子包著菜末和絞肉，一個要價四慕魯，不過分量十足且美味。
我邊吃著這包子充當午餐，邊向大嬸詢問克莉絲的所在處。
「你等我一下吶，欸～今天是假日嘛……」
「你要找克莉絲小妹的話，她剛才到三丁目那邊去送貨了喔。」
告訴我這件事的人，是在我問大嬸問題時，陸續來到攤子前的其中一位客人。
「三丁目？」

「嗯啊。就是靠近通往第七外區的隧道那邊。她假日的時候常在那一帶走動呢。」

「喔，是那邊啊。」

那是一個我很中意的地點，在那裡可以遠眺風景。

這位提供我資訊的大叔一口氣買了五個包子，而大嬸也趕忙把新的包子放進蒸籠裡去。

「感謝。我這就過去看看。」

「喔嗯。啊——大嬸啊，幫我夾那邊那個大顆的啦！」

我聽著身後大叔那開玩笑似的要求，把包子叼在嘴上就準備要出發找人。

但將包子夾給大叔的那個大嬸卻把我叫住了。

「啊，你等一下！」

要是在電影裡面，演扒手的人大概會喊說：「哪有白痴會聽你說等就等的啊！」

從我離家出走來到這裡後，因為時時得擔心被警察抓，所以每次被人叫住時總會心驚膽跳。

我因此遲疑了一瞬間，做好了隨時能拔腿溜掉的準備後才轉過頭去。

但一轉身卻發現大嬸用夾子夾了個包子看著我。

「如果你遇到克莉絲就把這給她吧。那孩子實在有點太瘦啦！」

這句話從身材像包子一樣飽滿的大嬸口中說出來，可是相當有說服力的。

我老實地點點頭，接過了用紙包住的熱騰騰包子。

「我會確實交給她的。」

「麻煩你啦。」

大嬸既沒向我收錢，也沒懷疑我會自己把包子吃掉。在包子攤旁邊還有隻野貓正曬著太陽睡懶覺。其實我並不討厭外區這樣的氣氛。像住在白環區那些裝模作樣的傢伙，儘管住在的漂亮地方，氣氛卻一點也不融洽。住在那邊的人都互相猜忌，瀰漫著一種愛充門面的氣息。「月面的人心中連一點滋潤都沒有」這句話裡面說的「月面人」，指的應該就是白環區那些傢伙吧。

但話說回來，本來住白環區那些中上流階級的人，也都是平時在牛頓市裡競爭得你死我活的一群人，所以會有那種傾向我想也是無可奈何。

但要是投身於競爭之中就會變成那種無聊透頂的人，那我也得小心點了。

我一邊這樣想著，一邊朝大叔告訴我的三丁目方向走去。

月面整年都保持著差不多的溫度和濕度。

以地球上的標準來說，這氣候似乎相當於溫帶地區的春天。

這樣的天氣被人們來形容為「風和日麗」，若在飯後做點運動便會微微出汗。

我為了紓解因為做交易而整天悶在室內的憂鬱，便以時而飛躍、時而彈跳的方式在高低起伏劇烈的城鎮中前進。我之所以喜歡運動的其中一個理由，就是知道把身體鍛鍊好的話在某些場合會很方便，另外也是因為在運動時不用想一些多餘的事。

在晴朗的午間城鎮裡乘風翱翔，可說是舒服得難以言喻。我在大樓屋頂間跳躍，來到了三丁目那座鄰接第五外區的懸崖。

想從這邊到那個懸崖上面去的話，一定得繞上一大圈的路。

但我並不打算這樣大費周章繞路，直接像貓似的沿著山壁奔了上去。

因為重力低的關係，跟我做出一樣事情的人可說是接連不斷，因此在月面就連崖壁上都立了交通標誌。

我就以那個標誌牌為墊腳石，做了最後的一個跳躍。此時正好有個騎著電動機車的大嬸從第五外區那邊穿過隧道，看見從懸崖下飛躍而上的我時嚇了一大跳。

但我當然完全不管她，只管從路旁往下朝第六外區眺望。

照剛剛的大叔所說，克莉絲應該是在這附近送貨，從上面這邊看下去或許能找到她人在哪吧？

當我心中這麼想著，而凝神往下一看時，一個聲音從我身後的高處傳來。

「啊！」

這個耳熟的聲音讓我轉過頭去，發現克莉絲就坐在隧道上面。

她身邊放了件巨大的貨物，手上依然捧著一台破舊的裝置。

我心中暗自覺得能這麼快找到她真是幸運，並一言不發的將把包子攤大嬸拿給我的肉包朝著克莉絲拋了過去。

「啊！哇哇……哇？」

「這是包子攤的大嬸給的。說是要給妳吃。」

「……咦，呃……哎呀……？」

克莉絲困惑的看著手上的紙包，同時吞了一口口水。

我則像往常一樣朝路邊的樹木跳了過去，以樹當作立足點用蹬跳的方式跳上隧道。

克莉絲這時正畏畏縮縮地想打開包裝紙，但對我跳上來的方式並沒有感到驚訝。

我想克莉絲她平常大概也是用跟我跑這趟路相同的方式送貨吧。

「妳在這種地方做啥啊？」

我開口這樣問她，而克莉絲也幾乎是同時咬下肉包。

她因為這樣而慌了起來，連忙想把滿嘴的包子吞下去。

「啊，抱歉。妳慢慢來沒關係。」

「姆咕……」

克莉絲規矩地點點頭，同時鼓著臉頰大嚼肉包，然後很滿足似的把食物吞了下去。

「所以，妳是在這做什麼啊？」

當我再次對她這樣問時，克莉絲邊從水壺裡將飲料倒進杯子邊回答我說：

「嗯……我是在這裡……念書。」

「今天不是放假嗎？」

「啊……是的……」

我本來只是想隨便找個話題聊聊才這麼開口，沒想到克莉絲卻低下了頭去，一副好像自己犯了錯的樣子。

這讓我有些慌張，接著說道：

「沒啦，嗯，沒什麼啦，我覺得妳這樣也不錯啊。是在念數學吧？」

「……是。」

「挺酷的嘛。」

「……欸？」

「我總覺得說到念書的話，應該是在陰暗的房間裡一個人刻苦鑽研的感覺啊……有辦法在室外一派悠閒地念書，總覺得妳好酷啊。」

我說的並非全是場面話。

獨自在視野遼闊的地方思考複雜問題的克莉絲，就如同理沙所說給人一種孤傲藝術家般的印象，但實際看到她的感覺卻又完全不是這樣。

克莉絲好像是送貨送到一半，身旁放著兩件巨大的貨物。不過她將貨物當作是靠墊靠在上面，手邊則放了個水壺。她邊喝冒著騰騰熱氣的茶，邊在這片暖陽遍照的天空下，在這麼棒的景色前思考。

如此悠然自得的氛圍，和克莉絲這種文靜的女孩子非常相配。

「啊……哇……！」

但克莉絲本人似乎不認為這是誇獎，眼神猶疑了好一陣子後低下頭去。不過她好像也不討厭聽人這麼誇獎，因為她那紅得明顯的臉頰將這件事表露無遺。

「嗯，我說啊……肉包可要冷掉嘍。」

克莉絲聽到我這麼說，先是朝肉包瞄了一眼，然後又偷瞧我一下，接著又立刻垂下目光，畏畏縮縮地開始吃起肉包。

她那副樣子就像隻小動物一樣，不按捺一下的話就會讓人忍不住想出手對她惡作劇。當然我是克制了這樣的衝動，儘管知道自己在場會讓克莉絲很不自在，但還是在站在她身旁從隧道上俯瞰風景。

不過克莉絲好像不久就習慣了我站在她旁邊，開始大膽地狂啃包子，塞得臉頰鼓鼓的。

我也看準這個時機，開口對她問說。

「是說我有件事情想問妳啊。」

「……啥摸素？」

儘管她看起來文文靜靜，但似乎有吃東西時會把整張嘴塞得滿滿的習慣。

我指了指嘴唇旁邊，告訴克莉絲有塊碎肉沾在那裡，她便急急忙忙的將它抹掉。

「妳和羽賀那好像很要好嘛？」

「……」

克莉絲露出的表情讓我想起了老家的貓。那隻貓好像是逃過軌道電梯中質量測量裝置的監視，甚至還熬過減壓和低溫的環境而成功偷渡到月面，是隻經過千錘百鍊的野貓。不過如果把水潑到那隻貓臉上，牠總是會露出這樣的表情。

但要換作是那隻貓，這時就會狂怒地對我猛撲過來，而克莉絲卻反倒像怕我會對她發火似的抬起頭看我。

「所以我有點事想問……」

我到說這句話為止都是站著，就物理層面來說是居高臨下俯瞰克莉絲，但這時我第一次別開了目光。

雖然我心裡覺得不用特別去在意，但打聽這種事果然讓人感到很難為情。

「妳知道羽賀那她……喜歡什麼東西嗎？」

在我思索該如何用最迅速的方式，去解決不知道為何落到我身上的幾個問題時，最後得到的答案就是這個。

「……呼啊——」

克莉絲正想開口回答，但好像突然想起了嘴裡還有沒吞下去的包子，於是閉上眼睛急忙將它嚼碎嚥下，深深吸了一口氣後，再次開口問我說。

「你是問……羽賀那老師她喜歡什麼嗎？」

「沒錯。妳不是經常到教會來嗎？知不知道些什麼啊？」

克莉絲只是呆愣地看著我，她那純真的眼神好像一副不懂眼前的我想表達什麼意思。

我則是因為覺得太過尷尬而無法正視克莉絲，但這好像又讓她誤會了什麼，臉突然紅了起來並用雙手捂住臉頰。

「哇……呃……你是想送東西……給羽賀那老師？」

「妳可別誤會啊？」

我把臉湊上去稍微恫嚇她一下，讓克莉絲當場閉起眼睛，像要用雙手護住頭似的縮起身體。不過我當然不可能真的動手扁她。

在我站起來之後，她睜開一隻眼睛小心翼翼的抬頭看我。

「該怎麼說咧……好像因為一點點的誤會，讓我做了很對不起羽賀那的事……不對，是有對不起她嗎？這我是不清楚啦，總之就是搞出了這種事情。」

「……對不起她……的事？」

「一言難盡啦。」

我帶著苦澀的表情說道。這讓克莉絲微微移開視線，畏縮地這麼說。

「那麼……也就是說……這算是道歉的……賠禮嗎？」

「講白了也就是這樣。」

「唔啊……」

克莉絲發出這麼一聲，隨後用和先前不太相同的感覺別開目光。

可能因為克莉絲平常就會在這種地方思考數學問題的關係，那副若有所思往遠方眺望的樣子和她非常搭。雖然克莉絲這個人一眼看過去分不太出是男生還是女生，但看著這樣的她，讓我感覺她將來有望變成一個很不得了的美人。

在單人座的電動摩托車響著低沉的馬達聲穿過隧道後，克莉絲看著我說。

「你人好好喔。」

「啥？」

我故作凶惡的態度只讓克莉絲稍微畏縮了一瞬間，之後她竟有些靦腆地對我笑了。

「這跟我人好不好根本沒關係啦。妳有沒有想到什麼啊？」

「啊……是的。你是說羽賀那老師……喜歡的東西……是吧？」

克莉絲明明個性文靜、畏縮又遲鈍，但就只有這種時候的態度確確實實像個女孩子。可能是我真的不擅長應付女生吧。

不管怎樣，只要想到自己在女生前面顯得很孩子氣，就讓我感到不快。

「羽賀那老師她不太跟我聊這個……」

「什麼都好喔，她有沒有什麼稍微感興趣的東西還什麼的？」

「感興趣的東西嗎……」

雖然克莉絲一派正經的開始思考了起來，但回想起羽賀那的模樣，感覺平常不會講這些事，所以這答案可能連克莉絲都沒個底吧。

不過我也沒有出聲催促，只是看著默默思考的克莉絲，接著只見她忽然抬起頭來喊了一聲。

「啊。」

「妳想到什麼了嗎？」

「啊，不是的，那個……」

「怎樣？」

聽我這麼問，克莉絲指向隧道下方的道路說道。

「是羽賀那老師。」

「！」

我沿著克莉絲視線的方向看去，發現羽賀那確實正沿著道路朝這走上來。因為她現在正好位在上坡路的一百八十度轉彎處，所以還沒有發現我在。

「妳別跟她說我來過喔。」

我對克莉絲這麼交代後就穿過茂密的樹木之間，往山崖另一邊跳了下去。

雖然克莉絲的視線緊追著跑掉的我，但之後好像是羽賀那走過來出聲叫她的樣子，讓她連忙轉過頭去。

雖然被羽賀那在這個令人煩躁的時間跑來壞事，但這件事我只要以後再找機會問克莉絲就行了。或許克莉絲有意外機靈的一面，會偷偷幫我打探出目前羽賀那感興趣的東西也說不定。

不過有件事倒令我很在意，為什麼羽賀那會特地跑到這種地方來呢？畢竟她不可能是來找我的，那應該是有事要找克莉絲吧。

雖然我想那應該是課業方面的事，卻不知道身為老師的羽賀那大費周章跑來這種地方的理由。

雖然我考量著乾脆折回去偷聽，但萬一這樣做被抓到，那我可就真的百口莫辯了。因此我最後決定老老實實的繞遠路回教會去。

回到教會時，我發現理沙不在客廳裡。看來她應該是待在自己房內吧。

於是我沖了杯咖啡，然後打開裝置。

我已經為解決其中一個問題採取了行動。

而我現在之所以瀏覽起股票，也是要解決另一個問題的對策。

但我卻沒想到，現在教會裡的這片靜寂要是借用地球上的說法，好像正是所謂「暴風雨前的寧靜」。

幾個小時後，我聽見電話聲在遠處悶悶地響了起來。

緊接在那之後，理沙從二樓匆忙跑下來的腳步聲也傳入了我的耳中。

從理沙自教會飛奔而出，可能已經過了三個小時左右。

天早就已經黑了，我也因為中午只吃一個包子而覺得肚子餓。

教會裡靜悄悄的，感覺不出理沙和羽賀那回來的跡象。

不過理沙剛剛會衝出門去，應該是跟羽賀那有關吧，難道是她被警察抓去輔導了嗎？但理沙的興趣好像也就是收留我們這種人，所以我想她在遇到這種情況時應該是能表現得更冷靜點才對。

這樣的話，我想得到的就是私自離家的羽賀那被她父母遇上，快被抓回家了，因而逃跑並打電話求救之類的狀況。

我因此很不符合自己平常作風地感到有些擔心，在客廳裡走來走去，還從窗簾縫隙中窺視外面的街道。

當電話聲突然在安靜的客廳中響起時，我很沒出息的嚇得差點跳了起來。

電話要是打來理沙的裝置上，我應該還會猶豫一下要不要接，但因為響起的是掛在牆壁上的市內電話，所以我在電話響五聲左右後就接了起來。

「喂喂？」

「啊，是阿晴嗎？」

在我聽到理沙的聲音感到一陣安心的同時，又因為她一句話都沒留下就跑出門去，而不知為何有股怒意湧上心頭。

但理沙在我發牢騷之前就繼續說了下去。

「我再一下就回家。你可以先幫我放好洗澡水嗎？」

「……啊？」

「記得水要放夠熱。另外在櫥櫃裡面有可可，也請你拿出來泡一下，盡量泡得甜一點哦。」

「可可？洗澡水？我說，妳現在是在哪──」

理沙沒等我把話說完就掛了電話。

我瞪著就此靜默下來的話筒，怒氣沖沖地把它掛回原處。

理沙完全沒對我解釋狀況就算了，為什麼我還非得照她的命令去燒洗澡水和泡可可？

我一時氣憤得想不管她的請託，但再想了想還是決定聽她的話放好洗澡水。隨後我也照她的指示打開櫥櫃四處查看，發現了包裝看起來很高級的可可袋子，便按照包裝袋背面的食譜沖泡。

在用溫奶鍋熱牛奶的過程中，因為飄來的香氣實在太濃郁，讓我也起意要幫自己泡一杯。正當我要取出另外一個杯子時，從聖堂那邊傳來了大門開關的聲音。

我心想她們總算回來了，明明什麼都沒做卻覺得莫名疲倦而嘆了口氣，同時切掉電爐的開關。

「妳要我泡的可可，差不多好……」

幾乎就在我握著溫奶鍋的把手要將牛奶倒入杯裡的同一時間，羽賀那踏著很大的步伐快速穿過客廳，就這樣衝進自己房間去。

說她是「衝」進房裡去的可說一點也不誇張，因為房門接著就被快讓整座教會都搖晃起來的巨大力道猛地關上了。

才正要走進客廳的理沙本來似乎想叫住羽賀那，但就維持著那個姿勢頓在原地。

雖然理沙平時總是很沉穩，個性帶點傻氣卻又讓人覺得非常可靠，但此時她身上那股成熟女性威嚴卻完全不復存在了。

她疲憊得沒能注意到我的視線，想朝羽賀那伸出的手就這樣無力地垂了下來。

而當理沙注意到我正在看她時，尷尬地微微笑了。

這讓我覺得自己好像看了什麼不該看的東西似的，便回頭專心將牛奶倒進杯子裡。

「泡得還可以嗎？」

理沙從我身後對我這樣問。

雖然我心想：現在可不是說這種話的時候吧？卻也沒辦法去責備她。

「大……大概吧。」

「是喔……」

要是我現在回頭，一定會看到理沙臉上掛著黯淡的笑容吧。

但我並不想看見這樣的理沙，所以便裝作自己正很小心的把牛奶倒進杯子裡。

「……咦，你泡了兩杯嗎？」

被這樣一問，讓我差點就要把牛奶灑出來了。

「啊……嗯嗯……是啦……」

「……一杯可以給我嗎？」

聽到這句話，讓我總算回過頭去。

然後我就愣住了。雖然剛才因為光線昏暗所以我沒注意，但現在看理沙的右眼斜下方很明顯的腫了一塊。

「……妳，妳那是怎麼了啊？」

「嗯？」

理沙聽見我的話後，開始檢視起自己的衣服和褲子。

看著她那種反應，我不是覺得她傻氣，而是心中湧起一股焦躁。

「妳的臉啦。」

「喔喔……」

理沙好像總算發現而抬起頭，用右手纖細的手指輕輕撫摸自己的臉頰。

因為那個瘀青光看就覺得很痛，讓我的表情自然而然的扭曲了。

「是稍微……撞了一下啦。」

「這叫稍微？」

理沙像是小花招被拆穿了似的，有些難為情地苦笑了一下後將目光轉向我這裡。

「我說呀，能給我一杯可可嗎？」

要是平時被她這樣轉移話題，我應該會感到生氣。

但這時我在理沙面前也沒辦法開口說什麼。

所以我姑且將不愉快完全表露在臉上，同時攪拌加入了牛奶的杯子，並將它放在桌上。

「謝謝。」

理沙笑著道謝之後，在桌子旁坐下了。接著她就像是剛從冰窖裡走出來似的，兩手捧起杯子並吹了好幾口氣，才小口地啜起可可。

我到這時候才發現自己忘了放糖，但理沙好像對此完全不在意。但話又說回來，她現在這副樣子連能否嚐出味道都很教人懷疑。

她整個人心不在焉。

我故意發出很大的聲響，將糖罐子「砰」一聲放到桌上。

「糖。」

「……喔喔，謝謝你。」

理沙這樣說完後，興味索然的加了一顆方糖到杯子裡。

而後她便表現出一副光把糖放進去就滿足了的樣子，再也沒把那杯飲料拿起來喝。

「怎樣？」

我終於忍耐不住開口詢問，但理沙的反應卻很遲鈍，讓我一開始還以為她沒有理我，不過她之後便緩緩拉高了視線看向我。

「發生什麼事了啦？」

基本上我只是這裡的食客，和羽賀那和理沙並沒有什麼直接的關係。

但我想，我還是有發問的權利。

「我不能……不說嗎？」

然後理沙就像個孩子，邊微笑邊這麼問我。

這回應不但沒惹火我，反倒還讓我害怕起來。

儘管如此，我還是壯起膽子說道：

「我可是幫妳泡了可可耶？」

聽我一臉正經的這麼說後，理沙看了看手邊的熱可可，然後再次看向我。

從理沙那輕笑出聲的反應來看，我想她應該稍微覺得開懷了點。

「是呀。你幫我泡了可可呢……」

「還放了洗澡水。」

「這下子我不跟你講好像也不行呢。」

理沙喝下熱可可，嘆了一口氣。

接下來是一陣漫長的沉默。要是這陣沉默再拖長一點的話，我可能就會因為窒息而倒下了也說不定。

「昨天戶山先生來了對吧？」

「戶山？喔喔……」

「是那件事的後續。」

理沙這麼說，喝了口可可。雖然這句話依然沒有解釋什麼，但我想就算我不催，她應該也會對我解釋清楚。我對理沙有這樣的信心。

「昨天他來找我談的事，該怎麼說呢，就只是單純的催繳欠債啦。」

「啊？」

我忍不住拉高音量反問道。

「但利息不是才剛付過嗎？」

「是啊。戶山先生也覺得很過意不去。所以他昨天的態度非常客氣對吧？」

這麼說來，昨天戶山大叔的態度中確實沒有壓迫感，而是一副卑微、滿懷歉意的樣子。而且那傢伙還在教會的聖堂裡，對被釘在十字架上的鬍子男祈禱。或許他自知這次要提的事情很超過也說不定。

「他向我拜託，要我把欠的錢全部還清。」

「全——」

我的話才只說了一個字就斷了，同時在腦中推估起這所教會大致的經濟狀況。

欠款的金額是三萬慕魯，每月要負擔的利息是三百慕魯。我就連之前幫理沙代墊的那三百慕魯都還沒有拿到，當然不覺得她在這種情況下有可能馬上還出錢來。

但理沙的狀況姑且不提，哪有人突然被要求把欠款還清，就能馬上還得出來。

「怎麼會這樣？這是契約書上寫的嗎？」

「不。那筆借款沒有期限喔。戶山先生他一向都是這麼做的。他說因為他就只會借錢給信得過的人，所以什麼時候還都沒關係。」

雖然這話說來好聽啦，但無論如何戶山大叔還是會收到利息，所以狀況其實也沒有差別。

「不過戶山先生背後也還是有一位金主存在。」

「金主？」

「就是借錢給戶山先生，讓他擁有最初一筆資金去放貸的人。」

「喔喔……然後呢？」

「那位金主似乎因病過世了。」

這件事跟理沙得把欠款全額還清又有什麼關係？

照理講對戶山大叔來說，借錢給他的人死了不是該算一件走運的事嗎？

「拿錢給戶山先生的似乎是他在地球時就認識的熟人，所以當初是用非常寬鬆的條件把錢借他。可是呀，那個人死去以後，他那些從地球過來的親戚就把戶山先生的借款契約書賣給別人了。」

「喔喔，嗯……」

這情況我並不是不能理解。

「嗯，雖然我也不打算責怪那些人，但事情對戶山先生來說就變得很棘手了。原本因為合約很草率再加上雙方是老交情，所以還錢方面還可以勉強打哈哈混過去，但如今就得完全按照契約書來履行。戶山先生說，他其實根本沒有賺錢呢。」

「喔，這我非常能理解。無擔保還只收12％的利息根本就不可能做得下去。」

「這麼說來，阿晴你的確這樣講過呢……嗯，總之狀況就是這個樣子，那些新的債主好像突然跑來找戶山先生，要他還清全部的錢呢。那筆錢總共好像有八十萬慕魯那麼多。」

「八十……」

這數目大到可以在白環區蓋棟漂亮房子了。如果下到地球去，不管把這筆錢換成美圓、日圓或是馬克，也都算得上一大筆財產。

「戶山先生手頭上當然也沒有那麼多錢。他說他這個人每看到別人有困難，只要認為對方值得信任就會不停把錢借出去，結果弄到連自己家的錢都沒了。所以現在戶山先生手邊有的，就只剩貸款的契約書而已了。然後啊，向戶山先生逼債的那群人說，要是還不出錢的話，他們就要用低價買走那些契約書。」

「哦。」

那這樣不就好了嗎？

雖然我一瞬間冒出這個想法而回看理沙，但突然腦中有個聲音要我等一下。

「這樣一來……就是妳們的債主會從戶山大叔變成那些不知道什麼來歷的人嘍？」

「沒錯。雖然我們的契約是沒有期限的，但為了慎重起見每三年就會更新一次契約。就戶山先生的說法，我們要是在更新契約時遭到對方刁難會很不妙。」

「不妙？」

「就是對方會逼我們就算變賣所有家當也得還錢。」

「……」

「我也不是很清楚啦，但這似乎可以拿到法院進行強制處分喔。因為這樣一來，我們所有的財產都會被賤價拍賣掉，所以戶山先生說即使是三萬慕魯的欠債也會造成很慘重的損失。」

「所以他才要妳現在全額還清？」

「沒錯。他說比起到時匆匆忙忙賤價出售，還不如花些時間找尋願意出高價購買這些財產的人比較好。戶山先生真的是出於善意才會跑來跟我們說呢。」

前提也要戶山大叔的話完全可信啦。雖然我心裡這麼想，但沒有說出來。

畢竟我自己也不認為戶山大叔會是玩這種狡詐手段的人。當然他也有可能的確是一個懂得手段該怎麼玩的骯髒大人，但要是他真能放手去幹這種事也不在乎的話，我覺得他至少看起來會更體面些才是。

「但是……」

理沙這種欲言又止的說話方式，讓我的沉思為之中斷。

「羽賀那她……她的感覺非常敏銳，似乎昨天就察覺到我發生了什麼狀況。而且她好像不知道又在哪邊探聽到了這件事情……」

「所以她就大發雷霆的殺到了戶山大叔那裡去？」

我怯生生的問道，而理沙頹然點了點頭。

在那一瞬間，我腦海中閃過了羽賀那到隧道上面找克莉絲的身影。

正如我以為克莉絲對羽賀那很瞭解一樣，羽賀那或許也認為克莉絲這個鎮上的事很熟也說不定。既然戶山大叔是在這附近進行放貸，那他現在的慘況應該也傳遍了這一帶吧。

「雖然我一接到電話就連忙趕過去了，但她實在鬧得很凶……真的是給戶山先生造成困擾了……人家明明只是單純從事放貸，根本沒有做過壞事，卻被看成平時都在作惡似的。從不知情的人的眼中來看，可能會認為一切都是戶山先生的錯吧？儘管如此，戶山先生也是這附近的熟面孔，因為這樣才總算沒讓事態變得嚴重……」

「那妳臉上的傷呢？」

「哦哦，這個嗎？」

理沙露出苦笑，視線轉向從客廳通往羽賀那房間的走廊。

然後她把聲音壓得很小很小，對我說道。

「就是多虧了這個，我才能讓在那裡大鬧的羽賀那乖乖聽話。」

也就是說，理沙大概是紛亂之下被羽賀那丟的什麼東西砸傷的吧。

「我明白那孩子是為了我才會去做這種事。可是呀……」

結果總是會搞成這種樣子。

我們那次去買衣服的時候也是一樣。

「因為她好像總是感到很自責，所以只要是自己能做到的事情，不管是什麼事、也不管時間場合，她都會打算做到底吧。」

這就是戶山大叔對我說的那番話裡提到的。

「真難搞的個性。」

理沙沒有否定我的這句低語。

「她是個很認真的女孩。認真到了極點。但為什麼這樣的女孩子卻往往得不到回報呢？真是會讓人懷疑神到底在哪，在做什麼呀？」

露出悲哀微笑的理沙就這樣低下頭沉默了。

我卻無法耐住沉默，很快就開口這麼說道。

「那妳打算怎麼辦啊？」

「欸？」

「欠款啊。」

借了就得還。這可是理所當然的道理。

但凡事若都能這麼順利，我現在也早就住在牛頓市的豪宅頂樓了。

「嗯……該怎麼辦好呢？」

理沙說完，露出了困窘的笑容。

如果是真的沒錢還的人講這種話，可能連我都要生氣了。我或許會在心中暗罵說「看妳是要去工作或做點什麼來還啊」也說不定。

但理沙卻是有方法能還債的。其實她是有方法的。只要她把書賣掉的話，那筆欠款馬上就能還清了吧。但理沙卻在這個方法之前拿不定主意，不知該如何是好。

因為理沙把那些書當成自己身體的一部分疼愛，而且那種書據說一旦賣出，之後就再也買不回來了。

理沙在月面的大學裡研讀地球的古老宗教，還蓋了教會這種上個世紀的古董來收留離家出走或無處可去的人；她更說自己喜歡在下雨的時候，閱讀收錄了地球神話故事的上百年前著作。

儘管大概找不到哪個傢伙比理沙更不適合待在月面了，但我還是覺得她的性格相當成熟。而且如果現在要我舉出一個最為可靠的對象，我大概立刻就會說出理沙的名字。

然而有著這種性格的理沙，這時卻在我眼前很為難似的笑著。

羽賀那一定是跑去到戶山大叔那裡襲擊了他吧。接著一定也逼戶山大叔說要把她賣掉抵債吧。

這時理沙兩手捧起我泡的可可，慢慢傾斜杯子，然後將嘴唇湊了上去。

「可可總是這麼好喝呢。」

理沙輕描淡寫的一句話，竟無來由地占據我的胸口。

「洗澡水你也放好了？」

「還不是妳叫我放的。」

「呵呵，謝謝。那麼以後我也打電話和你說『吃飯要有規矩』、『要和羽賀那好好相處』之類的話吧。」

「哼！」

這個完全不好笑的笑話讓我嗤之以鼻。

不過理沙似乎本來就沒要逗我笑的意思，只是放下杯子站了起來。

「謝謝你幫我泡了可可。」

「那邊還有一杯耶。」

「嗯。」

理沙稍微在原地停了一下，然後輕輕笑著縮了縮脖子說。

「再喝會變胖的。而且我想要先去洗澡。」

「啊？喔嗯，是沒關係啦。」

「你敢偷看的話我可是會生氣哦。」

「誰會想偷看妳啦！」

見我反射性地出口反駁，讓理沙對此感到很愉快似的笑開了。

接著，她就帶著這樣的一抹笑容朝更衣室走去。

她的腳步看上去有些不穩，感覺走起路來有點搖搖晃晃。

而當關門聲響起之後，我也沒什麼特別意思的盯著那扇門瞧。不久之後從那扇門後傳來了浴室門開關的聲音，我才像是被監視攝影機監控似的將視線從更衣室的門上移開。

接下來我的目光便轉往了放在流理台的上另一個杯子。那杯子裡的可可早就已經涼掉了，上面漂浮著一層牛奶的薄膜。

理沙之後又打算怎麼辦呢？

其實該怎麼做早已成定局了。理沙肯定得把書賣掉吧。答案從一開始就已確定，接下來也只是看她什麼時候下定決心而已。

因為這件事畢竟不是發生在我自己身上，所以我才能這樣說。

這一點我很明白。

所以當我聽到理沙在浴室裡哭泣時，也絲毫沒有感到驚訝。我曾聽老家那邊的粗人們說過，大人能放聲哭泣的地方，頂多也只有在海邊或者浴室裡面了。

還有更好的解決方法嗎？

我想大概是沒有了吧。如果有，理沙一定早就那麼做了。要不是這樣，明明每個月都已經還不太出利息的她，根本沒理由做出用低廉價格收留無處可去的人這種像在慢性自殺的事了。如果償還的是本金，借款總有一天會還清；但要是一直都在付利息的話，欠款卻完全不會減少——這種道理就算小學生都知道。

但理沙卻連付利息都有問題，那麼她也就只能靠這最後的手段了。

理沙得出售她身體的一部分。但至少還比羽賀那把自己的整個身體都賣了好。我想她大概會用這樣的方式去說服羽賀那吧。月面都市可是比地球上的任何地方都更弱肉強食。畢竟這城市可是在月面這種生命無法存活的地方強行建設而成的，所以根本沒有空間能讓人搞什麼婆婆媽媽的作為。

這片太空是很冰冷、很黑暗的啊。

我心裡想著：羽賀那會因為這件事而哭泣嗎？我想她大概會哭吧；她大概會因此而感到自責吧。要是我也處在相同立場的話，一定會感覺很痛苦。就是因為理沙是個好人，看壞事降臨在她身上才更讓人覺得心痛。

戶山大叔曾經說過，羽賀那之所以會那麼在乎理沙，大概因為理沙是第一個願意保護羽賀那的人。

而我也有同樣的感覺。在月面都市裡面會去關心其他人的，除了理沙這種腦子有問題的傢伙之外，大概也沒別人了。

理沙這個腦子有問題的女人，欠了三萬慕魯的債。

三萬慕魯？

我一邊注視流理台上已經冷掉的可可，一邊想著如果神真的存在，那我還真想詛咒祂。

三萬慕魯。

而我的財產有多少錢呢？

在理沙從浴室裡面出來之前，我回到房間開啟了裝置。在畫面上有我的交易用帳戶。現金結餘是七萬兩千六百一十慕魯。

雖然對於在月面都市的一流企業裡有穩定工作的人來說，這點小錢大概就跟屁沒兩樣，但對那個族群以外的人來說卻是一筆相當大的金額。而我是靠著僅一開始僅有兩千慕魯的資本賺來這些錢的。

我每天從早到晚都不吃不喝地集中精神操盤，真的嘔心瀝血才賺到這些錢。如果用掉其中三萬慕魯，這筆錢還會剩下四萬兩千慕魯。但想到這個數字就令我感到一陣反胃。

畢竟我平常連幾十慕魯的開支都很克制了，為什麼又非得為了別人掏出三萬慕魯的錢來呢？理沙到底算是我的什麼人？

當然她對我是有著從警察手中救我脫身的一份恩情。但也就僅只於此罷了。而且我目前落腳在這間教會也已經確實支付了相應的費用。既然如此，就算理沙現在遭逢困境，我也完全沒有理由要拿自己的血汗錢出來幫忙她。更不用說理沙她有著確實能清還那筆債務的手段。她只要把房裡那些陳舊的書本賣掉——只要這樣做就行了。

照理說事情應該如此，我卻無法忘記理沙那副心力交瘁到了極點的神情。

這是我第一次知道，當人要真正放棄自己非常珍視的事物時，那份苦楚竟然會讓旁觀的人也都切身感受到。雖然我眼光仍盯著裝置畫面，卻沒有辦法有絲毫動作。在我手邊有著可以把理沙從困境中救起的方法，而且把這筆錢拿給理沙應該也算符合情理才對。

畢竟理沙說過，她那些書一旦賣掉，好像就不可能再買回來了。

然而這些存款對我來說卻並非如此。

要是我用的投資方法真的很了不得，在未來能創下豐碩成果，讓我足以實現自己的夢想，現在拿出三萬慕魯給理沙應該是完全無關痛癢。因為只要能讓剩下的財產再度增值，三萬慕魯對幾年後的我來說大概就跟擤過鼻涕的面紙一樣微不足道吧。

畢竟我可是在三個月內就讓兩千慕魯的資本增加到三十五倍之多，累積了七萬慕魯啊。如果真的相信自己的實力，要我馬上拿出三萬慕魯給理沙，我應該不會有半點遲疑才對。那現在猶豫的原因，若不是生性刻薄吝嗇，就是並不相信自己的投資手腕。

我明明已經下定決心要實現自己的夢想，不然活著也根本沒有價值了。

但在此刻，我面對著這個等同宣告我無法自力實踐夢想的情況，卻裹足不前。

若我這時不能爽快掏出三萬慕魯來，就等於我在說謊，就只是個自欺欺人的騙子。

我面對裝置螢幕，握緊了拳頭。

我因為自己的不中用而咬牙切齒，突然覺得好想哭。

原來我畢竟只是個不入流的小人物嗎？我不過是個只能汲汲營營撿些小錢來賺的傢伙嗎？

我用這些話語在心中痛罵自己。

接著我抬起頭來在房裡茫然四望，幾乎懷疑解決問題的關鍵是否就藏在這房裡的某個地方。

不，其實答案我早已知道了。我就只是沒有踏出那一步的膽量而已。

然而，當我將視線轉到鄰接隔壁房間的牆上時，突然想起了羽賀那。

羽賀那她就是有勇氣踏出那一步的人。她有勇氣把「叫別人買下自己去抵債」的這種話說出口。而且她真的明白人被賣掉是怎麼一回事，更有再次踏進那種地獄的勇氣。羽賀那她一定真心覺得只要能幫上理沙的忙，自己不管落得什麼下場都沒關係吧。

然而賣身還債這種方法絕對不可能被理沙接受。這時我突然覺得，跟羽賀那的悔恨相比，我的這一點迷惘可真算是奢侈了。我想起當初在客廳裡面，本來試著要踏出一步和羽賀那言歸於好時的那些對話。

我們都是很努力的在討生活，跟你這種月面出生的才……

羽賀那說過的那句話，再次重擊我的胸口。

我真的有努力在過生活嗎？我有將能力範圍內的方法都試著做過了嗎？

就在這個瞬間——

在這瞬間，我想起了投資競賽的事情。

「……獎金！」

我立刻連上經濟研究所的網站首頁，登入我的帳號重新把競賽的概要看了一次。

名列前茅者可以獲得獎金。第一名的獎金有二十萬慕魯、第二名有五萬慕魯、第三名也有兩萬慕魯、第四名與第五名則各是一萬慕魯。

那只要我能在比賽中奪得前兩名，事情就能皆大歡喜了。就算只拿下第三名，也還是能對狀況有很大幫助。

不過，比起獎金金額更讓我為之振奮的，則是這場投資競賽的存在本身。

我再次抬起頭來轉身往後看。在那邊有一面隔開我房間和隔壁房間的牆。

羽賀那一定正在牆的另一邊哭泣吧。她一定正因為自己對如此重視的理沙愛莫能助而深感自責、悲傷落淚吧。

畢竟羽賀那就連之前想對我表達感謝的時候，都用了那麼笨拙而強硬的方式去殺價。而且當她被我批評說殺價方式很糟糕的時候，還氣到踢我小腿然後哭了出來。

就算一部分可能是她本身的個性使然，但羽賀那應該真的覺得自己走投無路了。因為她即使能教孩子們算數學，但仍然無法改變他們的經濟環境，更沒有可能對他們的升學給予任何現實面的幫助。

羽賀那她自己就是接連被捲進這種使不上力的困境，然後被帶到了月面這裡來。她逃家並在理沙這落腳之後，又發生了那件事，讓她相信是自己害得理沙欠債。

聽說數學這門學問似乎被認為能美妙的解決問題。

但羽賀那卻對於現實中的任何一個問題都束手無策。若用戶山大叔的話來講，她現在的狀態就連破殼而出成為雛鳥都辦不到。

既然如此，這場投資競賽對現在的羽賀那來說，就會是一個大好機會吧。

要是羽賀那的能力派得上用場的話，她就能成為理沙的助力，我跟她之間的誤會也能冰釋。而且事情如果一帆風順，我們三個人就全都能過得幸福美滿。

不管羽賀那的才能是不是真的優秀到足以駕馭金融工學，或者她願不願意為我的目標出一份力，都已經無關緊要了。

此時我毫不考慮這些細節，理解到在這世上有些事就是只要去做就對了。

於是我一把抓起行動裝置，衝出房間走向客廳。但客廳一片寂靜，理沙並沒有在那裡。於是我立刻掉頭穿過走廊，匆忙跑上樓梯往二樓去。在上樓途中，我透過窗戶看見理沙房間的燈亮著。

我沒有猶豫，也沒有先敲門，就這樣打開理沙房間的門。

嚇得匆忙轉過頭看我的理沙，這時正要從書架上取下幾本書。

她的頭髮還是溼的，雙眼則哭得又紅又腫。那副模樣簡直就像個下雨天在外迷了路的女孩子。

我並不想看到理沙這樣的表情。

所以我把裝置一股腦遞向愣愣地看著我的理沙眼前。

「……？」

「我有辦法。」

理紗像個孩子似的吸了吸鼻子。

「希望妳能去說服羽賀那。」

「欸？」

「我想借用她的才能。」

於是我對理紗坦白了一切實情。

而在十分鐘後，我們兩個並肩站在羽賀那房間前面，敲了她的門。

在我們敲門後，羽賀那並沒有來應門。

「羽賀那，妳醒著嗎？」

理沙小聲的對著房裡問道。要是羽賀那已經哭累睡著了，那我們就等明天早上再跟她提這件事也沒關係。畢竟無論遇到多麼難熬的事情，只要等晦暗的夜晚過去，人的心裡總是會好過些。若羽賀那已經睡了，我們可能還是等明天她心情平復點後再跟她提這件事會比較好。

我逕自這樣想著，而理沙在敲門叫完羽賀那後，悄悄將耳朵靠近了門板。

之後理沙的臉色就在瞬間變了樣。她的表情就像是聽到金屬互相刮削時那種讓人不敢領教的可怕噪音一樣。

我還來不及開口問狀況，理沙就握住門把輕輕的打開了門。她開門的動作安靜得像是唯恐一點細微衝擊都會傷害到房間裡的什麼。

「……」

門緩緩敞開，走廊的燈光照進陰暗的房內。理沙雖然開了門，卻沒有馬上走進房間裡去。這讓我一時感到不解，但很快就明白了她這麼做的理由。羽賀那的房間比我借住的房間還要冷清單調，房內一片昏暗。

而在這一片昏暗的房間內，卻有個角落籠罩著更加濃烈的陰影。

被燈光所照到的那個角落完全漆黑一片。那是比黑暗還更濃烈的漆黑。有種討厭的滋味在我嘴裡擴散開來，讓我幾乎無法思考任何事，或摸索出任何話語。

羽賀那就抱著膝蓋，在房間的角落哭泣。

「羽賀那。」

終於，理沙叫喚了她的名字，羽賀那則像個害怕到了極點的孩子般顫抖著身體。

「羽賀那，我有話想對妳說。」

但理沙的話卻只是讓羽賀那更是蜷縮她那纖瘦的身軀，像是想要讓自己縮得更小，猛力抱著膝蓋，將臉埋得更深。她那副樣子與其說是因為悲傷而哭泣，更比較像是於因氣憤而流淚。

想把身體縮緊，讓身體再擠得更小一點，縮小到讓自己整個人消失不見最好——我從羽賀那身上感受到的，正是這樣的怒意。

「羽賀那……」

理沙輕輕喚道，然後慢慢走進房裡。因為這房間也沒有多寬敞，讓她很快的就站到了羽賀那面前。
羽賀那的身體顫動了一下，接著姿勢起了變化。
我本以為她應該不可能把身體縮得更小了，但她卻將雙腿收得更緊，將頭壓得更低，然後用原本環抱膝蓋的雙手掩住了自己的頭。
「……不起……」
「欸？」
「對……不起……」
羽賀那全身發抖，她的動作劇烈到連站在門口的我都能看得一清二楚。
理沙此時的表情，比被人用什麼難聽的話大罵時都繃得更緊。
理沙她也發怒了。
但讓她感到憤怒的對象卻不是羽賀那。
就算是我，看了羽賀那的這副模樣後也自然而然能理解這點。羽賀那躲在一片漆黑的房間裡，掩住了自己的頭蜷縮起身體，顫抖到任何人都能一眼看出來的程度。照理說羽賀那應該知道不管理沙有多生氣，她都沒必要害怕成這樣才對。就連那個膽小的克莉絲，也不可能恐懼到出現這樣的反應吧。
那這也就代表羽賀那之前的人生中，過的是只要一犯下什麼錯，下場就會悽慘得讓她非得像這樣掩著頭在房間角落發抖的生活。
羽賀那沒有抬起頭來，甚至好像連眼前站的人是理沙都沒認出來。她只是用那殘破得不成句的話語，一聲又一聲的說著對不起。

眼前理沙怒氣所指的對象，就是過去曾降臨在羽賀那身上的諸多不幸；而羽賀那所畏懼的對象，也就是將要降臨在自己身上的一切不幸。

理沙在恐懼的羽賀那面前蹲下來，但察覺到動靜的羽賀那害怕得更想退後。她明明已經背靠著牆壁了，卻還是想要後退。

理沙靜靜抓住羽賀那細瘦的手腕，然後用手包覆了她顫抖的手指。

「羽賀那，沒關係。不要緊的。」

理沙將自己的頭靠在羽賀那的頭上，細語般的不斷這麼說著。

羽賀那說了幾次對不起，理沙就回應了她幾聲沒關係。

「平靜點了嗎？」

理沙在羽賀那耳邊，真的非常溫柔地輕聲問道。

理沙的側臉看起來帶著調侃，甚至讓人覺得她笑得很開心。

羽賀那還是不住抽噎著。但理沙一點都不著急。

羽賀那終於稍微動了她的頭。透過羽賀那哭得亂七八糟的瀏海，我能看到她矇矓的目光。

「羽賀那，妳認得出我嗎？」

理沙這麼問道。

羽賀那露出一臉大哭過的疲憊表情，就這樣直對著理沙看。

然後隨著大顆大顆的淚珠再度溢出眼眶，她終於緩緩點了點頭。

「好，乖孩子。」

理沙這麼說完後，緊緊將羽賀那的頭攬入懷中。

「對……不起……」

雖然羽賀那又說了同樣的話，但已經跟她剛剛那種彷彿幼兒般的行為不同了。現在的這聲道歉，要比剛才來的更清楚，更具形體。

「嗯。羽賀那的肘擊啊，老實說真的很痛呢。」

看來理沙臉上的傷是被羽賀那的手肘撞出來的。我想那一下的力道應該很猛吧。

「不過那算是意外嘛。我沒有生氣。」

「……可是……」

「雖然妳不顧後果就跑去戶山先生那邊，的確是叫人不敢恭維啦。還有在人家家裡大鬧也是一樣。」

「……」

雖然羽賀那又陷入了沉默，但那態度和剛剛的恐懼有一點不同。我能感覺得出在理沙臂彎裡的羽賀那好像正想講些什麼理由。

抱住羽賀那的理沙也因此露出有點困擾的笑容。

「但羽賀那妳都是為了我才會去做那些事的吧？」

理沙再一次抱緊羽賀那，對她這麼問道。

這名穿得一身黑的嬌小女孩，在理沙的懷抱之中，像顫動似的微微點頭。

「妳有這份心讓我覺得很高興。我真的很高興哦。」

這句話讓羽賀那抬起頭來，理沙在她面前用滿臉笑容接納了她。

情緒已平復很多的羽賀那，差點因為這樣再次哭了出來；理沙像要安撫她似的，將羽賀那的頭攬在自己胸前。

「羽賀那，阿晴現在就站在房間門口那邊。妳再哭下去可是會被他看到哦。」

「嗚！」

我知道在理沙懷抱中的羽賀那這時又震了一下身子。

我在心裡抱怨理沙拿我當理由來哄羽賀那而朝她瞪了一眼，不過她卻稍微轉過頭，輕輕對我眨了眨眼睛。我在無可奈何之下，只好照理沙所說躲到了房門外的一側。

「還有呀，阿晴說他也有些話想跟妳講呢。」

「……，……」

「咦？妳別說這種話嘛。」

雖然我這邊聽不到，不過理沙好像有聽見羽賀那說了什麼。

想當然爾，她大概講了「我跟那傢伙才沒話好說」之類的話吧。

「可是我聽說妳也對阿晴講了很多過分的話耶？」

「……」

「阿晴他也覺得很受傷喔。」

在我說明投資競賽的事，以及提到羽賀那的數學才能或許用在股票交易上的時候，我也把她瞧不起月面出生的人那件事全都一五一十的告訴了理沙。

我當然根本不在乎她是不是把我當成整天遊手好閒、摸魚過日的混球；然而姑且不管我的尊嚴，要是羽賀那依然這樣誤解我的話，那要讓我提出的這個計畫順利成行也就毫無可能。

所以我在心中默默為理沙叫好，希望她繼續講下去。

畢竟羽賀那也該好好學個教訓，知道自己所講出的話是會傷到他人的。

「而且其實那些事全都是妳誤會了呢。」

「說謊。」

就這兩個字讓我聽得很清楚。

接著，我聽見了理沙輕柔的笑聲。

「沒想到羽賀那妳也有點孩子氣呀。」

「嗚……」

理沙真的很善於戳中人的自尊心。

「但我或許不用把書賣掉，就能解決現在的問題了。」

「……咦？」

「這可都是多虧阿晴喔。」

從房裡傳來些許衣物摩擦的聲響，讓我猜想是羽賀那抬起了頭。

更有甚的，就連羽賀那因為理沙的話而皺起眉頭的聲音都聽得見。

「看來阿晴他也是有在好好工作的樣子呢。嗯，不過那樣算是工作嗎……雖然我也不太清楚，但他是確實有在賺錢的。而且他賺了好大的一筆錢哦。」

「嗚……是這樣……嗎？」

「是啊，這讓我也嚇了一跳呢。聽阿晴說是因為賺的錢數目太大，所以才怕得不敢對我們說。嗯，總之就是這麼回事嘍。要是羽賀那妳不信任阿晴的話，阿晴也沒辦法好好信任妳呀。妳懂我的意思嗎？」

我稍微探頭往房間裡面看去，只見羽賀那一臉固執的樣子，而理沙用手托著她的雙頰，用手指幫她梳理頭髮。

「不過阿晴他說，看情況或許能把他很辛苦賺來的錢借給我們呢。那筆錢可是有三萬慕魯喔？」

聽理沙這麼說完後，羽賀那露出了苦悶的表情。

因為羽賀那就是沒辦法靠自己籌出這筆錢，所以才深信唯有把自己賣了才能解決問題。

「但妳也知道阿晴他的個性就是那樣斤斤計較。他說要把錢借我們是有條件的。」

「……」

「他開的條件，就是要妳把力量借給他。」

「咦？」

羽賀那顯然對此感到驚訝。她本來因為被理沙梳著頭髮而惺忪的雙眼突然瞪得老大。

「妳明白嗎？阿晴說他想要借助妳的力量喔。」

「……我的？」

「對。就是羽賀那在數學方面的能力。」

如果羽賀那真的是因為她在數學方面的長才而被人買下，從地球被帶到這裡，聽到這種要求對她來說應該是五味雜陳吧。

但我卻完全不打算要對羽賀那說我是想要買下她的能力。

關於我是抱著什麼想法提出這要求，理沙也很正經的向我確認過了。

「阿晴說他其實也很想早點對妳開口，但因為羽賀那之前那麼生氣的對阿晴大吼，還踢傷了他的腳，所以他才沒機會跟妳講。」

「……」

羽賀那像個孩子似的鼓起臉頰，低下頭去。

但聽到理沙的輕笑聲後，羽賀那雖然還是低著頭，但也抬起了視線看著理沙。

「我想應該找不到比這更好的條件了。羽賀那，真的有人需要妳來發揮妳最拿手的才能喔。」

這麼做不只能拉理沙一把，也能幫上我的忙，對羽賀那本人來說是無可比擬的救贖。要是羽賀那的數學能力真的能在股票交易上發揮效果，那她也算是找到了能靠自己力量賺錢的方法。這麼一來，羽賀那也就等同得到一項法寶，可以自力解決一直以來折磨她的許多問題。

「羽賀那。」

聽見理沙的呼喚，讓羽賀那緩緩抬起頭。

「那我……該做什麼？」

「該做什麼？這個嘛……」

這個問題讓理沙也頓住了。

雖然我心裡暗叫說這是在搞啥，但想想理沙畢竟對於這方面的事很陌生，所以會無言以對也是沒辦法的吧。

「阿晴！」

理沙出聲叫我。

我背靠著房門旁的牆壁坐在地板上，回應她說。

「怎樣！」

「你解釋給羽賀那聽。」

聽到理沙這麼說，我一個動作便要起身，但突然想到一件事而停了下來。

「現在要我過去那邊，妳們不會不方便嗎？」

畢竟羽賀那才不會想讓我看到她哭花的臉吧。

聽了我這個帶有幾分自嘲的問題後，理沙輕輕笑了出來。

「妳說怎麼辦呢，羽賀那？」

理沙對羽賀那問道，而羽賀那好像在她耳邊悄聲回了話。

在她們兩人竊竊私語了一陣子後，是理沙對我回應說。

「你可以等我們十分鐘嗎？」

「啥？」

我發出這樣的疑問，而理沙在對著羽賀那講了什麼然後便站起來。

她從房間裡面探出頭，從上方往下朝我看來，說道。

「淑女總是需要些時間打扮的呀。」

「……是這樣嗎？」

「就請你稍等一下嘍。」

仍坐在門外的我只好聳聳肩，然後無可奈何地起身走回自己房間。

而理沙從背後出聲叫我。

「阿晴。」

「啥啦？」

「謝謝你喲。」

理沙對著轉過頭去看她的我說了這麼一句話，就又縮進房間裡去了。

我也就這樣維持著轉了一百八十度的姿勢，一時僵在原地。

雖說到目前為止，什麼問題都還沒有解決。

不過好像還是有某幾個傾軋著，如今依然搖搖欲墜的齒輪，總算是契合起來了。

我不曉得事情是不是能順利發展下去。

但回到房裡的我心中有一股暖洋洋的感覺。

過了十分鐘後，我被理沙叫到客廳去。

「對不起。」

在我走進客廳，隔著桌子開始和羽賀那對峙的那瞬間，她開頭便對我說了這句話。因為事情發生得太過突然，讓我一時忘了呼吸。

羽賀那的眼角還殘留著一點剛哭過的痕跡，緊抿著的小嘴仍然看得出她的頑固。而且她也不看我，就只是低頭盯著桌子，但即使如此，我確實親耳聽到了「對不起」這三個字。

我渾身戰慄地看向理沙，而理沙只是滿足的對著我微笑。

「我道完歉了。」

但當羽賀那終於開口時，說出的第一句話卻是這個。

理沙的笑容就這樣僵在那邊，嘴角不住抽動，但我聽到羽賀那這樣說反倒感覺自在了點。

「我有聽到啦。」

我這樣回應她後，羽賀那終於看向我。

雖然她的眼神還是跟平常一樣像在瞪人，但已不再尖銳得像抱著戒心的野貓了。真要說的話，她現在看起來反倒比較像個拗脾氣的孩子，死命想要虛張聲勢。

「好啦，這樣阿晴你可以接受了吧？」

「可以啊。」

我聳了聳肩回答道。

「那可以請你具體的跟我們說明一下嗎？因為我只聽一遍其實也不是很明白……」

我看理沙笑得很不好意思的表情，心想她或許真的沒聽懂我剛剛所說的話。

但如果真是這樣，也就代表理沙即使不甚瞭解我話中的意思，卻仍願意信任我。

「這件事也沒多複雜。就是只要在一場投資競賽裡面拿到優勝，就能得到二十萬慕魯獎金。」

在我單刀直入說出重點後，羽賀那的眼睛馬上瞪得圓滾滾的。

「你們知道股票投資吧。我們在這場競賽中就是要模擬那種方式去跟其他參賽者進行競爭，最後賺到最多錢的人就贏了。而第一名的獎金是二十萬慕魯，第二名有五萬慕魯。」

「也就是說只要擠進前兩名就可以了是嗎？」

「連第三名也會有兩萬慕魯能拿，就我看來也是好事一樁啊。」

我看到理沙輕輕撇了撇嘴，然後用手勢示意我繼續講下去。

「可是我對股票這種東西完全不懂。」

這時羽賀那插了這句話。雖然她還是帶著一副強勢的表情瞪著我看，我卻能從她的臉上讀出些許不安。

不知怎的，發現羽賀那這個人表現中的矛盾後，讓我我覺得她實在脆弱得讓人擔心。

「但妳的頭腦很好吧？」

不過即使如此，她似乎仍然保有對我的調侃做出反擊的力氣。

「至少比你好。」

「羽賀那。」

理沙稍微唸了羽賀那一下。羽賀那發出「嗚」的一聲，一時語塞似的對理沙看去。

在那之後，她轉頭回來看著我說。

「至少比阿……阿晴……你還要……好……」

「那就沒問題了。因為遊戲規則非常單純啊。」

「是嗎？」

這次換理沙問道。

「基本上股票交易就是趁便宜的時候買進，然後在價格高的時候賣出就行了。很簡單吧？」

理沙和羽賀那兩人稍微對望了一下，然後同時轉過頭來看我。

「真的就只是這樣而已啊。當然，也是有先高價賣出再等低價時買回的方式存在，不過這個之後再說。我要講的事情關鍵在於其他地方。」

我邊說邊操作裝置，叫出了個股資訊一覽的畫面。

顯示在畫面上的是月面最有名的一家公司：綠寶石工業。

「想鑽研股票的話，基本上重點就只有一個。只要妳能猜出這家公司的股票價格走向，不管是在明天、後天，甚至就幾分鐘之後也好，單是能料中這支股票的價格在未來會漲或跌，就可以得到相應的利益。」

我把裝置的螢幕轉了半圈，放到理沙和羽賀那面前。

理沙才稍微瞄了一眼，就露出一副因為數字跟圖表而感到頭痛的表情，但羽賀那卻像隻凝視鏡子的貓一樣直盯著螢幕瞧。

「至於能用來推測股票會漲會跌的線索有好幾種。」

我前傾身子，把裝置螢幕朝自己的方向轉回了一半。

羽賀那先看了看我，然後又看回裝置的畫面。

「首先呢……」

「阿晴，你要不要來我這邊坐？」

「嗯……？」

「你坐那個位子說明起來很不方便吧。」

理沙這麼說完後就從椅子上站起來走到桌子另一邊，也就是往我這邊繞過來，在我身旁坐下。

「我對這種東西真的很不在行啦。」

理沙的口氣聽起來真的是打從心底對這種事情不抱好感。或許她這種都到了月面卻要學什麼宗教史的怪人，和這門月面都市最大的鍊金術真的八字不合吧。

「妳還是聽一聽啦。」

我邊說邊從椅子上起身，移動到理沙直到剛才還坐著的那個位子上。在我腦中一瞬間閃過羽賀那可能會對此感到不快的念頭，但她卻完全沒把我當一回事，只顧盯著裝置畫面上的個股資訊瞧。她那漆黑的雙眸倒映著裝置螢幕的白色光源，像寶石般燁燁生輝。

於是我在羽賀那旁邊坐下，然後將裝置朝自己的方向轉。

結果羽賀那真的像隻貓一樣，臉隨著螢幕一起移動，往我這貼了過來。

雖然羽賀那後來總算注意到了我的存在，但也只是對我看了一下，很快便將視線再次轉回螢幕上。

「妳可要聽好嘍？每支股票都有各自的價格，而且會在平日的早上九點到下午五點之間被人買賣。如果要買的人很多，那股價理所當然會漲；換作要賣的人很多的話，股價也就自然會跌。就和賣蔬菜水果的菜市場一樣。」

「這是當然的。」

「是啊。但是，要預測這個『當然』的現象卻非常不容易。」

羽賀那像隻好奇心旺盛的貓一樣瞪大雙眼，默默的一直看著我。

「為什麼？」

「要說為什麼的話，就是因為沒人知道企業到底會不會賺錢啊。畢竟股票這種東西，簡單來說就像是一家公司的所有權。如果有人把一家公司發行的股票全買下來，就能成為那家公司的擁有者。而既然擁有一家公司，當公司賺錢時自然會變成富翁吧？就是因為這樣的關係，一家公司只要能賺錢，股價就會上漲。」

「賺不了錢的話就會下跌。」

「是啊。但一家公司究竟是不是每天都順利在賺錢，就連在那家公司上班的人也不清楚。拿綠寶石工業來說吧，他們在月面和地球的員工總和差不多有三十萬人，關係企業加上地球那邊的共約一千六百家。要知道全部的盈虧是不可能的。」

「這樣子該怎麼辦？」

「就不知道啊。所以大家都是憑各自的猜測在買賣股票。」

羽賀那視線離開行動裝置，抬起頭來瞪著我。

「你騙我。」

「是真的。」

「可是……！」

羽賀那說到一半，轉頭又看了一次螢幕後，再次朝我看來。

「這樣的話，大家不都是拿錢在賭了嗎？」

「對啊。正是因為這樣，大家才會很認真的進行猜測啊。」

在對面位置的理沙聽到這句話，輕輕笑了出來。

「就算是猜測，也有好幾種方法。其中一種就是調查一家公司的資料，藉此判斷它會不會賺錢。像這家綠寶石工業就是唯一有辦法維修軌道電梯的公司。所以他們每年都能確實賺進大筆利潤，除此之外，他們還包下了月面大半的開發事業，是家績效超優的公司啊。」

「建造圓頂的也是他們嗎？」

這是我們當初去買衣服時聊到的話題。

沒想到羽賀那竟然還記得這件事，讓我稍微覺得有點開心。

「對。就是這家公司讓月球有了兩層天空。」

「……好厲害。」

「是啊。就是因為這家公司很厲害，所以大家都覺得它會賺錢。」

「這樣的話，只要買他們的股票就行了嗎？」

「基本上是這樣沒錯，但是，如果這支股票能賺錢的事實一目瞭然，那大家就都會去買。要是大家都買的話，價格就會上漲。這樣發展下去，股票的價格可能就會漲到超過那家公司的實際價值。妳看這裡有寫著一個ＰＥＲ吧？」

「……有。」

「剛剛我說股票就等於公司的所有權。以一家發行了一百張股票的公司來說，妳只要有他們的一張股票，就等於是擁有了公司的百分之一。」

「嗯。」

「那再把那家公司的收益除以股票張數，我們就可以大概得出一個股票價值高低的指標。也就是說——」

我在裝置螢幕上進行操作，把指標的部分給放大。

「如果一家公司的股票每張只能賺到十慕魯，但一張賣一百萬慕魯，另一家公司的股票每張也能賺十慕魯，但一張只賣二十慕魯，妳會想買要哪一種股票？」

坐在對面座位上的理沙已經抱著頭露出一副受不了的樣子。

相對的，羽賀那臉上卻沒有半分怯色，直直望著我回答道。

「二十慕魯的股票。」

「對。因為相對於投資下去的金額，兩邊能賺到的金錢數量不同。不管一家公司多麼優秀，一旦股票的價格漲到超過那家公司能賺的利潤還繼續上升，那家公司的股價就早晚會變成一個大到不合理的數字。」

「所以你要我去預測這個值嗎？用數學？」

「不是。」

聽到我這麼說，羽賀那皺起了眉頭。她的表情像是覺得我在故意整她，用兜圈子的方式對她說明，但我想羽賀那實際上並沒有她外表看起來那麼不高興。

就像理沙說的一樣，羽賀那本來就是那種看起來有點凶的眼神。

不知道為什麼，我隱約就是這樣覺得。

「不過這樣妳也多少理解股票是怎樣的東西了吧？」

「……你這傢……阿晴你剛剛說的部分，我瞭解了。」

這一次是羽賀那自己發現不對，趕緊改口好好叫了我的名字。

理沙見狀非常滿意的笑了，而羽賀那當然也注意到了理沙的表情。

她有些難為情地不時往理沙那邊瞄，但在理沙從座位上起身離開桌邊後，羽賀那才像是鬆了口氣的再看回我這邊。

「所以說，要預測股票的價格變化，大致上就是要從那家公司會不會賺錢這點來判斷。但就像我剛說的，我們無從得知公司每天的盈虧，而公司到了下個月或下一年會有怎樣的發展，我們更是不清楚。就算是超優良的企業，也可能會因為發生重大事故而支付賠償金到破產。」

「……會發生這種事嗎？」

「其實還滿多的。所以大家也會選擇其他方法來預測股價。」

「……用數學？」

「哈哈，妳別這麼急啦。」

我笑著這樣說，讓羽賀那臉上出現了像被人用手指彈了下鼻頭似的驚愕表情。

隨後羽賀那一回過神，便狠狠地往我這邊瞪來。

但從她微撇著嘴的樣子來看，我想她是感到害羞了吧。

「不把其他方法也跟妳講完的話，解釋起來會很困難啊。」

聽到我這麼說，羽賀那雖然稍微猶豫了一陣，但終於還是點點頭。

「妳看這個，這是股價的圖表。」

我回到資訊一覽的頁面，指著畫面上一個用曲曲折折的線條畫出的圖表。

「這個東西是把每天的股價記錄下來，連在一起的圖表。也叫作技術線圖啦。」

「……看起來起起伏伏的。」

「是啊。但因為綠寶石工業很賺錢，整體走勢看來是往右上方跑。」

「嗯。」

「但其他公司可就未必是這樣了。比如說——像這一家和這一家啦，還有其他很多家……」

「嗯。」

「所以啦，看股票的種類有多少種、交易時間有多長，就會生出多少張這樣的圖表。」

「嗯。」

「總之全部可是有著幾千種、幾十年份的圖表咧。」

「所以呢？」

「所以啊，某一天有某個很閒的傢伙發現了一件事——就是在這些技術線圖裡面，有幾種特別的模式。」

羽賀那對著瞧了一會，然後看往裝置畫面上的走勢圖。

「比較有名的應該是這個吧。這種東西叫作『頭肩形』，中間有一座大山，然後兩旁有兩座小山這樣。看起來很像人的頭跟肩膀吧。」

「……算是吧。」

「看到這種形狀的時候，中間這座大山的地方常常就會是股價的最高峰。因此，一般會認為這支股票的價格之後會慢慢持續下跌。」

「是這樣嗎？」

「一般都是這麼說的。唉喲，妳別生氣啦。總之就是有一種方法，會像這樣把技術線圖跟過去的資料拿來對照，然後預測股價之後會如何變化啦。」

「……」

雖然現在的羽賀那像是個被耍得團團轉的孩子般小心翼翼的，但最後總算點了點頭。

就在這時候，剛剛離座去流理台那邊不知道弄什麼東西的理沙，端了熱可可過來給我們。

「在利用這些圖表做出各式各樣預測的方法之中，基本上也有用到數學啦。」

「比如說呢？」

羽賀那的表情一變。

「妳看這個起起伏伏的線後面，還有一條很平滑的線對吧？」

「這個也是股價嗎？」

「這個東西叫作移動平均線。比如說，這一個點就是以五月一日為基準，把五月一日往前三十天份的股價平均值記錄下來。在這旁邊的點則是把從五月二日往前推三十天份的股價平均後記錄下來。只要這樣做下去的話，就能在圖上畫出一條很平滑的曲線。」

「嗯。」

「就算股價每天的走勢非常震盪，但只要像這樣平均，就能約略看出長期的整體走勢基本是上漲、下跌、或者持平。有一種投資手法就是相信這個大概的動向來做交易的。要是這條粗線往右上方走的話，我們也多少會覺得這支股票之後也將一直上漲對吧？」

羽賀那盯著圖表看了好一會，一板一眼的點點頭。

「然後一樣是有群閒閒沒事幹的人去做了一些統計，從每天的股票走勢圖和這條移動平均線的交叉模式中，發展出一套能預測股價之後會漲或跌的方法。」
「這種計算並不困難。你要我做這個嗎？」
「妳要做也是可以啦，但其實這種事只要願意花點時間，就算我也能辦到。」
技術線圖分析應該算是炒股初學者最一開始會去做的事吧。因為只要去開戶，也就可以免費使用這些把包山包海的圖表分析手法都收錄進來的工具軟體。
不過我其實在開始做股票買賣前也自己東摸西摸做了很多嘗試，最後確認到不管哪種工具畢竟都不完全可靠。
「而我想要妳去嘗試的，是比這種方法還更超前一步的手法。」
「超前？」
「是啊。妳有看過軌道電梯的運行告示嗎？」
羽賀那聽我問出這個問題，眨了眨她的眼睛。
「軌道……電梯……？」
「對啊。那邊不是有個說，會有宇宙塵要撞上電梯的預報嗎？」
「嗯。」
「就連在衛星軌道上以每秒數十公里左右的速度飛過來的小石塊，科學家們都能做出準得要命的行動預測。物理學就是這麼厲害對吧？感覺可以預測未來似的。」
「……我對物理並不熟。不過大概是這樣吧。」
「所以好像就有一派說法，認為我們應該也能藉由數學，像預測天體運動那樣去預測股價。」

羽賀那的視線盯著我，然後再看了看裝置。

「總之就是要把能畫出這種圖形的算式想出來嗎？」

「就是這樣沒錯。」

雖然我不知道這種事情到底有沒有可能辦到。

但在這世上，的確有一群人就是靠著這種方法賺進了莫大的利益。

「做得到嗎？」

羽賀那會有這樣的疑問是理所當然。

畢竟這樣的事連我都半信半疑。

但這總比什麼事都不去做要好。根本好得太多了。就算不確定自己最後是否能夠抵達目標，但要是不試著踏出腳步的話，人是不可能往前進的。

我也就是這麼做過，才會從老家的村子裡跑出來闖盪。

「我不知道。」

我據實回答，羽賀那則是皺起眉來回望我。

羽賀那的視線無聲地落在我臉上，而我只是看著裝置螢幕說道：

「但這不是做不做得到的問題。」

「咦？」

「是我們必須做到好才行啊。」

我在眼角的餘光中，看到羽賀那因為這句話而愣住的樣子。

我在眼角的餘光中，看到羽賀那因為這句話而愣住的樣子。

接著她好像想說什麼似的動了動嘴巴，卻沒講出半個字來，只是用雙唇吃著空氣。

「再怎麼說這場競賽的獎金都有二十萬慕魯，而參加費不用錢。這樣難道還有什麼理由不參加嗎？」

我眼前這個穿得一身黑的少女，就是因為自己的數學能力在現實生活的問題前實在太過無力所以深深嘆息。所以這場投資競賽應該能夠成為一個讓羽賀那稍微往前邁進的契機才是。當然要是順利的話，這也會為我直接帶來利益。

羽賀那盯著我看，像是輕輕抽噎似的吞下一口口水，然後斜眼看了看裝置畫面後再次看向我。她的表情緊繃著，像是人被遺棄在極寒的冰庫裡面一樣硬梆梆的。

但羽賀那的目光卻筆直對著我。那雙漆黑的眸子凝望著我。

月面這個世界，並沒有好混到讓人有餘力背著不靠自己雙腳走路的人往前走。

所以我也筆直回望羽賀那直盯著我瞧的雙眼。

之後，羽賀那開口說道。

「在全部一千一百二十一條公式裡面——」

「啥？」

「在全部一千一百二十一條公式裡面，我已追溯地球的數學歷史，驗算到第八百四十一條。目前為止我解不出來的題目，連一題都沒有。」

我花了整整十來秒，才意會到羽賀那指的是她在自己房裡不斷算著的，刻畫出人類數學歷史的那些定理。

羽賀那非常有耐性，在等到我自己想通這點之前都沒有開口。

也或許對這位被賣到月面的少女來說，要將接下來這句話講出口，也就是如此需要勇氣吧。

「既然這樣，那我理當能算出答案。」

理沙曾說過，羽賀那是個很認真的女孩子。

雖然我本來覺得她應該單純只是個性頑固而已，但在發現羽賀那的雙手在桌子底下緊緊握起拳頭時，我終於認同了理沙的說法。

「我理當能算出來。」

羽賀那重複了一次她的話，然後閉上雙眼。

正因為我知道羽賀那平常的態度有多麼旁若無人，才會從她現在的模樣中感受到強大的意志力。

當羽賀那再次睜開眼睛時，她已經朝前方明確的踏出了一步。

「把全部的規則都教我。」

我接下了羽賀那的這個請求，回答她說：

「我知道了。」

在泡完熱可可後就坐到沙發上去的理沙，在旁看著我們這樣子的互動，似乎靜靜露出了笑容。

第六章

就算要我教羽賀那股票，實際上我懂的東西卻真的沒多少能直接用言語說明。因為我是每天看著股價、閱讀新聞時事、乘著當下的氣氛來進行交易的那一類投資者。

如果你問我為何要進行某筆交易，我也只能回說是觀察整體氣氛後做的決定。

就是因為這樣，我本來以為不過需要把股票交易系統概略地講一遍，真的要解釋某些東西時，卻發現這工作遠遠比想像中來得吃重。

因為光是普遍被用在評估上的指標，數量就多到兩手數不完，而且我還得說明它們分別是什麼東西，又是怎樣對股價造成影響，光這些內容就已經有十足份量。另外廣泛來看更還有利率、匯率、能源價格這些東西會影響股價漲跌。在我連金、銀、大豆、小麥的期貨行情、股票市場中的主要指數、股息、先進國家的就業報告和機械設備統計數據等細節都對羽賀那說明完時，整個人已經精疲力竭了。

仔細想想，我把自己不知道花幾個月一點一點查到的東西，幾乎一口氣全解釋完了。

羽賀那則用令人難以置信的強大記憶力把這些東西逐一記住，聽完說明後更會回問我這是什麼、那是什麼、這個和那個是什麼關係……之類的問題，就這樣從容吸收著這些知識。

要不是理沙中途要我們今天就到此為止，搞不好羽賀那就算纏著我到隔天早上，也會把我所知道的全部資訊都挖出來吧。

因為昨晚的情況如此熱烈，隔天早上我也是被羽賀那敲門的聲音叫醒。

「再教我其他東西。」

羽賀那抱著她的裝置盯著前去應門的我，開口這麼要求。

於是我就邊吃著理沙做的早餐，邊應付羽賀那的提問攻勢，時而顯得有些狼狽。因為我到這時才發現，原來我很多東西都只是大略有個印象，或是一知半解就以為自己已經懂了。

羽賀那不管聽到什麼詞彙，都覺得那可能會成為引導她的重要線索，所以問得非常徹底，也不斷在裝置上輸入筆記。對她而言，想要推導出正確結論的話，就非得擁有正確的前提不可。

羽賀那的思考方式真的很像在算數學。

「我最後還有個問題。」

「啥？」

等到羽賀那說出這句話的時候，我已經累得整個人癱在椅背上，仰頭望天花板了。

「我會用數學編寫出可以預測未來的方法。」

「嗯嗯。」

「那這樣的話，阿晴你又要做什麼呢？」

雖然這個問題頗為辛辣，但我不為所動。

「如果妳真的找到了完美無缺的解答，那我也沒事可做了吧。」

「……」

「不過投資競賽的交易日是從今天開始的六十天。我也沒期待妳能明天就突然把方法想出來。所以在妳找出方法前我至少還派得上用場吧。妳就運用數學來告訴我，之後股價可能會用怎樣的方式推移。而我就靠我自己目前為止賺錢的那套方式做判斷。如果是我跟妳都覺得不錯的股票，那就真的很強了對吧？當然啦，要是之後妳想出了完美的預測方法……」

我聳了聳肩，開玩笑似的說：

「那妳就拿我的錢去投資吧。」

畢竟在過去數百年間，從沒有一個人面對這個問題能找出所謂的最佳解答，所以我也實在不覺得羽賀那真有辦法突然間想出來。

不過我想，至少狀況應該會有不少進展才是，而光是這樣的進展，應該也足以讓我們得到一筆不錯的利潤了。至少只要在眼前這個投資競賽中得到優勝或前幾名，對這間教會、對羽賀那自己或對我來說，都會是很大助益。

羽賀那用她那雙理性得有些嚇人的眼睛看著我，大大眨了一下眼睛。

然後她將視線倏地一轉，說道：

「那我明白了。」

「妳是指什麼？」

「兩方並行。」

羽賀那這樣回答，然後喝了一口理沙在早餐時所泡，現在早已冷掉的咖啡。

「我用數學來做預測，阿晴你靠自己的想法判斷。要是我預測正確的話，就會讓阿晴的錢變得更多。」

「哈哈，沒錯沒錯。」

我笑了出來，而羽賀那像是感到不是滋味似的從鼻子哼出一口氣。

雖然她的樣子看來有點不高興，但畢竟她平常就是一副冷傲的態度，或許現在這樣的反應，也單純只是沒有故意迎合我來陪笑而已吧。

「不過首先還是專注在投資競賽上吧。我們不贏得這個的話可不行啊。」

「嗯。」

「要是今天還不開始的話，我們就不能進行六十天全程的交易了。今天就先由我自己操盤，這樣子沒關係吧？」

「沒關係，但是……」

「啥？」

「如果我有問題的話……可以問你嗎？」

羽賀那難得用有些怯弱的口氣問道。

明明她的眼神跟平常一樣像在瞪人，卻不知道是哪邊看起來不太一樣。

「啊……啥？」

但在我這樣出聲回問後，羽賀那一副不太愉快似的皺起眉頭說。

「阿晴你只要一面對裝置，好像就聽不到別人說話了。至少理沙跟你講的話你都沒聽到。但是我也很不喜歡在思考時被人打擾，所以才要問你這樣有沒有關係。」

聽到這句話，讓我不由得露出了微笑。

因為羽賀那會像這樣子顧慮我，感覺簡直就像是奇蹟。

「嗯嗯，大概沒關係吧。」

「大概？」

羽賀那的表情繃得更緊，對我回問。

我則是有點壞心地這麼說。

「如果妳隨便靠近我的話，我的手搞不好會擅自動起來。」

我說這句話的時候還實際做了動作給她看。

這好像讓羽賀那想起自己昨天在意外之下用肘擊打了理沙的臉那件事。

她馬上露出非常不快的表情，說話口氣也馬上變回以往的強勢。

「真是這樣的話，我會打回去。」

「我的小腿之前被妳踹了那一下，到現在還在腫啊。」

「嗚。」

羽賀那聽到這句話這又退縮了，瞬間露出一副要哭的表情。

會突然發起脾氣來搞些有的沒的，事後又自己在那邊後悔，這種性格讓羽賀那感覺真的就像是個小孩子。這讓我多少產生了一些親切感。

「所以說啦，妳要叫我的時候請用腳以外的部位啊。」

「……」

羽賀那恨恨的盯著我看，隨後緩緩點頭。

「我知道了。」

「嗯。那就這樣吧，我差不多要開始交易了。」

我再度轉頭面對裝置螢幕，而羽賀那就坐在桌子另一邊看著我的動作。

「是說妳要看看交易嗎？」

羽賀那沒有片刻遲疑，很乾脆地點了頭。

我逛了逛在專用SNS上公開的賽訊後，發現在競賽舉辦的虛擬交易所中，有幾支奇怪的個股存在。

比方說有些名字叫什麼「農夫農產」、「物料工業」之類的股票，光從公司名就可以大略推測其業務內容；另外也有些股票單純用某A、某B、某C這樣的符號為名稱。

網路上對這一點也是眾說紛紜：有人覺得單純是競賽的準備工作來不及完成，也有人認為其中必有什麼特別理由。除此之外，像是某支股票上有註明某些資訊，在其他股票上卻沒有的這類情況也所在多有。

然而受我矚目的卻不是這類奇怪的個股，而是感覺模擬真實企業的另一類個股群，至於其他參賽者們好像也多是挑這種看似很好上手的股票來進行操盤。這些股票的性質和現實交易的相仿，每支都被很熱絡的被買賣著，成交量也很大。

我從開始進行股票交易的瞬間，就開了好幾個專用交易工具的視窗，用快得幾乎讓人眼花撩亂的節奏不斷切換畫面，以猛烈的速度同時確認好幾支個股的價格動態。雖然要正確把握所有個股的動態畢竟是不可能，但在我同時追蹤數支股票後，也終於看出了感覺像特定模式的規律。

我逐漸明白每支個股都有著不同的個性，比方說某支個股的起伏很快、某支則很遲鈍；另外像是某支個股會反映匯市、某支股票則和指數有連動關係等等。

我特別緊盯著的，就屬那些會和指數連動的股票。

因為就算股票交易所是虛擬的，但主辦單位為了讓參賽者像在現實中操盤一樣能掌握市場氣氛，還是特地準備了指標之類的東西。

比方說在現實中，就存在著從月面證券交易所的上市股票中挑選一百五十支主力股票，取其股價平均而得出的一個指數，名字叫作「月面證券交易所平均指數」。這個指數象徵市場整體的價格走向，是個在某些特殊性質的交易中也會被拿來當參考的重要數值。

在這個虛擬證券交易所中，也有將主要個股的價格取平均後算出的數字在即時更新。

我所找到的那一些股票，在那個平均指數下跌時就會跟著下跌，當平均指數上漲的話就會上漲，模式相當單純。

雖然不知道始作俑者是誰，但一開始必定是有人參考了指數升降來買賣這支股票，其他人在注意到這點後也都相繼仿效，最終才造就了這樣的模式吧。

我尤其矚目的一支個股，在虛擬銀行中有著非常優良的虛擬財報資料。雖然算是一支可以讓人放膽購買的股票，但我卻有一種它的價格已經漲過頭的感覺。透過市場氣氛，我感覺到有群認為已經到了高點而該下跌的人，和另一群認為股價仍有上漲空間的人，正在進行著角力。

然而市場中卻又存在另一套系統，讓這場乍看很單純的角力賽變得更複雜了些。

在股票市場中，除了能用手邊的現金來進行交易外，還有可以預借現金或是股票來做交易的信用交易系統，也就是所謂的融資融券。

像其中的「融資」，就是去跟銀行借錢，藉此用比自己手上的資本還大的金額來進行交易。要是一個人手上只有一百慕魯的話，他可以跟銀行借到兩百慕魯，來購買總計三百慕魯的股票。如果那支股票上漲了10%，那也就會有三十慕魯的利潤。這個人在交易結束之後，也只需要還給銀行當初借來的兩百慕魯就可以了。透過這樣的方法，一個人就能獲得比用剛開始手頭那一百慕魯資本做投資時整整三倍的利潤。當然如果賠錢的話虧損也相對會變成三倍。

另外一種方法叫作「融券」。這個方法則不是借錢，而是向券商借入股票。比方說有個人向券商借入股票，在股價是一百慕魯時賣出。之後等股價跌到七十慕魯的時候，再去買回相同數量的股票，這樣就剛好能把從券商那邊借來的股票還清了。最後那個人的手邊就會留下在一百慕魯時賣出、七十慕魯時買入股票的差額，也就是三十慕魯。這個方法能讓人藉由股票的下跌來獲利。想當然爾，要是遇到股價上漲的狀況，就非得用高價買下股票還給券商而發生虧損。

要是大家都覺得這支股票會漲，那融資量就會增加；狀況相反的話就是融券量會增加。簡單來說，這套系統讓人在相信自己的判斷正確時，想用兩三倍的份量來進行交易的願望得以實現。因為這就像是藉由槓桿的力量來舉起大石頭一樣，所以這種做法也就被人稱為是「操作槓桿」或「開槓桿」。但因為人類基本上都頭腦簡單，要是讓大家不知節制地吹鼓這個欲望的氣球，就會發生嚴重問題，所以融資融券一般最多只能到自有資本的三倍金額。在這場投資競賽的規則中，融資融券的額度也是以三倍為限。

另外在融資融券這部分，目前市場中共有多少信用交易量的數字，也是隨時公開的。只要看到大家都想融資買進某支股票，就能知道這支股票行情看漲；相反的就代表行情看跌。

而我發現的那支個股，可能因為股價起伏很激烈，所以不管融資或融券的量都累積得相當多。就比例來說，是融券量要比融資的多了大約一倍。

也就是說，市場上有比較多的人認為這支股票已經漲過頭了，而押注在股價會下跌這一邊。

然而在大部分的情況下，跟著多數人一起下注就會賭輸。

若要問為什麼，那就是因為做融券交易的那些人等於已經把自己的交易行動攤給世人看光了，對手們當然也就有辦法觀察他們的一舉一動來做應對。這就跟猜拳時慢出的人會贏是同樣的道理。

我看了這支股票昨天和前天的交易紀錄，注意到交易量在這幾天逐漸增加，算是個好的徵兆。

人群先後擁進，打算讓之前做融資那群人慘賠的氛圍，已經是不見自明。

在做融資融券的時候，要是遇到別人「慢出」就會非常頭痛。

因為融資融券必然是借來某些東西進行交易，而借來的東西終究一定要還。

要是融券借來股票賣出的話，就得祈禱股價會下跌，這樣才能在股價下跌時把股票買回。

那麼要是股價違背預期而上漲的話呢？

因為融券做空是讓股票下跌來獲利的手法，要是股價上漲的話就會虧損。做融券的人為了不讓虧損繼續增加，就會想要把股票買回。

而只要有人想要買進，股價也就會應聲上漲。

有一些滿肚子壞水的傢伙一看到做融券的這些人著急起來，就會更是買進股票。這樣下來融券方損失的金額就會更加膨脹，讓他們只能邊哭邊想買回股票，而股價就會因此漲得更高。

高到會讓融券的人除了上吊之外沒有第二條路走為止。

這樣下來就會演變了融券交易中稱為「軋空」的情況，而我從市場的氣氛中感受到有些人就是打算讓這種情況發生。

但事情的發展卻不會如此簡單，因為當一支股票上累積了很多融券量，也就表示這支股票賣出了這麼多，更理所當然代表著就是有如此多的人已經買了這支股票，所以買方那邊的資金可能已經要見底了。

如果買方那邊的資金用光，股價自然就會下跌，這樣的話就會輪到融券的人感到欣喜若狂，換成做「融資」的那些人要因虧損而苦惱，而考慮出售股票將損失壓低在最低限度。如此一來股價也就會進一步下跌；只要股價跌得更低，做融資的那些人就會變得更加惶惶不安。

這樣到了最後，角力就會由做融券的那些人勝出。

到頭來股票交易其實就是這樣的心理戰。

雖說公司情報這類資訊當然也很重要，但那不過是在場上的氣氛中，作為判斷漲跌走勢的其中一個標準罷了。有些打算買進股票放個五年十年的人，會覺得只要調查一下公司業績之類的資料，投資起來就很穩當了。

但即使這麼做，那些人等上十年頂多也只會看到股價好不容易爬到五倍十倍而已。

相對的，要是每天能有1%的獲利，日積月累個十年就會形成很巨大的一筆財富。

如果想要聚集月面上的財富來實踐夢想，那我也只有這條路能走了。

於是我就這樣緊緊咬住之前盯上的那支個股不放，開始解析場中的氣氛。整體的趨勢一眼望去是賣出那方占優勢，而在秀出交易訂單的「股價看板」上，賣出的那邊列出了好幾個巨大的數字。

因為要賣出股票的賣單是列在股價看板上方，買進股票的訂單則是列在下方，所以畫面看起來有種頭重腳輕，股價將被往下壓低的感覺。

就在此時此刻，這支股票的價格也是搖搖欲墜，但還沒真的垮掉。股價一直沒有出現垂直下墜。

我想這大概只是虛晃一招吧。

雖然在看板上掛出賣單就算是出招，但有些人其實根本不是真的想進行交易，單純是為了對大眾施壓而掛賣，這種做法就是在出虛招。畢竟要是賣出那邊有很多賣單的話，大家也都會覺得這支股票價格真的會跌。這樣一來就會有大量的賣單跟著出現，讓股價照著某些人的盤算往下跌。

雖然這種操作算是一種不正當的行為，但其他人也無從得知當事人是否真的想要賣，所以在市場中這種做法也成了家常便飯。

不過要是這種虛招被財力雄厚的人識破的話……

我就這樣一直注視這支股票的動向，大概盯著瞧了兩個小時這麼久吧。

然後當時間接近中午十二點十分的時候，我在不乾不脆緩慢下滑的股價波動中，感覺是價格帶最底端的價格進場買了股票。我在267慕魯的地方買了一千股，花了將近二十七萬慕魯。雖然數字上看起來是很大一筆錢，但從競賽配給的資金量來看，卻只是微不足道的一小部分而已。與其說我想靠這筆交易賺進多少錢，不如說我只是想買來測測看風向。

之後過不了多久，上午的交易時間就結束了。

但我並沒有停下來休息，因為我還得確認其他有關注的股票動向才行。於是我在螢幕上進行操作，打開了新的視窗。

就在這瞬間，我的視野突然一晃，身體像地震時一樣突然倒向一邊。

「……？啥……啊！」

我本來還以為發生了什麼事情，隨後發現原來是有人在搖我的肩膀。

「……你是故意要這樣的嗎？」

羽賀那就站在我旁邊，擺出了一副非常不解的表情。

她臉上的表情看起來就算說是在擔心我也不為過。

我望著羽賀那好一會，之後才總算搖搖頭說：

「呃……是說，妳剛剛叫我叫了很多次嗎？」

「對。我看你連眼睛都沒眨一下，還以為你昏過去了。」

「喔喔，原來是這樣子啊……難怪我覺得眼睛很乾……」

我閉上眼睛大大伸了個懶腰，背和肩膀關節都發出喀啦喀啦的聲響。

「所以呢？」

「啊？」

「所以剛剛是發生什麼事？為什麼你要一直盯著同樣的畫面看？」
因為羽賀那就在我身邊盯著裝置畫面，我跟她之間的距離靠得非常近。
而且羽賀那認真的時候，好像有把臉湊近的習慣。
羽賀那的身體一下子貼了過來。她身上傳來的香味讓我慌慌張張地退後了一步。
她的身上的甜香和理沙有一點相似，卻又截然不同。
不知道為什麼，我心裡總覺得那個香味是吸不得的。
在我非得把自己的神經繃緊的交易時間裡尤其不行。
「……妳是要我把全部都講解給妳聽嗎？」
「拜託你了。」
「……」
被羽賀那這樣當面直接要求，無可奈何只好將所有自己能想到的股價走勢判斷基準都告訴她。
因為我在說明到一半時就覺得時間會不太夠，所以就把去中國餐館上班的理沙所做的抓飯熱好，一邊吃午餐一邊對羽賀那做說明。
羽賀那在聽的時候基本上都繃著一張臉，我想原因大概不是她聽不懂我的解說，而是不知道該怎麼用數學處理這些東西吧。
但除此之外，眼前還有個更嚴重的問題。
「你說的氣氛到底是什麼東西？我完全搞不懂。」
「氣氛啊……總之……就是整體的……」

「你是用什麼標準來判斷的？」

「這個嘛……比方說……像交易量啦、一家公司的資訊啦、另外就是氣氛之類的啦……啊。」

我這番根本算不上說明的說明，讓羽賀那非常氣憤。

但如果我知道怎麼把事情講清楚的話，那我早就做了啊。

「可……可是妳看嘛，要是連這部分都有辦法講明白的話，等到妳把公式列出來後，我不就完全派不上用場了嗎？」

「是這樣沒錯呢。」

「……嗯，所以就是這麼一回事嘛，至少在妳不再需要我之前，就把這部分當作是我的獨門絕活不也很好嗎？」

這樣感覺變成我用狡猾的話術在和羽賀那爭辯，從羽賀那的表情來看，她似乎也是這樣認為。

不過她好像也明白我不是故意想私藏這方面的知識。

於是我嘆了口氣，用湯匙將煮得粒粒分明的抓飯送進嘴裡。

「如果剛剛的交易賠錢，那阿晴的想法就錯了。」

「嗯，大致上是可以這麼說啦。妳就看結果來判斷吧。不過啊……」

「不過什麼？」

羽賀那對我問道，而我看著沒有動靜的裝置畫面這麼說。

「我想大概能賺錢。」

「為什麼？」
「因為氣氛如此。」
「……」
雖然羽賀那擺出一副難看的臉色瞪著我，但我卻稍微笑了出來。
不過我並不是打算虛張聲勢才說我會賺錢。
因為我買下的這支個股，真的強烈散發著幾乎能看得到形體的奇妙氣息。
我已經很久沒有嗅到這種氣息了。
我有會賺大錢的預感。
「乾脆玩大一點好啦。」
「咦？」
「把資金都投下去的話可以賺比較多嘛。」
我這麼說完後，操作觸控式滑鼠準備送出訂單。
但羽賀那卻阻止了我。
「讓阿晴把全部的錢用光太奇怪了。這樣我會沒有錢可以用。」
「我沒有要用光啦。不然我們一個人各拿五百萬來自由使用好了。」
兩個人對半平分是很合理的做法。
我想這樣做羽賀那應該不會再有意見，便將手伸向裝置，卻還是被她給阻止了。
「這樣還是很怪。如果我的公式是正確的，那你應該把多一點錢給我用才對。」
「但妳那公式不是還沒想到嗎？」

「就算這樣，你先把錢拿去用還是不公平。」

「我不會用掉那麼多啦。而且我覺得裡有賺大錢的味道耶，一定可以的啦。我要追加訂單嘍。」

這次羽賀那朝我的手背打了一下，讓我停止動作。

「我希望你證明給我看。我聽不懂你說的氣氛是什麼意思。」

這下子連我都上了火氣，拉高嗓門說：

「妳很煩耶！我就說這樣可以賺錢啦！」

「你的根據是什麼？」

「直覺啦！是說妳這傢伙要是對我的判斷有意見，就先把妳的理由準備好再說吧——」

我們兩個人就這樣狠狠瞪視對方，額頭幾乎都快撞在一起了。

但這時羽賀那的視線突然轉向窗外。

我也跟著她往窗外望去，結果跟窗戶外面的克莉絲對上了目光。

克莉絲應該是在送貨途中順路過來這裡的吧。

只見她握緊一雙拳頭收在胸前，維持像是看運動比賽看得正精彩似的姿勢對著我們瞧。

當克莉絲和羽賀那跟我的目光相對時，她的身體一震，然後在和我們對看了數秒鐘後，就颼地轉過頭去一溜煙逃走了。

看她那副臉紅的樣子，她剛剛到底把我們的互動誤會成什麼狀況已是一目瞭然。

「啊——該死！妳先閃一邊去啦！」

「該死？閃一邊？什麼啊？」

「妳吵死了啦！」

我從椅子上起身衝往窗邊，但只看到克莉絲的背影早已移動到對街房子的屋頂上去了。

回想我之前在隧道那邊問她羽賀那喜歡什麼東西的時候，她也是一副對這種話題很感興趣的表情。

「～～……」

我像是頭痛發作似的垂下頭去，手按著窗沿。

「你有事要找克莉絲嗎？」

羽賀那不疾不徐的這句話從我身後傳來。雖說要找她澄清誤會也算是有事找她沒錯，但我總覺得這樣回答也怪蠢的，於是站起來。

「沒啊。」

「不然你是做什麼？」

大概是因為羽賀那的眼神總像在瞪人的關係，當她擺出一副不解的表情這樣問，讓我覺得好像被她當成笨蛋了。

但我本來也就是個笨蛋沒錯，所以便重新坐回座位上，這樣回答羽賀那。

「因為看她逃跑，所以自然而然就會想去追啊。」

「……？是喔。」

羽賀那稍微歪過頭去，像是第一次聽到世上還有這種事似的，對我點了點頭。

最後我和羽賀那講好，初期我就只拿三百萬慕魯自由利用。但如果獲利成績不錯的話，我就可以把我那一半的資金都拿來用。

在那之後，我看準機會又多買進那支股票，最後是用266慕魯的平均價格買了三千股。這些股票的總價接近八十萬慕魯。這個數字在現實中大到會令人發抖，但因為現在用的是虛擬資金，所以也就不可怕了。再說只要想到手上還有兩百二十萬慕魯的購買額度在，就讓我的膽子大了起來。

雖說要是去做融資的話，就可以把額度提升為三倍，但我想就現在來說時機還太早。如果要用加倍的量來交易，就非得挑準最關鍵的時機出手才行。

之後到下午五點收盤為止，我又買賣了其他兩支股票。

兩者都是股價每天會劇烈震盪，聚集著一群和我同類參賽者的東西。那是一家財報中有非常多運氣要素的虛擬娛樂公司。這家公司設計得很擬真，甚至在競賽期間內還有什麼假的電影資訊公開，每次都讓股價上下劇烈震盪。

雖然這狀況和現實中的一樣，但這類娛樂產業和製造牙膏或者是架上到處可見其產品的糖果公司不同，沒人知道股價會怎麼走。

因為這樣，投資這種股票幾乎跟賭博無異，而怎樣儘可能讓獲勝的機會變得確實，可說就是讓人大顯身手的地方了吧。這關係到一個人能不能精準看出當下的氣氛，以及能不能徹底保持冷靜、在進行交易時不要貪心。

就拿一支價格以100為中心點，在97慕魯到103慕魯之間震盪的股票來說，我會選擇在98慕魯時買進，然後可能在101慕魯的地方就賣出。雖說等漲到102慕魯時再賣可以賺到更多錢，但等股價到了102慕魯，可能就會有些買在103慕魯而賠錢的人因為沉不住氣所以在這時賣出；所以在價格還沒這麼高時先賣掉，能夠比較快速的賺到錢。至於不等股票跌到97慕魯才買的理由，是因為當價格來到震盪區的最底端時，大家就普遍認為股價會繼續往下，讓本來想買的人也抽手放棄進場，進而使股繼續探底。這樣的話方才以100慕魯為中心點的震盪，就會變成以97慕魯的價格為新的震盪中心了。

像這樣的交易每隔數分鐘——最長不會超過十五分鐘就會重複一輪。

在交易期間的空檔中，我還是接連切換畫面，並用條件去搜尋，來發掘出那些尚未確認的個股並觀察它們的價格變動、財報和公司的財務狀況。要是更有空的話，我也會去SNS瀏覽那些內容虛實參半的討論串。因為網路討論的結果有時甚至會對現實的交易狀況造成影響，像投資競賽這種更狹小的世界，會受到這類風聲的影響肯定更深。

之後在離收盤剩十五分鐘時，我檢查自己手上的所有股票，除了留下那支散發出古怪氣氛的個股外，我把其他股票都在不致虧損的狀況下全數掛低價賣出。

之所以這樣做，是因為我相信有頭魔物就潛伏在股市收盤前的最後十分鐘。

因為在收盤倒數十分鐘時，所有人的訂單賣單都會一口氣擠進市場裡讓網路塞車，導致交易可能無法順利成交。看準這一刻的混亂而策動的古怪交易更是層出不窮。

我就曾經親眼看過一次。那是一支因為企業併購戰的關係，而連日漲停的股票。那時候有人掛出了一百四十萬股的買單。因為大家搶著收購而供不應求的股票，會在收盤後依據抽籤結果決定誰能購得這些賣出的份。畢竟一支連日漲停的股票在隔天持續上漲的機會也很大，所以許多相信這支股票明天會繼續漲的人，就為了這個抽籤機會而下單買股。因為訂單掛得愈多被抽中的機率也就愈高，所以大家也都大舉投下資金直到財力見底為止。

而在那天收盤前五分鐘，竟然有一張剛剛好一百四十萬股，金額足足有兩億慕魯的賣單赫然出現，讓這支股票風頭一轉變成了跌停板。因為證交所的線路在收盤前五分鐘格外擁擠，有時就算發現局勢有詭，想下達取消交易的指示也會送不出去。寫有相關內容的證券公司免責條款，可是已經預設為每次交易時都會出現的項目了。在那時也就有成千上萬的人，在那最後的五分鐘內從天堂倒頭栽進了地獄。

後來大家才知道，這狀況是由某家有對參加併購戰的企業出資的投信基金公司，將手上持股全部賣出所引起的。那些人就是看中這個線路壅擠的時段，藉此虐殺了全體的買家。

魔物就潛伏在最後的十分鐘裡。

打從那次事件後，除非有特別的理由，不然我一律會在收盤的十五分鐘前把手上部位給結清。

之後我就看著手上剩下的個股，然後確認是不是有魔物出沒。雖然明白是無謂的掙扎，但我還是為了預防有什麼意外發生，而事先準備好把股票全數賣出的賣單，設定成只要按下一個按鍵就能送出。

時間來到了四點五十八分、四點五十九分。

五點整。

數字的世界就這樣霎時凍結。

「呼——」

我舒了一口氣，身體睽違數個小時在椅背上攤平。

我感覺有一股新鮮的血液重新回流，沁入了我的腦袋裡。

最後我今天有十二萬幕魯的獲利。考慮到最後只用上了兩百萬慕魯，而且其中有八十萬慕魯就這樣套在那支奇怪的股票上，有這種結果可說是相當不錯了。要是我能自由運用全部的一千萬慕魯，今天大概就有辦法賺進一百萬慕魯吧。

今天我進擊的步調，順得跟剛離家出走開始玩股票，並以排山倒海的氣勢讓資產增加那時一樣。

這下子有機會了。或許我真的能夠贏得比賽也說不定。

我一邊這樣想一邊起身，這才注意羽賀那不在旁邊。

「怪了？」

印象中她到了下午都還坐在我旁邊。

當我全神貫注在交易上的時候，她好像也對我問了些瑣碎的問題。

雖然說我記得自己都有回答，但她難道是因為我的態度太敷衍而感到不高興嗎？

我認定事情一定是這樣沒錯，便從椅子上站起來。

但我發現羽賀那人正躺在沙發上。

「原來是在睡覺喔……」

我目瞪口呆地這樣低聲說道，不過羽賀那卻在這時倏地睜開了雙眼。

「哇啊！」

「我沒在睡。」

「什麼啦，妳是想說自己閉著眼睛在沉思嗎？」

被我這樣一說，羽賀那皺起眉頭，慢慢閉起眼睛這麼說。

「……不太舒服……」

「啥？喔喔……妳是螢幕看太久頭暈嗎？」

羽賀那點頭。

我自己在剛開始做股票交易的時候，也因為不斷切換畫面而感到暈眩，有時還會先跑去廁所吐一吐再回來進行交易。在我習慣這種生活前，都會看螢幕看得眼睛很花，甚至閉上眼睛也還是會看到眼簾中有交易畫面在閃動，另外頭暈和頭痛的狀況也很嚴重。

雖然現在我已經完全不會感到不舒服了，但羽賀那好像一時還負荷不了。

「妳還好嗎？」

「都看到了……還要問嗎？」

你白痴啊？

雖然她像是想接著講出這句話，但好像真的很不舒服，沒什麼魄力。

「……妳要喝點什麼嗎？」

「不需要。我說了我人不舒服。」

她真是一點也不可愛。

雖然我想人不舒服的時候喝點冷水可能會覺得好過很多，但不打算開口。

我聳聳肩將咖啡壺裡面剩下的咖啡倒進杯子裡。雖然只剩下半杯的量，但我還是把牛奶一股腦地倒了進去湊滿一杯。

「看妳這副樣子，要練到能領悟我說的市場氣氛，看來還差得遠啊。」

「……你有賺到錢嗎？」

羽賀那仍是閉著眼睛，將話題一轉。

「賺到啦。」

「賺了多少？」

「十二萬慕魯。」

「唔！」

「但再怎麼說也只是虛擬的錢罷了。如果是真錢就好了啊。那樣我可真的會笑到合不攏嘴呢。」

但話又說回來，如果我在現實中真的握有一千萬慕魯的資本，那光是1％的利潤，也就有十萬慕魯了。

這世界就是這樣。有錢人總是能變得更加有錢。

「不過啊，每天賺1％的這種速度果然還是追不上的吧……」

「是……這樣嗎？」

「現在的第一名是個取了『喉片先生』這種可笑名字的傢伙。那個人現在交易進行到第二十一天，財產已經有四千九百五十二萬多慕魯了，幾乎增加到了開始時的五倍。」

「……那個人是怎麼辦到的呢？」

「不知道。不過我猜他用的大概是跟我同類型的投資方式吧。」

「什麼類型？」

「就是非常頻繁的進行買進賣出。因為不管行情怎樣翻漲的企業，股價在三十天內頂多漲到原來的兩三倍吧。嗯，還不知道有沒有辦法到三倍咧？相對的要在一次交易中賺個1％卻完全不是難事。除非靠著每次交易賺1％，在一天之內重複賺個十幾二十筆的這種方式，不然要在第二十一天就讓資金變成五倍是不可能的。」

「……說得有理。」

「不然就是那個人從一開始就全梭下去玩也是有可能吧。」

「全梭？什麼意思？」

「我應該跟妳講過融資吧？或許那個人從一開始就使用了最高額度的融資，也就是不管哪一次交易，都一定以自己手上的所有資金去進行。這樣一來他每次賺到的錢就都會是三倍了嘛。」

「……那為什麼阿晴你不這樣做？」

我早猜到她會問我這個問題。

「因為這樣做的話，在交易不順時失去冷靜的機率也會變成三倍啊。」

「……」

「妳不懂嗎？在正常交易中只有10％的虧損可是會變成30％喔。正常虧30％的狀況用了融資就變成會虧90％喔。人在這種狀況中是沒辦法冷靜的。因為人類的天性是只要開始賠錢，就會想要找機會一發逆轉局勢啊。」

「可是賺錢時也一樣有三倍。」

「妳是這麼覺得的吧？」

「……我的計算並沒有問題啊。」

「話不是這樣說的啦。」

我笑了笑，把咖啡杯放下。

在閉上眼睛後，我腦海中浮現的是之前財產很快膨脹到兩萬慕魯後，我將錢全部投進某支股票時，遭遇一波嚴重暴跌而慘賠的經驗。

要是當初我能慢幾個分鐘再做決定，就不會被捲入那波暴跌裡了。那時的我邊看股價一秒一秒下跌，幾乎是哭著掛上了把股票全部賣出的賣單。

賣單最終在十二分鐘後成交，而我原本的兩萬慕魯已經跌掉14%，只剩一萬七千慕魯左右了。雖然剩下的錢還是有我最初資本兩千慕魯的八倍多，但也無法提供我半點慰藉。我只是無法忘懷眼前的慘賠而陷入一片絕望。

我在那次經驗中體會到一件事：不管資產比最初多了幾倍，只要現在的財產比最高到達過的金額還少了任何一點，就足以讓人心痛欲裂。當時的痛苦和悔恨也在我心中留下了陰影。

我特地寫在紙上，貼在裝置前警惕自己。

不要自暴自棄。只要遵循以往的方法，錢就會一如以往那樣增加了。

「想用三倍的金錢來做交易的話，就需要具備三倍的膽識才行。」

「這樣的話，阿晴果然還是別去做比較好。」

「……啥？」

我稍微有點火大而看向羽賀那，卻發現閉著眼睛的羽賀那臉上似乎帶著些許笑意。

她竟然會開玩笑？

我彷彿看到路邊野狗突然講了人話似的，驚訝地瞪著羽賀那瞧，羽賀那也慢慢從沙發上爬了起來。

「……妳不用繼續躺嗎？」

「還是不舒服。但我有課要去教。」

「喔喔，妳要去教孩子們念書？」

羽賀那點了點頭，勉強從沙發上站了起來，踏著不穩的步伐搖搖晃晃地走著。

「喂，妳這樣感覺很危險啊。稍微遲到一下也沒關係吧？」

羽賀那就像是暗室裡的人那樣摸著牆沿走路，於是我過去牽起她的手。

羽賀那並沒有把我的手揮開，但也沒向我道謝，只是回應我剛剛所問的話。

「不可以遲到。但如果阿晴能代替我去教微積分就沒問題了。」

「……我這邊問題可大了咧。」

「那我就不能不去。」

羽賀那頑強地這麼說。

「因為大家都懷抱著夢想。」

「夢想？」

我開口這樣反問，但羽賀那只是稍微將目光轉向了我這邊。

接著她輕巧的把自己的手從我手中抽回，邁步往前走去。

看著羽賀那搖搖晃晃走回房間拿東西的背影，我喃喃自語：

「夢想。」

再也沒有什麼要比這兩個字更不像是羽賀那會說出口的話了。我就這樣在餐桌旁佇立了半晌，等著羽賀那走出來。不久之後，腳步已經穩很多的羽賀那挺胸走了過來，對我這麼問道。

「怎麼？」

「嗯？」

我坐回椅子上，對她說道：

「路上小心。」

這句話是學理沙的。

羽賀那瞬間驚訝地瞪大了眼睛，然後帶著不悅的表情別開目光低下頭去。

但即使如此，她在猶豫良久之後還是恨恨地朝我瞪來，然後回應我說。

「那我出門了。」

羽賀那隨即「哼」一聲撇過頭去，跨著大大的步伐走出了客廳。

看著她的背影，讓我忽然覺得自己稍微懂了理沙之所以疼愛她的理由。

隔天當我要去客廳吃早餐時，羽賀那剛好也拿著她的裝置從房裡走出來。

我因為不想再聽理沙嘮叨，所以就先迅速解決早餐，才開始專注在裝置螢幕上。

羽賀那好像也覺得理沙會唸她，便將行動裝置先收了起來；至於她是不是覺得我的做法是個好點子才仿效的，就不得而知了。

不過她為了要爭取時間，還是用比平常更猛的氣勢啃麵包。

話雖如此，羽賀那好像還是沒辦法用克莉絲那種塞得滿嘴都是的吃法，最後依然花了和平常差不多的時間才吃完。

在吃完早餐後，我便著手開始進行交易。這天羽賀那她那並沒有在我旁邊看，而是一直跟我坐在同張桌子前，在自己的裝置上操作著什麼。因為我已經把從投資競賽官網拿到的資料複製給她了，我想她應該是根據那些資料在推敲各種方法吧。

理沙今天好像也沒有排班，做完家事之後便幫我泡了杯咖啡，也幫羽賀那沖了杯熱可可。之後她便坐在沙發上看起書來。她今天看的書好像是生於近一千年前，有什麼「大天使博士」別號的神學家著作。

我在那之後進行的交易也和昨天大致相同。畢竟一度賺了錢的股票，之後也能持續獲利的事是常常有的。唯一和昨天不同的，只有我今天投注更多的資金進場。至於那支特別的股票，今天則在272慕魯附近徘徊。雖然已經有了一點要漲上去的味道，但融券量也更多了。

在中午前的上半場中，我靠著昨天獲利的那幾支個股又賺進九萬慕魯。這樣一來總計就是正二十一萬慕魯了；雖然成績算不壞，卻遠遠不足以競逐排名。

於是我在上午交易時段結束的瞬間發起了牢騷。

「該死！」

「該死？」

坐在隔著桌子斜對面的羽賀那抬起頭來看我。

「就是該死啦，該死。」

「賠錢了嗎？」

「才沒賠咧。」

「那為什麼要生氣？」

「因為賺到的錢完全不夠啊。」

「……這是個問題呢。」

羽賀那點點頭，真摯地開口。

這讓我稍微有點不爽，便問她：

「妳那邊又怎樣了啦？」

「我正在努力學。」

「學什麼？」

「必要的知識。」

羽賀那平淡的回答讓我很不是滋味。

「必要的知識是指啥啊？」

「我在網路上看了看，找到一些股價預測的理論模型。」

「……啥？」

「我目前正在拆解它們，然後從中學習我還現在還不懂的東西。就原理來說，這些東西很有趣。」

「……是說在網路上能下載到這種東西喔？」

「下載得到。」

我一時有點不敢相信自己耳朵聽到的話而愣住了。

為什麼能賺錢的工具在網路上就下載得到?要是光靠這種工具就能預測股價的話,那所有人不就全都發大財了?

會下載來用的傢伙是白痴不成?

「等一下,先讓我看看。」

我從座位上往前探出身子,對羽賀那說。

羽賀那雖然皺起了眉頭,但也很乾脆地把她的裝置轉過來給我看。

「……這什麼東西?」

「學術論文。依發表者的姓氏命名所以叫作『利契模型』。它假定股價在較短的時間中基本上以隨機方式變動,而變動的狀況會遵循常態分布。」

「……嗄?」

「但因為今天的股價會受前一天的價格變化影響,所以就可以將其設為條件,用條件機率的方式來求今天的股價。然後根據數常態分布對一定的範圍做積分後,再將一定價格波動範圍的期待值……」

「停,妳停一下。」

「怎麼?」

「我瞭了。我終於瞭解自己完完全全聽不懂妳到底在講啥了。」

羽賀那對著我皺眉,又回頭看看她的裝置,最後不解地歪過頭去。

「另外我也查了你昨天跟我講的東西。」

「……啊？」

正當我驚覺眼前這個女孩真的是個天才，而興奮到幾乎顫抖時，羽賀那繼續往下說。

「那個東西是叫作……技術線圖嗎？有個利用它的東西。而且計算起來更為簡單。」

羽賀那一邊說計算很簡單，一邊卻對技術線圖這個詞彙不太確定，兩者之間的反差，讓我差點笑了出來。

「喔。妳是要說黃金交叉嗎？」

「黃……金……？」

「黃金交叉。這個詞指的是短期移動平均線從下降轉為上昇時，當日的價格變化跨越移動平均線的狀態。這個在技術線圖分析中很常用。」

「……我不知道那叫什麼名字，但概念非常簡單。」

「畢竟技術線圖分析本來就很好理解嘛。雖然我也不討厭技術線圖，但不覺得這種東西能當成什麼參考。」

「只要以統計算出機率就可以了。如果取樣適當、交易次數也夠多的話，結果就會往期待值收斂。」

「嗯，這麼說是沒錯啦……不過妳辦得到嗎？」

「辦得到。只要會四則運算的話任誰都辦得到。」

「寺……擇……？」

這次輪到我得回問羽賀那是什麼意思了。

「加、減、乘、除。」

羽賀那瞇細了眼睛，用好像懷疑我存心想要她的目光朝我看了過來。
我則在心中暗自抱怨，想說才沒人會把加減法這種東西叫成什麼四則運算咧！
「嗯，所以現在是……該怎麼說啊，要是能知道在機率上較佳的股票，會對交易有幫助嘍？」
「對。」
「那妳覺得哪支股票比較好？」
被我這樣一問，羽賀那的目光落到她的行動裝置上。
這反應讓我嚇了一跳，想說她竟然已經把結果給算出來了。
但羽賀那接下來卻沒有動作了。
當我感到疑惑而湊身過去看的時候，看著裝置的羽賀那終於抬起頭朝我看來。
「在這部分有個問題。」
「啥問題？」
「我在思考其他種模型時也有想到這一點。」
「什麼啊？」
羽賀那低下頭去，吞吞吐吐地說。
「……我不會寫程式……」
「蛤？」
在我這樣出聲反問後，羽賀那抬起頭來，用瞪人般的眼神對我說。
「我不會寫程式。就算知道計算的方法，想全用紙筆來算是很愚蠢的。基本上靠人力計算這個本來就很不切實際。」

「喔喔……」

我也覺得羽賀那說的確實很合理。

但這實在是一個盲點。

就算羽賀那的數學能力非常優異，也不代表她能將這些才能都應用在股票分析上。

如果解的是學校出的習題，那當然能靠紙筆計算來解決。

但談到股票交易的話，光這個投資競賽裡面就存在上千支股票，況且每支股票的資訊量都相當龐大。

正當我因為這個問題而抱頭苦思時，突然聽到從沙發那邊傳來聲音。

「你們剛剛提到了程式嗎？」

「啊？」

「我們是有提到啊。」

我轉過頭去，發現理沙正看著我們。

「那是叫作程式……設計……來著嗎？雖然我不太懂，但我認識很擅長的人可以介紹給你們喔。」

「真的假的？」

這麼說來，我記得理沙的確是從月面都市大學畢業的嘛。既然她有這樣的學歷，那可能真的跟一些我沒無法想像的天才之間有些交情吧。

「嗯嗯，我想對方應該會願意幫忙的。再說我也想多少為你們出一份力嘛。這件事就儘管交給我處理吧。」

理沙帶著一抹苦笑這樣說道，讓聽著的我表情也帶了幾分苦澀。

「我們可不全是為了要解決理沙的問題才努力的喔。」

「不是嗎？」

這麼說的是坐對面的羽賀那。

「嗯？」

將頭轉過去，發現羽賀那狠狠瞪著我。

「你不是為了理沙才做的嗎？這是怎麼回事？」

「為……為什麼會是妳發脾氣啊……？我說啊，我不是這個意思啦。」

「不然你是什麼意思？」

面對好像隨時要把裝置朝我砸過來的羽賀那，讓我一時不知該怎麼回答。這時理沙則從沙發上站起，輕輕伸了伸懶腰。

「羽賀那，這是阿晴對我的體貼啦。」

「……？」

「我說得沒錯吧？」

理沙露出有幾分困擾的笑容，讓我尷尬地別過臉去。

我暗自在心底想著：既然知道那就不要講出來啊！

「那麼回到程式那件事，我早點把人介紹給你們應該比較好吧？」

「嗯，是啦……」

「那我會去跟對方聯絡好。你傍晚有空對吧？」

「喔，嗯。五點以後的話我就可以……」

「嗯，這樣我明白了。那我好像也該來做飯了呢。」

理沙這麼說完後，去了趟洗手間回來便走進廚房。

我暗想自己果然對理沙沒轍，把視線轉回了裝置螢幕上。而拿著裝置的羽賀那，則對狀況感到不解的歪了歪頭。

午後的炒股狀況，也可說是一路乘勝追擊。

我帶著兩百萬慕魯殺進殺出，以每次賺進2％為目標炒股，最後結果是十六勝二敗，總收益是26％。在那幾次失敗的操作中要是能更早停損的話，應該還能有更好的結果，讓我覺得有點不甘。

但再怎麼說，我都已經好久沒衝出這種數字來了。

我下午的獲利是五十二萬慕魯，加上中午為止的二十一萬慕魯，我今天總共賺進七十三萬慕魯。在利潤同樣是10％的狀況下，本金兩百萬慕魯能賺到的是二十萬慕魯，但如果有兩百七十萬幕魯資金的話則能賺進二十七萬慕魯，也就是可以比原本多賺七萬幕魯的錢。

只要這樣進行下去，我的資金就能藉著複利循環的魔法而增加。

縱使我多奢望現實中也循這樣的模式賺錢，但也曉得那終究是不可能的。

現在我們是處在一個虛擬空間中，每個參加者都被分配到虛擬的一千萬慕魯，是個得在六十天內對為數不多的個股全力進行交易的特殊環境。我是親身做了交易後，才察覺到參賽者們的交易方式都顯得很躁進。

這個原因讓股價波動幅度也增加了，結果變成只要搭上勢頭就能賺到很驚人的數字。因為現實的投資人普遍很慎重，所以幾乎遇不到像這樣能一舉大賺的機會。

我得意得撐大鼻孔望著裝置，而剛剛好像回自己房間去想事情的羽賀那也走進客廳。

「出門。」

「啊？」

「中午提過的那件事。」

「喔喔，是要去跟人見面是嗎？」

我打了個呵欠後，左右動了動脖子，讓脖子的關節喀啦喀啦響。

這聲音可讓羽賀那嚇了一跳，而我對她問道。

「理沙人呢？」

「……出門了。附近的人偶爾會找她。」

「是喔？找她是要做什麼啊？」

「講道。」

「啥？」

「因為理沙是基督徒呀。有其他幾個基督徒也住在這鎮上。」

「是喔……」

我本來還以為會從地球跑來月面的，都是一些信仰科學、思考現實的人。

我印象中的移民者不是想要賺錢到連遭天譴都不怕，就是親身經歷過地獄而體認到世上根本沒有什麼神。

「這麼說，妳得等到理沙回來後才能出門嘍？」

「為什麼？理沙已經把對方的姓名和見面地點告訴我了。」

「喔，這樣啊。那路上小心嘍。」

我模仿理沙的口氣講完這句話後，便把目光移回裝置上。

但下一瞬間，隨著「碰！」的一聲，羽賀那的手用力拍在桌面上。

「為什麼會只有我去？」

「呃……我也要去喔？」

「這是當然的吧？你白痴嗎？」

這句睽違許久的台詞終於又出現了。

不過我倒也懶得對她發飆，只是嘴裡咕噥說真受不了，然後在椅子上大大的將身體伸展了一番。

「而且理沙說，阿晴對要碰面的地點比較清楚。」

「……是連自己一個人出門辦事都不會喔……」

「你說什麼？」

「我什麼都沒說。」

邊看著行動裝置上顯示的地圖邊跟我說話的羽賀那，這時惡狠狠地瞪了我一眼。

不管她有沒有聽到剛剛我損她的那句話，那眼神都凶惡得讓人好怕啊。

「話說地點是約在哪啊？我也不見得對位置就那麼熟啊。」

「第七外區，七丁目第六街區三號大樓裡面的五樓。」

「妳唸地址我也不知道是哪裡啦。」

「店名是Big Bull Cafe。」

「……啊？」

我朝羽賀那看去，看著裝置的她抬起頭來說道：

「對方叫艾曼紐．賽侯。」

「賽侯……」

我對這個名字有印象。

這人就是那個宛如標準月球失敗者範本的店員啊。

「是那傢伙喔？那應該是他會再介紹他認識的誰給我們吧。」

「我不清楚。理沙只說要我們去見那個人。你知道地方嗎？」

「知道。」

「好。」

羽賀那點了點頭，把行動裝置收進包包裡。

我也開始動手收拾起裝置，但問號卻在我腦中不斷冒出。

像賽侯那樣的傢伙，真的能幫上我們的忙嗎？

就這樣，我和羽賀那一起離開了教會。

這棟大樓還是跟以前一樣髒亂。

我和羽賀那進到牆壁龜裂的水泥建築內搭電梯上樓。因為跟羽賀那同行的關係，讓我不能踏著外面的牆壁從緊急逃生口跳進大樓走廊。沿路的牆壁上貼滿了各式各樣的廣告單，大多是一些徵工讀生或借款公司的廣告。

因為理沙應該已經事先幫我們聯絡過了，況且賽侯對我來說也不是什麼陌生的人，所以我並不覺得緊張。

在我們穿過自動門進入網咖裡面後，就在大門旁邊的櫃台看到了賽侯把一雙長腿蹺在桌子上，正打著遊戲機。

「哦。」

發現我到了的賽侯把腿從櫃檯上放下，而當他看到了隨後走進來的羽賀那，眼睛更是瞪得老大。

「哦～你還真的是交了個不錯的女朋友呢。」

「啥？」

「嗯？不是嗎？理沙她是這麼跟我說的咧。」

「什——」

「哈哈哈，騙你的，開玩笑的啦。月球佬你別生氣嘛。」

被我瞪了一眼的賽侯只是聳聳肩笑著。

隨後賽侯一看向羽賀那，就帶著微笑微歪頭對她揮了揮手。
我真不知道他這副殷勤樣是在搞什麼鬼。
但羽賀那則好像因為怕生的關係，看到賽侯這麼熱情的態度身體便僵硬了起來，擺出戒備眼前對象的姿勢。
不過她的視線卻朝賽侯的頭頂看去。
這讓我懷疑起羽賀那會有如此反應或許不是因為她怕生，而是被賽侯那顆醒目的爆炸頭嚇到了也說不定。
「所以咧？理沙是把我們介紹到這裡來啦……」
「嗯，我有聽她說了。聽說你們在找程式工程師？」
「程式工程師……？我是不清楚是不是這樣稱呼啦……」
「什麼啊？你還真外行耶……雖然理沙她也是講得不清不楚的啦。」
「呃……」
正當我整理思緒，想著該怎麼對賽侯說明情況時，他卻接著對我這麼說道。
「我說啊，你的表情看起來變得很有樣子了呢。」
「嗯？你說啥？」
「嗯，竟然在短短幾天裡面就有這麼大的轉變，小孩子還真是不簡單吶。」
「什……什麼啦！你是想找碴嗎？」
「你別氣啦。哎，怎麼說呢……嗯，理沙那傢伙真的很溫柔啊……喔，對了，你有躺過她的大腿了嗎？」

「什麼？」

躺大腿？

這讓我稍微想像了一下自己把頭枕在理沙大腿上睡覺的畫面。

該說感覺好像挺不錯，話說回來，這傢伙以前也在理沙那裡借住過啊。

這傢伙？跟理沙一起？

「理沙的大腿真是超棒的啊。那這位小姑娘妳呢？有躺過嗎？」

賽侯面帶笑容向羽賀那搭話，羽賀那微微低頭，警戒地稍稍退後一些，但猶豫片刻後還是對賽侯點了點頭。

「咦！」

「哇哈哈哈，所以沒躺過的只有小鬼頭你嘍？」

「什麼……沒……沒躺過又怎樣啦？」

「沒有呀～沒怎樣啊～？不過這種難得的體驗，說起來還真是想在地球的重力下享受看看吶……那樣的話一定會因為重力的關係而陷下去吧，那個有肉的、軟綿綿的感覺……」

「喂，你這地球佬給我差不多一點喔。」

被我這樣喝止的賽侯，只是又聳聳肩，沒出聲地笑了笑。

「別氣嘛。再不久就會輪到你了啦。」

「我才不是在講這個！」

「好啦我知道啦。你別這樣大小聲的。總之你來是想找我弄程式吧？只要不是啥太麻煩的東西，嗯，只要你出個適當價格的話我都幫你搞定啦。」

「……什麼？」

「嗄？你不是想請人幫你寫程式嗎？」

我稍微傻了一下，然後再次和他確認道。

「程式是由你來寫喔？」

「嗯啊，是我沒錯喔。你有啥不滿意嗎？」

「……」

正當我猶豫著該怎麼回話時，羽賀那朝我看了過來。

「這個人不是艾曼紐・賽侯嗎？」

「我就是本人啊，小姑娘。」

「小姑娘？」

羽賀那感覺帶著一點不悅地重複了這個詞。

賽侯也開玩笑地假裝畏縮了一下。

「那我方便請問妳的名字嗎？」

「……羽賀那。」

「……喔？」

賽侯沉吟了一聲，好像在揣想著這個名字是否有什麼特殊含意似的點點頭，但也沒特別說什麼。

他應該看出羽賀那跟我一樣是離家出走的人吧。

不然像「羽賀那」這種怪里怪氣的名字，在其他地方哪找得到。

「嗯，本人就是賽侯啦。羽賀那小妹有什麼事想要我幫忙呢？」

「我想拜託你寫程式。」

「這樣開門見山就講清楚很好呢。妳是想要我寫怎樣的程式？」

「跟統計有關的計算公式。」

「嗯？」

「可以的話希望還要有微積分的數值解析功能。或是只調整回歸分析的變數，就能重複做好幾次計算的功能。如果還能使用蒙地卡羅模擬法的話就更——」

「停……先暫停一下。」

「怎麼？」

「……妳剛剛講的是什麼東西來著？」

「程式。」

在羽賀那這麼回答後，賽侯直勾勾地盯著她的臉瞧。

然後賽侯轉頭對我看來，那顆巨大的爆炸頭也爽快地跟著搖擺起來。

「是理沙她大學那邊做什麼要用的嗎？」

「不是。」

「……最近的小鬼頭玩的遊戲裡，連回歸分析和蒙地卡羅模擬法之類的東西都有嗎？」

「在我玩的遊戲裡面好像真的有呢。」

「啥……真的假的啊。」

我的回答讓賽侯的眼珠差點掉了出來，不過羽賀那倒是很乾脆地破了梗。

「我們有在做股票交易。我用數學方法來預測股價，阿晴則是看氣氛來交易。」

雖然這麼說是沒有錯啦，但這種說法聽起來會覺得我好像都是光靠運氣和直覺在亂搞似的。

「喔，喔喔……啊……」

「股票」這個關鍵字讓賽侯露出深深領悟什麼似的表情，然後他大大的點了好幾次頭。

「原來如此。那這樣的話——」

「這樣的話，你能寫出程式來嗎？」

羽賀那這麼問道。

「嗯啊……這個嘛……是寫得出來吧。」

「真的假的？」

對於我的驚訝，賽侯瞪大的眼睛看起來很意外。

「你沒從理沙那邊聽說嗎？」

「聽說什麼？」

被我這樣一回問，賽侯皺起了眉頭。

然後他搔了搔頭，這麼說：

「沒聽說就算啦。除了一些根本腦子有病的超高難度計算之外，其他我都沒問題喔。那個是叫什麼蒙地卡羅法唄？那種東西我也不至於寫不出來啦。只要算式寫得清楚的話，到頭來我也就是將它們組合起來而已嘛。其實設計程式這件事最難的是要讓使用者的體驗變好這部分。在這方面，我能保證我的程式用起來絕對比那些泛泛之輩寫出來的更順手喔。」

「真的嗎？」

「當然嘍。」

賽侯帶著滿臉笑容回答羽賀那。

不過羽賀那的目光卻還是鎖定在賽侯頭頂上，好像深怕從那顆爆炸頭裡飛出什麼怪東西來似的，保持著警戒的姿勢。

「說到股票的話就會有些資料吧？是哪種格式的？」

「嗯——是拉青格經濟研究所的投資競賽啦。之後我把檔案傳給你。」

「唔啊？是拉青格？」

「嗯？你聽過喔？」

「嗯……是啦，因為那個機構很有名嘛。有好幾個我認識的人在裡面工作呢。」

「欸？是哦？」

因為這實在太教人意外，讓我一時不太能理解賽侯這話代表什麼，不過賽侯則是很乾脆地繼續話題。

「嗯，我知道。這樣的話……你們就把想要我寫進程式裡的功能和資料，都寫在郵件上寄到這個信箱來，我就會幫你們弄了。如果有什麼意見或者問題的話就直接來店裡找我也沒關係。反正我幾乎都在這家店裡。要是在這沒看到我，那我人就是在最裡面的ＶＩＰ座位那邊。」

「……你果然是在這邊定居嗎？」

「正是如此。」

「……」

雖然這件事讓我滿傻眼的，但程式方面的問題好像總算解決了。

或許賽侯也是因為程式設計師那領域的人脈網，才會認識投資競賽的相關人士吧。

「至於費用嘛……這樣好了，等你們出人頭地後再付就行嘍。」

賽侯對著我們燦爛地笑了。

我和羽賀那瞬間朝彼此看了一眼，因為開銷畢竟能省則省，我們便老實的對賽侯點頭道謝。

當我們回到教會時，已經到家的理沙正在準備晚餐。

「你們回來啦。有遇到賽侯嗎？」

「嗯啊。」

「是嗎？那太好了。就是在這種時候才更需要倚靠人與人之間的羈絆嘛。」

臉轉回廚房方向的理沙這麼說道。我望著她的背影，回想起跟賽侯的那段閒扯。

躺大腿……

雖然我也不是無論如何非躺不可，但也不是完全沒興趣。

腦中想著這種事情的我，雙眼好像在不知不覺中一直盯著理沙瞧。

直到我注意到羽賀那正用一副不解的表情看我，才猛然回過神來，慌忙轉移了視線，然後走回自己房間去。

躺大腿啊……

那到底是怎樣的觸感呢？我邊想邊改變枕頭的方向做了各種嘗試。

不過我隨後便對自己的愚蠢感到目瞪口呆，而自暴自棄的趴倒在床上。

隔天，那支我當初覺得有點奇怪而買進的股票有了動靜。

我想它動起來的契機是有人掛出了很大的一張買單。

那支股票隨後一瞬間看起來像是交易暫停，我想那應該就是潮流變化的關鍵點吧。

至今都在２７０慕魯附近徘徊的股價，突然開始猛烈走高。

我馬上就點了交易工具畫面上的「市價買進」這個按鈕，掛出了訂單。這種訂單和指定要在２７０慕魯買進一千股，定好價格才買進的「限價單」不同，是不管當時價格多少，只要市面上有那支股票正在出售，就會依當時的市價買進的訂單，也因此被稱為「市價」單。

這種做法在逐一寫下價格太麻煩，又或是價格變動實在太快，人追不上價格變化的時候就會用上。

我把之前和羽賀那講好的五百萬慕魯額度全投下去買進這支股票。

現在這支股票上的融券量，已經累積有單日成交量的三十倍，似乎隨時都可能會爆裂開來。

這時也就必然會出現一群跟我同樣眼光敏銳的人，一鼓作氣大舉殺進場。

雖然剛開始還有些人丟出大筆賣單來做抵抗，但這反而讓期待出現軋空行情的人們像嗅到血腥味的鯊魚一樣聚集了過來。人們用惡魔般的團結心架起了一座絞刑台，要吊死那些融券的人。

之後就是大筆訂單蜂擁而至，畫面上的股票狀況和實際狀況間也出現了顯示延遲。

接下來，本來應該一慕魯一慕魯變化的股價，價格一次就跳動四到五慕魯的情形變多了。這代表伺服器那邊的處理追不上實際交易的速度。

在現實的市場中也偶爾會發生這種狀況，而每當這種狀況發生後，股價就只會一面倒的飆上去。

因為那些做了融券而開始虧損的人，會在這時候為了停損而轉向買進，但這樣的行動卻又導致有更多融券的人得轉為買進來進行清算。

才過了短短十分鐘，這支股票的價格就漲到了２９０慕魯。

因為一般來說，只要出現這種勢頭也就會有會漲得沒完沒了的傾向，所以通常會設定一個數字作為當天價格變化的極限。因為這支股票今天的開盤價剛好是２７０慕魯整，所以從這個值往上加30％的３５４**（註：股價２７０加上30％應該是３５１，但原文皆以３５４為漲停板數字發展，故依照原書設定不做更動）**慕魯，就是這支股票被設定的價格上限，也是俗稱漲停板的數字。

畫面上的股價持續爬升，不一會兒就接近了３００大關。在價格３００的這一欄，有著比剛才多出一位數的賣單正在待命。

有玩過股票的人就會知道，雖然其中並沒有什麼合理的理由，但每到了１０或１００的整數關卡處，就會有大筆訂單或賣單出現。這算是投資人心理上的一種關卡吧。

要是股價越過３００大關的話，之後就再也沒有更大的關卡存在了。

所以賣出方如果想抵抗，就必然只能選在這裡。目前的訂單有四萬六千股，而賣單則有十二萬八千股。

雖說目前賣方有接近三倍的數量優勢，但我想他們要阻止這波漲幅是依然是不可能的。

在這當下，我點開了融資訂單的欄位。

就是現在了。現在這個時刻，就是頭一個能稱為決勝點的所在。

或許是因為看到畫面上賣單壁壘的關係，交易的動靜稍微停頓了一瞬間。

我就在這時使用融資塞了整整一千萬慕魯進去。也就是說我進行了借款。因為我之前和羽賀那的約定中並沒有包含融資的部分，所以之後我對她還是有藉口能講。再說只要我賺到錢的話，這件事也就不會穿幫了。

總之我那筆接近四萬股的訂單，就在這瞬間成功領頭開出了一條血路。

在那之後，股價便一路像湧泉般的往上噴。

至於這股源源湧出的洪流，究竟是勝利者的美酒或者落敗者的鮮血，就要看當事人是身處哪一方了。

我忍住要從椅子上跳起來大叫的衝動，在訂單成立的瞬間就又送出賣單。

我指定的價格是３４９慕魯，比停板額上限的３５４慕魯還要低5慕魯。

我之所以不設定３５４慕魯這價格，是因為如果做到這麼極端，當買賣雙方的單子數量兜不攏的時候，到收盤為止，交易都不會成立。這樣的話，我就有可能在那最後的十分鐘裡，遭到市場中的魔物啃噬。

另外因為３５０慕魯也是另一個關卡性的數字，所以我也不會賣在這裡。

目前這支股票正刷新著最高價，現在看來除了融券方以外的所有人都能獲利。考慮到大家都會馬上想確保自己的利潤到手，大眾在心理上也都會在350這個分界點的數字賣出。

就是因為這樣，我才要搶先一步賣在349慕魯的地方。

這時畫面上的股價，就像上個年代的古董太空梭一樣，在畫面上奮勇地噴射前進。像這種自己的財產隨著每個呼吸漸漸增加的感覺，有一種無可取代的魅力。我因為得證自己判斷正確的全能感，以及表現壓倒他人的優越感，而產生一種接近性興奮的感覺。在股票交易員中有很多人都性好女色也真的是事實。

在上午的交易結束前二十七分鐘，我的持股在349慕魯這數字全部成交賣出。

總利潤超過了三百六十萬慕魯。

我有一種頭皮繃得死緊，頭髮也彷彿衝天直豎的感覺。

就是這個，這就是已經被我遺忘一段時日的感覺啊。

「……」

我品味著這份大到讓人說不出話來的愉悅，大大做了一個深呼吸。

看著買單蜂擁而至，最後抵達漲停板的這支股票，我臉上浮現了一個疲憊的笑容。就結果來看，或許就算掛賣在354慕魯，可能也賣得出去吧。更不用說要是到收盤時都還把股票握在手上的話，到了明天可能一樣會漲停板也說不定。

但別去作這樣的美夢，才是通往勝利的鐵則吧。

我像在挖苦自己似的，不忘在心中這麼講。

要是太貪心的話就會賠錢。

把價格上漲的股票脫手之後，因為看到股價繼續漲上去，忍不住又買進卻在之後遇到

時間	約定値	出来高	売注	売数量	値段	買数量	買注
10:35	271	400			成行		14400
10:35	271	3700		31200	274		
10:35	271	4300		67400	273		
10:35	270	3400		30300	272		
10:35	270	700		10500	271		
10:34	270	2500		11600	270		1000
10:34	270	800			268	10800	
10:34	270	3600			267	72700	
10:34	270	2100			266	31100	
10:34	268	3200			265	15500	
					264	13700	

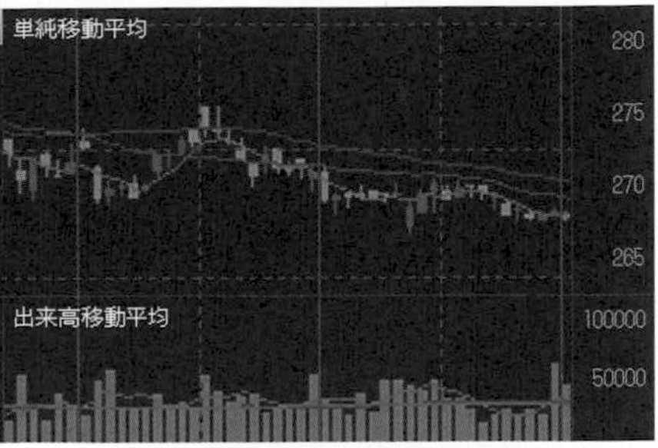

時間	約定値	出来高	売注	売数量	値段	買数量	買注
10:49	301	13700			成行		37800
10:49	300	5700		57300	304		
10:49	300	23300		82900	303		
10:49	300	14400		63700	302		
10:49	300	16400		128000	300		
10:48	300	9500		44200	298		
10:48	300	13800			297	40800	
10:48	300	18600			296	54200	
10:48	300	8400			295	59300	
10:47	298	7900			294	41800	
					293	33600	

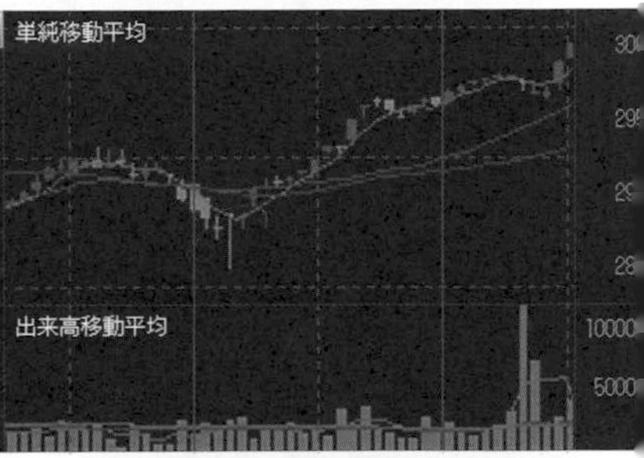

時間	約定値	出来高	売注	売数量	値段	買数量	買注
11:03	349	400	52600		成行		
11:03	349	3700		31200	349		
11:03	349	4300		67400	348		
11:03	349	3400		30300	347		
11:03	348	700		10500	346		
11:02	348	2500		11600	345		
11:02	348	800			343	71200	
11:02	348	3600			342	86600	
11:02	348	2100			341	92700	
11:02	348	3200			340	11500	
					339	11700	

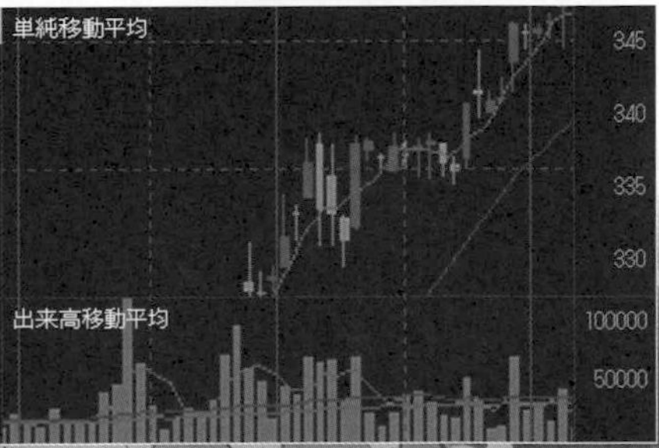

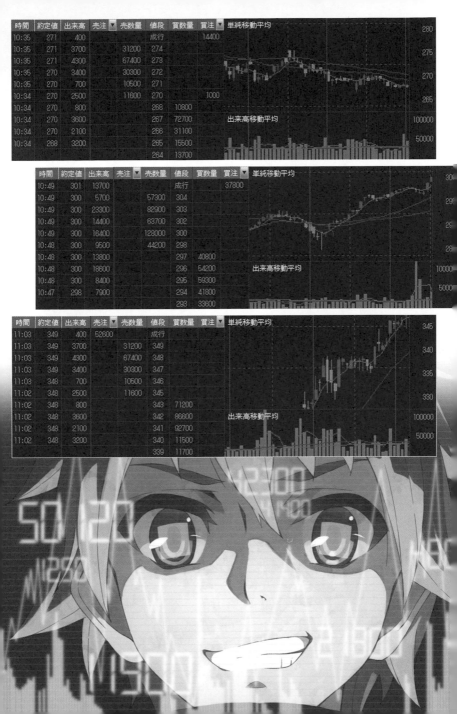

暴跌而破產的例子，實際出現的頻率就跟被人們掛在嘴邊的玩笑一樣高。在這方面留下最有名先例的人就是以薩克・牛頓。牛頓一開始也是賺錢賺得很順，便認為第二次同樣能嘗到甜頭，於是又買進同一支股票，隨後馬上就因股價暴跌而破產。

這已經是兩三百年前的故事了。

我想前人的失敗是值得借鏡的。因為股票交易甚至對那位牛頓大人來說，都是門困難的學問啊。

正當我因為著實確定利潤到手，而看著裝置畫面面露笑容時，羽賀那剛好從走廊那邊走進客廳。

「……？」

雖然她一副看到這裡有個怪人似的，用不解的表情對著我瞧，但我此刻卻完全不以為意。

如果她再走得離我近一點，我搞不好還會衝過去抱住她呢。我此刻的心情真的就是這麼好。

「搞不好在妳開始運用數學做交易前，我的成績就已經確定能拿到優勝了也說不定喔。」

我對著要走往廁所的羽賀那這樣說。

手正要握住門把的羽賀那稍微轉過頭來，看往我這邊。

「不過你還是會從獎金裡面拿三萬慕魯給理沙對吧？」

「嗯？喔，嗯啊。」

「那就這樣獲勝也不錯。」

羽賀那說完這句話後就走進洗手間。

我本來還以為她會對此感到很不甘心，但從她臉上卻完全看不出這種情緒。

這讓我稍微有些漏氣，只好把視線轉回電腦螢幕上。

「怎麼啦，比賽進展得這麼順利呀？」

從通往聖堂的走廊那邊探頭進客廳的，是頭上綁著一塊三角巾，還戴著口罩的理沙。她不知道正在打掃什麼地方。

「呵呵。表現得不錯就想要被人家稱讚，阿晴好老實喔。」

「……妳很煩耶。」

理沙的眼光真的很敏銳。

被一眼看穿的我在裝置前尷尬的抱住了頭。

「好啦，那我這邊也差不多準備告一段落嘍。」

「……妳從一早就在做什麼啊？」

「嗯？大掃除。」

「……啥？現在是該大掃除的時期嗎？」

「不是啊，但我現在能做的也就只有這種事了吧。」

「啊？」

我不懂理沙這話的意思，便這樣出聲反問。理沙取下頭上綁著的三角巾，把脫下的手套往旁邊一抛後，帶著些許苦笑走進客廳。

「畢竟我沒辦法直接幫上阿晴你們什麼忙嘛。既然這樣，我只好盡我所能讓這房子保持乾淨嘍。一個地方只要清潔，就會讓人充滿力量喔。」

「……我是不太懂啦。」

我再度面向裝置說道：

「不過房子乾淨總比髒亂好嘛。」

「是吧？嗯，除此之外呢，就是幫你們準備好吃的飯菜和洗好的衣服嘍。對了，阿晴好像每次脖子都在那邊喀啦喀啦轉來轉去的，要我幫你按摩一下嗎？」

理沙一臉興致勃勃的動著她那細長的手指。

「我才不需要咧。」

她甚至還故意駝起背來，裝得像個會嚇到小孩子的老巫婆一樣，到底是想幹嘛啊？

「哎呀？能由像我這樣年輕漂亮的大姊姊幫你按摩，這種機會可是非常少有的喔？」

「……沒有人這樣自賣自誇的啦。」

「呵呵呵～」

理沙惡作劇似的笑了笑後，也走往洗手間。

我一邊看著她的背影，心中暗想如果能給我躺大腿當作獎勵就好了……之後長長嘆了口氣。

在那天下午，我依然順利地累積利潤，最後能由我動用的金額超過了一千萬幕魯。也就是說我賺進了超過五百萬慕魯的錢。既然我花不到一週就讓資金加倍，那兩週也就是四倍、三週八倍、四週十六倍，八週後就會有兩百五十六倍，能讓我用完全壓倒性的成績得到優勝了。不過事情想來不可能會那麼順利吧。

但我至少有了一種手感，就是五千萬慕魯這種成績並不是個痴人說夢的數字。

因為市場上股價震盪的幅度很大，所以順利賺到錢時的利潤也會很大。

另外「喉片先生」也在這一週後半表現失速下墜，成績一下子掉到了四千七百八十萬慕魯。遠落在後頭的第二名成績是三千一百萬慕魯，但這位參賽者的交易已經結束了。要是我照這樣繼續下去的話，最後名次很有可能會落在第二名。

如果真的躋身第二名的話，那我就把五萬慕魯的獎金整筆交給理沙，然後接受薛丁格街那邊的招聘離開這裡。

如此一來我也算向她報答了在這裡受到的照顧，用這樣的方式一躍成名感覺也不壞。

不是在開玩笑，就算沒有羽賀那幫助，我自己也做得到。

雖然我心中暗自這麼想，但顯而易見的是如果我太露骨地把羽賀那當拖油瓶對待，必然又會引起風波。

我想理沙自然不會樂見這樣的發展，而且羽賀那好像也關在自己房間做各種準備。她似乎有和那個爆炸頭的賽侯進行連絡，也已經收到他寫的程式了。

就這樣，時間到了讓戰士也能稍作休息的星期天。

我在吃早餐時整個人腦袋空空的，雖說照例還是開著裝置，但整個人鬆弛到了會被理沙取笑的程度。

就在這時候，吃完麵包正喝著熱牛奶的羽賀那，「叩咚」一聲將杯子放在桌上，開口：

「我現在正用程式進行回溯測試……」

「……嘎？」

她這話實在說得太唐突了，讓我只能這樣回答。

「所以咧？」

「我不知道是我的用法錯了，還是程式的哪邊有錯誤。算出來的數字很奇怪。我已經寄電子郵件去談了好幾次，但還是找不到問題點在哪。」

「……喔喔。」

所以咧？

我看向羽賀那，而羽賀那的眼神則定定凝視著杯子。

現在是怎樣？

正當我感到困惑時，在羽賀那身後洗著餐具的理沙，隔著羽賀那對我提示了些什麼。

我這才終於察覺羽賀那想表達的意思。

「喔，妳是想去Big Bull Cafe嗎？」

羽賀那抬起了頭。

「對。」

「那妳就直說嘛。」

「……」

羽賀那無言地把嘴抿了起來。

「不然好歹也把路記一下啊。」

我一邊這麼說，一邊想用裝置叫出地圖給她看，但羽賀那卻不知道為什麼將目光垂到桌面上、低下頭去。正當我心裡不解這是怎麼回事時，站在羽賀那身後的理沙則直直的瞪著我。

我的視線在理沙和羽賀那之間來回大約兩趟之後，才終於用螺絲鬆掉的腦袋想出了答案。

「呃，還是我們一起過去？」

我這樣問完後，羽賀那的身子顫了一下，然後目光緩緩朝我看過來。

「拜託你了。」

羽賀那很乾脆地說出這一句話。理沙無奈地繼續洗碗。

回想當初我們去到Big Bull Cafe去的時候，羽賀那好像被賽侯的那顆頭嚇壞了。

但搞不好她其實單純是害怕賽侯那個人也說不定。或許說害怕是太過頭了，但羽賀那可能真的不太擅長跟她不熟的人打照面吧。

雖說她平常態度很強勢，可是在一些奇怪的場面卻又會變得膽小。

就算看她在外頭變成柔弱的大家閨秀，我也完全不會感到驚訝。

「是不是早一點出發比較好？」

「我想趕在星期一以前做完。」

「……那好唄。」

我一陣狼吞虎嚥收拾掉剩下的火腿蛋後，蓋上了裝置。

「不過話又說回來，那傢伙在現在這個時間就已經起床了嗎？」

在場沒有人回答我低聲說出的這句話。

星期日的上午有種特別的氛圍。

或許是因為平常日有很多人在工作的關係，鎮上滿溢著人們的幹勁而讓空氣非常活絡。

但在假日時，整個環境的氣氛卻會不知怎地弛緩下來，讓人感到沉靜。

因為路上行人也比較少的關係，感覺就連空氣都變得比較清新。

我還是老樣子邊走邊在街上張望，打量著看到的東西分別是哪家公司的產品等等。雖然有時會因為這樣而和羽賀那拉開距離，但她今天對沒有對此做出任何抱怨，也沒有轉過頭來瞪我。

每當我的腳步慢了下來，她也會跟著停步，然後悠然望著附近的景物等我跟上才開始往前走。

就這樣重複這種模式，一路走到了Big Bull Cafe。

才剛進到店裡面，就看到了一個不是賽侯卻符合這家店店名的蓄鬍壯漢，正縮著身體窘困地擠在櫃台裡讀著電子雜誌。那個壯漢朝我們瞟了一眼後，開口說道。

「歡迎光臨。」

這可讓羽賀那的腳步完全停了下來，就這樣愣在自動門中間。

「呃——請問賽侯在嗎？」

「你找老闆？老闆他人在最裡面的二號座位那邊。」

我意外的想著那傢伙竟然是老闆，跟對方道了謝。

「謝啦。」

「嗯。」牛男大大點了個頭，便再度將視線轉回電子雜誌上。

我轉頭看向呆站在自動門中間的羽賀那，招招手要她跟我往裡面走。

但因為看羽賀那還是站在原地一動也不動，我索性抓住她的手拉著她往前走。牛男看著雜誌的眼光不時會朝我們這邊瞄，最後我好像看到他稍微笑了出來。

「……你都不會怕嗎？」

當我們穿越迷宮般的狹窄通路時，羽賀那這樣問我。

「啥？」

「他看起來不像好人。」

「不像好人……嗯，至少看起來是不像銀行員那種正經職業的人吧。」

「……」

感覺羽賀那對我說的話有點不知該如何回應，但她的臉色很凝重。

「只要平常有練身體就沒問題。這樣面對大部分的人都不會感到害怕了。」

「……阿晴，你有在練身體嗎？」

「妳當時是沒看到我把那個戶山大叔打趴在地板上喔？對上那種體格的成年人我可以輕鬆打贏呢。」

「……是喔。」

羽賀那隔了一下子才點點頭。

我本來還想再說點什麼，但最後還是作罷。這是因為我注意到羽賀那之所以害怕體型壯碩的男人，除了身材上的差距之外，好像還有其他理由。而且羽賀那要是敢自己來這家店找人的話，應該就不用找我一起了才對。

「呃，二號座位……是這裡嗎？」

我走到這家店的最裡面，看到了兩個小房間。這些包廂的價格差不多是一般座位的三倍。

「起床了沒啊？」

我敲了敲房門。因為店裡現在很安靜，所以我也不方便發出太大的聲音。

但我敲了幾次門之後，房裡還是沒有傳來回應，所以我也只好輕輕把門打開，結果便看到電腦螢幕上面正無聲的播放著不知道什麼影片。我本來還想說是因為接了耳機所以才聽不到影片的聲音，但下一秒我馬上就把門關上。

「……怎麼？」

羽賀那看著我問道。

我心裡則是先慌亂了一陣，才開口對羽賀那這麼說。

「妳啊，先去旁邊那裡等我一下。」

「為什麼？」

「別問了啦。」

「……」

羽賀那雖然看起來有些不滿，最後還是照我說的退到旁邊。她感覺有點心不甘情不願，往剛剛來的走廊方向退後了三步左右。但我還是比了個手勢要她再退遠一點。

羽賀那見狀皺起眉來，不過還是照我的話又再退後兩步。

我對她點了點頭，然後再次輕輕打開房門鑽進包廂裡。

在那個包廂裡面，滿是無聲的色情影片正在播放著。

「喂！」

我朝著沙發上熟睡的賽侯頭上戳了一下。

賽侯不一會兒醒了過來，用一雙惺忪的睡眼看我。

「嗯……喔？喔喔……」

他就這樣咕噥了幾聲，然後很豪邁的張大嘴巴打了個呵欠。因為賽侯的個子很高，他睡在沙發上時兩腳膝蓋以下都是懸空的。當他大大伸展四肢的時候有半個身體都在沙發外頭，讓我真的覺得他與其在這種地方過夜還不如去租間房子好，但也可能是他沒賺什麼錢吧。

總之我先切掉了螢幕的電源。

因為那上面播放的，是一個跟理沙差不多年齡的女人，以外太空為背景全身光溜溜的在做讓人難以啟齒的事情。

「不要把色情影片開著睡覺啦。」

「呵啊啊啊……嗯？喔喔，這種不是你的菜嗎？在這個系列裡面有很多漂亮美眉的說。在太空衣裡面啥都沒穿不是很讚嗎？」

「誰在跟你講這種事啦！」

「不然是什麼啊。啊，還是你覺得像羽賀那小妹的那種美眉才好？這個嘛……你要的話也不是沒有啦，但被抓到的話也不太妙嘛……是吧？」

「喂，我真的宰了你喔。」

「好啦好啦我知道啦，你別氣嘛。」

雖然我一把揪住了賽侯的胸口威嚇他，他卻一點也不害怕。

這反倒讓我覺得對他發火也很蠢了，於是便把手放開。

賽侯搔搔他那顆爆炸頭，咧嘴對我笑道。

「說吧，你有什麼事？」

「……真是的，是羽賀那說她好像有什麼事找你啦。」

「咦？羽賀那小妹也來了喔？」

賽侯吃了一驚，匆忙地開始打理自己的儀容。他用雙手壓了壓他那顆爆炸頭，也不知道打算要怎麼整理。

「我要她在包廂外面等。誰叫剛剛一開門就看到整面的色情影片在播。」

「她有來你就早說嘛。不然她豈不是要誤會我是變態了嗎？」

「誰管你啊！還有你那個程式，聽說運作得不是很順的樣子？」

「嗄？喔喔，她在信中也有這樣說啊。」

「那我叫她進來嘍？」

「喔喔，ＯＫ啊。」

賽侯轉頭看向掛在牆上的小鏡子，一下子轉側面一下子歪向一邊，打理起他那顆體積龐大的頭。

我從門口探頭出去看向走廊，發現站在一旁沒事可做的羽賀那也看往我這邊。

看來她很明顯因為看到我而鬆了口氣，不過眼神卻有些刺人，感覺是因為被我排除在外而拗起脾氣來了。

「可以進去了？」

「嗯嗯，紳士的準備已經完成了。」

「……？是喔。」

於是我把身體縮回包廂內，而羽賀那在遲疑一下子後也進到小房間裡。

雖說羽賀那應該不至於覺得網咖裡的每件事物都很新奇，但這邊的環境畢竟和理沙的教會有很大落差，讓她的樣子看起來有些困惑。

「嗨，羽賀那小妹。」

「……」

賽侯對著羽賀那打招呼，但她只是靜靜點頭。

賽侯接著將電腦前的椅子轉了一百八十度，笑著要羽賀那坐下。羽賀那則一臉怯生生的慢慢在椅子上坐好。

「聽說是有程式方面的事要找我？」

「……對。統計處理的期間指定功能會出現錯誤。比如說……」

羽賀那像切換了開關似的態度一轉，從包包裡拿出自己的行動裝置開始說明起來。但因為他們談話的內容幾乎全是我聽不懂的高深術語，聽他們講話對我來說簡直像是在聽和尚念經。

既然在房間裡也沒什麼事好做，而且小包廂裡面塞三個人也顯得有點擠，我便打算先出去而將手伸向門把。

就在這瞬間，羽賀那的說明戛然而止。

「？」

我回頭往後一看，視線剛好對上了羽賀那的目光。

只見她一副手足無措的神情，一臉像在質問我說：「難道你要先走嗎？」

看她這樣硬是讓我的心揪了一下，整個人僵在當場。

但我畢竟不想讓賽侯看穿我的動搖，便佯裝平靜地聳聳肩，擺出一副無可奈何的表情，把握住門把的手抽了回來，然後在包廂裡面的桌子上輕輕坐下。

羽賀那面帶一抹不安看著我的動作，然後才繼續解說。這一連串互動全在不到一秒鐘的時間內發生。賽侯可能因為正皺起臉思考著羽賀那的問題，而沒發現我們之間的互動。

接著羽賀那就再次和賽侯開始了討論。

我就這樣看著他們兩個，然後努力想讓自己的心跳緩和下來。的確，就算她是羽賀那，在這種既狹窄又雜亂的地方，女孩子獨自一個人被丟下來的話，確實也會覺得害怕吧。

但羽賀那剛才那副毫無防備的神情卻又有著一種稚兒般的純真。

我覺得心中某種像是保護欲的東西受到觸動，好像強烈意識到自己得好好保護眼前這個人才行。

到目前為止，我從來都沒有被其他人像這樣依靠過。

但坐在桌子上的我逕自想著：這種感覺好像也不壞……

「唔喔嗯，這樣子喔……這麼說來，果然是……」

賽侯跟羽賀那談到一半，正開始哀哀叫。

「嗯？你好像沒事做喔？」

這時他突然轉過頭來對我搭話。

「你想打電動的話在旁邊有喔。這邊也有網路，你就隨便打發一下時間吧。我們這邊好像還要花上好一陣子。」

「哦？是喔？」

「嗯啊。」

既然賽侯都開口了，我便順著他的話看了看被丟在桌子旁的各種玩意。

而賽侯本人則正面對著羽賀那，用一副超級正經的態度說道。

「該怎麼說呢……跟羽賀那小妹講話的時候，人在理性方面的好奇心真的會受到刺激呢。你們別看我這樣，其實我也很喜歡解決這種困難問題的啊。感覺做起來很有意義呢。」

這番話讓在旁邊的我聽得都快笑出來了。

「是……這樣嗎？」

「嗯。我可是個不折不扣的理科人喔。真棒耶，能和羽賀那小妹這樣的女孩子聊到數學這種話題，我可是連想都沒想過呢。」

「……是喔。」

雖然這是一句再明顯不過的奉承話，但羽賀那只是帶著幾分遲疑地低下頭去，似乎對這樣的言詞並不覺得太感冒。在自己擅長的領域中遇到能進行討論的對象，我想絕對是件很愉快的事不會錯。我並不認為光聽到股票就頭痛的理沙有辦法這樣和羽賀那對談，而那些被羽賀那教的孩子則和她是師生關係，立場上並不對等。

但這麼說來，就代表賽侯這個人的頭腦的確很好……真的是這樣喔？

「會來這家店人的幾乎都是像他這樣的髒小孩啊。要是羽賀那小妹能更常來看我，那我會很高興的吶。」

「你幹嘛把我叫成髒小孩啊。」

「這是事實吧。我可是接到好幾次申訴喔，都說某人身上味道好重啊。」

「……嗯。阿晴那時候真的很臭。」

「唔！」

「哈哈，我沒胡說吧？」

賽侯笑了出來，羽賀那也跟著他笑了。可惡，雖然心裡這麼想，但那畢竟是事實所以我也無話可說。

我就這樣放棄回嘴，準備打電動逃避。我把螢幕電源打開，打算將電玩用的手把接到電腦上去，而把頭探往桌子底下。

就在這瞬間、賽侯倏地從沙發上站了起來，嘴巴一張一闔的動著，不知道想講什麼。

「？」

我從桌子下面看著賽侯這樣的動作，思考他到底什麼意思。

接著只見賽侯將手越過羽賀那的頭頂指向螢幕，讓我到這時才想起螢幕上本來播著一堆色情影片。

「怎麼？」

羽賀那對賽侯問道。

賽侯也看向了羽賀那。

隨後羽賀那身子一動，打算要轉過頭去。

我看到賽侯臉上的表情寫著「完蛋了」這三個字。

說時遲那時快，我抓起手邊的一整束電源線，用蠻力將它們一把扯掉。

嗶嘰嘰噗嗡嗡嗯。

電腦主機就在發出這樣的聲音後停止運作了。

當羽賀那轉過去來看到螢幕時，那上面應該已經沒有任何畫面了。

「到底怎樣？」

羽賀那的目光從螢幕轉向我。

「……我……是我不小心搞錯把插頭拔掉了。」

「啊……啊——沒……沒什麼關係啦。」

賽侯也配合我演了起來。

「是……是喔？哎，幸好沒事。」

「嗯嗯，你別在意，沒事啦。真的……幸好沒事啊。」

「真的是幸好啊。」

我和賽侯就這樣互相唱和著，只有被蒙在鼓裡的羽賀那，對眼前的狀況不解的歪了歪頭。

最後當我們離開Big Bull Cafe時，時間已經過了中午。

羽賀那和賽侯的討論本身就用去不少時間，又因為賽侯當場便照討論內容對程式進行修改，把整個過程拖得更長。

不過賽侯倒是很自誇的說，能在這麼短時間內把這些工作處理完的大概只有他了。

雖然不知他這話是真是假，但實際上他敲鍵盤的速度真的很快。快到讓我懷疑他是為了在羽賀那面前耍帥，而在鍵盤上隨便亂敲。

但最後羽賀那指出的錯誤好像也真的排除了。我看她在輸入各種數字、看完算出來的結果後，滿意地點了點頭。

不過……當我們從Big Bull Cafe裡走出來時，我腦中的念頭就只剩下食物。

「我說啊。」

我回頭向羽賀那搭話時，她剛好小心翼翼地將行動裝置收進包包裡。存在她裝置裡的那個程式現在已完全煥然一新。

「我說妳就自己走回去吧。」

「為什麼？」

「我想先在這附近找東西吃啦。實在沒辦法忍到回教會了。」

剛剛在程式修改途中，賽侯很貼心地問我們要不要叫個披薩，卻被羽賀那婉拒了。聽她說理沙好像準備了午飯要等我們回教會吃。

不過如果我配合羽賀那的速度從這裡走回教會，大概需要三十分鐘。

我可沒辦法排除自己餓死在半路上的可能。

「妳總該認得回去的路怎麼走吧？」

因為剛好錯過了往下的電梯，要等感覺又很麻煩，所以我就邊走下又細又窄的樓梯邊這樣開口問。而羽賀那卻還是站在樓梯的中間平台動也沒動。

「……」

「怎樣啦？」

我也跟著停了下來，轉過頭問她。羽賀那這時才抬起頭來對我說道。

「我也要在外面吃。」

「唔……」

這回答讓我稍微感到意外，接著坦白地回羽賀那說。

「教會那裡也有準備午飯吧？我可是打算連那頓也要吃喔。」

羽賀那基本上食量不大。她在我這樣回答後驚訝地瞪大了眼睛，隨即換上一副凶狠的表情，好像要對誰吐出一口怨氣似的說。

「教會那邊才沒有準備飯。」

「……啥？」

我想都沒想就這樣回問。因為剛剛賽侯說要叫披薩的時候，羽賀那的確是說理沙有準備午餐等我們回去吃才拒絕的。

「理沙在出門打工前不是先把東西煮好放著了嗎？」

「她沒有。」

「……」

我努力運作因為飢餓而呈現空轉狀態的腦袋，但還是想不到答案。

難道羽賀那是想跟我兩個人單獨吃飯？

我半是好笑的起了這種愚蠢念頭，隨後才突然想到答案。

「妳真的那麼怕賽侯喔？」

我笑著這樣問羽賀那。她聽到時縮了一下身體，動作明顯到連旁人都看得出來。

看來是被我說中了。

「該怎麼說，他那顆頭的確是非常有震撼力啦。」

「……」

羽賀那露出了一副不悅的表情別過臉去，但聽到我這句話後慢慢點了點頭。

然後她輕聲這麼說道：

「我很不擅長面對男人。」

「我也是男的啊。」

被我這樣一問，羽賀那從階梯上方高姿態的俯視我，很乾脆地回答。

「你是小孩吧。」

「啥，什……」

我臉上的肌肉不自主抽搐起來，而羽賀那講完話則恢復了平常的步調，靜靜走下樓梯。然後她在走到了我面前時，這樣問道。
「所以要去哪邊吃飯？」
還不快點給我帶路。
我也只好聳聳肩再度踏出腳步。竟然會因為被一個比自己矮的女生叫小孩就生氣，看來我真的還是個死小孩吧。
正當我這樣想著走出大樓時，突然想起一件事。
「喔，對了。」
「怎麼？」
「如果是星期天的這時候，搞不好克莉絲會在耶。」
「……克莉絲？」
羽賀那感覺很意外的看了看我。
「你有事要找克莉絲嗎？」
「她在星期天的這時候，常常會待在隧道那邊不是嗎？」
「是這樣子沒錯……」
「這樣的話，我們就在附近買個麵包到那邊吃也不錯吧，那邊的風景也很好嘛。我還滿喜歡那個地方的喔。」
羽賀那一副不敢掉以輕心的盯著我瞧。
雖然她那副模樣就像隻想保護小貓的母貓，但畢竟克莉絲這個人真的還滿遲鈍的，所以羽賀那會有這種反應我也不是不能理解。

「……是喔。」

羽賀那默默把我的話語反芻了一陣，終於點點頭說。

「那就照阿晴說的做吧。」

「喔！那我們就在附近買個麵包吧。妳身上有沒有帶錢？」

被我這樣一問，羽賀那有些不悅的皺起眉頭看我。

「我才沒忘記跟理沙拿飯錢。」

「妳別這樣就生氣嘛。」

「我沒生氣。」

「啊～算了啦。不夠的話我幫妳出啦。」

羽賀那當場好像想說些什麼，但我蓋過她的話對她說道。

「因為前陣子妳也有幫我殺價嘛。」

雖然當時羽賀那好像是想要還我人情我才這麼做，對於人家的謝禮再度回禮也有點奇怪，但只要想起當初在服飾店前吵起來的那件事，就讓我覺得現在這樣做應該還算恰當。

羽賀那對此一副欲言又止的樣子，最後好像還是想不到該怎麼回應才好。

最後她撇開視線，依然板著一張臉點了點頭。

「啊。」

聽到我啊了一聲，羽賀那朝我這邊看來。

「妳這次可不要再那麼霸道地殺價了喔。」

「……」

羽賀那瞬間露出被人踩到痛腳似的表情，臉色一下就變得難看起來。

但她這次沒有再出腳踹我小腿了。

「我知道了。」

她只是比我預期中更坦率的點了點頭。

我和羽賀那在附近的麵包店各自買了麵包和飲料，然後沿路走回通往第七外區的隧道。

今天也理所當然是晴空萬里的好天氣，很適合邊悠閒遠眺景色邊野餐。

只不過我明明是因為和覺得羽賀那兩個人面對面吃飯會顯得尷尬，才提出找克莉絲一起吃的這個方案，到了當地卻沒看到關鍵的克莉絲本人。

「哎，她大概等一下就來了吧。」

飢餓的我可耐不住把食物拿回教會再吃。而且就算對象是羽賀那，這時我也實在不好意思再開口叫她自己先回去。於是我重新把背上的包包背好，便跟平時一樣對著路樹跳去，接著一蹬樹幹輕飄飄地彈跳到隧道上頭。

「好啦，開動開動。」

我連找個地方坐下都等不及，直接拿起用再生紙包的三明治，馬上要一口咬下去。但看到羽賀那人站定在路中間，抬頭用不滿的目光望著我，讓我停下了動作。

「我上不去。」

「……」

這麼說來，羽賀那的體能的確因為已經習慣了月面的重力而非常差。

雖然心中覺得很麻煩，但我畢竟不能這樣放她在下面不管。

於是我便單手抓了個三明治，從隧道一邊飛躍而下，在落地後馬上先啃了一大口。

「姆咕……東西。」

羽賀那走到我身旁，照著我的指示把裝了麵包的袋子遞給我。

「妳把這袋子好好抱在胸前啊。還有妳的包包也是。」

「？」

羽賀那先猶豫了一陣，最後才乖乖的照我的話做。

我又吃了一口三明治，然後說道：

「不要亂動喔。」

「……欸？」

「嘿咻。」

我嘴巴咬著三明治，就這樣把一隻手伸到羽賀那的大腿後側，雙手把她扛了起來。

這也就是一般俗稱的公主抱吧。而羽賀那只是瞪大了眼對著我瞧。

但要我這樣抱著她踢樹木使用蹬跳實在太困難，所以我只好繞了段遠路先向山崖跑去，然後依序踏著樹根、岩石、另一處樹根、樹枝這樣一段一段往上跳，最後才登上了隧道突出的部分。

而每當我一跳躍，羽賀那就會發出細微到幾乎聽不到的驚叫聲。

「好啦，到了。」

在我這麼說之後，羽賀那才總算回過神來。

雖然她連忙想爬起，但好像忘了自己仍然被我抱在手上。

「咿，啊……」

羽賀那就這樣失去平衡，身體快要往後倒去。

我心裡暗叫糟糕，馬上雙腳一蹬，然後撐起她的身體，扶她站了起來。

「妳這個人真的很沒有運動細胞耶。」

我狼吞虎嚥的邊吃三明治邊這麼說，而羽賀那也不整理她亂掉的頭髮，只是一臉疲憊的這樣回答：

「……我不否認。」

「還有妳的麵包和包包。都快掉下去了啦。」

「……」

羽賀那把身上的東西都重新拿好之後，開始用手梳整自己的頭髮。

不過抬起頭來的那瞬間，她馬上因為眼前的風景而張大了眼睛。

「……好棒喔。」

羽賀那怔怔地站在隧道上，連頭髮都忘了梳，只是喃喃說道。

我因為她的反應而感到有些得意，一屁股在地上坐了下來，伸手要抓起第二個三明治吃。

「這裡是我所知道風景最棒的地方吧。而且也不會有其他人來。」

「……阿晴一直以來都在這吃飯嗎？」

羽賀那好像終於從對景色的感動之中回過神來。

她低下頭對我這麼問道。

「也沒有啊？嗯，我是偶爾會來啦。畢竟從這裡能看到牛頓市嘛。這個地方很適合想事情。」

「……」

羽賀那又轉頭望向眼前的景色，然後瞇細眼睛，緩緩點了點頭。

「克莉絲也說她常在這裡解數學題。」

「妳沒辦法自己爬上來還真是可惜啊。」

我開口調侃羽賀那，讓她的嘴唇抿了起來。

但之後她也還是跟著坐下，然後對我這麼說。

「我只要拿梯子就上得來了。」

「哈哈，妳很遜耶。」

「用這種方法才比較合理。」

這話聽起來雖然有點像是在賭氣，但又有點像是羽賀那認真的想法。

無論如何，羽賀那畢竟是羽賀那，到時候她應該真的會拿個梯子爬上來吧。

我想像那副樣子，輕輕笑了出來。

「不過……」

「嗯？」

正當我用手指拎起一塊從麵包中間掉出來的蔬菜放進嘴裡時，羽賀那說道。

「真的是很棒的景色。」

「……」

雖然她稱讚的是景色，我一時卻像是自己受人讚美一樣感到高興，然後因為這樣自我膨脹的心態而感到有點不好意思。

「教會三樓的風景不是也不錯嗎？」

在我為了掩飾害羞而這樣說後，羽賀那馬上轉過頭來回應說。

「從這邊看出去的完全不同。」

她說的這句話是再理所當然不過了。

「而且，這裡和我知道的另一個地方風景很像。」

「啊？」

我出聲想要回問羽賀那，然而她只是用著一種凝視某個遙遠地方的眼神，眺望著眼前的風景。

我在旁看著羽賀那，見她的表情已經不像平常繃得那麼緊了。

但她此時的神情，卻又無法以安穩來形容。

思鄉。

就在我腦中浮現了這個詞後，羽賀那也剛好把她的視線從景色轉回三明治上。

「另外我有件事想問阿晴。」

「嗯……啊，怎樣？」

雖然我絕對沒有看羽賀那的表情看得出神，仍被這一句話拉回現實，慌忙回應：

「怎、怎樣？」

「關於那個投資競賽。」

「喔，嗯嗯……怎麼了嗎？」

「……」

我一時覺得奇怪，想說她怎麼都到現在還有問題沒問完，但就算我出聲回問，羽賀那也遲遲不把她的問題說出口。她只是盯著自己手上拿的三明治，就這樣整個人不動。

我沒有催她，也沒有置之不理。因為我知道她正在思考著要怎麼把問題講出來。

「關於獎金的事。」

然而，羽賀那說出了非常單刀直入的一句話。

「喔喔。」

「阿晴，你真的會把獎金分給理沙嗎？」

雖然我心想她怎麼到現在還要確認這種事情，但回頭想想，羽賀那最掛心的畢竟就是這個部分吧。

我舔了舔手指上沾到的芥末，回答：

「如果拿到的獎金在五萬慕魯以下，我會全部給理沙；如果最後拿到二十萬慕魯，扣掉給理沙的部分後，剩下就我們對分吧。」

「……真的嗎？」

「我的信用是有這麼差喔？」

我反問的語氣中並沒有怒意，但羽賀那卻難得軟弱地別開了目光。
在那之後，她稍稍抬起頭來怯生生地瞧著我的臉，說道：
「就算……」
「嗯？」
「就算我的程式沒辦法幫上忙，也一樣嗎？」
我看見自己的身影清清楚楚的倒映在羽賀那烏黑的眼眸中。
聽完她的這個問題，讓我沒辦法笑著回說她太愛操心。
因為羽賀那真的曾用自嘲般的口吻，說自己的數學能力在現實當中連半點忙都幫不上。
而且羽賀那在她的人生境遇中，一直都是無力的。
我不能取笑她。
這不光是因為受了理沙之託，而是我不能對女生做出這種事情。
「我是希望妳的程式儘可能要有點用處啦。」
「……」
「不過……怎麼說咧，我這陣子畢竟受了理沙不少照顧嘛。」
而且如果真的拿下了領得到獎金的前幾名，基本上應該就會有企業上門招攬我才對。
真要說的話，這才是我參加比賽的主要目標。
如果能讓我心無芥蒂地告別這所教會，區區數萬慕魯我是不會吝惜的。
「再說妳的程式是不是真幫不上忙，現在也還不知道吧？」
聽我這麼一說，羽賀那露出了意外的表情，直勾勾的對著我的臉瞧。

而後，她慢慢垂下目光，點了點頭。

「我希望能幫得上忙。」

羽賀那真切地這麼說道。

「是因為妳到目前為止都只會幫倒忙嗎？」

「唔！」

這句話讓羽賀那倏地抬起頭。

而她看到我嘻皮笑臉的表情後，把眉頭緊鎖得好像快發出聲音，忿忿瞪視著我。

「哈哈，我開玩笑的啦。」

「你吵死了。」

羽賀那難得孩子氣的對我回嘴，而這又讓我的心情更愉快了。

不過就算不是羽賀那，我想只要是人就都會痛恨無能為力的自己吧。

我就只是望著眼前遼闊的景色，半聽天由命似的這樣說道。

「如果事情能順利的話就好了吶。」

我注意到被剛剛的話惹怒而默默啃起三明治來的羽賀那，此時抬起視線。

隨後，她也隨我望向那片風景，緩緩點頭。

我們享受般的看著這平安無事的沉穩世界。

如果能如願，我也希望自己所認識的人們都能夠共享這樣的一份安穩。雖然我明明在不久之前還是個滿腦子只顧著自己賺錢的人，此刻卻不禁冒出了這樣的想法。

如果在投資競賽中得到優勝，除了獎金的二十萬慕魯之外，還會有薛丁格街的人來雇我。一想到這些，就讓我的胸口興起一陣悸動，難以平靜。但我也是真心希望羽賀那的程式能派得上用場。雖然這份真心的成分有一點不純。

因為我到目前為止都沒機會接觸這一類投資方法的關係，羽賀那的程式究竟有多少價值，對我來說還是個未知數。

我在比羽賀那早一步吃完三明治後，就這樣躺了下來。

這時我很單純的想著，要是事情能順利進行就好了。

之後沒過多久，隨著一步步跑上懸崖的腳步聲傳來，抱著大件貨物的克莉絲終於出現在我們眼前。

第七章

隔天，我和羽賀那肩並肩坐在桌子前面。

羽賀那的裝置就擺在我的電腦旁邊，上面開著賽侯所寫的那個程式。

我大略問了一下這程式到底怎麼運作，才知道它好像能把從我說過所有會影響股價的因素都設為變數，進而從市場上挑出未來走向較好預測的個股……的樣子。

雖然羽賀那說未來的股價預測值會依據常態分布而隨時間變化什麼的，撇開這點不談的話，這程式基本上也就是藉由數學方法，來模仿並重現我平常的操作。

而我跟程式之間的差異，在於程式可以瞬間從所有股票裡面抓出我可能感興趣的那一類股票，然後根據內部的計算顯示出未來股價。

股價這種東西總是不停漲漲跌跌，有個叫什麼「波動率」的詞就是指這個價格變化的幅度。雖然在整體行情變化劇烈的時候，個股價格的震盪也會很大；但實際上在大部分的日子裡，股價來回震盪的程度其實都很接近。這個程式的功能正是藉由當天各種指數的狀況來判斷出波動率並代入公式中，分分秒秒藉此對股價變化進行預測然後顯示出來。

我將羽賀那的程式選出來的股票快速掃過一遍，然後打開感覺能拿來利用的股票頁面。

其中有好幾支股票看起來感覺都不錯，讓我覺得這程式到現階段為止可說把我的判斷標準模仿得很好。

「那我們就來試試看吧。」

「嗯。」

羽賀那看起來似乎有點緊張。

打開虛擬市場頁面後，各支股票的價格同時在我們眼前動了起來。

在羽賀那的程式選中的股票旁邊，都顯示出當日的股價震盪範圍，讓人覺得一切彷彿都是已預定好的行事一般。雖說實際上股價還是會受到指數的變化，也就是每天的市場氣氛所影響，但聽說股價大約有七成左右的機率會落在程式計算的區段內。

即使我還是會看看其他股票，但基本上就以程式選出的股票為主來進行交易。

今天的市場氣氛整體感覺有些乏力，看不到什麼明顯的動作。程式似乎也反映了這狀況，慢慢把預測的價格區段愈縮愈小。好像每幾分鐘就會重新算出一次結果的樣子。

「怎麼樣了？」

羽賀那對我問道，但我只是聳聳肩，雙眼沒從股價上離開過。我看到價格一點一點慢慢走低，而市場上幾乎沒什麼人買進。就我的直覺看來，現在的氣氛並不適合出手。

「這邊這個數字就是價格的下限嗎？」

「對。這是我把數值做過調整後，負一個標準差的價格。」

「……」

雖然我聽不太懂羽賀那在說什麼，總之也就是這麼一回事吧。

但所謂的市場氣氛，可是一種得屏氣凝神盯著一大片的股票看、把所有能作為指引的指標全都塞進腦袋瓜裡、再追逐讓人眼花撩亂的整片數字，才終於能掌握到一鱗半爪。這種東西真的有辦法靠數學來掌握嗎？

即使到了這種時候，我仍對這一點感到懷疑。

再怎麼說，眼前這個程式竟然能在市場開始交易前，就彷彿將今天將發生的所有事情都看透，明明白白地顯示出股價的上下限在哪。

順道一提，我現在所關注的股票價格下限是７３２慕魯，目前的價格則是７３８慕魯。而這支股票今天的開盤價是７４５慕魯，現在跌了正好１％。說起來１％的下跌其實跟流鼻水一樣，雖然會讓鼻子覺得有點癢，卻可能和感冒完全沒有關聯。

但股票市場也就是如此，不存在什麼確實可循的跡象，也因此難以捉摸。

我接著打開其他個股的頁面，看看哪邊有人沉不處氣想要出手，或是哪支股票藏有玄機而出現猛烈的價格變化，想找台順風車來搭。

我買進一支開始上漲的股票，然後在離漲到離頂點還有很大一段距離的地方就賣出。在賺到錢後，我也不會再對那支股票之後的發展多看一眼。

雖然我知道坐在旁邊的羽賀那會因此感到坐立難安，但畢竟還是不能把整個上午的時間都耗在那支股票上頭。也不知道過了一小時還是一個半小時，我操作的其他股票紛紛累積了0.7％、0.5％左右的小獲利。雖然稱不上勢如破竹，但從市場能量這麼貧乏的今天來說，這成績已經算好了。

不過在這途中，有兩支股票都各虧了約0.2％，讓我在心中暗自搖頭。

但這時我耳邊突然傳來了「咚」的一聲音效。

「阿晴！」

羽賀那喊了我的名字。我看她手指指著行動裝置，便朝她的裝置上看去。只見羽賀那的那個程式上面顯示出來的數值正在閃爍。我也用自己的裝置確認那支股票的股價，看到它確實跌到了接近下限值的７３４慕魯處。

「股票在下跌。」

「我知道啦。」

我凝視畫面，但在顯示交易量的地方看到的訂單和賣單數字，並沒有讓我眼睛一亮。

該在這邊買進嗎？

老實說我有點卻步。因為在這個情況下，除了羽賀那的程式以外我根本沒有任何線索能參考。

「它的波動率明明很低，卻還是跌到接近負一個標準差。」

「……」

我還是一樣聽不懂羽賀那在講什麼。

但羽賀那的態度非常認真。於是我選擇相信她，試著買進股票。

既然程式說７３２慕魯是價格下限，我就照自己一直以來的習慣，在７３３慕魯的地方掛出買進的限價訂單。這支股票的價格在７３５慕魯上下拉鋸了一陣子後，因為出現了稍微大筆一些的賣單，讓股價一口氣滑落到７３４、７３３這邊。這時我的訂單成交了，股價的跌勢也暫時停下。

但在這種狀況下，無論是誰都會想要暫時先將這支股票脫手；對於玩融券的人來說，此刻更是理所當然要進行賣出的關頭。

於是一大票賣單便很自然地傾巢而出。

掛在７３３慕魯這邊的訂單全數被吞沒，連７３２慕魯的訂單量也被消化了一半。

這可讓我嚇得連忙想行停損操作。畢竟現在退場的話死傷還不會太慘重。

但我的動作好像被羽賀那發覺了，於是她一把抓住我的手阻止我賣出。

「不行。」

「妳搞啥啦！」

「這邊這些應該都會被買走。應該都會被買走才對。」

羽賀那還是不放開我的手，這麼說道。

為什麼？根據在哪裡？

我知道這程式畢竟是她開發的，所以她會希望預測神準也是人之常情。

但眼前的現實是殘酷的。就是因為市場中的股價變化是如此任性，才會造就「股票不會認主人」這句股市格言。要是光靠祈禱就能讓事情順利，那像理沙這樣的人早就變成大富翁了。

接著就連732慕魯的訂單也被消耗殆盡，價格掉到了731慕魯。我的虧損額已經達到0.3%。有人說做投資最難的其實不是賺到錢，而是在賠錢的時候能多早割捨掉手上的股票。而一般人在遇到虧損時，也就會把股票丟著不管，想等到那支股票再度升值。

但這樣做的結果，常常會讓傷口愈來愈深，股票也不會再次漲回原來的價格。

我依照平時的習慣，心頭浮起一陣要把損傷壓在最小程度的衝動。想想傳奇投資者的名言吧。那句話是怎麼說的來著？

現在市場的氣氛也糟透了，讓人完全找不到該買進的理由。而股價在跌破731慕魯後，會遇到730慕魯，也就是10慕魯單位的一面牆在等著。在那邊會有一群想要逢低買進的人，認為這個數字很剛好而送出訂單。
我該對此賭一把嗎？
但在這種氣氛中，這堵十位數的牆就算能發揮止跌效果，卻也無法構成一個讓價格再度上漲的理由。
即使如此，羽賀那依然筆直地盯著畫面。
「會上漲的，應該是會上漲才對……」
又有人賣出股票，在731慕魯這邊的買進訂單終於也快見底了。
「？」
但股價並沒有再繼續下跌。
因為市場中零零星星的出現一些訂單，讓股價的跌勢停止。
賣出、買進、賣出、買進──這兩股勢力互相拮抗著，氣氛也就這樣改變了。
不會吧？
交易數字停了下來。
「漲上去吧。」
事情就發生在羽賀那輕聲低喃的這一瞬間。
「什麼──」
訂單一口氣湧了進來，把價格推上733慕魯。賣出的人像是全部哽住喉嚨似的沒了動靜，而買進的訂單繼續擁入。價格來到734慕魯。這時賣單出現了，但相對之下只像條涓涓細流的賣出勢力，在下一回合便全數蒸發。

735、736、735、736、737、738、739……

雖然賣出那方亂成一團，但我看得出他們想將賣單集中在740慕魯的地方。

這樣的話我能賺到將近1%。

要讓這筆錢確定入袋的話，該行動的時機就是現在了。

我揮開羽賀那的手掛出賣單。而羽賀那這時也沒有再來妨礙我了。

最後股票以739慕魯成交，我得到了0.8%的利潤。而股價一瞬間到達了740慕魯，但又被沉重的賣壓推回738慕魯，然後就地再次形成拉鋸。

我望著這樣的價格變化，就像眼前看到一張利用視覺錯覺的畫似的，有點呆住了。

「……有賺錢嗎？」

羽賀那沒什麼信心的對我問道。

「……多多少少……啦。」

「多多少少？」

她又再問了一次，我換了個說法：

「賺了0.8%。」

羽賀那好像在估量這數字到底算多還算少似的稍微皺起臉來，但心情看來不壞。她因為總之有賺錢而滿意地點了點頭。

但我依然十分不解。

她剛才判斷的依據到底是什麼？

我望向羽賀那，而羽賀那也回看我。

「預言的自我實現。」

接著她說出這個詞彙。

「啥？」

「就跟技術線圖分析的原理一樣。是我用各種圖表來做計算時發現的。有很多人都用同一套方法在做交易。」

羽賀那一句一句的說著，筆直注視我的雙眼。

在她那漆黑的雙眸中，有著強烈的自信。

「價格波動的幅度非常一致，比使用亂數產生器出來的結果工整多了。這就是某些人事前做了整地工作的證據。」

「……整地工作？」

羽賀那皺起了眉來。

不過輕輕閉上了眼睛後，她開始對我解釋：

「因為大家用的統計概念都同樣是寫在課本上的東西，所以每個人計算得出來的數字也幾乎都一樣。差別只有這些數字在每個人心中比重不同而已。既然如此，所有人就都會指著同一個地方，說統計上的價格下限就在這裡。所以股票就會在７３２這裡被買走。只要股票被買走，大家就都會知道自己的計算沒有錯，很有自信地去買進，然後股票就會漲。就連比較沒自信的人，也會跟著他們買。你懂嗎？」

雖然羽賀那問我懂不懂，但我的腦袋瓜現在好像快爆炸了。

不過，不知怎的我好像能明白她的意思。

「簡單來說，就是大家都使用相同工具做出相同的預測……是這樣嗎？」

「對。」

「……」

羽賀那很乾脆地這樣回答，雖然我很叫說哪可能有這種事，但這時想起了曾一語道破股票交易本質的約翰．梅納德．凱因斯說過的一句話。

股票投資就像選美。在進行投資時應該思考的，並不是自己覺得哪個人最美，而是該思考別人會覺得誰最美，而且一定要假定所有的參賽者都用這樣的方式在思考。

羽賀那所實踐的道理，就和凱因斯的這句箴言很接近。

雖然股價有一瞬間曾跌到比732慕魯還低的地方，但這點小誤差應該是可以忽略的吧。畢竟現在更重要的事情是，我們眼前這些數值可以藉由程式自動計算出來。

「可是我還是有些事情辦不到。」

「……比如說咧？」

羽賀那看了看，再看了看裝置畫面。

或許是因為感到些許的不甘心，讓她最後低下頭說。

「我抓不到該賣出的時間點。就算知道價格變化的幅度，但我卻看不出來股票在這邊是會停止還是上漲，就算看到股價上漲也不知道它會漲到哪邊……」

羽賀那視線朝上看我。

「換作是阿晴的話，應該就會知道吧？」

她說到這裡，停頓了一拍。

「靠著看氣氛。」

「……別太小看氣氛啊。」

「才沒有。我只是講出事實而已。」

羽賀那哼一聲撇過頭去，把視線拉回裝置螢幕上。

我看著她的側臉，稍微感受到一絲的親近感。

「嗯，總之我們是拿下首勝了啦，但下次會這麼順利嗎？」

「……這邊有清單。」

羽賀那操作她的行動裝置，馬上讓股票清單輕快地彈了出來。

我就成交量、財報、以及目前為止的價格變動來看，很俐落地選出三支股票。

我轉頭望向旁邊的羽賀那，只見她面無表情地盯著螢幕上那三支股票的名字。

然後，她看向我說。

「去賺錢吧。」

此時的羽賀那簡直就像是一位公主。

而且這位公主還冰雪聰明得嚇人。

「我遵命就是啦。」

我則有如她的騎士，就這樣朝戰地出征。

在行動裝置的畫面上，所有數字都停了下來。

現在時間是下午五點。結果以令人目瞪口呆的勝利坐收。

交易成績是十九賺二賠。而那兩次的賠錢，都是在我選了不是由羽賀那的程式所指定的股票時賠的，所以程式選出的股票實際上是100％能賺錢。

而且今天利潤也高達17％。雖說今天羽賀那也跟我一起進行交易，但我因為擔心而不敢把資產全押下去，所以只賺了一百二十萬慕魯。要是使用融資全力去拚的話，搞不好可以賺到四百萬慕魯左右。

「這東西真的超猛耶。」

我看著在羽賀那的行動裝置上有數字正在閃爍的程式，這麼說道。

這時虛擬交易所已經關門，主辦單位正依序將今天的交易資料上傳到官方網站上。羽賀那的程式也同步下載著這些資料，並用這些資料重新進行計算。程式消化資料的樣子簡直就像是隻吃著飼料而漸漸長大的生物。

螢幕上的數字或增或減不斷刷新。因為諸多的市場指數似乎都會影響數值計算，只要其中某一個值改變，整體計算結果也會跟著改變；當整體的結果一改變，個別的值也又會跟著改變……變化就像這樣永無止盡。

這樣的龐大運算只有電腦才能負荷，人類是絕對不可能勝任的。

「……成功了嗎？」

羽賀那對我問道。

我在摸清楚這程式的使用方法之後便再次開工，頻繁往來於近十支股票的頁面間以確認價格，接著只要一聽到「咚」的提示音效，我就用猛烈的氣勢殺進場進行交易。但我注意到羽賀那可能是身體不舒服，中途就沒再繼續看螢幕，但依然沒從座位上離開。

她似乎對自己窮盡心力所打造出的程式表現在意得不得了。

接著在今天交易結束，她終於開口問了我這個問題。我看著她眉宇間透露的不安，幾乎想要使壞騙她說「很可惜我們沒有賺錢」。因為她平常總是目光刺人言行又放肆的關係，露出這種表情時當然更會讓人想鬧鬧她。

但我還是壓抑了這種幼稚的衝動，對她這麼說。

「非常成功。」

變化就發生在個這瞬間。

羽賀那臉上的表情在剎那間就垮了下來。

「太好了……」

接著她露出像是鬆了口氣似的笑容。

這個表情和她平常的撲克臉有著強烈對比，因而具有超群的破壞力。

我的防線就這樣子被一舉攻破了。

而且正當我不知所措之際，竟然還看到羽賀那的眼角泛出淚光。

「呃，啊，笨……笨蛋，妳別哭啦！」

我趕忙這樣講，結果卻讓羽賀那難得變得柔和的臉色瞬間又繃了起來。

「……我才沒哭。」

這個謊也實在太好拆穿了。

因為羽賀那才說完沒哭這兩個字，就吸了吸鼻子。

但就算我指出這一點，她應該也絕對不會認帳吧。而且這種小事現在也怎樣都無所謂了。

看到羽賀那臉上那安心的表情，就是會讓我這樣覺得。

羽賀那在我身旁吸著鼻子，然後用手指揩了揩眼角。雖然我很想叫她替我這個近在旁邊，卻得裝作沒看見的人著想，不過她這種愛面子的方式倒也算是可愛。

或許就像理沙說的，羽賀那的個性實際上並沒有她平常的眼神那樣凶惡吧。

我只好搖了搖頭將視線轉回畫面上，就這樣任時間流逝。

「……有哪邊需要改善？」

但這時羽賀那很唐突地拋出這句話。

「嗄？」

「哪邊需要改善。」

我想她應該不是為了圓剛剛說自己沒哭的謊才這樣講的吧。

我看看羽賀那，再看看畫面，回答她說。

「嗯……是……是有幾次在評估價格變動幅度的時候感覺太不切實際了啦……另外就是程式選出來的股票很多都是不會賺的，雖然這邊有經過我篩選才買所以也沒啥問題啦，不過既然妳問了需要改進的地方，那大概就是這些吧。」

雖然羽賀那在聽我說話的時候還是吸著鼻子，但她的表情已然變得和平常一樣了。

羽賀那接著看向程式畫面，對我點了點頭。

「不過真的是超猛的耶。」

我先是抬起上身，然後朝椅背上一癱，邊發出感嘆邊這麼說。

「原來在我不知道的地方，竟然有人用這樣的方法在拚勝負啊。」

羽賀那聽著我說話，一直盯著我的臉猛看。

接著她再次看向了她的行動裝置，喃喃說道。

「太好了。」

對於她這句發自內心的感想，我也由衷地感到同意。

在稍後吃晚餐時，羽賀那已經是一副睡眼惺忪的樣子了。

在理沙看到從她打工的中國餐館打包回來，包有滿滿蔬菜的春捲快從羽賀那的筷子上掉下去時，她終於採取行動，輕輕收走了羽賀那手上的筷子。

這讓羽賀那像小孩子鬧脾氣般抵抗了一下下，但她很快便闔上眼皮，隨即沉沉睡去。

「真拿她沒辦法……」

雖然理沙嘴上這樣嘮叨，表情看起來卻好像有些開心。

她勉強將羽賀那從椅子上扶起，接著一鼓作氣地將她搖搖晃晃的身子用公主抱的方式抱了起來。

因為羽賀那的身材十分纖瘦，所以理沙能用雙臂穩穩將她整個人抱在胸前。

雖說理沙抱著羽賀那走路的腳步有點搖晃，但最後總算成功將她抱進房去。

之後理沙又隔了好一陣子才從房裡出來，我想她大概是幫羽賀那換上了睡衣吧。

「她這陣子都很晚才睡呢。」

「……是哦？」

「咦，你都沒注意到嗎？」

「沒啊。我都一覺到天亮嘛。」

「這樣啊……好好喔，我還滿常睡到一半醒來的耶。」

「那是因為妳缺乏運動吧。」

我的這句話讓理沙一時語塞，視線稍微往下一瞄。

為了理沙的名譽，我只好裝作沒看到她注視的是身上哪個部位。

「果然是這樣嗎……運動呀……哎喲，重點不是這個啦。」

「嗄？」

「最後結果怎樣了？」

「什麼怎樣？」

我津津有味的吃著剛剛從羽賀那筷子上掉下去的那根春捲。

「就羽賀那做的那個什麼程式來著……」

「喔，結果非常成功啊。我想應該可以順利拿下優勝吧？」

我邊扒飯邊回答理沙。因為羽賀那平常食量雖小卻好像很愛吃中國菜的關係，所以幾乎每道菜都是我們三人平分。既然羽賀那現在睡倒了，那剩下的份應該就歸我了吧。

正當我這麼想而伸手要夾燒賣時，手卻被理沙拍了一下。

「你吃掉的話，她明天中午不就沒得吃了嗎？」

裡。

理沙轉頭往羽賀那的房間看，這樣對我說。接著她又回過頭來將自己的燒賣夾到我盤子

「哦，原來如此，所以羽賀那才會整個人放鬆下來啊。」

「可惡……真的，是真的啦。」

「不要用那種表情看我啦。所以呢？你說非常成功是真的嗎？」

「……」

「我又沒叫妳把自己的份給我。」

「你真是貪吃又嘴硬呢……」

理沙嘆了口氣，聳聳肩這麼說。

「不過……嗯，真的是太好了。」

「……」

理沙看來終於鬆了口氣，臉上露出放心的微笑，用陶匙攪拌著手中小碗裡的湯。

但我總覺得她面露微笑的原因，好像跟程式順利運作、成功賺到錢這兩件事都無關。

我就這樣叼著筷子，呆呆望著她的模樣；而理沙這時也抬起頭來對我說。

「叼著筷子很沒規矩哦。」

「要妳管。」

我毒舌的回嘴，並且把菜盛到小盤子裡。

就在我大口猛吃調味恰到好處的菜餚時，發現理沙正帶著微笑看我。雖然我很想裝作沒注意到她的表情，但直到我把盤子在桌子上放下為止，理沙都一直注視著我。

於是我把盤子擱到一旁，用力露出惡狠狠的眼光朝理沙一瞪。
「妳是在幹嘛啦。」
「嗯？」
然而理沙只是稍微一歪頭，輕鬆就迴避了我的問題。
她果然是個成熟的女人。
這讓我既不甘心又自覺羞恥，但不知道為什麼又無法討厭她，結果只好對自己感到火大。
「我是在想，原來真的連這種事都是會發生的呢。」
「……啊？」
「竟然會有這麼棒的巧合。」
「……」
不知道為什麼，我想我大概懂理沙這句話想表達的是什麼意思。
「不，也不能說是巧合呢。畢竟是阿晴為我們盡了一切努力，才會有這樣的結果呀。」
被理沙當面這樣說，讓我有種她在耍我的感覺。
所以我故意拿起碗喝了口湯，讓她看不到我的嘴型。
「我才不是為了妳們。」
「呵呵。」
理沙笑了笑，緩緩深吸一口氣說。
「要是沒有阿晴在的話，我們現在不知道會有怎樣的下場呢。」

理沙所說的「我們」指的是她和羽賀那兩個人，她並非只說羽賀那，也不是光想著自己。

如果我沒出現，在這所教會中的她們兩人現在會過著怎樣的生活呢？

聽理沙這麼說讓我不禁稍微想像了一下狀況，卻怎樣都只能想像出她們悽慘的模樣。

「哈哈，我們的想像應該相去不遠吧。就我們兩個女孩子相依為命的話，雖然不用顧慮什麼是很好啦，但有些事情還是沉重得會讓我們無法負荷呢。」

「妳都幾歲了還好意思稱自己為女孩子喔……」

我才小聲吐完槽，就被表情仍然帶笑的理沙瞪了。

「你的嘴巴真的很壞耶……不過呀，我本來是想說阿晴大概不愛聽這種話所以才沒開口，但我真的很感謝你喔。感謝到都不知道該說什麼才好了。先不論下決心把書賣掉那件事，光憑我一人的話肯定沒辦法幫到羽賀那……」

對於理沙這樣的告白，我找不到話語可以好好回應。

「……說是這樣說，結果妳這還不是開口了。」

「呵呵。語言真的是很奇妙呢。」

理沙開朗的這麼說道。實際上我也明白她是顧慮我的感受，想緩和氣氛才這麼說的。

理沙原本的處境真的很危急。如果她是我討厭的那種大人，那她應該會對我更加諂媚，又或是為了顧面子而堅決反對我的提案吧。

但理沙一下子就接受了我的意見，事後也沒有拚命把感謝的情緒往我身上堆。

她應該明知自己在這樣的狀況中就像個沒用的局外人，但當我和羽賀那在進行交易時，她還是幾乎沒有插嘴。

在我老家那邊的作坊裡，工作幾乎都是團體作業，大家互助合作是極其理所當然的事。我從前也好幾次在那邊親眼見識這種帥氣又成熟的處事方式。

我老家那裡的人在受幫助時只會做最低限度的道謝，也不會去做多餘的幫忙反而讓對方覺得礙手礙腳。我在那邊學到「靜觀別人做事才最難」的這個道理，也明白對於出手幫忙的人來說，這樣反而比較自在。

理沙就是這種行事風格的絕佳範例。

但我同時曉得，當受幫助的一方聽到對方開口要些回禮時，他們心中多少會感到好受點。尤其當自己真的很感謝對方的幫忙時，更是如此。

我正是因為這樣，才會感到猶豫。

猶豫到了最後，我終於這樣對理沙說道。

「不……不然妳打算送點什麼東西給偶哦？」

我本來想酷酷的說完這句話，結果卻因為太緊張而咬到了舌頭。

理沙或許是因為看我咬到舌頭而嚇了一跳，睜大雙眼看著我。

「你願意收嗎？」

接著她便這樣問我。

「我是看你好像不喜歡這樣，才一直忍耐著沒提的呢。」

理沙露出有點為難的笑容說道。

她有著一顆謙虛而自制的心。胸襟更開闊得甚至讓人覺得有點不快。

我輕瞄理沙一眼，開口說。
「……比方說咧？」
「咦？唔嗯～我想想喔……比方說請你吃頓好料的？」
「妳哪有錢請客啊。」
「嗚……料理是心意啦。不然阿晴你覺得呢？如果有什麼我辦得到的事，你就儘管對我開口吧。」
理沙挺起胸口這麼說。衣服線條描繪出她那形狀姣好的胸部，跟羽賀那完全不一樣。此時有某個詞不住在我腦中徘徊。明明只有短短幾個字，但我卻沒有勇氣將它說出口。
「啊。」
隨後理沙「啊」了一聲，用手摀住了自己的嘴巴。
「難不成你要說……想要跟我一起洗澡……之類的？」
「唔～～！誰……誰要啊，白痴啊妳！」
我也知道自己現在漲紅了臉，但因為心中畢竟多少有些邪念，所以不禁全力反駁她。
理沙原本還一臉從容的咯咯笑著，後來卻用手托腮，好像有點開心地對我說。
「如果五年後阿晴長成了個好男人，我會考慮的。」
「到那時妳已經是老太婆了吧！」
「……」
這種帶著怒氣的笑臉可是只有理沙才使得出來的絕活。
但理沙在稍後還是輕輕笑了出來。

「所以呢？你到底想要什麼？」

就老實說來給姊姊聽聽吧。

坐在桌子對面的我，此刻切實地體會到自己實在幼稚得難以置信。

「……躺……」

「躺？」

「……躺……大……」

我真的不確定自己有沒有好好把話講完。

不過理沙聽了之後表情卻很吃驚，隨後露出難以形容的滿面笑容。

然後她很沒規矩地維持著托腮的姿勢夾了個燒賣吃，接著凝視長筷子的前端，然後把筷子不停轉動，彷彿在想著：該給他躺嗎～？怎麼辦好呢～？

她那惺惺作態的模樣，讓我幾乎羞憤而死。

不過理沙最後還是輕輕點頭，答應了我的要求。

「……妳別跟羽賀那說。」

聽到我這樣說，理沙溫柔的垂下了目光。

「我當然不會講嘍。畢竟男孩子沒有祕密就活不下去了嘛。」

結果我連耳朵都讓她幫我清了。

一想到她如果開價說付三萬慕魯就可以再躺一次的話，我很可能真的會付錢給她，實在太可怕了。

我們的競賽表現從隔天開始有了大幅躍進。

雖然隨著交易次數一多，羽賀那的程式偶爾也會失算，但遇上這種狀況時我就會靠直覺來做掩護。雖然羽賀那不時會在那邊嚷著什麼不明確啦、靠不住啦，但所謂的氣氛本來就是這樣的東西，所以我也無可奈何。

總之隨著程式的啟用，讓我花在挑選股票上的勞力得以大幅減輕，也就能把這部分的精神轉到交易過程中。而且當股票的價格跌到了不錯的地方時，程式會發出「咚」的提示音效，實在是個很棒的設計。如果問我說這程式最棒的地方在哪，可能就是這個吧。那個爆炸頭賽侯曾說過，在這部分會顯現出程式設計師的功力，如今我非常同意事情真的像他說的這麼回事。

於是我就這樣靠著程式支援，在每支股票的交易中都以0.5％至1％作為目標來獲利，至多也只求個1.5％，很紮實的累積著財產。

原本的一千五百萬慕魯資金沒過多久就超過了兩千五百萬慕魯。羽賀那有辦法盯著交易畫面看的時間也漸漸變得比較長了，而我則是開始能在交易中保有幾分餘裕，能在交易中和羽賀那商量各種事情，甚至當場討論要如何對程式進行改良。

說起來羽賀那對交易的熱中程度也相當驚人，儼然是除了吃飯睡覺之外的時間都在思考著股票方面的事。

甚至她有次竟然反過來把自己正在思考的問題，對送貨途中來找她問問題的克莉絲開口提出。

當然這讓克莉絲一時無言以對，但由於她內向而認真的個性，最後還是老實把羽賀那的問題完整聽完，然後兩個人一起鑽研起跟克莉絲要問的問題完全無關的什麼統計方程式來。

在那之後，羽賀那只要腦中一冒出什麼想法，馬上就會一頭栽進去而對其他雜事視若無睹；我已經好幾次看到她洗澡洗到一半衝出來跑回房間裡去。

她身上當然一絲不掛，連毛巾都沒拿。

在事情第一次發生的時候，因為實在太過突然，在餐桌前操作裝置的我和坐在沙發上不知道讀著什麼書的理沙都完全僵在當場，只是睜大眼睛愣愣地看著羽賀那的行動。

直到羽賀那衝進房間後，理沙才終於回過神來飛也似的朝她追去。

我看著理沙的背影走遠，才像是台沒油的機器人似的把頭一垂，讓視線落回裝置畫面上。

但羽賀那她纖細的身軀，卻深深烙印在我的眼底。

她有著曲線般滑順的體態，肌膚不只看起來很柔軟，更有類似瓷器的溫潤光澤。那樣子像極了我在水族館看過的海豚，讓我心中湧出一種奇妙的感動。

不過稍後在理沙把裹著床單的羽賀那押送回來時，我也沒辦法再放肆地對著她看了。理沙則是在把羽賀那推進浴室，關上浴室門後大大嘆了口氣，然後十分無奈地搖了搖頭。

在同樣的事情再度發生時，理沙已經能不慌不忙的像例行公事一樣把羽賀那拖回浴室；到了第四次發生時，羽賀那自己好像也終於懂得要在洗澡時把行動裝置帶進浴室裡去了。

不過也說不定是理沙終於拗不過她，才准她帶行動裝置去洗澡的吧。聽說原本理沙不准她帶裝置進浴室，是怕手濕濕的觸碰電器會觸電的樣子。

總之我們就用這樣的步調持續改良程式，我也漸漸理解了羽賀那做的這個程式的運作原理，並摸熟了這個程式送出的結果中，到底哪些部分可信、哪些不可信。

我好幾次想著，所謂的「水到渠成」大概就是這樣的感覺吧。像投資競賽這種在虛擬空間上進行的交易，對現在的我們來說，幾乎已經是等同於事先知道骰子會開出幾點的賭局了。

因為事情的進展就是如此順利，讓我覺得自己向欲望屈服也只是時間的問題了。

但仔細想想，我一開始就計畫要這樣運用羽賀那的能力啊。

雖說是在虛擬空間內進行操作，但既然獲利順利到這種程度，沒理由不那麼做。

也就是說，現在的我認為該是時候該跳脫這個虛擬空間，將這個程式運用在現實中的交易上了。

開始在投資競賽中進行交易後過了三週，我們兩個都已經習慣了這項工作而能游刃有餘時，我對羽賀那提出這個想法。

「咦……」

聽我這麼說完的羽賀那，露出一副好像壓根沒想過這種事的表情。

「你說你要用……我的……？」

「對。我要用妳的程式來做現實中的交易。」

羽賀那茫然的看著我，接著將目光移回好像正在進行參數調整的程式操作畫面上，然後又再次看向我。

「但是，這個程式是製作來給這場競賽用的……」

「但換成現實市場的話也不是完全不能用吧？」

羽賀那只是怯怯的看著我。她的表情茫茫，好像完全不了解我剛剛講了什麼。我看就算剛剛我用起了狗的語言跟她說話，也應該不至於會看到這種反應吧。

「但是……現實中……的……」

「妳不試試看嗎？之前妳不也常常用以前的競賽資料來做測試？」

「是這樣沒錯。」

「這樣的話，妳就把現實的資料用同樣方法跑跑看，要是順利的話再實際拿來用就好了吧？」

這種想法對我來說是理所當然的。

或許是羽賀那覺得會有什麼技術上的困難嗎？

「程式沒辦法做這種處理嗎？」

「……不，並不是沒辦法……」

「那妳就試試看嘛。」

縱使我這樣說，羽賀那的反應卻依然非常猶疑。她還別開視線，好像是不知道是為什麼感到困惑。

「怎麼了嗎？」

當我這樣問時，羽賀那嚇一跳似的看向我。

隨後她又再度垂下了目光。

「呃——妳該不會是在煩惱賺到錢的話要怎麼拆帳吧？」

雖然羽賀那好像是個沒什麼欲望的人，但既然話題都談到了現實的交易，她可能多少也會對這方面的事感到在意吧？

我心裡這樣想著，便試著探了探她的口風。但羽賀那難得像是單純感到困惑似的皺起眉頭。

「不是因為……這樣……」

「不然是怎樣。既然事情都這麼順利了，根本沒理由不把這程式用在現實當中啊。」

「……」

「……」

我盯著低下頭去的羽賀那，突然有種自己在欺負她的感覺。

但我是真的完全想不透她到底在遲疑什麼。

說了這麼多後，我已經不知道還有什麼話好對她講了，但也不能強硬地跟她開口討程式來用。

正當我猶豫該如何是好的時候，仍然低著頭的羽賀那這樣開口：

「……現實中的交易……」

「嗄？」

羽賀那緩緩抬起頭來。

「會用到……真的錢對吧？」

她臉上的表情寫滿了不安。

「這個嘛……這是當然的吧？」

「……這樣的話，我就不認為事情會這麼順利。」

說完這句話後，羽賀那才剛抬起的臉龐便又沉了下去。她的視線停在行動裝置上，用纖細的手指漫不經心的觸碰行動裝置的螢幕，修改程式中的數值。

我就這樣望著羽賀那，心想她會不會是一時傻了。

因為我完完全全無法理解羽賀那剛才說的話是什麼意思。

「為……為什麼啊？」

「我不認為會順利。」

羽賀那斬釘截鐵地這麼說，但並沒有抬起頭來，目光仍然停留在行動裝置上。

於是我再次開口問她。

「為什麼妳會這麼想？要不然我們就先用些資料來試試看，不就知道了嗎？這個程式就是這樣運作的吧？」

當我這句話一說完，羽賀那的手指也驟然停下，就好像她剛剛是在把我說的話一字不漏地輸入電腦中。

她好像是想抬起頭看我，動作卻在中途停了下來。過了一會，她再度用手指操作起行動裝置。看到她這樣的反應實在讓我有點發火，抓住她纖細的手指逼她面向我。

「妳說清楚啦。我真的覺得妳做的這程式很厲害耶，而且現在成果也出來了啊。這樣還不懂得要把這個用來做現實交易的話，也太傻了吧？」

羽賀那只是默默想把手指從我手中抽回，不過憑她的力氣畢竟不可能掙脫我的握力。雖然羽賀那也沒用指甲刮我或咬我一口，但我接著還是慌忙將手抽了回來。

因為我看到她突然露出一副泫然欲泣的表情。

「……妳……妳別哭啦。」

「我沒有哭。」

羽賀那只乾脆地講了這四個字，然後便緊閉起嘴唇。

她像是想遮掩飾自己快哭出來的表情似的，再次用冷然的態度對我說。

「我不認為在現實中會順利。」

她說的話還是跟剛才一樣。而且沒有講理由，也沒有其他任何解釋。只是擺出一副彷彿她就是如此深信不疑的態度。

如果是不久前的我，大概會反射性地對她發火、開始大吼大叫然後跟她大吵起來吧。然而現在我已經多少對羽賀那有了一點理解。她熱愛數學，但看著自己做的程式在虛擬空間的交易中明明獲得那麼好的成果，卻還是毫無根據地深信這樣的表現絕不可能延續到現實交易上。我看到了在她這樣的行動中，藏著一股強烈到令人感到悲愴的自我防衛心理。

因為到目前為止從來就不曾順利過，所以之後自然也不可能順利的。我已經不想再抱持希望而受傷了──她完全就像是這樣。

這時我想起戶山大叔說過的話。

羽賀那就像一隻尚未破殼而出的小雞。

而我現在所做的事情，就是在戳著困住羽賀那的那層蛋殼。

「在現實中或許沒辦法做到這樣沒錯，但這也沒關係。」

羽賀那以一種看不出情緒的眼神對著我望來。她那純然漆黑的雙眸，就像是兩池沉澱著的墨色。

在市場中棲息著魔物，而且會讓人葬身的陷阱也多不勝數。就算真的有人想出什麼完美的理論，一定也沒辦法在股市中達到百戰百勝吧。但如果我們真的懷有足以致勝的真理，那只要肯堅持到最後，應該必然會迎來獲勝的一刻。

「我不是說過嗎？我們會努力把事情做好的。」

「……」

「再說就算真的虧錢，我也不會找妳負責。但要是有賺到錢的話，我會把利潤的兩成左右分給妳，這樣如何？這種條件妳基本上不會有任何損失吧？這就像那個什麼啊……什麼值是正的彩券一樣吧。」

「期望值。」

羽賀那馬上說出這個詞，然後又沉默了一會。

而後，她抬起頭來無助地看著我說。

「可是……」

羽賀那又是說了句「可是」。

她就像這樣牢牢被封在蛋殼裡面。

但我卻透過那蛋殼的裂痕聽到了她的聲音。

「我好害怕。」

老實說我並不明白羽賀那心中有著怎樣的恐懼陰影。這一定是因為我基本上屬於日子過得相對幸福的那群吧。

至少我並沒有經驗過在環境嚴酷的地球上某個悲慘的國度中生長，被賣掉而流落到月面來，還非得在房間角落掩著頭以淚洗面度日的這種遭遇。

所以我絕對不會說自己能體會羽賀那的心情。

但至少我明確知道自己想對她說的話是什麼。

我注視著羽賀那的眼睛。

我就像要從那雙眸子中找到自己的倒影似的凝視她的雙眼，這麼說：

「這件事情就連我也會怕啊，畢竟我可是把全部財產都賭上去了耶。妳好歹也想想看要是自己的錢沒了，會是什麼感覺吧。」

每當我的資產減少百分之一的時候，我就覺得自己的身體也被削去了百分之一。

就像理沙將那些書視為身體一部分那樣，我也將錢看作是構成我身體的成分。

羽賀那也回望我的眼睛，然後稍微抽噎似的吞了口口水。

接著她無力地垂下了睫毛，視線也在空中遊走。

這讓我不禁想出聲對她大吼。

但羽賀那游移不定的視線卻飄向了我的行動裝置，然後她輕輕這麼說：

「交易。」

「嗄？」

「已經開始了。」

她這句話讓我的視線也轉向裝置畫面。

其實我們已經事先從羽賀那的程式篩選出的清單中，選好今天要以哪支股票展開攻勢了，所以這並不是什麼需要著急的事情。而且我也清楚要在市場開始活動後再過一會，等程式將結果重新計算好之後再進行突擊，才會有比較好的戰果。

因此我的目光一瞬間被畫面拉走，隨後馬上轉回羽賀那身上。

但羽賀那或許只是想要用短暫的一瞬間稍作喘息吧。

「我知道了。」

「嗯，嗄？妳說什麼？」

羽賀那在我還來不及將視線轉回她身上時說出這句話，讓我有點混亂。

而且她也沒把這句話重複第二遍，就逕自往自己的行動裝置看去。

「……」

現在擺在我面前的，是她平常那副完全不甩別人說什麼的表情。

但我也說不清理由，就是覺得現在的她看起來和平常不太一樣。

直到那天的奮戰結束，我躺上床準備睡覺的時候，才終於想到當時羽賀那看起來不同的地方，在於她的臉頰稍微染上了一抹微紅。

時間還沒到隔天，羽賀那就連絡了賽侯，並讓他弄出一套可以參照現實交易資料算出數字的程式來。我不知道這該說是羽賀那還是賽侯厲害，總之一切都相當不得了。

因為新寫出來的這個程式，連在現實世界中也能戰鬥了。

雖然羽賀那的程式基本上就是複製我所做的事情，但程式可不像我的直覺，會因身體不適或月面下雨的關係而突然變鈍。程式有辦法每天孜孜不倦地翻找市場，而且一定能發掘出一些能長成搖錢樹的幼苗。

我的任務也就是對那些幼苗灌溉施肥，等開花結果的時候進行收割。

我們在虛擬空間內的兩千五百萬慕魯，在一週內又進一步成長到了三千兩百萬慕魯。

同時我在現實中的資產，也從七萬兩千慕魯變成了七萬九千慕魯。

現實資產增加的幅度之所以較小，是因為現實交易環境比虛擬空間中複雜，使程式的精確度下降，另外就是我在現實中不那麼敢放手去玩的關係。

不過羽賀那的程式也還是提供了我一些脈絡，只要循著這些脈絡去摸索，我就有辦法把藏寶箱給撬開。

來到教會前那片籠罩在我頭上的陰霾，因為程式的幫助而煙消雲散。

「所以我就說會順利的嘛。」

在把程式用於現實市場的第一天交易結束後，我對羽賀那這麼說。

羽賀那卻像隻被欺負的小貓似的，態度仍抱著懷疑。

其實我自己在當初剛離家出走開始做股票交易的時候，因為輕鬆就賺了一大筆錢的關係，也曾好幾次懷疑自己會賺錢是否只是單純偶然。但我的存款之後還是一直往上累積，才讓我體會到要在這世上混得不錯其實意外簡單。

當然因為我前陣子也曾陷入低潮、裹足不前過，所以也明白當初那高得誇張的成功率，應該也僅止於那時候了吧。

不過羽賀那的程式基本上只是把我判斷股票的基準加以數據化，比我強的地方實際上就只有能不斷進行龐大計算，並得出正確結果而已。至於我所辦不到的事情，這程式自然也不可能辦到。

這就類似削掘月表的石灰岩蓋房子的工人，借用機械的力量來完成自己的工作。那些代替工人工作的機械，雖然能進行更大規模的作業、工作速度也更快，卻不可能像真正的工匠一樣把一棟房子蓋好。

到頭來該說這叫相輔相成嗎？我想其實只是看誰能最有效率地利用適合自己的工具罷了。

羽賀那有辦法做出這樣的程式來，卻說自己沒辦法將它好好活用。

我則剛好跟她相反。

但我倒也知道羽賀那保守又多疑的態度，其實是因為其他因素造成的。

事情絕對不可能會順利下去。就算真的順利，也必然只是一時碰巧而已。要不是這樣的話，這世上就不可能充斥著這麼多不幸了……她就是這樣想的。

因此第一天交易結束後，我為了對自己的成果依然難以置信的羽賀那，特地跑到商店街去，從提款機中領錢出來。我心想光把我今天獲利的兩成拿給羽賀那，應該就能發揮足夠的演出效果了，所以就從當天賺的一千七百慕魯裡面領了三百四十慕魯出來。

隨後我對坐在客廳失神看著交易紀錄的羽賀那遞出三張一百慕魯、兩張二十慕魯的鈔票。我之所以不用電子匯款，而是塞給她實體紙鈔，就是想要對她昭示我們現在賺到的錢並非虛擬空間中的數字。我就是想讓羽賀那知道，她的數學能力絕對不只能解決紙上的問題；若將能力用於正確的地方，就有可能賺到真正的錢。

被我塞了五張皺巴巴的鈔票後，羽賀那霎時像是被嚇到似的一聲也不吭。但她自然也完全明白我為什麼要拿這三百四十慕魯給她。

所以就算看著羽賀那遲遲不收下攤在桌上的鈔票，我也不擔心她會把這些錢塞回來給我。

她臉上的表情就像看到本來畫在紙上的食物突然變成真的，充滿驚訝。

就連最後她緩緩將手伸向鈔票時，也不是接過那些錢收下，而是好像要確認那些錢是不是真的存在似的，輕輕摸著那些鈔票。

「這是……真的嗎？」

之後羽賀那終於這樣開口問我。她皺起眉頭，像是勉強要去閱讀很不清楚的文字似的直盯著我的臉。但我此刻對於她的多疑既不感到光火，也沒有因此覺得驚訝。

我只是挺起胸膛，明確地對她點了點頭。

「沒錯。我們今天賺到了一千七百慕魯。而且這可不是在虛擬空間，而是在現實中賺到的啊。」

羽賀那盯著我看了半晌，然後再次看往鈔票。

那些皺巴巴的鈔票被她一摸，就發出不乾脆的「啪沙、啪沙」響聲。

但即使如此，那些鈔票還是確確實實就存在於我們眼前，而且只要使用這五張鈔票，羽賀那也就能買到很多東西了。

雖然數學能解決很多課堂上的問題，但現金還能解決更多現實中的問題。

「妳就拿去買點什麼吧。」

「咦？」

「妳之前教數學賺的那些錢全都交給理沙了吧？妳自己難道沒什麼想買的東西嗎？」

被我這麼一問，羽賀那看起來心中好像真的沒有譜。
只見她歪頭開始思考，那模樣純真得像是個稚齡的小女孩。
我想起之前去和克莉絲打聽羽賀那喜歡什麼東西的時候，她也沒給我什麼像樣的回答。
或許羽賀那真的對這類瑣事完全沒有興趣吧。
「我沒有想要的東西。」
羽賀那接著便這麼說道。
哎，因為這答案算是早在預料之中，所以我不會感到訝異。
但她接下來說的話卻讓我大吃一驚。
「但我想要把這筆錢用在某些地方。」
「喔？這不是很好嗎。錢就是要拿來用才有意義嘛。」
羽賀那聽到我這句話，還是輕輕歪過頭去。她那深黑的眼中映出我的身影。接著她就從那五張鈔票裡面抽了三張出來，然後這樣對我說道。
「這樣利息就付清了。」
「……啊？」
「阿晴之前幫忙付的利息應該是三百慕魯。這些剛好。」
羽賀那颯然將鈔票遞往我眼前。
「這樣就付清了。」
她就這樣把鈔票給我，雙眼直直盯著我看。
我當初的確是代替理沙付給戶山大叔三百慕魯的貸款利息。

實際上理沙到現在也還沒把那筆錢還我，而且我倒也沒打算就這樣不了了之。

不過這筆錢又有什麼理由要讓羽賀那來付呢？

畢竟羽賀那跟我一樣只是寄住在這教會裡的房客，和理沙之間也是素昧平生。而且我想理沙也不會希望由她來出這筆錢吧。我按常理進行思考後，得到的結論就是如此。

但面對像個孩子一樣，純真的將三張鈔票拿給我的羽賀那，我卻沒有說出這樣的話來。因為到頭來也只有讓羽賀那付這筆錢，才能讓她體認到自己的力量可以解決現實的問題。對羽賀那來說，她現在唯一在意的對象就只有理沙了吧，而這件事也就關係到她是不是真的能幫上理沙的忙。

既然如此，那我是否能在自己心中的帳簿上用這樣的形式消掉這筆帳，到頭來其實根本無關緊要。

因為之後就是羽賀那和理沙之間的問題了。

於是我從羽賀那手中收下三張皺巴巴的鈔票。

「那這樣理沙就沒有欠我錢了。」

「嗯。」

我將鈔票收進口袋，附帶這麼說。

「我想理沙她也會很高興唄。」

「真……真的嗎？」

羽賀那像是不疑有他的孩子，這樣問我。

「大概啦。」

其實因為理沙這人在某些方面有特別的潔癖，所以可能未必會打從心底感到高興就是了。

但我想就理沙的性格來說，應該也不會把這件事說出口而讓羽賀那感到受傷吧。

我微微嘆口氣，換上愉快的表情向羽賀那說了謝謝。不過我心中其實已經計畫好，之後要花點功夫把這筆錢轉換一下形式，找個好時機再還回羽賀那手中。

我也因此沒料到羽賀那在聽到我說謝的瞬間，竟縮起了脖子，像是被人呵癢似的展顏而笑。

那是一張看起來真的很開心，毫無半分造作的笑臉。大概是因為她的笑容感覺有點笨拙，所以才會像是被人搔癢的那種笑法吧。這就跟如果平時不運動，身體就會無法隨心所欲活動一樣道理，畢竟笑也是要用到臉部肌肉的嘛。

但正是因為這份笨拙，才更讓我認為羽賀那的笑容真的相當美好。

到現在為止，我已經看到了羽賀那的微笑，也看過她感到安心而放鬆下來的表情。不過這兩者也都只是羽賀那收斂起她那凶惡的眼神後，再往前進幾個階段的表現而已。但現在映在我眼前的，卻是羽賀那她自己特意讓五官動起來才展現出的笑容，而且那笑容真是可愛得沒話說。讓我好像一恍神就要伸出手去摸她的臉了。

於是我就看羽賀那縮起脖子笑著、慢慢吸進一口氣後舒了出來。羽賀那吐氣的動作，讓她纖瘦的身子看起來又縮得比平常更嬌小了點。原因可能類似激烈運動之後的脫力感吧。

羽賀那就這樣將一抹淺笑留在嘴邊，然後帶著一副疲憊的神情，將臉轉向桌子的方向。

「剩下的錢可以給我嗎？」

「當然啊。這些可是妳的錢耶。」

羽賀那對我微微點頭，然後拿起那些發皺的鈔票，老實的摺整齊收起來。

「不過我們之後可是會賺大錢咧。錢會多到讓妳來不及這樣一張一張去摺喔。」

既然有了羽賀那的程式加上我的交易手腕，要說能有這種豐碩的成果，真的也不算是吹牛。

但羽賀那在聽到我這句話後，卻收起嘴邊的笑意，回復為原本缺乏表情的臉，然後用像宇宙空間般寒冷的目光看向我，輕輕嘆了口氣。

「我不認為事情會那麼順利。」

「妳好煩耶，這才沒有關係咧。我不是說了嗎？這才不是有沒有可能做到的問題——」

「而是我們必需要做到好才行。」

「呃……」

看到我因為台詞被搶先說走而嚇到愣住，羽賀那的眼角再度泛起微微的笑意。

「我的心臟現在怦怦跳得好快。真不敢相信……竟然會有這種感覺。」

羽賀那將她那纖細的手，按在被黑衣包住的胸口上。

因為她膚色白皙的關係，那雙細小的手在黑色布料上，看起來竟好像微微散發著光暈。

羽賀那像感到胸口很悶似的輕輕垂下了眼，然後再緩緩抬起視線。

她那明明很凶惡的眼神，此刻卻一點也不顯得尖銳。

她的表情給人一種馬上便會綻開笑容似的感覺，讓我心中泛起一股近似恐怖的寒意。

但可惜的是，羽賀那自然是不會做出這種像是可愛女孩子會做的事。

她只是用依然缺乏情緒，但稜角已經磨消的表情，對我說了這句話。

「謝謝你。」

隨後她就像什麼事情都沒發生過似的，翩然掉頭看往自己的裝置。

「……怎麼？」

我整個人像個傻瓜一樣愣在當場，只是忘我地對著羽賀那瞧，直到她稍後問我這句話時才回過神來。

既然我們如今在現實市場中都能夠獲利了，虛擬空間裡的交易更是輕鬆得根本不用認真看盤，光照著程式的指示隨便重複進行買進賣出，就能不斷累積獲利。

目前的榜首依舊是喉片先生，他已經讓資金增加到有五千六百萬慕魯之多。而現在位居第二的傢伙好像在這幾天抓到了到剛好狂漲的幾支股票，一下子從十名後的位置跳到現在的名次，成績也有四千一百萬慕魯左右。

第三名到第五名的參賽者資金則都在三千至三千五百萬慕魯間，目前我們也是擠在這個集團裡頭。

因為現在第四名的人交易時間已經結束，所以我們的對手之中只剩第三名的人還在進行交易。

也就是說，只要接下來不捅出什麼漏子，我就確定能拿到至少兩萬慕魯的獎金，而且也有可能受到薛丁格街的公司招聘。

當能獲得前幾名的局勢愈來愈確定後，我最近躺在床上時思考這些事的時間也漸漸變多了。現在這些事已不再是單純的白日夢，而正逐漸變成我伸手便可觸及的現實，讓我如何能忍住不去對未來作想像呢。只要能打開通往薛丁格街的大門，那我可說是朝著自己的夢想邁出一大步。因為那隻把腳收在金色板子上的睡貓所守望著的街道，可是條一直線通往鉅額財富的黃金大道啊。

我就這樣在理沙的教會中迎接不曉得是第幾個星期天的早晨，躺在床上朝著天花板伸出手，試著用力抓住某個不可見的東西。

那就是機會。

如今我的手中掌握著大好良機！

「咦？」

我一邊想著這些事情，一邊做完慣例的體操和訓練後才走進客廳，卻發覺理沙和羽賀那都不在。客廳裡面空蕩蕩的毫無聲息。可能是因為我星期天起得比較晚，所以理沙和羽賀那已經出門到什麼地方去了吧？

不過……我總覺得現在的情形有些奇怪。因為就理沙的習慣來說，感覺在出門前至少會幫我準備個早餐才是。

但現在桌上並沒有早餐，反倒放著理沙的行動裝置。

裝置畫面上開了記事本程式，上面寫著「我們在三樓院子裡」。

「三樓？」

我喃喃自語，姑且照上面寫的指示朝三樓走去。當我爬像梯子一樣陡的樓梯走上樓後，看到裝著自動鎖的門被一支掃帚給卡住，讓門不會關起來。看來她們人真的在外頭。

一打開門，首先映入我視野裡的是晾在竿子上的純白床單。

而在庭院一隅，可以看到理沙靠在大大的靠墊上看書，羽賀那則趴在理沙大腿上睡得正香。

「要小聲一點哦。」

理沙注意到我來了，豎起食指貼在唇上輕聲提醒我。我慢慢將門半掩上，然後像剛剛一樣用掃帚卡住防止門完全關上。

不過我實在想不通她們兩個為什麼要在這裡搞這種玩意兒。

她們不只在地面上鋪了墊子，還準備了可以讓人輕鬆躺著的靠墊以及毛毯。在她們身邊擺有保溫瓶跟冒出熱氣的杯子，甚至還弄了些簡單的食物。

這就是地球人會做的「野餐」這種活動吧。

「偶爾這樣也很不錯呢。」

理沙將裝有食物的盤子遞給我。

我走近理沙身邊接下那盤子，隨手拿了一個三明治吃。

「很悠哉很舒服對吧？」

理沙透過眼鏡，視線朝上看我。

陽光和煦，以及讓人覺得舒適的低重力。

會讓生於月球的人變成傻瓜的一切因素全在這湊齊了。

「感覺這樣會讓人變得很沒出息。」

「呵呵。果然你們男孩子就會這樣想呀。」

「妳很愛講這句話耶。」

現在我也懂得在理沙這麼說時只要聳聳肩就好，不用當真，接著伸手接過了她幫我倒的咖啡。

「羽賀那寫出來的那個程式呀……」

「啊？」

「在現實世界中也能正常運作吧？」

羽賀那好像真的對理沙完全解除了心防，現在她也靠在理沙的大腿上半張著嘴巴、露出一臉安心的表情沉睡著。

「完全沒問題。只能用『厲害』兩個字形容了。」

「這件事羽賀那有跟我說。不過實在讓人有點不敢相信呢……這不是阿晴為了羽賀那而撒的謊吧？」

「我看起來有那麼體貼嗎？」

「要我說的話，阿晴的體貼總是發揮在其他方面上呢。」

「……」

只能說理沙還真是會說話呀。我吞下第二個三明治後，才再次開口說。

「哎，總之這麼一來這裡的問題也幾乎都解決了吧。」

除了投資競賽之外，要是在現實中的交易也順利的話，金錢方面的問題就全部搞定了。

這樣下去應該一下就能賺到三萬幕魯吧。

「要是這樣的話……」

「嗯？」

「阿晴之後打算怎麼辦呢？」

我將視線從遠處的風景轉回理沙身上。理沙手上拿著一本舊書，羽賀那也正在她大腿上睡著。我想眼前的此情此景，就是理沙在這鎮上追尋的理想生活，是她夢想的結晶吧。理沙並不是會想到牛頓市去，在飽足與財富的世界中汲汲營營的那種人。

本來我只是打算在這裡暫住一小段時間而已。就算沒收到邀約，我也打算要帶著投資競賽的成績去薛丁格街推銷自己。因為程式只要繼續順利運作下去，資金就會不斷增加，至於住處方面的問題我只要借用理沙的名義應該也就有辦法解決。

不管怎麼說，住在這個地方真的讓人覺得太舒服了。

老實說，我覺得這種步調有點不太妙。

但對於這個問題，我當下也只是聳聳肩回答她說。

「不知道咧。」

「……這樣啊。」

對方可是成熟懂事的理沙，我心裡想的事情應該幾乎早就被她看透了吧。

理沙的臉色緩了下來，看向躺在她腿上的羽賀那。

「你要是離開的話，羽賀那會覺得寂寞吧。」

「哈哈哈，妳這笑話不錯笑耶。」

「哎呀？我這句話可是挺認真的哦。」

「……」

我面對一臉正經的理沙，實在想不到該怎麼回答，最後只能藉由咖啡逃避。

我小口小口啜起咖啡，爭取了一些時間才開口說道。

「月面是很小的。」

這讓理沙露出有些訝異的表情睜大了眼。

接著她也喝了一小口咖啡，接著才回我說。

「沒錯呢。」

理沙簡短說完後，先是嘆口氣才繼續講下去。

「不過，最近不是有新的都市一座接著一座在建造嗎？月面也會變得更寬廣的。」

「嗯，好像是吧。我好像聽說老家那邊也要興建大型住宅區了。」

「還有謠言說可能要興建第二座軌道電梯呢……」

「啥？這種說法就實在有點誇張了吧？」

「誰知道呢？不過呀……月面應該會變得愈來愈熱鬧呢。」

理沙說話的時候，羽賀那也在她的大腿上不安分的動著。

看來她似乎嫌周圍有點太吵了。

理沙看看羽賀那，對著我在唇邊又豎起食指。

羽賀那在理沙腿上扭動了幾下後，又再次發出可愛的細微呼吸聲。

理沙輕輕撫摸羽賀那的臉龐，臉上露出溫柔的微笑。

「午餐該煮些什麼呢？」

理沙的語氣就像首牧歌般的悠然自得，與星期天非常相配。

悠閒的周日時光就像曬衣竿上衣物滴下的水滴一樣。當你帶著睡意點頭打瞌睡時，不知不覺就全不見了。

或許人生的轉折點，就是會挑在這種平凡的日子中來到吧？

到了太陽快下山的時候，我回到房間裡打開行動裝置，發現收到了一封新郵件。雖然我本來以為和平常一樣收到的是廣告，卻發現那封信的寄件者居然是拉青格經濟研究所。

宛如心臟被直擊的強烈衝擊傳遍我全身。

我打開那封郵件，發現裡頭只有短短的幾行字。

『在此有一則來自本單位所主辦投資競賽贊助者的訊息，要轉達予川浦良晴先生。』

這種投資競賽的贊助者必然就是金融業界的相關人士。讓我明知房間裡沒有其他人，卻還是轉頭張望四周。

接著我吞了口口水，好不容易才讓不爭氣顫抖的手指對準畫面上的圖示，用力按下下載郵件附件的按鈕。

是來獵人頭的。

我築起一道壁壘，想說這封信也可能單純只是想對我推銷投資商品而已，藉此拚命抵擋心中冒出的這個可能性。

薛丁格街，那可是條各路妖魔鬼怪聚集的金融街；是個外表光鮮亮麗但底下現實卻很醜惡的交易世界。唯有縱橫於那個世界的人，才能夠獲得莫大的財富。

而能打開那扇我期待已久門扉的鑰匙，就在眼前了。

「唔……！」

我下載的那封信件標題寫得很簡單。

『不列顛投資信託基金代表——巴頓．古拉鐸斐森敬邀』

這讓我一下子把方才那些猶豫全拋到腦後，馬上打開了郵件。

在這一刻的感動，我想我這輩子都不會忘記吧。

『敝人已在投資數據中拜見了閣下的高明手腕，還請務必見面一談。』

信中只直截地寫著這一句話。

對方既高傲而單刀直入。

這封信的風格就和我想像中的金融街居民一模一樣。

「喔喔……！」

我忍不住在電腦前雙手握拳擺出勝利姿勢。

好像差一點就要大叫出聲。

最後我和不列顛信託基金的代表巴頓先生共有了三次的信件往來。在直接回信到附在訊息中的信箱位址後，過五秒就收到了對方回覆，讓我打從心底嚇了一跳。

在薛丁格街上的人年薪都超高，甚至連路邊有一百慕魯掉在地上都懶得去撿。因為在彎腰撿錢的短暫時間內能賺比一百慕魯多的人比比皆是。沒想到像這樣的人居然會立刻回覆我的信，真讓我嚇到差點尿出來了。

就是這個，這就是我最近快要忘記的感覺。那並不是清潔劑般的香味，而是忙到三個月間想好好洗個澡都沒空，整個人精神完全集中、化為鋒利刀刃的那種感覺。

「今天不用準備我的晚餐。」

在名為巴頓的這號人物寄信來的隔天，我走進客廳時這麼說道。

這讓理沙驚訝地看著我，連羽賀那也朝我看了過來。

「怎麼啦？你有什麼事嗎？」

「嗯，我要去跟人見個面。」

聽我這麼說後，理沙不禁和羽賀那對視一眼。

「是朋友嗎？」

「不是。」

我態度平板地回答。

我並不想把巴頓的事告訴理沙和羽賀那。

因為那是我的夢想，那可是我朝著期待已久的夢想邁出的第一步。

「……這樣啊。不過你可別去做什麼危險的事喔。」

理沙只是一如往常這樣叮嚀我，不過這時卻讓我覺得她實在很囉嗦。

雖然理沙毫無疑問是個懂事的女人，但她處世的態度和成熟男性畢竟還是有所差距。像在第一次來信中略過寒暄直接提正事，或在五秒內就馬上回信這種事情，理沙是絕對做不出來的吧。牛頓市這個以傲慢為鋼骨構築起萬丈財富的地方，並不是女人和小孩該待的場所。

我隔了好一段時間，才再次想起那份闊綽氣派。

「那你幾點回來？」

「不確定。」

「在外面待太晚可是會被警察帶去輔導喔。」

「這我知道啦。」

理沙一臉懷疑我到底有沒有聽進去似的嘆了口氣，但也沒再多講什麼。

再怎麼說，我和理沙之間本來就只是房客和屋主的關係。

理沙並沒有限制我去什麼地方和誰見面的權利。

「羽賀那。」

這一聲叫喚好像讓桌子斜對角的羽賀那稍微嚇了一跳，朝我看來。

「今天的交易資料還沒好嗎？」

「……我……我傳給你。」

羽賀那回話的口氣有些困惑。

接著她抬頭看向旁邊的理沙，理沙也低頭回望羽賀那。

我必須快點將這陣子泡在這缸安逸的溫水中而生鏽的直覺重新打磨拋光才行。

因為在今天下午六點，我就要去牛頓市的飯店和巴頓碰頭了。

到時可不能讓他把我看成普通的廢材啊。

當天我就這樣投注了全副的心力來進行交易。

「我走了。」

在股市收盤瞬間，我沒像平常一下伸伸懶腰，而立刻從椅子上站了起來。

坐在我旁邊的羽賀那甚至來不及向我搭話，只能用眼神追著我離開的背影。

我把東西全部塞進包包，穿過走廊躍過教會的長椅，一口氣跳到了大門口。

不過打開大門的那瞬間，我卻聽到門外傳來一聲尖叫。

「呀！」

「啊？」

這扇門是往內開可算是不幸中的大幸。因為拉開門後，我便看到和平常一樣緊張兮兮的克莉絲，正瞪大眼睛站在門外。

「喔，這不是克莉絲嗎？妳怎麼……」

怎麼來啦？我本來打算這樣把話說完，但看到克莉絲身後站著一位體格粗壯的大叔後，便把沒說完的話吞了回去。

「理沙小姐在家嗎？」

眼前的男人身穿吊帶褲、挺著啤酒肚、更有濃密的鬍子，實在是一副典型的勞工風貌。

他放在克莉絲纖細肩膀上的大手，也因為油汙和粗重工作的關係，已經變得如橡膠般又粗又厚。

「理沙？她不在耶，不過我想應該快回來了吧。」

「這樣啊。」

「你們先到裡面坐一下吧？喔對了，羽賀那她在家。」

我這樣跟克莉絲說完後，馬上拔腿離開現場。

「那……那個——」

雖然克莉絲好像想對我說什麼，但我只是頭也不回地朝她揮揮手，就這樣奔馳穿過暗紅色的小鎮街道。話說回來，也還真難得看到克莉絲身上沒扛著大件貨物啊。另外站在克莉絲身後的那個人，應該就是她爸爸吧。雖然我有點好奇她們來做什麼，但說實在也不是真的有多在意。因為眼下我必須在六點前趕到牛頓市的皇家中央飯店才行。搭乘月面開發列車到牛頓市其實不用半小時，而那家飯店在月面也算數一數二的高級飯店，位置就在牛頓市車站走路可及的距離內，就算我下車後慢慢走時間也應該很充裕，但我可絕對不想遲到，再說現在心情如此亢奮，讓我根本沒辦法溫吞的走路過去。

我在路上飛奔、跳躍、衝刺著，奮力在車站的下班人潮中竄來竄去地跑著，最後總算跳上了正要關上車門的電車。雖然這班開往牛頓市的電車裡面很擁擠，但偶爾會從對向駛過來、開往外區的電車中卻更是擠得厲害。在土地不夠用的月面，想買棟普通的房子可是得砸下嚇死人的鉅款。至於那些不想支付白環區的高額房租而打算好好存錢的人，也就只好拋開面子住到外區去了。不過外區裡面有些地方這陣子好像也新蓋起了漂亮的公寓大廈，正進行都市重劃。沒搭上這股潮流的大概就只有理沙的教會所在的那種地段而已。

在月面都市的圓頂上，正映著從暗紅到靛紫的漸層天色，點點的星光也開始出現在天上。

因為光線的微妙變化，在這時段可以看得見圓頂表面到處攀附的造雨用水管，有些地方還能看到整修的痕跡。而位在另一邊的白環區街道，也是一如既往的井然有序，漂亮的街燈沿著道路朝遠方無盡延伸而去。

從房子裡透出明亮的燈光，讓人想像得到在那些漂亮的房子裡頭應該有著整齊的餐桌和美味的晚餐。

接著過沒多久，電車便開始緩緩劃出弧線的軌跡行進著，遠方已經看得到牛頓市了。

比起白天裡看到的樣子，夜晚的牛頓市才真正是光彩奪目。

在地球好像有個以「價值百萬美圓的夜景」為噱頭的名勝景點，但牛頓市這裡可是號稱有著「價值一億慕魯的夜景」。

在這裡有著地球上因為受限於重力而難以建造的摩天大樓，儼然像是一座太空基地似的綻放著光芒。大樓和大樓之間就如同太空一般黑暗，而從窗戶中灑出的刺眼光線則照耀著摩天大樓群。

雖然我總算抵達了牛頓市中央車站，但因為正值下班時段的交通尖峰，讓車站附近相當擁擠。

路上行人基本上都西裝筆挺；在這裡可完全看不到半個手上滿是油汙又穿著吊帶褲的男人在路上走。雖然穿得很休閒的人也不少，但他們的服裝也顯而易見的是些高級貨色；就算有人真的穿著不檢點、頭髮也亂糟糟的，從身上攜帶的最新款行動裝置也能看出這些人是在牛頓市一流企業工作的技術人員。而剩下的，也就是來享受牛頓市夜晚風情的觀光客了。

我沿著之前先查好的路線前進，順利穿過有如一座複雜迷宮的車站。在貫穿中央車站東西方向的大道兩側牆上張貼著巨大的廣告。保險公司、軟體公司、流行歌手的新曲、化妝品、投資銀行甚至綠寶石工業的廣告，就這樣連綿不絕地延續下去。

有些看起來一副很聰明而領有高薪的人們，在這些廣告前面等人或講著電話，也有些人在把玩手上的行動裝置。

車站的正上方也就是牛頓市內數一數二大型的購物中心，在接連出現的廣告消失後，道路兩側變成了一排櫥窗，而後是巨大的自動門入口。過了自動門後，又是櫥窗以及廣告……街上的景物就這樣不斷重複。

身材曼妙到不太像人類的模特兒假人們一字排開，全都穿著艷麗張狂的服裝，那副樣子就像在鄙視底下那些行色匆匆的通勤者們。進出在自動門間的人們手上都提著一些大袋子，我想袋子裡裝的商品少說一件要價數千慕魯，更可能有高達數萬慕魯吧。

來這邊逛街的人們隨便買件便服的消費稅，恐怕都要比羽賀那當初拚命殺價的那家服飾店裡最高級的衣服還貴吧。

我斜眼看著這樣的光景繼續走路，最後總算走到中央車站的建築外頭。

眼前有個巨大而寬闊的挑高廣場，廣場中央有一個炫目得讓人眼花的巨大全像投影浮在半空中，播放著某個身穿豪華衣裳的金髮女人唱作俱佳表演的樣子。

我小跑步在通往對面大樓群的微彎道路上前進。雖然車站的中央入口前面不會有車開進來，但從這邊一往下就是層層疊疊、複雜到嚇死人的立體道路，每條路也都埋沒在川流不止的車頭燈光中。

現在的天色已經全黑，牛頓市內的燈火也齊綻著，聽說這光芒耀眼到連在地球上都能用肉眼看見。

雖然政府機關和薛丁格街就位在車站的另一側，但這一頭卻可說是完全變成購物和娛樂的中心。

在這裡沒有半棵樹木會像外區那樣隨意生長，只看得到完全按照設計修剪過的行道樹，上面掛滿色彩鮮豔的ＬＥＤ燈，被迫對人們陪笑。

進入滿是「超」高級名牌精品店的區域後，就連路面都鋪滿了典雅的石磚。

路上行駛的車輛淨是從地球進口的高級車。在月面要擁有高級車，就跟養了吃錢蟲沒啥兩樣。因為軌道電梯的運費是按重量來計算，而且車輛這類商品還會被課上高得嚇人的關稅，更別說月面的道路網其實不算發達，就算有路可以開車也根本沒什麼值得一去的地方。

在擦得亮晶晶亮的紅黃跑車旁邊，可以看到苗條的男女們三三兩兩談笑著。有時他們會轉頭看我一眼，露出明顯輕視的嘲笑表情，接著再回到原本的談話中。

而現在的我實際上就是被人嘲笑也無力反駁的存在，所以也無可奈何。

不過十年、二十年後，我一定會得到夠格在這個城市裡昂首闊步的身分和地位。

我會在心中對自己這樣信心喊話，一部分是真的感到不甘心。

但其實還有個更實際的原因，因為當我到達皇家中央飯店後，需要這般決心與霸氣，才能打破猶豫不決的心態、邁出腳步向前。

由月面的飯店大亨——亞布．亞魯．扎伊卜所擁有的皇家中央飯店是住一晚至少要價一千慕魯的高級飯店，最上層的皇家套房聽說住一晚更得要二十萬慕魯。

在飯店門前有個巨大的噴水池，通往飯店大廳玄關的路上也有高級轎車絡繹不絕。

因為這個地方已經成為了月面的觀光名勝，所以並未限制閒雜人等出入。
雖然我心裡很清楚這一點，卻依然會感到緊張。
我到這時才開始後悔，想說之前在服飾店買的那件連帽外套還比我現在身上穿的衣服像樣一點。我甚至開始覺得要是之前有買些更體面的衣服來穿就好了。
在氣勢彷彿要壓倒所有來客的巨大玄關前，門房們一字排開，接待著不斷上門的那些一眼就看得出是富豪的客人們。
我則因為走在通往玄關的漫長道路上時，跟觀光客集團結伴前行，而稍微鬆了口氣。
門房們已經對這種狀況很熟練了，只是笑著歡迎這些其實並非房客的來訪者。
或許因為心裡很緊張的關係，我在穿過大門的時候覺得門房好像有稍微皺起眉頭看我，但我告訴自己那只是錯覺。
進到飯店後，我在那寬廣到讓我覺得自己好像突然被放逐到太空中的大廳裡面，因為難以想像月面的建築內部竟有如此宏大的空間而感到不可思議。
儘管在這裡住一晚最少也要一千慕魯，櫃台前的客人依然大排長龍。
我看了看手錶，確認現在距離約好的六點還有將近十五分鐘的時間。
但我也沒有膽量悠哉地在飯店中到處亂逛，只能後悔自己來得有點太早。
正當我在鋪著整片紅地毯的大廳裡呆站著不知所措時，突然有人對我搭話。
「您好，請問需要什麼服務嗎？」
「唔！」
我不由自主的稍微彈了起來，隨後轉過頭去，看到有著一頭柔順秀髮的美麗接待員，穿著一身整齊的制服站在我眼前。

「啊……那個……」

「請問您是要住宿嗎？」

她帶著滿臉笑容的詢問我。

「不，不是。」

「原來如此。本飯店為了給各位貴賓最好的體驗，備有各式各樣的設施。如果您有任何需要，我們很樂意為您帶路。」

雖然我怎麼看都是個窮酸小子，這位小姐還是非常親切而誠懇的與我交談。

而在這時，我總算想起自己來這裡要做什麼。

我可不是那種來自地球或外區，單純是來這邊閒逛參觀的小鬼。

「我和人約了要在一樓的等候室裡……會面……」

我打嗝似的，好不容易結結巴巴說出這句話。

這位女性接待員依然對我保持著笑容，像把我所說的話當成重要的交代事項般點頭說道。

「我明白了。請讓我為您帶路。」

接著她便像是把我當成哪邊來的政府高官一樣，恭敬地幫我帶位。

「這裡就是您要找的地方。祝您有段美好的時光。」

她最後將雙手輕放在身前，打直上半對我深深鞠躬行禮。

就連隨後轉身離開時，這位接待員的身段也完美得讓人無法挑剔。

而且也不管我前一秒才剛被帶到咖啡廳的入口，接著就馬上有另一位在入口旁待命的侍者輕快的走了過來。

「歡迎光臨。請問您是和人約在這裡見面嗎？」

「啊？啊，對。」

他怎麼知道的？正當我因此而感到一陣混亂時，視野一角又看到另一位接待員人員帶了一群人過來。這名接待員一邊為客人們介紹著咖啡廳，一邊將一隻手放在後腰處朝著侍者比劃著。

看來這應該是在打手勢吧。我只覺得這實在太帥了。

「請問與您有約的客人該如何稱呼呢？」

「啊。」

我回過神來，看向眼前這位身材修長的美男子侍者。

這些侍者每個都個子高而且身材苗條，臉上也都帶著燦爛的笑容。

我想這是因為他們覺得這份工作有趣——不，應該說他們對這份工作感到自豪吧。

因此他們看起來才會這麼的帥氣。

「巴……巴頓．古拉鐸斐森。」

我費盡力氣才講出這個名字。

不過侍者聽到這個名字後，臉上卻閃過驚訝的神情，隨即有點慌忙地挺胸抬頭露出笑容。

「失禮了。請讓我為您帶路。」

「……？」

雖然我對他那一瞬間驚訝的表情感到在意，但對於光報上名字對方就知道狀況更感到驚訝。

看來他們是把所有預約了的客人名字都記下來了吧。

於是侍者帶我在有許多衣著光鮮的客人優雅品茶的咖啡廳內前進。這家座落在挑高大廳一角的咖啡廳上方並沒有天花板，這樣的空間設計給人一種非常開闊的感覺。

但這家咖啡廳到了愈是裡面的地方，地板就愈高，深處更有用植物與水族箱細細分隔出來，從外面看不到裡頭的隱密座位。

我走在踏在上頭完全不會發出腳步聲的昂貴地毯上，從有著鮮豔紅龍魚在優游的巨大魚缸旁邊走過，沿著上頭用開有漂亮黃花的觀葉植物做裝飾的牆壁往前走了一段後，侍者停下腳步露出笑容對我這麼說。

「就是這裡。」

接著他往轉過身，朝著另一個方向說。

「您等待的客人已經到了。」

巴頓．古拉鐸斐森應該人就在這個侍者的視線前方吧。

我一想到這點，胸口就沉重的幾乎發疼。

「哦，請讓他進來。」

壯碩的中年男性所具有的低沉嗓音傳入我的耳中。

「明白了。先生您請進。」

第七章

被侍者帶到這裡後，我在心中做好覺悟向前邁出腳步。接著我朝著左邊一轉身看往被隔開的座位內部。我眼前有個把黑髮整齊往後梳的男人，穿著西裝襯衫搭配吊褲帶，正坐在沙發上講電話。

「抱歉，我有客人來，先講到這。後續就拜託啦。」

巴頓這樣說完後直接掛上電話，將裝置放在桌子上，用手撐著膝蓋站了起來。

雖然他個子不是很高，但站起來後有種像是山丘正朝我眼前逼近的壓迫感。

因為他上半身沒穿西裝外套的關係，雙肩雄厚的線條讓人看得一清二楚。雖然他的體格粗壯到看起來有點發福，肌肉卻很發達。

這就是金融街的泰斗。

要是叫我去想像「金融泰斗」的形象，一定就是眼前男人的這副模樣吧。

不過站起來看到我的巴頓，臉上的笑容卻在一瞬間突然僵住了。

「哇，這還真讓人驚訝。」

雖然他的目光鋒利到像要貫穿人，卻不會讓人感到害怕。

巴頓張開雙臂表示自己嚇了一跳，但就連那動作也像是想直接跟我紮實地來個擁抱般豪邁氣派。

「你就是川浦良晴先生嗎？」

他叫我名字時那完美的發音，正是有錢人的證明。

我點點頭，為了不被對方看輕而緊盯著他的雙眼。

「是的。巴頓．古拉鐸斐森先生。」

「哈哈哈，叫我巴頓就行了。你來得正好啊，年輕的投資者。」

巴頓爽快地對我伸出右手。

他的每根手指都像被鍛造出來的鐵條般粗壯，但上頭連一點油汙都沒有。

在他的手指上也沒有我印象中有錢人會戴的戒指。那雙大手給人的感覺就是強勁而紮實。

我握住他對我伸出的手，結果被他用力握手握到發痛。而且他接著還伸出左手一把抓住我的肩頭。

「嗯，你的身體鍛鍊得不錯呀。好，真是太好了！」

「謝謝……你的誇獎。」

「哈哈哈。我一年之中可有大約一半的日子要待在下面啊。當我和一直待在月面工作的人握手時，他們常抱怨說我快把他們的骨頭都捏碎了。」

「下面」指的應該是地球吧。懷抱著「月面才是人類文明的最前端」這種思維的人，常常會稱呼地球為「下面」。看來巴頓應該是月面派的人。

「哎，雖然我本來是想請你坐下來，讓我們好好聊一聊的……」

「欸？」

在我看向巴頓之後，他馬上露出滿臉的笑容說。

「你肚子不餓嗎？應該是在交易結束後就馬上趕過來了吧？」

聽他這麼一問，讓我在雖然心中猶疑了一下，但還是點點頭。

「那我們就去吃飯吧。這樣你不介意吧？」

「啊，好……好的。」

「其實我今天才從地球上來，才剛抵達沒多久啊。軌道電梯上的飯菜真不是人吃的東西，而且又讓人閒得發慌呢。我回你信的速度很快吧？」

巴頓拿起他掛在沙發椅背上的西裝外套。我本以為他要穿上，但他只是瀟灑的隨手用手指一勾就把外套披在自己一邊肩膀上。

這個地方可是月面最高級飯店裡的咖啡廳，而且還是位在最深處，儼然是ＶＩＰ專用的位子，但他的舉止依然落落大方。

而且在他離開咖啡廳的時候，甚至沒有拿錢或信用卡給侍者。

「感謝您一直以來的光顧。」

侍者還對巴頓深深鞠躬行禮。

「其實我有一樣滿想吃的東西……不過你怎麼樣？有想吃什麼嗎？」

但我就連之前擺出一副無賴投資者的態度時，都會被理沙隨意玩弄在掌中了，面對這樣的大人物根本不可能招架得住。

巴頓看我支支吾吾的說不出話，用他的大手拍了拍我的背。

「喂喂，你是精神全集中在交易上還沒回過神啊？眼神整個都僵了。」

巴頓刻意不點破我的緊張。

他既豪邁又親切，讓我覺得他就像是我的叔父一般。

「那就去吃些我喜歡的東西，沒問題吧？」

「好的！」

「雖然我在紐約時也經常吃這道菜，不過總覺得月面的要更為美味啊。也許那就像製作合金一樣，要在低重力的地方才能混合得更好吧。」

「……這樣啊。」

雖然我完全搞不清楚他到底在說什麼，但巴頓已直接從飯店正門走了出去。門房也立刻注意到他，朝著有黑色加長禮車待命的地方舉起手。

巴頓只是跨大步向前走，當他走到飯店的圓環車道前時，禮車也很剛好地停在那邊了。巴頓一臉滿意地點頭，遞給年輕門房一張一百慕魯鈔票，還用粗大的手掌拍了拍他的肩膀。

我認為這真的是給天使的名片。

「這是你第一次坐車嗎？」

巴頓發現我瞪著敞開的車門遲疑不敢上車時，馬上出言調侃了我一下。

這句話讓我心裡有點不快，於是一股作氣鑽進車裡。車上的座椅舒服到好像要把我整個人都吸進去似的，眼前還擺了高腳玻璃杯和小酒瓶。

當我發現在靠肘的地方竟然設有我在電影中看過的車用電話而大感驚訝時，巴頓那壯碩的身軀也從另一側的門擠進車內，然後車門優雅地被關上。

「請到瑪莉貝爾。」

「知道了。」

巴頓一句話指示目的地後，司機便點了點頭。汽車慢慢往前駛去，在這同時司機和後座之間也有道黑色分隔罩升了起來。

在分隔罩穩穩升到天花板的高度後，巴頓才總算放鬆地讓身體陷進黑色皮革的座墊中。

「這是我從前僱了專屬司機後養成的習慣。」

「呃？」

「我有過因為隔牆有耳而走漏消息的經驗。雖然我認為我付給司機的薪水已經很不錯了……哎，最後還是被他敲了一筆不小的退休金啊。」

透過全霧面的車窗玻璃，外面的燈光靜靜透進車內，在這陣妖豔燈光的照耀下，巴頓對我露出剛強的笑容。

這就是物欲橫流、刀光劍影的金融街。

聽了這樣的故事讓我甚至不知道該怎麼接話。

「哎呀，不過我還真被你的年紀給嚇到了。」

注意到車內快要陷入沉默之中，巴頓在絕妙的時間點說了下去。

「……你之前……不知道？」

「是啊。投資競賽的資料上一概不透漏任何個資。只顯示了你投資時用的『阿晴』這個暱稱。我本來以為這是哪顆人造衛星還什麼的名字，但看起來是取自本名啊。」

「……你基金公司的『不列顛』這名字不也取自故鄉嗎？」

我絞盡腦汁才總算想到能回應他。

「唔？不是這樣的，這是因為我很喜歡歷史啊。尤其是大英帝國時代的那股傲慢可真讓我愛死了。這個『不列顛』是取自『不列顛治世』。聽起來不就像個會帶來財富的名字嗎？」

「……我覺得這名字的確很帥。」

「哈哈哈！沒錯，聽起來帥氣是最重要的。要是哪天有人起了西伯利亞基金這種名字，那我看連投資成績都要結成冰了！」

巴頓用豐富的肢體語言，一副心情大好的跟我聊著。

車子緩緩駛過牛頓市中屈指可數的繁華街道。

雖然牛頓市路上的行人每個都一身高檔行頭，但如果問說誰能輕鬆愜意地坐上高級轎車，究竟又有幾個人點頭呢？

「不過你真的很年輕。今年幾歲啊？」

「十……六歲。」

「這樣啊，我都五十二了。唔……是嗎，十六歲啊。」

巴頓口中不住嘟囔著十六這個數字，一邊壓得皮革座椅嘎嘎作響，看向了我這邊。

「我在十六歲的時候，應該還戴著鏡片跟牛奶瓶底一樣厚的眼鏡，做打工送牛奶之類的可笑事情吧。不過我自然是把那時賺到的錢都拿去做投資了……是啊，嗯……歲月真是不饒人啊。」

巴頓閉上眼睛，低聲沉吟著。

正當我苦惱要如何回話的時候，他突然一下又睜開眼睛說道。

「我看過你的投資數據了。那真的非常出色。」

「……啊，那個……謝謝你的誇獎。」

「喂喂……這可不是說聲謝謝就算了的事情呀。在總數十萬名的投資者裡面，你現在可是位居第五吧？這可是相當出色的成績呀。」

「……不過我離第一名還很遠。」

「嗯。確實是這樣沒錯，但這件事你也不用太過在意。第一名是喉片先生吧？那傢伙是個地球人啊。他在跳級拿了哈佛的ＭＢＡ之後就被這邊的白金史密斯銀行內定了。對方可是被譽為十年難得一見的天才啊，就算你現在贏不了他也不要緊。別太在意啦。」

聽了巴頓這麼說後，我反而覺得有點驚訝。

為什麼他會知道這麼多？

「金融街可是很小的。像他那種循正常途徑爬上來的人，名聲也自然而然就會傳開。而這種人大概都會被那些大銀行開出天價報酬給挖走。你覺得白金史密斯會出多少來請這種才剛拿到ＭＢＡ的二十歲小子？」

「嗯……」

我試著從曾經耳聞的高薪中挑了一個數字來說。

「大概……三十萬慕魯……上下？」

「哈哈哈，可惜你猜錯了。底薪大概是二十萬慕魯。」

這讓我以為自己果然估得太高了，沒想到巴頓繼續說了下去：

「不過獎金和紅利的部分大概至少也有二十萬慕魯吧，要是大賺的話還會更多。另外公司應該還會提供他五次軌道電梯頭等艙的使用權吧。軌道電梯的頭等艙這種東西，一般人根本就不可能自己掏錢來搭啊。你知道那個單程要多少錢嗎？」

我完全無法想像那會是什麼數字。

巴頓看我搖頭，露出滿面的笑容。

「一個人單程就要五十萬慕魯啊。有這些錢都能蓋間房子嘍。」

「五……」

能搭乘五次的權利，也就值兩百五十萬慕魯。

「喜歡排場的地球人真的很容易因為軌道電梯的使用權而上鉤啊。結果到了最後還不都因為嫌麻煩而根本沒去搭。」

巴頓露出帶著諷刺味道的笑容，繼續說下去：

「所以呢，像我這樣的旁門左道才會刻意跟還沒闖出名氣的新秀接觸。真是抱歉啦，我並不是白金史密斯銀行或者E．J．洛克伯格人事部門的人。」

我哪有辦法對他抱怨什麼啊。

看到我連忙搖頭，巴頓對著車頂哈哈大笑。

「哈哈哈哈！嗳，不待在大組織裡面也是有好處的。像白金史密斯，只要你稍微爬到上面去，就會被捲進公司內部政治鬥爭的漩渦裡。我可不推薦打算要一輩子鑽研交易的人進到那裡工作。」

「是……這樣啊？」

「嗯。只要能在薛丁格街熬個五年的話，你就能得到一輩子不愁吃穿的金錢。再下來你也不得不考慮接下來的人生究竟想追求什麼了。如果想要權力和名聲，就要以當上大戶投資銀行的合作夥伴為目標；而像單純醉心於賺錢這行為的成癮者們，就得像我這樣，或者……」

巴頓那張大臉皺了起來，就像在望著破曉的地平線般瞇起眼睛說。

「像你那樣？」

「唔……！」

「呵呵呵。哎，找具有大好前途的人聊聊是絕對不吃虧的。我說過我看了你的投資數據對吧？你初期的那種下注手法尤其不錯。」

那是指我完全沒依靠羽賀那的程式，還是全憑自己判斷進行的那次融資交易吧。

「不過看來在我之前都沒人來和你接觸。一部分原因也就是出在那次交易上吧。」

「呃。」

「會把資金集中在一支股票上的人，是很容易被大組織討厭的。像小型基金在投資上就會頗為猶疑。因為步伐跨得大的人雖然贏得多，但輸掉的時候也賠得多。另外就是在態度方面也是傲慢得多啦。」

巴頓咧嘴像惡作劇似的笑開了。

「很多人會認為這種玩火般的方式是大頭們的特權。畢竟金融街上可都是些性格就像孩子王的傢伙啊。不過真要說的話，我就很喜歡會不顧一切往前衝的人，還有會幹傻事的人，所以才會被你吸引啊。」

車外的燈光淡淡照著巴頓的臉，他瞇起眼睛露出彷彿要看穿我的目光。

這讓我突然覺得女生被搭訕的時候大概就是這種心情吧。

「哎，這些話我們就等下邊吃飯邊聊吧。看來是已經到了。」

我們搭的車子畫出一道弧線，在一家餐廳前面停下。

很快就有門房上前幫忙打開車門，讓巴頓先下了車。

在他對門房簡單指示了一兩句話後，門房恭敬的點了點頭，透過別在領口上的無線電小聲轉達訊息。

巴頓果然也沒有付錢給送我們過來的轎車。我因此深刻感受到這就是所謂的「吃得開」啊。

「這家店的肉料理很好啊。」

「是牛排嗎？」

「嗯？雖然普通的牛排當然也很好吃啦，但我不是說過我喜歡歷史嗎？在古老而傳統的金融街上，要是說到使用吊褲帶的男人該吃啥，答案當然就只有一個了！」

巴頓依舊隨意將西裝外套披在肩膀上，一身寒酸的我也跟在他身邊，但我們進入這間餐廳時，所有人依然用最高的敬意迎接我們。

「到底是要吃什麼呀？」

「當然是韃靼牛肉了！」

巴頓回答我的語氣，就像是個孩子般興奮。

老實說，這頓飯除了美味沒有其他的形容。

巴頓不用看菜單就直接點菜，不停對服務生說他要吃這個、要吃那個。

他手拿像是珠寶飾品般的酒杯就只點伏特加喝，然後高聲大笑著告訴我說，伏特加這種酒就是因為連專業人士都無法真正分出好壞所以才棒。

在聽說我其實沒喝過幾次酒後，巴頓便要店家幫我上蘇打水。不過我們餐前喝的利口酒倒是非常香甜可口。巴頓說的韃靼牛肉是在剁碎的生肉中加入各種調味料的單純料理，光從料理方式就可感覺得出它在性急又豪邁的金融街男性當中很受歡迎。

我們雖然也談了些投資話題，但大部分時間都在聊生活周遭的事。我現在正離家出走的事情在一瞬間就被巴頓看破了。他笑著說過正常生活是不可能磨練得出投資手腕的。

所以我也很乾脆地跟他提了我現在住在哪、沒有去學校上學、目前為止是怎麼走過來的、之後又有什麼打算之類的各種事情。不管我再怎麼保守的推測，也能看出來巴頓現在是在拉攏我。

可能他也只是想把年輕又毫無背景，卻能衝出高投資報酬率的怪小子留在身邊罷了，但縱使他只是打著這種程度的盤算，也已經讓我高興得快飛上天了。

但巴頓卻沒對我講出最關鍵的那句話，也就是「你要不要來我們基金公司工作」。

我想就第一次見面來說，這也算是理所當然吧。

不過我們在道別時的握手，真的非常熱烈而且時間相當長。

「我會再寄信給你。今晚真的是很愉快呀。」

巴頓甚至用車把我送到了第六外區的大街上。

來到外區這一帶，需要大筆開銷的車子數量便急遽減少，像這種黑色的加長型禮車當然是一台也看不到。

老實說當我發現有行人看著我在轎車前和巴頓握手的那一幕，都興奮到快得意忘形了。

我是在目送巴頓轎車的車尾燈消失在街道的另一頭後，才用輕快的小跳步跑回教會。

第七章

這時候已經過了十一點。雖然要是不小心被警察看到會惹上麻煩，但在這時間路上倒也還有不少行人。我儘可能選人多的路走，一路在街上跑著，然後途中就轉進小巷子裡。

今天是我人生中最棒的一天。

這絕對不是因為今天的所有花費都由巴頓支付這種小家子氣的理由。畢竟今天我可是有幸一窺牛頓市的金字塔頂端，還親身走入其中。而牛頓市裡的最高階級，也就意味著全人類當中的最高階級。巴頓他既是位真正的富豪，也是真正的投資者，而這樣的大人物居然會找上我。

我受到了認同。

在我走回恬靜的住宅區時，還是好幾次有股想高聲大喊的衝動在心裡奔騰，讓我要拚命咬住自己的手臂才能忍住那股衝動。

因為我的興致是如此高昂，所以半路上就開懷地踏著路上房屋的屋頂一路跑回教會，結果正好碰上擺出了桌子在三樓院子喝酒的理沙。雖然就立場來說，我就算深夜外出走動也應該不用對理沙解釋什麼，但我心中還是有一點罪惡感。

不過理沙盯著我一會兒之後，只是拿我沒辦法似的嘆口氣。她輕輕喝了一口玻璃杯中的酒，然後從椅子上站起來。

「你就好好從樓下大門走進來嘛。吃過飯了嗎？」

「……吃過啦。是說我出門前不就有講嗎？」

「我是有聽你說呀。不過看你現在心情這麼好的樣子，我想說你會不會又餓了呢。」

被這麼一說，發現自己真的有點餓。

「嗯，我要吃飯。」
「好啦好啦。那你從下面的門進屋裡來吧。」
理沙說完後就走進她自己的房間，然後一把關起窗戶。
我照她的話下到一樓去，穿過教會進到了主屋內。
雖然客廳中的燈都沒關，空氣中還是有種深夜獨特的寂靜。
理沙沒過多久便走下樓來，幫我重新熱好飯菜。
「你是去哪了呀？」
因為她並不是用責問的語氣開口，所以我也就老實回答她說。
「牛頓市。」
「……去找朋友？」
我轉過頭看到理沙臉上浮現的促狹笑容後，馬上理解她在問這句話前稍微停了一下的理由。
「我才沒啥朋友咧。」
「呵呵。我就知道阿晴會這樣講。要不然……就是去找女生？」
「……連自己都知道不好笑的玩笑就別講了啦。」
「好啦好啦對不起嘛～」
理沙不置可否的聳聳肩，又回頭繼續幫我熱晚餐。
不久後她就在桌子擺了一盤盤溫熱的菜餚，我也被那些食物的香氣吸引到餐桌前坐下。
看來我剛剛好像是因為太過緊張，才會覺得自己已經吃飽了。於是就這樣我狼吞虎嚥的扒完了這頓飯。

「我這個人喜歡把事情問個清楚，所以其實是很想要你一五一十全招出來啦……」

我一邊賣力嚼著嘴裡的抓飯，一邊無言地瞪著理沙。

「不過因為阿晴會生氣，所以我還是不問比較好。」

我對她點點頭，表示這真是個聰明的判斷，結果頭就被理沙輕輕戳了一下。雖然我很想對她說妳又不是我老媽，但還是沒揮開她的手……因為理沙的動作並不會讓我覺得不愉快。

「然後我還有一些其他的事想對跟阿晴說呢。」

「……？」

我仰起身子看向理沙的臉，因為她說這句話時的口氣竟意外地認真。

「姆咕……什麼事？」

「嗯。今天你出門的時候有碰到克莉絲，對吧？」

「啊？喔，這麼說好像是有遇到沒錯……那個長得很大隻的是克莉絲的老爸嗎？」

「是呀。她爸爸的確是長得很『大隻』呢。」

「……妳別學我講話啦。」

理沙聽我這麼說，開心地呵呵笑了出來。

「而我要說的事也是跟他們有關。」

「喔，到底是什麼事啊？他們應該不是來送貨的吧？」

「嗯。呃……那個呀……」

理沙的語氣吞吞吐吐，講話很含糊。而我一邊將粒粒分明的抓飯扒進嘴裡，一邊不解的想她到底要說啥？只見理沙的目光左右游移了一陣，態度就像是羽賀那一樣畏畏縮縮地說道。

「克莉絲她們想要把家裡存的錢交給阿晴。」

「啥？」

我立刻開口問理沙，嘴裡的飯粒也噴了出來。

理沙露出嫌惡的表情身體往後一縮，但我毫不在意的繼續追問。

「妳剛說了啥？」

「嗯，你好髒喔……那個呀……他們說是從羽賀那口中聽到了阿晴的事情……」

「……」

我盯著理沙清理桌上的飯粒，過了一會才又開始咀嚼嘴裡的食物。

「克莉絲她家也有向戶山先生借錢。也就是說……那個……你懂的吧？」

我還記得克莉絲穿著尺寸不合的衣服，甚至中午的時候連飯都沒吃就得幫忙送貨。

想到這邊時，我馬上就理解了他們想將錢託給我的動機和目的，以及在那背後的悲哀。

「她家因為有在做生意所以和我們不同，要是錢全部被一口氣收走的話會非常頭痛。因為這樣一來就沒辦法進貨了。而且我想在這附近一帶，應該沒有人在被催討時能夠馬上湊出錢來還的。他們也就是因為這樣，才會想說既然這筆錢最後一定會被人拿走，那更該交到有可能讓錢增加的人手上。」

「……」

我嘴裡已經嚐不到抓飯的味道了。本來應該是鬆鬆軟軟非常有口感的抓飯，現在，在我口中吃起來就如同橡皮。
我硬是將東西吞下，喝了口湯後對理沙問道。
「錢有多少？」
「……三萬慕魯。」
在我腦中立刻冒出的念頭是：「還真少啊」。
他們拚命工作、省吃儉用存下來的貴重資金，也不過只有三萬慕魯。
在牛頓市裡面那片金碧輝煌的世界，簡直就像是一場幻夢。
「那欠的錢有多少？」
「八萬慕魯。」
「……啥？竟然有兩倍以上喔……」
「我說呀，他們家的人可是過得非常辛苦。所以說就我的立場來講——」
「啊——這種話我不想聽啦。我很明白家家有本難念的經啦。」
尤其像是我老家那邊，根本滿滿都是這樣的人。無論誰都有著悲慘而讓人不捨的過去，發生的遭遇都可憐到無以復加。甚至因為那些往事實在太過慘痛，讓當事者在講述時甚至反而會露出開朗的表情，講得像是一副雲淡風輕似的。但每個故事情節卻都大同小異。
要不是這種狀況，我想應該也不會有人都到了月面這種地方來，還得為了數萬慕魯的錢忙得焦頭爛額吧。
「羽賀那呢？」
我反問理沙。

「羽賀那她怎麼說？」

當我提出要用現實金錢做交易時，羽賀那她非常猶豫不決。

與其問我願不願意接受這件事，我想她的態度才更為關鍵吧。

「她想接下這個委託。」

然而理沙開口：

「她說她想幫上大家的忙。」

「……」

我可以很輕易地在腦袋裡描繪出羽賀那一臉認真點頭的樣子。

成功能夠改變一個人。

雖然這是把陳腐的老話一字不改的搬出來講，但羽賀那她自己本身應該是無欲無求，就只是單純想幫克莉絲的忙，並認為自己確實能出上一份力吧。

「就算收了這筆錢去用，那個……阿晴你們要做的事情基本上還是沒變吧？」

理沙這樣對我確認。基本上也確實是這樣沒錯。就算別人把錢託給我，我們要做的事情也還是沒變。

但是呢，眼前卻有兩個問題。

「虧錢也是有可能的。」

「……這件事對方當然也明白。」

這間教會是因為有我在，所以在有個萬一的時候還能作為防坡堤幫忙代墊整筆欠款。

但其他人家裡面當然不會住著像我這種白痴房客。

所以那些人也就只會緩慢但確實的，漸漸被欠債逼得走投無路。

「可是他們說……要是就這樣繼續下去，他們顯然會還不出錢，所以才會想要來拜託你。」

「另外還有一點。」

「是什麼？」

雖然我在瞬間猶豫了一下，但終究還是下定決心要將這個不得不說出口的事情講出來。

「就是報酬。」

我用篤定而決然的態度說出這句話。

我筆直看著理沙的雙眼，非常認真的對著她這麼說。

「這件事必須要有報酬。因為我沒有打算當義工。」

「……」

理沙聽到了這句話，終於忍不住神色大變。她好像快要哭出來或是要怒吼出聲似的，拚命壓抑著自己心中某種激烈的情緒，這讓她對著我的表情變得很不穩定。

「報……酬。」

「對。畢竟這些投資的技術是我承擔風險進行實驗才得來的，可不是什麼輕輕鬆鬆就到手的東西。而且我也和羽賀那說好，必須好好支付她報酬作為程式的使用費。我並不想知道克莉絲她們家到底是怎樣的情況，我只能跟妳說，這件事如果沒有報酬我就不幹。因為我可是……」

我深深吸了口氣，回想起巴頓的那股威嚴。

「我可是……投資者啊。」

儘管說這種話真的是裝腔作勢到了極點，但在理沙面前我還是一步都不肯退讓。

就算我們在這邊大吵一架然後分手，我也覺得無所謂。

因為這樣會感到頭痛的也是理沙而不是我。

雖然不知道理沙有沒有想得這麼遠，但她和我對瞪到了最後，終於再次緩緩開口說道。

「……那報酬……大約是多少呢？」

「利潤的二成。」

分給羽賀那的也同樣是這個比例，會開這數字是有理由的。

有一種組織叫作避險基金。這種基金會從客戶那邊收下金錢，然後由偉大的投資者拿去進行投資。

而避險基金的分紅方式，就是抽利潤的兩成。

對於我的要求，理沙就像吞下什麼苦藥似的露出難過的表情。

「……沒辦法更低了嗎？」

「我可不是抱著玩票心態在做這個的。」

我知道理沙在緩緩做了幾次深呼吸後，才終於讓心中激動的情緒冷卻下來。

我甚至覺得她原本氣得好像要豎起來的頭髮，也在此時變回了正常的樣子。

最後理沙慢慢閉上雙眼，很深的嘆了一口氣。

「我明白了。我會去跟他們說說看的。」

「當然我也會從這份報酬中付錢給給羽賀那。」

「……嗯。這點我不會懷疑。」

「那妳在懷疑什麼？」

「……」

理沙一瞬間好像想說什麼，但最後還是閉上嘴巴，隨即帶著一臉苦笑，再次開口說道。

「在基督的教誨下，我必須告誡所有人不可放縱自己的貪婪呀。」

「……我想我應該一輩子都沒辦法明白這個道理吧。」

「這樣啊。但我也知道阿晴並不只是一個生性貪婪的人。至少你願意為了他人獻上自己財產中不算小的一部分，這並不是件簡單的事。」

她指的是三萬慕魯的那件事吧。

但我就算被理沙這樣誇，也沒辦法由衷感到高興，嘴角繃了起來。

「所以我是不會責怪你的。再說……」

「怎樣啦？」

「現在的阿晴呀……感覺成熟得讓我好不甘心喔。」

「……」

看著理沙臉上的苦笑，讓我的表情也愈來愈沉重。

我只能搔搔自己的頭，然後繼續吃剩下的飯菜。

「羽賀那那邊就由我去說好了。」

「……妳願意的話，算是幫了我一個大忙。」

我並不想因為報酬的事情和羽賀那吵起來。

我一點都不覺得當我和她在意見上產生對立時，她會對我有所讓步。

「不過呀，阿晴……」

「啥？」

理沙在餐桌對面，露出一副真的很不明所以的表情對我問道。

「你究竟是去跟誰見了面？」

我故意大口扒起飯來，沒有回答理沙的問題。

要是我說我是去和貪婪之街裡最傲慢的居民見面，搞不好理沙會討厭我吧？

不過理沙也沒有繼續追問下去。

「我吃飽了。」

我只是用這句話強硬地讓談話劃下了句點。

第八章

隔天，羽賀那很乾脆地接受了我所提出關於報酬的要求，而當我們用電話通知克莉絲家時，他們也馬上就同意了。

這件事果然是該開口的。

假如我們收了他們的三萬慕魯資金而且讓它增加到兩倍，那淨利三萬慕魯裡的兩成，也就是六千慕魯便會成為付給我們的報酬。從中抽出給羽賀那的程式使用費後，我收下的份就是四千八百慕魯。

就賺點零用錢來說還算不錯。

而且我更堅決在規則中加上了非常重要的一點。

就是即使投資真的虧損，我們這邊也不負責承擔損失。

畢竟並不是我們開口要求他們出錢的，所以要是賠了錢還得負責，那我可不想奉陪。畢竟想要去賭一把的人可是他們，而不是我啊。

克莉絲的老爸體格相當壯碩，相較之下就連巴頓看起來都要算是小號身材；雖然他有著一臉勞動者似的肅然表情，但到最後還是全盤接受我的條件，對我重重的點頭拜託。

雖說理沙苦著張臉看著這一幕，但再怎麼說擁有技術的人畢竟還是我啊。我可以抬頭挺胸的說，會想儘可能的將技術以高價出售是極其自然的事。不過呢，在羽賀那的腦中好像就真的從來沒想過虧損時的狀況、或是報酬要拿多少這種事情。她只是一本正經地盯著克莉絲一家拿來的那三萬慕魯，決然的說道。

「我會賺很多錢。」

就是這樣沒錯。我則是因為自己也正受到巴頓關注的關係，可沒什麼美國時間用散漫的態度去做交易。

不過對於羽賀那說的「去賺很多錢來」這句話，我非但不感到擔心，更連奮起鬥志認真看待此事的需要都感覺不到，連我都對自己這樣的心態感到驚訝。不過羽賀那的程式也真的就是如此優秀。

那個程式每天都在對虛擬空間中的一千支股票、以及現實股市中的三千支股票進行監控，而且隔幾分鐘就會做一次計算與分析。它的表現跟必須頻繁切換畫面，翻查大量股票看到眼睛花掉的我相比，要來得更加正確且優秀。只需要剎那的時間，程式就能算出我要長時間關注一支股票才能得到的精確分析結果。

而且連我都只能概略把握的價格變動幅度，這程式都有辦法精確求出統計上的數字，讓我得以大幅減少花在一支股票上面的時間。

更別說在有了這程式後，我也就不用再去追著那些投資結構有問題、充滿詭異氣息的股票跑了。因為現在就算不獵捕那些危險的股票，羽賀那的這個程式也會不斷為我找來新的搖錢樹，所以我根本就沒有再去冒險的必要。

現在我主要的工作變成是按照程式的指示進行買進賣出，然後再向羽賀那報告程式的運作是否理想。在我身旁的羽賀那偶爾會歪著頭，用紙筆計算一些意義不明的方程式，而我也漸漸不會再去過問她到底在做啥了。

而在羽賀那的行動裝置畫面上，使用方程式中的希臘字母也逐日增加。B、γ、Δ、ζ

在上面列成了一排……

雖然這些符號在數學上好像全部有著特定意義，不過其中我能搞懂的也就只有 α 這一個而已。α 值是在投資理論中各式莫名其妙、意義不清的希臘字母裡面，唯一一個意義很簡單明瞭的字母。

α 值代表著了一個人所賺的錢減掉市場平均報酬率後還有多少。

而在投資的世界之中，是再也找不到什麼東西要比「市場平均報酬率後」更無趣了。畢竟所謂的「市場平均報酬率後」就是把市面上所有的股票都買下一點，再將它們全部的表現平均起來得到的結果。只要手上有錢，就算是腦袋簡單到跟猴子一樣的人也能達到這個數字。在這個有著數千支個股存在的市場中，任何一個有點頭腦的正常人只要懂得躲開那些嚴重虧損的股票，就能輕易贏過這個「市場平均報酬率」。

α 值也就是表示一個人比猴子還聰明多少的指標。

我的 α 值時高時低。

但羽賀那運用數學所確立的這個程式，卻是一個讓我總是能維持在自己最高 α 值的系統。我的表現再也不會受到身體狀況、天氣或是心情左右。只要依照這個系統的指示，我就能夠隨時保持最佳狀態。

羽賀那就坐在我身旁，將我進行的一切操作都轉換成數學公式。

於是只要程式改良得愈好，我在交易上也就愈感時間充裕；而在時間上愈是充裕，我也就愈能在交易中保持沉著穩定。能定下心來進行交易也讓我明白了許多以前沒能察覺、沒那個心情去細細體會的事情。

這讓我不禁覺得，或許在和羽賀那聯手之前我的投資表現之所以會變糟，可能是因為我把自己逼得太緊了也說不定。或許這就跟刀具打磨過頭的話，反而會讓刀身變得脆弱不堪是同樣道理吧。

真要說最近在交易時有哪裡不滿，就是羽賀那的程式實在太過優秀，讓我完全沒了刺激和緊張感吧。對我來說，風險這種東西已經藏到地球的背後去好久了。

像那種看過新聞、財報、感受市場的氣氛然後一翻兩瞪眼的交易，確實要說是賭博也無可厚非。而現在我畢竟拿著別人的錢，交易也進展得一帆風順，就更沒有半點理由要去冒那樣的風險了。

也因為這樣，雖然目前的狀況讓我覺得很無聊，甚至感到些落寞，但也只是把這些想法當作幼稚的無謂煩惱而一笑置之。

我手上的資金在這一周內快速增長。

在虛擬空間中的財產已經有四千七百萬慕魯，現實中的則是九萬兩千慕魯，資產大約增加了30％左右。克莉絲她們家交給我的資金也增加到快四萬慕魯了。

雖然這成果已經算不錯，但距離還清他們欠債的目標還差很遠。

畢竟之前我都開出獲利要抽兩成，而且虧損還不負責任的傲慢條件，那現在賺到的這些錢有和我的那份傲慢相應嗎？對此我並不是很有自信。

在把資金交給我們的一星期後，克莉絲一臉擔心的過來向我們詢問投資的成果。

實際上不只她擔心，連我也覺得不安。但如果說我的心情是要把考試考砸的消息跟爸媽說而戰戰兢兢的小孩，我想克莉絲的心情大概像在等醫生告知自己是不是罹癌的病人吧。

然而羽賀那直接把數字告訴了惶惶不安的克莉絲。

「現在錢已經增加到三萬九千兩百慕魯了。」

羽賀那一副落落大方的說。她坦然的樣子，簡直像在說「會有這結果是理所當然的」。

雖然克莉絲外表看起來好像很遲鈍，卻有著從外表完全無法想像的聰明頭腦。那她也應該能理解到她們交給我的那筆錢就只增加了三成，離要完全償還欠債還有好一段距離吧。

既然當初我都敢提出那麼種過分的傲慢要求，那在一星期內把目標達成一半左右也才說得過去吧？

雖然我很擔心克莉絲會對我說出這樣的話，但外表看起來就像隻捲毛小狗的克莉絲，這時就只是邊顫抖邊死盯著羽賀那的臉說。

「……這……這是真的嗎？」

「是真的。」

聽到羽賀那的這句回答，克莉絲當場腿一軟癱坐在地上。

「喂！妳這是……」

我急忙想伸出手扶她，但羽賀那蹲下的動作比我更快。

「這是真的。」

羽賀那用無比溫柔的表情牽起克莉絲的手，用自己的雙手緊緊握住。

克莉絲只是呆呆看著被羽賀那緊握的手，然後抬起頭來看往眼前的羽賀那。

她臉上的表情訴說著她對於現在發生的事完全難以置信。

「這是真的。」

羽賀那又重複一次剛才的話。

但目前距離清還欠債還有一段很遙遠的距離。對克莉絲她們家來說，這三萬慕魯可是他們從僅有的一點點財產中絞出來的最後一條救生索。既然都開出了那種傲慢的條件而收下這筆錢，我也是自認有盡心盡力為他們努力了，但成果卻還遠遠不夠，讓我感到非常心虛。

或許就是因為心中有這種想法，所以當我看到克莉絲那驚訝的反應時，腦中才不禁冒出偏激的念頭。

就是因為沒辦法綜觀全局，好好去計算利益得失，窮人才會一直無法翻身。

就因為看她把貴重的資金交給我們，結果光是聽到賺了三成就嚇得腿軟，真沒用。

我倨傲地望著克莉絲，心中這麼想著。

「這是真的。所以妳可以拿賺的這些錢去買鞋子和衣服了。」

「唔——！」

我不由得倒抽了一口氣。

「之後這筆錢還會變得更多。就算拿去買鞋子和衣服、去買新的背包，我想應該都還會有剩。」

「啊……嗚……」

「嗯？這不是該哭的事情吧？」

「我……我才妹有幸……」

克莉絲才說完這句話，接著便嚎啕大哭了起來，羽賀那也很稀奇的因為這樣而有點慌張。

但現場最心煩意亂的人，我想一定是我自己吧。因為羽賀那剛剛說的那句話，深深刺進我的心頭。

可以去買鞋子和衣服了。

羽賀那說出的並不是現在距離清還債務還差多少錢，而是具體到快讓我快吐出來的話。克莉絲的衣服盡是些破爛又不合身的貨色，腳上穿的也是尺寸根本不合又開了好幾個洞的破球鞋。她一身上下的行頭實在是糟糕到要一一指出建議她買新的都顯得很愚蠢。

但即使這樣，我在羽賀那說出那句話之前卻依然完全沒注意到這一點。

原來對於克莉絲來說、對於羽賀那來說，錢就是這樣的東西。

之前我曾將鈔票塞給羽賀那，對她說我們真的賺了錢。而那時的情景現在卻在我們眼前，以相反的立場再次上演。原來連我自己也從未真正搞清楚，所謂的「錢」到底是怎樣的東西。

雖說我在住進教會之前也確實是靠自己賺錢在外吃住，但那也是因為我在老家時就先預先存下了一些錢才有辦法。

能買得起鞋子和衣服，對我來說是理所當然的事情。我腦中會有的念頭，充其量只是要怎麼從這些「理所當然的事情」中省吃儉用來存錢來罷了。

從我出生到現在，還沒經歷過需要什麼東西但買不起的狀況。

一切的存在對我來說都是如此理所當然。

但羽賀那和克莉絲她們所處的世界，卻沒有這樣的條件。

「克莉絲。」

羽賀那輕聲呼喚克莉絲的名字。

她的表情依然和平常一樣平板，但換個角度來看——也可以說她此刻的表情就和平常同樣認真。

「錢還會繼續變多的。」

克莉絲此時已經停止哭泣，但還是帶著一副好像快哭的表情。她看著羽賀那的樣子就彷彿是在仰望救世主似的。

而羽賀那對她緩緩點頭。

然後她舉起了一隻手指向我說。

「阿晴會幫你把錢變多的。」

「什麼……」

雖然我被這突如其來的發展嚇到了，但克莉絲卻用毫不懷疑的眼神看向我。

她的那雙眼睛湛藍而美麗。

被這樣的一雙眼盯著瞧，不禁讓我覺得剛剛想著窮人如何如何的自己，是個極其骯髒的存在。

也不管我正暗自感到氣餒，克莉絲只是用皺巴巴的袖子粗魯地抹了抹自己的臉。雖然她還是坐在地上，卻端正了坐姿，非常認真地看向我說。

「一切都拜託你了。」

她非常有禮地對我這麼說道。

原來我們現在所做的這件事，對他人竟有如此重大的意義。

既然我們展現的成果都能把克莉絲嚇到腿軟了，聽到有這種事的其他人會找上門來也算是意料之中。

來的這些人大多是跟克莉絲她們家有認識，也同樣向戶山大叔借了錢。其中很多人也都認識理沙，對於彼此荷包吃緊的狀況，都熟知得像自家昨天晚餐的菜色一樣。

像這樣的一群人現在全帶著他們的救命錢過來找我。有些人拿來一萬慕魯、有些人拿出三萬慕魯，甚至也有只掏得出幾千慕魯的人在。

不過只要他們能接受「抽利潤的兩成當報酬，虧損時概不負責」這種強硬的條件，我當然也沒有拒收的理由。因為基本上我投資時做的事還是一樣，其中所花的工夫並不會有差別，只有利潤會隨著資本變多而增加。而且做這樣的事也真的能讓我感受到自己在幫助別人。

就這樣，有八個人找上門來將錢託給我們，我手上的資金總量也一下子衝破了二十萬慕魯。

「這樣就能幫上很多人了。」

羽賀那看著理沙所準備，寫了大家的名字和投資金額的名冊，輕聲喃喃自語。

不過看到克莉絲那個樣子後，就連我也覺得為了別人賺錢這件事其實感覺並不壞。

但每當有人帶著錢上門，我內心某處不安的感覺都會逐漸增加。

因為只要動用的金額一大，要迅速地進出場做交易也就難了。

股市和現實的菜市場並沒有兩樣。要是只買一兩顆蘋果，一下就買得到，但如果要買的數量是一兩千顆的話，就沒辦法馬上買到了。

尤其當你選的股票不是有很多人在進行交易的個股時，就會因為自己買進便造成股價上漲、自己賣出便使股價下跌。這樣一來我也就得將二十萬慕魯的資金分成三四份，透過選比之前更多支股票來投資以避開這狀況。

雖然這麼做在理論上應該說得通，可是實際操作起來真的不會有問題嗎？

縱使我對這件事感到些許不安，但看來這也只是杞人憂天罷了。

因為我現在還是游刃有餘啊。只要不把時間揮霍在停下腳步觀望、仔細評估股票資料、小心慎重地買進賣出這種事情上。那我就確實有時間從容地進行交易。

而且羽賀那幾乎每天都在改良程式，我也漸漸有辦法能打從心底信任程式的指示來做交易了。

這也就代表著，現在我已經能完全不懷疑程式算出的分析結果，而利用這些資料不斷重複著買進賣出。現在我就用我和羽賀那聯手前的那種步調，只顧著不停切換畫面到自己的眼睛花掉，整天黏在裝置前面，累積起無數的利潤。事情的每個環節都完全打通了。

我們賺到的錢愈來愈多，也有更多人前來將資金託給我們。

我所運用的資金包含獲利的部分已經超過了五十萬慕魯，這當中加上利潤抽成，屬於我的資產有十二萬慕魯。但因為我在手上只有二十萬資金時就已經忙得快眼花了，要妥善操作五十萬資金，也就只能把虛擬空間的交易放掉不管。雖然巴頓所關注的是這個部分的表現，但我只要跟他說手上還有現實的交易要忙，他應該也能體諒才對。畢竟就算是巴頓，應該也是看重現實交易勝過虛擬的交易才對，只要我在這邊也有好的投資表現，照理說他應該能諒解。

於是我就這樣放任自己投資競賽中的資金在五千萬慕魯出頭的地方原地踏步。

不過我卻覺得像有根細刺卡在喉嚨裡面，漸漸變得無法因為在現實中賺錢而感到開心了。這或許是因為我的感覺麻痺，也或許是除了身體之外，更連精神上都累積了交易的疲勞吧。

在像是重複作業的交易過程中，我偶爾會興起想大大賭一筆來轉換心情的念頭。

但現在可不只克莉絲，全部已經有超過十個人的命運操在我手中了。而且這些人每個都是「有了錢就能買鞋子衣服」的那種處境，更讓我覺得責任重大。在這些人家裡當然也有著跟克莉絲同年紀的小孩和羽賀那的學生。

眼前的狀況實在讓我死都都沒辦法把「裡頭完全沒有賭博成分、沒有刺激的交易真是無聊透頂」這種話說出口。

我覺得自己的頭愈發昏沉，連胃都有種沉重的感覺。在下午的交易結束後，我已經沒有力氣再去做任何事了。

但我的個性也沒辦法忍受這樣呆坐在家裡，只好逃往賽侯的店裡去。

「你最近還真常來耶。」

當我呆呆看著地球的舊電影時，賽侯打開我座位隔間的門露了臉。

「居然在看『教父』喔？興趣還真硬派耶你。」

「……幹麼啦。你有事嗎？」

「也沒什麼事啦。拿去。」

賽侯隨手遞給我一瓶汽水。因為玻璃的原料在月表上遍地都是，所以只需要收集陽光來發電就能製造的玻璃這種材料，也因此很受人倚重。不過這種玻璃瓶裝的飲料好像因為跟寶特瓶比起來多了種古早的印象，讓地球人不太喜歡。但在月面這邊，人們則反過來很看不起寶特瓶這種一定要使用石油才有辦法製造的貨色。

我在接過瓶裝飲料前，半點不掉以輕心的對賽侯問說。

「飲料要算錢嗎？」

「請你的啦，小蠢蛋。」

「那我就收下了。」

我接過飲料喝了一口，因為汽水的刺激口感而緊緊閉上眼睛。

「你好像很愛看地球電影是吧？而且還都是些黑手黨和戰爭的電影耶。真是太陰沉啦。這樣不會受女生歡迎哦。」

「你很囉嗦耶……」

我小口小口喝著賽侯給我的汽泡果汁，把視線轉回電影上面；電影剛好演到有個蠢蛋手下打算混進敵方勢力中，卻一下就被殺掉的劇情。這讓我不禁想著：為什麼這個傢伙覺得對方不會懷疑自己呀？

「你要像我一樣多看些愛情片呀。」

「你看的那些明明都是色情片吧？」

「你亂講啥！」

賽侯先是說了這麼一句，然後惺惺作態的環視周圍有沒有人，才靠到我的耳邊悄悄說。

「我弄到了女主角長得和羽賀那小妹很像的片子喲。」

「……」

賽侯好像以為這樣說我就會心生動搖似的用眼角餘光偷瞄我。

「哎呀，沒啥反應耶……」

「你這猴子。」

「……在下就是猴子來著。不過我真搞不懂這種電影哪裡好看了啊。像是那種……有更多爆破啦、槍戰場面什麼的電影，不是更適合年輕人看嗎？」

「……」

我決定完全不搭理他。

我之所以會喜歡黑幫電影和戰爭片，就是因為裡面的人行動原理都非常簡單易懂。而且在那些電影裡面，就算主角也沒辦法自己一個人解決問題。電影中的角色互相糾葛牽連，彼此間的關係如同網子般複雜；他們就這樣被這張網子上的絲線拉扯著，像是傀儡一樣在畫面中狂舞。

這樣的狀況其實跟股市很接近。因為在股市當中，雖然每個參加者的行動原理都非常明確，但僅憑一人之力也同樣無法對大環境造成什麼影響。而我就是很喜歡去欣賞、去想像人們要如何在這種狀況之下，依舊朝明確的目標前進。

無論是黑手黨或小隊的士兵，都會為了夥伴或同僚而做下合理得簡直沒道理的決斷。像這樣的場面往往讓我入迷到幾乎要顫抖。

而且這種電影的劇情基本上不會有太多意外發展。
要說真有什麼會讓人意外，頂多就是最初觸發一連串事件的契機而已吧。
就股市來說，應該就是出乎意料之外的新聞。決勝時刻往往是接在這種新聞播出之後開始的。
「……真是無聊啊。」
就在我邊看著電影邊思考的時候，賽侯在旁邊又不滿的這麼說道。雖說女主角長得跟羽賀那很像的色情片讓我有點在意，但因為找這種東西來看感覺實在太沒出息了，所以我並不想看。
「你別像個小孩子一樣幼稚好不好。」
我對賽侯這麼說。
「這是因為我很珍惜自己的青春歲月呀。」
「你們地球佬對故鄉地球的戀母情結可是出名得很咧。」
「我好懷念重力呢～」
說完這句話後，賽侯好像放棄繼續糾纏我而打算走回櫃台，我也將視線轉回了螢幕上。
但這時我卻看到外面那顆爆炸頭突然停止了移動，接著賽侯便將他那顆大頭又湊近我包廂裡面來。
「對了，你們的事情傳開來嘍。」
這種含糊地說法有很多種可能的解釋。
但因為賽侯的語氣異樣的認真，讓我瞥了他一眼。

「啥？」
「你和羽賀那小妹的事情呀。」
「……拜託，你是小學生喔？」
這話讓我不禁傻眼，而賽侯在愣了一之下後也苦笑著說。
「沒啦沒啦，我指的不是那種事。」
「不然你指啥啊？」
「聽說你們從別人那邊集資在做投資？」
賽侯的這句話，簡直像電影中黑手黨的敵對組織亮出會引發拚鬥的火種似的。
「……所以咧？」
「理沙知道這件事嗎？」
「當然知道啊。」
我將目光轉回畫面上。
傳聞。
這件事已經變成了傳聞？
「理沙她知道……？你說真的？」
「你實在很煩耶……當然是真的。不過我本來沒打算連別人的錢都拿來用，一開始也只是為了要幫理沙還債而已啊。」
「呃！」
賽侯瞪大眼睛，將那顆大頭往我這邊靠過來。

「理沙她有欠債？」

「你頭靠太近了啦……對啊，你不知道嗎？」

「我還真的不知道……」

「她說是她弄丟了向大學借來的貴重書籍，所以借了三萬慕魯來付賠償金，最後因為還不出這筆錢而走投無路。」

「啊……」

賽侯用兩手扶著自己的爆炸頭，從他頭上發出了沙沙的摩擦聲。

「如果她有跟我說……」

「你就能幫她還嗎？」

被我這麼一問後，賽侯本來還好像要想說些什麼，但最後還是閉嘴了。

我想他本來是想講些沒意義的空話來逞強吧。

「不，可是，這樣嗎……不過你靠的也是那個吧？就是那個我幫羽賀那小妹寫出來的程式啊。」

「還有靠我自己的投資能力。」

「……噯，你這個就先放一邊不提啦。」

「你是在懷疑我喔？」

「你別氣嘛。羽賀那小妹她每次寄來的郵件開頭第一句都是『阿晴說』、『阿晴說』的，我哪會懷疑你咧。」

聽到賽侯突然爆出這樣的料來，還真的讓我稍微嚇了一跳。

「還有我不是要跟你說這個啦，是想提醒你們要當心點啊。」

「……啥？」

「因為別人也知道你在這附近走動得很頻繁啊。雖然我想你身體有練過，不過這社會上的危險傢伙也不只有那一種。」

「……你是指還有駭客什麼的嗎？」

「駭客也是有可能啦。但不管怎麼說，你們手上聚了很多錢的事還是不要太過張揚比較好。總之你就把這些話當成是大叔我在多管閒事吧。」

「……」

賽侯的表情十分嚴肅，使我一時不知該說什麼。

「嗯嗯……」

「畢竟誰也不曉得世界上會發生什麼事啊。小心點準沒錯。」

賽侯說完最後這句話，輕拍我肩膀一下便走回櫃檯。

他的確說得沒錯。我們拿別人的資金來投資的這件事，傳出去也根本不會為我們招來半點好處。

但我們也不可能到了這時候才說要把錢退給那些人，而且把錢託給我們的人也真的都有經濟上的困難。再說那些現金我也不是帶在身上，所以不用擔心在回家路上會遭人攻擊把錢搶走。

要說讓我有點掛懷的，是有駭客盜進我的帳戶，或理沙、羽賀那遭到綁架之類的，但我也不太能想像這種事情會真的發生。於是我回頭繼續看片。

我將視線轉回電影上。

在十分鐘後，我已經把賽侯的忠告完全忘得一乾二淨，只是再度沉迷於電影中。而在看完片後，我便離開網咖回到教會去。

雖然我試著多去賽侯的店走走或是早點上床睡覺，卻還是覺得體內的疲憊日復一日的累積得愈來愈多。

我真的不懂到底是哪邊出了問題。

我唯一確定的就是每當想到交易的事情時，我的精神就會一陣低迷、根本提不起勁。

這可能是在資金量增加後，我為了維持投資表現而讓操作的股票種類變得太多的緣故吧。又或許是背負著別人命運的這股壓力，遠比我以為的還要沉重。

某天上午的交易結束後，我就連理沙出門去中國餐館上班前幫我做好的午餐都吃不完，途中就趴倒在餐桌上。

「你還好嗎？」

在中午休息的時候，羽賀那終於忍不住這麼問我。她好像出生後第一次說這種話去關心別人似的，講這句話的咬字非常僵硬。

「……我不知道。拜託讓我睡一下吧……」

就算閉上眼睛，我依然會看到交易畫面在閃動，頭也脹得發疼。

我本來懷疑自己會不會感冒了，但感覺又不像。而且我隨便也能舉出一堆感冒之外的原因來說明自己為什麼會變成這樣。

到目前為止，不管交易有多麼累，我只要好好睡一覺，醒來之後也都能充滿幹勁，對自己說「今天也要大幹一場」，但現在卻沒有自信能這麼說了。現在我起床時只會因為今天也要進行交易而覺得很麻煩。

我想這應該是最近久違的賺了這麼大一票所造成的反彈吧。這種感覺可能跟遊戲中用作弊功能讓等級暴增，雖然一時會覺得玩起來很有趣但很快就會膩是類似的狀況吧。

若真是這樣，我想自己現在可真是得了一種很奢侈的病啊。要是我能持續這樣賺錢的話，除了能拯救很多人外，連我自己應該也能夠抵達一個滿不簡單的水準吧。

「……是交易量太大了嗎？」

這時羽賀那再次對我問道。

我因為被羽賀那這句話勾起了興趣，忍不住抬起了頭來。

「要是我說是，妳又打算怎麼做？」

我故意用這種討人厭的說法反問她，因為在資金變得龐大之後，除了分割成好幾份去進行投資外，應該也沒別的處理方法了才對。

「……我有個提議。」

「！」

連我都沒想到自己會對羽賀那的回答起這麼大的反應。我不僅神情驚訝，甚至連身體都彈了起來。

羽賀那則坐在椅子上一動也不動，定定的看著我。

「什麼提議？」

「只要把投資競賽的交易變成自動化處理，應該就沒問題了。」

「……」

我死盯著羽賀那的臉瞧。

因為她所說的這個解決方法實在是太過簡單明瞭。

「我問過賽侯，他說只要在現有的程式上擴增一點功能就行了，一下子就能幫我們寫好。只要完成了回溯測試，雖然投資表現絕對比不上阿晴……但一定也能賺到錢。」

羽賀那操作自己的行動裝置開啟程式，叫出測試結果的表格把畫面轉給我看。

我瞇起眼睛看上頭的數字，因為頭悶悶脹痛而繃著一張臉。獲利和虧損的數字在表格上頭雜亂的交錯出現。由於程式無法像我一樣判斷市場氣氛的關係，所以虧損次數很多，最後的投資表現連我的三分之一都不到。

但儘管如此，這個交易全自動化的程式仍然能確實累積利益。

「現在的阿晴……看起來很辛苦。」

看著畫面的我抬起頭來，發現羽賀那面無表情凝視著我。雖然她臉上的表情依然很平板，但我也知道她確實在擔心我。

「雖然效率會降低，不過這樣一來阿晴就能把精神集中在現實這邊了。」

羽賀那的眼神是認真的。既然現在要兼顧投資競賽和現實兩邊已經出現了困難，那也就該割捨其中一邊。如果讓羽賀那來判斷，她應該會毫不猶豫捨棄投資競賽這邊的結果吧。

羽賀那看著我的眼神相當真摯。她真的很擔心我的身體。

可是聽了這個提案後，我卻沒辦法不垂下目光。

要讓那個投資程式來代替我參賽嗎？

會讓我心生疑慮，一部分是因為這程式的自動操作實在太粗糙。我害怕巴頓在看了這樣的交易紀錄後就會對我失去興趣。

然而最大的理由卻更加明瞭。

要是這樣的話，就算沒有我也不成問題了。

我因為這個事實而感到心頭一涼。

我現在終於發現有個之前從來沒有注意到的黑暗深淵，就近在自己眼前。

「效率的部分……之後我會再努力提高。而且理沙也很擔心阿晴的身體。所以……」

「不需要。」

我用這三個字打斷了羽賀那的話。

「我說不需要。那邊的工作也由我自己來。」

羽賀那似乎還想說些什麼。

但我馬上繼續說下去，阻止她開口。

「第一名的喉片先生可是用快得像在開玩笑的速度增加資產，靠這種程式是追不上他的。」

這句話聽起來很有道理，而且事實也是如此。

但這卻不是我心中真正的理由。我心中真正在意的其實只有一件事。

她說效率還會再提高？

如果是羽賀那，應該真的有可能辦到吧。她的程式會變得愈來愈優秀。

但我卻無法用跟程式相同的速度來成長，總有一天會被這個程式超越吧。雖然這件事我應該從一開始就知道了，但當面面對這問題時，我卻顯得不知所措。

當這個程式連判斷能力都超過我的時候，我究竟該如何是好？

「妳……妳就去找一些更容易賺錢的股票來，集中在……對了，集中在提升價格變化幅度的準確性吧，而我就靠這個來賺取更多利益。我們原本說好的工作分配就是這樣的吧？」

聽到我的回答，羽賀那的眉頭苦澀地扭曲著。究竟她這樣的反應是在擔心我，抑或不是呢？我已經搞不清楚了。只知道自己不知不覺已經走到了很不妙的一步田地。

要是羽賀那的程式把我的所有能力都複製過去，變成了一個全自動化的程式會怎樣？面對如今的交易量，已經到我身為活人的負荷極限了。

當初單純的玩笑話現在已經漸漸變得有貼近現實。而且羽賀那的程式還不只能跟我平起平坐，甚至有可能超越我。到了那一刻，我在巴頓眼中還剩多少價值呢？我在羽賀那眼中又還剩多少價值呢？

而且事到如今，我也根本不可能拒絕羽賀那的幫忙。現況是連克莉絲他們家都還沒有辦法還債，那我又怎麼能拒絕羽賀那？

這樣的話，我的選項其實已經非常有限了。

「我會一直努力到投資競賽結束。」

競賽再過三週就要告一段落了。我只要撐一下、忍一下就能過去。我應該能夠瞞過羽賀那才對。

看著羽賀那在我面前低著頭依舊猶豫，我也只好不擇手段的對她說道。

「所以……請妳把力量借給我。」

「！」

羽賀那好像有些緊張的身體縮了一下，然後用力對我點了點頭。

她的樣子已經完全不是那個認為自己什麼都做不到、只是個無力存在的人了。

現在已經有很多人將錢託給我們，而他們能不能還債也全看我們了，我們的立場就是如此重要。

再說「請你把力量借我」這句話，對現在的羽賀那來說應該是最強力的甜言蜜語吧。

但這句話也真的是非常諷刺。

只要我愈倚重羽賀那的力量，我自己的力量就愈會被削弱。現在我總算明白自己為什麼就算賺錢也笑不出來，疲勞也無法消除的原因了。因為現在我所做的事情根本和單純的重複性作業無異，就算在場的人不是我也沒關係。

我現在早上起床不看新聞，交易完成後也不再去注意各支股票的發展。現在我並不是在利用程式賺錢，而是已經墮落成程式需要的最後一個零件，就是因為這樣才會深感痛苦。

但儘管如此，我也非得維持這個狀況瞞混下去。

我必須在競賽中保持前段排名，直到能前往薛丁格街前，我都必須把這些交易當作是我「自己的交易」。

「……下午的交易差不多要開始啦。」

我在短短的一句話後，把行動裝置還給羽賀那。

接著我便再次陷入了單調作業的無限迴圈。

我一定得撐下去。

而且我也一定得將這件事隱瞞到底才行。

投資競賽就這樣進入了後半段。喉片先生在最後不知道是開了什麼噴射引擎，總財產數字一飛衝天到了九千兩百萬慕魯。他毫無疑問是利用信用交易將資金槓桿操作到最了大限度。因為不使用信用交易的話，要有比我們更好的投資成績根本是天方夜譚。而且隨著投資競賽進入終局，幾乎所有的參賽者出手都變得毫無保留，讓價格波動更為激烈，也接連出現許多大賺了一筆的人。

雖然我們的總資產已經達到六千萬慕魯，但竟然只能排到第五。

這讓我終於對本來只有偶而會用上的信用交易手法完全不再設限，每次交易都卯足全力投身其中。我借助槓桿原理，用三倍大的力氣去搶錢。

但明明資金槓桿都已經開高了，在裝置前的我還是沒什麼手感。

這並不是指我的投資表現有了差池，而是精神方面的問題。只要賺進愈多錢，我就會在羽賀那的數學公式中陷得愈深；而我陷得愈深，她的程式也就會改良得更好。

這也就代表我所占有的一席之地愈來愈小了。

在這幾天裡面，就算我看著程式顯示出來的個股清單，也漸漸分不清楚一支股票到底好不好了。我知道那些股票並不差，也知道那些股票都是我喜歡的類型，但是除此之外我什麼都看不見。這感覺就像是我的眼睛前面覆蓋了一層薄膜。

巴頓是不是也在關注我現在的交易紀錄呢？

或許他就是看到這樣的交易紀錄，認為我已經變成了個無聊的傢伙，所以在那之後才再也沒有跟我聯絡。因為巴頓就是看到我在競賽初期的放手一搏，才會產生興趣而找上我的，說不定他對眼前這個只顧汲汲營營賺些蠅頭小利，而且成績才第五名的傢伙已經沒了興趣吧。

第一名的喉片先生可是取得了哈佛大學的ＭＢＡ學位，還被白金史密斯銀行內定的超級精英。既然眼前都有這樣優秀的傢伙在了，人家哪還會對現在的我提起什麼興趣呢？

但我們現在的成功可以幫得上很多人，這點是絕對沒有錯的。而且會受到幫助的還不僅是那些背負著債務的人。

畢竟連羽賀那也因為這樣的成功而得到自信，終於變得比較像個有血有肉的人了。現在的她與相遇之初相比，性格根本圓滑得教人不可思議，甚至偶而還會略帶羞澀地對我微笑。理沙看到她有這樣的轉變也是開心得不得了。

但我反而是感覺到自己臟腑深處，正不斷累積著某種沉重的東西。

最近我有幾次接近是把這種鬱悶遷怒他人般的亂發脾氣，但理沙還是主張我一定是因為交易太累來幫我說話。

不過我自己心裡也清楚事情其實並非如此。我是為了不讓羽賀那的程式搶走我的地位，所以非得這樣拚命掙扎。現在的我只能透過這種態度和行動，來向別人彰顯「我是無法被取代的」。因為要是不這麼做，我真的很害怕羽賀那會開始認真去開發自動化交易的程式。

從那一陣子開始，我常常會在夜裡因為惡夢而驚醒。

在夢中，我每回答羽賀那一個問題，身體就會漸漸變成數學公式。

我的身體就像組不起來的拼圖，碎片漸漸化為了數學公式代號，嘩啦嘩啦的逐漸崩解。

雖然我死命的把那些碎片收集起來，但不管我怎麼拼湊，都無法讓身體恢復原狀。

另外讓我難以置信的是，現在羽賀那在吃早餐的時候，會親切的幫我拿來湯匙或糖了。

然而我腦中最初浮現的念頭卻連自己都覺得很蠢。我居然懷疑她是不是懷抱著什麼邪惡的企圖想要惹我不高興。

就在我已經接近崩潰邊緣的時候時，巴頓寄了一封信給我。

『最近我有點空，要不要見個面？時間最好能約在上午，抱歉啦。』

指定的日期是一般的上班日。

撇開平日白天出去外面晃，在交易時間裡外出更是誇張得離譜，但回頭一想，我自己在和羽賀那聯手前，也曾在下雨天暫停交易發呆度過一天。

於是我就像個溺水的人抓住救命稻草似的，立刻回信給他說。

『我沒問題。』

巴頓的回信依然非常迅速，他和之前一樣指定了皇家中央飯店作為見面地點。

在我告訴羽賀那我要在平常日上午出門時，她雖然有些吃驚，但臉上顯露的卻是更多的疑惑。

「那交易要怎麼辦？」

她理所當然的問我這個問題。

不過我也早就決定好該怎麼回答了。

「反正才一天而已，休息一下也沒關係吧。」

雖然我的回答讓羽賀那吃驚得瞪大眼睛，但畢竟她自己一個人沒辦法進行交易，而我也絕對不願意把工作交給自動化的程式代勞。

「妳也稍微休息一下啦。最近妳一直都工作到半夜吧？」

「……我知道了。」

羽賀那點頭同意我後，沒有再多說些什麼。

和巴頓約了要見面的前一夜，我幾乎無法入眠。

腦海裡完全是初遇巴頓後那一晚，在牛頓市所窺見的璀璨夜景。

我把出門的這件事對理沙保密，儘可能喬裝打扮，然後順著順著兩周前走過的同樣路線來到了皇家中央飯店，再次在侍者帶領下來到咖啡廳深處的客席。

看到我的時候，巴頓露出和那天一模一樣的笑容。

「你的臉色可真糟糕啊。」

唯一不同的，只有他接下來所說的話而已。

巴頓隨後幫我點了飲料，那是一杯酒加得不多的熱巧克力利口酒。

在喝下那杯熱騰騰飲料的瞬間，我不禁差點要哭了出來。

「嗯……」

巴頓穩如泰山地坐在桌子對面，手肘靠在沙發的扶手上、手指則輕輕頂著自己的太陽穴。雖然他會觀察我的狀況也是理所當然，不過我卻有種自己的一切都被他看透的感覺。這讓我感到有些羞恥，卻又不知為何覺得有點寬心。

「要是在成功時說出『活著真辛苦』這種話，絕對會被人罵說不知足吧。」

巴頓突然開口這麼說。

「但這也只是那些不曾體驗成功的喪家犬在遠吠罷了。那些人根本不懂這世界本來就是這樣子的——無論一個人原本再怎麼飢餓，硬是用多得會讓下巴脫臼的大量美食塞得他滿嘴，那也無庸置疑是種痛苦。」

巴頓淺啜著他手中那杯好像威士忌加得比咖啡還多的愛爾蘭咖啡，目光停留在咖啡杯上繼續說了下去。

「我看了你最近在投資競賽的表現。數字本身是很不錯啦……不過呢……」

巴頓說到一半時，突然輕輕打了個嗝。

「失禮了……嗯唔，真的是很乏味啊。」

我差點就讓手中的杯子掉到了地上。

「你的風格和一開始相比簡直判若兩人啊。雖然在投資手法和股票選擇的方針上的確是前後一致……不過在更根本的地方卻是……嗯，你現在的操作簡直就是就像是單調的重複作業。」

巴頓放下了手中的杯子，將身子往前傾看著我。

他的雙眼看起來像是通曉一切真理，就連常人無法預測的未來，都能用這銳利的眼光看破似的。

「嘿……先生啊。該不會……你的投資其實還有另一個人參了一腳吧？」

我的手顫抖起來，讓杯子裡的巧克力利口酒灑了出來。

然而我卻維持這個姿勢再也動彈不得。

我並不是有意要隱瞞這件事的。單純只是因為巴頓沒向我問起，所以我才沒提而已。

但要是我們算兩個人一起進行投資的話，現在的表現也算是兩個人合力的成果。可是目前在場的卻只有我一個人。

而在眼前這鍋像是噴泉一樣不斷湧出來的滾滾利益中，實際上究竟有多少能算在我頭上呢？我只不過是死命巴著現在的立場不放，努力不想被程式取代掉而已。

所以我也只能盯著杯子，不敢抬頭直視巴頓的臉。

接著巴頓又說了下去。

「你是不是以為，我會叫你把另外一個人帶過來呀？」

他說出口的正是我一直在擔心的事。

「反正和你聯手的一定是個寬客，我沒說錯吧？」

「唔……」

這句話總算讓我抬起頭來。

巴頓那久經風霜的穩重臉龐，現在混了幾分像吃到什麼壞東西似的複雜色彩。

「果然如此啊。和寬客那種傢伙聯手的話，表現自然會變成這種樣子呀。」

「唔……但……但是……」

你所看到的這筆利益，其實有絕大部分都是那位寬客所帶來的。

我本來正想這樣坦誠，但巴頓卻舉起他的大手阻止我繼續說下去。

「寬客的力量確實很驚人。而且當你遇到的寬客愈是優秀，你也愈會深刻體會到這點。他們能夠利用數學將市場化為模型。而且在大多數狀況下，他們還能將人類所使用的大多數交易手法給數值化。」

「……」

巴頓就像親眼所見一樣，把我現在所處的狀況全一清二楚地說了出來。

「我想你本來的投資風格，應該像是鯊魚一樣撕咬一支又一支的股票，邊賺些小錢，邊隨時尋找即將到來的大浪，對吧？」

「……是……是的。」

「這種風格可是很不錯的。畢竟在市場中，短期內的暴漲暴跌幾乎都是人為因素所造成的啊。那些因素是無法用公式表達的，是種非理性的聚合體。而且這些因素就只有人類才有辦法感知。」

這也就是所謂的「氣氛」。這是我曾經向羽賀那解釋過很多次，但她卻一直無法理解的概念。

「在現在這個時代，人類在勞動方面正不斷被機械取代。就算想要靠我說的這點與機械一拚，也一樣沒辦法逃得了這種狀況。」

巴頓用他粗壯的食指輕輕戳自己的太陽穴。

「要超越機械就只有兩條路而已。一是成為製造機械的一方，另一條路是持續去做那些機械無法辦到的事情。」

「……機械……無法辦到的事情？」

「沒錯。我之所以找上你，就是因為看了你初期的投資數據而認為你有做到這種事的資質。一個人能不能從資料從數據或現象中看透他人的思考，是需要資質的。」

巴頓把身體朝我這邊前傾，一邊看著我一邊說下去。

「比方說……就拿那個和你合作的寬客來說吧。他又是如何呢？他擁有能夠看透別人內心的資質嗎？」

巴頓的這句話讓我腦海裡瞬間浮現了羽賀那的身影。

如果要舉出一件羽賀那最不擅長的事，那應該就是去看穿別人的思考、感受他人的想法吧。

「嗯，很多寬客都是這個樣子。神經科學也在一定程度上證實了這件事。畢竟人想要將大腦的各方面都鍛鍊到發達可是極端困難的工作。尤其處理數字的這種行為更是非常特殊，只有人類才在這方面特別發達。而能夠以寬客的身分混飯吃的數學痴們，幾乎都把太多腦力用在數學上了，所以在其他方面——特別是與人溝通的能力上——會有缺陷。雖然裡面也有些人單純是因為覺得麻煩所以才不想和他人有牽扯就是了。不過這樣也算是缺陷的一種吧？你試著想像一個穿白袍戴眼鏡的數學博士就知道了，那種傢伙毫無疑問都是些怪人啊。」

我非常清楚巴頓想表達什麼。

因為羽賀那的思考總是和數學一樣永遠都是一直線。假設「若A則B，若B則C」成立的話，那無論何時A都必須要是C，不是這樣就不行。羽賀那也就是因為這樣才常常做出一些極端的事情來，比如講出什麼把自己賣掉就能還債之類的話。
這就是過度沉溺於數學之中所產生的弊害。
羽賀那的數學才能就是以此為代價換來的嗎？
「再說啊，寬客們所運用的數學畢竟是萬國通用的東西。既然大家都使用一套方法在競爭，就算算出了最佳的結果，總有一天也會被其他人給模仿吧。」
「……」
「這可是個殘酷到令人嘔血的競爭世界啊。就算真的擁有最棒的才能，也未必能夠得到回報。想要保持永遠的優勢更是不可能的任務。因為所有人都在為了讓交易更順利而不斷嘗試錯誤，接著人們也就會一個接一個找到相同的賺錢方法；當大家都使用起相同的方法時，這個方法當然也就無法賺錢了。這種循環大概頂多只需要一年半載、甚至會發生在幾個月之內吧。過了這段時間後，原本很有效的賺錢方法會一下子就變得再也行不通。你的狀況應該也一樣，本來只是打算賺些小錢結果卻碰壁了吧？因為除了暴漲暴跌的情況外，靠著掌握市場氛圍來進行超短期交易，就原理來說使用的手法時其實也和寬客相同呢。」
「唔。」
我已經不知道自己究竟屏住呼吸多少次了。
巴頓簡直就像一直站在我身後觀察似的清楚狀況。
我本來一直進行得很順遂的交易，的確是在和羽賀那合作前突然陷入了困境。
我所做的事情明明和以前相同，卻沒辦法得到同樣的結果。
也許那就是因為其他人也找出了跟我一樣的賺錢方法吧？

「果然是這樣啊。如果是因為這樣就跑去和寬客聯手的話，那你也實在太天真了。依靠直覺和反射神經來進行交易的人，總是會想要取得一些學理上的背書啊。但這並不是個能靠科學解決的問題。畢竟不管走哪種方法，所做的事情基本上都是一樣的。所以呢……如果你想要成為一個超越機器的『人』，那就該以『人』的角度來進行思考。試著在暴漲暴跌這種非理性的狀況中大賺一票就是其中一種方法。因為那些寬客們就是假定人都是理性的，然後以此為前提來將市場狀況化為數學模型，所以他們的模型在人的行動並不理性的地方也就不管用了。而人其實在很多場合都是不理性的，比方說談戀愛不就是人類不理性行為的代表嗎？」

巴頓露出滿臉得意的笑容，但我只能曖昧的點頭同意。

不過我當初會覺得為了躺理沙的大腿付上三萬慕魯也沒關係，應該也算不理性到了極致吧。

「但話又說回來，其實每個人都同樣想去依靠科學的力量，所以我也不會嘲笑你所做的事。從古至今的經濟學家們都是一開口就淨會談些數學公式而已。他們害怕要是不使用這些公式，就不會被承認是位出色的科學家吧。不過就算他們這麼做，也同樣沒辦法從恐懼中逃脫。他們只是一路上都在閃躲自己無法計算的東西罷了。尼采就曾經說過：『所謂科學的祕密，就是人面對無法計算的事物時，那來自本能的恐懼。』人類想超越機械，也就必須竭盡所能去接觸那些機械無法計算的東西。而能夠做到這件事的——」

巴頓用手指拉了拉自己衣服上的吊帶，露出惡作劇般的笑容。

「就只有能看透他人在一件事背後有什麼心思的人而已了。」

我面對巴頓，就只能默默的聽他說話，連半個字都說不出口。

我光是想理解他說話的內容就已竭盡全力，但就算這樣我也仍然懷疑自己是不是真的領會他話中的深意。

不過我很清楚地明白一點，那就是他現在對我說的話至關重要。

我已經作了好多次自己的身體變成數學符號的夢。

要是繼續這樣下去的話，我就會不再被大家所需要。

既然如此，那我就只能去挑戰羽賀那辦不到的事情了。

我緊張地吞了口口水，用顫抖的聲音對巴頓問道。

「……我……我有辦法做到嗎？」

巴頓在我眼前第一次用嚴峻的表情看著我。

「這不是有沒有辦法做到的問題。要是你想生存下去，就只能盡全力去辦到這件事。」

我好像在哪邊也曾聽過這句話。

而且我也認為這句話真的非常具有力量。

於是我緩緩對巴頓點了點頭。

「說實話，我也沒那麼多閒工夫啊。我是看一個人有前途才會找他來的啊。就這點來說，你已經證明了自己有著出色的嗅覺。我會在平常日的中午把你叫出來，其實也是有這方面的考量。」

巴頓一口喝完杯中剩下的咖啡後將杯子擱在桌上，然後拿起他掛在旁邊沙發上的西裝外套。

「我想要讓你瞧瞧我投資手法的概要。」
由於他的體型相當壯碩，一站起來就讓我覺得周遭的空氣瞬時產生了劇烈的流動。
昂然矗立的巴頓居高臨下的俯視著我，這麼說道。
「走吧。」
就像是位領導迷茫者的英雄一樣，巴頓的這句話中充滿了力量。

這一天是巴頓親自開車。
雖然他的車看起來並不便宜，卻也不是那種一眼就看得出非常名貴的車款。
這輛車普通到好像一下就會融入大街上的車流中不再被人注意，讓我感到有點疑惑。
「你就坐副駕駛座吧。」
在巴頓的催促下，我坐到了前座的座位上。
「我每次選擇工作用車的時候都要頭痛一番啊。」
巴頓巨大的身體坐在駕駛座上顯得有些彆手彆腳，不過他依舊豪邁地打著方向盤將車往前開。
「工作用的車啊，既不能太高級也不能太破。」
「……這是為什麼？」
「看透人的想法，可是要超越機械唯一的路啊。」
巴頓有點像在逗我似的這麼說道。

他的意思是叫我自己先想想吧。

工作用車。

我在咀嚼這個詞的瞬間立刻想到了答案。

「是因為車子太破的話，會被人認為沒賺什麼錢嗎？」

巴頓可是投資基金公司的老闆。投資基金的工作就是從客戶那邊拿錢去投資，並從利潤中抽成當報酬。

除了那種被債務逼得無路可走，沒有其他人能依靠而只能將財產託給我們的人之外，其他人應該都寧願選擇開著高級車的基金經理人，也不會想把錢交給開著破車的傢伙吧。

「沒錯。那不選太高級的車又是什麼理由？」

巴頓沒有轉過頭來，看著前方繼續說下去。

我則是拚命動腦思考。

只不過我腦海中卻始終無法浮現出一個明確的答案。

「是因為……怕惹人厭嗎？」

「惹人厭？哈哈哈！哎，這也算是其中一個理由吧。」

車子在交叉路口向右轉。因為牛頓市是分層化的設計，所以道路和人行道在大部分地方都是分開的。從車子專用的道路上看到的景色，和從人行道上所見的牛頓市相比，實在大異其趣。

「其實真正的用意應該算是條防火線。」

「防火線？」

「沒錯。做投資基金畢竟是有賺有賠。在這一行幹愈久也就愈有機會賠錢。要是你平常就坐著高級轎車到處跑，那可有得瞧了。你在賠錢的時候會很難找理由跟客戶交代。所以呢，工作用的車子千萬不能過於昂貴或者過於廉價，選擇實用取向的高級車是最安全的做法。」

原來是這樣啊。

「哎，這種事情其實只要自己實際經驗過，馬上就會明白了。除了這個以外……我們還有其他更該去注意的地方。」

車子從上層往下開去，離開快速道路後接到了行政機關群聚的大道一角。

在這一區坐落著月面都市大學的校區，另外我感興趣的製藥公司、生物科技相關企業等利用智慧財產來創造高收益的公司，也都在這區域的各處林立。

「在這附近的公司裡面，你看過哪幾家的財報？」

離開上層區後，巴頓讓車子慢慢開在兩旁種滿行道樹，景觀很至雅致的路上，一邊這樣問我。他把雙手和下巴都擱在方向盤上，像是迷路而想透過擋風玻璃尋找碰面場所的人似的，凝視著外面的大樓。

我立刻在自己的記憶中翻找答案。

這附近的公司當然都在我列為主要交易對象的個股之中。

「魯珀特製藥、赫特、戶塚控股、林格科技、阿曼生物科技……還有……」

「哈哈，你能一下子講出這麼多還真不簡單啊。而且你提到的每家公司財務狀況都很好。全是一些能夠挺起胸膛推薦給老寡婦去投資的好公司。」

「……呃。」

「不過呢，人透過看財報、看股票的走勢得出的判斷，程式幾乎也都有辦法做得出來。只要清楚門道，就算是粉飾帳目或作假帳的跡象，在某種程度上也是能用機械性的方式抓出來。因為那些東西全部都是依循固定的邏輯和數字來表現的啊。你知道做假帳的數據有辦法透過統計學方法抓到嗎？」

「咦？」

而且那是機器無法看穿，只有人類會察覺到的事不是嗎。

「雖然帳薄上的數字無窮無盡，但你只要把其中個位的數字出現頻率統計一下，就能夠明白帳目是不是有造假了。」

我不太能理解巴頓所說的話。就我貧乏的知識看來，帳目上的那些數字排列都是隨機的，所以結果不該像骰子骰出來的一樣是亂數嗎？

照理說1到9的數字應該都會以等機率出現吧。

「這算是會計事務所或稅務機關拆穿假帳時會用的方法吧。就統計上來說，個位數的數字在自然狀況下會出現比較多的『1』，比例大約占全體的30％左右。數字1到9的並不是用均等的機率出現的。這就是所謂的班佛定律。」

「……」

雖然我覺得這像是在騙人，卻無話可說。

「雖然這算是比較難的數學，不過你只要看看對數表就會馬上明白了。像這類東西正是那些寬客們的拿手好戲啊。」

巴頓從方向盤上仰起身體，稍微加快車速將車子開到一條狹窄的道路上。

接著他在路邊停下車來，用下巴比了比附近的一棟大樓說。

「這棟就是林格科技的大樓。很氣派吧？地下十二層，地上五十三層，建造費用總共花了二十五億慕魯這麼多。而且還是去年剛落成，閃閃發亮的新大樓呢。看來林格科技對於自己被稱作『新發跡的生技公司』已經有點厭倦了，從這棟建築可以感受得到他們想要讓自家招牌成為『業界重鎮』的氣概。而且這裡不管和月面都市大學或行政機關那一帶都很近，不管要去挖掘人才或者進行政策遊說都很方便。不過呢……」

巴頓朝我看來，說道。

「這棟建築有問題。」

「咦？」

我腦中馬上浮現的念頭是：『這棟大樓是缺陷建築嗎？』

但這棟威風凜凜的聳立著，外牆還鋪滿閃亮玻璃窗的大樓，儼然就是財富和成功的象徵啊。

林格科技可是成立至今滿十二年，去年營業額更超過一百二十億慕魯的超優良企業。

我在之前投資時有看過林格的資料作為參考，但並沒發現任何問題。它應該算是歷久彌堅，在未來也會長期維持繁榮的企業典型才對啊。

「我在林格科技的前身企業還在地球上時就知道它了。他們公司原本位在華盛頓吧。你應該知道這家公司就是打著公司內的風氣很自由當招牌的吧？」

「……是的。」

「當年在華盛頓的那家公司，是一群來自大藥廠『法伊茲』內部的研究人員因為對公司的官僚主義感到很厭煩而離職，之後再自己出來開的新創公司。當初號稱是經營團隊和研究團隊兩方距離最近的企業呢。而且這樣自由的研究環境也發揮了很大效果，讓林格科技在生技相關的檢驗套組和基因圖譜技術上取得了劃時代的專利，也因此讓公司營運有了大幅進展。他們接著也在基因治療藥物上獲得巨大的成功，也因此成功進軍月面。每當公司主辦說明會時，他們的執行長也一定是穿著實驗室的白袍亮相。而從業務員到執行長的所有人，使用的公務車都是一樣的，在員工福利方面也相當慷慨，更沒有階級意識，實在是家很棒的公司啊。」

雖然巴頓這麼說著，但我總覺得他有著弦外之音。

於是我開口對他問道。

「實際上……並非如此嗎？」

「雖然他們對外還是同樣這樣宣稱啦，不過你看看那大樓的上層。」

巴頓幾乎把額頭都貼到了擋風玻璃上，指著上方要我看。

於是我也用跟他一樣的姿勢往大樓的上面看去。

「看到沒有，大樓最頂端的那幾層樓的形狀很特別吧。」

「……對。那是……十字型嗎？」

「沒錯。就只有最頂端的十層樓成了那種很扭曲的造型。當一家公司的經營團隊萌生了特權意識的時候，新蓋的大樓通常就會像那樣出現奇怪的歪斜。」

「……該不會。」

我不禁脫口這麼說道。

而巴頓則在一旁滿臉得意的笑著。

「大樓會設計成那種形狀，目的也就是為了讓主管辦公室有更多會位在角落。因為那些高階的大頭們可是最討厭和別人一起走進辦公室裡啦。另外你看，在那邊有一個兩層樓的區域用了一整片的落地窗吧？那邊是高階主管專用的餐廳。不過在官方資料上可沒有這種設施的存在呢。」

「！」

我一臉驚訝地看著巴頓，而且無論如何都想問他為什麼能得到這種消息。

「為什麼這些事情明明沒公開但你卻知道？」

「只要在中午的時候用望遠鏡偷看就一目瞭然啦。」

話是這麼說沒錯。

可是真的有人會這麼做嗎？

不，真的就是有這種人。在我眼前不就有一個嗎。

「當一家以內部風氣自由為賣點的企業變成那樣的話，衰敗的速度可是會快得驚人。畢竟要是人們要是一開始就知道公司中盛行官僚主義的話，就會很快習慣這種文化。但林格科技裡面卻有很多人是因為討厭官僚主義才跑來的，因此對公司幻滅的程度也會很慘烈。我看再過不久應該就會有大批研究人員出走，再去建立一家新的公司吧。所以說呢，真的是有些大樓會如實展現出一家公司『盛極必衰』的道理啊。有些新發跡的公司在砸下一筆錢搬進這種大樓裡之後，突然就因為業績惡化而遭到併購了。這時比較迷信的人就會說這棟大樓中受了什麼詛咒，但實際上並非如此。那是因為會想砸大錢搬進這種大樓裡面的企業，其經營團隊的思考模式全都差不多啊。」

在眼前大樓的正門口處，可以看到印有公司標誌的旗幟正隨風飄揚。出入這棟大樓中的人們看起來要不是能幹的業務人員，就是優秀的研究者，讓人完全嗅不出有半點事態不妙的氣息。

但被巴頓這麼一說，我也覺得那棟大樓的形狀的確很不自然。

而且要是裡面真的有著官方不承認的主管專用餐廳，那公司內部一定更有著謊言與欺瞞到處橫行吧。

這一類的事絕對不是從數字上能看出來的。

等到事情反映到數字上的時候，狀況通常也都已經發展至無可挽回的地步了。

「掌握其他人所不知的獨家情報，當然會讓你比別人強。如果是我，就會在所有人都像蠢蛋一樣不斷買進這家公司的股票時，耐心等待用融券大賺一票的時機。但要是手上沒有這個情報，想決定該站在買方或是賣方那邊時，也就只能靠其他數字來下判斷了。像一支股票在累積了很多信用交易量時，不管是漲是跌，股價都會有很大的變化對吧？你要是在這種時候選錯邊站的話，下場就是這樣啦。」

巴頓用手劃過脖子比了個斷頭的手勢。

他說得的確沒錯，因為靠市場氣氛來進行判斷的話，到關鍵時刻選對選錯的機率往往就是一半一半，這點真的讓人非常煩躁。但即使如我們也只能靠著自己瞪大眼睛才得到的少許線索，來判斷究竟該站在買方或賣方那邊。

「我的工作就是每天在各式各樣的公司間繞，然後找出他們行動的規律。而在看出規律之後，我就得思考這樣的規律又是如何形成的。大致上來說，這些規律都只是反映出人們心中單純的思緒或感情罷了。但這件事情卻是機器絕對不可能辦到的。」

巴頓再次發動引擎，讓車子緩慢往前開去。

「而就我的經驗來看，很能掌握交易場上氣氛的人通常也善於找出規律。人們就算看著同樣的東西，也會因為思考方式和所注意的焦點不同而有不一樣的感想。但這不是能經由訓練得到的能力，而是與生俱來的才能。」

我實在不知道像這樣被人誇獎時該怎麼回應。

所以我也只能害羞的低下頭，在嘴裡咕噥著些不敢明白講出口的話。

「哎，另外我們的工作也就是盡量去拉人脈啦。在過去也偶爾會出現在失敗無數次之後，仍然不屈不撓東山再起的傢伙。其中最出名的人就屬房地產大王丹尼爾‧卓普了。」

「卓普？」

「哎呀，你不知道嗎？這個男人可是有著『美國的不屈先生』這種別號啊。他在四十歲之前就破產了三次，每次破產的金額還愈來愈大，到第三次時甚至因為欠了十二億美金而讓公司倒閉。但他居然在四年之後買下了曼哈頓一棟價值五億美金的大廈，還恬不知恥地將它取名為『卓普塔』，改裝成高級的商業大樓。你想為什麼會出現這樣的人呢？難道他算是經營的天才嗎？就某些方面上或許算吧。那傢伙可是聰明得要命，記憶力尤其驚人。但他如果真的是一個經營天才，才不會破產這麼多次。那傢伙真正天才的地方啊，就在於他跟別人相處的能力。要是你和有錢人一同行動的話，就能顯示你的工作就是有那樣的水平。人脈可是比存款還能孕育出更多財富。」

巴頓在說話的同時把車子開進月面都市大學的校區內。

這所大學連個像樣的警衛都沒有，看到外車開進來也沒人攔阻，甚至沒人在意我們就這樣駕車進入。

或許因為現在是上課時間的關係，校園內也沒看到什麼人在路上走動。

車子沿著狹窄的道路行駛到一半就停了下來。接著巴頓慢吞吞的下車走到路旁一家賣三明治的店前面。他從頭到尾都沒看我一眼，我想應該是沒打算要我跟著下車吧。而且巴頓看起來好像是這家店的常客，和店員一副很熟的樣子。

在店員將三明治放進紙袋後，巴頓掏出一張一百慕魯的鈔票付帳。

而且他並沒有要對方找零，只是用大手親切的拍了拍店員的肩膀，揮揮手便離開了三明治店。他一副剛剛和對方聊得很開心的樣子，帶著笑容走回車子旁邊，打開車門回到駕駛座上。

「吃午餐嘍。」

巴頓把紙袋遞給我，再一次向店裡的人揮揮手後再次發動車子。

「人啊，不管賺了多少錢，一天也只能夠吃三頓飯而已。」

「咦？」

「而且幾乎沒什麼人會每天都到不同的店家吃飯。也就是說每個人用餐的地方大致都是固定的。尤其像是學者或教師這類人就更是如此。當你看到一個生物學、化學或者理工科的教員不再吃可以單手抓著的三明治時，就代表他們很有可能被企業挖角了；要是有個教授本來總是點夾滿起司和牛肉的滿漢三明治，但某天卻突然卻改點不加起士的蕃茄三明治，那就表示他昨天搞不好被抓去應酬累了一晚。另外像一個人是不是開車來上班，應該算是最容易看的吧。」

巴頓用單手抓起三明治，豪邁的咬了一大口。

「我就透過在那邊用餐持續收集這類消息，剛才那位店員和我是老交情了。對方也明白我的用意何在，所以幾乎把所有會在大學出入的獵人頭顧問長怎樣都記了下來。要是說到月面都市大學出入的獵人頭顧問，我有自信自己掌握得比專業記者還清楚。畢竟記者可不會每餐都掏出一百慕魯大鈔呀。」

巴頓這樣說完後，惡作劇似的對我眨眨眼。

「丹尼爾・卓普就非常擅長這類手法。真的非常不簡單。他就是藉此收集到很多的情報，然後進一步加以利用。當然啦，種方法也需要能分辨情報優劣的嗅覺、以及在關鍵時刻勇往直前的決策力。就跟判斷行情是一樣的啊。你非得儘可能去收集資訊然後從中找出關鍵，最後押注在正反其中一面。怎麼樣？比起什麼波動率、σ值，你不覺得這種方式更適合你嗎？」

突然聽到巴頓的這句話，讓我把吞到一半的雞肉卡在喉嚨裡。

但他說的完全沒錯。

我完全看不懂羽賀那記在她行動裝置上的那些數學符號之類的鬼東西，更連一丁點興趣都沒有。

「跪倒在寬客所寫的程式跟前的交易員們，通常在不久之後就會因為精神出問題而從市場淡出。去判斷硬幣落下時究竟是開正面或是反面，這是只屬於人類的特權。當一個人把這個特權交給機器時，他就再也不是人了。」

我就曾經作過自己的身體變成數學符號的夢。

那真的和巴頓所說的話完全一模一樣。

「張開你的眼睛好好看看這世界吧。這世上不存在任何和人類有關卻不牽扯到人類情感的東西。」

車子在紅綠燈前停了下來。

巴頓的雙眼仍然看著前方，說道。

「難道你不想拋開那種玩弄數字的遊戲，來場真正的投資嗎？」

「你是說——」

在我回問的那瞬間，車子也向前開去。

巴頓依然只是看著前方不發一語。

但看著他的表情，卻讓我感覺他在強烈的對我喊話說：「當個人吧！」

既然做決定是人類的特權，那決定要不要把巴頓的話聽進去，自然就是我的特權了。

「但我並不信任寬客，也不認為再這樣下去對你會有什麼好處。」

巴頓一打方向盤，將車朝郊外開去。

「你最好和那個人拆夥吧。」

巴頓非常乾脆地這麼說。

和羽賀那拆夥？

我試著想像了一下那情景。我能從羽賀那的程式中得到解放，而後也能作為金融街的一員重新出發。

而且我還能夠在巴頓底下做事。我能在藉由收集數字無法呈現的企業情報來投資，真正精通這類古典投資手法的巴頓底下做事。

人本來就該透過機械絕對無法辦到的人際交流來獲取情報，並參考這些情報來進行判斷。

就跟我最喜愛的幫派電影和戰爭片很像。在事情背後有著應該遵從的原理、有著必須考慮的實際狀況。而人積年累月得來的經驗更顯重要。我透過股價波動來讀出投資人的想法，覺得自己好像透過這樣看透了一切。但巴頓卻是從更源頭的地方收集情報，並用它們進行判斷。

說實在的，我覺得這種方法實在帥到不行。雖然做法裡面有很質樸的部分，不過我卻認為它比任何投資手法都更為確實。畢竟巴頓為了確認主管專用餐廳的存在，甚至都自己拿個望遠鏡去偵查了，要是連做到這種程度都沒辦法掌握投資風向的話，那我想不管再怎麼做也都無濟於事了吧。巴頓這個人就是具有會讓人這樣認為的說服力。

另外我的夢想也並非是在貧窮地區收集窮人的私房錢，做投資幫忙他們還債，而是要將人類的財富聚集起來，並藉著這一大筆財產遠征前人未至之地。但我一直忘了這件事。

然而我到了這時候仍感到猶豫，當然也是有理由的。原因就出在羽賀那身上。我擔心羽賀那在少了我的情況下，是不是依然有辦法順利走下去。

她那個程式應該是能順利運作吧。但要是巴頓說得沒錯，她的程式可能早晚會完全失靈。而且當初她和理沙兩個人在教會裡相依為命時，兩個人也真的快要走上窮途末路。雖然理沙她個性很成熟，但我總覺得她的腦袋少了根螺絲，應付生活的能力很有問題，至於羽賀那就更不用說了。

就算我現在因為羽賀那的程式而飽受折磨，但我不是因為羽賀那而受苦。

羽賀那甚至在前不久還很替我的身體擔心。

她並不是壞人。甚至該反過來說她就是個性正直過了頭。

如果要叫我現在立刻拋下羽賀那一走了之，我也實在辦不到。

「你可以給我……一點時間嗎？」

光要說出這句話就讓我幾乎耗盡所有的力氣。因為和我說話的對象可是一位連在皇家中央飯店都備受禮遇的大富豪。照理說他是絕對不會理會我這種小鬼的。我能有現在的境遇真的是非常幸運，簡直幸運到令人無法置信。

不過，到頭來我也就只能給他這樣的回應。

「當然可以。」

巴頓馬上就這樣回答我。

最後車子終於總算開到了第六外區，我也就在這下車，並為今天的事情向巴頓道謝。但今天巴頓並沒有像第一次那樣熱情的和我道別，最後只在駕駛座上給我一個微笑。

那就再會了。這種道別的方式也真夠瀟灑。

我一直目送著巴頓的車子遠去，直到車影完全消失時才踏出腳步。

我明白自己的行動原理，而我的目的也非常明確。既然如此，那我就知道該要如何解決這問題。

我邁步走向教會。現在的時間應該剛過兩點吧，在這個時段裡要是不長眼在外面亂晃，可是會被警察抓去訓話的。雖然我現在沒有什麼心情跑跳，最後還是一路踏著民宅屋頂回到教會。

所以我會看到那個模樣的羽賀那，也真的是出於偶然。我想要是自己直接沿路走回教會的話，應該就不會看到這情景了吧。當我從旁邊住宅的屋頂跳到教會的屋頂上時，三樓院子的景象在我眼前是一覽無疑。因為理沙現在應該正在中國餐館工作，所以我看到的也不可能是其他人，自然是羽賀那了。

因為理沙所準備的午睡套組不管是靠墊或毛毯都是一片雪白，更讓一身黑的羽賀那顯得非常醒目。

我跳進三樓的院子裡，看著正在酣睡的羽賀那。看來她很老實的聽進了我出門前叫她休息的那句話，真的就休息了。我也明白羽賀那想要把我的所有行為全部複製到程式裡面去，並不是存心想害我派不上用場。畢竟我很清楚羽賀那真的是用很認真的態度在調整程式的數值。

在月面上為了讓空氣循環，圓頂內不時會有風吹起。這時剛好就吹來了一陣微風，緩緩推動原本停滯的空氣，拂過我們所在的地方。

百合花搖曳著、樹上的綠葉搖曳著，羽賀那的瀏海也隨風飄搖。當她睡著的時候，看起來真的就只是個普通女孩子而已。而且仔細一看，我還發現她把她總是拿著的那台行動裝置抱在胸口睡著，在她身邊不遠的地方還放了兩個杯子。看來克莉絲在中午時來過，所以她們兩個人有一起念書吧。

就算我不像理沙那樣善良，但也還是會想守護這樣悠閒的生活、會想從困境中拯救像克莉絲他們那樣為了生活奮鬥的人吧。

就巴頓的說法來看，要是寬客們一直使用相同的手法，那系統好像就會逐漸變得陳舊，投資表現也會變差。也就是說如果我和羽賀那拆夥，那她終有一天會失去賺錢的能力。

羽賀那把整個身子都埋在軟墊裡，偶而還像嬰兒一樣發出幾聲呢喃。

從地球被賣到這裡來的她，是其中一個遭到這不合理的世界所吞噬的人。

但我也絕對不能停在這裡，而不去追求我自己的夢想。為了實現夢想，巴頓的幫助對我來說是絕不可或缺的一個環節。所以我只能痛下決心這麼做了。

我走近羽賀那身邊，低頭直盯著她的睡臉瞧。羽賀那因為光線變化的關係皺起眉頭，隨後慢慢清醒過來。

當她注意到我在場後，便揉了揉眼睛，然後好像赫然驚覺似的開始笨拙地注意起自己的裙子有沒有掀開。

我想起在剛遇到她的時候，她明明連自己的裙底風光被我從下方一覽無遺都毫不在意。

「……怎麼？」

羽賀那用還帶著幾分睡意的眼神瞪著我問道。也或許她是因為睡覺的樣子被我看到所以覺得不好意思吧。

而我開口對她這麼說：

「我們來拿下投資競賽的冠軍吧。」

「……咦？」

羽賀那疑惑的出聲反問我。因為對我們來說，現在最重要的不是那些背負著債務的人嗎？

雖然羽賀那看來很想問我這句話，但我腦中所想的是完全不同的另一件事。

只要能夠拿到競賽的獎金，就能夠讓羽賀那到上大學為止都不會有什麼經濟上的匱乏了吧。

就算理沙和羽賀那有多麼欠缺生活能力，只要有二十萬慕魯，應該絕對是不用再煩惱什麼了。

既然羽賀那的程式還能繼續正常運作個一陣子，我們現在就應該以賽程快結束的投資競賽為優先。

這樣一來，我也就能安心的和羽賀那分道揚鑣，然後投向巴頓旗下。

現在離清還債務的期限還很久，但投資競賽的時間卻所剩無幾。

「為什麼——」

羽賀那開口問我，但我卻用這句話蓋過了她的聲音。

「我拜託妳。」

「！」

羽賀那才想從軟墊上爬起，馬上就因為我的話而嚇到僵住了。

月面的風緩慢而悠遠的吹過了我們身旁。

羽賀那的一頭秀髮也隨風飄盪。

「這件事……對阿晴很重要嗎？」

她問問題的方式依然直接。就算我要說謊回她說「沒錯」，她也應該會毫不懷疑的對我點點頭吧。

我想大概就是這樣沒錯。雖然羽賀那的眼神那麼凶惡、個性又好像很多疑，但她就是因為無法適應周遭，也才會流落到這所教會來吧。

然而現在這場比賽的結果對我是真的很重要。

在這句話裡面，並沒有半分的虛假。

「沒錯。」

羽賀那緊緊盯著我瞧。

接著她別開了視線，輕輕整平自己的裙擺，然後再次抬起頭來看我說。

「我知道了。」

羽賀那站起身來。

或許是因為剛剛她整個人縮在靠墊裡睡覺的關係，當她站到我身旁時，我從她身上聞到了屬於她的濃郁香味。

「我們和喉片先生之間有很大的差距。」

羽賀那這麼說。

而我這樣回答。

「只要追上去就好了。」

聽到我這句話，羽賀那的嘴角漾起了淺淺的笑意。

第九章

既然我們已經能在現實交易中獲得理想的利益，那從羽賀那的角度來看，就算在投資競賽中獲勝，能獲得的東西也有限。

把目前別人託給我們的錢，加上我自己的財產以及該付給羽賀那的報酬，我們手上的資金已經膨脹到了六十七萬慕魯。

我目前的資產則大約有十七萬慕魯左右。從七萬慕魯開始到現在，我已經賺了十萬慕魯。因為這裡面有兩成是要給羽賀那的份，所以現在這時候她的報酬也有兩萬慕魯左右。也就是說羽賀那只要再賺進一萬慕魯，就能夠完全靠自己清還理沙欠的債了。

而且現實這邊的交易可不只有我們自己賺到錢。

像是頭腦相當優秀，卻因缺錢而必須考取獎學金才能夠上大學的克莉絲，以及因為欠債而受苦的外區居民們，也都能因此得到幫助。

所以羽賀那會把這邊看得比投資競賽重要也是理所當然。

因為這個想法完全合情合理。

不管我們在投資競賽中的成績多好，獎金還是二十萬慕魯。裡面扣掉理沙的三萬慕魯欠債後，剩下的份會由我和羽賀那平分。

儘管如此，羽賀那還是答應了我的請求而專注在競賽上。

她甚至沒問我這麼做的理由。羽賀那對於我打算把二十萬慕魯的獎金全給她的這件事完全不知情。當然我也沒對她提起在競賽結束後不久，我就要和她分道揚鑣，投入巴頓的旗下。

羽賀那什麼都不知情，也沒有對這方面的事多問什麼，就這樣答應了我的請託。

或許她從來不曾想過他人的內心中深藏著怎樣的念頭吧。巴頓說過要是人的數學才能過度發達的話，就會壓迫到其他方面的發展。我相信羽賀那的反應有一半和這有關，另外一半則應該是出於別的理由。

從我和羽賀那決定專注於投資競賽的那天起，我們真的是將全付心力都投注在競賽上。明明說好了那天要休息，卻還是立刻就在客廳開始著手進行交易，並在虛擬空間中賺到了兩百萬慕魯。

羽賀那的程式果然是一件強力的武器，我們進行的交易也順利得像是在寫已經知道答案的考卷一樣。

當初我深怕自己會被這個未來仍不斷進化下去的程式取代，但確立了目標並朝著它奮勇前進時，這程式卻又搖身一變成了再可靠不過的法寶。

另外羽賀那前陣子好像因為擔心我的身體而累積了很多問題沒開口問，所以現在不管我們手上的交易結束與否，她都用怒濤般的提問來對我進行轟炸。我沒想到她竟然還有這麼多問題能問而深感驚訝，她的熱情簡直強烈到讓我懷疑自己能否與之匹敵。

我和羽賀那都沒注意到已經黃昏，客廳完全暗了下來，彼此注視著裝置並熱烈討論。理沙結束打工回來，打開客廳的電燈時，我們兩人才總算回過神來。

理沙看到我變得有精神了，也由衷感到高興。

但在理沙對羽賀那問說：「這樣妳也放心了吧」的時候，讓我非常困擾該怎麼反應。羽賀那也同樣因為這句話嚇了一大跳，不斷在我和理沙之間看來看去。

她的臉接著就變得好紅，然後低下了頭。

這也就是羽賀那會接受我請託的另外一半理由。因為羽賀那對我敞開心扉的程度已超過了我的想像。看她親近理沙的方式就可以知道，她的個性本來就很一板一眼，甚至可說是正經得有點過火。但因為羽賀那的能將她的數學能力應用到現實中也算是拜我所賜，所以這樣的態度中必定也有感激我的成分。

不過我想羽賀那現在的表現已經遠超過單純感激的程度了。

在這一天，她也是一樣似乎覺得連洗澡都很浪費時間，一直不斷和我爭論，然後用心的修改程式數值，直到理終於沙發火才跑去洗澡，但過不了五分鐘便又從浴室裡衝了出來。

她這次雖然有好好換上睡衣，卻連頭髮都沒擦乾。

理沙似乎也已經懶得唸她了，只是用浴巾幫她擦頭髮，最後將那長髮包起來盤在她頭上。因為我們兩個人就並肩坐在客廳的桌前工作，所以在羽賀那盤起頭髮後，我能非常清楚的看到她的脖子。她從耳際垂下的髮絲，以及那白皙又纖細的頸部，看起來都十分漂亮而成熟。

這天深夜，我在理沙到達忍耐極限之前回到自己房間，然後寄了封郵件給巴頓。

我在信中寫說：「因為某些事情的關係，請讓我在投資競賽結束後再給你答覆。」

巴頓依然馬上就回了信。信中的內容就只有「沒關係」這一句話。

儘管巴頓是個已經慣於出入皇家中央飯店，更能平然乘坐高級禮車的超級富豪，卻沒有給我任何居高臨下、氣勢淩人的感覺。他始終將我當成一個對等的個體看待，是個心胸寬廣的人。

說到薛丁格街的繁忙，我或多或少透過網路傳聞或書本有點了解。聽說人在那邊根本就不被當人看待，也幾乎沒什麼時間休息。在那裡能夠得到高薪的只有極少數人，其他人則大部分都只做一兩年就會被炒魷魚。

但相對的，只要成功也就能獲得很大的報酬。

不過就連這條路上也有所謂的捷徑存在。如果能成為自己籌措資金、以自己的判斷來投資的基金經理人，那即使獨自作戰也能得到難以置信的鉅額報酬。要是想以此為目標的話，一般首先得在薛丁格街的主要金融機構中待上一段時間累積經驗，然後再自己獨立開業。

如果能在巴頓身邊進行這一段磨練，對我來說可是無上的幸運。

只要上網搜尋不列顛投信基金基金，就能查到它在全世界五千多家的投信基金排行榜中，名列第三十二。其基金規模有三百億慕魯，而巴頓的年收入約推估有四億慕魯。

要是能待在巴頓身邊磨練自己，並在進一步鑽研後獨立開業的話，那我就能獲得和巴頓相當，甚至比他更高的收入。

在業界排行第一的基金經理人的年收入推估約有三十億慕魯。

只要能這樣持續經營數年，我就幾乎等同於掌握了一個小國的國家預算了。

況且到那時我大概也有了人脈，應該做任何事都能隨心所欲吧。

那個站上前人未至之地的夢想。

為了實現它，讓我不得不和羽賀那就此分開。這樣一來羽賀那的投資程式總有一天會失去動力，變得再也賺不了錢吧。既然如此，那我就有必要在投資競賽中獲得優勝，得到那二十萬慕魯才行。

「早安。」

隔天早上起床後，我和羽賀那在房門口偶然碰頭。

羽賀那隨即開口跟我道了聲早。

「喔嗯。」

我如此回應，接著和她一起走進客廳。

理沙已經在客廳裡準備好早餐。當她看見我和羽賀那一起走來時，溫柔的微微一笑。

「今天的股票有七十二支。現在波動率變得很高，我希望你注意有幾支股票的價格變動幅度很大。」

「知道啦。我又不是菜鳥。」

我一邊啃著剛烤好的麵包一邊說，然後發現在流理台前拿著咖啡杯的理沙面露苦笑。她的表情感覺想說：你還真是自大呢。

但我可是擁有能讓巴頓看上眼的投資技術，現在也正拿著許多人的資金，創造出很出色的收益。就算是託羽賀那的程式之福才能有這種成果，但那程式本來就是依我的判斷為基礎來製作的。

所以我不覺得自己是在虛張聲勢。我的自信可是有憑有據的啊。

現在羽賀那已經不是坐在我對面座位，而變得總是坐在我旁邊吃飯了。這時她從旁邊對我這麼問道。

「不是菜鳥的話，你是什麼？」

這是在挖苦我嗎？如今我也已經不會這麼想了。於是對板著一張臉向我提問的她這麼回答。

「我是投資者。」

「……投資者。」

「而且我用的可不是從媽媽皮包裡偷來的錢。」

這一句是羽賀那曾對我說過的話。

當然她好像也還記得這件事，所以露出有點像要哭出來的表情稍微低下頭去。

但即使如此，羽賀那依然一直看著我，然後小聲複誦了一遍。

「投資者。」

「沒錯。」

我將視線移回裝置，開口：

「我們是投資者。」

我感覺到羽賀那在一旁深深吸了一口氣。而靠在流理台旁的理沙則一邊喝著咖啡一邊看著我們，無言的笑了一笑便開始洗碗。

我剛剛用的詞是「我們」。

除了我之外的另一個人指的是誰，自然是無庸置疑。

「我們來打爆喉片先生吧。」

我瞄了羽賀那一眼，這麼說道。

羽賀那則用在黑道電影中飛射而出的子彈一樣筆直的視線，看著我點了點頭。

如果把在虛擬空間中超過六千萬慕魯的資金做三倍融資，我們就有了一億八千萬慕魯。我也知道如果是在現實中，要快速調度如此鉅額的資金根本是不可能。

但這畢竟是在虛擬空間中進行的交易，而且所有參賽者一開始都會領到一千萬慕魯。虛擬空間中的交易也因此規模大得讓人感覺錯亂，而且動態也相當狂暴。這樣一來就會有更多不理性的行動出現，實際上這也就成了我最好發揮的舞台。現在我對程式的印象已經改觀，整個人感覺可說是如魚得水，在虛擬市場裡自在遨遊。

而且因為參賽者的資金量和排名都隨時會更新的關係，我也不用擔心會有那種在賭場中被稱為「大鯨魚」的存在出現。像這樣的「大鯨魚」在現實之中，能僅憑一己之力就動用驚人的巨額資金，足以輾壓過其他的一切存在。這也就是那頭潛伏在交易結束前十分鐘魔物的真正面貌。

現今在虛擬空間中，隨處可見像食人魚一般成群結隊撕咬龐大獵物的參賽者，但他們的盤算就我看來是一目瞭然，所以基本上也就只會成為讓我長得更大的肥料而已。

我撒下誘餌吸引他們靠近，然後再反過來主動襲擊他們。只要有羽賀那的程式在，我就能知道到在價格變為多少時，那群參考差不多的程式計算結果做交易的傢伙們會跑來。

現在我們在一次交易當中已經不只能賺個0.3%或0.5%了。

如今我就連去看羽賀那的行動裝置都嫌浪費時間，最後變成直接由她幫我把股票名稱唸出來。而且羽賀那畢竟也是個性剛硬的人，根本就不知道手下留情為何物。

於是我就在她那氣勢有如洪水的朗讀聲中，彷彿連喘口氣都感到可惜似的不斷進行著交易。

當然這可要搞死我了。就體力方面來說，這種做法和拷問無異。一到上午交易結束的那瞬間，我就像是觸電了一樣猛然揚起頭來，深吸一口氣後便攤倒在椅背上。

此時我已經連一步也動不了、連一句話都說不出來了。就算閉上眼睛，我仍然會看到數字在眼前轉來轉去，下一步必須這樣做或那樣做的緊張感也不斷在我胸中打轉。

不過這種感覺並不壞。我正朝著目標邁進、理解自己所使用的是什麼樣的工具，更明白自己在做什麼事。雖然現在做的事情明明跟我當初深感痛苦的時候沒有半點不同，甚至工作密度反倒增加了，卻完全沒有什麼不好的感覺。

而且就在我們專注於投資競賽上過了三天後，當我倒在椅子上仰望天花板，暫時動彈不得時，羽賀那還幫我拿來了用微波爐溫好的溼毛巾。

雖然我想她應該是聽了理沙的囑咐才這樣做的，但也真的覺得很開心。

羽賀那自己在交易結束後也不從椅子上起來，只是一直在我身邊操作裝置，偶爾也會閉上眼睛休息一下。

我們明明非常安靜地在工作，彼此之間既沒對話也沒有目光交流，但感覺彷彿過了十分親密的時光。

我很清楚這就是一同朝著目標奔馳的感覺。

在休息之後，我們吃了飯便開始下午的交易，然後又因此累到快站不起來，一直攤平到晚餐時間。我在吃晚餐的時候總算稍微變回了人樣，在和理沙稍稍閒聊後，又再次和羽賀那一起埋首改良程式。

我們在虛擬空間裡的資產以千萬慕魯為單位在增加。

而喉片先生也很對得起他哈佛的ＭＢＡ學位，完全利用現在的這波行情，在我們交易時間結束還有一週多的時候將成績衝到三億六千萬慕魯作收。我一方面因為他那手太超過的資產增加方式感到驚愕，一方面也告訴自己，這成績對我們而言也並非遙不可及。

不過我還是覺得喉片先生能確實結清手上的所有部位，實在相當了得。

畢竟市場震盪如此之大，把資產放在場中雖然有可能增值，但也有可能讓人賠到一毛都不剩。

而且在完成所有能做到的事情後，不去向神祈求幸運，而是著實確定自己的成果、不期待更多的態度，更展現了身為投資者的美德。

至於第二、三名的參賽者，則分別有著接近兩億慕魯的財產，我們則是以一億五千萬慕魯的成績名列第四。

雖說剩下的交易期間還有一星期，但因為中間跨周末的關係，我們實際上只剩六天交易時間。

過了這個週日後，緊接著週一週二的交易，到週三下午五點比賽就會告終。

我和羽賀那也都都用上了自己的每一分力氣。

我曾在一不小心看漏程式的警告而發生虧損時被羽賀那踹了一腳，當羽賀那報錯股票名稱時，我也狠狠臭罵她一頓。

但即使如此，我們之間的關係卻沒有變差。

雖然我知道很多時候理沙看我們這樣會感到很緊張，但我們也絕對不會讓衝突愈演愈烈。

我們在週四賺了三千萬慕魯、在週五又賺了兩千萬慕魯，以兩億慕魯出頭的成績稍微超前第三名，與第二名的差距也縮小到只剩四千萬慕魯。

但我們和喉片先生之間還有一億六千萬慕魯的距離。

我們必須在隔天的週六，以及之後的週一、週二、週三這四天裡獲得80％收益才能獲勝。

因為現在我們在交易時已經完全把資金槓桿開到最大，所以就和手上握有六億慕魯資金沒什麼不同。

所以我們只要獲得27％的實質收益就行了。

只要接下來連三天賺到10％、10％、10％就很足夠。

但從週四和週五的表現來看，我們現在正位於一個不確定能否成功的微妙界線上。

現在的我們確實是進行著最棒的投資。我們已經盡己所能地投入了每一分的力量。羽賀那也是一再削減睡眠時間，有時更會算準理沙睡著的時間，隨後悄悄溜到我房間來持續改良程式到天亮。偶爾她甚至會糊裡糊塗的就在我身邊睡著，在吃飯時不小心讓筷子或湯匙掉下去的情況也增加了。

我們都知道彼此不只是在氣力上，就連身體都已經接近極限。

然而理沙對這狀況並沒有多說什麼。因為我和羽賀那現在的情況，也不存在她介入的餘地。

在和羽賀那討論過後，我決定要在週六稍微多冒點險。我們調整程式，讓它能選出價格波動較大、投機性質更強的股票。

但那些股票價格波動大的股票，一支支都超出了羽賀那所使用的數學理論能應用的範疇。

就像巴頓說的那樣，這已經是機械無法踏入的領域，而是會發生暴漲或暴跌，明明白白反映出人類情感的領域。

我和羽賀那在些許的緊張中開始了週六的交易。

棘手的感覺和時間所剩不多帶來的緊張感，讓我幾乎被打垮。

但羽賀那把理沙的行動裝置也借了過來，並拜託賽侯複製了一份程式，在交易中也即時更新程式的數值。已經睡眠不足而且又累積很多疲勞的她，臉色自然也因為這麼做的關係變得愈來愈差。

不過當週六交易結束，看到我們獲得六千萬慕魯收益的時候，就連羽賀那也嗤嗤笑了起來。因為我們已經暫時躍升第二名了。

只要再兩次，如果能再達到這種交易成績兩次，我們就能打倒喉片先生。這份興奮將我們的疲勞和困倦完全一掃而空，而我們也踏入了一個新的領域。

不，或許正確來說是羽賀那的程式更進一步踏入了我的領域深處，偷走我更多技術吧。

但就算這樣，我還是不覺得反感。因為我已下定決心要將任何能給羽賀那的東西全部給她。

這時我的裝置也收到了巴頓寄來的郵件。他在信中寫著「真有看頭」這四個字。

支付了贊助金的巴頓能瀏覽所有參賽者的交易紀錄，而他透過交易紀錄理解到我們已經又往前邁出嶄新的一步。

在週六晚上，因為這份興奮帶來的動力，讓我和羽賀那一起研究股票以及進行程式改良到了半夜三點左右。

不過就算再怎麼有幹勁，人的身體還是有極限。

我在那天很不爭氣的率先投降躺下睡覺。

因為羽賀那說還有些東西要思考所以沒去睡，不過她到目前為止也已經好幾次這樣做過，所以我也不太管她便自己先上床了。

縱使桌上的檯燈還亮著，縱使羽賀那就在旁點擊著行動裝置，一陣彷彿能讓我忽視眼前一切的深沉睡意依然立刻朝我撲來。

因此當我在剛入睡沒多久後突然醒了過來時，頓時覺得有點奇怪。

我開始想是不是自己剛剛沒先去上廁所所以才會醒來。

但當我在耳邊聽見了別人的呼吸聲時，才發現狀況並不是我本來想的那樣。

「唔……」

我不清楚羽賀那是不是睡傻了，在這一刻我只知道她竟然爬到我床上，而且就睡在我旁邊。老實說還不知道用「旁邊」這個詞算不算正確描述現況呢。

因為羽賀那將手放在胸前，彷彿像個羊水中的嬰兒一樣微微蜷縮身體睡著。

她的臉就靠在我的右肩、額頭貼著我臉頰，手還抓著我的睡衣，甚至連一隻腳都擺在我腿上。她的身體很熱，讓我幾乎懷疑她是不是發燒了。

但感覺她卻不像是生病發燒，而是身體有如小嬰兒般暖烘烘的。

或許就是因為這樣的緣故吧。

當我意識到我們正同床共枕時雖然十分驚訝，但驚訝過後也就沒有其他想法，更不用說要湧現什麼邪惡的念頭了。我腦中根本沒有這些事，一心只有要注意不能吵醒她的想法，以及滿滿的欣喜之情。

我第一次了解到被別人這樣喜歡，竟會讓人感到如此心滿意足。

最後我也再次進入夢鄉，而不之久後早晨便到來了。

雖然我想說沒設鬧鐘應該會睡得很晚，但還是一到早上七點就像平常一樣醒了過來。

我明明只睡了三四個小時，但那天還是很乾脆地睜開眼睛。

在那之後，我立刻想起了羽賀那的事。

而她果然還是緊緊抓著我繼續睡著。

不，應該說她幾乎和我在同一時間醒了過來。

「……」

剛起床的羽賀那沒有東張西望，只是雙眼沒有對焦地茫茫望著前方。

那樣子看起來就像是一點也沒睡醒，完全不知道自己身在何處。

我因此猜想她昨晚果然只是因為疲勞和睡意太深，所以單純搞錯地方睡覺，但羽賀那卻再次閉上眼睛、更是將身體縮起來，打了一個大大的哈欠後，從很近的距離朝我看來。

然後她帶著一如往常的凌厲目光說道：

「你打呼，很吵。」

我因為氣憤和一股詭異的愉悅感，一時差點想把她撲倒在床上。

但因為羽賀那接著爬下床的動作實在乾脆到不能再乾脆了，所以這樣的意外並沒有發生。

在照進室內的晨光中，羽賀那的一頭秀髮在她背後舒滑的散開。

「呼……」

羽賀那發出十分煽情的微弱聲音伸了個懶腰，我隔著那鬆垮垮的睡衣依然能看到她身體的曲線。棉被中還殘留著羽賀那的體溫，以及她身上那股不同於洗髮精或肥皂的香味。

這一切加上早晨的生理現象，讓我就算想要馬上從床上起來也沒辦法。

羽賀那對著桌上的行動裝置點了幾下將它啟動，然後拿起裝置轉頭看我說。

「你要睡到什麼時候？」

她看著我的眼神中好像有幾分輕蔑。

但就算遭她這樣白眼，我還是有點難解釋現在的狀況，只好這麼說。

「再五分鐘。」

羽賀那稍微思考了一下，點點頭說。

「我五分鐘後會來叫你。」

接著她就大步踏出我的房間。

只要有五分鐘的話，應該也夠我準備就緒了。

這一天，我同樣是和羽賀那一起待在客廳裡改良程式並分析股票。不過大約在中午時，有一位客人到訪。我本來還以為來的會是克莉絲或戶山大叔，但沒想到居然是賽侯。

「最近你們都不來店裡找我，所以就換我跑來啦。」

雖然我們今天當然也沒邀請他來，不過倒是很感謝他帶來一些飲料和零食。

基本上理沙她是不買這種東西的，而我也因為覺得浪費所以沒有買零嘴的習慣。我拿起那罐在地球上被發明出來，並號稱維持了近百年市占率龍頭的黑色汽水，羽賀那則喝著100％的純柳丁汁。

我們喝的這兩瓶飲料都是進口貨，比在月球這邊合成的東西貴上許多。

我想以賽侯來說，會有這種表現也還算挺貼心的嘛。

「是說你們這麼要好的坐在一塊幹什麼呀？」

賽侯帶著戲謔的口吻把手勾到我肩上，朝我我面前的裝置螢幕看去。

當賽侯一移動，他頭上那叢爆炸頭就會一邊搖擺一邊發出沙沙聲，讓一旁的羽賀那感到有點害怕。

「賽侯，你就別去打擾他們了。」

在我還沒開始抱怨前，理沙就先代我開口。

賽侯抬起頭來，聳聳肩說道。

「怎麼，他們是來真的喔？」

「真的是來真的。」

也不知道理沙是在模仿我還是賽侯的語氣，總之她就是這樣說。

不過我們確實是來真的。現在的我和羽賀那早已經超越了單純玩玩的領域。
「羽賀那小妹，程式有什麼問題嗎？」
就算這樣，賽侯還是一副不肯放棄的樣子，對羽賀那這麼問道。
坐在椅子的羽賀那上一轉身，正面看著賽侯說道。
「沒有。」
羽賀那斬釘截鐵的口氣不禁讓我覺得有點好笑，而理沙也像要安慰賽侯似的，笑著拍拍他的肩膀。
不過羽賀那在轉回身子前，像是突然想起了什麼而停下，開口：
「我覺得它的完成度很棒。」
這讓我抬起頭往賽侯的方向看去，只見他先呆了一下，接著也不顧自己是個大人，依然一臉開心地咧嘴笑了開來。在一旁的理沙也溫柔的笑笑，而羽賀那則又看回面前的裝置畫面。
眼前的每件事情——一切的一切，都正朝著目標順利前進。
「哎，總之就是這麼回事嘍，我們就別煩他們了吧。」
「呿～我難得到這邊來的說。」
「哎喲？都有我陪你了，還有什麼不滿意的呀？」
賽侯和理沙就這樣閒聊著。
也許是他們兩個人年齡相近的關係，感覺理沙在這時候要比平常還放得開。
「是沒什麼不滿意的啦，可是我已經沒有剛認識妳時那種臉紅心跳的感覺了呢。」

「咦，我什麼時候和你有過這種關係啦？」

聽到這句話讓我又稍微抬起頭來，看到理沙雙手環抱胸前對賽侯露出挑逗的笑容，而賽侯則把手搭上理沙的肩。看他們這樣讓我覺得有點不爽。

「說得真過分呀。當時妳不是對著在大雨中窮途潦倒的我伸出援手嗎？難道那不算是愛嗎？」

「那當然是愛嘍？而且還是非常認真的呢。」

聽到這話讓我不禁心頭一震。

難道理沙她……對賽侯……？

不過這麼說來，賽侯確實曾經炫耀說他有躺過理沙的大腿啊。而且考慮到羽賀那和賽侯之前並沒有打過照面，那賽侯是在更早之前和理沙兩人同住在這所教會中的可能性，也就非常大了。

成年男女的兩人世界，而且還躺了大腿。

這讓我很明顯的心生動搖。

該不會……理沙和賽侯……兩個人是……？

「但基督的愛是對全人類的呢。」

理沙一邊這樣說，一邊一扭身從賽侯的手臂下方鑽了出來。賽侯雖然很不捨的想抓住理沙但還是失敗了。

「抱歉嘍。」

「……妳這個魔女……」

「不論善惡，神都會平等施予祂的愛，所以才不會在乎我是不是你說的魔女呢。」

「呿～我居然被這麼難纏的女人煞到了啊……」

「你就是愛胡說。」

理沙咯咯笑了起來，賽侯則不斷搔著他那顆大頭。我不知道他們究竟是認真的或是在開玩笑，但可以看出雙方非常親近。

而就在我看著那兩個人時，突然感受到旁邊有股非常銳利的目光對著我。原來是羽賀那正對我瞪來。

「你在做什麼？」

我們只剩一點點時間了。如果想要迎頭趕上第一名的喉片先生，那可絲毫不能鬆懈。所以羽賀那會不高興也是再合理不過了。這讓我匆忙轉頭看回裝置畫面上繼續進行作業。

但不知怎的，我總覺得羽賀那這次不高興的時間似乎持續得比以往都還久，然而我並不明白理由。

最後在那天我們和賽侯一起吃了晚餐。因為賽侯是個健談的傢伙，理沙看起來也似乎比平常更開心。另外我也偶然瞧見賽侯要回去的時候，在聖堂那邊表情很正經的和理沙談著債務的事。我聽他說著什麼「要是妳肯告訴我的話，我就算再去開一家公司也要幫上妳的忙」等等的話。

不過理沙只是笑著打發了賽侯。

賽侯雖然說喜歡理沙什麼的是開玩笑，但身為受理沙幫助的其中一人或許倒是說得沒錯。

但我想，賽侯他剛剛說的內容或許不是瞎扯。因為從賽侯他隨手就把羽賀那的算式寫成程式這點看來，讓人感覺他這個人並不普通。或許他也是個曾在牛頓市這個充滿競爭與貪欲的城市中獲得成功，卻在哪邊遭遇挫敗而最終流落到這裡來的人吧。

我不再繼續偷看他們，回到了自己房裡去。這時羽賀那正在我房間裡面改良著程式，一等我回房便又劈頭對我丟出一堆問題。

總覺得這時的羽賀那格外的來勢洶洶，不知道是不是我的錯覺。

最後在那天，羽賀那也和我一起睡。

而且跟昨天相比，感覺她好像摟我摟得更緊了。

星期一就這樣到來了，交易時間只剩三天。

我們還差喉片先生一億慕魯。

只要在這三天分別賺到三千萬、三千萬、四千萬就夠了。

我能做到。我絕對要做到給你們看！我就懷抱這樣的鬥志開始了交易。

然而我和羽賀那在交易開始後，立刻就感覺到情況有些許不對勁，在過了一小時後更明顯查覺到狀況有異。當我們在幾個小時之後找到原因時，真的是嚇呆了。

「這種事情……數學預測不到。」

羽賀那呆愣地低聲說道。我也在拚命完成交易之後，籠罩在一片巨大的無力感中。沒想到我們今天竟然只賺了一千萬慕魯。如此一來，我們明後天的標準就必須提升到一天四千萬、一天五千萬了。

而且在早上明明還讓我們覺得勝券在握的這個數字，現在卻讓我們感到絕望。

這個狀況的成因相當明確，就是因為參賽者的數量驟然減少了。

競賽的參賽者都會有六十天的時間可以進行交易。而交易時間結束的人會依序退場，之後又會有新的參賽者接著進場投資。但在這個離競賽結束剩下三天的時刻，很多人都已經「時間到」了。

實際上參賽者的人數應該一直在緩緩下降吧。但一想到有許多參賽者都只是在空閒之餘參加比賽隨便玩玩，就能預料到他們是在周末前後進場開始交易，之後又在差不多的時段結束。

隨著參賽者人數減少，資金的流動也跟著減少。就算我們打算進行一億慕魯的交易，但其他人投入的量只有八千萬慕魯的話，交易也不會成立。而我和羽賀那的資金現在已經達到兩億七千萬慕魯，在投資時又會使用資金槓桿，所以能交易的資金量就有八億一千萬慕魯。

光在週一的時候，能吸收這麼大筆資金的股票就已所剩不多了。

等到週二週三，這些資金的流動也更確定會枯竭。

糟糕了。這下局勢變得非常糟糕了。

「該怎麼辦？」

羽賀那對我問道。但我已經把自己所有的想法和點子統統都告訴羽賀那了。

所以羽賀那也一定在這麼問的當下，就或多或少明白我的答案會是什麼。

「也沒其他辦法了。我們只能鎖定一些交易金額大的股票。」

但我一點也不清楚那些股票到底容不容易用數學來掌控。而且因為和我們有同樣想法的人應該很多，所以明後天的交易量會集中在一部分的股票上，幾乎已經是不見自明。

但我們能用數學能將局勢預測清楚嗎？

我看著羽賀那，看到她眼裡也充滿不安。

「一旦股票數量愈少，數據就會愈不可靠。」

「那我們就只能盡量增加股票數量了。」

這是一個再簡單不過的結論。

而且我們現在也只能順著這個結論走，因為我們目前的狀況，就像是一隻在漸漸乾涸的池水中，尋找有哪個地方能潛得更深的魚。一想到這點，就讓我覺得喉片先生會選在比我們更早的時段結束交易，就是因為料到最後會演變成這種局面。

天才。

他果然是天才啊。

不過，我們卻也已經緊追著那個天才到只差九千萬慕魯的地方了。而第三名之後的順位則快速的更替著，在兩億慕魯上下混戰成了一團。

時間的流逝非常無情，接著星期二也到來了。

羽賀那昨晚整夜沒睡，在分析星期一的交易資料後改良了程式，儘可能把它能處理的範圍再拓廣一些。雖然我本來想去幫她忙，她卻說希望我能好好休息睡個一覺。她說就算自己在交易中睡著也不會有什麼問題，但要是我睡著，那一切就完了。

因為這番話實在有理得讓我無法反駁，所以也難得在換日之前就就上床睡覺。但我明明只是和羽賀那一起睡了兩天，現在變回自己一個人睡就覺得分外寒冷。

當星期二交易結束時，我和羽賀那兩個人都沒向對方說半句話。

一部分是因為我們都累了。

但最大原因還是在於我們沒賺到多少。

那天的成績是正兩千兩百萬慕魯。我們沒有達到設定好的標準，距離目標還有六千八百萬慕魯。

這一天的參賽者又比星期一更少了些，大家爭奪剩下那塊餅的競爭也變得相當激烈。

在交易進行到一半的時候，羽賀那幾乎快哭了出來，因為她的程式幾乎測不準了。

最後我們總算保住第二名的位子。但實際上因為第三名的成績不斷倒退，所以我們基本上已經快確定會得第二名了。但這樣下去我們只能得到五萬慕魯，還完理沙的債後也就沒了。

另外因為我們這幾天完全沒碰現實的交易，所以金額在那之後也就沒再增加。到了現在這時候，就算羽賀那自己來進行交易大概也多少能賺到一點錢，而且要是我脫隊的話，羽賀那實質拿到的報酬也會增加。

但那最多大概就十萬慕魯左右吧。

可是我想要儘可能多留下一點錢給她們。

二十萬慕魯。

我想自己最起碼也該給和我一起努力過來的羽賀那這樣的金額。

在晚飯過後，我和羽賀那討論了所有可能的辦法。

關於明天該怎麼做，我們只剩下兩個選擇。

其一，是做和今天一樣的事情。

而另一個選項則是，就只盯著僅僅一支股票不放。

「只盯一個太危險了。」

羽賀那理所當然的這麼回應我。

「但要盯很多支股票已經不太可能了。我們這邊的交易金額實在太大，雖然要買進是沒有什麼問題，但之後就會到處都是破綻。」

我們在這個幾乎乾涸的水池中已經算是一條大鯨魚了。

不過我們卻是一條我在影片中看過的那種——被沖上淺灘的鯨魚。我們因為身軀太過龐大而無法動彈，只能苦狀萬分的噴水。

一旦我們買進股票使股價上漲，等待著這機會人們就會全部同時賣出，以確保自己的獲利。這樣一來股價便又會被壓低，讓我們空握著一大堆的股票，而找不到賣出的對象。要是我們硬要賣的話，也就只能投向那些為數不多的訂單，但這最終又會讓股價跌得更低，而當股價一跌也就會有更多人賣出。就算我們利用融券，以賣出作為起手也是一樣，只不過是完全相同的狀況逆向發生罷了。

如果想迴避這樣的情況，我們就只能利用自身的龐大。

也就是說我們要咬住單一個股，盡全力去交易。我們得用蠻力抵抗所有賣壓，並強硬地把價格拱高、拱上雲端。只要交易時間在股價正高的時候結束，就是我們贏了。

但我並不確定在投資競賽的最後十分鐘裡，是不是也潛伏著魔物。至少在喉片先生已經結束交易的現在，市場中最巨大的就是我們了。

除了獨力將價格拱起來、拱到最高直到最後成功脫身之外，我已經想不到其他方法能夠取勝。

「沒問題嗎？」

羽賀那只能對我這麼問。

「只好硬幹了吧。」

而我也只能這樣回答她。

在一片寂靜的夜裡，房內被短暫的沉默所支配。

不管最後結果是歡笑還是淚水，勝負在不到二十小時內便會揭曉。

「好像已經沒有我能做的事了。」

這時羽賀那淡淡說了這句話。

「啊？」

「因為阿晴最拿手的事情，也就是我最不拿手的事情。」

在這段時間裡，我們真的名符其實過著寢食與共的生活。

我們心中對這種事情當然是再明白不過了。

「嗯，這樣啊……」

在我這麼回答後，羽賀那有些喪氣地點了點頭。

或許她是真的想垂下頭去吧。

因為到了至為關鍵的這一刻，她卻深刻體會到自己的能力有所不及。

要是我剛認識羽賀那不久，一定會覺得她真是活該吧。

但現在情況已經不同了。我的感覺完全全相反。

我真的覺得，這就像是自己身體被切下一半似的痛苦。

「雖然很可惜。」

羽賀那這麼說，然後在行動裝置上點了一下，讓裝置發出「咻……」的獨特聲響後關機了。要是羽賀那是台機器人，那這個聲音用來象徵她的使命結束應該是再合適不過吧。

因為房間內只開著檯燈，在行動裝置螢幕的光源消失後，讓我覺得室內變暗不少。而在一片昏暗中，沉默又再一次降臨。

在關掉行動裝置電源後，羽賀那還是沒從椅子上起身。而我也能痛切的體會她的心情。因為都走到了這裡，我們卻無法兩個人一起奔向終點，真的讓人覺得很煎熬。

羽賀那當然可以待在我身邊觀看情勢，甚至也可以讓程式運轉看看，並給我出點意見。然而一當經手的股票數減少，再加上人們下注在暴漲暴跌上的情況變多，羽賀那的程式就更無法準確預測數字，這也是不爭的事實。現在的情況恰恰和當初我的身體遭到羽賀那的程式啃噬時完全相反。

那真的是段非常痛苦的經驗。所以我想羽賀那現在一定也很痛苦。我在旁看著她彷彿快哭出來的臉，想對她說點什麼。

於是我死命的思索著，有沒有什麼事情……哪怕是點小事也好，還有沒有什麼事情是羽賀那能做的？

我將各種東西都想了一輪，甚至說我把和羽賀那交談過的所有對話都回想了一遍也不過分。照理說……照理說一定會有答案的。她不可能什麼事都不能做啊。

巴頓曾說過，一位優秀的寬客能把將交易員的一切都化為數據。

那也就一定還有她能做到的事。

在這時候，羽賀那輕輕吸了吸鼻子，從椅子上站起來。

「晚安。」

羽賀那簡短說完後，沒再多看我一眼就準備走出房間。

我在這瞬間拉住了她的手臂。這真的只是反射性的動作。

羽賀那的手臂纖細而柔弱，卻有著結實的骨骼、稍微有一點點肌肉、有柔軟的皮膚，更有著溫度。

羽賀那轉過頭來看我。她的眼神看起來好怕自己轉過了頭卻什麼也看不到似的。

或許當羽賀那在地球上被賣掉，離開家園的時候就有過同樣的狀況也說不定。我不認為羽賀那的父母會滿心歡喜的把她賣掉。在她離家的時候，他們一定也有像這樣拉住她的手。

但他們卻沒辦法把羽賀那買回來，也沒有辦法不賣掉她吧。

他們就只能無力……很無力的拉住羽賀那的手。

或許羽賀那當時曾瞬間懷抱過期待吧。要不是這樣的話，也就沒有辦法解釋她回頭看我時，那從一開始就深深感到絕望的眼神了。

羽賀那的視線緩緩低垂，想要把我的手揮開。

但我還是抓著她不放手。羽賀那兩次、三次想要揮開我後，終於小聲哭了起來。我已經搞不清楚自己在幹什麼了。但我明白這個狀況實在慘不忍睹。原來世界竟是如此殘酷嗎？想到這裡讓我也差點要哭出來了。

羽賀那又用上另外一隻手想把我的手扳開，但我也加強力道緊握住她，讓她痛得皺起眉頭。

羽賀那沒有辦法動作，只能屈服於力量之下。世事無論何時都是如此。

力量？動作？

這些字眼讓我的腦袋瞬間失神似的一片空白。

「啊？」

我有種彷彿腦袋被來自外太空的電波直接打到的感覺。

伴隨著明確的「鏗咚」的一聲，我頭上的第三隻眼睛頓時張開了。

「喂。」

「放開我！」

羽賀那小聲的邊哭邊說著。

「喂！」

「唔。」

「妳聽我說！」

我用力將羽賀那的身體拉過來。因為她很瘦、體重也很輕，所以一把就被我拉過來，臉撞在我胸口上。

「嗚……你、你是要——」

「我有辦法了。」

「……欸？」

「我有辦法了。裝置。」

「什……麼……？」

「妳的裝置啊。我有辦法了，有妳能做的事。」

我對著依在我懷中，黑色雙眸依然濕潤的羽賀那說道。我的手伸向差點從她手中掉下去的行動裝置。

「什……麼？我可以做什麼？」

「還有一些沉睡的成交量。」

「……沉睡的？」

羽賀那出聲反問，隨後馬上瞪大了眼睛。

「那條路還通著——」

「沒錯。還有一些股票握在一股腦地做了融資，結果交易時間就這樣用完的人手上。而且旁人根本看不出這支股票的哪些部分是死的、哪些部分又是活的。所以不管是買賣雙方，應該都會很難下判斷才對。如果成交量不夠，那我們只要把沉睡的傢伙叫醒就沒問題了。」

比方說有一堆人都作了大額融券去買某支股票，而那些人的交易時間都已經結束，但因為融券數量一直都公開的關係，我們一看就能馬上明白買了這支股票的人有這麼多。

而問題則是在於，無論對賣方或者是想買進這支股票等上漲的人來說，那些融資量之中有多少仍是活的，會隨著股價上漲而轉手賣出，都是不得而知。

如果所有的融資量幾乎全死光了，那我們只要加入買方這邊就會變得有利。因為等到股價上漲而有要賣的人出現時，融券方會開始獲利回補而賣出，但融資那邊則不會有人買。當賣壓一旦減弱，那些做了融券的傢伙也就會嚇得抽手吧。這麼一來，嗅到氣味的買家應該會聚集過來，股價也就應該會被炒高。

如果是融資量大多都還活著的相反情況，只要股價一上漲，做了融資的人就會為了要獲利了結而賣出吧。在行情這麼亂的狀況下，那些神經正常的傢伙絕對沒有辦法抱著滿手股票的增益邊祈禱邊咬牙苦撐。他們會搶在虧損前就把股票賣出。絕對得賣出。

要是這樣的話，股價就沒辦法漲上去，我們也就失敗了。

在交易量已趨乾涸的現在，我們想在這場戰爭中生存到最後並獲勝，只剩下把這支股票的價格拱高直到投資競賽結束為止了。

在這種狀況下，要是場上只有我們知道那些融資量到底是死是活，就能在心理戰中占非常大的優勢。

這時只要倚靠羽賀那的能力，我們就能推算出那些融資量到底是不是還活著。

因為參賽者的排名和資產金額全部都是即時更新的，只要股價一動，參賽者的資產總額也就會跟著動。我們能從兩者間的關聯中，算出哪些人分別持有哪些股票。而這種工作正是羽賀那的拿手絕活。

羽賀那像朝我胸口猛推一把似的從我身上離開，坐到位子上打開行動裝置的電源。

在她腦中似乎已經展開了計算公式。

「能在早上以前做完嗎？」

在我這麼問之後，羽賀那只讓手上動作暫停了一瞬間，馬上就給我回答。

「簡單。」

這句話是多麼可靠啊。

「所以你先去睡。」

羽賀那一邊像拍打似的點按行動裝置一邊這麼說。

我也只能站在她身邊，聳聳肩說。

「我現在哪睡得著啊？」

這又讓羽賀那的動作短暫停下，但她馬上又開始動作。畫面上的數字正以猛烈的氣勢被刷新，有新的算式一條又一條寫進程式的工作區中。

「而且妳應該很快就結束了吧？」

我知道我這種嘲諷般的說話方式讓羽賀那有點光火。

但她的表情好像在說「那我就作給你看」似的，有種積極的感覺。

而且羽賀那也不是個會虛張聲勢的傢伙。

之後大約過了三十分鐘吧。

羽賀那最後一次發出叩叩的聲音雙擊螢幕，然後抬起頭來。

行動裝置內部的ＣＰＵ風扇緊接著便開始發出獨特的聲音。

在裝置畫面上出現了代表計算正在進行的進度條，顏色也從左往右的漸漸改變。

現在這個程式應該正在吞食、咀嚼、並解析所有的股票數據吧。

在幾十秒的沉默之後，股票清單就出現了。

羽賀那這時朝我看來。

「哪一個好？」

這樣我的工作就真的全都完成了。

羽賀那滿足的臉上彷彿寫著這句話。

我站在羽賀那旁邊看往行動裝置的畫面看去，然後伸手點按螢幕。在那份清單上有著許多股票，按照已經死掉的融資融券推斷數量排列著。除了融資融券量以外，要是作為目標的股票能吸引一群會照我們計畫行動，容易受煽動為我們助勢的傢伙，那就太好了。

在這些人之中如果有那種自己完全不動腦，只是機械式跟著跳上車的人出現的話，我還會更加開心。因為把全部的判斷都交給機械的人，是一種不具有身為人的權利、比人還要低等的存在。

這時我想起巴頓所說過的話。

我想把那樣的傢伙當作我們的養分是再適合不過了。

「就這個。」

我遵從著自己引以為傲的嗅覺選出那支股票。

黑巧克力股份有限公司。

這支股票的名字取得就像個笑話。

「好像很好吃。」

羽賀那沒多想什麼就悄聲這麼說。

「妳喜歡吃巧克力啊？」

我開口問道，而羽賀那繃著一張臉對我點頭。

「一點點。」

「一點點是啥意思啦。到底喜歡還是討厭，妳也說清楚呀。」

「就是一點點。沒辦法用數學表達。」

羽賀那的這句話讓我忍不住笑了出來。

接著羽賀那站起來打了個大大的呵欠。

「我好睏。接下來就是阿晴的工作了。」

她搖搖晃晃地起身並把我推開。

「讓路。」

「……真是的……呃，喂！妳這是……」

「唔？」

羽賀那回頭看我，一臉覺得我很奇怪似的。

然而她現在卻正要鑽到我的棉被裡，所以不管怎麼想奇怪的應該是她吧。

「我真的……好睏。」

她在說這話時也是睡眼惺忪，在我想開口說些什麼之前就鑽進了我的棉被裡去。因為羽賀那昨天也整晚沒睡，所以我能想像她此時連走回自己房間都嫌累的心情。

而且比起一個人睡，兩個人一起睡會比較溫暖些。

我想羽賀那心裡也是這麼想的吧。

「……妳稍微往裡面靠一點啦。」

我夾著嘆氣這麼說，不過羽賀那並沒有回應，只是更往牆壁靠去。我也儘可能在床的邊邊躺了下來，和羽賀那背靠著背。羽賀那也不至於在我們都還醒著的時候身體就朝我緊貼過來。

然而睡意卻一直沒有湧現。我明明應該已經很疲勞了，卻睡不著；明明應該已經很睏了，但就是睡不著。就像是有什麼東西卡住而讓舞台布幕無法降下的感覺。

就在這時，羽賀那忽然開口叫我。

「阿晴。」

「嗯？」

「……」

我應了一聲，但羽賀那卻沒有回應。

「幹嘛？」

「……」

她依然不回答我。我本來打算再問一次，但她搞不好是在說夢話。這麼一來雖然不好意思，無論如何她要是不回答我也沒轍。

於是我閉上眼睛，試圖讓自己進入夢鄉。

羽賀那也就是在這時開口說道。

「阿晴。」

「……」

我沒有應聲，只是在原位轉頭朝她看去。

因為我和羽賀那背靠著背，所以看不見她的臉。

但我能感覺到她人還醒著。

「我想問你一件事。」

接著她終於說了下去。

我把臉轉回前方後問她：

「什麼事啦？」

「……」

羽賀那又陷入了沉默。

然而我並沒有催促，因為羽賀那的身體轉了一個方向。

「！」

我突然感覺無法呼吸，睡意瞬間消散。因為羽賀那的額頭貼到了我的後頸上，讓我的身體都僵直了。

「你會回答我嗎？」

既然她在這種狀態下開口問出這種問題……

那我身為男子漢也只能這樣回答了。

「到底……什麼事啊？」

我吞了口口水，繼續說道。

「妳是……是還有啥問題忘記問嗎？」

我能想到的頂多只有這個，其他想法不管怎樣我都說不出口啊。

可是羽賀那並沒有馬上開口。

雖然這讓我心中暗想「是在搞什麼鬼」，但也很快就注意到自己的愚蠢。

「明天我們沒贏的話會怎麼樣？」

「……」

我驚訝得無法出聲。羽賀那的話從我的背後直刺入心臟。

明天沒贏的話會怎樣？

我總算明白自己心中一直牽掛著的是什麼了。

「我不知道阿晴為什麼會突然對競賽產生興趣。既然不清楚前提，也就無法明白結果。」

羽賀那小小的手貼在我的背上。

她的手溫暖得讓人難以置信。

「如果我們輸了，會發生什麼事？」

沒有問出「該怎麼辦」這一點倒是像極了羽賀那的性格。

輸了的話就會被賣掉、就會消失——她問問題的口氣就像是以這種事為前提。

我的心臟怦怦狂跳。因為心跳實在太過激烈，感覺都要讓羽賀那聽到我的心跳聲了，讓我覺得不太愉快。實際上她大概真的聽得到吧。

因為我和羽賀那就是依偎在一起過了這麼長的時間。

「不管我們是輸是贏，結果都不會改變。」

「……欸？」

「我有些事沒跟妳說。」

我下定了決心，翻身轉向她。在狹窄的被窩之中，羽賀那就位在我的眼前。

她和平時一樣手放在胸口上，那副模樣看起來很怕冷。

「什麼……事？」

「競賽結束之後，我大概就要離開這裡了。」

「……」

羽賀那一副不明白我在說什麼的表情。

她在對我凝視了好一會兒後，終於出聲問道。

「咦？」

「其實我收到某個人的邀約了。」

「……」

「對方是個專業的投資者，應該說是『超級』專業才對。」

羽賀那呆呆地望著我。

她就這樣直視我的臉，只有雙唇冷靜的動了起來。

「所以呢？」

「我的交易手法和那個人的方法論契合得非常好。所以大概會成為那個人的徒弟。」

雖然巴頓沒明確的對我這麼說，不過我想之後應該確實會演變成這種狀況準沒錯。

畢竟巴頓明明是位大忙人，卻還是一直追蹤著我們的交易紀錄。

「契……合。」

「沒錯。」

「比我還要好？」

羽賀那斬釘截鐵的這麼問，讓我覺得她似乎生氣了。

不——我接著轉念一想：要是任我自己胡思亂想沒關係的話，我會覺得羽賀那看起來顯然是在生氣。真要說的話，她的樣子是在嫉妒。

「比我還要好嗎？」

她再對我問了一次，讓我不得不做出回答。

「他和妳的方向不太一樣。」

「……這是什麼意思？」

答案讓我不滿意的話就把你給掐死。

羽賀那凶惡的目光在這種場合中正是發揮得淋漓盡致。

「妳……妳跟我嘛……該怎麼說呢……算是妳彌補了我的不足之處這種感覺吧？」

像那個程式就完全是這樣沒錯。羽賀那的程式用機械的力量補足了身為人類的我力有未逮的部分。

但羽賀那沒有回答，只是用眼神示意我繼續說下去。

「但對我提出邀約的那個人……是個比我還厲害的人啊。而且他在我拿手那方面的造詣非常了得。」

相對於我透過市場上的數字看穿人想法來獲益，巴頓則更能根本地看透人的想法。而股票終究是企業所發行的東西，企業也是人的集合體，所以巴頓的交易手法可說是比我的高了兩三個境界。

「所以我想去學習那個人的手法啊……」
「那也帶我去。」
羽賀那立刻這麼回答。
這句話真的讓我嚇了一跳。因為我從未想過她竟然會說這種話。
「我會幫上阿晴的忙。而且也還有鎮上大家的負債這件事在。」
「不行。」
我說道。
接著我又再重複了一次。
「這樣不行啊。」
羽賀那沒有面露悲傷。
她只是維持一如既往的表情，似乎想說什麼又停下來，然後抿起了雙唇。
在她的臉上有表現出情感的就只有那雙唇而已，但這時她的嘴唇卻緊緊抿了起來。
「鎮上大家欠的債……只要花點些時間，妳也能夠解決的。」
「我不行。」
「別說謊了，妳行的。」
我這句話讓羽賀那皺起眉頭。
羽賀那她沒有辦法說謊。
「為什麼？」
羽賀那對我問道。

但我能說那其實是因為羽賀那的投資方式不好嗎？

當我正猶豫的時候，羽賀那又接著問了一次。

「為什麼你還需要要去那個人那裡？要錢的話，不是已經有了嗎？」

這句冷不防的話完全出乎我的預料。

但這當然也是羽賀那用她的方式認真思考後的結果吧。

羽賀那凝視著我，看起來好像就快哭出來了。

說是這麼說，但因為房間裡面很暗的關係，其實我也不是看得很清楚。或許羽賀那已經哭出來了也說不定。

「錢還不夠。完全不夠啊。」

「繼續讓它增加就好了。」

羽賀那說道，我聽得出她聲音悶悶的。

我微微感到迷惘，在猶豫了一下後，握住羽賀那的手說。

「還不夠啊。完全不夠。」

「怎麼會——」

「就算有一千萬慕魯還是一點都不夠。我想要的是一百億甚至是一千億慕魯啊。」

在小孩子的玩具裡面也有這種東西，就是好像拚死命地在上面印了一堆零的玩具鈔票。

而在世人眼中看來，一千億慕魯就是這樣的存在吧。

但現在奪下全人類首富的傳奇投資者，它的總資產就有八百一十二億慕魯了。所以一千億億慕魯也絕對不是個不可能的數字。

「在牛頓市裡面，有個叫作薛丁格街的地方。那個地方有投資銀行、避險基金之類的組織，以及一些使用有如鍊金術般方法賺錢的人聚集。我得要到那個地方去戰鬥，而且非得獲得勝利不可。所以我為了這個目標，首先必須在那位邀請我的人門下磨練。」

我不認為這樣說羽賀那就會明白。

所以羽賀那開口說出的這句話也完全不讓我意外。

「我不懂。你賺那麼多錢要做什麼？」

畢竟羽賀那連拿到三百慕魯都不知道該怎麼花，會這麼問也是因為她真的不懂吧。

我從羽賀那身上別開目光。問我得弄那麼多錢做什麼的話，我心裡是有答案——可是我害怕。我害怕說出來會被嘲笑。

但羽賀那只是一動也不動地注視著我。她的眼神是拚命想尋求依靠的眼神。

理沙曾對我說過，希望我不要對羽賀那視而不見。如果我在這裡封閉內心，那就等同將羽賀那的想法視為無物。但儘管如此，我還是害怕對羽賀那敞開自己的內心。

我回望她的雙眼。

想起羽賀那開始用投資程式進行交易之前，在一旁看我做交易，看畫面看到頭暈的事情，讓我鼓起了勇氣。因為羽賀那在那時踏著不穩的腳步出門要去教課，而她在那時曾說過

她說過，大家都懷抱著夢想。

「我有一個夢想。」

「……」

羽賀那看著我。

然後她問。

「什麼夢想？」

「……妳不會笑我吧？」

雖然我知道自己很沒出息，但聽到她那麼說後也忍不住這麼問。

羽賀那只是直直看著我，然後很老實的這麼說。

「……我不確定。」

「……」

她實在太誠實了。這種時候就算明知是謊言，我也想聽她說「我不會笑」的，可是羽賀那就是這麼一個只要還存在萬分之一的可能性存在，就不會下斷言的人。

「但我想知道。」

羽賀那明確的這麼說道。

這不是說謊，她真的是想知道我的夢想。

於是我向前踏出一步。

「如果能得到一千億慕魯，我有件事想要去做。」

「什麼事？」

「我是在月面出生的。」

「……」

雖然羽賀那大概不解我為什麼突然說這個，但並沒有開口問什麼。

她只是等著我繼續說下去。
「我和地球上出生的傢伙不一樣。人類文明的最前端就是我生長的故鄉。」
「……」
羽賀那依舊一動不動的盯著我瞧。
不過她此刻望著我的目光卻讓我覺得好像在什麼時候曾經看過。
「所以？」
「所以對於我來說，未開之地並不存在於這裡。」
「……未開？」
「未開之地。妳沒去過『寧靜海』紀念館嗎？」
那個地方至今仍保存著全人類中第一個站在月表上的男人，那極為硬派的足跡。
羽賀那緩緩搖頭。
「但是我知道有那地方。」
「人類史上第一個站上月球的男人腳印就留在那裡。」
「……你想要那座紀念館嗎？」
羽賀那的話讓我忍不住笑了出來。
不過這讓羽賀那露出一臉受傷的表情，馬上朝我瞪來。
「抱歉啦，不對，不是這樣的啦。我幹嘛要去買啥腳印啊。」
「不然是什麼？」
「我不是想要買下那個，而是想和那個腳印一樣，踏在前人未至的大地之上。」

因為剛剛被我取笑而生氣的羽賀那還緊緊瞪著我。

但她並沒有揮開被我緊握的手。

「前人……未至……？」

「沒錯。」

「可是……」

羽賀那微微垂下視線說道。她是在思考，思考著世界上哪邊還有這種地方？

月面早已完全被人類踏遍了，甚至連地底下的開發也正在進行。而地球更是早已透過人造衛星建立了完美的立體地圖，在那裡既不存在人類未曾到達的山巔，也沒有觀測艇未曾到過的海底。

我不知道羽賀那是不是在回想著人類史，但見她認真思考了好一會後，總算跟我對上目光。

「我想不到有那樣的地方。」

於是我一臉得意的告訴羽賀那說。

「火星。」

羽賀那被我握住的手忽然僵住了。

或許這個答案真的是出乎她意料吧。

「但是，火星還沒有……」

「移民火星的計劃在以前就有了。因為只要有軌道電梯，那火星在理論上也同樣到得了。只是呢，因為在那個計畫進行到一半的時候，月面都市就發表宣言成為一個獨立國家，所以也就產生了政治上的問題。人們懷疑火星不是也否會成為另一個獨立國家，而一個行星成為了獨立國家、會不會成為將來行星間發生戰爭的火種……之類的。再說因為當時就連月面都還沒開發完成嘛，火星移民計畫也就因此凍結了。」

我的話讓羽賀那吞了一口口水。

「所以我想賺一千億慕魯，靠自己的錢來推動這個計劃。因為我頭腦很差，沒辦法進到月面都市大學學習太空科學然後成為太空人。但我卻能以贊助人的身分，用金錢的力量雇用人才，或者是建造太空船。畢竟一千億慕魯這種數字是可以經營一整個大國的金額了。而且人類之中也有資產已經達到八百億慕魯的傢伙在，所以這並不是痴人說夢。完全不是我在痴人說夢啊。」

我緊緊握住羽賀那的手，沉靜的注入熱情這麼說。這是在我目前為止從來沒對任何人提過的夢想。

要不是房間裡這麼黑暗的話，我現在滿臉通紅的事情就會被羽賀那發現了吧。

但羽賀那最後並沒有取笑我。

她只是用這樣一句話代替了嘲笑，對我問說。

「真的能辦得到嗎？」

這是個非常現實的問題。比起遭人嘲笑，這個問題更令我心頭沉重。

我在這一瞬間很沒出息的差點想要哭。

「這不是問題對吧。你會努力，努力做到好為止。」

不知何時，羽賀那反過來用她的雙手握住了我的手。

「沒錯吧？」

「沒……有錯。」

我雖然打算這麼說，但並不確定自己到底有沒有好好說出口。

因為羽賀那說的話就是讓我如此愕然。

「好了不起，我認為這是個很了不起的夢想。」

羽賀那回握我的手，閉上眼睛，用輕輕搖曳的話語說道。

她就像是台不懂得用其他方式來表達感情的笨拙機器人似的。

「所以你就是因為這樣，需要在競賽中獲勝？」

羽賀那隨後這麼問我。而我也無法責備她思考太單純。

再說我也沒辦法繼續隱瞞下去了。

「不，不是的。」

「……不是嗎？」

「對。我要贏得競賽並不是為了自己。」

「我不懂你的意思。」

羽賀那直率的問我，她的率直讓我感到幾分苦澀。

「我要贏是為了妳啊。」

羽賀那看著我。

「咦？」

「我說過了吧？邀請我的人說我只能一個人過去。我已經不能再和妳一起投資了。」

「……」

「所以說，我……」

我支支吾吾著，羽賀那開口問道：

「什麼？」

「……所以我才會想留下一筆資金，讓妳和理沙今後也能安心過活，並讓妳有錢夠用到上大學為止。我想只要有二十萬慕魯總該夠了吧？妳不會再把書本弄丟個三四次吧？」

最後一句話是開玩笑的。

但羽賀那好像真的因此動怒了，在被窩裡踹了我的腳。

「痛耶！別踢啦，妳別踢啦。」

「笨蛋，笨蛋！」

羽賀那邊說邊踢我。

但這時就連我也明白羽賀那並不是因為我拿弄丟書那件事開她玩笑而生氣，她氣的是其他事情。

「你怎麼……怎麼會……為了我……」

羽賀那哭了起來，緊緊閉上眼低下頭去。在我慌張的想說些什麼安慰她的時候，羽賀那卻馬上把手從我手中抽了回去，然後狠狠朝我用力一推。

「！」

「笨蛋！」

就在我整個人要連著被子一起摔到地上前，我先用手撐在地板上。

但羽賀那也將臉轉向牆壁，在床的另一邊把身體縮了起來。

我打消順勢把姿勢復原的念頭，把腳伸到床下然後站了起來。因為連棉被也跟我一起掉下床了，羽賀那縮著身體的樣子自然也是一覽無遺。她雙手抱住膝蓋，像個嬰兒似的縮成一團。

她現在的樣子和當初在自己房裡驚慌害怕得連理沙都認不得的時候截然不同。可能是因為我在被羽賀那推開、快摔下床的那瞬間，很清楚看到了她臉上表情，所以才會如此認為吧。

因為那時她看上去一臉害羞啊。

雖然我看著眼前的狀況迷惘了一會，但要是就這樣下去，羽賀那會感冒的。

但我今晚還是想要睡在床上。尤其因為明天就是最後的交易日了，所以我最後還是把被子放回床上，自己也爬上床。羽賀那這時還是依然面對牆壁縮著身體。雖然我也想過乾脆自己也轉向另一邊跟她背對背睡，但我告誡自己這樣做實在是太沒出息了。

如果以股票買賣來說，現在就是應該要買進的時候。

於是我仰躺了下來，而羽賀那什麼話都沒說。

不過我在把自己的夢想和心中在意的事情一股腦全都說出來後，感覺非常痛快。羽賀那既沒有反對、也沒有嘲笑我，這點對我意義非常重大。

所以當我的身體愈來愈暖和，睡意也湧上來的時候，我動了我的手。

我摸索著羽賀那抱住自己膝蓋的手，輕輕地握住她。雖然羽賀那的身體一瞬間縮了一下，但她並沒有把我的手揮開。

我們就這樣子入夢了。

就像月球和地球被引力聯繫著一樣，在我和羽賀那間也有著一條雖細但確實的線，將我們緊緊相連。

第十章

到了隔天，我和羽賀那的分工確定下來了。

羽賀那不再看她的行動裝置。她明白自己已經做完所有該做的事。

剩下的工作就是在我身邊見證事情的結果。但這絕對不表示她派不上用場。

羽賀那是必須站在這裡的人，也是應該要站在這裡的人。

「我們上嘍。」

我在交易開始的瞬間低聲這麼唸道，羽賀那默默點頭。

在投資競賽的最後一天，交易畫面上用紅字顯示著「最終交易日」，甚至還有距離下午五點的倒數計時，這種設定彷彿想煽動參賽者們。

參加交易的人好像又比昨天更少了，即使縱觀整個市場，大多數股票價格也都沒有變動。不過相對的，有人買賣的股票則達到了史無前例的成交量。畢竟所謂的交易，就是得有人賣、有人買才能成立。所以這些參賽者也就像在逐漸乾涸的水池之中，拚命尋找能游動的水域而掙扎的魚一樣。

不過在我眼中映出的樣子卻稍有不同。那就像是我在影片中看過的，人們在地球的海上捕魚的情景。漁網被拉起，大量無處可逃的魚在網中扭動。

這就叫作「一網打盡」。

那些住在歷史源遠流長的地球上的人，總是能想出一些棒呆的成語啊。

「阿晴……」

「我知道啦。」

羽賀那應該是看我只顧掃視其他股票，而沒有看我們今天決定要炒的那支股票，所以感到不安吧。

但現在我對羽賀那算出來的數據深信不疑。要是已經堆得頂天高的融資量幾乎全死光了的話，就算不看也能掌握價格的動向。

此刻我的頭腦就是清晰得讓我有自信能辦到這種事情。

「還差六千八百萬慕魯對吧？我們現在有兩億九千兩百萬慕魯，投資資金總額是八億七千六百萬慕魯。雖然金額並不小，但還不夠完善。要是我們一早就行動的話會被人打敗，畢竟投資就像是可以慢出的猜拳啊。」

就算無法得知單是誰掛出的，在畫面上可是隨時都會顯示現在的訂單量和成交量。只要盯著一支股票不放，就能將哪個參賽者投下多少資金量參加交易一覽無遺。

雖然要搏的是小數點以下的百分比時，真的是在打彷彿能看到對方臉孔的心理戰，但眼下的局面卻是魚群翻騰著左穿右竄。

尤其是競賽也到了最後一天，有些不管怎麼努力都和前段排名無緣的傢伙就自暴自棄亂搞。我必須等到他們鬧累了為止。

像這種人幾乎是抱著遊戲的心態在進行投資。要是當成遊戲玩的話，玩家在失去衝勁之後很快就會玩膩了吧。

而我們需要注意的，是那些打算靠和我們相反的部位來賺錢的傢伙。

我們現在是打算藉炒高單一股票的價格，然後讓股價撐到比賽結束為止都不掉下來以取勝。我們的考量點是「競賽的最終排名是看參賽者的資金和所投資股票價值的合計」，所以不管是來硬的或怎樣，只要能把股價拱破天際我們就能贏。

但如果我搶先出手買下太多股票，本來是一千慕魯的股價可能就會跳升至一千兩百慕魯。

要是情況演變成這樣，就會有賣家湧進來，然後從一千兩百慕魯的價位開始往下不停賣出吧。這樣一來持有股票的傢伙就能喜孜孜的在高點賣出，而那些做融券的傢伙也會在部位表上寫說賣在一千兩百慕魯，接著只要等股價跌到比這數字低愈多他們也就愈賺。

反觀我就只能空守著買在一千兩百慕魯的股票，手上毫無資金而進退兩難。我剩下能做的事情，就只有像理沙一樣祈禱了。如果狀況演變成這樣，無疑會輸。為了取勝，必須讓相反的狀況發生。

所以我一直等待著。

或許是隨著時間過去而出現了一些玩膩的人，市場上總成交量不斷減少。

市場中交易員們游動所需的池水正急速乾涸。用術語來講的話，我記得好像是叫作啥「流動性枯竭」吧。要是沒了交易的對象，股價可能會因為一張小小的單就漲得嚇死人，或者一下摔到谷底去。

但只要股價一漲，想賣出的人就會一擁而上；要是股價跌的話，則換成想買進的人會圍過來。

所以我沉住氣一直等待著。看著顯示離比賽結束還有多少時間的紅字不斷減少，我依然只是等待。

黑巧克力股份有限公司的股票是少數成交量維持在正常水準的股票之一。這支股票既沒有吸引自暴自棄的傢伙聚集過來，卻也沒被他們完全忽視。其中的原因應該是出在這支股票上頭的龐大融資量吧。

但那究竟是還在進行交易的人做的融資，還是已經退場的人做的融資呢？

因為這個答案沒有人明白，也無法預測其動向，所以大家都只是站在遠處觀望這支股票。因此雖然它現在的狀況很穩定，但時機一到會有大動作也是可預期的。

這支股票雖然散發著這樣的氣氛而吸引了參賽者們的注意，卻一直沒有出現比較大筆的交易。

一直到目前為止，我都一定會在市場關閉的十分鐘前結清自己手上的部位。那是因為在市場關閉的最後十分鐘內潛伏著魔物。

但如今，我打算自己化身為那隻魔物。

我們手上能拿來投資的八億七千六百萬慕魯資金，即使是在虛擬市場中也算是一筆相當大的金額。因為就連追在我後面的第三名，也因為跟其他人互扯後腿及市場狀況混亂的關係，資金掉到只剩一億七千萬慕魯，就算他使用槓桿也只會有五億多一點的資金能投資。

而且現在在名次表上，除了我和藥片先生以外的人的成績，都令人眼花撩亂地不斷跳動。

雖然不時會有人排名衝上來，但也不過像跳出水面的魚一樣，往往在上來之後便馬上又摔下去，然後就這樣一路沉入水底。我想如果現在有人在盯著排行榜看的話，就算出現誤以為我已經結束交易了的人也不奇怪。

我之所以按兵不動，也有部分是為了引起這種誤會。

在上午交易結束後，我們吃了理沙為我們做的午餐，然後繼續靜靜等待。

羽賀那在這段時間內連一句話都沒說，而股市也在一小時之後再次開盤，我們也再次進入監視狀態。

現在黑巧克力公司的股價每股比昨天高出九慕魯，目前的交易價格是８１２慕魯。累計的成交量從早上到現在有四萬兩千多股，總之就是只有三千四百萬多一點的金額流動，另外看信用交易餘額的部分也幾乎沒有變動。

「是時候該挑撥一下了吧。」

我低聲說完後，掛出一張三千股的訂單，讓因為大家都在觀望而顯得閒散的交易板上出現了一波微幅的動搖。

對一些比較敏銳的人而言，或許就像是聽到了大鯨魚游過的聲音吧，但這也可能是我太過自我中心的想法。

我下的訂單不久之後就成交，股價漲到８１３慕魯。接著也有人像是要回應我的行動似的，掛出同樣是三千股的賣單。

股價回到了８１２慕魯。

已經有相當多的魚群聚過來。而且這些傢伙多少也有些頭腦。

現在的時間剛過兩點。離結束剩不到三個小時。

接著我隔五分鐘就掛出兩三千股的訂單，成交量也受到這股潮聲吸引而漸漸增加，買賣雙方都聚集了過來。因為現在是賣方稍占優勢的關係，股價被壓至８１０慕魯。這就是我之前提過的心理關卡，雖然賣出那方的人被擋在十位數的城牆前，卻一點一滴的在將這堵牆拆毀。

接著當時間到了三點時，在交易畫面上出現了比賽主辦人發的廣播。

告知比賽剩下兩小時。還請大家在剩餘的時間裡多加努力之類的。

雖然這則通知平凡無奇，但光是這樣就會讓一些人心生動搖。

成交量又增加了一點點，接著股價動了。

「……」

我注意到羽賀那一副想要開口說些什麼似的看著我。

但我沒有理睬她，只是繼續盯著畫面。

時間到了三點十七分。

廣播所造成的動搖這時也已經平靜下來，很多人在這瞬間也都喘了口氣。

而我這時一口氣丟出了十萬股的訂單。

這些股票的總值有八千多萬慕魯，相當於我可投資金額的9%。

當然市場上不存在能消化我這張訂單的賣量，於是賣單也就一張張被我吞噬，於是股價也像油門踩到底一樣衝了上去。

811、812、813、815、818……股價瞬間飆升，然後和不知道誰剛好掛出的賣單發生衝撞。或許是因為交易系統特性的關係，讓股價的上升產生了瞬間的暫停。

但就算只是一眨眼的暫停，也已經足夠讓睡傻了的傢伙們都驚醒過來。

「開始了。」

我滿面笑容的說道。

至今都是一兩百股，至多也就三四千股的訂單數字，一下子往上跳了一個位數。

是水啊，這裡有水！魚群為了追尋能泅泳的地方而聚集過來，而這樣的行動又化為其他魚眼中的活水，進而吸引了更多魚群。

兩萬股的賣單、一萬股的訂單、五千股的訂單、七千股的賣單……

現在是賣方占優勢。看融資買進的餘額那麼高，人們會有這種動作也是理所當然的。人們心中大概都想著：做融資的人只要看股價一漲，就會為了出清股票而賣出；所以就要搶在這之前——最好是在股價的高點脫手。

可能因為很多人心中都有這種想法吧，賣單吸引了更多賣單，人不斷地聚集過來。

８１３、８１１、８１０……８１０……８１０……８０９……

我彷彿聽到了羽賀那在一旁緊緊握起拳頭的聲音。

十位數的關卡終於遭到突破，股價一路從８０８、８０７、８０６持續下滑。當股價的跌勢增強，嗅到這風向而想進場交易的人就很有系統地聚成了一群。

８０４、８０２、８００……

超過二十萬股的訂單兵臨了百位數的城牆之下。然而，激流般的砲火也讓城牆開始搖晃了。一旦這道牆被打破，股價就會持續探底。對買進方來說，只要死守住這關卡的話，就能讓賣方難以深入進攻，便死命支撐著這道牆。

這波攻防還在繼續，而我也在此時敲下了鍵盤。

我現在的心情就像大家都在用木棍打仗的時候，只有我一個人開著戰車上場似的。

我一個人就掛出了二十萬股的訂單。

攻守雙方的情勢霎時逆轉。

「……阿晴……」

羽賀那輕聲喊了我的名字。

但她看起來不是要叫我，似乎只是因為太過緊張，而不自覺脫口而出。我朝羽賀那瞥了一眼，看到她整個人的注意力都集中在行動裝置上，始終沒抬起視線看我。

昨天晚上，我說了這場交易是為羽賀那做的。

羽賀那在聽到那句話時真的慌了手腳。

所以現在她是在期待，她笨拙地期待著。

羽賀那之所以顯得笨拙，是因為她在至今為止的人生經驗中，已經痛徹理解到就算懷抱期待也毫無意義吧。我想她肯定是因為這樣，所以從很久以前就不再抱有任何期待了。

但是我卻使羽賀那將她的數學能力化為應用到現實問題上的手段，而羽賀那也回應了我的期盼。我們一路走來，每天都在證明心懷期待絕對不是白費心力。就算面對感覺無法辦到的事情也要盡己所能去做，這絕對不是徒勞無功。

想要往前邁進絕對不是一件無意義的事啊。

「融資量增加了。看來果然跟妳的推斷一樣啊。」

股價回升到８１４慕魯，之所以沒再繼續上漲，是因為買方也知道如果價格再漲上去就會有要賣的人出現，所以才準備等股價稍稍下跌後再買進。

現在還在場中進行買賣的，就是完全搞不清楚狀況，只知道要先下手為強的傢伙吧。

我在這樣的狀況中緊盯著融資量那邊瞧，雖然注意到數字多少有些變動，但幅度並不大。

要是市場都已經搖盪到這種程度還沒醒的話，我想這些量基本上真的是死透了吧。

「根據計算，應該有近80％都是死的。」

「80％？」

剩下的融資量有一百零五萬股。八成的話也就有八十四萬股。

也就是說即使有人要在股票升值後賣出，也只會有二十萬股多一點，金額大約是一億六千萬慕魯左右。

而我們手上的資金還有剩下五億多慕魯。

應該行得通。

「阿晴，價格。」

羽賀那這時提醒了我一聲。我看到價格正一路815、816、817在往上爬。

看來有個稍微大尾一點的傢伙進場了。雖然賣方隨即上陣應戰，但股價很快就被買方拉到了824。

時間總算到了四點，還有一小時。那些手上資金量不多，想試著抓住暴漲暴跌的股票來擠進排名前段的傢伙，應該會覺得是「時間只剩一小時」吧。

魚群漸漸從其他還有成交量的股票往這裡集中過來，讓黑巧克力開始變得很搶手。一度漲到824的股價一口氣掉到了813，下一秒又再次回到824。羽賀那看著這樣的狀況，說道：

「有其他人的程式來了。」

「我想也是吧。反應的速度太快，決定價格的方式也太一致了。」

現在的股價如同彈珠台中的彈珠般維持同樣的幅度上下彈跳，價格變動的方式也變成一陣一陣的驟然跳動。

這很明顯是有人靠著跟羽賀那類似的程式，在機械式的進行交易。因為人的手速有其極限，所以有人想把這種操作交給電腦，反覆數百次地堆砌不到百分之一的利潤。

只不過到頭來這個狀況要能成立，必須有會跟著這種機械很擅長的交易模式走的蠢蛋。到了比賽最後一天的此刻，還留在場中的都是些經過篩選，專以這種傻蛋為食物的傢伙。他們是有頭腦的。

股價高高跳上８３２慕魯。程式也很老實地反應，緊追在後頭。

這時賣方也加入戰局，讓成交量急速增加。

時間將近四點半。

這時就連羽賀那也要直盯著我看了。

「阿晴。」

我緩緩轉頭看向她。

然後我點點頭說：

「妳別怕啦。」

我聳了聳肩，對她露出微笑。

「害怕就輸了。」

之後我繼續等待，就只是不斷等待。剩下的三十分鐘對於埋首股市的人來說，其實是眨幾下眼睛就結束的極短時間。幾乎所有的人都拚命全力下單，然後因為股價的變動而時喜時憂。

但我們可不能陷於這股感情的急流之中。我們必須看穿他人的想法。

不管是在黑幫電影或是戰爭片中都好，若想要採取魯莽的行動，在片尾的最後十分鐘出手也就很足夠了。

在最後三十分鐘就開始賭命的傢伙，可是會橫死的。

「二十分鐘……」

羽賀那痛苦地這麼說道。

股價是824慕魯。這時有隻雖然無法媲美鯨魚，但也有二十萬股的賣單出現了。於是我拋出三十萬股的訂單。

難道這裡有真正的大鯨魚在？

我彷彿能聽見全場參賽者的這種心聲。

海鳥們看到鯨魚噴出的水柱，鯊魚們則嗅到虐殺的氣息，都紛紛聚集過來。賣方像在瘋狂嘶吼般的拋售；買方也毫不留情地買進。大部分的人也這時也都明白了為何鯨魚會出現在買方那邊。

因為剩餘的那些融資量，並不是將來賣方的預備軍。

這些融資量都已經死了，全死透了，就只是隻沉默的紙老虎而已。

價格超過840慕魯，到達850慕魯。

我股票的平均是買在820慕魯，總額則有大約五億慕魯。因為現在還漲不足4％，所以我的利潤是兩千萬慕魯。

追不上，現在還完全追不上。

我必須用上剩下的三億慕魯，並保持接近一億慕魯的收益結束比賽才行。

時機啊，時機。我一定得徹底化身為魔物，必須搶在所有人都來不及下單，或呆滯、或半瘋狂的哭喊當中，獨自高聲大笑著往前飛衝而去。該聚精會神的時刻就是現在，就是現在了。

時間一分一秒的減少。剩下十三分鐘、十二分鐘、十一分鐘、十分鐘。我還是沒有買進，我還不能買進。賣方現在正死命拋售，買方也拚死買進。融資融券的金額跳動得讓人眼花撩亂。相對於水漲船高的融券量，融資數量也跟著往上加高，沒有垮下來。

行得通。

在這瞬間，我決定掛出最後的訂單。

「阿晴！」

羽賀那的呼喊讓我的手停了下來。

她的手指指著融資餘額。

那數字正在劇烈減少。

「股票正在……被賣出？」

「……我想是剛才買進的人現在正在拋售吧。」

「這樣的話——」

就必須再等待一會兒。如果要得到最佳效果，我們得在這波賣出告一段落後再開始行動。

但我的背後卻開始冒起冷汗。因為在發生變動之前，融資量的餘額是一百零五萬股，在股價開始變化後堆上來的份應該也頂多三十萬股，然而眼前的數字卻已經跌破九十萬股了。

「預測會有誤差。」

羽賀那好像看穿了我的心思，對我這麼說道。

「誤差大概會有多少？」

「大約是原本數字的平方根。也就是十萬股。」

那現在還在誤差範圍內。數字的變動確實也在九十萬股的地方停了下來。

所有還活著的融資量都已經賣出了嗎？這些人看準的是之後會下跌？

時間剩七分鐘。如果要下單的話，我必須作出決定。現在的價格是８３６慕魯。

要是下單量太大，有可能會因為線路或伺服器處理不及而無法成交。

而這些量就會被當成未成交訂單處理，會以現金退還。

要是這樣就糟了。非常的糟。因為再也沒有比抱著一堆資金輸掉更難看的事情。這樣子就跟太過慎重而坐以待斃的蠢蛋沒有兩樣。

我把幾乎是我們全力的三十萬股訂單準備好。

可是——要是實際上還有很多做融資的買方活著呢？

要是這樣的話，如果我不堅持到最後一刻，就會讓對方使出逆向操作了。

兩種可能是一半一半。

不，不對。

我看著羽賀那，而羽賀那也看著我。現在並不是能否得到二十萬慕魯的關鍵時刻，而是我相不相信羽賀那數據的關鍵分歧點。

羽賀那緊閉雙唇看著我。

她的表情充滿不安。

而這筆交易應該是我為了羽賀那做的才對。

「沒辦法啦，我們上吧。」

我轉過頭重新看回畫面，送出了訂單。

我們的訂單從836慕魯開始，像是一股洪水般的淹過了所有的賣單。雖然有人看到我們的動作後也跟著買進，但因為我的下單是最優先的，所以他們的速度都追不上我。我不斷拋開其他買單，讓價格直衝木星。

850、860、868、874、879……882……我全力一擊的攻勢就在這停下了。

但方才沒能完全跟上我速度的訂單，化作第二波攻勢湧了上來。

價格一口氣飆升到895慕魯，讓我在算過自己的持股後幾乎快無法呼吸。

我手上股票的平均取得價格是841慕魯，數量是九十萬股有餘。利潤大約是四千八百萬。

我們距離第一名的藥片先生，就只差兩千萬慕魯了！

訂單接著蜂擁而至，時間還剩三分鐘。

897、898、899……

眼前是百位數的關卡。

我就是等著股價越過這道牆的瞬間啊。

在世界上將有一扇嶄新的大門打開。

而我則為門後的耀眼光芒嚴陣以待。

「咦？」

但就在這瞬間——訂單的數字就維持在那個飽脹的狀態停止不動。我一時沒有辦法清楚理解眼前發生的事意味著什麼。

那是賣單。而且是一張能完全承受所有訂單浪潮的賣單。

總數有六十二萬股。

不知道是不是系統發生了延遲，讓這個令人毛骨悚然的存在如同巨大的隕石撞擊行星時一般，極為緩慢地動作著。

「是誰——」

我如此低語，立刻看向了剩餘的融資量，但那數字沒有動靜。是新進場的傢伙？那我想只要讓他消失，我們就贏了。於是我動用剩下的全部財力掛上買單，買賣雙方的交易量馬上就開始發生拮抗。

而後，在最後的兩分鐘，系統再次有了變化。

買方占了上風。

行得通。

就在我這麼想的下一秒，畫面上的融資數遽然銳減，讓我停止了呼吸。這個狀況表示：有融資買進的人參與了剛剛的交易。

而且賣出的數量根本遠超出羽賀那所預測的誤差範圍。

最後我們得到了一個結論。

「……賣出。」

我的這句低語就消散在最後兩分鐘出現的魔物咆哮聲中。

股價在912慕魯處發生反彈，而那些確信已經把買方資金全抽乾的人們，便全力開始進行拋售。

於是股價以908、905、901、891、882……的加速度往下墜落。

時間剩下不到一分鐘，雖然市場中出現了一丁半點的訂單，但已經沒人能阻止這波下跌了。

於是勝負分曉。

畫面上的倒數計時停了下來，時間顯示下午五點，

最後收盤的價格是862慕魯。

而我的平均取得單價，很離奇的正是這個862慕魯。

總的來說，我們今天的一切交易完全沒有意義，資金就連一慕魯也沒有增加。

所以結論是——

「我們輸了。」

我喃喃講出這句話。

最後我們以兩億九千兩百萬慕魯的成績名列第二。

獎金有五萬慕魯。

在這瞬間，我的裝置響起好幾聲通知有新郵件的音效。我看了一下郵件標題，發現是大型金融機構寄來獵人頭的信。但都到這種時候了你們才寄信過來？

我不理會那些來信，當下大大伸了個懶腰。

羽賀那仍然愣在我身旁。

這也難怪啦。因為狀況違背了她的預測。

「……啊……」

羽賀那低聲想說些什麼，但最終冒出的卻只有眼淚。

她一邊凝視電腦畫面上不再變動的數字，一邊面無表情地哭著。雖然眼前這場交易應當是我出於私心而作的，但最後落淚的人卻不是我，而是羽賀那。

但我心中很神奇的沒有半分不甘，沒有半分羞恥，沒有半分悔恨。

當羽賀那在自己房裡畏懼哭泣的那時候，她是拚命掩著自己的頭。

所以我這時也才會用力摸摸她的頭。這次羽賀那並沒有雙手抱住頭，只是一直無言地哭著。

我在最後輕輕拍了她幾下後，從椅子上站了起來。我想要喝點飲料，也實在是累壞了。

而且我還得要聯絡巴頓才行。

我大大地伸了一個懶腰，讓身上的關節喀喀作響。

大概是因為和羽賀那始終步調一致地前進所帶來的滿足感，讓我就算輸了比賽也完全不會心有不甘。雖然我既無法將說好的那些錢拿給羽賀那，也沒辦法實現自己誇下海口說出的話，但內心卻感到如此充實。我會牢牢將此刻的感動留在回憶之中。

這次的比賽並不是一段糟糕的經驗。這段經驗絕對不算糟。

我就在收到新郵件的提示音效還不斷叮咚響的時候，動身走向洗手間。

掛在牆上的電話就像看準時機似的響起。

會是理沙實在太想知道結果所以打了電話回來嗎？

拿她沒轍的我只好一邊苦笑一邊接起電話。

「喂，哪邊找啊？」

因為在我想像中傳來的應該會是理沙急切的問話聲，所以當聽到那個意外的嗓音時，我還以為那是電話的雜音。

『是我啦，我賽侯。』

「……什麼事啦。你找理沙嗎？」

我有種原本的滿足感遭人玷汙的感覺，回話的口氣有些不高興。

『嗯？我是想找理沙沒錯啦……是說你們現在已經有空了吧？』

賽侯的話聽起來就像他已經知道投資競賽結束了。

雖然我想他理應是知道有這比賽存在沒錯，但賽侯本來對這比賽有這麼感興趣嗎？

「嗯，算是吧。」

『那我馬上就去你那邊。』

「啥？哦，我說你是要來幹嘛啊？」

『這個待會兒再說。還有啊……』

賽侯先是頓了頓，才接下去這麼說：

『羽賀那小妹現在的心情怎樣啊？』

這傢伙真的是個蘿莉控啊。想到他之前曾嚷嚷說他弄到了很像羽賀那的女生拍的色情片，搞不好是真的。

不過我雖然感到傻眼，卻也不是對那片子完全沒興趣就是了。

「糟透了呢。」

我故意這樣回答賽侯。

而賽侯聽到之後抽了一口氣。

我本來想苦笑虧他說「你是有多喜歡羽賀那啦」，但賽侯接著所說的話卻讓我的笑容完全僵住了。

『戶山先生也會一起去。你要先準備好啊。』

「啥？什麼意思？喂！你給我等一下！」

但賽侯還不等我把整句話講完就直接掛了電話。

戶山大叔？他要和賽侯一起過來？

我完全搞不清現在是什麼情況，只能瞪著電話啞口無言。

羽賀那一邊擦眼淚一邊朝我這邊看，可能是覺得我剛剛的對應很怪吧。

「……賽侯他問妳心情怎樣。」

我對羽賀那轉述賽侯的問候。

羽賀那聽到後也露出和我差不多的疑惑表情，但還是回答了我。
「不算壞。」
在這樣回答後，羽賀那用力吸了一下鼻子。
「明明是因為我的關係才輸了……我不明白為什麼會這樣。」
我把電話掛回牆上，然後嘆了口氣。
羽賀那真的很笨拙。她非常直率，而且笨拙。
「其實我也沒有多不甘心就是了。」
「……」
「這可不是因為我一開始就打算把獎金都給妳的關係喔，我想理由還更單純啊。」
我有些不好意思，摸摸鼻子繼續說下去。
「因為……我們不是玩得很開心嗎？」
我接著看向羽賀那。羽賀那也呆呆地回望我，然後又哭了起來。
不過她流下的不是悔恨的淚水。
因為帶著笑容落下的淚水裡，是不可能帶有悔恨的。
「好啦，妳是要哭到什麼時候啦？」
「我才沒在哭。」
羽賀那收起剛剛的笑容強辯著。
不過我也不打算反駁她，只是對她聳了聳肩。
「好啦，妳說了算。不過等一下有客人要來耶。妳打算怎麼辦？」

「……客……人？」

「嗯啊。妳要躲進房間裡去嗎？」

「……要看客人是誰。」

不用想也知道羽賀那會這樣回答。

雖然這讓我稍微猶豫了一下，但總覺得要是瞞她更不好。

「是賽侯和——」

「我不想見他。」

「戶山大叔。」

在聽到最後這幾個字後，羽賀那真的停止了哭泣。

「……怎……麼會？」

「我也不知道。他們在電話裡面沒說清楚。」

「我們……應該有辦法還錢了吧？」

「很輕鬆啊。不過投資競賽的獎金還要過一陣子才會發下來啦。但我倒是有點在意他們要來幹嘛，因為感覺好像不是來找理沙的。」

羽賀那聽到我這麼說，皺起眉頭。

但就連我也搞不懂他們的來意呀。

「到底是怎麼一回事咧……」

「……我不知道。」

羽賀那揉揉眼睛，接著就像變身英雄似的換上了一副凌厲的眼神。

「不過等遇到他們就知道了。」
「說得一點也沒錯。」
羽賀那改變了。而且這個改變應該是朝著相當好的方向。
我和羽賀那都沒有再多講什麼，就只是比鄰坐在桌前泡了熱可可來喝。
雖然我不記得是由誰先開始的，但直到門鈴響起之前，我們兩個人的手都在桌子底下交疊著。
在放開手的時候，我感到幾許落寞。
「嗨。」
我一打開教會大門，賽侯的爆炸頭馬上就出現在我的視野中。
而在他旁邊則站著像亡靈般消瘦，只有雙眼散發著銳利光彩的戶山大叔。
戶山大叔和羽賀那雖然面對面，但兩個人倒也都沒舉止失措。不過戶山大叔看起來就不像會主動發難的人，所以這當然是因為羽賀那成長了許多。
而且我們現在也已經確定能清還欠債了，或許羽賀那就是因為這一點所以能保持沉著吧。
「所以你們來這兒到底有什麼事啊？」
我和羽賀那並肩而坐，戶山大叔和賽侯則是坐在我們對面。
戶山大叔提了個像是硬殼公事包的東西過來，賽侯倒是兩手空空。

「連杯茶都不招待一下嗎？」

「你店裡也都是自助式的吧。」

「是沒錯啦……哎，那就算啦。關於我們要來談的事情嘛……」

賽侯看了看他旁邊的戶山大叔。

「我是已經有和理沙小姐提過了啦……」

戶山大叔這麼說，但我和羽賀那也只能面面相覷。於是賽侯抓了抓頭，說道：

「她果然沒跟你們說啊……」

「到底什麼事情啦？」

「抱歉啦。戶山先生，還請您說明一下吧。」

「嗯……」

戶山大叔像嘆氣一般的點頭，然後伸手到椅子下面，直接在地上把公事包打開，從裡面拿出一只袋子放到桌上。

那是一只看起來用了好一段時間的麻布袋，是以耐用為唯一賣點的樸實樣式。

「這裡有十五萬慕魯。」

「……啥？」

「我希望你能拿這些去幫我賺錢。請盡你所能的……將這些錢……」

我並不覺得戶山大叔現在是在開玩笑。

但是他所提的要求在我聽來就只覺得是個玩笑話，於是我看向了戶山大叔拿出的那個袋子。

戶山大叔把袋口打開，朝下一倒，一束束的紙鈔滾了出來。
所有鈔票都是用得舊舊的，以橡皮筋捆著。
這副景象儼然是黑幫電影裡的一幕啊。
不過在我眼前的卻是現實，而且這些錢恐怕也都是真錢。
「雖然說在這時代還拿現鈔是教人很不好意思，不過我做的就是這種生意，還請見諒啊。」
「呃，等一下好不好？拿這些錢來是怎樣？」
「這些並不是什麼骯髒錢，只是外觀不太體面而已。這全都是我拚命收集來的資金。」
「我不是在問這個！」
戶山大叔聽了我生氣的回話，臉上依然沒有半分懼色。
「你們兩個人不是收了我那些客戶的錢，然後幫他們投資增值嗎？」
這句話聽起來簡直像是在威脅我們。
但我之所以會這麼覺得，或許是因為在戶山大叔身上感受到他不打算退縮的決心。
「這……這有哪裡不好了嗎！」
「不不不，你們這樣做也算幫了我一把。」
戶山大叔這麼說道。
「我自己對於客戶有沒有辦法還清借款也多少心裡有數。所以當我聽人說了你們在做的事情後，打從心裡支持你們呀。」
「……所以現在連你也想加進來分一杯羹了？」

聽了我的話後，戶山大叔露出了無力的笑容。

「我的原則是只要對方能夠信任，就算是看起來沒什麼指望能還錢的人也放款。但是我可不會去賭博，這一點是我的堅持。」

「股票交易才不是賭博。」

「噢……抱歉。我沒有要貶低你的意思。不過把錢拿給你們看會不會變多，其實就算是在賭了吧？」

雖然這話聽起來像是戶山大叔在玩文字遊戲，但我也不是不能理解他的想法。畢竟就算是最早拿錢來的克莉絲她們家，要不是本來就認識羽賀那的話，也絕對不可能把貴重的私房錢交給我們吧。

「既然大叔你不喜歡賭博，那又為什麼要拿著這一大筆錢來找我們？」

「……這方面就請這位來解釋吧。」

戶山大叔這麼說完，轉頭看了看賽侯。

對了，還有賽侯在啊。為什麼賽侯也要跟著一起來？

「啊……要我說明喔……」

「就拜託你啦。」

戶山大叔說出這句話時，讓人感覺他已經耗盡了所有的精神與氣力。

賽侯嘆了口氣，朝著桌子探出身，靠近我們說道：

「我之前聽你說了理沙欠錢的事嘛。」

「喔，嗯啊……」

「還有就是這陣子外面關於你們的傳言，讓我怎麼想都覺得理沙那個頑固的人不可能平白無故就放你們做這種事，所以就去查查看到底是什麼情形。結果我查了之後才知道，原來這一帶的人好像每個都因為欠債而苦，因為狀況實在有點怪，所以我聯絡了戶山先生，結果從他那邊聽說了不少。」

賽侯稍微停下來換口氣後，又繼續說下去。

「我才知道其實戶山先生這邊也挺不妙的。」

「這種事情我早就——」

賽侯那顆爆炸頭突然颼的逼近我面前，讓我把正要講出口的「知道了」三個字又吞回嘴裡。

「你也知道這件事情背後的那群傢伙嗎？」

「……背後？」

「在剛開始的時候，連我也以為他們只是普通的債權回收業者而已……」

我之前也有聽說把放貸的本金借給戶山大叔的老好人病死了，而他在地球的親戚就把那些債權不知道賣給了誰。

畢竟住在地球上的人也不會想自己來回收這些借給月面上不明人士的錢吧。別說光搭乘軌道電梯的費用就不是開玩笑，而且地球上又盛傳月面住的都是些為了錢什麼事都幹得出來的人。

所以就算他們把債權出售給專門回收的業者，也沒什麼好奇怪的。

「不過……這樣又有什麼問題？」

「嗯……因為人們是為了賺錢才會到月面來的嘛。月面有太多手段骯髒的人了，比地球上的任何地方都還要多。像我從前也是費盡心血創設了一家公司，結果被人奪走。在我當初陷入自暴自棄的時候，是理沙拯救了我啊。」

賽侯提到了自己的過去。

他這個人有著一流的程式設計功力，寫出來的程式更滿足了羽賀那的所有要求。

果然他並不只是尋常的寒酸網咖的老闆啊。

「所以直覺告訴我——這件事有點不對勁啊。於是我就去調查了逼迫戶山先生還錢的那些傢伙，最後得到的結果果然不出所料。」

「對方是專炒地皮出了名的業者啊。」

「……炒地皮……業者？」

「這樣的狀況在地球上並不罕見，月面這邊在牛頓市裡也挺多的。不過在這一帶的確還很少看到吧。」

「我不懂你意思耶。炒地皮業者？那是指想要收購土地、建築這類東西的人嗎？」

但他們買下這種貧民區的地產是想做啥？

看到我一臉呆滯的樣子，賽侯咬牙切齒恨恨的繼續說下去。

「月面都市的議會已經做了一些關於都市更新案的討論。」

賽侯又說了句天外飛來一筆的話。

我的腦袋完全跟不上他講的內容。

「內容是說因為月面也有其他新都市正在建設，所以為了讓身為第一都市的這裡能持續作月球的政經中心，推動都市更新計畫必不可免什麼的……唉，簡單來說就是想把骯髒的地方給打理乾淨，整頓成不輸給其他新都市的漂亮模樣啦。當然這樣一來也就會跟權利大大扯上關係。」

「可是……這又跟大家欠的錢有什麼關係……？」

「是土地和房屋的所有權呀。」

戶山大叔突然插話進來。

「啊？」

「月面可是開拓的前線，所以這邊的法律也是為了拓荒者們訂定的，讓進行開拓的人可以得到最多的權利。就算某有人擁有土地，但租借土地的人靠著自己力量在地上蓋了房子的話，是蓋房子的那方會被認定對都市開發有較大的貢獻。他們所擁有的權利與地主同等，有時候更還在地主之上。而且在這一帶不是很多房子都是人們自己蓋的嗎？小哥你老是在天上飛來飛去的應該很清楚才對。」

看來戶山大叔應該是在哪邊看過我這樣移動吧。

不過他這番話的意思我也非常明白。

這附近的建築物大多歷經多次的勉強增改建，構造變得複雜而混亂。

甚至有許多人搞不清楚自己家的範圍該從哪裡算到哪裡了。

「到了要進行都更的時候，政府會表現出打算強制執行的意圖，唉……不過也是會支付一筆相應的權利金給所有權人吧，不然就是提供都市更新後可以在此定居的權利作為交換。但問題卻在於有群人就看準了這些土地之後會升值，所以打算先下手收購土地來霸占這些利益。」

「你的欠款……就是掌握在這種人手中？」

「對，我就是被他們給盯上了啊。因為不管怎麼說，我都貸了根本沒啥指望對方能還的大筆金額給這一帶的人們呀。只要手上有一疊那些債權的文件，那些人就算不挨家挨戶的登門交涉，也可以幾乎強制性的把數十處土地和建物一口氣納入掌中。當然了……他們會用賤價收購。」

如果一個人欠的債比財產還多，當然就會落得這種下場。

而像戸山大叔這種佛心到幾乎是犯蠢的放貸方式，在這事件中反而產生了負面的影響。

要是今天在這邊的是個唯利是圖的放貸人，也就只會貸出對方有可能清還的金額。

然而戸山大叔卻會對他信任的人貸出超過對方還款能力的錢，然後也不去追討本金，對方有繳利息就好。雖然就貸款人角度來看這種狀況或許十分值得慶幸，但那也得加上「債主是戸山先生」的條件才能如此。

如果債主從一開始就存心要把貸款對象的財產完全奪走的話，這些債務就跟勒緊貸款人脖子的絞繩沒兩樣。

尤其是那些生性駑鈍，以為錢是跟戸山先生借的，應該不會發生這種事而大意的傢伙，現在的處境更加不妙。

在這附近有很多的人，現在脖子上都套著一條這樣的絞繩。

「要是都市更新實施的話，這裡的市容應該也會有很大改變吧。講白一點就是現在的這副面貌會連個鬼影子也沒了。到時會出現漂亮的大型購物中心、美觀的集合式住宅、整齊的道路，這附近大概會變得是白環區延伸過來的區塊吧。要是真的變成這樣，自然讓人覺得有點落寞，但我最痛心的卻是——那些努力建設了現在的環境、拚命苦撐到今天的人們非但無法得到正當的報酬，還會被迫離開這個地方啊。」

我終於明白戶山大叔為何如此憔悴了。因為出自他一番善意的那些貸款，現在卻變成了絞繩，緊緊、緊緊地套在那些借款人的脖子上。

而且又因為這樣的經營模式，造成一旦被債主要求償還本金，連他自己都沒錢可還。過去好像曾有人說過，通往地獄的道路是用善意鋪設而成的。

我眼前這件事就是最為典型的例子。

「如果能夠堅持到都更的決議出來，政府開始出面與居民進行交涉的話就沒問題。不過要是債權人在這之前就預測到了增值的利益，而打算以那些債務為後盾採取行動的話，揹著債務的人們就只能把全部家當都用便宜的價格讓給對方了。那些人會落得身無分文、債務滿身，甚至無家可歸。而那些炒地皮的人卻能拿走土地、地上物以及他們那丁點的財產，翹著腿等政府把這塊地區整頓好，再以所有權人的身分君臨將來那個已經煥然一新的城鎮，並取得莫大收益。」

「所謂的都市更新計畫，本來就有把財富重新分配給低收入族群的用意在裡面。只要拿牛頓市裡面那些爆賺的大企業繳納的稅金來重劃這區域的話，就能讓那些在都市外圍勉強過活，卻支撐著牛頓市重要機能的人們生活狀況好轉了不是嗎？但如果讓炒地皮業者隨心所欲，終究只會讓富者愈富而已。小鬼頭你也是東側那邊出身的吧？」

賽侯用筆直的視線凝視著我。

「難道你家那一帶就沒有曾在地球上被巨大勢力奪走一切，最後只好來到月面的人嗎？」

他居然講什麼「難道沒有」？

一股怒氣竄上我的腦門，卻讓我忍不住怒極而笑。因為在我老家那裡的淨是這樣的人，每個都是這樣的人啊！

「這件事會牽連到很多人，就連理沙也無法除外。所以我們絕不能讓這樣的事情再次發生。這裡是月球啊，是拓荒的前線啊！在這付出努力的人一定要獲得到正當報酬。」

賽侯整個身子都探到桌子上。現在的他用的並不是平常那種吊兒郎當、懶懶散散的態度，因為就連賽侯也是一個從地球千里迢迢來到月面，在這裡追逐成功的人啊。

而他在後來卻被這座都市裡殘忍又無情的巨大力量奪走了一切。

我將視線從賽侯移到戶山大叔拿出的麻袋上。從袋口中滾出了一疊疊髒兮兮的紙鈔。有一群人會把這些髒兮兮的鈔票一張張摺好，很珍惜地收著。

「現在這裡的十五萬慕魯，再加上其他人已經交到你們手上的那些資金，要是能湊出八十萬慕魯給我的話，我就能夠償還本金。這麼一來鎮上的人們也就可以繼續待在這裡，掌握那即將到來的幸運。在地球上受盡風霜、一路堅持到了這裡的人們，也終於能夠得到回報。」

戶山的話語中帶著激昂的情感。眼前這一疊疊紙鈔，散發出了一股超越其外表的驚人存在感，壓得我喘不過氣。

我們手上現在能動用的資產有五十萬慕魯，再加上眼前的十五萬慕魯也就有六十五萬慕魯了，距離目標的八十萬慕魯只差不到30％。

「就數字上來說……我想並不是不可能。」

「慎重起見，我還是要提醒你一下，那些把自家的救命錢給你的那些人，是真的把家裡的一切都交給你了。所以如果你這邊只湊出八十萬慕魯勉強過關的話，還是不夠。」

另外還需要生活費、做生意的人也得有周轉資金、身體有毛病的人就會用到醫藥費、家裡有孩子正在就學的人也會有學費的支出。

「那些在背地裡蠢動著，不懷好意想放款給這些住戶的人將會大舉進逼。但我想只要能撐過一個月，應該就沒問題了。我希望你能賺到足以讓住戶們度過這段時間的資金。」

「……」

也就是要賺40％，如果有辦法的話就賺到50％左右的意思嗎？

我看向羽賀那，只見她雙唇緊閉，瞪著桌子上的那幾疊紙鈔。

但或許她現在所瞪視的，其實是這世上一切的不公不義吧？

「……期限呢？」

在我提出這個最關鍵的問題後，戶山大叔那張早已面無人色的臉突然繃了起來，在一旁的賽侯也跟著垂下目光。

這反應讓我有種很不好的預感。

「那些逼迫我還清本金的傢伙，一開始就存心要殺我個措手不及了。」

戶山大叔這麼說，然後從公事包中拿出一張紙。

在這個使用電子證書可說是理所當然的年代，實體的紙張證書可說是相當老派。

但這張紙卻因為這樣，而具有某種更為懾人的壓迫感。

那張證書上的字句寫得一副官腔，還蓋有政府機關的印鑑。

證書上寫著：『由於債務人持續不履行債務，故請求債務人即刻返還借款……』

「當初借我本金的人……真的是一個老好人。當年他說要是八十萬慕魯的錢就能救人的話，那他當然義不容辭，所以二話不說就借我錢了。在那之後我當然也好幾次超過了還款期限，但對方每次也都讓我變更契約延長期限。不過這些事情卻都會留在紀錄上。從第三者的角度來看，我肯定是個非常糟糕的債務人。所以即使是法院也不得不站在債權人背後為他們撐腰。也就是說……」

「也就是說？」

「要是我沒在下週的頭一天之前還清債務的話，財產就會被拿去抵押。」

而戶山擁有的財產主要就是鎮上居民的債權。

一旦這件事情發生的那瞬間，手握居民脖子上繩索的人，就會從老好人戶山大叔變為那些死要錢的渾球。

「那就是一星期？不對……剩五天……但中間跨了週日所以是四天？就四天？這種事情你們到底為什麼不早說——」

要是你們早說的話，我應該就會把投資競賽那邊擱置了啊。

但正當我要開口時，卻想起了賽侯剛才說的話。

他在剛剛提這件事的時候，說了一句話——「她果然沒跟你們說呀……」

這件事理沙她是知情的。她早就知道了。

「你們別責怪理沙啊。」

賽侯搶在我開口前先說了這句話。

「我們之前就跟理沙一直講了。說這件事要是不快點處理的話會很糟糕，事情將會演變得無法挽回呀。但理沙她卻很頑固一直不肯點頭。還說要是我們將這件事告訴你和羽賀那小妹的話，她就真的要生氣了。」

「為……為什麼？我完全不懂她為什麼要這樣做啊！」

「因為你們很熱中參加比賽嘛？」

賽侯的目光中滿是苦澀，讓我不禁胸口一緊。

我回想起前陣子和羽賀那共度的時光。

那無疑是一段既濃密又美好的日子。

「理沙她就是這樣的人，對於身外之物並不是很在乎。她更重視的是人與人之間的情感與關係。唯一的例外應該是那些書吧……但我想她大概還是會把那些書賣了吧。」

「什麼！」

「她就是這樣的人呀。她是真心相信就算沒地方住、沒衣服穿、沒東西吃，人們依然可以活得很幸福啊。既然連在戰亂地區失去了許多了親人朋友、失去一切，在命懸一線之下終於來到月面的理沙都這麼說了，我們還能怎麼辦？她竟然說『我們能放棄金錢，但是絕對不能捨棄人與人之間的緣分』這種話啊。理沙她是真的很不想打擾你們倆。」

我什麼話都說不出口。

在我心裡完全找不到可以用的詞彙。

是善意啊，在這邊也有條以善意鋪設成的大道，正直直通往地獄啊。

「所以我們才會一直等到現在。我等到胃都快穿孔了，而戶山先生也成了你眼前的這副樣子。」

戶山大叔原本就長得就像殭屍了，現在更乾枯到完全像是具木乃伊。

因為除了自己的財產之外，他身上更還背負著旁人的命運。

「但換作是你們倆的話，總還是能有點辦法吧？至少……」

賽侯這麼說。

「會比我們兩個拿錢去賭場梭一把還有希望多了吧？」

事情真的已經走到這步田地了。

辦到這件事確實不是不可能。但如果是在投資競賽的虛擬市場中也就算了，現在是要我們在現實的股市中，在短短的四日之內進行交易，然後賺到50%？

或許這不是完全沒有可能，但我們手上的總資金有六十五萬慕魯。

這實在是筆大錢。

而且最可怕的就是失敗時的後果。要是我們失敗的話，慘敗的將不只有我們兩個人。

但我根本不存在拒絕他們的選項。我絕對不可能有辦法拒絕。

我張開了嘴巴。

「你願意接下這個重任嗎？」

——然而卻完全說不出半個字。

我怎麼有辦法說出口？

現在已經不是那種能讓我強硬的與對方交涉，說什麼就算虧損我們也不負責的輕鬆狀況了。

這一刻交到我們手中的，並不是那些無處可去，最後只能奔向月面的人們心中那帶了點天真的願望。

那是一顆銀色的子彈。是更為痛切的，是人們為了對延續自地球的不公不義社會進行最消極的抵抗，而準備的一顆子彈。

「現在只能靠你們了。拜託。」

戶山將雙手扶著桌子，對我們深深低下頭去。

這是日本式的禮節。

除了戶山本來就是日本味道的姓氏之外，我想大叔應該也調查過我是日本移民的子女了吧。

可是我即使目睹了這一幕，依然沒有辦法提起勇氣。

就在這時，有一隻溫暖的小手疊到了我的手上。

「……」

雖然我反射的往旁邊看去，但這時當然也不可能有其他人在了。

那是羽賀那的手。

羽賀那漆黑的雙眸中充滿力量，筆直盯著我。

「阿晴，你對我說過。」

她的嘴唇微動，簡短說出這句話。

「這不是有沒有可能做到的問題。」

我回握羽賀那的手。

「是我們必須做到好才行。」

「……」

羽賀那沉默了。

在片刻的停頓之後，她點點頭說：

「對。」

「既然這樣——」

對著抬起頭來看我的戶山大叔，我拚命掩飾自己快哭出來的表情，壓抑心中的恐懼，盡我最大的努力在他面前擺起架子說道。

「之後我一定會找你討報酬喔。」

戶山大叔疲倦不堪的臉上浮現了一絲笑意。

「那我會替你算上滿滿利息的。」

這樣一來，我們就全部都在同一條船上了。

之後賽侯在離開前再次強調要我別去責怪理沙。

不過我也沒打算要責備她。

這一點羽賀那也是一樣。

所以，即使當剛剛可能是在外面等我們把事情談完的理沙，若無其事地回到教會時，我和羽賀那也都沒對她特別說什麼。

因為戶山大叔帶來的現金還擺在桌上，所以剛剛發生了什麼事應該是一目瞭然才對。我們卻還是裝作什麼事情都沒發生似的，和平時一樣三個人共進晚餐，並在吃飯時跟理沙報告我們輸掉了投資競賽。

理沙只是微笑著，對我們說了聲：「那真是可惜。」

不過我們能拿到五萬慕魯的獎金。

當我對理沙說有這筆錢就能清還欠款的時候，她有點為難的笑了笑，然後對我說了聲「謝謝你」。

至於我和羽賀那，則是連商量都不用。

因為無論是該做的事情，或是達成目標的方式，已經全都決定好了。

既然這樣，剩下的就只有去做了。在成功之前，只能去做。

不過除了這件事以外，我還有巴頓那邊的事得處理。我瞞著羽賀那，在寄來的郵件中只偷偷打開了巴頓的那封來看，掃過他寫的文字。在巴頓的信上寫了恭喜我得到第二名的祝賀詞以及一些安慰的話，另外還稱讚了我，說姑且撇開結果不談，我在交易的過程中真的連續做下了非常出色的判斷。

接著他也開口和我確認，問說之前提的那件事考慮得如何了。

這雖然讓我猶豫了一下子，但接著還是一鼓作氣寫了回信。

『我非常樂意到您旗下工作。但希望您能再等我一陣子。』

巴頓的回信很快便寄來了。

『是出了什麼事嗎？』

於是我告訴他，現在我手邊有個一定得去解決的問題。這次巴頓的回信大概隔了兩分鐘才寄來，雖然回信花的時間較長，但信中的內容或許算是至今最簡短的一次。

『我隨時願意助你一臂之力。』

看到這句話後，我出自真心的寫了「非常感激您」五個字回信給他。

隔天開始，投資競賽期間的那種生活再次上演了。

但這一次，我們背負的責任可大大不同。

而且這次我們要進行投資的地方，是狀況更加複雜，程式也無法完全發揮威力的現實市場。

我們不能有失誤，也不能夠遲疑。

要在四天之內賺到50％利潤的這種高報酬率，可說是瘋狂。

但如果藉由信用交易來拉高資金槓桿的話，就能將過關門檻降至17％。

不過這麼做的話，我心理上的負擔卻會增加到不止三倍。

「你還好嗎？」

羽賀那真誠的對我表示關心道。

「現在也只能拚了。再說啊……」

我一邊開啟信用交易的畫面，一邊說道。

「不只是資金加倍，力量也加倍了啊。」

「咦？」

「因為我身邊不是有妳在嗎。」

看到我硬擠出來的笑容，羽賀那哼的一聲別過臉去。雖然她臉上沒什麼表情，但臉頰卻紅通通的，也稍微噘起了嘴。

我和羽賀那就這樣埋首於股票交易之中。而理沙則和平常一樣的過日子，另外也幫忙我們打點生活週遭的大小事情。不過她要我們晚上睡覺的時候還是回各自的房間睡，看來前幾天的事是穿幫了。

雖然羽賀那當場乖乖應了理沙的話，但最後還是在我房間忙到累倒，趴在桌上就睡著了，我也只好把她抱到床上去。雖然當我抱起羽賀那要移動時她還是醒了過來，但也全身放鬆就這樣隨我擺布。雖然我想說既然人醒了何不自己走，但又因為羽賀那任性的樣子有點可愛，所以最後還是沒辦法開口唸她。她現在的態度配上那與生俱來的眼神，感覺就像隻有著高貴血統的貓解除戒心後的樣子。

我和羽賀那盡了一切的努力進行交易。

那些把錢託給我們運用的人在聽到現在的狀況後，也送了些慰勞品之類的東西過來給我們。

像克莉絲她老爸還擔心有人會盯上我們的錢財而趁夜上門搶劫，便自動自發在夜間來幫我們巡邏。

我們就在這樣的狀況下，日復一日在交易中逐漸累積起獲利。

但現實中的交易既殘酷又複雜。也因為我們的程式到目前為止都是專門配合投資競賽來做調整的關係，使用在現實交易中的精確度就掉了一大截。不過羽賀那也還是努力即時更新程式，賽侯也在程式上提供支援，而我則全力追逐著自己最佳的α值。

我們每一筆交易的獲利都很微小。大概就只有0.1％左右吧。

但就連發射到外太空的偵察衛星，也是靠著噴出微小的離子來推進的。

接受那些被沒天理的世界擺布，嘗遍辛酸的人們託付，拿著他們寶貴的救命錢，在月面這個煉金術工房中搜刮金子的這種行為，讓我感覺自己彷彿成了俠盜羅賓漢。

我捧著藉由資金槓桿弄來的三倍資金，在羽賀那的支援下馳騁戰場。

在股票市場裡，既然能賺錢也就可能賠錢；既然能殺傷別人也就可能會被別人殺傷。

就跟背負著重任在戰鬥的我們一樣，在裝置畫面另一端進行交易的人們，也都以真正的錢為賭注在戰鬥。

要是我們在此許下「希望就我們能賺錢」的願望，或許就等同於在對螢幕那頭另一組像我和羽賀那這樣的搭檔喊著「你們給我去死！」吧。

這樣的想法並非完全是胡思亂想，實際情況很有可能真的是如此。

但就算這樣，我們還是非得繼續做下去才行。我們現在就只能拚老命這樣做下去了。

然而，現實卻是沉重的。

開始進行交易的第三天，也就是星期六晚上。

因為戶山大叔欠債的償還期限最晚也就到星期一，扣掉中間的星期日，我們只剩下一天時間了。

但現在我們手上的資產只有七十二萬慕魯。

就只比開始時多了12%。

而且因為我們緊接在投資競賽結束後就接著密集進行交易的關係，我和羽賀那在這幾天裡，每天在交易結束的時候真的都是奄奄一息了。我們的身體狀況已經到了極限。雖然羽賀那沒對我開口，但我發現她偶爾好像會因為身體不適的關係而跑去廁所吐。

「還有……一天。」

明明我什麼都沒有表示，羽賀那卻主動對我這麼說。

就是因為狀況實在太艱困，才會讓她反過來這樣激勵我。

「理沙呢？」

我這樣問道，但羽賀那只是搖了搖頭。畢竟她整天都跟我一起埋首於交易之中，所以自然也無從得知道理沙去了哪裡吧。

這麼說來，在我剛來這裡住的時候，羽賀那也曾經對著專注於交易的我問起理沙人在哪。當時她一聽我回答說不知道，馬上就露出明顯不悅的表情。那態度簡直像在罵我是個「派不上用場的垃圾」。

這樣一想，我才發現一路走來如此漫長。

這讓我感覺自己好像已經在這個地方住了好久。

「……廁所。」

羽賀那這麼說完便站起身來，然後搖搖晃晃地往廁所走去。該不會她又是要去廁所吐了吧？不過反觀我自己最近好幾天都拉肚子，連飯都吃不太下了。

我們這副樣子都被理沙看在眼裡。雖然她的表情很是擔心，卻沒有開口對我們多說。畢竟就算她開口，我們也不可能就這樣停止交易，而理沙也沒有要我們停止交易的理由。

所以理沙在教會裡祈禱的次數也變多了。當我在半夜跑去上廁所，察覺聖堂中好像有人時，通常都會看到理沙在裡頭祈禱。她就這樣對著那個被釘十字架的鬍子大叔專注祈禱著。

難道人們的努力終究只是無謂的掙扎嗎？難道這裡是個就只能讓富者愈富的地方嗎？

我曾在牛頓市的中央車站那裡，仰望月球數一數二的E・J・洛克柏格銀行創辦人的銅像。當初那批成功的人，每一個都是奮勇投身於被認為只有笨蛋才會去做的月面開發投資，並在付出常人難以想像的努力後，才成就了現在的地位。難道說同樣的幸運終究不會降臨在我們身上嗎？

不管我再怎麼努力保持樂觀，卻總是會有負面的念頭在腦中湧現。

其實我在做之前就覺得這件事不可能辦到了。最後果然是沒辦法啊。

我現在才不想聽這種理所當然的結論。

就只差八萬慕魯了。不，保險一點的話應該要十萬慕魯。如果我們沒有連生活費等雜支都一併準備好，鎮上的人們最後還是得去跟人借錢周轉才行。這樣一來他們終究會淪為那些虎視眈眈的惡財主們嘴上的肥肉。

但在最後一天裡面，我們究竟能不能將這個數目的錢賺到手呢？除非奇蹟發生，不然是沒指望的吧。

奇蹟啊，奇蹟。我們需要那種能讓無力的人類像鳳凰般浴火重生的奇蹟。

——奇蹟？

而在下一刻，我便發現了存在我記憶中的奇蹟碎片。

「阿晴，雖然我想過了，但果然還是……」

羽賀那從廁所走出來，對我這麼說道。她剛剛明明是走去廁所，但嘴巴旁邊卻有點濕。除非她剛剛是去洗了把臉，不然剛剛發生什麼事情在我看來已經很明白了。

「我想只能鎖定一支股票，把全部的錢賭在上面了。不然會來不及。」

羽賀那在回顧一路走來的經驗後，這麼說道。但我們在投資競賽中，就是這麼去做然後失敗了。

更不用說我們這次投資的地方，並不是像投資競賽中那個邊界條件明確的虛擬市場。手上沒有什麼特別線索的我們，卻非得在這樣的結構當中，瞬時獲得10%以上的利潤才行。

要是這種事真的有可能辦到的話，我們理當在一開始就達成了吧。

而且我們在投資競賽時，就是在這樣的賭局中輸掉了。

或許就是因為這樣，讓羽賀那這句話的語氣顯得很軟弱。

但我卻沒回應她的話，只是簡短地說道。

「我要稍微出門一趟。」

「……咦？阿晴？你要去哪裡？」

「搞不好事情會有轉機。」

我沒有正面回答羽賀那的問題，站起身來。然後拎起裝置往自己房間走去。雖然羽賀那想要追來，但可能體力已經到達極限，所以只是坐在原處沒有起身。

「妳幫我隨便跟理沙講個理由啊。」

我從走廊上對羽賀那喊道，然後走回房間，把裝置夾在腋下就背起我的包包。

「阿晴！」

雖然聽到羽賀那在叫我，但我不理她的叫喚，只是踩著樓梯跑上二樓、爬上了三樓，然後走向屋外。在戶外的天空上正演出著日落時分的光景。不過在牛頓市裡面，一天最精采的時段才正要到來。

我開啟裝置，寄了一封郵件給巴頓。

『能見個面嗎？』

回信立即就寄來了。

『當然沒問題。我們在皇家中央飯店見吧。』

於是我關上裝置塞進了包包裡。

我想起之前巴頓跟我說過的故事，有個房地產大亨在多次破產之後依然能東山再起。因為這世上的財富並不只有金錢一種。

於是我硬擠出所剩不多的體力，全力在落日的城鎮中跑了起來。

我在牛頓市入夜變得燈花璀璨的街道上奔跑著。

對這邊的居民來說，貧困地區的都市更新這種事跟他們根本八竿子打不著關係吧。

像是八萬慕魯或十萬慕魯這樣子的金額，對他們來說一定不是什麼拿不出來的數目。

從這些人眼中看來，會因為這點小錢就走投無路的人，應該就連待在月面上都是個錯誤吧。

實際上當初就連我也是這樣認為的。

但在理沙的教會裡生活、並和羽賀那一起進行交易之後，我明白了一件事。

那就是人與人之間的聯繫不能用金錢來衡量。

拿理沙的大腿來說，要是付出三萬慕魯就能再躺一次的話，那我也只好乖乖付帳。

這樣的話，在我對羽賀那說出自己夢想的那晚，最後她在被窩中讓我握住的那隻小手，價值又是多少呢？那個一開始用像是看著垃圾的眼神看我，苦著一張臉，彷彿人生中半點希望都沒有的羽賀那，最後對我展露的那個笑容，價值又是多少呢？

就像羽賀那在我眼中如此重要一樣，鎮上的居民們也同樣珍惜他們的家人吧。

克莉絲父女就是如此。雖然到最後我還是一次都沒看過克莉絲的母親，但我想在那背後應該也有一段故事，只是情節對這裡的人來說已經是司空見慣，所以沒人會想去探問而已吧。

於是我在牛頓市的街上跑著，跑過這個世界上最富有的人們昂首闊步的地方，循著不知何時垂降到我手邊的幸運之線前進。

當一件巨大的交易能把其他筆交易拉過來時，就可能帶來更鉅額的利益。

在投資競賽的尾聲時，我心中打的就是這樣的算盤。

既然這個道理在市場上能成立，那在現實當中理當也會成立才對。因為這一切全部都是由人所為、和人們有關係的事情，所以我此刻也相信著降臨在我身上的巨大幸運能夠引來其他的幸運，而朝著目的地奔跑。

於是我來到了一晚要價上千慕魯的超高級飯店，皇家中央飯店。

不知道是不是因為今天週末，看起來像政府高官的一群人和帶著大批隨扈的富豪們，接連從停在飯店正門玄關前的加長型禮車上走了出來。

因為我畢竟已經是第三次來這個地方了，所以也不再感到怯場，甚至就連門房都記下了我的長相，在對我露出一個和氣的微笑後便為我開門。

我毫不猶豫的前往咖啡廳，果不其然連侍者都記住了我的臉，微笑著幫我帶路。

我是被巴頓看上的人。巴頓他看上了我的才能。

既然這樣，那我要提的這筆交易應該就有辦法成交才對。

所以我得擺高姿態。絕不能在這裡軟下來。

我就這樣站到了巴頓的面前。

今天的巴頓正讀著老派的實體書。

「真抱歉突然跟您約了見面。」

「嗯？別在意。我剛好行程表上有點空啊，剛剛正在讀書呢。」

巴頓邊說邊夾好書籤，然後朝我看來。

他對著我瞧，然後臉色漸漸僵硬了起來。這好像已經是每次都會上演的戲碼了。

「你的表情可真嚇人啊。」

「我有件事想拜託。」

巴頓的手朝椅子一比，請我坐下。

但我卻依然站著，就這樣開口對他說道：

「我希望您能投資我。」

「投資。」

巴頓重複了這兩個字，再次示意要我坐下。

「哎，總之你先坐著吧。現在的你看起來可不像是來交涉，而像是來陳情的啊。」

巴頓淺淺一笑後，又再次對椅子比了一比。

於是我順著他的意思坐下，隨後巴頓按下服務鈴，很快也就有個侍者走了過來。

「一杯愛爾蘭咖啡。你要喝什麼？」

「咖——」

我本來要講咖啡，但隨即改口。

「給我一杯熱可可。」

最近幾天，我常和羽賀那並肩一起喝這個。

「好的。」

侍者並沒有做出抄寫點餐內容之類的不入流舉動，在對我們鞠躬行禮後便退下了。

巴頓深深嘆了口氣，身體往後躺到椅背上。

一陣短暫的沉默在我們之間降臨。

這時我開口。

「希望您能花錢投資我。」

「哦？」

巴頓輕輕應了一聲後便朝我看來。
他還是第一次在我面前露出如此銳利的眼神。
「你剛剛說了投資是吧。既然如此，那我就不能以獵人頭專家的身分，而得用不列顛投資信託代表的身分來跟你對談了。」
我感覺到巴頓的身體似乎膨脹了一圈。
這是真正具備實力之人所散發出的壓倒性魄力。
他的這股氣勢讓我覺得自己要是不站穩腳步，好像就馬上會被吹走似的。
「你能讓我賺到錢嗎？」
就算是連窮人身上的最後一慕魯都不放過的高利貸業者，散發出的魄力恐怕也比不上我面前的巴頓吧。這是只有運用鉅額的資金賺取鉅額報酬的人身上才會有的，能將其他人都壓倒的霸氣。
在超級富豪的面前，人們就是會無條件的低下頭去。
於是我用力一咬牙，對巴頓說：
「您方便聽我說嗎？」
「當然。」
我深深吸了一口氣。
接著我對對巴頓這麼說道。
「我想跟您商借五十萬慕魯。」
巴頓的其中一邊眼皮微微跳了一下。

「五十萬慕魯？這可真是——」

巴頓在話說到一半時，用鼻子輕輕哼了一聲。

「恕我失禮。這可真是……好一筆錢呢。」

我想巴頓應該是在開玩笑吧。因為他的年收入推估可是有四億慕魯啊。

於是我繼續說下去。

「年息可以算20％。」

「你有辦法還錢嗎？」

「您願意給我十年時間的話，我就能還清。」

「哦？年息20％的話……這筆錢在十年後會變成原本的五倍多呢。這是在月面都市中尋常規模的企業上班的人一輩子的收入了。」

「原來不列顛投資信託只能算是月面都市中尋常規模的企業而已嗎？」

我的這句話讓巴頓的嘴角稍稍咧成微笑的形狀。

「呵呵。好說好說。」

巴頓笑著說道。這時侍者剛好端了飲料過來。

「可可是這位先生的。」

巴頓周到地比了一下方向，熱可可就被擺在我面前。

「抱歉打擾您了。」

「嗯。」

巴頓舉起手示意，侍者便退下了。

隨後巴頓伸手翻找了一下西裝外套，從胸前的口袋中取出一個小酒瓶，然後把酒倒進咖啡杯裡。

「都這時間了，酒不調得濃一點可不行啊。」

他惡作劇似的這樣說道。

在一口氣加了快一半的量後，巴頓的目光望著杯子，對我說道：

「你的意思是自己在十年之後，會在不列顛投信裡做一個能賺進兩百五十萬慕魯的高竿經理人來著？」

「也或許我會獨立出來開業也說不定。」

他既然出言調侃我，我便調侃回去。

但我愈是不甘示弱的回敬，巴頓的動作就愈是慢了下來。

「哼嗯……哎，既然我都找你來我旗下了，要是你只打算成為一個會因為兩百五十萬慕魯就瞻前顧後的小人物，那我倒也頭疼。」

「這樣的話——」

「不過，你究竟為什麼需要用到五十萬慕魯？可不會是要拿去買甘草糖吃吧？」

這畢竟不是筆小錢。

雖然對巴頓來說這金額應該是微不足道，卻仍然不能說是小錢。

我在做下覺悟後，開口對巴頓說：

「我能用這筆錢拯救很多人。」

「哈。」

巴頓吐了口氣，然後笑了出來。

他抖著那壯碩的身體，出聲對我笑著。

畢竟我可是對著眼前這位薛丁格街的居民說出了要拯救人的蠢話。

就算被取笑也是理所當然。

「但我現在做的這份人情，在日後可以賣到一筆好價錢。」

我接著說出的這句話，讓巴頓的笑聲戛然而止。

「哦？」

「因為某些緣故，現在有很多人把財產託到了我手上。那些人都欠別人債，但他們的錢卻不夠還，所以才把為了還債而攢下的救命錢託給我，希望我幫他們讓資產增值。」

「真有眼光。」

巴頓像是調侃似的說道。

「可是放貸給那些人的債主卻也有向別人借錢，而位於這些債務源頭的則是一些炒地皮業者。」

「……嗯嗯？」

巴頓的表情認真了起來。

「然後呢？」

「然後……我們現在所居住的地區，未來好像會變成都市更新計畫的徵收地段。而那些向人借錢的居民當初都是自力在那邊蓋房子定居的，所以很確實的擁有居住權。所以如果他們能撐到都市更新的計畫開始推動，領到國家賠償的話，就能獲得好一筆財產。但要是現在這些權利全被債主搶走的話，這些人就什麼都不剩了。所以說，我想跟您借五十萬慕魯去——」

「我們現在談的是投資吧？」

巴頓糾正我的用詞。

不過從語氣中感覺得出他的親切。

而巴頓自始自終，都一直仔細對著我瞧。

「我打算用您的五十萬慕魯做的投資，就是去賣人情給那些會在都更案推動後擁有土地權利的人。」

「而你覺得這項投資的報酬，價值還在20%的年利率之上……是嗎？」

「正是如此。」

巴頓聽完我的這番話後，輕輕沉吟。

「原來是這麼一回事啊。」

「您意下如何呢？」

我開口對他問道。我不但有確實命中紅心的手感，巴頓也不是什麼不明事理的人，再說這件事情就損益來說，更毫無疑問是有利可圖的。

巴頓接著又啜了口多添了酒的愛爾蘭咖啡，將咖啡含在嘴裡片刻才喝下去。但他接下來說出的這句話卻極為冰冷，冷到不像剛喝了口熱咖啡的人會說的話。

「我不能答應你。」

「……」

我一時愕然，在幾秒間都說不上話。

「這是為什麼！」

「……」

我大聲問出的這句話讓巴頓的表情皺了起來，放下手中的杯子。

「算是處世原則的問題吧。」

巴頓他這麼說。

難道他的意思是，他不在意就這樣放任處境困難的人窮途潦倒嗎？

「我希望你不要誤會，可以的話我也想助你一臂之力啊。」

「這樣的話——」

「但我可是不列顛投信的巴頓．古拉鐸斐森啊。我手上能運用的資金超過數百億慕魯。雖然還不算是世界級的規模，但也是好一筆數字了。我就是在這樣高壓的環境下工作的。而且也非得確實拿出投資成績來才行。」

我不懂巴頓對我說的這番話是什麼意思。

但巴頓身上就是散發出一股足以讓我乖乖閉上嘴的霸氣。

「我必須徹頭徹尾的當一個投資家才行。不這樣做的話就吃不起這行飯了。所以我才會說這是處世原則的問題。」

「這……這樣的話——」

「嗯。你打算做的這件事，看起來是該由不入流銀行中的不入流部門來承辦的工作啊。我不會說這樣的工作很爛，也並不覺得做這種事是沒必要的，但如果我把時間拿來做這種無關痛癢的投資，那我的事業不用兩三下就毀了。我生存的世界就是這樣。你認為我們人類要在這顆月球上生活，需要多少開銷？這可是連住在地球上的先進國家都不能比的。所以我不能答應你。因為我不是幹這種投資的。我並不是幹這種投資的啊。」

巴頓斷然這麼說道。

我曾聽說過，做巨額投資的人們絕不會受到個人的情感左右。

他們有著鋼一般的意志以及鐵打的卵蛋，就算宇宙要毀滅了，也仍然會徹底保衛自己的投資成績。

巴頓簡直就是這信念的化身。

「而且要是你也以薛丁格街為目標，那就應該要有這樣堅強的意志才對。『所謂的投資家，必須要在能設想到的最棒投資機會中，以能設想到的最佳條件，用能設想到的最好方法去交易。』這是我唯一尊敬的人——無謬先生的格言。」

巴頓話中所說的應該就是那位個人資產超過八百億慕魯的怪物吧。

這讓我幾乎快因自己的渺小而感到無地自容。

「所以說，如果你想要拯救那些人的話，就請以一名投資家的身分去面對問題吧。」

「但時間……」

「嗯？」

「我已經沒時間了……」

我望著可可冒出的熱氣這麼說道。

時間只剩下一天了。

就只剩短短一天了。

「我現在手上的資金有七十二萬慕魯。但無論如何都得在星期一的交易結束時讓這些錢增值成一百萬慕魯才行。但我不行啊。就算再怎麼拚命累積獲利，賺到一成多就已經是極限了。所以說——」

我抬起頭來，看著巴頓。

我很不想承認自己我眼前的景象漸漸暈開是因為我哭了出來。

「所以說？」

但巴頓的音調依舊冷淡。

他是個投資家。

而且是個成功的投資家。

他很專業；他是專業中的專業。

所以我只能低下頭去，再也無語。

我心想：不行了，是我當初想得太美了。

「你不行了？真的嗎？」

然而巴頓卻對我這樣問道。

「你一整天就揀著那些不到百分之一的數字在累積利潤嗎？喂喂喂，你是什麼時候淪為寬客的走狗啦？」

我抬起頭來，看到巴頓表情慍怒的瞪著我。

「我看過你在投資競賽的最後所下的決策了，那實在很出色。就該是那個樣子啊。那樣才是所謂交易員的神髓啊。你思考的一點一滴都顯現到了交易的一來一往上頭，那可真讓我想起了自己年輕的時候而激動得發抖。雖然要說失敗，你確實是失敗了沒錯。但有些賭局是你在輸了之後還值得再博一把的。你提的這件事就是個例子。」

這時，我想起以前被我老爸邊揍邊訓斥的事情。

為什麼我會在這時想起我老爸的事呢？真是不可思議啊。

「再說如果真沒時間的話，那只要抄捷徑就好了。」

「……咦？」

巴頓在這麼說完後，又喝了一口咖啡。

「你還記得之前我帶你出去到處繞，對你簡介我的投資手法時，我講了些什麼嗎？」

我努力在自己的腦海裡翻找著，我有信心自己把那一天所學到的事全記下來了。

「是的。」

「既然如此……是啦，你回想一下我們當初去看的那棟大樓。你還記得那是哪家公司的大樓嗎？」

「？」

我不懂為什麼巴頓會問起這個。

但我馬上回答他。

「是林格科技。」

「啥？」

但巴頓卻突然臉色一變，喊了這麼一聲。

「喂喂，你沒問題吧？」

「咦……呃……欸？」

「雖然林格科技也是間不錯的公司，但我們那時候去看的應該是另一家公司吧？不過啊……那公司叫什麼來著……我一時想不太起來……你稍等我一下啊。」

巴頓這樣說完後，翻找西裝外套的口袋，拿出一個小型的行動裝置。

然後他點了一下螢幕啟動裝置。

「喔，是啦是啦，這下我想起來啦。就是這家，這家你可要看好啊。」

巴頓把小型行動裝置放在桌上。

螢幕上顯示有某家公司的電子資料。

「真是的，你給我放精明點啊。我可是很期待你的作為呢。」

巴頓對看著裝置上面資料的我露出飽滿的笑容。

「呃，但是……」

「哎呀，一聞到酒味我肚子就開始餓了吶。」

巴頓拍拍我的肩膀，很故意的這麼說，然後站了起來。

我的目光在眼前的巴頓和那台電子裝置之間來回了好幾次。

接著在我腦中終於有某條線路連了起來。

巴頓想告訴我的是一則投資的消息。

「話說回來，月面下次下雨是什麼時候來著？壞消息每次都會突然在雨天出現啊……真是受夠了呢。我是希望星期一別下雨嘍——」

巴頓挺著他的大肚腩，一副很是沒輒似的說道。

這讓我興奮得連後頸的汗毛都要倒豎了起來。

這是一則內線消息。

現在我所聽到的，正是一則內線消息啊。

「不過本來在這世上講的也就是人脈。只要認識的人多，下雨天也總是能借到傘吧。你說可不是嗎？」

巴頓對我眨了眨眼睛。

這表情看起來傻氣，而跟他的印象完全不搭。如果我是女人，絕對會為之傾倒。

「好啦，我們上哪吃飯？我是知道有家店的魚不錯啦。」

我站起來朝巴頓低頭鞠躬，說道。

「抱歉，我今天可能無法奉陪了。」

「嗯？這樣啊，那可惜了。不過我們隨時都能見到面嘛，你說是吧？」

「……是的。那個——」

「哎呀，都這個時間啦。我得打通電話才行。」

巴頓又對我露出了滿面笑容。

我也再沒什麼道謝的話能講，只是再次對他低頭鞠躬。

「之後……我會……再寫信給您。」

「嗯，我等著啊。星期一會下雨。你可要記好了。」

「好的！」

我在這樣回答後，本來準備邁開腳步跑出咖啡廳，卻想起一件事而突然掉頭。

「那個……熱可可的錢……」

「喂喂喂，搞什麼飛機啊，難道你想讓我沒面子嗎？」

「……不好意思。」

「沒什麼，小錢罷啦。」

巴頓的口氣很是瀟灑。

而我則從這高級的咖啡廳裡衝了出去。

雖然有很多在場的紳士淑女不知道發生什麼事而紛紛轉過頭來看我，但我根本不在乎他們的眼光。

再怎麼說，我的師傅現在可是整個人站到了桌子上，從ＶＩＰ的專用座位那邊對我這樣大喊著：

「年輕人要加油啊！未來要靠自己的手去掌握！」

這是月面上的大富豪能對一副窮酸相的死小鬼講出的最棒一句話吧。

我感到喜悅好像快撐破了胸口，只管一個勁地往前奔跑。

我就這樣不顧一切的朝著前方跑著，就連搭上載滿人的電車後，都想在車內拔腿狂奔。

在出了車站後，我更是一路沒停的跑回教會，飛也似的穿過聖堂衝進客廳裡去。

然後，我對著眼前的人說：

「妳就準備見識一下我的投資手法吧。」

聽了這句話的羽賀那只是瞪大眼睛，愣愣地朝我看來。

我和羽賀那星期天一整天都在睡覺。睡到完全不省人事。

我們對理沙簡略說明了狀況，然後請她把正引頸期盼著捷報的眾人全擋在門外謝絕會面。

所有事情到了星期一就都會有結果。為了這個關鍵時刻，我們需要好好睡一覺以恢復體力，除此之外別無選擇。

我在星期六晚上就寢後，只在星期天的早晨起來吃了個早餐，然後就又爬回被窩繼續大睡。

雖然我不太確定羽賀那是何時爬到我床上的，但我們之間的關係已經發展到讓我不會特別在意這種事情，羽賀那也同樣表現得很無所謂。

總之就是睡睡睡啦。

我們睡到彷彿兩個人的身體都要融在一塊兒了。

雖然睡了這麼久早晚是一定要起床，不過我和羽賀那卻剛好在星期一來到的午夜十二點同時睜開了眼睛。

「……」

「……」

我和羽賀那對望著彼此的臉。

也不知道是由誰先開始的。

不過我們在一瞬間都停止了呼吸。

雙唇交疊的那份感覺，比這世上的任何事物都還要來得柔軟且香甜。

我們沒有任何對話。

但就算不用言語，我們也已經確定了起床後每個步驟的細節。

「卡利曼投資？」

坐在椅子上的羽賀那邊啟動行動裝置邊問我。

不知道是不是理沙有教她，羽賀那在這幾天工作時都會把頭髮綁起來。

光是這樣就讓她看起來變得非常成熟。

「嗯啊。」

聽到我的回應後，羽賀那叫出了那支股票的資料。

「你要怎麼操作？」

我在羽賀那的身旁偷瞄裝置畫面，然後使勁擠出這句話。

「融券放空。」

「……」

羽賀那什麼都沒說。

不過她用啟動程式代替話語，為了提供我完善的支援而開始飛快地輸入數值。

卡利曼投資公司——當初巴頓便是指著這支股票，對我說星期一將會下雨。

而且他說，到時降雨的消息將會突如其來的出現。

這毫無疑問是一則內線消息，屆時必然會有什麼對這家公司不利的消息報出來。像巴頓這種段數的人，少說一定跟幾百家公司有來往，並能隨時從幾千個人口中得到消息吧。尤其因為星期一之前就是週末，更容易會有一些壞事發生。

比方說從前有某位痴愛自家公司產品的傳奇優秀執行長，就是騎著他酷愛的自家機車意外墜崖身亡。而那家失去優秀領導者的公司，隔天的股價也理所當然的跟著跳崖了。

未來會發生什麼事是完全無法預期的。這便是股市在週末前常會下跌的原因。因為大家都怕有風險，而將手上的部位出清。

「從這個方面來看的話，這家公司真的是棒到不能再棒了呢。」

「卡利曼投資」正如其名是家投資公司。會對證券、不動產、期貨以及其他所有能投資的東西都進行投資，就是這家公司的風格。

這家公司實際的經營狀況並不明朗，所以也沒人知道它接下來到底會出什麼牌。

卡利曼投資每年的收益也並不穩定，有時會在大賺的隔年發生慘賠，又有時連續好幾年都賺大錢，時常有各種狀況發生。

所以這家賭博性質強烈公司的股票也吸引了很多賭徒心態的人聚過來買。

就連羽賀那的那個程式在計算這家公司的股價變動範圍時，都顯示出讓人瞠目結舌的預測值。

「這公司好糟。」

「好像是耶。」

「但是對交易狀況很敏感。」

正把她那美麗的後頸露在我眼前的羽賀那，這麼說著。

因此而心頭一震的我不禁朝自己頭上一敲，痛罵自己是個大白痴，但羽賀那只是不解的歪著頭對我瞧。

「如果大量賣出的話，我想是會跌。」

「嗯，這樣就好了。再怎麼說我們也只做這一天交易，只要到時候有跌就可以了。」

「……可是……」

「可是什麼？」

「真的沒問題嗎？」

羽賀那一臉不安的問我。

畢竟不管誰看到我突然神采飛揚的回到家，然後一開口就說什麼知道明天哪支股票會跌之類的鬼話，應該都會懷疑我的腦袋是不是壞掉了吧。

而且即使我並沒拿到什麼實體資料，這次交易無疑是根據所謂的內線消息來做的。不過我不會被抓到。我不可能會被抓。因為在這世界上，手段要比這來得更露骨、更惡劣的不正當行為，根本多不勝數。

於是我對羽賀那做了保證。

「這一點我可以對著神明發誓啦。」

羽賀那的表情繃得死緊。

「妳笑一下嘛。」

「真是冒瀆。」

以羽賀那的標準來說，這用詞也算是夠有氣質了。

「不過其實這種交易也不好做啊。」

「不好做？」

「嗯啊。」

那則關鍵消息會在晨間新聞的頭條被報出來嗎？

但要是這樣的話，我也就來不及買進了；因為股價必然會從開盤前交易時段起就跌停，而這樣我是賺不到錢的。如此顯而易見的問題，巴頓絕不可能沒留意到。

既然如此，那新聞報導應該就是會在今天的交易時段中出現才對。

要是按常理來想的話，我只要在隨著股市開盤就全力把股票賣出，也就穩當了。

但卡利曼投資的股票卻因價格波動大的關係，每天的成交量並不多。

就我打算進行的交易金額而言，它的成交量可說是壓倒性的不足。

這就宛如投資競賽接近尾聲時的狀況再次上演。

如果面對大量賣單，買的人卻很少的話，股價自然就會下跌。但就算我用一千慕魯的價格賣出總價七十萬慕魯的股票，但掛一千慕魯的訂單卻只有一萬慕魯的量，我掛的賣單也就會跟更低價的訂單去配對。

在股票流動性這麼低的狀況下，有可能因為我一個人的買進或賣出就使價格發生變化，甚至讓股價摔到接近跌停。

而且等到公司的壞消息被報出來後，狀況一定更是雪上加霜。這樣一來我就會連賣出的機會都沒有，只能眼睜睜看著股票跌停而望洋興嘆。到頭來我仍然只有持之以恆一點一點把股票賣出這個選項。

縱使我心中有著諸多的擔憂及疑慮，時間的流逝卻是毫不留情——股市開盤了。

為避免一下子就把買方全嚇跑，我們低調地將股票逐批賣出。

一定要等我們先大量脫手之後，股價要跌才能跌啊。

關於這方面的推量竅門，羽賀那並不明白。

卡利曼投資今天的開盤價是１０７１慕魯，在開盤後也幾乎沒什麼變化。畢竟現在根本沒看到啥新聞，周圍的市場環境也沒什麼太大變化，這樣的發展也能算是理所當然。

於是我在賣出一萬慕魯之後等了十分鐘，在賣出五千慕魯之後又等了五分鐘。在不知道新聞何時會突然出現的狀況下進行這種工作，簡直就像是胃袋被人揪住一般的苦行。

羽賀那也像是在忍著不跑廁所似的，人在我身邊不時扭動身體。

要快啊，既然要賣那就得趁早多賣出一點才行。

但我仍是很慎重的將股票慢慢賣出。

我用掉整個上午的時間，終於賣出了二十二萬慕魯的股票。

而這已經讓卡利曼投資這天的成交量創下了一個月以來的最高紀錄。

我想這應該會在網路上引起一些關注才對。

「還剩多少？」

「五十萬慕魯。路好長啊……」

「……」

但新聞到了中午休息的時間還是沒出現，而且有些人從成交量的增加中嗅到什麼玄機而聚集過來。市場上開始出現一些金額比較像一回事的訂單，除了我之外也出現其他掛單賣出的人。

隨著午後交易時段的開始，我便裝成搭順風車的人，一口氣融券賣出七萬慕魯。

但股價就像是塊具有彈力的橡皮受到擠壓一般，在稍微跌了一點之後便隨著訂單的湧入馬上反彈漲了回去。

畢竟照常理來看，這支股票根本沒有下跌的理由，所以這些訂單掛得是一點也不奇怪。

我壓抑著焦急的心情，也對其他賣單視若無睹，在隔了十三分鐘後再掛單賣出五萬慕魯。該賣的份還剩下一半左右。

不過股價的波動範圍竟還是奇蹟似的跟前一個交易日幾乎沒有差別。

現在時間已經是下午兩點了。

如果要會有新聞放出來的話，是不是差不多了？

還是說真要到接近收盤的時候才會有新聞發布呢？

像這樣的企業新聞會在何時突然出現，真的是令人難以捉摸。

畢竟如果要發表財報，企業在一定範圍內是有辦法自行調控時間的，而如果一間企業不想引發投資人混亂，就會在當日股市收盤後才進行公開。然而這也不是絕對的準則，因為這類消息偶爾也會被記者擅自爆料而意外見光。

就連事先規劃好發布時間的新聞都是這種情況了。

那像我正等待著的這種宛若晴天霹靂的大條消息，更是只有老天才知道會何時出現吧。

我又賣出四萬慕魯。進度已經超過一半。

「……感覺很怪。」

「嗄？」

「我還是第一次做這種交易……」

聽到羽賀那這麼說，讓我抬起頭來。

雖然客廳中的光景還是一如往常，但的確感覺有哪裡怪怪的。

「是唄。」

「這個……也算是……交易嗎？」

羽賀那再度對我問道。

她可能是因為按捺不住心中的緊張，所以變得比較多話吧。

「沒錯。這個就是我在牛頓市所見識到的交易方式。」

市場上再度出現訂單，我也再次賣出一萬慕魯。其他賣單也同時冒了出來，讓買方開始多少有些動搖。

或許是我賣出的步調有點太快了。

我稍微思考了一下。

「噯，阿晴。」

聽到羽賀那叫我名字，我看向她。

只見羽賀那正凝視著我。

「怎樣啦？」

「阿晴之後要離開這裡嗎？」

她竟然挑現在問我這件事。

雖然我頓時冒出這樣的念頭，但或許現在在羽賀那心中，這件事才是最重要的吧。

既然這樣，我就不能在此刻對她提出的問題充耳不聞。

我將目光轉回自己的裝置，然後點了點頭。

「是啊。說起來啊，這次的消息就算是我用之後去某個人身邊做事為條件換來的吧。」

「……」

羽賀那微微倒抽了一口氣。

這才讓我發現自己講述這件事的用詞不太妥當。

「啊，不是啦，該怎麼說……當初那個人跟我講完這個消息，我正要轉身離開的時候，他竟然站到桌子上去對我喊了這樣的話耶。」

我再賣出五萬慕魯。

股價暫時跌了下去，但馬上又漲了回來。

「他說『年輕人要加油啊！未來要靠自己的手去掌握！』呢。」

那時我真的覺得好開心。畢竟巴頓是在眾目睽睽之下，而且還是那麼高級的飯店咖啡廳裡面對我這樣喊話。

「他真的是一個很好的人。」

「比理沙還好？」

羽賀那這樣問我。

「呃……跟理沙比喔……兩邊的類型完全不同啦。」

「類型？」

「比方說性別啦。」

就在和羽賀那談話的途中，我又進一步賣出七萬慕魯。這下子總共已經賣出五十一萬慕魯了，雖然會賺多少還要看到時跌價的幅度，但目標基本上已經進入我們的射程範圍。買進的一方雖然已把戰線稍微後移，但還沒喪失鬥志。股價就這樣在1064慕魯的地方被擋了下來。

要是繼續這樣下去的話，我理當能把股票全部賣出才對。

「對方是男的？」

「嗯啊。」

「如果對方是女的那又怎樣呢？」

這話聽得我不禁莞爾，還真想叫羽賀那別問這種怪問題。

「有什麼好笑的？」

「沒啊。妳說如果那個人是女的？」

我一邊這樣說，一邊在腦中想像了一下女版的巴頓，果不其然立刻笑了出來。

「那還是理沙好吧。」

「……是喔。」

羽賀那看起來鬆了口氣。

「怎樣啦？」

被我這樣問的羽賀那，對我拋出這一句話。

「我不希望你走。」

她的話中沒有半分猶疑。

隱藏起自己的感情，或是毫不隱藏，羽賀那永遠只會在這兩者之中二選一。那種八面玲瓏的處事方式她做不來。

「我沒辦法。」

我這樣回答她，接著賣出八萬慕魯，這時買方那群人總算有了動搖。雖然1060的這堵牆總算攻破，但我手上成交的量總共只有五十九萬慕魯，還剩下十三萬慕魯。

「是為了夢想嗎？」

羽賀那再次對我問道。

「對。」

「我真羨慕你。」

她像個孩子，筆直注視著我。

她的眼神彷彿在說「我也好想要你手上的那個玩具」。

但我要去的那個地方，卻不是一個羽賀那有辦法踏入的世界。我想起當初巴頓當初拒絕借我錢時的狀況。未來我將踏上的那條路，絕不是什麼平坦的大道。

如果可以的話，我希望羽賀那或理沙一輩子都不要知道這世上有那種地方。

「那妳也去尋找自己的夢想就好啦。」

「……」

我一邊這樣說，一邊準備發出一張六萬慕魯的賣單。

但羽賀那在這時抓住了我的手。

「怎麼啦？妳在我這隻手上是找不到什麼夢想的喔。」

我苦笑著這樣對她說，但羽賀那的表情繃得死緊。

「怎……怎麼了啦？」

「我有。」

「咦？」

「我有。」

羽賀那像是個耍脾氣的孩子一樣重複這句話，然後緊緊抓住我的手。

在我的裝置畫面上，買賣雙方的攻防戰已經開打，目前戰況是傾向賣方這邊。

因為成交量的劇增以及賣方堅持想脫手的態度，讓很多人已經開始猜測接下來是不是有什麼壞消息要發布了。

跟股票有關的消息會在哪裡發表出來其實並不固定。有些消息未必會在主流媒體上發表，而可能在業界專門的媒體上公開；甚至也曾有在不開放給散戶參加，只邀請所謂機構投資人的座談會中放出消息的例子。但無論情報是發源自什麼場合，共通的發展都是——消息在一發布之後就會立刻反映到股價上。

所以要是看到價格動態不穩的話，投資人通常會開始懷疑是不是在哪個自己沒掌握的管道上有什麼消息放出來。

賣方的攻勢開始轉強。

如果想全部賣出就得趁現在。

雖然明知道這一點，但我卻沒辦法動作。

因為我的一隻手被應該很嬌弱的羽賀那牢牢握住，完全無法動彈。

「我有。就在這裡……」

羽賀那這麼說，然後抬頭看我。

那並不是晦暗而沒有光彩的眼神。

在那雙眼中確實有著她的嚮往，以及意圖將其納入手掌心的強烈意志。

「我的夢想就是跟要大家一起……」

羽賀那努力壓抑著要掉淚般的表情，說道：

「平靜的過日子……」

月面是一個讓人類能去擁抱最誇張夢想的地方。

但還是有著許許多多連最低限度的幸福都享受不到的人，流落到了這個地方來。羽賀那她也是其中的一員；而這名少女的夢想就是跟大家一起平靜過日子。這件事究竟是多麼理所當然，同時又是何等困難，只要稍微回顧一下自己的記憶，就會有很多例子浮現在我腦海中。

在羽賀那的心中映著的，一定只有極少數幾個人的身影。因為跟數學有關的東西占滿了她的腦子，讓其他東西幾乎沒有進入的空間。

在那少數幾個人之中排第一的就是理沙了吧。而我應該也有列名其中。

我回望羽賀那，而她則表情扭曲的低下頭去。我想此時我臉上大概也露出了相同的表情吧。如果說要大家住在一塊，那或許還有可能；但想平靜過日子則是絕對不可能的。只要回想巴頓・古拉鐸斐森斷然拒絕我的那副態度，這個事實就一目瞭然了。所謂的投資家指的並非是靠投資來混口飯吃的人，而是能親身實踐「將其他的一切都撇開，凡事絕對以投資為第一優先」這種處世哲學的人。

就算我有多麼涉世未深，也知道如果要用巴頓那樣的態度生活下去，前方絕對有著一重又一重的困難在等著我。到時我必然會遭遇背叛、陰謀，以及各種狗屁倒灶的事情吧。而我並沒有自信在踏入這樣的世界後，自己還能再和理沙一起在三樓的庭院裡享受陽光。

而且我也覺得這絕非將來的我該做的事情。

投資家象徵的是一種處世態度。如果想過甜蜜而散發著牛奶香那種溫暖生活的人，根本就不該踏上這條路。

於是我從羽賀那緊抓住我，讓我沒辦法揮開的那隻手中，倏地把自己的手抽了回來。

「辦不到。」

我簡短的回答羽賀那，就跟當初巴頓回答我的一樣簡短。

然後我掛出六萬慕魯的賣單。

本來算是小漲的股價又是一陣波動，然後跌了下去。股價在撞到1050這堵十位數的牆壁後彈了回來，停在1051慕魯。

「我要靠這次機會賺到錢，然後到薛丁格街去。」

股價繼續緩緩滑落，偶爾會像是踩空樓梯似的突然往下掉個一截。

因為我已經賣出六十五萬慕魯的股票，從這時的股價來看已經有快一萬慕魯的收入了。

但真要說的話，這還只是些小錢而已。我並非是在逞強或嘴硬，而是在此刻真的能抱著自信認為眼前的金額只是筆小錢了。我的意識已經飄往未來會賺到手的數百億、數千億慕魯。我想像自己站在這些財富之上，眺望著前人從未目睹過的風景。

這就跟巴頓所說的一樣。融資給身陷困境的人，做點人情然後回收利息這種事情，是不入流銀行裡面位居不起眼職位的人才該做的。

「這樣的話——」

羽賀那開口說道。

「咦？」

「這樣的話，你要賺到錢。再怎麼樣，你至少都要賺到錢。」

羽賀那現在正在發脾氣。

但我卻是第一次體會到，即使被人用生氣的表情看著，竟然也是如此開心的一件事。

「我會賺錢。我會賺到錢的。」

於是我再度將視線轉回裝置畫面上。此刻在我腦中浮現的，是巴頓站到咖啡廳的桌子上，高聲激勵我的英姿。

「因為我現在所用的，正是薛丁格街的交易方式啊。」

這套方法要遠遠超越數學的輔助，或是由經驗中磨練出來的直覺。

內線交易？

不，並不是這樣的。

我現在要用的這個，是唯有生身為人才能辦到的終極交易方法。

羽賀那的程式確實有著很優秀的性能，在程式的計算下沒有人類判斷能介入的餘地。程式的計算就是如此冷酷、銳利，而且正確無比。使用這種程式的人類將會被強制放棄思考，被奪走身為人的尊嚴。

「……阿晴？」

所以當羽賀那突然叫我名字時，我的嘴角不自禁揚了起來。

因為本來不斷墜落的股價已經停止下跌，開始轉為上漲了。

既然股價下跌根本沒有什麼合理的原因，那這波上漲也同樣找不到任何理由。

真要說的話就是氣氛，一切的看的都是氣氛。於是我深深吸進一口氣，讓胸口吸飽這股從裝置畫面中溢出的氣氛。

「我到得了。」

此刻的我到得了任何地方。

在我手邊還剩下一張七萬慕魯的賣單。

訂單持續出現，而股價則是像愈挫愈勇的故事主角一樣，步履蹣跚的持續往上爬。

１０５２、１０５１、１０５２、１０５３……

在科幻小說的世界裡，壞人總會願意親切地等待主角從地上爬起來重新振作，但現實中卻不是如此。對於倒下的對象，就該徹底趁能攻擊的時候把他打到再也站不起來。

不知道是哪個跟我抱有相同投資哲學的人，此時再度使出了毫不留情的一擊。

是張十萬慕魯的賣單。我幾乎能透過裝置畫面看到買方臉上那副充滿徒勞感的表情。

股價繼續由１０５２、１０５１、１０５０往下掉，很乾脆地突破壁壘，繼續朝

１０４９、１０４８跌了下去。這已經完全是崩盤的模式了。此時也有人搭上順風車開始跟賣，股價的下跌開始往１０４６、１０４４、１０４１加速。

就算最後沒有什麼新聞爆出來，照這樣下去我也可以把股價打爛後脫手，就這樣全身而退。

於是我準備全力揮下手上的最後這把兵器。

「阿晴！」

就在這瞬間，羽賀那尖聲發出叫喊制住了我的手。在下一刻，股價的移動也應聲停止。但這絕對不是代表價格將要回穩。我在第一眼看到的瞬間便理解了。

要是在交易中真的出現量過於龐大的訂單時，為了減少股價在瞬間的大幅變動，價格顯示會稍微進入停滯。眼前狀況完全就像是在動畫片中，主角使出必殺技時會轉入的慢動作畫面。

而在這停滯的時間中累積起來的東西，正是確定會在稍後爆開的，像定時炸彈一樣的存在。

在１０３８慕魯這邊像岩漿般噴發出來的，是一筆龐大的訂單。買進的總額共是２３萬慕魯，就像顆巨大的隕石把宇宙塵埃也捲了進來，然後朝著行星飛衝而去。而訂單數字還在不停增加。

這數字就像在宣告著：你們要脫手了嗎？好啊，那我們這邊就來買進吧。

跟卡利曼投資有關的新聞，目前還沒在任何地方報出來。

所以一定是有人冷眼斷定這批拋售攻勢單純只是圈套，因為期待軋空行情出現而丟出訂單。既然有人認為這支股票會跌，那就也會有人覺得這支股票會漲。所謂的市場價格也就是這樣形成的。

但羽賀那這時緊緊抓著我的手。

現在的情況跟投資競賽那時可不一樣。在我眼前的市場中，有著像山一樣多的現實金錢。

股價現在正隆隆地往上漲去。那筆訂單帶著一股壓倒性的質量，讓股價往上漲去。

既然我們做的是融券賣空，要是股價漲上去的話利潤就會消失，更糟的情況還可能會賠錢。

現在買進的這些傢伙正是以引發這樣的狀況為目標。

但此刻我就連一眼也不瞧羽賀那，只是定定注視著畫面。

我能展現如此文風不動的態度，是因為手上握有從巴頓那得到的情報。

現在的這批訂單反倒可說是要消化我這邊的賣出量而絕對不可或缺的存在。

不管這支股票的價格漲到多高，只要像巴頓說的等雨一降下來，就會一轉變為跌停吧。

像這種賭博色彩很濃的股票，就算是只受到些微的消息影響，價格也會有很大變動。

所以股價應該毫無疑問的會摔成跌停板才對。

既然事情會這樣發展，那我只要在更高的價格處做融券，到時便宜買股票回來還券商時的利益也就更大。這是在數學或統計方面追求明確根據的羽賀那絕對無法模仿的技巧。

每當股價隆隆上漲，羽賀那抓住我手臂的那隻手便會多使出一分力氣。

股價超過了１０６０，來到了１０６５。１０６６、１０６５、１０６６、１０６７，跟

剛剛恰好相反的過程，現在正用著比剛才更快的速度重現。

現在的股價已經超過了我們當初融券時的價格，我們開始虧損了。

股價隨後爬到了１０７１，不多不少剛好是昨天的收盤價。

這就是賣方與買方、攻擊方與防禦方兩邊的盤算進行對抗的瞬間。

而這瞬間在轉眼間便成為了過去，股價顫顫顛顛地往上爬升而去。

成交量急速增加，因為這支股票現在已經吸引了很多人注意，所以價格變動也開始變得極端。

我現在並不慌。我一點都沒有慌。

但羽賀那卻不是如此。

「阿晴，這好奇怪。」

「啊？」

「太奇怪了。為什麼明明已經賣了那麼多，股價卻不會跌呢？」

這句話在我耳中簡直像是一個天真無邪的少女在問說：「為什麼世界上總是會有不幸的事發生呢？」

羽賀那已經太習慣不幸了；她太習慣碰上這種慘痛的遭遇。

所以她並不熟悉該如何放眼未來。

那昂首前瞻也就成了我的職責。

我筆直盯著畫面不放，回答道。

「因為消息還沒公布，所以這也是當然的吧？買賣雙方手中的機會是一半一半啊。但我們既然已經知道這支股票接下來會跌，再怎麼樣就都得將它趁早賣出不可。就是因為我們這樣操作，所以股價一開始才會跌。但因為其他人並不知道我究竟掌握了什麼消息，單純就是想跟我抗衡而買進，所以股價就漲了，這是很合理的狀況。我不是說過交易就像可以慢出的猜拳嗎？」

尤其這種會吸引很多愛賭博的人聚集的股票更是如此。

現在在場的這些人，應該都已經很習慣這種投機的動態了不會錯。

「可是……」

羽賀那低語道，她的手放開了我的手臂。

然後她開始溫吞的操作起自己的行動裝置。

「……」

我看著羽賀那將數字輸入她的程式裡，開始計算起來。

「沒用的啦。」

「……可是……」

「我不是說過這和那種交易不同嗎？」

眼看股價現在正確實的、以無法用「緩緩」來形容的節奏爬升，會感受到壓力也是理所當然的。

但我看著依賴程式的羽賀那，不知為何心中就是湧上一股接近輕蔑的感覺。那個曾如此受我倚重的交易程式，此刻在我的眼中就像一台老舊而該淘汰的過時行動裝置；緊巴著那程式不放的羽賀那，看起來也像是個什麼事情都要參考星座占卜的小女生。我在這時已經再也無法將她當成一個我會想與其合作的夥伴了。

「就叫妳別試了啊。」

因為我實在沒辦法眼睜睜看著羽賀那墮落為那樣的存在，所以反射性的對她這樣講。

但羽賀那卻這樣回答我。

「我現在也只能繼續完成自己能辦到的事。」

她臉上的表情交雜不安與緊張。她的表情說明她並不是個只顧一味反對我說的每句話、目中無人的女孩子。

「新聞……來了嗎？」

我想是還沒來吧？

隱藏在她那含蓄提問方式中的弦外之音被我清楚聽了出來，讓我緊閉起嘴巴。

現在的時間是下午四點。雖然的確是不早了，但距離本日收盤還有一個小時。

「阿晴，這狀況果然怪。我不懂為什麼價格跌不下去。從這支股票的平均成交量和以前的資料來看，跌不下去太怪了。」

「……」

面對緊抿著唇的我，羽賀那繼續問道。

「新聞呢？」

再次被她問了這問題的我只能據實回答。

「……還沒來。」

據理沙所說，戶山大叔會在今天五點整的時候來訪。

聽說大叔他特別去跟有交情的銀行員拜託，要對方通融一下把銀行窗口的辦事時間特別為他延長。

而我們的計畫則是一到今天股市的收盤時間便衝出門去，把所有的現金都提領出來清償債務。

還剩下一個小時。

一切的事情都會在這一小時內塵埃落定。

就在我這麼想的瞬間，訂單又再度轟然登場，我聽到羽賀那倒抽一口氣的聲音。

她像是望著快從桌上掉下的玻璃杯，停止呼吸盯著股價的變化值。

我非常清楚她現在一定在心裡對天禱告說：「停下來、停下來、快停下來」。而縱使我對巴頓的話深信不疑，不知何時卻也握緊了拳頭，手心出了很多汗。

我白痴啊？

正當我在心中這樣痛斥自己的同時，股價終於在１０８９這邊停止了上漲。

「……吶，真的沒問題嗎？」

羽賀那再一次的對我問道。她感到很不安。

我則是在擦掉手汗的同時，對她回說。

「妳相信我啦。」

事到如今我也只能這麼說了。

「但價格都沒跌下去。不管從過去的哪個期間來看，只要出現這種情況的話，以統計結果來說——」

「誤差咧？」

我打斷羽賀那的闊論，對她這樣問道。

話說到一半突然被我打斷的羽賀那，臉上的表情不是不快，而像是嚇了一跳。

這才讓我察覺到自己對她說話的口氣已經變得很強硬。

「……妳之前不是才說過，計算都可能會有誤差嗎？」

我為了表示自己沒生氣，只好接著補上這一句話。

「……是這樣……沒錯……」

「嗯，那就是誤差吧。」

再來雖然我沒有明確指出這點，但羽賀那的程式確實不是絕對完美。

這個程式在之前也常常有失算的紀錄。

尤其是在投資競賽的最後一次交易中，羽賀那的計算可說完全失準了。

雖然就機率上來說，程式計算有失準的可能也是理所當然，因為預測並非百分之百會成真，而就只是預測而已，並不是說什麼便是什麼的聖旨。

但現在我可是用真正的錢在做交易。有很多人的人生全懸在這筆錢上了。在這筆錢上，綁著我、克莉絲以及其他很多人的命運。

要是我在這裡失敗的話，將會使很多人流離失所。他們之後的下場便會像當初在地球時一樣，遭到有權有勢的人凌虐；他們之前咬著牙死命打拚而累積的所有家當全會被奪走，成為掠奪者們口中的魚肉。

我此刻正是為了許多人的夢想，而在這裡堅持著。

但羽賀那又為什麼這麼不願意信任我呢？

她臉上不安的神色愈來愈濃。她不時往我這邊偷瞄的視線，像是隨時會脫口對我說「是不是現在就把交易結束掉比較好」似的。

說實在的，要是照我目前為止做交易的標準來看，其實這次的交易也早該收手了。因為要賺到錢的必要條件很單純，就是不要在交易中賠錢。

所以我平時只要發現股票快要開始虧錢，便會立即做結清。藉此把虧損壓在最低限度，進而守住無數的微小利潤。

但今天我們做的並不是那種類型的交易。

我們現在做的並不是那種交易啊。

為什麼羽賀那她就是不明白這點呢？

我帶著焦躁的心情想著，而後突然想通了一件事。

我像是彈跳般地轉頭看向羽賀那，而她也怯怯地回望我。

「……」

「？」

此刻在我心中全面響起了「該不會……」這三個字的警報聲。

該不會……羽賀那她現在是故意對我說這些話的吧？

正因為這次的交易關係到一大群人的夢想。這群人夢想著這次幸運是不是終於會降臨在自己頭上。而除了這以外，這次交易也是我為了讓自己立於薛丁格街大門口的前哨戰。

但就只有羽賀那跟別人不一樣。就只有她一個人沒把夢想寄託在這上面。

羽賀那說，她的夢想是和我以及理沙——或許還有克莉絲等她所親近的人——共同在這所教會中安靜的過日子。要說這夢想無欲無求是沒錯。要說這夢想很純真，當然也沒有錯。

但這渺小的夢想如實表現了羽賀那衷心的期盼，實際到讓人笑也笑不出來的程度。要是這樣的話，現在的羽賀那是不是有著這樣的想法？如果這次交易失敗，我是不是就不用離開這裡了？

若A等於B，B等於C，只要有A就一定得導出C的結果。以羽賀那直線的思考方式來看，她非常可能真的這麼想。但這卻是一種太過幼稚，笨拙到讓人感到不忍的思考方式。

時間一點一滴流逝，到了四點十五分。我還有一部分餘力留在最後這張賣單上面。既然知道最後股價會下跌，那我要選在股價漲到極限的時候賣出獲利才會大。

然而羽賀那似乎將這個策略誤以為是我心存猶豫。

「阿晴……」

羽賀那叫了我的名字。那聲音像是她整個人就快被不安壓潰似的。

但我此時選擇裝作沒聽見她叫我。

要是我在這時候對羽賀那渺小的夢想起了共鳴、起了同情，而不在這個最棒的投資機會中，於最佳的時間點，用最好的手法進行交易的話，我就不算是個投資家了。這樣我就不能算是個投資家了啊！

於是我一直盯著畫面不放。

我能痛切地感覺到羽賀那這時已經不只是在旁邊偶爾朝我偷瞄，而是巴巴的望著我。

「……阿晴……」

「妳吵屁啊！」
我終於對她怒吼出聲。
但羽賀那卻沒有因為這樣就回瞪我。
她只是露出了一種像小狗犯了錯而捱主人罵似的眼神。
「……抱歉。」
我說完這句話，就再度將目光轉回裝置螢幕上。
新聞還沒來。到底什麼時候才會報出來？
市場上的訂單一點一滴的在增加。還沒來嗎？新聞還沒來嗎？
羽賀那再次溫吞的開始操作起行動裝置。我用餘光偷瞄她的畫面，看到預估的價格帶呈現了扭曲的形狀。程式預測出的結果是股價將會劇烈上漲。
我再度將目光轉回自己的裝置。以現在的氣氛來說，要是平常我的也確實是會轉向買進那方。
但在做鉅額交易的時候總是如此。如果想要賺大錢，就必須跟愚蠢的大眾走相反方向。這就和交易沒有買賣雙方在場交易就無法成立一樣，股票當然也是有人賺錢就必然有人得賠錢。
我的想法並沒有錯。我並沒有錯。
有錯的是那一群什麼都不知道的人們。
我做交易可是有在動腦的。
我有在動腦啊。

「……」

就算我不往羽賀那那邊看，也知道她現在很想開口叫我。

而時間已經到了四點半，只剩下三十分鐘了。

新聞呢？新聞還沒來嗎？

此時就算是我也不免開始急了。我終於按捺不住打開郵件程式。

我接著叫出巴頓的電子郵件地址，開始輸入文字。

真的不會有問題嗎？

我本來想寄出這樣的信，卻猶豫了。

而在這瞬間，從我耳邊傳來了「咚」一聲輕快的音效。

那是羽賀那的程式發出的聲音。

那是我早已聽慣的，程式在股價抵達預測價格的極限時會發出的提示音效。這是一路上為我們帶來無數利潤的聲音；我在聽到這聲音的瞬間幾乎都要哭出來了。

為了消除自己的軟弱，我關掉郵件程式，重新回到交易畫面。

在下一刻，我不敢相信自己看到的畫面。

「阿晴！」

羽賀那大叫。

而我感覺到世界開始旋轉。

「阿晴！快！快把交易——」

我聽不到羽賀那的後半句話。因為我眼前的股價像彈跳般衝了上去。

那聲「咚」的音效，是在接近預測價格幅度的極限時才會響起。雖然至今為止股價總是往我們希望的方向移動，但既然是「價格幅度」，理所當然存在另一頭。

也就是說股價現在正朝著會讓我慘賠的方向狂飆而去。

「……沒問題……不會有問題的……新聞……只要新聞報出來的話……」

我用顫抖的手，握住自己顫抖的另一隻手。我丟出溫存的最後一筆賣單，卻在一瞬間就被訂單所吞噬。

我的手在下一刻抽搐似的動了一下。除了鎮上的人和戶山大叔託給我的錢之外，我還有自己的資產。而我把這筆錢也反射性的丟了進去。

我自己也不明白這個行動到底代表著什麼。雖然我不明白，但股價的上漲卻停了下來，於是我笑了。

我的虧損停在4％的地方。

而且眼前的狀況也不過是暫時的罷了。我反而會因為在這麼高的價格賣出股票，而朝著更大的獲利邁進一步才對。但此時，我不禁捫心自問。

如果我真的打從心底相信巴頓，那我應該要再等下去，在價格衝到更高更高之後再賣出股票才對啊。

為什麼我辦不到這種事呢？

為什麼我會不照合理策略來行動呢？

我坐在椅子上，在這時感受到一股不知從何而來的目光，那是我的目光。我正從某個角度看著我自己。

我的自信正在動搖。

「幾點……現在幾點？」

四點四十五分。

剩下十五分鐘。

而股價又再度開始上升。

我站了起來，而羽賀那抓住我的肩膀說。

「阿晴！真的好怪！」

「妳吵死了！會下跌……應該是會跌的啊！」

「但現在是在漲呀！你看不到嗎？」

「會跌啊……應該會跌啊！」

我的大吼讓羽賀那畏縮了一下。

但她還是拿起自己的行動裝置，遞到我的面前。

「幾乎不存在下跌的可能！在統計上這種可能性根本——」

「我不就是照妳那程式說的做所以才輸了比賽嗎！」

我衝口吼出了這句話。

這讓羽賀那露出像心臟被貫穿似的痛苦表情，踉蹌地往後退了幾步後，一屁股坐倒在椅子上。

她臉上能稱作表情的表情完全消失得無影無蹤，就像是具失了魂的人體模型。

「該死啊！」

我連自己這是在對誰惡言相向都不知道，只是咬著嘴唇看回裝置畫面。

新聞，新聞呢？

拜託讓新聞出現啊！神啊！

於是我開始祈禱，我祈禱著。我對神祈禱著。

然後到了下午四點四十七分的時候——在交易畫面上出現了「新聞快報」的文字。

我的手在那一瞬間動了起來，但正當我想將所有的資金都投進場時，才想起原來我已經把手上所有股票都賣光了。我的腦袋裡混雜著焦躁、緊張、以及酩酊的感覺，都快把我給逼瘋了，而我的膝蓋也不住打顫著。

趕上了，真的趕上了！果然我才是對的啊！

我屏住呼吸，而「新聞快報」的紅字也在這時跑完，接下來出現的是新聞報導的正文。

交易畫面就在這時停住了。

就像是參與這場交易的所有人都在此刻同時吞了口口水似的，交易畫面上的數字溘然而止。

『新聞快報：證券辨識號碼３２０１，卡利曼投資——』

「快點……快點啊……接下來呢……接下來……」

我著魔似的瞪著螢幕，好像馬上就要尿失禁的討厭感覺讓我就連挺直腰桿都沒辦法。

隨後，紅色的文字冒了出來。

『卡利曼投資的執行長賈克．拉尼在本日發表了在第六外區都更計畫相關的投資案中，將與投資基金公司進行合作。』

「……」

我無法掌握這些文字的意思。

『在記者會上，賈克自信滿滿的宣布說，曾是棘手難題的資金流動性問題已經克服，未來公司可望擁有更寬裕的經營資金。』

之所以會無法理解這些文字的意思，是因為我不知道該如何去解釋它們。

我抹去臉上那些像瀑布般流下的，不知究竟是淚水還是汗水的液體，繼續把新聞往下讀。

『而資金的提供者則是著名投資基金公司「羅馬光榮」的基金經理亞倫・舒瓦茲。他所提供的資金超過二十億慕魯，由此可確保再開發計畫的根基……』

我沒有辦法再繼續讀下去。

我甚至無法呼吸。

而卡利曼投資的股價則一飛沖天，來到了漲停板。

我賠了32％。而且這還只是今天的份而已。

如果這則新聞的內容是真的，那這支股票在明天和後天也會持續漲停吧。

那麼我的虧損究竟會達到多少？要是市面上沒有股票要賣出的話，我就連想買回股票來還都沒有辦法。但融資也就是一種得在之後將股票還回的交易方式。

此時一陣強烈的嘔吐感朝我襲來。

但我還是努力將它嚥了下去，然後再一次點擊新聞。

怎麼可能有這種事。一定是哪裡搞錯了。

新聞所講的一定是別家公司才對。拜託一定要是這樣。

於是我點開了報導的全文。

如果說心臟在停止跳動的瞬間會發出聲音的話，我想我在這一刻聽到的，便是那樣的聲響吧。

『照片1：執行長賈克．拉尼與亞倫．舒瓦茲的合影。』

那張照片說明是這樣寫的。

但在照片裡面的人，卻毫無疑問就是巴頓。

「啊……」

我已經不知道自己究竟是在呼吸，抑或是在呻吟。

我所知道的只有……只有一件事情……

我的裝置響起了「咚」的來信通知音效。

我像是隻被妥善調教過的狗，又或像是台被程式控制的機器人似的打開那封郵件。

這封郵件的寄件人正是巴頓。

『你有好好的用腦做交易嗎？』

信中只有簡短的一句話。

但我究竟有沒有用自己的腦袋思考呢？我沒有把關鍵的決定交給別人代勞嗎？

真正至關重要的決定，真的是由我自己做的嗎？

超越機械。

成為人。

而為了達到這個目標，我……

「唔……」

我的視線落入了一片黑暗之中。然後我聽見自己的額頭撞破裝置螢幕的聲音。

我落入了陷阱之中。

「阿晴！」

依稀覺得自己好像聽到羽賀那的呼叫聲，隨後我的記憶就中斷了。

終章

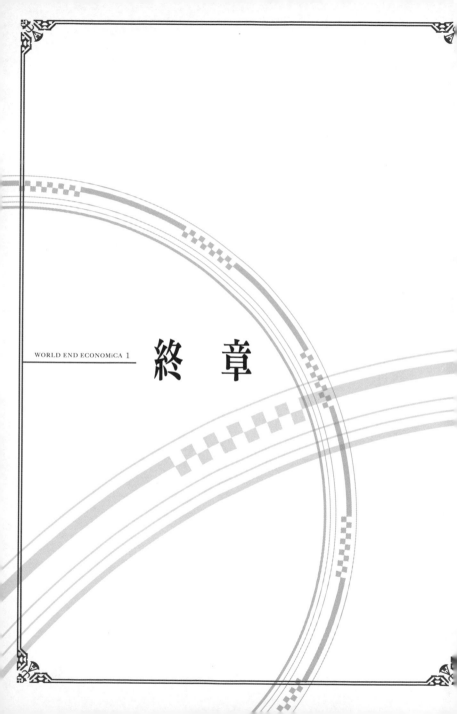

之後發生的事情，全是我在事件發生後四天從昏迷中醒過來時聽到的。

最後我手上部位的虧損經計算達到了273％。

273％的虧損用投入的九十萬慕魯本金來算的話，便成了一筆接近一百五十萬慕魯的負債。

這已經不只是戶山大叔還不還得出那筆錢的問題了。

我的失敗不僅讓鎮上人們的救命錢付之一炬，更讓他們背上了絕對沒有可能償還的龐大債務。

不過理沙緩緩告訴我，最後我們好像只揹上五萬慕魯的債，這起事件便落幕了。

聽說就在我倒下的隔天夜裡，來了一通電話。

電話那頭的男人自稱是巴頓，說他想用某個價格賣給我們足夠結清融券的股票。如果用那個價格買下股票，我們就只會欠下五萬慕魯債務。

至於卡利曼投資的股票後來也是連日漲停，完全沒有人要出售。既然當時已經確定這支股票未來仍會繼續上漲，我們這邊也就完全沒有拒絕這提案的理由。

雖然透過我的裝置得知巴頓名字的羽賀那強烈提出反對，但理沙最後還是選擇接受。

於是一切回到了原點。

不，應該說是我們失去了一路走來累積的所有東西吧。

本來我還以為，以克莉絲家為首那些把積蓄託給我的人在這時全會衝過來找我索命，但他們卻是為了探望我而來到病房。
甚至還有人向我答謝說：「謝謝你讓我們作了個美夢。」
但這讓我比遭人痛罵還要難受。因為我知道眼前的這些人已經輸習慣了，他們已經習慣了絕望。
更有甚的，即使如此他們依然抱持不會憎恨他人的堅毅性格。
要是沒有理沙在的話，我或許已經死了吧。
唯獨羽賀那一次也不曾出現在我面前。
羽賀那從那天開始便一直待在教會裡面，似乎變得十分憔悴。我因為精神方面的創傷，身體竟然耗弱到全身都無法動彈了。即使恢復了意識，身體卻沒跟著恢復；所以我在事件發生的四天後，只能很丟臉地坐在輪椅上回到教會。
幫我推輪椅的人是理沙。
在那一天，月面也一如往常地是舒適的好天氣。
理沙在半路上彷彿若無其事地對我這樣說。
「我決定要把教會賣掉嘍。」
聽到這句話的我，連身體一震的反應都做不出來。
「畢竟考慮到債務……要是我把教會裡的東西全賣掉的話，多少能貼補一些大家的生活費吧。」
聽到這句話的我，就連流淚、連露出哀傷表情的能力都沒有。
「不過阿晴你能趕在教會賣掉前出院真是太好了。在最後嘛，嗯，我們想說至少來辦個午餐聚會什麼的。克莉絲她們也會來喔，而且等下還能吃到賽侯他親手做的菜呢。明明當初教他做菜的人是我，但現在他卻反過來對我擺出一副很跩的樣子耶。」

理沙用輕快的口氣這樣說。

正因為明白她的態度並非強顏歡笑，才讓我內心更加難受。

理沙她們從還在地球上生活的時候，就已經把這種遭遇當成家常便飯了。

正因為經歷了太多這種事，所以她們才能帶著笑容說出「只要人還活著不就好了嗎？」這樣的話。

「之後賽侯幫我們調查了一下。」

這時候，理沙的口氣突然一轉，說道。

「這個叫巴頓的人呀，聽說是個專做這類壞事的傢伙呢。甚至他連賽侯的公司被人家搶走的那次好像都有參一腳的樣子。雖然感覺他是個到處為非作歹，早就該遭天譴的壞人，但賽侯卻也說他並不會真的把人逼上絕路。我想他之所以會打電話給我們，大概也是因為沒有真要把我們逼死的意思吧。這樣的做法能算是體貼嗎？其實我也不是很懂。」

理沙再次對我笑了。

那是個夾著嘆息，帶有疲態的微笑。

「在這個世界上真的什麼人都有呢。」

沒錯。真的，沒有錯。

我好厭惡自己至今仍不能斬釘截鐵地說出「我被騙了」。

究竟是不是有什麼地方搞錯了呢？是不是有哪邊的程序不對呢？

雖然我很想這樣想，但我失去了一切是不爭的事實。

聽說巴頓使用好幾個化名在活動，甚至有好幾個戶籍；簡直能說是一個掌握了金錢與人脈，因而無所不能的人物典型。

而我則錯估了自己的價值，所以才會賠得這麼悽慘。

有一句話是我可以篤定說出口的。

那就是，我不過是個乳臭未乾的小鬼罷了。

「不過再怎麼說，至少我們之間的羈絆還在嘛，是不是呀？阿晴。」

理沙從背後，用手指捏捏我的臉頰。但我卻沒辦法移動我的身體。我甚至沒辦法做出任何表情。

理沙嘆了口氣。

「你會因為我聯絡你家人而生我的氣嗎？」

理沙對我問道，這時我們走過了包子攤前面。這就是那個當初拿了顆包子給我，跟我說克莉絲太瘦，要我把包子拿給她吃的那位大嬸的店。

那位大嬸當時絲毫不帶疑心地多送了我一個四慕魯的包子。

當初我就連看到這個大嬸對這點錢不計較都感到詫異，之後卻又為什麼會認為，巴頓會如此輕易把可以賺到數十萬甚至數百萬慕魯的消息告訴我呢？

那全是因為當時的我太自以為是了。

「我覺得阿晴你呀，一定會好起來的。」

理沙這麼說道。

「畢竟是精神方面的問題嘛。不過額頭的那道傷可能多少會留下疤痕就是了。可是阿晴你是男孩子嘛。疤痕就是你的動章喲。」

但我沒有辦法回應理沙的話。

我聽理沙和醫生說明了我身體的狀況。我的身體並不是因為沒有力氣才動彈不得，而好像是因為受到了太大打擊，讓心中某個地方的線路斷掉了。我就是因為這樣才沒辦法靠自己的意志動作，甚至連表情都做不出來。

但這時也就有了另一個問題，因為我正離家出走中。雖然理沙努力拜託醫生隱瞞我的身分，但一方面也因為得付醫療費的關係，最後還是沒有辦法。

於是我的身分就這樣透過虹膜和指紋被辨識出來，我家人也接到了通知。

我不可能因為這樣對理沙生氣。

甚至就算今天理沙把我殺了，我應該也沒有立場講什麼怨言才對。

「哎，總之今天我會好好餵你吃東西的。你可別害羞哦。」

理沙吟吟笑著。她的笑聲聽起來有那麼點乾澀。

我們到了教會前面，賽侯和克莉絲站在那在等待我們的到來，連戶山大叔也在。如果不是以現在這樣的形式，我大概再也沒有臉出現在他們面前了吧。

不過他們也跟那些來病房探望我的人一樣，只是對我無奈的笑了笑。

這情景簡直就像一群喪家犬聚在一塊似的。

雖然我心中這樣想著，同時卻也因為他們願意在這等我，而很不爭氣地覺得好高興。

「好啦。那大家就都到三樓院子去吧！」

在理沙這樣說完後，其他人便都聽話往三樓走去了。
「今天我也會把大腿讓你躺個夠的。」
在穿過客廳的時候，理沙對我說了這樣的話。
客廳內飄盪著好像是做菜時留下的味道，聞起來很香。
這時克莉絲剛好從二樓走下來。
「啊，我要去拿飲料。」
「嗯？喔喔，那就麻煩妳嘍。要小心吶……啊，其實克莉絲妳應該比我還習慣做這種事哦？」
「呵呵。」
克莉絲笑著聳了聳肩，雙手環抱起滿滿的飲料罐輕快跑上樓去。
「對了，羽賀那呢？」
理沙這樣問道，而克莉絲則停下上樓的腳步，有點慌張地退了回來。
「……」
然後她指了指一旁房間的門。
在理沙點頭後，克莉絲的表情變得有點僵，隨後便上樓去了。
「那孩子的個性比較難相處嘛。」
雖然理沙嘴上這樣說，但我知道她心裡也清楚根本不是如此。
因為這一點我同樣明白。
羽賀那並不是什麼難相處的人。她只是誠實、直率，再加上有點笨拙而已。

「羽賀那？羽～賀～那～～！」

理沙像是故意用像開玩笑般的口氣喊道，敲敲羽賀那的門。

羽賀那沒有回應。

「真是的……是阿晴喔！阿晴回來了喔！」

即使理沙這樣說，門的另一邊卻仍然沒有動靜。

理沙轉過身來對我聳聳肩。

「羽賀那，我開門了哦！」

門就這樣打開了。當初這扇門被理沙打開時，時間是深夜。那次羽賀那跑去找戶山大叔亂鬧，還用手肘打傷理沙的臉。羽賀那在回家後躲到房間角落縮了起來，身體還不住顫抖。而我們這次的失敗之大，跟之前那次完全不能相提並論。

她還好嗎？

我想她應該不會有問題的吧。現在的羽賀那已經不會因為這種事就受到挫折了。因為她可是跟我一起奮戰過來，已經不是那個軟弱的她了。

但此時我胸中卻出現一陣令人不快的鈍痛。因為在那時候，羽賀那絕對不是為了實現她的願望才阻止我進行交易，她的行為完全是合理的。

但我卻拒絕了她；我在最接近關鍵的時間點拒絕了她。

我很想要為這件事向她道歉。

「……咦？」

理沙輕聲的一句呢喃，讓我回過神來。

「……」

理沙突然從房間門前掉頭，就這樣穿過我身邊，走回客廳裡去。

在理沙打開了廁所的門又關上後，轉往教會的方向走去。

羽賀那房間的門仍敞開著。

沒過多久，我就看到理沙表情僵硬地再次穿過我身旁跑上樓。

於是我便獨自一人被留在那片和煦的陽光中。

在半開著的門扉對面——

只剩下一片，空蕩蕩的無人空間。

仍坐在輪椅上的我閉上眼睛。

阿晴。

我想起羽賀那這樣呼喚我的聲音。

羽賀那。

到頭來她的本名究竟叫什麼呢？

在這片和煦的陽光中，我懷抱著胸中的痛楚，茫然地想著。

羽賀那的身影從教會中消失得無影無蹤。

而我的少年時代就這樣閉幕。

為了取回

重要的存在，

少年阿晴

踏出了

新的一步——

WORLD END ECONOMiCA ②

系列作續集敬請期待！

限價交易
意指在股票交易中用指定的價格進行交易，比如說指定「在100圓買進某支股票」。有時候要是沒有其他願意接受這價格的對象存在，交易就不會成立。

市價交易
意指不特別指定交易價格，就依接下來的股價直接成交的交易。

成交
指交易成立。

融資
跟金融機關借錢去購買股票。

融券（賣空）
從金融機關（券商）處借入股票進行賣出。因為這些股票是借來的，所以在之後必須償還。舉例來說，如果你借入了A股票並在100圓賣出，接下來能在80圓的地方買回時，中間就會有20圓的利潤。這是押注股價會下跌的交易方式。

現貨交易
指交易目前實際存在的股票。相對的期貨是交易未來的股票、選擇權則是交易未來的買進或賣出權利。

期貨交易
進行未來物件的交易。

資金槓桿
就像利用槓桿原理可以抬起重物一樣，使用資金槓桿就是借錢來進行比自己所有的財產更大額的交易。

選擇權
指的是在未來特定的日期中，能以特定價格買賣股票等金融商品的權利。比如說「在一個月後以100圓買進A股票」的權利。

寬客
利用數學等工具來進行投資戰略分析，或金融商品及交易模型研發的人。

股價指數
以日本東証股價指數來說，就是將一九六八年一月四日東京證券交易所中一部分上市企業的股票時價當成100，來表示之後的股票時價總額是多少。比方說股價指數變成200的時候就代表現在的股票時價總額變成了當時的兩倍。

投資銀行

這種銀行跟一般人會去的銀行不同，是以協助企業發行股票或公司債等作為主要業務，以企業為客戶的金融機關。在日本的話和證券公司很接近，也會自行進行金融商品的交易，因而產生巨大的利益（或是虧損）。

信託基金

指收下客戶的資金，並請經理人代為進行投資的一種組織。

避險基金

這種信託基金公司所使用的戰略，是即使在市場整體不景氣時也能賺錢的融券交易。因為只要進行融券交易，即使市場整體下跌也還是可以從中獲利，借此迴避風險（避險）故有此名稱。但現在不管一家信託基金用的是哪種戰略，都會用這個詞來稱呼了。

波動率

指股價變化的幅度。像市場行情暴跌讓價格變化幅度變大時，波動率也就會大。

α值

表示一個人相對於某個指標（比如說市場平均報酬率）而言獲利多少的數值。

β值

表示一支證券的價格和市場整體的價格變化有多少相關性的數值。如果β值是1的話，也就代表股價和市場平均價格的變動狀況完全相同。

Δ值

這個數值指的是選擇權的價格相對於原資產價格的變化程度，和β值類似。

γ值

這個數值在選擇權交易中表示的是Δ值的變化速度。就像價格變化的速度一樣。

ζ值

這個數值指的是在選擇權交易中，選擇權價值在契約期滿前的變化程度。選擇權的價值每一天都會隨著ζ值大小而變化。

後記

本作品是同人社團「Spicy Tails」從二〇一一年至二〇一三間製作的視覺小說「WORLD END ECONOMiCA」為原作而改編的小說版本。因為原作主要是在Comic Market等同人誌販售會發行，所以我想看了本書才知道這部作品的人應該很多吧。之後也請多指教。

在本書發行時進行了修稿，以及加入新繪製的插圖，兩者都跟原本的作品一樣分別是由支倉凍砂與上月一式負責。相對於我回顧自己三年前寫的劇本感覺不到什麼改變，上月老師的進步則很驚人呢。在感到有點不甘心的同時，我也因為能在這本書中看到很多升級過的上月老師所畫的插圖而感到相當興奮。

原作的劇本大概寫滿了三千七百張的四百字稿紙，並分成三部曲。本書是其中的第一部，而故事之後還會繼續下去。已經讀完了這本書而發出「哎呀——！」驚嘆的你！只要接下去讀就沒問題嘍！請務必也看看第二集和第三集吧！雖然每本都非常厚就是了！因為預計盡量別讓發行間隔太久，所以還請讀者們多多關照了。另外為了已經玩過遊戲的讀者，我也在作品中新加入一些劇情，希望你們能再次享受故事。（雖然在這集裡面沒有太多追加劇情的餘地就是了……）

另外也希望在讀過這本書後覺得故事很有趣的人，都能也玩玩看原作遊戲。主題曲是由「岸田教團&THE明星火箭」演唱，插入曲則是由「-PF AUDIO-」為我們獻唱，有許多只能在視覺小說中才看得到的演出。另外也可以直接讀到令人在意的後續劇情喔！另外本書原作的遊戲第一部也有在社團官網免費發布，還在猶豫要不要買下這本書的人可以先作為參考！

在這邊寫這種事情，與其說是後記不如說更像宣傳廣告。

最後我想就寫一句這類作品中約定俗成的話來作結吧。

我不推薦大家在讀完這本書之後開始炒股票喔！很危險的！會讓人很頭痛！落得跟我一樣下場我也不管喔！（翻白眼）

那麼就在下一集再會了。

「Spicy Tails」官網
http://spicy-tails.net/

寫於股市行情難得大亂的十月某日　支倉凍砂

Kadokawa Light Novels

盜賊神技～在異世界盜取技能～ 1~4 待續

Kadokawa Fantastic Novels

作者：飛鳥けい　插畫：どっこい

分歧的勇者誠二與莉姆
兩人能否於新的城市再相見？

為追尋分開的獸人少女「莉姆」的蹤跡，誠二終於在雙胞胎蕾伊和雷恩的陪伴下啟程前往敵營斯別恩帝國。旅途中卻因鄰近出沒的盜賊團而被迫停留在意想不到的場所。這樣的誠二究竟能否順利抵達莉姆身邊？

台灣角川

各 NT$200~240/HK$60~75

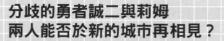

Kadokawa Light Novels

金色文字使 被四名勇者波及的獨特外掛 1~3 待續

Kadokawa Fantastic Novels

作者：十本スイ　插畫：すまき俊悟

外掛伙伴之間迸出火花，
正式進入驚險刺激的《獸人界》篇！

攻略布斯卡多爾研究所後，日色一行人繼續踏上旅途。此時又因為在國境遇上宿敵《獸檻》而被迫停下腳步。在一行人面前，出現自稱泰尼的可疑畫家。與阿諾魯德意氣相投的泰尼，他的《魔法畫筆》描繪出的特殊通關法是？

各 NT$200~220/HK$60~68

台灣角川

Kadokawa Light Novels

大正空想魔法夜話

墜落少女異種滅絕

Kadokawa Fantastic Novels

作者：岬 鷺宮　插畫：NOCO

與沾滿血腥的美少女一同墜落
無人倖免的暗黑夜話中——

大正年間的帝都東京，上有發條的異類怪物「活人偶」，以及使用謎樣魔法將其悉數屠殺殆盡的異端女孩「墜落少女」使百姓籠罩在噩夢之中。追訪她的少年記者亂步，在追蹤地點所見到的真相又會是……

台灣角川

NT$180/HK$55

國家圖書館出版品預行編目資料

月界金融末世錄 / 支倉凍砂作 ; 鏡淵譯. -- 初版.
-- 臺北市 : 臺灣角川, 2016.06-
冊 ; 公分
譯自 : World end economica
ISBN 978-986-473-134-3(第1冊 : 平裝)

861.57 105006693

Kadokawa
Fantastic
Novels

月界金融末世錄 1

（原著名：WORLD END ECONOMiCA I）

2016年8月13日 初版第1刷發行

作　者：支倉凍砂
插　畫：上月一式
日版設計：木緒なち（KOMEWORKS）
譯　者：鏡淵

發 行 人：成田聖
總 編 輯：蔡佩芬
主　編：吳欣怡
文字編輯：林吟芳
資深設計指導：黃珮君
美術設計：宋芳茹
印　務：李明修（主任）、張加恩、黎宇凡、潘尚琪

發 行 所：台灣角川股份有限公司
地　址：105台北市光復北路11巷44號5樓
電　話：（02）2747-2433
傳　真：（02）2747-2558
網　址：http://www.kadokawa.com.tw
劃撥帳戶：台灣角川股份有限公司
劃撥帳號：19487412
法律顧問：寰瀛法律事務所
製　版：巨茂科技印刷有限公司
ISBN：978-986-473-134-3

香港代理：香港角川有限公司
地　址：香港新界葵涌興芳路223號
新都會廣場第2座17樓 1701-02A室
電　話：（852）3653-2888